rowohlt
POLARIS

D0709175

JOJO MOYES

Im Schatten das Licht

Aus dem Englischen von Silke Jellinghaus

ROMAN

Rowohlt Polaris

Die Originalausgabe erschien 2009 unter dem Titel «The Horse Dancer»
bei Hodder & Stoughton / An Hachette Livre UK Company, London.

Deutsche Erstausgabe
Veröffentlicht im Rowohlt Taschenbuch Verlag,
Reinbek bei Hamburg, Februar 2017

Redaktion Anne Tente
Umschlaggestaltung any.way, Barbara Hanke / Cordula Schmidt
Umschlagillustration Daniela Terrazzini / The Artworks
Satz aus der DTL Dorian, InDesign,
bei Pinkuin Satz und Datentechnik, Berlin
Druck und Bindung CPI books GmbH, Leck, Germany
ISBN 978 3 499 26735 2

Vorbemerkung der Autorin

Ich liebe Pferde, seit ich ein kleines Mädchen war, das in der Großstadt aufwuchs. Ich war so besessen von ihnen, dass ich meine Mutter überredete, mir mein Zimmer zum Geburtstag mit Heu zu füllen (man muss ihr zugutehalten: Sie hat es gemacht). Ich war vierzehn, als ich mein erstes Pferd kaufte, ohne meinen Eltern davon erzählen – bezahlt habe ich es mit dem Lohn aus einer Reihe von Putzjobs. Das Pferd brachte ich auf einem winzigen Hof in der City unter. Er lag in einem Viertel, in dem es viele solcher versteckter Stallhöfe gab, betrieben von wortkargen Männern. Ich dachte nie wirklich darüber nach, bis ich auf einer Reise in die USA einen Artikel über die Philadelphia Black Cowboys las, die in Problembezirken aktiv sind und dabei helfen, Stadtkindern eine Aufgabe zu geben. Ich las die Geschichte einer begabten jungen Reiterin, die ihrer Vergangenheit auf dem Rücken der Pferde hätte entkommen sollen, von ihr jedoch eingeholt wurde. Ihre Geschichte brachte mich dazu, über meine eigene städtische Reitvergangenheit nachzudenken.

«Im Schatten das Licht» ist das Resultat. Das Buch handelt von Flucht und Hoffnung und Liebe und komplizierten zwischenmenschlichen Beziehungen.

Inzwischen lebe ich mit meinen eigenen Pferden auf neun Hektar Land. Von ihnen ist keines so talentiert wie Boo, das Pferd aus meiner Geschichte – die meisten von ihnen sind offen undankbar für ihr idyllisches Leben. Ich aber werde immer dankbar für das sein, was die Jahre des Reitens in der Stadt mir gegeben haben: Widerstandsfähigkeit, Freude, Liebe und die Möglichkeit zu fliehen.

Ich hoffe, euch gefällt die Geschichte.

Jojo Moyes

Für C, S, H und L
Und für Mecca Harris

Zeige mir dein Pferd,
und ich sage dir, wer du bist.
Altes englisches Sprichwort

Prolog

Er sah ihr gelbes Kleid, bevor er sie sah, glühend im Abendlicht, ein Leuchtfeuer am anderen Ende der Stallungen. Er hielt einen Moment inne, unsicher, ob er seinen Augen trauen konnte. Dann streckte sie ihren blassen Arm aus, Gerontius' eleganter Kopf erschien über der Tür, um die Leckerei zu nehmen, die sie ihm hinhielt, und schon war er unterwegs, rannte beinahe, die Metallspitzen seiner Stiefel klapperten auf den nassen Pflastersteinen.

«Du bist da!»

«Henri!»

Sie drehte sich um, und seine Arme umschlangen sie; er küsste sie, neigte den Kopf, um den himmlischen Duft ihres Haars einzuatmen.

«Wir sind heute Nachmittag angekommen», sagte sie an seiner Schulter. «Ich hatte kaum Zeit, mich umzuziehen. Ich sehe bestimmt furchtbar aus ... aber ich saß im Publikum und habe dich durch den Vorhang hindurch gesehen. Da musste ich einfach kommen und dir Glück wünschen.»

Ihre Sätze waren gestammelt, aber er nahm ohnehin kaum etwas wahr, so sehr wühlte ihn ihre schiere Anwesenheit auf, das Gefühl, sie nach so langer Zeit wieder in den Armen zu halten.

«Sieh dich nur an!» Sie trat einen Schritt zurück, und ihr Blick glitt von seinem schwarzen Zweispitz hinab über seine makellose Uniform, dann streckte sie die Hand aus, um einen eingebildeten Fleck von einer seiner goldenen Epauletten zu wischen. Dankbar bemerkte er, wie widerwillig sie ihre Finger zurückzog. Da war keine Beklommenheit, staunte er, trotz all der Monate, die sie sich nicht gesehen hatten. Keine Koketterie. Sie war vollkommen unbefangen – das Mädchen aus seiner Vorstellung war wieder Fleisch und Blut geworden.

«Du siehst großartig aus», sagte sie.

«Ich … kann nicht bei dir bleiben», sagte er. «Wir reiten in zehn Minuten.»

«Ich weiß. Le Carrousel ist so aufregend. Wir haben die Motorradfahrer gesehen und die Panzer-Parade», sagte sie. «Aber ihr, Henri, ihr und die Pferde seid eindeutig die Hauptattraktion.» Sie warf einen Blick in die Arena hinter sich. «Ich glaube, ganz Frankreich ist hier, um euch zu sehen.»

«Hast du … hast du *les billets*?»

Ratlos sah sie ihn an. Obwohl sie sich beide bemühten, war die Sprache immer noch eine Barriere.

«*Billets* …» Er ärgerte sich über sich selbst. «Die Karten. Die Eintrittskarten. Die besten Karten.»

Sie strahlte ihn an, und seine Unzufriedenheit löste sich in Luft auf.

«Oh, ja. Edith, ihre Mutter und ich sitzen in der ersten Reihe. Sie können es nicht erwarten, dich reiten zu sehen. Ich habe ihnen alles über dich erzählt. Wir wohnen im Château de Verrières.» Sie senkte ihre Stimme zu einem Flüstern, obwohl niemand in der Nähe war. «Es ist ziemlich nobel. Die Wilkinsons haben *entsetzlich* viel Geld. Viel mehr als wir. Es ist wirklich nett von ihnen, dass sie mich mitgenommen haben.»

Er ließ sie nicht aus den Augen, während sie sprach – abgelenkt von der sinnlichen Kurve ihrer Oberlippe. Sie war hier. Seine Hände in den weißen Glacéhandschuhen umfingen ihr Gesicht. «Florence», murmelte er und küsste sie erneut. Ihre Haut verströmte den Geruch der Sonne, obwohl die Abenddämmerung längst angebrochen war. Es war berauschend, als wäre sie nur erschaffen worden, um Wärme auszustrahlen. «Jeden Tag vermisse ich dich. Vor dir gab es für mich nur den Cadre Noir. Jetzt … ist ohne dich nichts gut genug.»

«Henri …» Sie streichelte seine Wange, lehnte ihren Körper an seinen. Ihm war beinahe schwindelig.

«Lachapelle!»

Henri fuhr herum. Didier Picart stand am Kopf seines Pferdes, hinter ihm zurrte ein Stallbursche den Sattelgurt fest. Picart zog sich die Handschuhe über. «Wenn du dich aufs Reiten genauso konzentrierst wie auf deine englische Hure, erreichen wir vielleicht was.»

Florence konnte nicht genug Französisch, um ihn zu verstehen, aber sie erfasste den Ausdruck, der über Picarts Gesicht huschte. Henri sah, dass sie erriet, wie wenig schmeichelhaft dessen Worte gewesen waren.

Die altbekannte Wut stieg in ihm auf, und er biss die Zähne zusammen. Er sah Florence an und schüttelte den Kopf in dem Versuch, ihr zu vermitteln, wie dumm, wie unbedeutend Picart war. Seit der Reise nach England, auf der Henri sie kennengelernt hatte, war Picart so verletzend, so provokant gewesen. Englische Mädchen hätten keine Klasse, hatte Picart in der Messe herumposaunt. Henri wusste, dass er damit ihn treffen wollte. Englische Mädchen wüssten nicht, wie man sich anzieht. Sie fräßen wie Schweine aus einem Trog. Sie würden für ein paar Francs oder ein Pint von diesem widerlichen Bier mit jedem ins Bett gehen.

Es hatte Wochen gedauert, bis Henri dämmerte, dass Picarts Gehässigkeit wenig mit Florence zu tun hatte, sondern allein dem Zorn darüber entsprang, im Cadre Noir vom Sockel gestoßen worden zu sein – und das von dem Sohn eines Bauern. Aber auch diese Erkenntnis machte es für Henri nicht einfacher, sich das Gerede anzuhören.

Picarts Stimme hallte über den Hof. «Mir ist zu Ohren gekommen, dass es in der Nähe vom Quai Lucien Gautier Zimmer zu mieten gibt. Ein wenig passender als ein Stallhof, *n'est-ce pas?*»

Henris Hand krampfte sich um die von Florence. Er bemühte sich darum, mit ruhiger Stimme zu sprechen. «Und wenn du der letzte Mann auf der Welt wärst, wäre sie noch zu gut für dich, Picart.» Henri machte Anstalten, einen Schritt auf ihn zuzugehen, aber Florence hielt ihn auf.

«Liebling, hör mal, ich gehe besser auf meinen Platz», sagte sie und löste sich von ihm. «Du musst dich vorbereiten.» Sie zögerte, dann reckte sie sich, zog mit ihrer schlanken weißen Hand seinen Nacken zu sich herunter und küsste ihn noch einmal. Er begriff, was sie beabsichtigte: Sie wollte ihn von Picarts Gift ablenken. Und es gelang ihr. Es war unmöglich, irgendetwas anderes als pures Glück zu empfinden, wenn Florences Lippen seine berührten. Sie lächelte. «*Bonne chance, mon écuyer.*»

«*Mon écuyer!*», wiederholte er, berührt davon, dass sie in seiner Abwesenheit das korrekte Wort für «Rittmeister» gelernt hatte.

«Ich lerne!» Sie warf ihm eine Kusshand zu, ihre Augen füllten sich mit Schalk, mit einem Versprechen, und dann war es fort, sein englisches Mädchen.

Das jährliche Militärfest Le Carrousel markierte für die jungen Kavallerie-Offiziere von Saumur den Abschluss des Trainingsjahr. Wie üblich bevölkerten auch an diesem Juliwochenende viele Besucher die mittelalterliche Stadt. Sie wollten nicht nur den Auszug der jungen Kavalleristen sehen, sondern auch die traditionelle Zurschaustellung der Künste der Kavallerie, die Akrobatik auf Motorrädern und die Parade der Militärfahrzeuge, deren Karosserien noch von den Narben des Krieges gezeichnet waren.

Es war das Jahr 1960. Die alte Garde wankte unter dem Ansturm der Pop-Kultur, Johnny Hallydays und einer neuen Mentalität, aber in Saumur herrschte wenig Lust auf Veränderung. Die jährliche Vorführung der zweiundzwanzig französischen Elitereiter, die zusammen den Cadre Noir bildeten, einige aus den Rängen des Militärs, einige Zivilisten, war der Höhepunkt des Wochenendes von Le Carrousel und garantierte immer, dass die Karten innerhalb von Tagen ausverkauft waren: an die Bürger von Saumur, an diejenigen, die das Erbe Frankreichs hochhielten, aber auch schlicht an alle, die von den in der gesamten Loire-Region aufgehängten Plakaten angelockt wurden, die versprachen: «Majestäten, alte Geheimnisse und Pferde, die die Schwerkraft besiegen».

Le Cadre Noir war beinahe zweihundertfünfzig Jahre zuvor ins Leben gerufen worden, nach der Dezimierung der französischen Kavallerie in den napoleonischen Kriegen. Um wiederzubeleben, was einmal eine stolze Reiternation gewesen war, wurde in Saumur eine Reitschule gegründet.

Dressurreiten hatte in der Stadt eine lange Tradition, schon im 16. Jahrhundert hatte es hier eine Reitakademie gegeben. Man versammelte ein Corps von Ausbildern, *maîtres écuyers* genannt, aus den besten Reitschulen des Landes, um die hohe Kunst des Reitens an eine neue Generation von Offizieren weiterzugeben.

Seit der Erfindung von Panzern und der maschinellen Kriegsführung wurde Le Cadre Noir gelegentlich mit Fragen nach seiner Relevanz konfrontiert. Doch seit Jahrzehnten sah sich keine Regierung in der Lage, etwas abzuschaffen, das längst als Teil des kulturellen Erbes Frankreichs galt: Die Reiter in ihren schwarzen Uniformen waren Ikonen, und Frankreich mit seiner Académie Française und *Haute Cuisine* und *Haute Couture* hatte Sinn für den Wert von Tradition. Die Reiter selbst erweiterten ihr Wirkungsfeld, vielleicht weil sie begriffen, dass sie ihr Überleben sichern konnten, indem sie sich eine neue Rolle suchten: Zusätzlich zur Ausbildung der Kavalleristen öffnete die Schule ihre Türen und präsentierte ihre hohe Reitkunst und ihre prächtigen Pferde in öffentlichen Vorführungen in ganz Frankreich und im Ausland.

Diesem Cadre Noir nun gehörte Henri Lachapelle an. Die Vorstellung an diesem Abend in der eigenen Arena war die wichtigste des Jahres und eine Chance, die hart erarbeiteten Fertigkeiten den Freunden und der Familie vorzuführen.

Es lagen die Gerüche von Karamell, Wein und Feuerwerk sowie die Hitze Tausender Körper in der Luft. Die Volksfeststimmung wurde von der Julihitze noch verstärkt, Kinder rannten mit Luftballons oder Zuckerwatte herum, ihre Eltern verschwanden in den Menschentrauben, die sich um die Stände drängten, an denen Wein ausgeschenkt wurde.

Gleichzeitig drang aufgeregtes Stimmengebrumm von denen herüber, die schon ihre Plätze um die Grand Manège herum eingenommen hatten.

«*Attendez!*»

Als Henri den Ruf hörte, überprüfte er Sattel und Zaumzeug und fragte den *dresseur* zum fünfzehnten Mal, ob seine Uniform korrekt saß. Dann strich er Gerontius über die Nüstern, bewunderte die winzigen Zöpfe am glänzenden Hals des Pferdes, in die der Stallknecht Bänder geflochten hatte, und murmelte Lobesworte und Ermutigungen in Gerontius' Ohr. Das Pferd war siebzehn und somit ein älterer Herr nach den Maßstäben der Akademie. Bald würde er in den Ruhestand geschickt werden. Er war Henris Pferd, seit dieser vor drei Jahren dem Cadre Noir beigetreten war, und sofort hatten sie eine enge Verbindung zueinander gespürt. Hier auf dem Gelände der alten Reitschule war es nichts Ungewöhnliches, wenn junge Männer ihre Pferde auf die Nasen küssten und Liebkosungen murmelten, die sie einer Frau gegenüber aus Verlegenheit nie über die Lippen bringen würden.

«*Vous êtes prêts?*» Le Grand Dieu, der leitende Rittmeister, kam mit langen Schritten über den Vorbereitungsplatz. Er stellte sich vor den jungen Reitern und ihren unruhigen Pferden auf. «Der Tag heute ist, wie Sie wissen, der Höhepunkt unseres Jahres. Diese Zeremonie ist über einhundertdreißig Jahre alt, die Tradition unserer Schule noch viel älter. Sie geht zurück auf Xenophon und das Zeitalter der Griechen. Vieles scheint heutzutage getrieben vom Bedürfnis nach Veränderung, davon, alte Lebensweisen über Bord zu werfen. Im Cadre Noir glauben wir noch daran, dass es einen Platz für eine Elite gibt, für das Streben nach Exzellenz. Heute Abend sind Sie unsere Botschafter. Sie müssen zeigen, dass echte Anmut und wirkliche Schönheit nur das Ergebnis von Disziplin, Ausdauer und Verzicht sein kann.»

Er blickte sich um. «Unsere Kunst ist dergestalt, dass sie in dem Moment schon vergeht, in dem sie entsteht. Lassen Sie uns den Menschen von Saumur das Gefühl vermitteln, welch Privileg es ist, diesem Moment beiwohnen zu dürfen.»

Die Männer murmelten ihre Zustimmung und stiegen auf ihre Pferde, einige fummelten noch an ihren Hüten herum oder wischten sich nicht existenten Staub von den Stiefeln – kleine Gesten, um das aufkommende Lampenfieber zu vertreiben.

«Sind Sie bereit, Lachapelle? Nicht zu nervös?»

«Nein.» Henri stand stramm, spürte den Blick des Rittmeisters über seine Uniform gleiten. Ihm war bewusst, dass der Schweiß, der ihm von den Schläfen in den gestärkten Kragen tropfte, seine Worte Lügen strafte.

«Es ist keine Schande, wenn man bei seinem ersten Carrousel das Adrenalin spürt», sagte Le Grand Dieu und tätschelte Gerontius' Hals. «Dieser alte Knabe wird Ihnen helfen. Sie führen also die *Capriole* beim Auftritt des zweiten Teams aus. Dann vollführen Sie mit Phantasme *La Croupade. D'accord*?»

«Jawohl.»

Er wusste, dass die *maîtres écuyers* geteilter Meinung darüber gewesen waren, ob man ihm eine solch exponierte Rolle zuteilen sollte angesichts der letzten Monate, der dauernden Auseinandersetzungen, seines angeblich katastrophalen Mangels an Disziplin. Er hatte sogar gehört, dass ihn sein rebellisches Verhalten beinahe seinen Platz im Cadre Noir gekostet hätte.

Er hatte nicht den Versuch unternommen, sich zu verteidigen. Wie konnte er ihnen die grundlegende Veränderung erklären, die in ihm stattgefunden hatte? Wie konnte er ihnen sagen, dass ihre Stimme, ihre Liebenswürdigkeit, ihre Brüste, ihr Duft und ihr Haar für einen Mann, der zuvor nie ein freundliches Wort oder eine liebevolle Berührung gekannt hatte, nicht einfach eine Zerstreuung bedeuteten, sondern zu einer Obsession geworden waren, die um vieles mächtiger war als eine intellektuelle Abhandlung oder die Finessen der Reitkunst?

Henri Lachapelle hatte seine Kindheit in einer chaotischen, lieblosen Welt verbracht, die von seinem Vater beherrscht wurde. In ihr galt schon eine Flasche Wein für zwei Francs als vornehm, und jeder Versuch, etwas zu lernen, war belächelt worden. Zur Kavallerie zu gehen war Henris Rettung gewesen, und sein schneller Aufstieg durch die Ränge bis hin zur Empfehlung für einen der begehrten Plätze im Cadre Noir schien ihm der Gipfel dessen zu sein, was ein Mann im Leben erreichen konnte. Mit fünfundzwanzig fühlte er sich zum ersten Mal angekommen.

Er war außerordentlich begabt. Die Jahre auf dem Bauernhof hatten ihn gelehrt, hart zu arbeiten. Er besaß besonderes Geschick im Umgang mit schwierigen Pferden. Hinter vorgehaltener Hand flüsterten einige, Henri Lachapelle würde es sicher eines Tages bis zum *maître écuyer* bringen – vielleicht gar zum Grand Dieu.

Henri war sich sicher gewesen, dass die Präzision, die Disziplin, die schiere Freude am Lernen sein einziger Lebensinhalt sein würden.

Und dann hatte Florence Jacobs aus Clerkenwell, die sich noch nicht einmal sonderlich für Pferde interessierte, sondern bloß eine Freikarte für die Vorführung der französischen Reitschule in England ergattert hatte, alles zerstört: seinen

Seelenfrieden, seine Entschlossenheit, seine Geduld. Später, mit mehr Lebenserfahrung, hätte er seinem jüngeren Ich vermutlich sagen können, dass solch eine Leidenschaft bei der ersten Liebe zu erwarten war, dass diese alles in Frage stellenden Gefühle mit der Zeit nachlassen und vielleicht sogar verschwinden würden. Aber Henri, ein Einzelgänger ohne Freunde, die solch weisen Rat hätten erteilen können, wusste nur eins: Seitdem er das dunkelhaarige Mädchen mit den staunenden Augen drei Abende in Folge im Publikum gesehen hatte, konnte er nur noch an sie denken. Er hatte sich ihr nach der Aufführung vorgestellt, ohne genau zu wissen, was er damit bezweckte. Seitdem fühlte sich jede Minute ohne sie an wie ein Ärgernis oder, schlimmer, ein bodenloser, sinnloser Abgrund. Und was bedeutete das für alles andere in seinem Leben?

Seine Konzentration schwand beinahe über Nacht. Wieder zurück in Frankreich, begann er, die Doktrin zu hinterfragen, sich über kleine Details aufzuregen, die er irrelevant fand. Er warf Devaux, einem der dienstältesten *maîtres écuyers*, vor, «in der Vergangenheit stecken geblieben» zu sein. Erst als er zum dritten Training in Folge nicht erschienen war und sein Stallbursche ihn warnte, dass man ihn entlassen könnte, wurde ihm bewusst, dass er sich zusammenreißen musste. Er las Xenophon, vertiefte sich in seine Arbeit. Er hielt sich aus Streitigkeiten heraus. Florences immer häufigere Briefe, ihr Versprechen, dass sie ihn diesen Sommer besuchen käme, machten ihm Mut. Und ein paar Monate später hatte man ihm, vielleicht zur Belohnung, die Hauptrolle in Le Carrousel gegeben: *La Croupade*, eine der schwierigsten Lektionen der Hohen Schule, die ein Reiter ausführen konnte. Damit hatte er Picart verdrängt.

Le Grand Dieu stieg auf sein Pferd, einen robusten portugiesischen Hengst. «Enttäuschen Sie mich nicht, Lachapelle. Betrachten wir diesen Abend als Neuanfang.»

Henri nickte nur, da eine neue Aufwallung von Lampenfieber ihm den Atem raubte. Er stieg auf, ergriff die Zügel, überprüfte, ob der schwarze Hut gerade auf seinem geschorenen Kopf saß. Er konnte das Murmeln der Menge hören, das erwartungsvolle *Psst*, als das Orchester probeweise ein paar Töne spielte, die aufgeladene Stille, die nur entsteht, wenn tausend Menschen aufmerksam Ausschau halten. Vage nahm er ein geflüstertes «viel Glück» wahr, dann lenkte er Gerontius an seinen Platz, in die Mitte der exakt ausgerichteten Reihe glänzender Pferde. Dann wurde der schwere rote Vorhang zurückgezogen, und sie standen im Flutlicht der Arena.

Trotz des ruhigen, geordneten Auftretens der zweiundzwanzig Reiter war das Leben im Cadre Noir körperlich wie mental eine Herausforderung. Tag für Tag war Henri Lachapelle erschöpft gewesen, hatte beinahe geweint vor Frust über die ständigen Korrekturen durch die *maîtres écuyers*, seine anscheinende Unfähigkeit, die riesigen, nervösen Pferde den Ansprüchen seiner Lehrmeister gemäß die «Schulen über der Erde» vollführen zu lassen. Auch wenn er es nicht beweisen konnte, hatte er ihre Vorbehalte gegenüber denjenigen gespürt, die wie er über das Militär zur Eliteschule gekommen waren. Seine zivilen Kollegen dagegen entstammten alle der französischen Oberschicht, hatten zuvor Turniere bestritten und ausreichend Zeit und Ressourcen gehabt, um ihre Fähigkeiten auf edlen Rössern zu verfeinern. Theoretisch waren alle im Cadre Noir gleich. Doch Henri war bewusst, dass sich dieses Gleichheitsprinzip nur bis zu den Uniformen erstreckte.

Langsam und hartnäckig hatte sich der Bauernsohn aus Toulon durch steten Einsatz von sechs Uhr morgens bis in die späten Abendstunden hinein den Ruf aufgebaut, ein harter Arbeiter zu sein und ein Händchen für die schwierigsten Pferde zu haben. Henri Lachapelle, stellten die *maîtres écuyers* unter ihren schwarzen Hüten fest, hatte einen «ruhigen Sitz». Er war *sympathique*. Deshalb hatte man ihm zusätzlich zu seinem geliebten Gerontius die Verantwortung für Phantasme übertragen, den explosiven eisengrauen jungen Wallach, der nur den allerkleinsten Vorwand brauchte, um sich katastrophal danebenzubenehmen. Henri hatte sich die ganze Woche den Kopf darüber zerbrochen, ob es richtig war, Phantasme heute eine solch prominente Rolle zu übertragen. Doch als er jetzt die Augen der Menge auf sich spürte, die schönen Harmonien der Streicher in den Ohren, Gerontius' gleichmäßige Bewegungen unter sich, fühlte er sich plötzlich tatsächlich, einem Ausspruch Xenophons folgend, wie ein «Mann mit Flügeln». Er war sich Florences bewundernder Blicke bewusst und wusste, dass später seine Lippen ihre Haut berühren würden, und er ritt noch inniger, eleganter, gab Gerontius nur ganz leichte Hilfen, sodass das altgediente Pferd zu prahlen begann und seine gepflegten Ohren vor Vergnügen zuckten.

Hierfür bin ich gemacht, dachte er dankbar. Alles, was ich brauche, ist hier. Er sah die Fackeln auf den alten Säulen flackern, hörte das rhythmische Aufschlagen der Pferdehufe, als sich die Tiere um ihn herum in akkurate Formationen einfügten und wieder auseinanderstrebten. Er ritt in kurzem Galopp in Formation einmal um die große Arena, ging völlig im Moment auf und nahm nur das Pferd wahr, das sich unter ihm so wunderbar bewegte und seine Hufe mit solchem Schwung nach hinten warf, dass Henri am liebsten aufgelacht hätte.

«Sitz gerade, Lachapelle. Du reitest wie ein Bauer.»

Er sah Picart zu sich aufschließen.

«Warum rutschst du so im Sattel herum? Hat deine Hure dir ein Jucken verpasst?», zischte er ihm zu.

Henri wollte gerade etwas erwidern, da unterbrach der Grand Dieu mit dem Ruf: «*Levade!*» Und in einer geraden Linie brachten alle Reiter ihre Pferde dazu, sich auf die Hinterbeine zu erheben. Applaus brandete auf.

Als die Vorderbeine der Pferde wieder den Boden berührten, drehte Picart ab. Seine Stimme war dennoch klar verständlich: «Fickt sie auch wie eine Bäuerin?»

Henri zwang sich zur Ruhe, damit seine Wut nicht die Zügel hinabwanderte und sein sanftes Pferd ansteckte. Leise wiederholte er für sich Xenophons Satz: «Niemals ein Pferd im Zorn behandeln ist für das Pferd die beste Lehre.» Er würde Picart nicht erlauben, diesen Abend zu zerstören. «*Mesdames et messieurs*, in der Mitte der Arena sehen Sie nun Monsieur de Cordon, wie er mit seinem Pferd die *Levade* ausführt. Beachten Sie, wie das Pferd im exakten Winkel von fünfundvierzig Grad auf seinen Hinterbeinen balanciert.» Dunkel war sich Henri des schwarzen Pferdes bewusst, das sich irgendwo hinter ihm aufrichtete, dann brandete Applaus auf. Er zwang sich zur Konzentration, aber immer wieder stand ihm Florences Gesichtsausdruck vor Augen, als Picart vorhin seine Obszönitäten von sich gegeben hatte, die Furcht, die über ihre Miene gehuscht war. Was, wenn sie mehr Französisch verstand, als sie ihn wissen ließ?

«Und nun sehen Sie, wie Gerontius, eines unserer älteren Pferde, die *Capriole* ausführt. Es ist eine der anspruchsvollsten Bewegungen überhaupt, sowohl für das Pferd als auch für den Reiter. Das Pferd springt hoch und schlägt mit den Hinterbeinen aus, während alle vier Beine gleichzeitig in der Luft sind.»

Henri ließ Gerontius langsamer werden und ergänzte den Zug seiner Hände durch eine kurze Anweisung mit den Sporen. Er spürte, wie sich das Pferd unter ihm hin- und herzubewegen begann, es war das *terre à terre*, das Wiegen auf der Stelle, mit dem das Pferd unter ihm Kraft sammelte. Ich zeige es ihnen, dachte er, ich zeige es ihm.

Alles andere versank. Da waren nur noch er und das tapfere alte Pferd, seine anschwellende Kraft unter ihm. Dann stieß er den Ruf «*Derrière!*» aus, ließ gleichzeitig seine Hand mit der Peitsche zur Kruppe des Pferdes schnellen und drückte ihm die Sporen in den Bauch. Gerontius sprang ab, seine Hinterbeine schossen horizontal hinter ihm in die Höhe. Henri nahm das plötzliche Aufblitzen von Kameras wahr, ein unisono ausgestoßenes, begeistertes «*Aaaaah*», Applaus, und schon war er im kurzen Galopp wieder auf dem Weg in Richtung des roten Vorhangs. Mit sich nahm er den Anblick der stolz lächelnden Florence, die sich erhoben hatte, um ihm zu applaudieren.

«*Bon! C'était très bon!*» Er glitt von Gerontius, rieb ihm noch einmal über die Schulter, bevor der *dresseur* ihn wegführte. Entfernt nahm er den verebbenden Applaus wahr, dann einen Tempowechsel der Musik in der Arena.

«Phantasme ist sehr nervös.» Der Stallbursche erschien mit besorgtem Gesichtsausdruck neben ihm. «Achte auf ihn, Henri.»

«Er wird es gut machen», sagte Henri abwesend und schob den Hut hoch, um sich den Schweiß von der Stirn zu wischen. Der Stallbursche nahm ihm vorsichtig den Hut ab. Das nächste Kunststück wurde mit bloßem Kopf ausgeführt, damit der vom Kopf rutschende Hut den Reiter nicht ablenkte. Aber so fühlte sich Henri immer seltsam verletzlich.

Er sah das metallisch graue Pferd vor sich in die Arena tänzeln, sein Hals war bereits vom Schweiß dunkel verfärbt, an jeder Schulter hielt es ein Mann im Zaum.

«Geh. Geh jetzt.» Der *dresseur* bürstete ihm einmal schnell über die Rückseite seiner Uniform und schob ihn dann in die Arena. Drei *écuyers* umringten das Pferd, je einer rechts und links an seinem Kopf, einer an der Kruppe.

Henri trat mit großen Schritten hinaus ins Licht und wünschte sich plötzlich, er hätte wie die anderen ein Pferd, an dem er sich festhalten konnte.

«*Bonne chance!*», hörte er seinen Stallburschen rufen, bevor dessen Stimme im Applaus unterging.

«*Mesdames et messieurs, voilà La Croupade*, die in der Kavallerie des achtzehnten Jahrhunderts ihren Ursprung nimmt. Damals wurde sie als Test der Sattelfestigkeit eines Kavalleristen angesehen. Bewegungen wie diese müssen vier bis fünf Jahre lang geübt werden. Monsieur Lachapelle wird Phantasme ohne Zügel oder Steigbügel reiten. Diese Übung, die wir auf die alten Griechen zurückführen, ist für den Reiter noch anspruchsvoller als für das Pferd. Wenn Sie so wollen, ist es eine elegantere Form von Rodeo.»

Lachen wogte durch das Publikum. Halb geblendet von den Flutlichtern, blickte Henri auf Phantasme, in dessen vor Nervosität und mühsam unterdrückter Wut rollenden Augen das Weiße zu sehen war. Er war ein von Natur aus akrobatisches Pferd und verabscheute es, so fest am Kopf gehalten zu werden. Der Lärm und der Geruch von Le Carrousel schienen seine schlechte Laune noch zu vergrößern.

Henri berührte die verspannte Schulter des Pferdes.

«Schsch», machte er. «Alles ist gut. Alles ist gut.» Er bemerkte das Lächeln, das über die Gesichter von Duchamp und Varjus huschte, die Phantasmes Kopf hielten. Sie waren beide echte Pferdekenner und reagierten schnell auf die wechselhafte Laune eines Tieres.

«Wünsche festen Sitz», grinste Varjus, als er für Henri die Räuberleiter machte. «*Un, deux, trois ... und hoch.*»

Das Pferd strahlte Anspannung aus. Das ist gut, sagte sich Henri, als er sich im Sattel aufrichtete. Das Adrenalin lässt ihn höher springen. Es wird für die Menge, für Le Grand Dieu besser aussehen. Er zwang sich, tief durchzuatmen. In diesem Moment, als er die Hände in der traditionellen passiven Position, die ihn immer unangenehm an die eines Gefangenen erinnerte, hinter seinem Rücken verschränkte, warf Henri einen Blick hinter sich und sah, wer an Phantasmes Kruppe beordert worden war.

«Dann wollen wir mal sehen, was für ein Reiter du in Wirklichkeit bist, Lachapelle», sagte Picart.

Henri blieb keine Zeit zu antworten. Er hörte den Sprecher etwas sagen und fühlte das erwartungsvolle Schweigen in der Arena.

«*Attendez.*»

Varjus blickte sich um. Das *terre à terre* baute sich unter Henri auf. «*Un, deux, derrière!*»

Er spürte, wie Phantasme sich zum Absprung bereit machte, hörte das plötzliche Zischen, als Picarts Peitsche auf seine Kruppe traf. Phantasme buckelte, sein Hinterteil schoss hoch, und Henri wurde nach vorn geschleudert wie von einem Peitschenhieb. Es gelang ihm gerade eben so, die verschränkten Hände hinter seinem Rücken nicht zu lösen. Das Pferd beruhigte sich, und Applaus brandete auf.

«Nicht schlecht, Lachapelle», hörte er Varjus murmeln, der sich gegen Phantasmes Brust stemmte.

Und dann, plötzlich, ohne dass er Zeit gehabt hätte, sich vorzubereiten, erklang ein weiterer «*Derrière!*»-Ruf. Phantasmes Hinterbeine hebelten ihn nach oben.

«Nicht so schnell, Picart! Du sorgst dafür, dass er ihn abwirft!», hörte Henri Varjus verärgert sagen.

«Zwei Sekunden. Gebt mir zwei Sekunden», murmelte er und versuchte, sich zu fangen. Doch schon hörte er ein weiteres Schnalzen. Es kam hart und von oben, und dieses Mal buckelte das Pferd gewaltig. Henri spürte erneut, wie er nach vorne geschleudert wurde, die abrupte, verwirrende Distanz zwischen ihm und dem Sattel.

Phantasme warf sich nun wütend zur Seite, und die Männer kämpften, um den Kopf des Pferdes zu halten. Varjus zischte etwas, das Henri nicht verstand. Sie waren in der Nähe des roten Vorhangs. Er erspähte Florence in ihrem gelben Kleid, ihre Verwirrung und Besorgnis. Und dann: «*Enfin! Derrière!*» Bevor er sich wieder zurechtsetzen konnte, ertönte ein neuer Knall hinter ihm. Mit verdrehtem Rücken wurde er nach vorn geworfen, und Phantasme, noch wütender geworden durch diesen unvernünftigen Einsatz der Peitsche, sprang so lange vorwärts und seitwärts, bis Henri schließlich die Balance verlor. Er fiel gegen Phantasmes bezopften Hinterkopf, er hing kopfüber von Phantasmes Hals, und als dieser erneut buckelte, schlug er, unter dem hörbaren Aufstöhnen der Menge, auf dem Boden auf.

Henri blieb liegen, undeutlich drang der Tumult in der Arena in sein Bewusstsein vor. Varjus fluchte, Picart protestierte, der Sprecher lachte. Als Henri seinen Kopf vom Sand hob, konnte er gerade die Worte ausmachen: «So kann es gehen.

Eine Bewegung, bei der man nur sehr schwer im Sattel bleiben kann. Wir wünschen Ihnen mehr Erfolg im nächsten Jahr, was, Monsieur Lachapelle? Sie sehen, *mesdames et messieurs*, manchmal braucht es viele Jahre Übung, um die Maßstäbe der *maîtres écuyers* zu erfüllen.»

Er vernahm das «*un, deux, trois*» und Varjus, der ihm zuzischte: «Steig auf, steig wieder auf.» Er blickte an sich herab und sah, dass seine makellose schwarze Uniform voller Sand war. Dann war er wieder auf dem Pferd, und unter mitleidigem Applaus verließen sie die Arena. Es war das schmerzhafteste Geräusch, das er je gehört hatte.

Er war starr vor Schock. Vor sich nahm er einen heftigen Streit zwischen Varjus und Picart zur Kenntnis, aber in seinen Ohren dröhnte das Blut so laut, dass er kaum etwas hörte.

«Was war das denn?» Varjus schüttelte den Kopf. «Niemand ist bei *La Croupade* jemals vom Pferd gefallen. Du hast uns blamiert.» Es dauerte einen Moment, bis Henri begriff, dass Varjus' Worte an Picart gerichtet waren.

«Ist nicht mein Fehler, wenn Lachapelle nur seine englische Hure reiten kann.»

Henri glitt vom Pferd und ging außer sich vor Wut auf Picart zu. Er bekam den ersten Faustschlag kaum mit, nur das laute Knacken, mit dem seine Faust auf die Zähne des Mannes traf, und inmitten des Geräuschs ein befriedigendes Nachgeben, die körperliche Erkenntnis, dass etwas zerbrochen war, lange bevor der Schmerz die Möglichkeit aufscheinen ließ, dass es seine eigene Hand gewesen sein könnte. Pferde wieherten auf und sprangen zur Seite. Männer riefen etwas. Picart lag mit erschrocken geweiteten Augen im Sand, die Hand an sein Gesicht gepresst. Dann rappelte er sich auf, stürzte sich auf Henri und rammte ihm seinen Kopf in die Brust. Damit hätte er auch einen größeren Mann zu Fall gebracht, und Henri war nur 1,75 Meter groß. Doch er besaß den Vorteil einer Kindheit, in der Schlägereien an der Tagesordnung gewesen waren, und hatte seinem Gegner sechs Jahre in der Nationalgarde voraus. Sekunden später saß er auf Picart, seine Fäuste flogen mit der aufgestauten Wut der vergangenen Monate in das Gesicht des jungen Mannes.

Dann zogen ihn Hände weg, Stimmen schimpften laut und ungläubig.

«Picart! Lachapelle!»

Sein Sichtfeld verschwamm und wurde wieder deutlich, er stand auf, spuckend und schwankend, während Hände seine Oberarme umklammerten. Le Grand Dieu stand mit wutverzerrtem Gesicht vor ihm. «Was um Himmels willen sollte das?»

Henri keuchte, begriff das Ausmaß seines Fehltritts erst in diesem Moment.

«Le Carrousel!», zischte Le Grand Dieu. «Der Inbegriff von Anmut und Würde. *Von Disziplin.* Wo ist Ihre Selbstbeherrschung geblieben? Sie beide haben uns Schande gemacht. Ab in die Ställe mit Ihnen. Ich muss eine Vorführung zu Ende bringen.»

Der Grand Dieu stieg auf sein Pferd, und Picart schwankte vorbei, ein Taschentuch gegen sein aschfahles Gesicht gepresst. Henri sah ihm nach. Allmählich wurde ihm bewusst, dass in der Arena hinter dem Vorhang seltsame Stille herrschte. Sie hatten es gesehen, begriff er entsetzt.

«Zwei Wege.» Le Grand Dieu blickte auf ihn herab. «Zwei Wege, Lachapelle. Das habe ich Ihnen das letzte Mal gesagt. Es war Ihre Entscheidung.»

«Ich kann nicht …», begann er.

Aber Le Grand Dieu war bereits ins Flutlicht hinausgeritten.

«Und in der Tat ist ein solches Pferd, das sich hebt, etwas so Schönes, Bewunderns- und Staunenswürdiges, daß es aller Zuschauer Augen, sowohl junger als älterer, auf sich zieht.»[1]

Xenophon, Über die Reitkunst, *ca.* 350 v. *Chr.*

Kapitel 1

August

Der Zug um sechs Uhr siebenundvierzig war überfüllt. Natasha Macauley setzte sich auf einen der letzten freien Plätze und bat leise die Frau um Verzeihung, die ihretwegen ihre Jacke aus dem Weg räumen musste. Der Mann im Anzug, der nach ihr eingestiegen war, quetschte sich in die Lücke zwischen den beiden Fahrgästen ihr gegenüber und schlug unverzüglich seine Zeitung auf, ohne wahrzunehmen, dass er damit der Frau neben ihm teilweise die Sicht auf ihr Taschenbuch nahm.

Es war ein für Natasha ungewöhnlicher Arbeitsweg. Sie hatte nach einem juristischen Vortrag die Nacht in einem Hotel in Cambridge verbracht. In ihrer Jackentasche befand sich eine zufriedenstellende Anzahl von Visitenkarten diverser Anwälte, die ihr zu ihrem Vortrag gratuliert und eine gelegentliche Zusammenarbeit vorgeschlagen hatten.

Natasha umklammerte ihren heißen Pappbecher mit Kaffee, blickte auf ihren Terminkalender hinab und gab sich selbst das Versprechen, dass sie irgendwann an diesem Tag mehr als eine halbe Stunde freischaufeln würde, um ihren Kopf durchzulüften. Sie würde einen Besuch im Fitnessstudio einplanen. Und sie würde sich eine Stunde Zeit zum Mittagessen nehmen. Sie würde, wie es ihre Mutter immer anmahnte, *sorgsam mit sich umgehen.*

Aber im Augenblick stand da:

- 9 Uhr: L. A. gegen Santos, Gerichtssaal 7
- Die Persey-Scheidung. Psychologisches Gutachten Kind?
- Gebühren! Mit Linda sprechen wegen Prozesskostenhilfe
- Fielding – Wo ist die Zeugenaussage? HEUTE FAXEN

Jede Seite ihres Kalenders war mindestens zwei Wochen im Voraus mit unbarmherzigen, endlos aktualisierten Listen gefüllt. Ihre Kollegen bei Davison Briscoe nutzten alle elektronische Kalender auf ihren iPhones und BlackBerries, um damit ihre Leben zu organisieren, aber sie bevorzugte die einfachen Mittel Stift und Papier, auch wenn ihre Sekretärin Linda sich darüber beschwerte, dass ihre Zeitpläne unlesbar seien.

Natasha nippte an ihrem Kaffee, bemerkte das Datum und zuckte zusammen. Sie fügte hinzu:

- Blumen / Karte Geburtstag Mum

Der Zug rumpelte in Richtung London, das Tiefland von Cambridgeshire ging über in die grauen Industrieausläufer der Stadt. Natasha starrte auf ihre Unterlagen und bemühte sich krampfhaft um Konzentration. Sie saß einer Frau gegenüber, die es offenbar in Ordnung fand, zum Frühstück einen Hamburger mit extra Käse zu essen, und einem Teenager, dessen leerer Gesichtsausdruck nicht zu dem Beat passte, der aus seinen Kopfhörern drang. Es würde ein erbarmungslos heißer Tag werden.

Sie schloss die Augen, öffnete sie dann wieder, als ihr Mobiltelefon piepte. Sie wühlte in ihrer Tasche und machte es zwischen Make-up und Portemonnaie ausfindig. Eine SMS leuchtete auf:

Kommunalbehörde gibt im Watson-Fall nach.
Sie müssen um neun nicht ins Gericht. Ben

Seit vier Jahren war sie nun bei Davison Briscoe, und ihr Rechtsbeistand war immer dann besonders gefragt, wenn es um ihr Spezialgebiet ging, die Vertretung von Kindern.

Danke. Bin in einer halben Stunde im Büro

schrieb sie ihrem Referendar mit einem Seufzer der Erleichterung zurück. Dann fluchte sie leise. Sie hätte das Frühstück also nicht ausfallen lassen müssen.

Sie wollte ihr Telefon gerade weglegen, als es klingelte. Es war erneut Ben: «Ich wollte Sie nur daran erinnern, dass wir das pakistanische Mädchen – äh – auf halb elf verschoben haben.»

«Die, deren Eltern das Kindesentzugsverfahren anfechten?»

Neben ihr räusperte sich eine Frau. Natasha blickte auf und sah das Schild mit dem durchkreuzten Mobiltelefon an der Scheibe. Sie neigte den Kopf und blätterte in ihrem Kalender. «Und die Eltern von dem Missbrauchsfall kommen um zwei. Können Sie die relevanten Unterlagen rauslegen?», flüsterte sie.

«Schon geschehen. Und ich habe Croissants», fügte Ben hinzu. «Ich bin davon ausgegangen, dass Sie noch nichts gegessen haben.»

Das hatte sie nie. Sollte Davison Briscoe je damit aufhören, Referendare auszubilden, würde sie wohl verhungern.

«Es sind Mandelcroissants, die mögen Sie doch am liebsten.»

«Gut eingeschleimt, Ben, Sie werden es weit bringen.»

Natasha steckte erst das Handy weg und klappte dann ihren Kalender zu. Sie hatte gerade die Unterlagen über das pakistanische Mädchen auf dem Schoß, als das Telefon wieder klingelte.

Dieses Mal wurde hörbar gezischt. Sie murmelte eine Entschuldigung, ohne jemandem in die Augen zu sehen. «Natasha Macauley.»

«Linda. Michael Harrington hat eben angerufen. Er hat sich bereit erklärt, uns bei der Persey-Scheidung zu unterstützen.»

«Großartig.» Bei der Scheidung ging es um viel Geld, und es waren komplizierte Sorgerechtsfragen zu klären. Sie hatte einen renommierten Anwalt gesucht, der ihr bei den finanziellen Fragen half.

«Er will heute Nachmittag ein paar Dinge mit dir besprechen. Hast du um zwei Zeit?»

«Ich denke, das geht in Ordnung.» Ihr fiel ein, dass ihr Kalender wieder in der Tasche steckte. «Moment. Nein. Ich habe einen Termin.»

Die Frau tippte ihr auf die Schulter. Natasha legte die Hand über das Telefon. «Noch zwei Sekunden», sagte sie schroffer, als sie es beabsichtigt hatte. «Ich weiß, dies ist ein Ruheabteil, und es tut mir leid, aber ich muss dieses Telefonat zu Ende bringen.»

Sie klemmte sich das Telefon zwischen Ohr und Schulter, wühlte nach ihrem Kalender und fuhr gereizt herum, als die Frau sie erneut berührte.

«Ich sagte, ich muss nur …»

«Ihr Kaffee steht auf meiner Jacke.»

Sie sah nach unten. Der Becher balancierte wackelig auf dem Saum der cremefarbenen Jacke. «Oh. Entschuldigung.» Sie griff nach dem Becher. «Linda, können wir das verlegen? Ich muss heute Nachmittag doch irgendwann eine Lücke haben.»

Sie strich den Gerichtstermin in ihrem Kalender durch, fügte das Treffen mit Harrington hinzu und wollte das Büchlein gerade wieder in ihre Tasche stecken, als ihr eine Schlagzeile der Zeitung gegenüber ins Auge stach.

Um zu überprüfen, ob sie den Namen im ersten Absatz richtig entziffert hatte, lehnte sie sich so weit vor, dass der lesende Mann die Zeitung senkte und sie anfunkelte. «Es tut mir leid», sagte sie, wie gelähmt von der Nachricht. «Könnte ich … könnte ich einen ganz kurzen Blick in Ihre Zeitung werfen?»

Er war zu verblüfft, um abzulehnen. Sie nahm die Zeitung entgegen, drehte sie um und las den Artikel zweimal durch. Alle Farbe wich aus ihrem Gesicht.

Sarah schnitt das zweite Sandwich-Quadrat diagonal durch, bevor sie die beiden Brote jeweils sorgsam in Butterbrotpapier wickelte. Eins der Pakete legte sie in den Kühlschrank, das andere steckte sie zusammen mit zwei Äpfeln ordentlich in ihre Tasche. Sie wischte die Arbeitsfläche mit einem feuchten Tuch ab und überprüfte die kleine Küche noch einmal auf Krümel, bevor sie das Radio ausmachte. Papa hasste Krümel.

Sie warf einen Blick auf die Uhr und dann auf den Kaffeefilter, um zu sehen, ob die dunkelbraune Flüssigkeit bereits durchgelaufen war. Jede Woche wies sie Papa darauf hin, dass das echte Zeug viel mehr kostete als Instantkaffee, aber er zuckte nur mit den Schultern und sagte, es gebe auch so etwas wie Sparsamkeit an der falschen Stelle. Sie wischte den Kaffeebecher von unten ab, ging in den engen Flur und blieb vor seiner Zimmertür stehen.

«Papa?» Er war für sie schon lange nicht mehr Großpapa.

Sie drückte die Tür mit der Schulter auf. Das kleine Zimmer erstrahlte in der Morgensonne, und man konnte sich einen Moment lang vorstellen, da draußen läge ein lieblicher Ort, ein Strand oder ein ländlicher Garten anstelle eines heruntergekommenen Wohnblocks aus den sechziger Jahren in East London. Auf der anderen Seite von Papas Bett stand eine kleine Kommode, auf der seine Haar- und Kleiderbürsten ordentlich aufgereiht neben dem Foto von Nana lagen. Seit sie gestorben war, schlief er nicht mehr in einem Doppelbett. Im Zimmer sei mit einem Einzelbett mehr Platz, sagte er. Sie wusste, dass er die Leere eines großen Bettes ohne ihre Großmutter darin einfach nicht ausgehalten hatte.

«Kaffee.»

Der alte Mann rappelte sich in seinen Kissen auf und tastete auf dem Nachttisch nach seiner Brille. «Gehst du? Wie viel Uhr ist es?»

«Kurz nach sechs.»

In seinem Schlafanzug sah er eigenartig verletzlich aus, dieser Mann, der seine Kleidung trug, als sei sie eine Uniform.

«Schaffst du noch den Bus um zehn nach?»

«Wenn ich renne. Deine Sandwiches sind im Kühlschrank.»

«Sag dem verrückten Cowboy, dass ich ihn heute Nachmittag bezahle.»

«Das habe ich ihm schon gestern gesagt, Papa. Es ist in Ordnung.»

«Und sag ihm, er soll ein paar Eier beiseitelegen. Wir essen sie morgen.»

Sie erreichte den Bus gerade eben noch. Keuchend zeigte ihre Monatskarte vor, setzte sich und nickte der indischen Frau zu, die jeden Morgen mit Eimer und Wischmopp auf dem gleichen Platz saß. «Schön», sagte die Frau, als der Bus am Wettbüro vorbeifuhr.

Sarah drehte sich um und blickte auf die vom wässrigen Morgenlicht erhellten, schmutzigen Straßen. «Ja, heute wird es schön», stimmte sie zu.

«Dir wird heiß werden in diesen Stiefeln», sagte die Frau.

Sarah klopfte auf ihre Tasche. «Meine anderen Schuhe sind hier drin.»

Sie lächelten sich unbeholfen an, nach Monaten des Schweigens verlegen, so viel miteinander gesprochen zu haben. Sarah lehnte sich in ihrem Sitz zurück und wandte sich zum Fenster.

Die Strecke bis zu Cowboy John dauerte morgens um diese Zeit nur siebzehn Minuten. Eine Stunde später wären die Straßen östlich der City verstopft, und es würde mindestens dreimal so lange dauern. Normalerweise war sie vor ihm da, und sie hatte als Einzige Zweitschlüssel. Meistens ließ sie gerade die Hennen ins Freie, wenn er mit steifen Beinen die Straße heraufschlenderte. Üblicherweise konnte man ihn singen hören.

Als Sarah am Vorhängeschloss des Tors fummelte, bellte

Sheba, die Schäferhündin, einmal kurz auf, setzte sich aber wieder, als sie Sarah erkannte, und klopfte erwartungsvoll mit dem Schwanz auf den Boden. Sarah warf ihr ein Leckerli aus ihrer Tasche zu, betrat den kleinen Hof und schloss mit einem gedämpften Krachen das Tor hinter sich.

Früher hatte es in diesem Teil Londons viele kleine Ställe am Ende enger Kopfsteinpflasterstraßen gegeben, versteckt hinter Hof- oder Gartentoren, in jede Lücke gequetscht. Pferde hatten zum Alltag gehört, hatten Brauerei-, Kohlen- und Lumpenwagen gezogen. Der Stall von Cowboy John war einer der wenigen, die überlebt hatten. Er lag am Ende einer Gasse, die in die Hauptstraße mündete. Die Stallanlagen erstreckten sich unter vier Eisenbahnbogen, drei oder vier Pferdeboxen und abschließbare Geräteschränke waren unter jedem von ihnen untergebracht. Vor den Bögen gab es einen ummauerten, gepflasterten kleinen Hof, auf dem sich Paletten stapelten. Hühnerställe, Mülltonnen und ein oder zwei Container standen herum, außerdem das Auto, das Cowboy John gerade verkaufen wollte, und eine Feuerschale, die nie ausging. Ungefähr alle zwanzig Minuten rumpelte ein Pendlerzug über sie hinweg, aber weder Menschen noch Tiere beachteten ihn. Hühner pickten herum, eine Ziege nahm einen vorsichtigen Bissen von etwas, das sie nicht fressen sollte, und Shebas bernsteinfarbene Augen blickten wachsam hinaus in die Welt jenseits des Tors, bereit, nach jedem zu schnappen, den sie nicht kannte.

Zwölf Pferde waren hier im Moment untergebracht: die beiden Clysedales, die Tony, dem Kutscher im Ruhestand, gehörten, die Gäule mit den eleganten Hälsen und wilden Augen des Maltesers Sal und seiner Wettkollegen und eine bunte Mischung zotteliger Ponys, die dort von Kindern aus der Nachbarschaft gehalten wurden. Sarah war nie sicher, wie viele Menschen überhaupt von ihrer Existenz wussten: Der Parkwärter, der sie regelmäßig verscheuchte, wusste jedenfalls Bescheid, und gelegentlich erhielten sie Briefe, die an «Die Pferdebesitzer, Sparepenny Lane Arches» adressiert waren und ihnen mit Gerichtsverfahren drohten, sollten sie mit ihren Tieren weiterhin Gemeindeland betreten. Cowboy John lachte dann und warf die Briefe in die Feuerschale. «Soweit ich weiß, waren die Pferde zuerst hier», nuschelte er mit seinem amerikanischen Akzent.

Er behauptete, ein waschechter Philadelphia Black Cowboy zu sein. Das waren keine wirklichen Cowboys, nicht die Sorte jedenfalls, die Rinder züchteten. In Amerika, sagte er, gebe es ebenfalls Stadthöfe wie diesen. Cowboy John war in den Sechzigern wegen einer Frau nach London gezogen, die, wie sich dann herausgestellt hatte, «viel, viel zu anstrengend» gewesen war. Er hatte die Stadt gemocht, aber seine Pferde so sehr vermisst, dass er eines Tages auf dem Markt in Southall ein Vollblut mit kaputten Knien und von der Stadt ein paar baufällige Ställe aus dem 19. Jahrhundert kaufte. Vermutlich bereute die Stadt das seitdem.

Inzwischen war Cowboy John eine Institution, oder ein Ärgernis, das kam auf die Perspektive an. Die Stadtbeamten mochten ihn nicht und stellten andauernd Verwarnungen aus, weil der Stall eine Gefahr für die Umwelt darstellen und er keine genügende Ungezieferbekämpfung betreiben würde. John ließ sie wissen, dass sie sich von ihm aus die ganze Nacht in Käsesoße getunkt hier draußen auf die Lauer legen könnten, sie würden keinen einzigen Nager zu Gesicht bekommen – er hielt nämlich eine Schar angriffslustiger Katzen. Bauträger und Projektentwickler mochten ihn auch nicht, weil sie ihre

Häuserblöcke hierhin stellen wollten und Cowboy John nicht verkaufte. Aber die meisten Nachbarn störte er nicht mit seinen Ställen. Sie kamen täglich zum Plaudern vorbei oder kauften, was er an frischen Erzeugnissen anzubieten hatte. Auch die Restaurants der Umgebung mochten ihn: Manchmal kamen Ranjeet oder Neela vom Raj Palace und erstanden Hühner oder Eier oder die eine oder andere Ziege. Und dann gab es noch ein paar wenige wie Sarah, die jeden Augenblick dort verbrachte, den sie nicht in der Schule sein musste. Die aufgeräumten viktorianischen Ställe und schwankenden Heuhaufen boten einen Rückzugsort vor dem unermüdlichen Lärm und Chaos der Stadt um sie herum.

«Hast du die dumme Gans schon rausgelassen?»

Sie warf gerade den Ponys Heu zu, als Cowboy John eintraf. Er hatte seinen Stetson auf – für den Fall, dass es jemanden gab, der es noch nicht begriffen hatte –, und seine hohlen Wangen waren erhitzt von der Anstrengung, in der schon warmen Sonne zu gehen und zu rauchen.

«Nö. Sie beißt mich immer in die Beine.»

«Mich auch. Ich werde mal hören, ob dieses neue Restaurant sie haben will. Mann, ich hab schon lauter rote Stellen an den Knöcheln.» Sie beäugten den übergroßen Vogel, den er spontan vorige Woche auf dem Markt gekauft hatte. «Pflaumensoße!», fuhr er die Gans an, und als Antwort zischte sie zurück.

Sarah konnte sich kaum an die Zeit erinnern, in der sie nicht jede freie Minute in der Sparepenny Lane verbracht hatte. Als sie noch ganz klein gewesen war, hatte Papa sie immer auf Cowboy Johns zottige Shetland Ponys gesetzt. Als ihre Mutter verschwand, kam Papa mit ihr hierher, damit sie Nanas Weinen nicht mitbekam oder das Geschrei, wenn ihre Mutter ganz selten einmal wieder nach Hause kam und Nana sie anflehte, einen Entzug zu machen.

Hier hatte Papa ihr das Reiten beigebracht, die Gassen hinauf und wieder hinunter, bis sie das Leichttraben beherrschte. Papa verabscheute es, wie die meisten Pferdebesitzer bei Cowboy John ihre Tiere hielten. In einer Stadt zu leben sei keine Entschuldigung dafür, sie nicht jeden Tag zu bewegen, sagte er. Er gab Sarah nie zu essen, bevor nicht das Pferd gefüttert war, ließ sie nie duschen, bevor sie nicht ihre Reitstiefel poliert hatte. Nach Nanas Tod hatten sie dann Baucher bekommen, oder Boo, wie sie ihn nannten. Sie hatten eine neue Beschäftigung gebraucht, einen Grund, das Zuhause zu verlassen, das sich nicht mehr wie eines anfühlte. Papa hatte begonnen, den kupferfarbenen jungen Hengst und seine Enkelin zu trainieren. Er übte mit ihnen weit mehr als das, was die Kinder des Viertels «reiten» nannten. Papa trichterte ihr immer wieder Details ein, die andere nicht einmal erkennen konnten: den auf den Millimeter korrekten Winkel ihres Unterschenkels, die völlige Bewegungslosigkeit ihrer Hände. Er tat es, bis sie weinte, weil sie manchmal einfach gern mit den anderen losgaloppiert wäre und er es nicht erlaubte. Nicht nur, weil er Boos Beinen die asphaltierten Straßen nicht zumuten wollte. Er wollte ihr auch beibringen, wie er sagte, dass man nur mit Arbeit und Disziplin etwas Magisches erreichen konnte.

Er redete immer noch so, ihr Papa. Aus dem Grund nannten John und die anderen ihn Captain. Es sollte ein Witz sein, aber Sarah wusste, dass sie sich auch ein wenig vor ihm fürchteten.

«Willst du einen Tee?» Cowboy John deutete auf den Wasserkocher.

«Nein. Ich habe nur eine halbe Stunde zum Reiten. Heute muss ich früh in der Schule sein.»

«Übst du immer noch deine Tricks?»

«Genau genommen», sagte sie mit übertriebener Höflichkeit, «werden wir heute Morgen an unserer Traversale mit fliegendem Galoppwechsel arbeiten und die eine oder andere *Piaffe* üben. Wie es der Captain befohlen hat.» Sie streichelte den glänzenden Hals des Pferdes.

Cowboy John schnaubte. «Das muss ich deinem alten Herrn lassen. Wenn der Zirkus das nächste Mal in die Stadt kommt, reißen sie sich um euch.»

In Natashas Job war es nicht ungewöhnlich, wenn man das Kind, das man gerade vertreten hatte, nur Wochen später wieder vor Gericht antraf. Gelegentlich schafften sie es sogar in die Zeitungen. Aber dieser Junge hier überraschte sie, nicht nur wegen der Schwere seines Vergehens. Tag für Tag berichteten Kinder in ihrem Büro von Elend, Missbrauch und Vernachlässigung. Meistens konnte sie zuhören, ohne mit der Wimper zu zucken. Nach zehn Jahren hatte sie so viele Schicksale gehört, dass nur wenige in ihr mehr auslösten als das Abhaken einer mentalen Checkliste: Waren alle Kriterien erfüllt? Wie stark ist meine Position als Verteidigerin? Sind die Rechtsbeihilfe-Anträge unterschrieben? Ist das Kind ein glaubwürdiger Zeuge? Wie alle anderen hätte Ali Ahmadi in ihrer Erinnerung verblassen müssen, ein weiterer schnell vergessener Name auf ihrer Liste.

Er war zwei Monate zuvor mit vor Misstrauen und Traurigkeit leeren Augen in ihr Büro gekommen. Seine Füße steckten in billigen Turnschuhen aus der Kleiderspende, ein schlecht sitzendes Hemd hing an seinem dünnen Körper herab. Er brauchte einen Eilantrag gegen seine Abschiebung in das Land, das ihn, wie er angab, beinahe zerstört hätte.

«Ich nehme eigentlich keine Asylrechtsfälle an», hatte sie erklärt, aber der dafür zuständige Anwalt Ravi war nicht im Haus gewesen, und er wirkte so verzweifelt.

«Bitte», hatte die Pflegemutter gesagt, «ich kenne Sie, Natasha. Sie können das für uns schaffen.» Zwei Jahre zuvor hatte Natasha ein anderes ihrer Kinder vertreten.

Sie hatte die Unterlagen überflogen, aufgeblickt und ihn angelächelt, und einen Augenblick später hatte er zurückgelächelt. Kein selbstbewusstes Lächeln, eher beschwichtigend. So, als würde das von ihm erwartet. Während sie die Schreiben durchlas, begann er mit zunehmender Dringlichkeit zu sprechen, und die Frau übersetzte. Seine Hände malten Worte in die Luft, die Natasha nicht verstand.

Die Mitglieder seiner Familie waren als politische Dissidenten verfolgt worden. Sein Vater war auf dem Heimweg von der Arbeit verschwunden. Seine Mutter war auf offener Straße zusammengeschlagen worden und dann mitsamt seiner Schwester verschwunden. Ali war mit dem Mut der Verzweiflung in dreizehn Tagen zu Fuß zur Grenze gewandert. Während er sprach, kamen ihm die Tränen, und er blinzelte sie mit der Verlegenheit eines Teenagers weg. Wenn er zurückkehrte, würden sie ihn umbringen. Er war fünfzehn.

Es war eine wenig auffällige Geschichte, sie klang, wie sie eben so klangen.

Linda hatte an der Tür gewartet. «Kannst du für mich im Gericht anrufen? Kläre bitte ab, ob wir Gerichtssaal vier bekommen.»

Bevor sie gingen, legte sie dem Jungen ihre Hand auf die Schulter. «Ich tue, was ich kann», sagte sie zu der Pflegemutter, «aber ich glaube dennoch, dass Sie besser beraten wären, sich einen anderen Anwalt zu nehmen.»

Ihrem Eilantrag wurde stattgegeben, und sie hätte den Jungen augenblicklich vergessen, wenn sie nicht beim Zusammenpacken ihrer Unterlagen bemerkt hätte, dass er wieder weinte. Er stand in der Ecke des Gerichtssaals, geräuschloses Schluchzen schüttelte ihn. Ein wenig peinlich berührt hatte sie die Augen abgewandt, als sie an ihm vorbeiging. Doch er hatte sich von seiner Pflegemutter gelöst, sich eine Kette vom Hals gezerrt und sie ihr in die Hand gedrückt. Er sah sie nicht an, auch nicht, als sie ihm sagte, das sei wirklich nicht nötig. Er stand einfach mit gesenktem Kopf da und drückte seine Handfläche in ihre, auch wenn dieser Kontakt den Regeln seiner Religion widersprach. Sie erinnerte sich, wie sich seine Hand in einer seltsam erwachsenen Geste um ihre geschlossen hatte.

Es waren dieselben Hände, die vor zwei Nächten angeblich einen hinterhältigen tätlichen Angriff auf eine namentlich noch nicht bekannte sechsundzwanzigjährige Verkäuferin in deren Wohnung verübt hatten.

Ihr Telefon klingelte wieder. Das Zischen um sie war diesmal nicht mehr leise. Mit einer erneuten Entschuldigung raffte Natasha ihre Habseligkeiten zusammen und drängte sich durch das volle Abteil. Nur mit Mühe hielt sie die Balance, als der Zug plötzlich nach links schwenkte. Sie klemmte ihre Tasche unter den Arm und fand einen engen Stehplatz am Fenster, so nah, wie es ging, an einem Abteil, in dem Telefonieren erlaubt war.

In dem Moment legte der Anrufer auf, sie ließ ihre Tasche fallen und fluchte. Sie hatte ihren Sitzplatz umsonst aufgegeben. Als sie das Handy gerade wieder einstecken wollte, sah sie die SMS:

Hi. Muss ein paar Sachen abholen. Und reden. Passt es dir irgendwann nächste Woche? Mac

Mac. Sie starrte auf den kleinen Bildschirm, und um sie herum wurde es ganz still. *Mac.*

Sie hatte keine Wahl.

Kein Problem

tippte sie und drückte auf Senden.

Früher einmal hatte es in den Altbauten dieses Stadtteils ein Anwaltsbüro neben dem anderen gegeben; vergoldete Schilder mit den Namen der Partner versprachen rechtlichen Beistand in geschäftlichen, steuerlichen und privaten Belangen. Die meisten Kanzleien waren längst in neue Geschäftsräume in glänzenden, gläsernen Gebäuden am Rande der City gezogen – die von Architekten entworfenen Büros waren Ausdruck des ins einundzwanzigste Jahrhundert gerichteten Blicks ihrer Inhaber. Bislang hatte sich Davison Briscoe diesem Trend entzogen. Natashas enges, mit Büchern vollgestopftes Büro in dem leicht verwohnten georgianischen Gebäude, das sie und fünf weitere Anwälte beherbergte, ähnelte mehr einem Seminarraum an der Uni als einem Büro in einer Kanzlei.

«Hier sind die Unterlagen, die Sie angefordert haben.» Ben, ein schlaksiger, strebsamer junger Mann, dessen kindlich glatte Wangen seine fünfundzwanzig Jahre Lügen straften, legte einen dicken Aktenordner vor ihr ab. «Sie haben Ihr Croissant ja noch gar nicht angerührt», sagte er.

«Tut mir leid», sagte sie und blätterte durch die Unterlagen auf ihrem Tisch. «Habe den Appetit verloren. Ben, tun Sie mir einen Gefallen. Graben Sie die Akte Ali Ahmadi aus, ja? Ein Eilantrag von vor zwei Monaten.»

Als Ben das Zimmer verließ, schlüpfte Conor herein. Er trug das blau gestreifte Hemd, das sie ihm zum Geburtstag geschenkt hatte.

«Morgen, Hotshot.» Er lehnte sich über den Schreibtisch und küsste sie leicht auf die Lippen. «Wie ist es gestern Abend gelaufen?»

«Gut», sagte sie. «Wirklich gut. Du wurdest vermisst.»

«Ich hatte die Jungs. Entschuldige, du weißt ja, wie das ist. Solange ich sie nicht öfter bekomme, will ich keinen Abend mit ihnen verpassen.»

«Hattet ihr Spaß?»

«Es war eine wilde Party. Harry Potter auf DVD, Baked Beans auf Toast. Wir haben das Haus gerockt. War dein riesiges Hotelbett zu groß ohne mich?»

Sie lehnte sich zurück. «Conor, ich bin völlig verrückt nach deiner Gesellschaft, aber um Mitternacht war ich so erledigt, dass ich auf jeder x-beliebigen Parkbank geschlafen hätte.»

Ben erschien wieder, nickte Conor zu und legte die Akte auf ihren Schreibtisch. «Mr. Ahmadi», sagte er.

Conor warf einen Blick darauf. «War das nicht so ein Abschiebungsfall von dir? Warum gräbst du ihn wieder aus?»

«Ben, holen Sie mir bitte einen Kaffee? Aus dem Coffee Shop, nicht Lindas braune Brühe.»

Conor warf ihm einen Geldschein zu. «Mir auch. Einen doppelten Espresso, ohne Milch.»

«Du bringst dich noch um», bemerkte sie.

«Aber das werde ich immerhin effizient tun. Okay», sagte er, als Ben das Büro verlassen hatte, «was ist los?»

«Das da.» Sie reichte ihm die Zeitung und zeigte auf den Artikel.

Er überflog ihn schnell. «Ah, verstehe.»

«Ja.» Sie streckte die Arme vor sich aus, ließ ihr Gesicht für einen Moment auf die Schreibtischplatte sinken. Dann griff sie über den Tisch nach einem Mandelcroissant. «Ich frage mich, ob ich Richard davon erzählen soll.»

«Du willst unserem Seniorpartner davon erzählen? Nein, nein, nein. Kein Anlass, zu Kreuze zu kriechen, Hotshot.»

«Es geht um ein wirklich schweres Verbrechen.»

«Aber keines, das du hättest vorhersehen können. Lass es ruhen, Natasha. Das gehört zu unserem Job, Liebling. Du weißt das.»

«Ja, ich weiß. Es ist nur … es ist so grauenvoll. Und er war …» In Erinnerungen versunken, schüttelte sie den Kopf. «Ich weiß nicht. Er war irgendwie nicht der Typ dafür.»

«War irgendwie nicht der Typ dafür!» Conor musste tatsächlich lachen.

«War er wirklich nicht. Es gefällt mir einfach nicht, dass ich an etwas so Schrecklichem Anteil habe. Ich kann nicht aufhören, mich verantwortlich zu fühlen.»

«Was? Hast du ihn gezwungen, die Frau anzugreifen?»

«Du weißt, dass ich das nicht meine. Ich habe vor Gericht alles darangesetzt, ihm zu ermöglichen, im Land zu bleiben. Wegen mir ist er noch hier.»

«Weil niemand anderes dazu in der Lage gewesen wäre, oder?»

«Also …»

«Reiß dich zusammen, Natasha.» Conor tippte mit dem Finger auf die Akte. «Wenn Ravi hier gewesen wäre, hätte es ihn getroffen. Schau nach vorn. Heute Abend trinken wir was zusammen. Steht unsere Verabredung? Lust auf das Archery? Da gibt es neuerdings auch Tapas.»

Doch Natasha war immer nur gut darin gewesen, Ratschläge zu erteilen, und nicht darin, sie anzunehmen. Einige Stunden später schlug sie deshalb Ahmadis Akte zum zweiten Mal auf und suchte darin nach Hinweisen, warum dieser Junge, der so sanft ihre Hand gehalten hatte, zu einer solchen Gewalttat fähig gewesen war. Es ergab keinen Sinn. «Ben? Können Sie bitte einen Atlas für mich auftreiben?»

«Einen Atlas?»

Zwanzig Minuten später hatte er einen abgewetzten gefunden, dessen Rücken teilweise fehlte. «Er ist vermutlich ziemlich veraltet. Es gibt darin noch – äh – Persien und Bombay», entschuldigte er sich. «Wahrscheinlich ist es besser, wenn Sie im Internet nachschauen. Ich könnte sonst auch für Sie recherchieren.»

«Manchmal muss es Papier sein, Ben», sagte sie und blätterte durch das Buch, «das wissen Sie.»

Einer Eingebung folgend, wollte sie nachschlagen, wo der Junge herkam. Der Name der Stadt war ihr im Gedächtnis haften geblieben. In dem Moment, als sie auf die Karte starrte und den Ortsnamen mit dem Finger folgte, fiel ihr auf, dass niemand, weder die Sozialarbeiter noch die Anwälte oder die Pflegemutter, Ali Aḥmadi die Frage gestellt hatte, die sich förmlich aufdrängte: Wie konnte jemand in dreizehn Tagen eintausendvierhundertfünfzig Kilometer zu Fuß gehen?

Abends saß Natasha in der Bar und verfluchte sich dafür, nicht gründlich genug gewesen zu sein. Als sie Conor die Geschichte erzählte, lachte er kurz auf und zuckte dann mit den

Schultern. «Du weißt ja, diese Kids sind verzweifelt», sagte er. «Sie erzählen dir, was du hören willst.»

Sie begegnete ihnen jeden Tag, Flüchtlingen, «Problemkindern», die entwurzelt oder vernachlässigt waren, Teenagern, die noch nie ein Wort des Lobes gehört hatten oder umarmt worden waren, mit vor der Zeit hart gewordenen Gesichtern. Sie glaubte, normalerweise diejenigen zu erkennen, die logen. Die Mädchen, die behaupteten, sie würden von ihren Eltern geschlagen, weil sie nicht mehr zu Hause wohnen wollten. Die Asylbewerber, die behaupteten, elf oder zwölf zu sein, obwohl die Bartstoppeln auf ihren Wangen unübersehbar waren. Sie war daran gewöhnt, dieselben jungen Straftäter in einem endlosen Kreislauf von Vergehen und scheinbarer Reue immer wieder zu treffen. Ahmadi hingegen hatte sie *berührt.*

Conor schenkte ihr seine volle Aufmerksamkeit. «Bist du denn sicher, dass du den richtigen Ort hast?»

«Er steht in seiner Aussage.» Sie bat den vorbeikommenden Kellner um Mineralwasser.

«Und er hätte wirklich niemals so weit zu Fuß gehen können?»

«In unter drei Wochen?» Ihre Stimme klang, ohne dass sie es wollte, sarkastisch. «Hundertzehn Kilometer pro Tag. Ich habe nachgerechnet.»

«Ich verstehe nicht, warum du dich so aufregst. Man kann dir keinen Vorwurf machen. Du wusstest nichts davon, als du ihn vertreten hast, warum ist es für dich so wichtig? Verdammt noch mal, so was passiert mir dauernd. Die Hälfte meiner Mandanten muss ich beim Erstgespräch dazu auffordern, die Klappe zu halten, damit sie mir nichts erzählen, das ich nicht wissen darf.»

Aber wenn sie seine Geschichte selbst überprüft hätte,

wollte Natasha sagen, dann wäre sie früher darauf gekommen, dass Ahmadi log. Sie hätte sich unter dem Vorwand der Befangenheit aus dem Fall zurückziehen können. Oft reichte das, damit sich andere die Fakten etwas genauer ansahen. Sie hätte diese Frau, diese sechsundzwanzigjährige Verkäuferin, vor allem bewahren können. Aber sie hatte die Dokumente lediglich überflogen. Und sie hatte den Jungen gehen lassen, ihm erlaubt, in den Ritzen der Großstadt London zu verschwinden. Und sie hatte ihn für einen der Guten gehalten, einen, der nicht wieder vor Gericht auftauchen würde.

Wenn er sie darüber belogen hatte, wie er hierhergekommen war, dann konnte er sie über alles belogen haben.

Conor lehnte sich zurück und nahm einen großen Schluck Wein. «Ach, lass es doch, Natasha. Ein verzweifeltes Kind hat es geschafft, nicht in irgendein ungezieferverseuchtes Höllenloch zurückgeschickt zu werden. Na und? Blick nach vorne.»

Selbst wenn er es mit den kompliziertesten Fällen zu tun hatte, umgab Conor eine Aura der Zuversicht. Er strahlte, schüttelte vor dem Gerichtsgebäude freundlich alle Hände, als sei es ihm egal, ob er gewann oder nicht. Jetzt klopfte er seine Taschen ab. «Gibst du mir noch einen Wein aus? Ich müsste erst Geld holen.»

Sie tastete in ihrer Tasche nach dem Portemonnaie, und ihre Finger verfingen sich in etwas. Sie zog es heraus. Es war das kleine Amulett, das angeraute silberne Pferdchen, das ihr Ahmadi an dem Morgen in die Hand gedrückt hatte, als sie seinen Fall gewonnen hatte. Sie hatte sich damals vorgenommen, es ihm nach Hause zu schicken – er besaß zu wenig, um etwas davon zu verschenken –, hatte es dann aber gleich wieder vergessen. Jetzt war es eine Erinnerung an ihr Versagen.

Auf einmal fiel ihr die merkwürdige Vision ein, die sie am Morgen gehabt hatte, eine überirdische Erscheinung in der städtischen Umgebung.

«Conor, ich habe heute Morgen etwas ganz Merkwürdiges gesehen.»

Der Zug hatte fünfzehn Minuten lang in einem Tunnel vor der Liverpool Street Station gehalten. Lange genug für Natasha, um in das tintenschwarze Nichts hinauszustarren und an ihren Exmann zu denken, der noch nicht ausreichend Ex war.

Sie hatte das Gewicht gerade von einem Fuß auf den anderen verlagert, als der Zug mit dem schroffen Kreischen überhitzten Metalls vorwärtsruckte und ins Tageslicht tauchte. Sie wollte nicht mehr an Mac denken.

Und in diesem Moment sah sie es, so kurz, so unwahrscheinlich. Schon als sie den Hals reckte und zurückblickte, war sie sich nicht mehr sicher, ob sie das Bild richtig wahrgenommen hatte. Es war blitzschnell wieder verschwunden, verschluckt von verschwommen vorbeihuschenden Straßen und Hinterhöfen, schmuddeligen Balkons und Wäscheleinen.

Aber sie hatte das Bild den ganzen Tag nicht aus dem Kopf bekommen. In einer ruhigen Kopfsteinpflasterstraße zwischen hoch aufragenden Häuserblöcken hatte ein junges Mädchen gestanden, den Arm erhoben und mit einem langen Stock in der Hand – nicht drohend, sondern anleitend.

Mitten auf der Straße hatte sich ein riesiges Pferd in perfekter Balance auf glänzenden, muskulösen Hinterbeinen vor dem Mädchen aufgerichtet.

Natasha ließ die silberne Kette in ihre Tasche gleiten und unterdrückte mühsam einen Schauer. «Hast du gehört, was ich gerade gesagt habe?»

«Hm?» Er las die Zeitung. Er hatte das Interesse schon verloren. Schau nach vorn, sagte er ihr immer. Als wäre *er* dazu in der Lage.

Sie starrte ihn an. «Nichts», sagte sie. «Ich gehe die Drinks holen.»

«Man muß [beim Abrichten der Fohlen] jedoch so vorgehen, wie bei einem Knaben, den man in die Lehre gibt … Wenn man dies konsequent beachtet, ergibt sich notwendigerweise, daß das Fohlen nicht bloß die Menschen liebt, sondern geradezu nach ihnen verlangt.»

Xenophon, Über die Reitkunst

Kapitel 2

Boo war kein Pferd, wie man es üblicherweise in den Hinterhöfen von East London antraf. Weder war er ein schweres, ängstliches Brauereipferd noch ein Vollblut-Traber mit dünnem, geradem Hals, wie man sie vor einen Sulky spannte, um illegale Rennen abzuhalten. Er war auch kein wohlerzogenes Mietpferd aus einer der Reitschulen am Hydepark.

Boo war ein Vollblüter, ein Selle Français mit kräftigen Knochen. Seine Beine waren stämmiger und sein Rücken stärker als für seine Rasse üblich. Er war athletisch, aber trittsicher. Sein kurzer Rücken machte ihn zu einem guten Springer, sein sanftes, beinahe hundeähnliches Wesen sorgte dafür, dass er geduldig und freundlich war. Im größten Verkehrschaos blieb er gelassen, und er war äußerst gesellig. Weil er sich schnell langweilte, hatte Papa zu seiner Unterhaltung in der Box so viele Bälle an Seilen von der Decke gehängt, dass Cowboy John brummte, der Alte solle Boo in der Basketball-Liga unterbringen.

Die anderen Jugendlichen in Sarahs Schule oder Wohnblock holten sich ihre Kicks in kleinen Papierpäckchen oder Plastiktüten oder indem sie in gestohlenen Autos über leerstehende Grundstücke bretterten. Sarah hatte damit nichts am Hut. In dem Moment, in dem sie den Sattel auflegte und den vertrauten Geruch von warmem Pferd und sauberem Leder einatmete, vergaß sie alles andere.

Wenn sie Boo ritt, trug er sie weg von allem, was ärgerlich oder schmutzig oder deprimierend war. Reiten ließ sie vergessen, dass sie in ihrer Klasse die Dünnste war und die Einzige, die kaum Grund hatte, einen BH zu tragen, dass sie – neben Renee, dem türkischen Mädchen, mit dem niemand redete – als Einzige kein Handy und keinen Computer besaß. Beim Reiten vergaß sie, dass sie mit Papa alleine war.

An guten Tagen brachte sie ihrem Pferd ein Gefühl von Ehrfurcht entgegen: Ehrfurcht vor seiner majestätischen, puren Kraft und davor, was er für sie tat. Er benahm sich nur dann schlecht, wenn sie ihn nicht ordentlich führte – wenn sie mit dem Kopf noch in der Schule war oder durstig oder müde. Die Grazie, die er ausstrahlte, wenn sie perfekt harmonierten, verursachte ihr einen Kloß im Hals. Boo gehörte ihr, und er was etwas Besonderes.

Leuten, die nichts von Pferden verstanden, erklärte Papa, Boo sei wie ein Rolls-Royce unter Traktoren. Alles war fein abgestimmt, sensibel, elegant. Man kommunizierte leise mit ihm, anstatt mit den Armen zu fuchteln und zu schreien. Man erreichte einen Einklang der Seelen oder des Willens. Seine Grenzen, betonte Papa, waren Sarahs Grenzen. Papa sagte, Boo habe das größte Herz von allen Pferden, die er je gekannt hatte.

Das war nicht immer so gewesen: Sarah hatte zwei sichelförmige Narben am Arm, wo er sie gebissen hatte. Und als sie ihn zuritten, hatte er sich an manchen Tagen von der Longe losgerissen und war mit hocherhobenem Schweif quer durch den Park galoppiert, während kreischende Mütter mit Kinderwagen beiseite stoben und Papa laut auf Französisch betete, Boo möge nicht in ein Auto rennen. Jedes Mal, wenn etwas schiefging, sagte Papa ihr, es sei ihr Fehler gewesen, bis sie ihn am liebsten angebrüllt hätte. Inzwischen aber verstand sie ein bisschen mehr davon und wusste, dass er recht gehabt hatte.

Pferde waren, vielleicht mehr als alle anderen Wesen, von Menschen geformt. Ein Kind gab einem immer eine zweite Chance, weil es hoffte, geliebt zu werden. Ein Hund kehrte unterwürfig zu einem zurück, auch nachdem man ihn geschlagen hatte. Ein Pferd würde einen – würde keinen – jemals wieder an sich heranlassen. Also war Papa mit Boo nie laut geworden. Er hatte nie die Geduld verloren oder sich geärgert, selbst wenn offensichtlich war, dass Boo sich so widerborstig aufführte wie jeder andere Teenager.

Und nun war er acht Jahre alt, erwachsen. Er war gut genug erzogen, um Manieren zu haben, er war klug genug, um fließende Übergänge zwischen den Gangarten hinzubekommen, elegant genug, um Sarah – Papas Einschätzung zufolge, der alles richtig einzuschätzen schien – aus dieser chaotischen Stadt hinauszutragen in eine Zukunft.

Cowboy John stützte sich auf seinen Besen und blickte durch das Tor in den Park. In der Ecke bei den Bäumen ließ das Mädchen das Pferd im kurzen Galopp enge, gleichmäßige Kreise ziehen und es nur ab und zu langsamer werden, um es zu loben oder ihm zu ermöglichen, sich zu dehnen. Sie trug keinen Helm – ein seltener Akt der Rebellion gegen ihren Großvater, der ihr niemals erlauben würde, ohne Helm auf diesem Pferd auch nur zu sitzen. Die Sonne glänzte auf ihrem Haar so hell wie auf der Kruppe des Pferdes. Er sah den Postboten an ihr vorbeiradeln und ihr etwas zurufen. Sie hob die Hand zum Gruß, ohne ihre Übung zu unterbrechen.

Sie war ein gutes Mädchen, anders als viele der anderen, die hierherkamen.

Der Captain hielt Sarah Lachapelle an der kurzen Leine, genau wie das Pferd. Kein spätes Ausgehen, kein Alkohol, kein Rauchen, kein Rumhängen an Straßenecken. Das Mädchen schien sich nie dagegen zu wehren. Es war, als hätte er sie ebenfalls trainiert.

Anders als ihre Mutter.

Cowboy John nahm den Hut ab und wischte sich über die Stirn. Die Hitze des Tages drang bereits durch das abgewetzte Leder in seine Haut. Der Malteser Sal hatte ihm versichert, wenn er das Pachtverhältnis übernahm, würde das Pferd des Captains hier seinen Platz behalten, genau wie jedes andere Tier, dessen Besitzer nicht im Zahlungsrückstand war. Der Hof würde das bleiben, was er vierzig Jahre lang gewesen war: ein Stall.

«Ich brauche einen zentralen Ort», sagte Sal ständig zu John. «Der Hof ist nah an zu Hause. Meine Pferde fühlen sich hier wohl.» Er sprach, als wäre es schon entschieden. Und dieser baufällige alte Hof würde für all deine Geschäfte eine gute Deckung abgeben, hätte John ihm gern geantwortet, aber so etwas sagte man nicht zu einem Mann wie Sal. Insbesondere dann nicht, wenn er einem so viel Geld anbot.

Die Wahrheit war, Cowboy John war müde. Die Vorstellung, sich auf dem Land zur Ruhe zu setzen, lockte ihn. Er würde sein Haus gegen ein kleines Cottage mit einem Stück

Land eintauschen, auf dem seine Pferde grasen konnten. Das Leben in der Stadt wurde hässlicher, und er wurde älter. Er konnte sich immer besser vorstellen, wie er irgendwo auf einer Veranda saß und auf einen Horizont blickte, der von einer einzigen grünen Linie gebildet wurde.

Sal würde den Stall weiterbetreiben. Und sie sprachen über eine stattliche Summe, eine Summe, die es John erlauben würde, seinen Traum Wirklichkeit werden zu lassen. Und trotzdem … ein Teil von ihm sträubte sich, den Hof diesem Mann zu überlassen. Er hatte das schleichende Gefühl, dass Sals Versprechen so gut wie nichts wert waren.

«*Bon anniversaire!*»

Sarah zog den Schlüssel aus dem Schloss, trat in die Wohnung und hörte die Stimme ihres Großvaters, bevor sie ihn sah. Sie lächelte. «*Merci!*»

Sie hatte angenommen, dass er am Küchentisch mit einem Geburtstagskuchen warten würde wie letztes Jahr, doch stattdessen stand er vor dem Fernseher. «*Voilà!* Setz dich, setz dich», befahl er, nachdem er sie auf beide Wangen geküsst hatte. Er hatte seine beste Krawatte umgebunden.

Sie spähte zu dem kleinen Küchentisch hinüber. «Trinken wir nicht Tee?»

«Es gibt Pizza. Danach. Du darfst aussuchen», sagte er und zeigte auf das Menü eines Lieferservice. Essen zu bestellen war etwas Außergewöhnliches.

«Nach was?»

Sie ließ sich mit einem aufgeregten Kribbeln im Bauch auf das Sofa sinken. Papa sah so froh aus, seine Mundwinkel zuckten. Sie konnte sich nicht erinnern, wann er das letzte Mal so ausgesehen hatte. Seit vor vier Jahren Nana gestorben war, hatte er sich von allem zurückgezogen und war erst wieder zum Vorschein gekommen, als Boo da war. Sie wusste, dass er sie liebte, aber seine Liebe war nicht von der Sorte, die man im Fernsehen sah. Er sagte ihr nicht, dass er sie liebte, fragte sie nicht, was sie beschäftigte. Er trug Sorge dafür, dass sie aß, sich wusch und ihre Hausaufgaben machte. Er brachte ihr praktische Dinge bei, wie man mit Geld umging, wie man Sachen flickte, viel Wissen über das Reiten. Zusammen hatten sie längst herausbekommen, wie die Waschmaschine und der Haushalt funktionierten, wie man am günstigsten den Wocheneinkauf erledigte. Wenn sie traurig war, legte er ihr eine Hand auf die Schulter und ermahnte sie vielleicht noch, alles von einem anderen Standpunkt aus zu betrachten. Wenn sie etwas falsch machte, tat er sein Missfallen durch eine gewisse Kurzangebundenheit kund, einen missbilligenden Blick. Kurz gesagt, ein bisschen behandelte er sie so, wie er auch ein Pferd behandeln würde.

«Zuerst», sagte er, «schauen wir uns etwas an.»

Sie folgte seinem Blick und bemerkte den DVD-Player, der am Morgen noch nicht da gewesen war. «Du hast mir einen DVD-Player gekauft?» Sie kniete sich davor und fuhr mit dem Finger über seine metallisch glänzende Oberfläche.

«Er ist nicht neu», sagte er entschuldigend, «aber er ist *parfait*. Und nicht geklaut. Ich habe ihn bei einer Haushaltsauflösung gekauft.»

«Und jetzt können wir uns alles anschauen?», rief sie. Sie könnte sich Filme ansehen, wie es die anderen Mädchen in der Schule machten. Wenn über Kinofilme gesprochen wurde, war sie immer Jahre im Rückstand.

«Nicht nur alles. Wir werden *un vrai spectacle* sehen. Aber zuerst ...» Er zog hinter seinem Rücken eine Flasche hervor, entkorkte sie schwungvoll und schenkte ein. «Vierzehn, oder? Alt genug für ein Glas Wein.» Er nickte ihr zu und reichte ihr das Glas.

Sie nippte daran und versuchte, nicht so unbeeindruckt auszusehen, wie sie angesichts des sauren Geschmacks war. Sie hätte eine Cola light vorgezogen, wollte aber nicht den Moment zerstören, indem sie danach fragte.

Anscheinend zufrieden, rückte er seine Brille zurecht, blickte auf die Fernbedienung und drückte mit einem gewissen Showeffekt – der nahelegte, dass er diesen Moment geprobt hatte – auf einen Knopf. Der Bildschirm füllte sich mit Leben, und Papa ließ sich neben ihr auf dem Sofa nieder, trotz der nachgebenden Kissen sehr aufrecht. Er trank einen Schluck Wein. Sie nahm seinen stillvergnügten Blick wahr und lehnte sich an ihn.

Die Musik begann, klassische Musik, und ein weißes Pferd tänzelte über den Bildschirm.

«Ist das ...»

«Le Cadre Noir», bestätigte er. «Jetzt kannst du dir ansehen, was unser Ziel ist.»

Selbst Pferdekenner hatten oft noch nie vom Cadre Noir gehört. Es war eine geheimnisvolle Organisation französischer Elitereiter, die seit dem 18. Jahrhundert existierte. Ihre Gründer hätten sie auch heute noch wiedererkannt, so wenig hatte sie sich seitdem verändert. Es war eine Akademie, in der sich Debatten um den exakten Winkel der Hinterbeine eines Pferdes entzündeten, wenn es tausend Jahre alte Lektionen ausführte wie die *Croupade* oder die *Levade*. Die Reiter trugen eine historische schwarze Uniform. Es wurden nicht mehr als ein oder zwei neue Mitglieder pro Jahr zugelassen. Das Ziel der

Akademie war nicht finanzieller Gewinn oder ihr Wissen und ihre Fähigkeiten den Massen zu vermitteln, sondern Vortrefflichkeit in Details zu erreichen, die die meisten Menschen nicht einmal erkennen würden. Man konnte natürlich nach dem Sinn all dessen fragen. Doch jeder, der die Bewegungen dieser Pferde unter ihren dunkel gekleideten Reitern sah, beobachtete, wie sie sich in perfekter Symmetrie aufreihten oder mit den erstaunlichsten Sprüngen die Schwerkraft besiegten, war tief berührt von ihrem Gehorsam, ihrer Schönheit, ihrer schier unglaublichen Beweglichkeit. Schweigend schaute sich Sarah die vierzigminütige Darbietung an. Sie war verzaubert. Sie wollte am liebsten sofort mit Boo nachmachen, was sie gesehen hatte. Dazu wäre er in der Lage, sie wusste es. Er war ein besseres, stärkeres Pferd als manche von denen, die sie auf dem Bildschirm gesehen hatte, und er hatte dieselbe Kraft: Sie hatte sie oft genug unter sich gespürt. Ihre eigene Arena mochte ein Park mit kahlen Stellen im Rasen und verstreutem Müll sein und kein Palast in einem historischen französischen Städtchen. Sie mochte Jeans und T-Shirt anstelle eines förmlichen Jacketts mit goldener Borte und schwarzem Hut tragen. Aber sie wusste, was diese Männer fühlten. Wenn die Kamera auf ihren Gesichtern verweilte, die angespannt waren vor Konzentration und Einfühlung, vor Willenskraft, spürte sie eine Komplizenschaft mit ihnen, wie sie sie mit den Mädchen in ihrer Schule nie spürte. Alles, was Papa ihr beigebracht hatte, ergab plötzlich Sinn. Er sagte, sie hätten noch jahrelange Arbeit vor sich. Er sagte, sie einfach machen zu lassen sei, wie Cowboy John mit der Zigarette in der Hand auf einen Marathon zu schicken. Jetzt sah sie, was er anstrebte, sein großes Ziel: die *Capriole*. Die komplexeste, schwierigste und schönste Bewegung, derer ein Pferd fähig war. Alle vier Hufe hoben in einem ballettartigen Sprung vom Boden ab, als habe das Pferd kein Gewicht, und in der Luft trat es in Verachtung der Gesetze der Schwerkraft nach hinten aus. Wunderschön. Beängstigend. Ehrfurcht einflößend.

Wenn Papa wieder einmal nicht aufhörte, über die französische Schule zu dozieren, war Sarah nie in der Lage gewesen zu sagen, was sie dachte. Nämlich, welche Chance sollte sie schon haben? Als nun der Abspann über den Bildschirm lief, wurde ihr bewusst, dass die DVD nicht die Wirkung auf sie zeigte, die er angestrebt hatte, im Gegenteil. Der Film bestätigte nur, dass Papa sich in einen Traum verrannte. Es spielte keine Rolle, wie gut ihr Pferd war. Wie konnte *irgendwer* den Sprung schaffen, der die Schwerkraft außer Kraft setzte, den Sprung aus den Hinterhöfen von London in die glänzende Welt des Cadre Noir?

Sobald sie das gedacht hatte, fühlte sie sich schuldig. Ihr Blick wanderte zu ihm hinüber, und sie fragte sich, ob man ihr die Gedanken vom Gesicht ablesen konnte. Er starrte immer noch auf den Bildschirm. In dem Augenblick sah sie die Träne, die seine Wange hinunterrann.

«Papa?», sagte sie. Sein Kiefer verhärtete sich. Er sammelte sich einen Moment lang und sagte dann leise: «Sarah. Damit wirst du dem hier entkommen.»

Entkommen? Sie hatte nie den Eindruck gehabt, als sei ihr Leben so schlecht, wie Papa zu denken schien.

«Das ist es, was ich für dich will.»

Sie schluckte.

Er hielt die DVD-Hülle hoch. «Ich habe einen Brief von Jacques Varjus erhalten, meinem alten Freund in Saumur. Er erzählt, sie hätten gerade zwei Frauen aufgenommen. Hunderte von Jahren hat die Akademie keine Frau akzeptiert, und nun tut sie es. Du musst nicht aus dem Militär kommen. Du musst nur hervorragend reiten. Das ist eine Chance, Sarah.»

Seine Intensität verunsicherte sie ein wenig.

«Du hast die Fähigkeit dazu. Du brauchst nur Disziplin. Ich will nicht, dass du dein Leben verschwendest. Ich will dich hier nicht mit diesen *imbéciles* herumhängen und am Ende einen Kinderwagen schieben sehen.»

«Aber ich …»

Er hob die Hand. «Ich habe dir nichts mitzugeben als das. Meine Kenntnisse. Meine Mühe.» Er lächelte und bemühte sich um einen sanfteren Ton. «Mein Mädchen in Schwarz, hm? *La fille écuyer du Cadre Noir.*»

Sie nickte stumm. Ihr Großvater war nie emotional, aber jetzt sah er verletzlich aus, traurig, und das machte ihr Angst. Es musste am Wein liegen, sagte sie sich – er trank selten. Sie spielte an ihrem Glas herum und versuchte, ihm nicht ins Gesicht zu sehen. «Das war ein schönes Geschenk.»

Er schien sich wieder in den Griff zu bekommen. «*Mais alors, c'ést seulement un part de mon cadeau*», sagte er. «Willst du nicht den zweiten Teil sehen?»

Sie grinste erleichtert. «Pizza?»

«Pff! Pizza! *Non, non – regards.*» Er zog einen Umschlag aus der Tasche und reichte ihn ihr.

«Was ist das?»

Er deutete nur mit dem Kinn darauf.

Sie öffnete ihn, überflog den Inhalt, erstarrte. Vier Tickets. Zwei für eine Reise mit Bus und Fähre. Zwei für eine Vorstellung des Cadre Noir.

«Von Varjus. *En novembre.* Wir machen Urlaub.»

Sie waren noch nie im Ausland gewesen, nicht einmal zu Nanas Lebzeiten. «Wir fahren nach Frankreich?»

«Es wird Zeit. Zeit, dass du es kennenlernst, Zeit, dass ich zurückkehre. Mein Freund Varjus ist jetzt Grand Dieu. Weißt du, was das ist? Der wichtigste, erfahrenste Rittmeister im Cadre Noir. Nein, in ganz Frankreich.»

Sie starrte auf die Broschüre, die dunkel gekleideten Reiter, die glänzenden Pferde. Papa schien voll neuer Leidenschaft.

«Aber wie können wir uns das leisten?»

«Ich habe ein paar Sachen verkauft. *Pas grand-chose.* Bist du glücklich? Ein guter Geburtstag?»

Da bemerkte sie, dass er seine Armbanduhr nicht trug. Die Longines-Uhr war Nanas Hochzeitsgeschenk an ihn gewesen. So wertvoll, dass Sarah sie als Kind nicht hatte anfassen dürfen. Sie wollte ihn danach fragen, aber die Worte blieben ihr in der Kehle stecken.

«Sarah?»

Sie sank in seine Umarmung, unfähig, ihren Dank in seinen weichen, abgetragenen Pullover zu murmeln, weil die Worte nicht kommen wollten.

«Niemals ein Pferd im Zorn behandeln ist für das Pferd die beste Lehre und Gewohnheit. Es ist etwas Unbedachtsames um den Zorn, so daß er oft etwas bewirkt, was man bereuen muß.»

Xenophon, Über die Reitkunst

Kapitel 3

Früher, als sie noch in der Lage gewesen war, rational darüber nachzudenken, hatte Natasha mit einer Art von schwarzem Humor festgestellt, dass sie ihre Ehe mit der linken Hand begonnen und mit der rechten beendet hatte. Seltsam, dass ihre Finger ein solches Desaster herbeiführen konnten, aber so war es.

Die Ironie war, dass Conor und sie sich noch nicht einmal geküsst hatten, als Mac sie verließ. Was nicht hieß, dass sie keine Gelegenheit dazu gehabt hätten. Als sich ihre Ehe verschlechtert hatte und Conors Scherze und Aufmerksamkeiten bei ihren gemeinsamen Mittagessen eine willkommene Ablenkung gewesen waren, hatte er sie nicht darüber im Zweifel gelassen, was er fühlte. «Du siehst ganz hohlwangig aus, Süße. Schrecklich», sagte er mit seinem ihm eigenen Charme. Er legte dann seine Hand auf ihre, und jedes Mal zog sie ihre zurück. «Du musst dein Leben umkrempeln.»

«Und so enden wie du?» Jeder im Büro wusste Bescheid über seine albtraumhafte Scheidung.

«Ach was. Es ist nur ein intensiver, lähmender Schmerz. Man gewöhnt sich dran.»

Aber seine Vergangenheit hatte zur Folge, dass er ein wenig von dem verstand, was sie durchmachte. Das war mehr, als man von allen anderen sagen konnte.

In der Welt ihrer Eltern endeten Ehen durch Naturkatastrophen, Tod, Unglück oder wiederholte offensichtliche Untreue. Sie endeten, weil die Wunden unerträglich geworden waren, der Kollateralschaden zu groß. Sie verendeten nicht wie Natashas Ehe langsam an Vernachlässigung. In den letzten Monaten vor Macs Auszug hatte sie sich häufig gefragt, ob sie wirklich verheiratet war. Er war kaum je anwesend, weder emotional noch körperlich, reiste immer regelmäßiger wegen Jobs durch die Welt. War er zu Hause, wurden die harmlosesten Unterhaltungen zu bitteren, rachsüchtigen Wortgefechten. Inzwischen hatten beide so viel Angst vor Verletzung oder erneuter Zurückweisung, dass es leichter war, überhaupt nichts mehr miteinander zu tun zu haben.

«Hier ist eine Gasrechnung, die bezahlt werden muss», sagte er zum Beispiel.

«Willst du mir damit sagen, dass ich das machen soll oder dass du es machst?»

«Ich dachte nur, du möchtest vielleicht einen Blick drauf werden.»

«Warum? Weil du hier in Wirklichkeit gar nicht mehr wohnst? Willst du einen Rabatt?»

«Mach dich nicht lächerlich.»

«Dann bezahl sie einfach und tu nicht so, als sei das irgendwie meine Aufgabe. Oh, und übrigens, Katrina hat wieder angerufen. Du weißt schon, die einundzwanzigjährige Katrina mit den falschen Titten. Die, die dich ‹Mackie› nennt.»

Als sie das Hauchen des Models nachahmte, zitterte ihre Stimme.

Daraufhin knallte er unvermeidlich die Tür hinter sich zu und verschwand in einen anderen Teil des Hauses.

Sie hatten sich vor sieben Jahren auf einem Flug nach Barcelona kennengelernt. Natasha war mit Freunden aus dem Jura-Studium unterwegs gewesen. Mac war nach einem Kurzurlaub noch einmal zurückgeflogen, weil er seinen Fotoapparat in der Wohnung einer Freundin vergessen hatte. Das hätte ihr eine Warnung sein können, fiel ihr im Nachhinein auf. Es war sinnbildlich für sein chaotisches Leben und seinen Mangel an gesundem Menschenverstand (hatte er noch nie von DHL gehört?). Doch damals freute sie sich nur über ihr Glück, neben einem gut aussehenden, charmanten Mann mit kurzgeschorenen Haaren im khakifarbenen Parka zu sitzen, der nicht nur über ihre Witze lachte, sondern an dem interessiert schien, wirklich interessiert, was sie tat.

«Als was wirst du also arbeiten?»

«Als Anwältin. Mein Spezialgebiet sind Kinder.»

«Kriminelle Kinder?»

«Meistens Kinder, die in Pflege sind, aber ich betreue auch Scheidungen mit besonderem Augenmerk auf das Kind. Es ist ein wachsender Rechtsbereich, wegen der neuen Kindeswohl- und Sorgerechtsregelungen.»

Noch heute arbeitete sie daran, für Scheidungskinder die besten Lösungen zu finden, zwang Jugendämter und Einwanderungsbehörden dazu, Kindern ein vorläufiges Heim zu geben. Aber jedem verzweifelten jungen Menschen stand ein zynischer Versuch gegenüber, sich ein Aufenthaltsrecht zu erschleichen, jedem Kind, das in einer Pflegefamilie untergebracht wurde, stand eines gegenüber, das dadurch dem entmutigenden Kreislauf von Misshandlung und erneuter Unterbringung ausgesetzt wurde. Sie versuchte, nicht zu oft daran zu denken. Sie war gut in ihrem Job und sagte sich immer wieder, dass diejenigen, deren Leben sie verbessert hatte, Lohn genug waren.

Mac hatte sie dafür gemocht. Er sagte, sie habe Substanz, anders als die meisten Leute, die er durch seine Arbeit kannte. Eine zickige Freundin hatte am Flughafen in Barcelona auf ihn gewartet und Natasha mit bösen Blicken bedacht, als sie sich höflich von ihm verabschiedete. Sechs Stunden später hatte er auf ihrem Handy angerufen, er hatte mit der Freundin Schluss gemacht und wollte sich mit Natasha für einen Abend in London verabreden. Sie solle sich wegen der Freundin nicht schlecht fühlen, hatte er gut gelaunt hinzugefügt. Es sei nichts Ernstes gewesen. Nichts in Macs Leben war jemals ernst.

Die Hochzeit fiel in ihren Zuständigkeitsbereich. Er hätte bis in alle Ewigkeit einfach nur mit ihr zusammengewohnt. Zu ihrer eigenen Überraschung hatte sie festgestellt, dass sie heiraten wollte. Sie wollte dieses Gefühl von Dauer, wollte, dass hinter ihrer Beziehung kein Fragezeichen mehr stand. Es gab keinen Heiratsantrag im eigentlichen Sinn. «Wenn es dir so viel bedeutet, dann mache ich es», hatte er, seine Beine mit ihren verschlungen, eines Nachmittags im Bett gesagt. «Aber du musst es organisieren.» Er war beteiligt, und doch nicht wirklich – das war das Grundmuster ihrer Ehe.

Am Anfang hatte es ihr nichts ausgemacht. Ihr war klar, dass sie eine Tendenz zum Kontrollfreak hatte, wie Mac es scherzhaft ausdrückte. Sie wollte die Dinge so haben, wie sie ihr vorschwebten. Es war ihre Art, ein ansonsten hektisches Leben im Griff zu behalten, das Resultat einer Kindheit in einem überfüllten, chaotischen Haus. Mac und sie kannten die

Schwächen des anderen und neckten einander damit. Aber dann hatte das Baby, von dem keiner von beiden gewusst hatte, dass sie es sich wünschten, eine Kluft zwischen ihnen entstehen lassen, die zu einem Abgrund geworden war.

Zum Zeitpunkt ihrer Fehlgeburt hatte Natasha erst seit einer Woche gewusst, dass sie schwanger war. Sie hatte das Ausbleiben ihrer Periode auf den Stress geschoben (sie hatte gerade zwei wichtige Fälle gleichzeitig auf dem Schreibtisch gehabt). Als ihr klarwurde, wie viele Tage schon verstrichen waren, war die Schlussfolgerung zwingend. Zuerst war Mac ziemlich schockiert gewesen, und sie konnte es ihm nicht übel nehmen, weil es ihr genauso ging. «Was machen wir jetzt?», fragte sie ihn mit dem Teststäbchen in der Hand und hoffte inständig, ihn für seine Antwort nicht hassen zu müssen.

Er fuhr sich mit der Hand durch die Haare. «Keine Ahnung, Tash», sagte er. «Ich unterstütze dich, egal, wie du entscheidest.» Und dann, noch bevor sie die Gelegenheit gehabt hatten, sich darüber klarzuwerden, was sie wollten, hatte das kleine Zellknäuel, das zukünftige Baby, eine eigene Entscheidung getroffen und sich davongemacht.

Ihre eigene Trauer hatte sie völlig unvermittelt getroffen. Die Erleichterung, mit der sie gerechnet hatte, stellte sich nicht ein.

«Nächstes Jahr», vereinbarten sie, nachdem sie es ihm gesagt hatte. «Wir machen in diesem Jahr ein paar richtig schöne Urlaube. Dann probieren wir es ernsthaft.» Sie waren vor Aufregung ganz aus dem Häuschen gewesen. Mac würde sich um eine Reihe echter Aufträge bemühen, anstatt nur hin und wieder einen Job zu machen. Sie würde eine Stelle in einer guten Kanzlei annehmen, die ein ordentliches Mutterschaftsgeld zahlte.

Dann wurde ihr die Stelle bei Davison Briscoe angeboten, und sie waren beide der Ansicht gewesen, dass es besser sei, noch ein weiteres Jahr mit einem Baby zu warten. Und dann noch eins, nachdem sie das Haus in Islington gekauft hatten und Mac damit begonnen hatte, es zu renovieren. In dem Jahr passierten zwei Dinge: Macs Karriere schwächelte, und ihre eigene ging durch die Decke. Monatelang sahen sie einander kaum. Wenn es doch geschah, musste sie ganz vorsichtig sein, um seinen Misserfolg nicht dadurch zu unterstreichen, dass sie über ihren eigenen Erfolg sprach. Und dann – eher durch Zufall als durch «ernsthaftes Probieren» – war sie wieder schwanger.

Später, viel später, warf er ihr vor, sie hätte sich vor ihm verschlossen, schon lange, bevor das Geplänkel mit Conor Briscoe angefangen hatte. Was sollte sie dazu sagen? Sie wusste, dass es stimmte, aber es war ihr gutes Recht gewesen, nicht darüber reden zu wollen. Was war dazu auch zu sagen? Drei Beinahe-Babys in vier Jahren, von denen keines größer geworden war als eine Kaulquappe.

Und Mac, von dem sie gehofft hatte, dass er durch ihre Wut und ihre Tränen hindurch zu ihr vordringen würde, sie festhalten würde, hatte sich einfach von ihr zurückgezogen. Er schien mit ihrem Schmerz nicht umgehen zu können, mit der verrotzten, ungekämmten Natasha, die eine Woche lang ihr Bett nicht verließ und jedes Mal weinte, wenn sie im Fernsehen ein Baby sah.

Als sie sich schließlich wieder zusammenriss, fühlte sie sich betrogen. Er war nicht da gewesen, als sie ihn gebraucht hatte. Erst viel später war ihr der Gedanke gekommen, dass er ebenfalls gelitten haben könnte. Aber da war es schon zu spät. Damals sah sie nur, dass er den nächsten Auftrag irgendwo weit weg annahm und sie, wenn sie sich darüber beklagte, anschrie, er könne ja nichts richtig machen, sie nörgle immer an irgendetwas herum. Ihr Liebesleben existierte nicht mehr. Sie wurde noch effizienter, regelte alles mit eiserner Entschlossenheit und war wütend auf ihn, wenn ihm das nicht gelang.

Und andauernd riefen die Mädchen an. Kokette Stimmen mit slawischem Akzent, vorlaute Teenager, die entrüstet schienen, wenn er nicht da war. «Sie gehören eben zu meiner Arbeit», beharrte er. «Mit Model-Portfolios verdiene ich meinen Lebensunterhalt. Du weißt, dass ich das nicht mal gerne mache.»

Angesichts der Tatsache, dass sie nicht mehr miteinander schliefen, wusste sie nicht, was sie glauben sollte. Und dann war da immer Conor – Conor mit dem brillanten juristischen Verstand, der etwas von desaströsen Ehen verstand, weil seine eigene so spektakulär vor die Wand gefahren war.

Sie hatten damit begonnen, zusammen mittagzuessen, und zwar zu regelmäßig, als dass es im Büro nicht bemerkt worden wäre. Dann wurden aus den Essen der eine oder andere Drink nach der Arbeit. Was war das Problem, wo Mac doch sowieso nicht zu Hause war? Manchmal hatte sie das Gefühl, ihr Flirt mit Conor sei gerechtfertigt. Mac flirtete vermutlich zur gleichen Zeit an einem glamourösen Ort mit irgendwem anders. Aber als sich Conor eines Abends im Pub über den Tisch lehnte und sie leicht auf die Lippen küsste, wich sie zurück. «Ich bin noch verheiratet, Conor», sagte sie und fragte sich, warum sie «noch» gesagt hatte. Und sie wünschte sich, den Kuss nicht so sehnlichst erwidern zu wollen.

«Du darfst einer einsamen Seele nicht vorwerfen, es versucht zu haben», sagte er und lud sie am nächsten Tag wieder zum Mittagessen ein.

Sie verließ sich immer mehr darauf, Conor in ihrem Leben zu haben. Sie fühlte sich dabei nicht schuldig. Es schien für Mac keine Rolle zu spielen, ob sie zu Conor nett war oder nicht. Sie stritten nicht einmal mehr. Ihr gemeinsames Leben war zu einer Aneinanderreihung von höflichen Erkundigungen und Zurückweisungen geworden. Unter der Oberfläche schlummerte die Wut, und gelegentlich brach sie sich Bahn und sorgte dafür, dass er sich abwandte oder die Tür hinter sich zuschlug.

Ihre seit langem geplante Party sollte eigentlich den Abschluss von Macs Renovierungsarbeiten feiern. Nach dem Verschwinden der Abdeckplanen und Gipsplatten war etwas zum Vorschein gekommen, das nicht nur schön war, sondern außergewöhnlich. Doch zu dem Zeitpunkt hatte sie schon keine Party mehr geben wollen – was konnte man an ihrem Leben schon feiern? Aber abzusagen wäre eine so endgültige Aussage gewesen, dass sie davor zurückgeschreckt war.

Es gab Caterer und eine vierköpfige Band im Garten. Einem Außenstehenden wären Mac und sie vielleicht wie ein Traumpaar vorgekommen, inmitten des Gemischs aus Macs Freunden, Fotografen und gazellenartigen Models und ihren Juristen-Kollegen, deren Gelächter durch den Garten drang. Der Champagner floss, die Band spielte, und die Londoner Sonne schien in das kleine Zelt, das auf dem Rasen stand. Es war perfekt.

Und Natasha war vollkommen elend zumute.

Mac mied sie fast den ganzen Tag über. Er stand bei einer Gruppe von Leuten, die sie nicht kannte, kehrte ihr den Rücken zu und lachte hemmungslos. Alle Frauen, die er eingeladen hatte, schienen mindestens 1,80 m groß zu sein, stellte sie verbittert fest. Sie trugen interessante, scheinbar ganz beiläufig übergeworfene Kleidung, die sie niveauvoll und sexy aussehen ließ. Dagegen kamen ihr der Rock und das Oberteil, die sie für diesen Anlass ausgesucht hatte, brav und langweilig vor. Mac hatte ihr nicht gesagt, dass sie gut aussah. Er machte inzwischen kaum noch Bemerkungen über ihr Aussehen.

Sie stand oben auf der Sandsteintreppe und beobachtete ihn. War es zu spät für sie beide? Gerade als ihr dieser Gedanke kam, flüsterte er einer großen Frau etwas ins Ohr, etwas, das die Gazelle die Augen zusammenkneifen und verschwörerisch lächeln ließ. Was sagte er da? *Was sagte er?*

«Komm mit», sagte eine Stimme neben ihr. «Du bist zu durchschaubar. Holen wir uns was zu trinken.»

Conor. Sie ließ sich von ihm – ein steifes Lächeln in ihrem Gesicht – in den Garten führen.

«Alles okay?», fragte er, als sie beim Zelt angekommen waren.

Stumm schüttelte sie den Kopf.

Conors Blick ruhte auf ihr. Er machte keinen Witz. «Margarita», sagte er. «Das ist die Medizin gegen alle bekannten Krankheiten.» Er bestellte bei dem Barkeeper trotz ihres Protests vier davon und zwang sie, kurz nacheinander zwei auszutrinken.

«Oh, wow», sagte sie wenige Minuten später. «Was hast du nur getan?»

«Dich ein bisschen lockerer gemacht», entgegnete er. «Du willst doch nicht, dass die Leute flüstern ‹Was ist denn mit der los?›. Du weißt doch, was für Klatschmäuler hier versammelt sind.»

«Conor, was hast du angestellt?» Sie kicherte. «Ich fühle mich, als hätte ich selber siebzig Prozent.»

«Natasha Margarita», sagte er. «Klingt hübsch. Komm schon, wir drehen eine Runde.»

Sie spürte, wie ihre Absätze ins Gras einsanken, und war sich nicht sicher, ob sie die Balance aufbrachte, sie wieder herauszuziehen. Conor sah ihre missliche Lage und reichte ihr einen Arm, den sie dankbar ergriff. Sie bahnten sich ihren Weg zu einer Gruppe von Anwälten einer Kanzlei, mit der sie gelegentlich zusammenarbeiteten.

«Hast du schon gehört, dass Daniel Hewitson letzte Woche in einem Bordell erwischt worden ist?», murmelte Conor. «Sag gleich um Himmels willen nicht: ‹Ich höre, man hat dich in einem Bordell erwischt.›» Er wartete einen Moment. «Jetzt kannst du an nichts anderes mehr denken, oder?»

«Conor!», flüsterte sie und hielt weiterhin seinen Arm umklammert.

«Besser?»

«Geh nur nicht weg. Vielleicht muss ich mich auf dich stützen.»

«Jederzeit, Schätzchen.» Mit einem beschwingten Gruß stellte sich Conor zu der Gruppe.

Die Unterhaltung drang nur schwach in Natashas Bewusstsein vor. Die Wirkung der Margaritas schien sich zu verstärken, während der Alkohol durch ihr Blut rauschte. Es war ihr egal – sie war nur froh, Conor an ihrer Seite zu haben. Als sie spürte, wie seine Hand hinter ihrem Rücken nach ihrer tastete, nahm sie seinen kleinen Finger und hielt ihn fest, um ihre Dankbarkeit auszudrücken. Er hatte sie davor bewahrt, sich zum Gespött zu machen. Es war ein so leichter Schritt, ein so natürliches Fortschreiben ihrer Freundschaft. Es dauerte Minuten, bis ihr der Gedanke kam, dass die Hitze in ihrem Nacken eine andere Ursache haben könnte als die Sonne.

Sie hörte nicht mehr zu und drehte den Kopf gerade so weit, dass sie Mac sehen konnte, der wenige Meter von ihr entfernt stand. Er starrte auf ihre Hand. Unbehaglich, errötend, ließ sie Conors Finger los. Später wurde ihr klar, dass es das Schlimmste war, was sie hatte tun können, weil es ihr schlechtes Gewissen bewies. Der Schaden war angerichtet.

Macs Gesichtsausdruck sagte ihr, dass er sich verabschiedet hatte. Vermutlich schon seit langem.

«Du brauchst endlich mal wieder einen professionellen Haarschnitt», sagte Linda hinter ihr. In Natashas Bildschirmschoner spiegelte sich der missbilligende Blick ihrer Sekretärin. Das Büro-Geschirrtuch war über Natashas Schultern gebreitet und fing einzelne ihrer dunkelblonden Haarsträhnen auf, an denen sich Linda mit der Schere zu schaffen machte.

«Keine Zeit.» Natasha konzentrierte sich wieder auf die Akte vor sich. Die Brille war ihr auf die Nasenspitze gerutscht. «Muss diese Akten durchlesen. Um zwei ist das Schlussplädoyer im Gericht.»

«Du könntest wirklich was aus dir machen, wenn du dir ein bisschen Mühe geben würdest.»

«Du klingst wie meine Eltern. Gibt es noch Tee?»

Sie überflog die letzte Seite ihrer Notizen. Ihr Telefon piepte. Mac hatte ihr an diesem Morgen schon zwei SMS geschrieben, in denen er fragte, wann er ins Haus kommen könne. Sie vertröstete ihn mittlerweile seit beinahe zehn Tagen.

Sorry. Zu viel los morgen. Vielleicht Donnerstag.
Melde mich

tippte sie. Kaum hatte sie das Handy weggelegt, piepte es erneut.

Nur eine halbe Stunde. Mittwochabend.

Sie wollte ihn nicht sehen. Da stand so vieles zwischen ihnen. Er war ein ganzes Jahr lang fortgeblieben, da würden ihm ein, zwei Tage mehr nicht weh tun. Sie schrieb zurück:

Ich kann nicht. Muss eine Verhandlung vorbereiten.
Tut mir leid.

Doch heute schien er die Geduld zu verlieren:

Ich brauche meine Sachen. Bis spätestens Freitag.
Kann sie auch abholen, wenn du nicht da bist. Gib bitte Bescheid, ob du die Schlösser ausgewechselt hast.

Sie versuchte, sich zu sammeln.

«Warum, Linda», sagte sie, «sollte ich zu einem Friseur gehen? Deine Haarschnitte sind in Ordnung.»

«Immer sparsam mit Lob, Mrs. Macauley.»

Ben kam herein und legte eine weitere Akte auf den Schreibtisch. Als sie sich vorlehnte, um sie zu nehmen, provozierte sie einen Fluch hinter sich.

«Linda, hat diese Sozialarbeiterin wegen Ahmadi zurückgerufen?»

Sie war sich nicht sicher, was sie die Frau überhaupt fragen wollte, aber sie brauchte ein paar Anhaltspunkte. Wie hatte sie sich in dem Jungen so täuschen können? «Ahmadi ... Ist das der Typ aus der Zeitung? Den du vertreten hast?

Ich habe seinen Namen erkannt.» Linda entging nichts. «Er hat jemanden angegriffen, oder? Das hat mich wirklich überrascht. Er machte nicht den Eindruck, als sei er zu so was in der Lage.»

Natasha wollte das nicht vor ihrem Referendar besprechen. «Den machen sie nie. Komm schon, Linda, du müsstest längst fertig sein. Ich muss in zwanzig Minuten ins Gericht und habe noch nicht einmal ein Sandwich gegessen.»

«Wie lief es?»

Conor wartete vor dem Gerichtsgebäude auf sie. Er beugte sich vor und küsste sie. Längst machte sie sich keine Gedanken mehr darüber, dass andere Anwälte sie sehen könnten. Sie waren nun offiziell ein Paar.

«Gut. Der gegnerische Anwalt war erbärmlich schlecht vorbereitet.»

Conor strich ihr über den Hinterkopf. «Hübsche Frisur. Gehen wir was essen?»

«Oh Gott, ich würde so gerne, aber ich muss noch so viel Arbeit erledigen.» Sie sah, wie sich seine Miene verdüsterte. «Aber ein Drink wäre gut. Ich habe dich die ganze Woche kaum gesehen.»

Der Asphalt reflektierte die tiefstehende Sonne, als sie die Straße zum Pub überquerten. Natasha schlüpfte schon aus ihrer Jacke, bevor sie dort ankamen.

«Wir können uns dieses Wochenende leider nicht sehen», sagte Conor gleich, als sie an der Bar standen. «Ich habe die Jungs. Ich dachte, ich sag's dir besser gleich.»

Conors Söhne waren nun fünf und sieben und anscheinend viel zu verletzlich und traumatisiert, um von der Existenz von Daddys Freundin zu erfahren. Und das, obwohl Conor schon seit über einem Jahr von ihrer Mutter geschieden war. Natasha versuchte, sich ihre Enttäuschung nicht zu sehr anmerken zu lassen. «Schade», sagte sie leichthin. «Ich hatte im Wolseley reserviert.»

«Du machst Witze.»

Sie versuchte zu lächeln. «Nein. Es ist unser Sechsmonatsjubiläum, falls dir das nicht bewusst war.»

«Und ich dachte immer, du seist eine eingefleischte Nicht-Romantikerin.»

«Du hast kein Monopol auf nette Gesten, weißt du», sagte sie kokett. «Dann muss ich wohl jemand anderen finden, den ich dorthin ausführen kann.»

Die Vorstellung schien ihn nicht zu beunruhigen. Er bestellte ihre Getränke und wandte sich dann wieder zu ihr um. «Sie fährt übers Wochenende nach Dublin.» «Sie» war immer seine Exfrau. «Also habe ich die Jungs von Freitag bis Montagmorgen. Der Himmel weiß, was ich mit den beiden anstellen soll. Sie wollen eislaufen gehen. *Eislaufen*, ist das zu glauben? Draußen haben wir fünfundzwanzig Grad.»

Natasha nippte an ihrem Wein und überlegte, ob es die Mühe wert war, ihre Hilfe anzubieten. Wenn er sie zurückweisen würde, hätten sie definitiv ein Stimmungsproblem. Es war sicherer, einfacher für alle, wenn sie so tat, als sei es ausgeschlossen, dass sie ihn und die Jungs begleiten könnte. «Bestimmt fällt dir was ein», sagte sie vorsichtig.

«Was ist mit Montagabend? Ich könnte direkt zu dir kommen, wenn du möchtest.»

«Dann nehme ich wohl, was ich kriegen kann», sagte sie. Warum durfte sie seine Söhne nicht kennenlernen? War ihre Beziehung etwa nur für den Übergang bestimmt, sodass es sich nicht lohnte, ihnen Natasha vorzustellen? Oder, schlimmer noch, umgab sie eine so unmütterliche Aura, dass er nicht wollte, dass sie Zeit mit seinen Kindern verbrachte?

Während sie ihren Wein tranken, sprachen sie über die Arbeit. Danach kehrte Natasha für eine weitere Stunde an ihren Schreibtisch zurück. Sie rief ihre Mutter an, hörte sich die übliche Litanei über die gesundheitlichen Beschwerden ihres Vaters an. Um neun schloss sie das Büro ab, ging in den Spätsommerabend hinaus und nahm ein Taxi nach Hause.

Sie sah die Londoner Straßen vorbeifliegen, Paare gemächlich aus Pubs und Restaurants schlendern. War man allein, war die Welt voller Paare. Vielleicht hätte sie mit Conor ausgehen sollen, aber ihre Arbeit war die einzige Konstante in ihrem Leben. Wenn sie die vernachlässigte, um mit ihm essen zu gehen, wäre ihr ganzes Leben umsonst.

Plötzlich wurde sie von Traurigkeit überwältigt. Sie fischte in ihrer Handtasche nach einem Taschentuch und zwang sich dann dazu, eine der Akten für morgen durchzusehen. Komm schon, Natasha, reiß dich zusammen, beschwor sie sich und fragte sich, warum sie so dünnhäutig war. Die Antwort lag auf der Hand.

Sie klappte die Akte zu und griff nach ihrem Handy. Sie las die Nachrichten, die in der Zwischenzeit eingetroffen waren. Dann holte sie tief Luft und tippte:

> Schlösser nicht ausgewechselt. Komm, wann immer du willst. Falls es spät wird, lass das Licht an und schließ die Vorhänge, bevor du gehst.

«Im übrigen muß man, wie ich nicht oft genug betonen kann, jedesmal, wenn das Pferd etwas gut macht, ihm etwas Angenehmes erweisen.»

Xenophon, Über die Reitkunst

Kapitel 4

Als sie ankam, stand Ralph am Tor. Sie blickte ihn fragend an, dann auf die Uhr. Mit seinen zwölf Jahren stand er selten vor Mittag auf. Die Schule betrachtete er eher als eine freiwillige Angelegenheit.

«Der Malteser Sal veranstaltet ein Rennen», sagte er und zeigte auf den Lastwagen auf der anderen Straßenseite. Dort zog sich Sal seine Jacke über und blickte auf sein Handy. «Kommst du?»

«Wohin?»

«Zur Überführung. Die beim Fußballplatz. Es dauert nur zwanzig Minuten. Komm schon. Vicente nimmt uns hinten auf seinem Pick-up mit.»

Mit einer Zigarette im Mundwinkel sah Ralph sie erwartungsvoll an. «Ich hab Sal geholfen, die Stute fertig zu machen. Sie platzt fast vor Energie.»

Unsicher blickte Sarah wieder auf ihre Armbanduhr.

«Cowboy John ist schon dort», sagte er. «Los. Es wird ein Riesenspaß.»

Sie hätte mit ihrem Pferd trainieren sollen, aber da stand Ralph und wartete. Und sie war die Einzige auf dem Hof, die noch nie ein Rennen gesehen hatte.

«Komm jetzt, es ist wahrscheinlich das letzte diesen Sommer.»

Sie zögerte nur einen Moment und rannte dann hinter ihm her zu dem roten Pick-up-Truck, dessen Motor bereits Abgaswolken in die frische Morgenluft pustete. Sie warf ihre Tasche auf die Ladefläche, nahm Ralphs Hand und ließ sich von ihm auf den Berg von Seilen und Abdeckplanen hinaufhelfen. Vicente wies sie an, sich gut festzuhalten, dann bog er hinter vier anderen Fahrzeugen auf die ruhige Straße ein. Alle Wagen waren voller dunkelhaariger Männer, Zigarettenrauch quoll aus den halb geöffneten Fenstern.

«Er hat eine große Wette gegen das fahrende Volk von Picketts Lock laufen», rief Ralph ihr über den Motorenlärm hinweg zu. Sie duckten sich kurz, als ihnen ein Polizeiauto entgegenkam.

«Welche Stute?»

«Er schickt die Graue ins Rennen.»

«Die, die gegen den Sulky ausgeschlagen hat?»

«Er hat jetzt einen neuen, und bessere Scheuklappen. Er hat da viel Geld drinstecken, das sag ich dir. Viel Geld.» Mit einem breiten Grinsen im Gesicht streckte Ralph seine Arme seitlich aus.

«Sag Papa nicht, dass ich mitgekommen bin», rief sie. Ralph nahm einen tiefen Zug und warf seinen Zigarettenstummel auf die Straße. Einige Dinge waren so selbstverständlich, dass man sie wirklich nicht erwähnen musste.

Unregelmäßig stattfindende, stets unangekündigte Sulky-Rennen hatten in East London Tradition. Es gab kein Stadion, keine von Flutlicht erleuchtete Bahn, auf der die besten Pferde miteinander wetteifern konnten, keinen Buchmacher. Stattdessen einigten sich die Konkurrenten mehrere Male pro Jahr auf einen Ort, bei dem die Länge der Asphaltpiste stimmte, und trafen sich dort.

Die Tatsache, dass diese «Bahn» unvermeidlicherweise eine öffentliche Straße war, tat der Vorfreude auf das Rennen keinen Abbruch. Kurz nach Tagesanbruch, wenn noch wenig Verkehr war, starteten die Pick-up-Trucks. Zwei fuhren jeweils in einer Richtung nebeneinander, sodass sie beide Fahrbahnen der vierspurigen Schnellstraße blockierten. An vorher vereinbarten Stellen kamen sie mit blinkenden Warnlichtern zum Stehen, sodass jedes andere Fahrzeug gezwungen war, hinter ihnen anzuhalten. Bevor die anderen Fahrer überhaupt begriffen, was vor sich ging, waren die rivalisierenden Pferde mit ihren extraleichten Sulkys bereits auf der Straße. Das Rennen erstreckte sich über eine Meile und wurde begleitet von Gebrüll, Schweiß, Flüchen, einem Gewimmel von Beinen und Peitschen. Die Fahrer lehnten sich nach vorne, um ihre Pferde bis zu der vereinbarten Ziellinie anzutreiben, meist einem von zwei Jugendlichen gehaltenen Isolierband. Minuten später war das Band zerrissen, das Rennen entschieden. Die Teilnehmer verschwanden in Seitenstraßen, um sich zu gratulieren, zu streiten oder Gewinne auszuhändigen. Bis die Polizei eintraf, gab es kaum noch Beweise dafür, dass überhaupt etwas stattgefunden hatte – höchstens einen Haufen Pferdeäpfel oder ein paar Zigarettenkippen auf dem Boden.

Ralph erklärte ihr, dass dies hier die Lieblingsrennbahn des

Maltesers Sal war. «Neuer Asphalt, siehst du?» Anerkennend fuhr er mit seinem Stiefel über die glatte Oberfläche.

Sie waren von der Ladefläche des Wagens gesprungen und standen nun am Fuße der Überführung, die zum Industriegebiet hinausführte. Ein paar Meter entfernt wechselte Geld seinen Besitzer. Das Team des Maltesers stand auf einer Seite der Straße, das fahrende Volk auf der anderen. Cowboy John lehnte an einem Lieferwagen und schmauchte nachdenklich eine Selbstgedrehte. Unweit von ihnen überprüfte der Malteser Sal die Schnallen am Geschirr seines Pferdes. Als es tänzelte, schalt er es. Mit einem breiten Lächeln entblößte er einen Goldzahn.

«Sie hassen ihn», bemerkte Ralph und zündete sich eine neue Zigarette an. «Ist letztes Jahr mit einer ihrer Frauen erwischt worden. Heute gilt alles oder nichts.»

«Alles oder nichts?»

Ralph sah sie an, als sei sie schwer von Begriff. «Wenn er verliert, ist er die Stute los.»

«Wird ihn das nicht wütend machen?», fragte sie.

Ralph spuckte auf den Boden. «Na ja. Die Zigeuner wissen, dass Sals Leute gut organisiert sind. Und für alle Fälle haben sie Knarren dabei. Wir bleiben wohl besser auf Vicentes Wagen, für den Fall, dass wir schnell wegmüssen.» Er lachte. Die Aussicht auf einen Kampf gefiel ihm immer.

Die Männer kletterten zurück in die Lastwagen, und Sarah zitterte, ob vor Nervosität oder vor Aufregung war ihr selbst nicht klar. Der Verkehr donnerte über die Überführung. Es waren nun mehr Fahrzeuge, die morgendliche Rushhour begann.

Jemand pfiff, ein Hund bellte, dann zog Ralph sie zur Auffahrt hinüber. Vier Lastwagen wendeten und fuhren in vorbestimmter Formation los, um den Verkehr auf der Überführung zu blockieren. Dann standen nur noch die Männer an der Auffahrt und die Pferde, denen Atemwolken aus den Nüstern stiegen. Hinter der grauen Stute hockte Sal in seinem leuchtend roten Sulky, die Beine abgestützt, hielt die Zügel locker in der Hand und wartete auf das Startsignal.

«Los!», schrie jemand, als der Verkehr zum Stillstand gekommen war. «Los!»

In einer fließenden Bewegung waren die beiden Pferde auf der Auffahrt. Die Räder der Rennwagen berührten sich beinahe, die Fahrer beugten sich tief nach vorn und hielten die Peitschen hoch erhoben, während sie die Pferde über den jetzt leeren Straßenabschnitt trieben.

«Los, Sal!», schrie Ralph, seine Stimme überschlug sich vor Aufregung. Und Sarah spürte, wie er sie am Ärmel packte und zu Vicentes Wagen hinüberzog, dessen Motor bereits lief, damit sie die Rennpferde verfolgen konnten, die schon beinahe außer Sichtweite waren.

Er schubste sie auf die Ladefläche, dann hörte sie die Hupen der parkenden Wagen, das Quietschen von Gummi, spürte den Wind um ihre Ohren, während sie sich an den Stäben an der Heckscheibe festhielt.

«Er schafft es!», schrie Ralph. «Er liegt vorne. Weiter so, Sal! Mach ihn fertig!»

Das Herz schlug ihr bis zum Hals, und sie wandte ihre Augen nicht von der tapferen kleinen Stute ab, die vor Anstrengung jeden sehnigen Muskel anspannte, um ihren Trab in einem solchen Tempo beizubehalten. Ihre kleinen Hufe berührten kaum den Straßenbelag. «Weiter so», beschwor sie sie in der Furcht, sie könne verlieren und an das fahrende Volk übergeben werden. Dann wäre sie für immer verloren an ein unkrautüberwuchertes Brachland voller schwarz-weiß gefleckter Ponys und kaputter Einkaufswagen. Sie spürte eine stille Verbindung mit dem kleinen Pferd und kämpfte mit ihm inmitten des Gebrülls, des Schweißes und des Lärms um ihr eigenes Überleben. *Weiter.*

Und dann war es zu Ende. Ein Siegesruf ertönte, und die Pferde waren so schnell von der Überführung herunter, wie sie gekommen waren. Hinter ihnen setzten sich die Trucks, die die Straße blockiert hatten, wieder in Bewegung. Sarah hob den Kopf und sah Sal, der von dem noch rollenden Sulky sprang und triumphal die Hand hochstreckte. Einer seiner Kumpels klatschte ihn zur Begrüßung ab. Angesteckt von all dem Irrsinn und Sals Sieg, klammerten sie und Ralph sich lachend aneinander.

Die graue Stute war für ein paar Wochen in Sicherheit. Sicher in Cowboy Johns Obhut.

Als sie von der Schule zurückkehrte, war Papa im Stall. Er beugte sich immer wieder tief in Boos Box hinunter, während er das Fell des Pferdes auf Hochglanz polierte. Wenn Papa etwas nicht gründlich machen konnte, ließ er es lieber ganz bleiben. Das lag an all den Jahren beim Militär.

Cowboy John lehnte an der Stalltür und trank aus einer Tasse farblosen Tee. Er schien sich nie anzustrengen, aber irgendwie hielt er den Hof in Ordnung. «Das Zirkusmädchen ist da!», bemerkte er, und Ralph, der neben einem schwarzweißen Irish Cob mit flachem Kopf stand, zwinkerte ihr zu.

«Der Bus hatte Verspätung», sagte sie und setzte ihre Tasche auf einem Heuballen ab.

«Sie hat ihr Tutu vergessen», sagte Cowboy John.

«Hast du deine Matheklausur schon zurück?», fragte Papa.

«Zwölf von zwanzig Punkten.»

«Habe ich euch schon erzählt, dass Sal heute das schwarze Pferd verkauft hat, das er von den Italienern drüben in Northolt hatte?»

Die Hand ihres Großvaters legte sich auf Boos Brust, und gehorsam trat er ein paar Schritte zurück. «Den Traber?», fragte er. Sal war ständig dabei, Trabrennpferde zu kaufen und zu verkaufen.

Cowboy John nickte. «Heute Nachmittag kam ein Mann und hat es abgeholt.»

«Das bewegt aber nur den Hintern, wenn er Glück hat», sagte Ralph. «Es rennt wie ein o-beiniger Cowboy auf High Heels.»

«Das Pferd kam aus seinem Stall, als sei es bereit fürs Kentucky Derby», sagte Cowboy John.

«Aber wie ...», begann Sarah.

«Er hat ihm eine Murmel ins Ohr gesteckt», unterbrach Ralph sie.

«Das Pferd kam raus und hat seinen Kopf herumgeworfen wie die wildeste Rakete. Von dem Geld, das Sal dafür bekommen hat, hat er zwei neue gekauft. Kommen am Samstag. Beides Rennpferde.»

Sarah wusste, dass Papa die Tricks von Sal zuwider waren. Er tat so, als hörte er nicht zu.

In diesem Moment entdeckte Cowboy John eine rothaarige Frau mittleren Alters, die auf der Straße vorüberging. «Mrs. Parry!», rief er und stiefelte Richtung Tor. «Waren Sie das gestern Abend im Fernsehen?» Er nahm den Hut ab und schwenkte ihn, um ihre Aufmerksamkeit auf sich zu ziehen. «Sie waren es! Ich wusste, dass Sie das sind!»

Sie wurde langsamer und drehte verblüfft den Kopf.

Ralph stöhnte auf.

«Bei *Britain's Next Top Model*! Da – sehen Sie? Sie lächeln. Ich wusste, dass Sie das sind. Wollen Sie Eier kaufen? Ich habe auch herrliche Avocados. Eine ganze Schüssel voll, wenn Sie möchten. Nein? Kommen Sie bald wieder, hören Sie? Wenn der Model-Vertrag ausgelaufen ist.»

Cowboy John grinste, als er wieder zu ihnen zurückkehrte. «Diese Mrs. Parry von der Post, die ist eine Wucht.» Er dehnte das Wort anerkennend. «Wenn sie zwanzig Jahre jünger wäre …»

«Dann könnte sie dir deine Gehhilfe reichen», sagte Ralph.

Papa sagte nichts. Er bürstete wieder, mit heftigen, zügigen Strichen. Cowboy John nahm einen weiteren Schluck aus seiner Teetasse.

Sarah liebte solche Nachmittage, wenn die Pferde schläfrig in der Sonne standen und die Männer gut gelaunte Beleidigungen wechselten. Hier spürte sie Nanas Abwesenheit nicht dauernd wie eine tiefe schwarze Leere. Hier fühlte sich Sarah zu Hause.

«Mädchen, ich sage es deinem Großvater immer wieder. Schau dir das an! Das ist der Grund, warum er nie eine Freundin finden wird.» Sie folgte seinem Blick auf Papas Bürste, die entschlossen Boos glänzende Flanke hinabglitt. «Ich sag's dir, Captain, eine Frau mag es langsam, sie möchte sanft angefasst werden.»

Papa bedachte ihn mit einem unheilschwangeren Blick und widmete sich wieder seiner Tätigkeit.

«Ich dachte immer, die Franzosen seien so tolle Liebhaber», setzte Cowboy John nach.

Ihr Großvater zuckte mit den Schultern und klopfte Staub aus seiner Bürste. «John, wenn du den Unterschied zwischen ‹lieben› und ‹striegeln› nicht kennst, wundert es mich nicht, dass deine Pferde so einen verwirrten Eindruck machen.»

Die Sonne sank langsam hinter die Eisenbahnbrücke. Der Feierabendverkehr hatte begonnen, und rund um den Park bildeten sich Autoschlangen. Was die Autofahrer auf dem Gras zu sehen bekamen, lenkte sie kurzzeitig vom Verkehr ab.

Sarah bemerkte sie nicht. Papa stand mit ausgestreckten Armen neben ihr. «Sitz aufrecht», murmelte er. «Es hängt alles vom Sitz ab, Sarah. *Comme ça.*»

Sie schwitzte vor Anstrengung. Sie konnte aus dem linken Augenwinkel Papas Gerte sehen – sie berührte Boos prächtiges rotbraunes Fell nie –, spürte die Kraft, die sich unter ihr sammelte. Seit beinahe vierzig Minuten arbeiteten sie nun an der *Piaffe*, das T-Shirt klebte ihr am Rücken, und die Sonne brannte auf ihren sowieso schon heißen Kopf herunter. Vorwärtstraben, dann halten, dann erneut traben und versuchen, so viel Energie aufzustauen, dass er auf der Stelle trabte, in der rhythmischen Bewegung, die der Ausgangspunkt für schwierigere Übungen war. Übungen, für die Sarah, wie Papa ihr mehrfach gesagt hatte, noch nicht gut genug war.

Vor ein paar Monaten hatte sie so lange gebettelt, bis er ihr gezeigt hatte, dass er Boo vom Boden aus zu einer *Levade* bewegen konnte. Das Pferd balancierte auf seinen Hinterbeinen, als wolle es sich aufbäumen. Sie konnte es kaum erwarten, selbst eine Übung auszuprobieren, die Boo abheben ließ – die *Courbette*, die *Capriole* –, und zwar, während sie auf seinem Rücken saß. Aber Papa erlaubte es ihr nicht. Grundlagen, immer und immer wieder Grundlagen. Ganz bestimmt keine *Levade* in einem öffentlichen Park, wo die Leute sie beobachteten. Was wollte sie damit erreichen? Wollte sie Boo vermitteln, er sei ein Zirkuspferd? Sie wusste, dass er recht hatte, aber manchmal langweilte sie sich so. Sie trat auf der Stelle und durfte nicht loslegen.

«Und vorwärts. Belohne ihn.»

Sie erlaubte dem Pferd, sich vorwärtszubewegen, bremste ihn dann und versuchte, ihn mit einer Verlagerung ihres Gewichts, einem minimalen Zug an den Zügeln zurückzuholen.

«*Non!* Du kippst wieder nach vorne.»

Sie sank auf dem Hals des Pferdes zusammen und stieß einen Schrei aus. «Tu ich *nicht!*»

«Du gibst ihm widersprüchliche Signale», sagte Papa, das Gesicht in ärgerliche Falten gelegt. «Wie soll er dich verstehen, wenn deine Beine ihm eine Hilfe geben und dein Sitz ihm etwas anderes sagt?»

Sie biss sich auf die Lippe. Was machen wir hier eigentlich?, hätte sie am liebsten gerufen. Ich werde deine Erwartungen sowieso nie erfüllen können. Das hier ist einfach Schwachsinn.

«Sarah, konzentrier dich.»

«Ich konzentriere mich! Es ist zu heiß! Er hört nicht mehr auf mich.»

«Er weiß, dass du nicht auf mich hörst. Deswegen hört er nicht auf dich.»

Immer war sie schuld. Nie das Pferd.

«Du sitzt da, *comme ça*, und du bringst ihm bei, nicht auf dich zu hören.»

Ihr war zu warm. «Okay», sagte sie, nahm die Zügel in eine Hand und glitt vom Pferd. «Wenn ich so unbrauchbar bin, mach du es doch.»

Sie stand auf dem harten Boden und staunte über ihren eigenen Ungehorsam. Sie widersprach Papa nur selten.

Er funkelte sie an, seine Augen glühten dermaßen, dass sie ihren Blick senkte wie ein beschämter Hund.

«*Je m'excuse*», sagte er plötzlich.

Sie wartete, unsicher, was er nun tun würde. Er ging zügig auf Boo zu und setzte seinen linken Fuß mit einem leichten Ächzen in den Steigbügel, stieß sich in die Höhe und ließ sich vorsichtig auf den Sattel sinken. Boos Ohren zuckten, er erschrak über das ungewohnte Gewicht. Papa sagte nichts zu ihr. Er legte die Steigbügel über Kreuz vor sich über den Sattel, sodass seine Beine lose herunterhingen. Dann ließ er Boo mit unwahrscheinlich geradem Rücken und scheinbar bewegungslosen Händen einmal einen großen Kreis beschreiben und veranlasste das Pferd dann zu seiner Übung.

Sarah beschirmte ihre Augen mit der Hand gegen die Sonne und sah zu, wie ihr Großvater, den sie nie zuvor auf einem Pferd gesehen hatte, mit beinahe unmerklichen Bewegungen dem Tier etwas abverlangte, was es nie zuvor gemacht hatte. Aber mit weißem Schaum vor dem Maul hob Boo im Trab seine Beine höher und höher in Richtung nirgendwo, ohne nach vorne auszubrechen. Sarah stockte der Atem. Papa war wie die Männer auf der DVD. Er bewerkstelligte alles, während er nichts zu tun schien. Ihr Großvater schien immer noch regungslos zu verharren, während Boos Hufe einen rhythmischen Trommelwirbel auf dem rissigen braunen Boden ausführten. Plötzlich verfiel das Pferd in eine schwankende Bewegung, den Schaukelgalopp auf der Stelle, das *terre à terre*. Schließlich erklang aus dem Nichts ein «Hop!». Boo erhob sich auf seine Hinterbeine, die Vorderbeine ordentlich unter der Brust zusammengeklappt. Die Muskeln seiner Hinterbeine zitterten, als er sich bemühte, die Balance zu halten. *Levade*.

Jemand rief vom Gehweg aus «Yippeh!», und hinter ihrem

Rücken erklang besorgtes Gemurmel. Dann war er wieder unten. Und Papa schwang sein Bein hinten über den Sattel. Das einzige Anzeichen für seine Anstrengung waren dunkle Schatten auf seinem blauen Hemd.

Er flüsterte dem Pferd etwas zu und fuhr ihm mit der Hand langsam den Hals entlang, dankte ihm. Dann reichte er ihr die Zügel. Sie wollte fragen, wie er das gemacht hatte, warum er nicht mehr ritt, wenn er so reiten konnte. Aber bevor sie wusste, was sie sagen wollte, sprach er.

«Er strengt sich zu sehr an», sagte er. «Er ist zu angespannt. Wir müssen Druck rausnehmen, damit er sich weniger um seine Balance sorgt.»

Sarah war immer noch ein wenig überwältigt von dem, was sie gesehen hatte. «Soll ich es weiter versuchen?», fragte sie.

Papa streichelte Boos Hals. «Nein», sagte er leise.

Dann rieb er sich den Schweiß vom Gesicht. «Nein. Er ist erschöpft. Steig auf. Wir gehen nach Hause.»

«Da drüben steht ein Eiswagen», sagte sie hoffnungsvoll, aber er schien sie nicht zu hören.

«Du musst dich nicht schlecht fühlen», sagte er im Gehen. «Manchmal … manchmal verlange ich zu viel von dir. Er ist jung … du bist jung.»

Er berührte ihre Hand, und Sarah begriff, dass diese Geste sein Eingeständnis war, dass er falschgelegen hatte.

Sie ritten eine Runde durch den Park, um Boos Muskeln zu dehnen und zu lockern, dann gingen sie auf den Ausgang zu. Papa war offenbar in Gedanken versunken, und Sarah wusste nicht, was sie sagen sollte. Immer wieder sah sie ihren Großvater auf dem Pferd vor sich. Er hatte so anders gewirkt als sonst. Sie wusste, dass Papa einer der jüngsten Reiter im

Cadre Noir gewesen war. Ihre Nana hatte ihr erzählt, dass immer nur zweiundzwanzig Reiter die schwarze Uniform mit der goldenen Borte tragen durften, die sie als Meister ihrer Kunst auswies. Die meisten hatten ihr Land bereits in internationalen Wettkämpfen vertreten – in der Dressur, im Gelände- oder beim Springreiten –, aber Papa hatte es auf dem schwierigsten Weg geschafft: Er, der Sohn eines Kleinbauern aus Toulon, war durch die Ränge der Kavallerie aufgestiegen bis in die Elite der französischen Reitkunst.

Als sie ihn zum ersten Mal gesehen hatte, erzählte Nana Sarah mit einem Blick auf das Foto, das die beiden zusammen zeigte, hatte sie ihn auf seinem Pferd so gut aussehend gefunden, dass ihr Herz ins Stocken geraten war und sie beinahe ohnmächtig geworden wäre. Obwohl sie Pferde nicht einmal besonders mochte, war sie dem Cadre Noir nachgereist, um ihn jeden Tag sehen zu können. Dann stand sie vorn im Publikum und verlor sich im Anblick dieses Mannes, der seinerseits in der Konzentration auf etwas verloren war, das sie nicht verstand.

Das war es, was Nana gesehen hat, dachte Sarah. Wie er scheinbar einfach nur da gesessen hatte und Boo wie durch Telepathie verstanden hatte, was von ihm verlangt wurde. Sie hatte Magie gesehen.

Als sie die Hauptstraße in Richtung Stall überquerten, brach Papa endlich das Schweigen. «John hat mir gesagt, dass er darüber nachdenkt zu verkaufen.»

«Aber wo sollen wir dann Boo lassen?», fragte sie.

«Er sagt, wir müssten nicht weg.»

Es verging kaum ein Monat, in dem John kein Geld dafür geboten wurde, dass er vom Hof zog. Manchmal waren es riesige Beträge, Summen, die ihn kichern ließen, so absurd waren sie. Er hatte immer abgelehnt und den potenziellen Käufer gefragt, wo er dann mit seinen Pferden, Katzen und Hühnern hinsolle.

Papa schüttelte den Kopf. «Er sagt, jemand aus seinem engen Umfeld sei interessiert, und nichts würde sich ändern. Mir gefällt das nicht.»

Er hielt inne und wischte sich abwesend über das Gesicht. «Wir haben die Eier, oder?»

«Das habe ich dir schon gesagt, Papa. Sie sind auf dem Hof.»

«Es ist die Hitze», sagte er. Sein Kragen war dunkel vor Schweiß. Möglicherweise war er noch verschwitzter als vorhin nach dem Reiten. Er fasste nach dem Hals des Pferdes, wie um sich abzustützen, und fuhr mit der Hand seine Mähne entlang, murmelnd.

Im Rückblick hätte sie bemerken müssen, wie seine Stimmung wechselte, dass er Boo nicht zurechtwies, als er am Bordstein nicht still stehen blieb – sonst bestand er darauf, dass Boo mit allen vier Hufen auf dem Boden und bewegungslos stehen blieb, wenn er ihn dazu aufforderte. Zwei Laster fuhren vorbei, und ein Fahrer bedachte sie mit einer obszönen Geste. Da Papa mit dem Rücken zu ihr stand, gab sie sie zurück. Manche Männer malten sich aus, dass Mädchen aus den falschen Gründen auf Pferden ritten.

Sie überquerten die Straße und tauchten in die Nebenstraßen ein, in denen Kastanienbäume willkommenen Schatten spendeten. Boo streckte sich und stupste ihren Großvater in den Rücken, als wolle er Aufmerksamkeit, aber Papa schien es nicht zu spüren. Er rieb sich erneut über das Gesicht, dann über den Arm. «Heute Abend gibt es Omelette», sagte er. «*Omelette aux fines herbes.*»

«Ich koche», sagte Sarah. Sie überquerten die Straße zum

Hof, und sie hob die Hand, um einem Fahrer zu danken, der für sie gehalten hatte. «Wir könnten Salat dazu essen.»

Dann ließ Papa die Zügel los, die er gehalten hatte. «Du nimmst … die Eier», sagte er und blinzelte.

«Was?»

Aber er hörte ihr nicht zu. «Wird Zeit, dass ich mich setze …»

«Papa?» Sie blickte zu dem wartenden Fahrzeug. Sie befanden sich immer noch mitten auf der Straße.

«Alles weg», murmelte er.

Sie begriff nicht, was er tat.

«Papa», rief sie. «Wir müssen von der Straße.»

Boo probte den Aufstand, seine Hufe schlugen auf den Pflastersteinen Funken, sein Kopf schoss hoch. Vor ihr ließ sich Sarahs Großvater zu Boden sinken, er klappte in der Mitte zusammen, als ließe er sich auf ein Bett nieder, sein Körper neigte sich leicht zu einer Seite. Der Mann im Wagen hupte einmal ungeduldig, schien dann zu begreifen, dass etwas nicht stimmte, und spähte durch die Windschutzscheibe.

Alles um Sarah herum geschah wie in Zeitlupe. Sie sprang vom Pferd. «Papa!», schrie sie und zog an seinem Arm, ohne die Zügel loszulassen.

Seine Augen schlossen sich. Er schien intensiv über etwas nachzudenken, sodass er sie nicht hören konnte, egal, wie laut sie rief. Sein Gesicht hing auf einer Seite herunter, als würde etwas an seinen Zügen ziehen. Dieses seltsame Zusammensacken eines Mannes, den sie immer nur gefasst und stark gekannt hatte, machte ihr Angst.

«Papa! Steh auf!» Ihr Geschrei ließ Boo tänzeln und an den Zügeln zerren.

«Ist er okay?», rief jemand von der Straße.

Das war er nicht. So viel konnte sie sehen.

Dann, als der Man aus dem Auto stieg und schnell auf ihren Großvater zuging, schrie sie: «John! John! Hilf mir!»

Das Letzte, woran sie sich erinnerte, war, wie Cowboy John aus seinem üblichen Schlendern in einen steifbeinigen Lauf verfiel und etwas rief, das sie nicht verstehen konnte.

Die Kehrmaschine kroch langsam über den Linoleumboden, ihre beiden Polierbürsten gaben ein effizientes Brummen von sich. Cowboy John saß auf dem harten Plastikstuhl neben dem Mädchen und blickte zum siebenundvierzigsten Mal auf seine Uhr. Seit beinahe vier Stunden saßen sie nun hier. Vier Stunden, und nur ein Mal war eine Krankenschwester aufgetaucht, um nachzusehen, ob mit Sarah alles in Ordnung war.

Er hätte längst zurück auf dem Hof sein müssen. Die Tiere waren inzwischen sicher hungrig, und er hatte das Tor abschließen müssen, sodass auch keiner der Pferdebesitzer hineinkam. Der Malteser Sal würde ihm morgen die Hölle heißmachen.

Aber er konnte sie hier nicht alleine lassen. Sie war noch ein Kind, verdammt noch mal. Sie saß ganz still da, die Hände im Schoß verkrampft, und ihr blasses Gesicht war eine Maske der Konzentration, als wolle sie den alten Mann telepathisch dazu bringen, wieder gesund zu werden. «Alles klar?», fragte er. «Soll ich dir einen Kaffee holen?»

Der Putzmann schob sich langsam an ihnen vorbei. Er erlaubte sich einen kurzen Seitenblick auf Cowboy Johns Hut und hielt dann auf die Kardiologie zu.

«Nein», sagte sie und fügte dann schnell hinzu: «Danke.»

«Er wird wieder gesund», sagte er zum bestimmt zehnten Mal. «Dein Großvater ist zäh wie Leder. Das weißt du.»

Sie nickte, aber ohne Überzeugung.

«Ich wette, jeden Moment kommt jemand da raus und sagt uns genau das.»

Ein kurzes Zögern. Dann nickte sie erneut.

Sie warteten, während vorbeihuschende Krankenschwestern sie ignorierten, und lauschten dem entfernten Piepen und Brummen der Maschinen. John rutschte auf seinem Sitz herum und wünschte sich einen Vorwand, aufzustehen und sich abzulenken. Er bekam das Gesicht des alten Mannes nicht aus dem Kopf: der bestürzte, wütende Ausdruck in seinen Augen, das verkrampfte Kinn, seine Beschämung darüber, dass ausgerechnet ihm so etwas geschehen musste.

«Miss Lachapelle?»

Sarah war so tief in ihre Gedanken versunken gewesen, dass sie aufschreckte, als der Arzt sie ansprach. «Ja», sagte sie. «Geht's ihm gut?»

«Gehören Sie ... zur Verwandtschaft?» Der Blick des Arztes ruhte nun auf John.

«So gut wie», entgegnete der und stand auf.

Der Doktor blickte sich zur Station um. «Genau genommen kann ich den Patienten mit niemand anderem besprechen als ...»

«Was Besseres als mich bekommen Sie nicht», sagte John langsam. «Der Captain besitzt keine anderen lebenden Familienmitglieder, nur Sarah hier. Und ich bin sein ältester Freund.»

Der Doktor setzte sich auf einen Stuhl neben sie und sah Sarah an, während er sprach. «Ihr Großvater hat eine Gehirnblutung erlitten. Einen Schlaganfall. Wissen Sie, was das ist?»

Sie nickte. «Im Großen und Ganzen.»

«Er ist stabil, aber etwas verwirrt. Er kann nicht sprechen oder selbst für sich sorgen.»

«Aber wird er wieder gesund?»

«Wie ich schon gesagt habe, er ist stabil. Die nächsten vierundzwanzig Stunden sind ziemlich entscheidend.»

«Kann ich ihn sehen?»

Der Arzt sah John an.

«Ich glaube, wir wüssten beide gern, dass es ihm so weit gut geht», sagte John mit fester Stimme.

«Er hängt an vielen Maschinen. Das könnte Sie erschrecken.»

«Sie ist hart im Nehmen. Wie ihr Großvater.»

Der Arzt blickte auf seine Uhr. «Okay. Kommen Sie mit.»

Lieber Gott, der alte Mann war in jämmerlichem Zustand. Auf einmal wirkte er dreißig Jahre älter, Schläuche führten in seine Nase und klebten auf seiner Haut, sein Gesicht sah grau aus und schlaff. Unwillentlich war Johns Hand zum Mund gefahren. Um ihn herum zeichneten Maschinen neonfarbene Linien und kommunizierten mit leisen, unregelmäßigen Piepsern.

«Wofür sind die Maschinen?», fragte er, um die Stille zu durchbrechen.

«Sie überwachen seinen Herzschlag, den Blutdruck, solche Sachen.»

«Und er ist okay?»

Die Antwort des Arztes kam prompt und war, argwöhnte John, bedeutungslos. «Wie ich bereits sagte, die nächsten vierundzwanzig Stunden sind entscheidend. Es ist gut, dass Sie so schnell Hilfe geholt haben. Bei Schlaganfällen ist das enorm wichtig.»

Die beiden Männer beobachteten stumm, wie Sarah an

das Bett trat und sich vorsichtig auf den Stuhl daneben niederließ, als befürchtete sie, ihn zu stören.

«Sie können mit ihm sprechen, wenn Sie wollen, Sarah», sagte der Arzt sanft. «Sagen Sie ihm, dass Sie hier sind.»

Sie weinte nicht. Keine einzige Träne. Sie streckte ihre schlanke Hand aus und berührte die ihres Großvaters, hielt sie einen Moment lang umschlossen. Aber sie hatte ihre Zähne fest zusammengebissen. Ganz die Enkelin des Captains.

«Er weiß, dass sie hier ist», sagte John.

Als sie wieder fuhren, war es dunkel. John war draußen bereits eine Weile rauchend vor der Notaufnahme auf- und abgegangen. Der Captain war immer stark gewesen, hatte den Eindruck erweckt, dass er noch da sein würde, stolz und unbeugsam wie ein Baum, wenn John selbst längst von dannen gegangen wäre. Ihn so hilflos wie ein Baby in diesem Bett liegen zu sehen, wo Krankenschwestern Sabber von seinem Gesicht tupfen mussten – na ja, es ließ ihm das Blut in den Adern gefrieren.

Dann sah er sie mit hochgezogenen Schultern und tief in die Taschen geschobenen Händen in der Schiebetür stehen. Zuerst bemerkte sie ihn nicht.

«Komm», sagte er, als ihm klarwurde, dass sie nichts dabeihatte. «Nimm meine Jacke. Dir ist kalt.»

Sie schüttelte nur stumm den Kopf.

«Es hilft dem Captain nicht, wenn du dich erkältest», sagte er. «Außerdem wird er mich mit allen möglichen von euren französischen Schimpfwörtern bedenken, wenn ich mich nicht gut um dich kümmere.»

Sie blickte zu ihm auf. «John, wusstest du, dass mein Großvater reiten kann – ich meine, richtig reiten?»

John war kurz aus dem Gleichgewicht gebracht. Er trat theatralisch einen großen Schritt zurück. «Reiten? Natürlich wusste ich das. Kann nicht sagen, dass ich ein Fan von diesem Herumgehüpfe bin, aber zum Teufel, ja, das wusste ich. Dein Opa ist ein großer Reiter.»

Sie versuchte zu lächeln, aber er konnte sehen, dass es sie Mühe kostete. Sie nahm die alte Jeansjacke an, die er ihr über die Schultern warf, und so gingen sie zusammen, der alte Cowboy und das Mädchen, bis zur nächsten Bushaltestelle.

«Bei einem noch nicht abgerichteten Fohlen soll man zunächst den Körper genau untersuchen, weil das noch nicht zugerittene Jungpferd von seinem Temperament durchaus noch keine klare Vorstellung zuläßt.»

Xenophon, Über die Reitkunst

Kapitel 5

Die Lichter im Haus brannten. Sie starrte vor sich hin, während sie den Motor ausschaltete und sich zu erinnern versuchte, ob sie sie am Morgen angelassen hatte.

«Oh», sagte sie, als sie die Haustür aufgeschlossen hatte. «Du wolltest doch schon vor Wochen kommen.» Sie klang schroff, ohne es zu wollen.

Mac stand mit einem Arm voll Fotopapier in der Diele. «Sorry. Es war ein bisschen verrückt bei der Arbeit. Aber ich habe dir eine Nachricht geschickt, dass ich heute komme.»

Sie kramte in ihrer Tasche nach dem Handy. «Oh», sagte sie erneut, immer noch aufgewühlt von seiner Anwesenheit, «ich hab sie nicht bekommen.»

Sie standen einander gegenüber. Mac hier, in ihrem Haus, in ihrem gemeinsamen Haus. Sein Haar war ein wenig anders, das T-Shirt kannte sie nicht. Mit einem schmerzhaften Stich bemerkte sie, dass er besser aussah – besser, weil er den größten Teil des Jahres ohne sie verbracht hatte.

«Ich brauche ein paar Teile von meiner Ausrüstung», sagte

er und deutete hinter sich, «sie ist nur nicht da, wo ich dachte, dass sie wäre.»

«Ich habe sie weggeräumt», antwortete sie, und während sie es sagte, fiel ihr auf, dass auch das unfreundlich klang. Als sei sie entschlossen gewesen, jede Spur von ihm zu tilgen. «Sie ist oben, im Arbeitszimmer.»

«Ach so. Deswegen habe ich sie nicht gefunden.» Er versuchte zu lächeln.

«Ich musste ein paar meiner Akten hier unten haben und …» Sie unterbrach sich. *Und es tat zu weh, dein ganzes Zeug um mich zu haben. Manchmal, nur manchmal, hatte ich den Impuls, alles mit einem großen Hammer zu zertrümmern.*

Sie wünschte, sie hätte sich auf ihn vorbereiten können. Sie hatte lange gearbeitet und zu viel Kaffee getrunken, auch wenn ihr bewusst war, dass sie nicht würde einschlafen können. Sie hatte sich ihr Make-up schon lange vom Gesicht gerieben. Vermutlich sah sie blass und erschöpft aus.

«Dann geh ich mal nach oben», sagte er. «Will dich nicht stören.»

«Nein, nein! Beeil dich nicht. Ich muss noch … Ich muss sowieso noch Milch kaufen. Lass dir Zeit.»

Es tut mir leid, hatte sie gesagt. Mac, es tut mir so leid.

Was genau? Seine Stimme hatte so ruhig geklungen, so vernünftig. Du hast mir eben gesagt, dass nichts passiert ist. Er hatte sie verständnislos angesehen. Du denkst wirklich, ich gehe wegen ihm, oder?

Sie war aus dem Haus, bevor sie seinen Protest hören konnte. Sie wusste, er war nur höflich. Wahrscheinlich dachte er, sie käme so spät nach Hause, weil sie bei Conor gewesen war. Obwohl er das nie aussprechen würde. Das war noch nie Macs Stil gewesen.

Sie kaufte nicht oft in diesem Supermarkt ein, der sich in einer unsichereren Gegend des Viertels befand. Es war eines der Geschäfte, in dem es ab und zu jemandem gelang, den Einkaufswagen, ohne zu bezahlen, nach draußen zu schieben, was die anderen Kunden dann mit Beifall bedachten. Aber sie hatte im Auto gesessen, bevor sie wusste, was sie tat, und hatte ihr Handy aus Furcht vor unüberlegtem Unsinn ausgeschaltet. Sie wollte nur weg von diesem Haus.

Sie stand vor dem Kühlregal und versuchte, einem brabbelnden Obdachlosen auszuweichen, der mit dem Joghurt sprach. Ihre Gedanken brummten so laut, dass sie vergessen hatte, weshalb sie hier war.

Mac, der ungeeignetste Heiratskandidat, der ihren Eltern je untergekommen war, die andere angeschlagene Hälfte eines Bundes, der sie beide beinahe zerstört hätte, Mac war wieder da.

Sie hatte sich so lange geweigert, an ihn zu denken, und er hatte es ihr leicht gemacht. Manchmal hatte es den Anschein gehabt, als sei er von der Erdoberfläche verschwunden. Im letzten Jahr ihrer Ehe war er so viel fort gewesen, dass sie sich ohnehin wie ein Single vorgekommen war. War er da, hatte sie festgestellt, dass sie über alles so wütend war, dass die Einsamkeit einfacher auszuhalten war. Nimm dein Zeug und geh, beschwor sie Mac nun in Gedanken und spürte das unangenehme Echo der verzweifelten Tage, die noch nicht lange genug zurücklagen. Ich möchte nichts mit all dem zu tun haben. Ich will nicht einmal einen Hauch dessen fühlen, was ich letztes Jahr gefühlt habe. Tu, was du tun musst, und lass mich in Frieden.

Von einem Tumult im Nachbargang wurde sie aus ihren Gedanken gerissen. Sie wagte sich nach vorn zu den Müslis, um zu sehen, was vor sich ging.

Ein übergewichtiger Afrikaner hielt einen Teenager fest. Das Mädchen konnte nicht älter sein als sechzehn, das Haar fiel ihr in das Gesicht, und sie versuchte verzweifelt zu entkommen, aber er hielt ihren Oberarm unerbittlich umklammert.

«Ist alles in Ordnung?», fragte Natasha das Mädchen und trat hinter dem Regal mit den Haferflocken hervor. Die Szene verursachte ihr Unbehagen. «Ich bin Anwältin», erklärte sie. In diesem Moment stach ihr das Abzeichen des Wachmannes ins Auge.

«Da hast du's. So eine wirst du bald brauchen», sagte die Kassiererin. «Damit sparst du dir einen Anruf.»

«Ich habe nichts gestohlen.» Das Mädchen wollte erneut ihren Arm zurückziehen. In dem harten Neonlicht wirkte ihr Gesicht blass, die Augen riesig und ängstlich.

«Pah. Also sind die Fischstäbchen aus dem Tiefkühler direkt in deine Jacke gehüpft?»

«Ich hab sie da nur reingesteckt, weil ich noch ein paar andere Sachen holen wollte. Hören Sie, lassen Sie mich bitte gehen, ich schwöre Ihnen, ich wollte nichts klauen.» Sie war den Tränen nahe. Die großmäulige Renitenz der Kids, mit denen Natasha es sonst zu tun hatte, besaß dieses Mädchen nicht.

«Bist aber einfach an mir vorbeispaziert», sagte die Kassiererin, «als wäre ich auf den Kopf gefallen.»

«Vielleicht könnte sie dieses Mal einfach bezahlen und dann gehen», schlug Natasha vor.

«Die da?» Der dicke Wachmann zuckte mit den Schultern. «Die hat keinen Cent dabei.»

«Haben sie nie», bekräftigte die Frau.

«Es muss mir runtergefallen sein.» Das Mädchen suchte den

Boden ab. «Ich komme nicht wieder, okay? Lassen Sie mich nur nach meinem Geld suchen, bevor es jemand anders findet.»

«Wie viel kosten sie?», fragte Natasha und griff nach ihrem Portemonnaie. «Die Fischstäbchen?»

Die Kassiererin hob die Augenbrauen.

«Nehmen wir einfach an, dass es sich wirklich um ein Missverständnis handelt. Ich zahle.» Die beiden blickten sie an, als sei sie eine Art Komplizin, bis sie ihnen die Fünf-Pfund-Note hinhielt.

«Ich will dein kleines Diebsgesicht hier drin nie mehr sehen», sagte die Kassiererin und deutete mit ihrem nikotingelben Finger auf das Mädchen. «Verstanden?»

Das Mädchen antwortete nicht, schüttelte den Wachmann ab und ging mit den Fischstäbchen in der Hand eilig zum Ausgang.

«Da sehen Sie's.» Die Haut des Wachmanns glänzte in dem grellen Licht. «Hat sich nicht mal bedankt.»

«Sie hat wirklich geklaut, wissen Sie. Wir hatten sie schon letzte Woche hier. Nur, dass wir es da nicht beweisen konnten.»

«Wenn es Ihnen ein besseres Gefühl gibt: Das ist wahrscheinlich die beste Mahlzeit, die sie diese Woche bekommt», sagte Natasha. Sie bezahlte ihre Milch, warf einen Blick auf den Obdachlosen, der mittlerweile mit den Waschpulvern stritt, und trat hinaus auf die nächtliche Straße.

Sie war gerade ein paar Schritte gegangen, als das Mädchen plötzlich neben ihr auftauchte. «Ich habe ein bisschen was wiedergefunden», sagte sie. «Ich glaube, es ist mir aus der Tasche gefallen.» Auf ihrer Handfläche machte Natasha fünfzig Pence und ein paar Kupfermünzen aus. Später fiel ihr auf, dass die Handfläche für ein Mädchen ihres Alters außergewöhnlich schwielig gewesen war.

Sie wollte jedoch nicht noch tiefer in die Sache hineingezogen werden und ging einfach weiter. «Behalte dein Geld», sagte sie und öffnete ihre Wagentür. «Es ist in Ordnung.»

«Ich habe nicht gestohlen», beharrte das Mädchen.

Natasha drehte sich um. «Kaufst du dir dein Abendessen immer um elf Uhr nachts?»

Das Mädchen zuckte mit den Schultern. «Ich musste jemanden im Krankenhaus besuchen. Ich bin gerade erst nach Hause gekommen, und es war nichts zu essen da.»

«Wo wohnst du?» Das Mädchen war jünger, als Natasha zunächst angenommen hatte. Nicht älter als dreizehn oder vierzehn.

«Sandown.»

Natasha blickte zu der monolithischen, ausladenden Anlage hinüber, deren höchste Wohnblöcke noch von dieser Straße aus zu erkennen waren. Die Anlage hatte im ganzen Bezirk einen schlechten Ruf.

Natasha wusste nicht, warum sie es tat. Vielleicht war sie einfach nicht bereit, nach Hause zu gehen und Mac dort anzutreffen oder, schlimmer noch, festzustellen, dass er nicht mehr da war.

Ich glaube nicht, dass du so tough bist, wie du rüberkommst, hatte Conor mit gesenkter Stimme gesagt. *Ich glaube, da drin gibt es noch eine ganz andere Natasha Macauley.*

«Du solltest so spät nicht mehr allein draußen unterwegs sein», sagte Natasha. «Komm mit, ich fahre dich nach Hause.» Das Mädchen musterte sie einen Augenblick, ihre Business-Kleidung, die eleganten Schuhe, dann das Auto, kam vielleicht zu dem Schluss, dass jemand, der einen so seriösen und vernünftigen Wagen wie einen alten Volvo fuhr, sie wohl nicht entführen würde.

«Die Verriegelung der Beifahrertür ist kaputt», sagte Natasha, «falls du dich damit besser fühlst.»

Natasha bereute ihre übereilte Entscheidung, noch bevor sie auf den Parkplatz der Anlage einbog. Trauben von Jugendlichen hingen dort herum und beobachteten sie abschätzend, während sie rückwärts einparkte.

«Du hast mir noch gar nicht deinen Namen gesagt», wandte sie sich an das Mädchen.

Ein kurzes Zögern. «Jane.»

«Wohnst du hier schon lange?»

Sie nickte. «Es ist okay», sagte sie leise und machte Anstalten, die Tür zu öffnen.

In diesem Moment wünschte sich Natasha nach Hause, in ihr sicheres, freundliches Wohnzimmer. In den Frieden ihres gemütlichen Hauses, mit schöner Musik, mit einem Glas Rotwein. In ihre eigene Welt. Die Erfahrung sagte ihr, dass sie nun besser wenden und wegfahren sollte. Solche Anlagen waren das Herrschaftsgebiet dieser Jugendlichen. Aber dann blickte sie auf das blasse, dünne Mädchen neben sich. Was für ein Mensch würde sie hier rauswerfen, ohne sie sicher bis zur Haustür zu bringen?

Verstohlen steckte sie sich ihren Ehering in die hintere Hosentasche und ihre Kreditkarten dazu. Falls ihre Handtasche geklaut würde, hätten sie nur das Bargeld.

«Es ist okay», sagte Jane, die sie beobachtete. «Ich kenne die.»

«Ich bringe dich rein», entgegnete Natasha mit der kühlen, professionellen Stimme, die sie jungen Mandanten gegenüber benutzte. Dann, als das Mädchen nicht gerade glücklich dreinblickte: «Schon gut. Ich sage nicht, was passiert ist. Es ist spät, und ich will sichergehen, dass du heil nach Hause kommst.»

«Nur bis zur Tür», sagte das Mädchen.

Sie stiegen aus. Natasha ging eine Spur aufrechter als sonst, ihre Absätze klackerten auf dem schlaglochübersäten Gehweg.

Als sie sich dem Treppenhaus näherten, fegte ein Junge auf seinem Fahrrad vorbei. Natasha versuchte, nicht zurückzuzucken.

«Ist das die neue Mieze von deinem Opi, Sarah?» Der Junge zog sich die Kapuze über den Kopf und fuhr lachend davon. Im Schatten unter den flackernden Straßenlaternen war sein Gesicht nicht zu erkennen.

«Sarah?»

Die Aufzüge waren kaputt, und so stiegen sie drei Stockwerke nach oben. Das Treppenhaus wirkte deprimierend vertraut: voller Graffiti, nach Urin stinkend, zugemüllt mit Fastfood-Pappkartons, die immer noch nach abgestandenem Fett oder Fisch rochen.

«Hier ist es», sagte Sarah und zeigte auf eine Tür. «Danke fürs Mitnehmen.»

Hinterher konnte Natasha nicht mehr sagen, warum sie nicht einfach gegangen war. Vielleicht wegen des falschen Namens. Vielleicht war das Mädchen ein kleines bisschen zu erpicht darauf, sie loszuwerden. Sie folgte dem Mädchen, das vorauseilte. Und dann erreichten sie die Tür, und Sarah blieb stehen. Ihr verblüffter Blick ließ Natasha begreifen, dass die Tür nicht geöffnet war, um sie zu Hause zu begrüßen. Sie war mit einer Brechstange aufgebrochen worden. Das gesplitterte

Holz rund um das Schloss gab den Blick frei in eine Wohnung, in der alle Lichter brannten.

Einen Augenblick standen sie bewegungslos da. Dann trat Natasha vor und stieß die Tür weit auf. «Hallo?», sagte sie. Sie hatte keine Ahnung, was sie erwartete – dass die Einbrecher zurückgrüßten? Sie blickte zu Sarah, die die Hand vor den Mund geschlagen hatte.

Wer immer hier gewesen war, war längst verschwunden. Die Haustür führte direkt in einen kleinen Flur, von dem aus man das Wohnzimmer sehen konnte, das mustergültig genug aufgeräumt war, um Veränderungen sofort preiszugeben. Eine klaffende Abwesenheit auf dem Fernsehtisch. Küchenschränke standen weit offen. Aus einem kleinen Schreibtisch waren die Schubladen herausgezogen worden, ein Bilderrahmen lag zertrümmert auf dem Boden. Zu ihm ging Sarah zuerst. Sie hob ihn auf und wischte zärtlich zerbrochenes Glas von dem Bild. Es war ein Schwarz-Weiß-Foto eines Paares aus den sechziger Jahren. Plötzlich schien Sarah sehr jung und klein.

«Ich rufe die Polizei», sagte Natasha, zog ihr Handy aus der Tasche. Schuldbewusst sah sie, dass Mac versucht hatte, sie zu erreichen.

«Bringt nichts», sagte Sarah müde. «Denen ist egal, was hier passiert. Letzte Woche hat es Mrs. O'Briens Wohnung erwischt, und die Polizisten sagten, es würde sich nicht lohnen, dass sie überhaupt hochkommen.» Sie wählte nun sorgfältig ihren Weg durch die Wohnung, verschwand in Zimmern und tauchte wieder auf.

Natasha ging in den Flur und sicherte die Haustür mit der Kette. Von unten konnte sie immer noch die Jugendlichen hören und versuchte, sich um ihr Auto keine Sorgen zu machen.

«Was fehlt?», fragte sie und folgte dem Mädchen. Dies war nicht die chaotische Wohnung, die sie vielleicht erwartet hatte. Dies war eine Wohnung mit ein paar anständigen Sachen, eine Wohnung, in der Ordnung eine Rolle spielte.

«Der Fernseher», sagte Sarah. Ihre Unterlippe zitterte. «Mein DVD-Player. Das Geld für unseren Urlaub.» Plötzlich schien ihr etwas einzufallen, und sie rannte in eines der Zimmer. Natasha hörte, wie eine Tür geöffnet, etwas durchwühlt wurde. Sarah kam wieder heraus. «Sie haben es nicht gefunden», sagte sie, und für einen Augenblick blitzte ein kleines Lächeln auf. «Papas Rentensparbuch.»

«Wo sind deine Eltern, Sarah?»

«Meine Mum wohnt hier nicht. Nur ich und Papa – mein Großvater», sagte sie betreten.

«Wo ist er?»

Sie zögerte. «Im Krankenhaus.»

«Und wer kümmert sich um dich?»

Sie antwortete nicht.

«Wie lange bist du schon allein?»

«Ein paar Wochen.»

Natasha stöhnte innerlich auf. Es gab wirklich genug Dinge in ihrem Leben, die sie auf Trab hielten, und nun hatte sie sich das hier eingebrockt. Sie hätte mit der Packung Milch, die sie nicht einmal brauchte, einfach aus dem Supermarkt marschieren sollen. Sie hätte zu Hause bleiben und mit ihrem Exmann streiten sollen.

Sie wählte ihre eigene Festnetz-Nummer.

«Himmelherrgott, Tash, wo zum Teufel steckst du?», explodierte Mac. «Wie lange kann es dauern, eine Packung Milch zu kaufen?»

«Mac», sagte sie vorsichtig, «kannst du bitte kommen?

Bring deinen Werkzeugkasten mit. Und meine Tasche – ich brauche mein Adressbuch.»

Vier Jahre hatte Mac gebraucht, um ihr Haus zu renovieren. Er hatte tapeziert, geschreinert, fast alles selbst erledigt, außer zu mauern und das Dach zu decken. Er besaß geschickte Hände, kannte sich mit Elektrowerkzeug so gut aus wie mit seiner Kamera. Während Natasha keine künstlerische Ader hatte, konnte er sich Dinge vorstellen, lange bevor es sie wirklich gab: den Zuschnitt eines Zimmers, die Wahl eines Ausblicks oder ein Foto. Es war, als habe er einen Fundus von schönen Dingen im Kopf und warte nur darauf, sie Realität werden zu lassen.

Ein neues Schloss anzubringen, sei für ihn kein Problem, sagte er ihr und pfiff durch die Zähne.

Natasha ging ins Schlafzimmer und wählte eine Nummer aus ihrem Adressbuch. «Crista? Hier ist Natasha.» Und dann, als ihr Schweigen entgegenschlug: «Natasha Macauley.»

«Natasha. Hi.»

«Ich habe hier ein kleines Problem. Ich brauche eine Notunterbringung für einen weiblichen Teenager.» Sie umriss die Fakten.

«Wir haben nichts», sagte Crista. «Überhaupt nichts. Gestern Morgen sind vierzehn unbegleitete minderjährige Asylbewerber angekommen. All unsere Pflegeunterkünfte sind voll.»

«Ich …»

«Der einzige Ort, an dem ich sie heute Nacht unterbringen kann, ist die Polizeiwache. Eventuell habe ich morgen was für sie, aber es ist nicht sehr wahrscheinlich, ehrlich gesagt.»

Als sie wieder ins Wohnzimmer kam, war Mac fertig. Er

hatte eine Eisenstange mitgebracht – der Himmel wusste, wo er all dieses Zeug aufbewahrte – und sie in den Türrahmen geklemmt. «Jetzt kann hier keiner mehr einfach reinkommen», sagte er und packte seine letzten Werkzeuge wieder ein.

Natasha lächelte ihn unbeholfen an. Sie war dankbar, dass er ihr mitten in der Nacht zu Hilfe gekommen war. Nun saß er ein paar Meter von Sarah entfernt auf dem Sofa. Er betrachtete ihre gerahmten Fotos. «Und das», fragte er, «ist dein Großvater?»

«Er war früher mal Captain», sagte sie. Sie hatte ein zerknülltes Taschentuch in der Hand und sprach sehr leise.

«Das ist ein phantastisches Bild», sagte er. «Findest du nicht, Tash? Schau dir nur die Muskeln von diesem Pferd an.»

Er besaß als Fotograf die Fähigkeit, die Leute dazu zu bringen, sich zu entspannen. Es gab praktisch niemanden, mit dem er nicht sofort ein Vertrauensverhältnis aufbauen konnte. Natasha versuchte, beeindruckt auszusehen, konnte aber nur daran denken, dass sie Sarah gleich mitteilen musste, wo sie die Nacht verbringen würde: in einer Zelle. «Hast du eine Tasche gepackt?», fragte sie. «Schuluniform?»

Das Mädchen tätschelte die Reisetasche neben sich. Sie machte einen beklommenen Eindruck, und Natasha erinnerte sich daran, dass Sarah die Menschen, die plötzlich ihr Leben in die Hand nahmen, gar nicht kannte. Es war bereits halb eins.

«Wohin bringen wir dich jetzt, junge Dame?», fragte Mac, richtete die Frage aber an Natasha.

Natasha holte tief Luft. «Das ist ein bisschen schwierig heute Nacht. Wir müssen dich in eine Notunterkunft bringen, bevor wir etwas Passenderes finden können.»

Beide blickten sie erwartungsvoll an.

«Ich habe mit den Leuten gesprochen, die ich kenne, und

leider ist nicht viel frei. Es ist schon spät … und es gab einen ziemlich großen Bedarf …»

«Also, wohin fahren wir?», fragte Mac.

«Ich fürchte, für heute Nacht müssen wir dich auf die Polizeiwache bringen. Das hat nichts mit der Sache vorhin zu tun», versicherte sie schnell, als Sarah erblasste. «Es ist nur so, zurzeit sind keine Pflegeeltern aufzutreiben. Oder Pensionsbetten. Und das wird noch ein paar Stunden lang so bleiben.»

«Die Polizeiwache?», wiederholte Mac ungläubig.

«Es gibt nichts anderes.»

Sarah schüttelte den Kopf. «Ich gehe nicht in eine Gefängniszelle», sagte sie.

«Sarah, du kannst nicht allein hierbleiben.»

«Ich komme nicht mit.»

«Tash, das ist lächerlich. Sie ist vierzehn. Sie kann nicht in eine Gefängniszelle.»

«Es ist unsere einzige Option.»

«Ist es nicht. Ich habe Ihnen doch gesagt, mir geht's hier gut», widersprach Sarah.

Es folgte ein langes Schweigen.

Natasha setzte sich. «Sarah, gibt es jemand anderen, den du gut kennst? Schulfreunde, bei denen du bleiben kannst? Andere Verwandte?»

«Nein.»

«Hast du von deiner Mum keine Telefonnummer?»

Ihre Miene verschloss sich. «Sie ist tot. Nur noch ich und Papa sind übrig.»

Natasha wandte sich an Mac und hoffte, er würde Verständnis zeigen. «Das ist wirklich nicht so ungewöhnlich, Mac. Es ist nur für eine Nacht. Aber wir können sie nicht hierlassen.»

«Dann kann sie mit zu uns kommen.»

Sie war von seiner Wahl des Personalpronomens genauso verblüfft wie von der Idee selbst.

«Ich werde ein vierzehnjähriges Mädchen, das soeben ausgeraubt wurde, nicht einfach bei einer Polizeiwache abliefern», fügte er hinzu.

«Mac, ich kann sie nicht mit nach Hause nehmen. Das ist gegen jede Vorschrift, wider besseres Wissen …»

«Scheiß auf die Vorschriften», sagte er. «Wenn die Vorschrift besagt, es sei besser, ein junges Mädchen in eine Zelle zu stecken, als es für eine Nacht mit in das eigene warme, sichere Haus zu nehmen, dann ist das eine beschissene Vorschrift.»

Mac fluchte selten. Das ließ Natasha begreifen, dass es ihm todernst war. «Mac, wir sind nicht befugt, als Pflegeeltern zu fungieren. Sie wird eingestuft als wehrlose …»

«Ich habe ein polizeiliches Führungszeugnis. Das habe ich mir ausstellen lassen, als ich angefangen habe, am College zu unterrichten.»

Zu unterrichten?

Er wandte sich an Sarah. «Würdest du dich bei … uns wohler fühlen? Wir können deinen Großvater anrufen und ihm Bescheid sagen.»

Sarah sah Natasha an, dann wieder ihn. «Ich glaube schon.»

«Gibt es noch weitere verfahrenstechnische Einwände dagegen, dass sie bei uns übernachtet?» Er sprach das Wort «verfahrenstechnische» sarkastisch aus, als suche Natasha nur nach Gründen, um schwierig zu sein.

Meinen Job, wollte Natasha sagen. Wenn sich bei Gericht herumspricht, dass ich Straßenkinder bei mir aufnehme, wird meine professionelle Unvoreingenommenheit in Frage gestellt. Und ich kenne dieses Mädchen nicht. Ich bin ihr beim Klauen in einem Supermarkt begegnet, und ihre Erklärung dafür überzeugt mich immer noch nicht.

Sie starrte Sarah an und versuchte, nicht an Ahmadi zu denken, ein anderer junger Mensch, der verzweifelt gewirkt und sie dazu bewogen hatte, ein Risiko einzugehen. «Gebt mir fünf Minuten», sagte sie.

Sie ging nach nebenan in das Zimmer des Mädchens und rief Crista an.

«Das Mädchen weigert sich, zu einer Polizeiwache zu gehen. Mein ... Mac ist ebenfalls dagegen. Er ... er hat ein polizeiliches Führungszeugnis und findet, sie sollte stattdessen bei uns übernachten.»

Längeres Schweigen folgte.

«Crista?»

«Okay ... seid ihr mit der Familie dieses Mädchens befreundet? Kennt ihr ihre Eltern? Können wir behaupten, sie hätten euch gebeten, für sie zu sorgen?»

«Im Grunde nicht.»

Wieder langes Schweigen.

«Kennt ihr sie überhaupt?»

«Habe sie erst heute Nacht getroffen.»

«Und du ... fühlst dich damit wohl?»

«Sie wirkt wie ...», Natasha zögerte, während sie an den Supermarkt dachte, «... ein nettes Mädchen. Vernünftig. Es ist nur niemand zu Hause, und in die Wohnung ist eingebrochen worden. Es ist ... schwierig.»

Ungläubigkeit schwang in Cristas Schweigen mit. Seit beinahe vier Jahren kannten sie einander nun, und nichts hatte je darauf hingedeutet, dass Natasha zu so etwas bereit sein könnte.

«Ich sage dir was», antwortete Crista schließlich. «Der beste Rat, den ich dir geben kann, ist der, dass wir dieses Gespräch nie geführt haben. Noch ist nichts dokumentiert. Wenn du sie für vertrauenswürdig hältst und denkst, dass sie bei euch sicherer aufgehoben ist, dann muss ich von ihrer Existenz bis morgen früh nichts wissen. Ruf mich dann an.»

Sie beendeten das Telefonat. Das Zimmer des Mädchens war so sauber und ordentlich, wie man es von jemandem ihres Alters nicht erwarten würde. Überall hingen Bilder von Pferden, große Poster, wie sie Gratis-Zeitschriften beilagen, und kleine Fotos eines Mädchens, das Sarah sein mochte, auf einem braunen Pferd. Die Landschaften auf den Postern, grüne Weiden und endlose Strände, standen in seltsamem Gegensatz zu der Szenerie draußen vor dem Fenster.

Als sie im Auto saßen, schwieg Sarah, als wäre ihr die Unsicherheit ihrer Lage gerade erst klargeworden. Mac, der das zu ahnen schien, bemühte sich, mit ihr zu scherzen und sie zu beruhigen. Natasha erkannte ihn kaum als den Mann wieder, mit dem sie zuletzt gesprochen hatte: Er war reizend, umsichtig, sanft. Es war schmerzhaft zu sehen, wie er seine beste Seite jemand anderem zeigte. Es fiel ihr leichter, wenn sie sich an seine Schwächen erinnerte. Natasha sagte beinahe gar nichts, während sie den Wagen durch die beleuchteten Straßen steuerte. Die widerstreitenden Gefühle, die von Mac und dem Mädchen ausgelöst wurden, brachten sie aus dem Gleichgewicht. Diese Nacht wurde immer surrealer. Mac war ihr so vertraut, und doch, nach so kurzer Zeit, völlig fremd geworden. Als gehörte er irgendwo anders hin.

«Ist das Gästezimmer benutzbar?», fragte Mac, als sie das Haus aufgeschlossen hatte.

«Auf dem Bett stehen ein paar Kartons.» Seine Bücher. Sachen, die sie an Tagen aussortiert hatte, an denen sie solche Tätigkeiten ertrug.

«Ich stelle sie weg.» Er wies auf Sarah. «Vielleicht bietest du ihr was zu trinken an?»

«Heißen Kakao?», fragte Natasha. «Was zu essen?» Sofort kam sie sich dämlich vor, wie eine ältliche Tante, die keine Ahnung mehr hatte, was die jungen Leute heutzutage mochten.

Sarah schüttelte den Kopf. Sie spähte durch die geöffnete Tür ins Wohnzimmer.

Plötzlich sah Natasha es mit den Augen einer Fremden: groß, vornehm, geschmackvoll eingerichtet. Es verriet ein hohes Einkommen, die Sorgfalt, mit der Dinge ausgewählt worden waren. «Kann ich dir etwas anbieten, bevor du nach oben gehst? Soll ich ... deine Uniform bügeln?»

«Nein danke.» Das Mädchen hielt seine Tasche noch etwas fester vor die Brust gedrückt.

«Dann zeige ich dir dein Zimmer», sagte Natasha. «Du hast ein Bad für dich allein.»

«Ich hoffe, es macht dir nichts aus», sagte Mac, als Natasha langsam die Treppe herunterkam. «Ich habe mir das Schlafsofa im Arbeitszimmer bezogen.»

Halb hatte sie das erwartet. Sie konnte ihn kaum um diese Uhrzeit vor die Tür setzen, nicht nach allem, was er gerade getan hatte. Trotzdem war die Vorstellung, mit ihm unter demselben Dach zu schlafen, seltsam beunruhigend. «Ein Glas Wein?», fragte sie. «Ich brauche jedenfalls eins.»

Er seufzte tief auf. «Oh ja.»

Sie füllte zwei Gläser und reichte ihm eines. Er setzte sich aufs Sofa, sie kickte sich die Schuhe von den Füßen und rollte sich im Ohrensessel zusammen. Es war Viertel vor zwei.

«Du musst dich morgen um alles kümmern, Mac», sagte sie. «Ich habe ganz früh einen Gerichtstermin.»

«Schreib mir auf, wen ich anrufen oder wo ich sie absetzen soll. Vielleicht lasse ich sie ausschlafen. Sie hat eine harte Nacht hinter sich.»

«Sie hat es ziemlich gut weggesteckt.»

«Es war das Richtige», sagte er und gestikulierte in Richtung Treppe. «Es hätte sich … falsch angefühlt, sie allein zu lassen. Mit alldem.»

«Ja.»

Sie tranken schweigend.

«Und wie geht es dir?», fragte sie schließlich, als die Last des Nicht-Fragens zu schwer wurde.

«Ganz okay. Du siehst gut aus.»

Sie hob die Augenbrauen.

«Okay, müde, aber gut. Der Haarschnitt steht dir.»

Sie bezwang den Impuls, ihr Haar zu berühren. Mac hatte sie schon immer aus dem Konzept bringen können. «Woran arbeitest du im Moment?», fragte sie, um das Thema zu wechseln.

«Ich unterrichte an drei Tagen in der Woche, und in der restlichen Zeit mache ich Auftragsarbeiten. Porträts. Ein paar Reisesachen. Nicht viel, um ehrlich zu sein.»

«Du unterrichtest?» Sie bemühte sich darum, sich ihre Ungläubigkeit nicht anmerken zu lassen. «Ich dachte vorhin, das hätte ich falsch verstanden.»

«Es macht mir nichts aus. Irgendwoher muss das Geld ja kommen.»

Natasha musste das erst verdauen. Jahrelang hatte er sich

geweigert, Kompromisse einzugehen. Auch wenn kaum Aufträge reinkamen, hatte er ihren Vorschlag zu unterrichten, stets mit Verachtung gestraft. Er wollte sich nicht festlegen, wollte kurzfristig für interessante Aufträge bereitstehen. Auch wenn das bedeutet hatte, dass sein Beitrag zu ihrem gemeinsamen Einkommen stets entweder äußerst mager oder aber sehr üppig ausgefallen war, meistens Ersteres.

Und jetzt auf einmal war er ganz der reife, motivierte Mac. Sie fühlte sich betrogen.

«Ich war ein bisschen desillusioniert von der Werbewelt. Unterrichten ist nicht so schlimm, wie ich dachte. Die Studenten scheinen mich zu mögen.»

Ach, Überraschung, dachte Natasha.

«Ich werde damit weitermachen, bis ich weiß, wo ich hinwill. Man wird nicht gerade toll bezahlt.»

Sie versteifte sich, wie um sich gegen den Schlag zu wappnen. «Und …»

«Irgendwann, Tash, müssen wir darüber reden, wie wir die Sache mit dem Haus regeln.»

Ihr war klar, wovon er sprach. Abfindung, Vermögensausgleich. «Und das heißt?»

«Keine Ahnung. Aber ich kann nicht ewig aus dem Koffer leben. Das tue ich jetzt schon beinahe ein Jahr lang.»

Sie starrte lange in ihr Glas. Das war's also, dachte sie, aber als sie aufblickte, war nichts davon in ihrem Gesicht zu lesen.

«Ist alles okay?»

Sie trank den letzten Schluck Wein.

«Tash?»

«Ich kann darüber jetzt nicht nachdenken», sagte sie unvermittelt. «Ich bin zu müde.»

«Klar. Vielleicht morgen.»

«Ich muss früh ins Gericht. Habe ich dir doch gesagt.»

«Ich weiß. Wenn du mal …»

«Du kannst nicht einfach zurückkommen und gleich erwarten, dass ich mein Haus verkaufe», blaffte sie ihn an.

«Unser Haus», korrigierte er sie. «Und du kannst nicht so tun, als käme das jetzt aus heiterem Himmel.»

«In den letzten sechs Monaten wusste ich nicht einmal, in welchem Land du dich gerade aufhältst.»

«Du konntest immer meine Schwester anrufen, wenn du mich hättest kontaktieren wollen. Aber es hat dir besser gepasst, hierzubleiben und zuzusehen, wie sich der Staub wieder legt.»

«Wie sich der Staub wieder legt?», wiederholte sie.

«Den wir aufgewirbelt haben.» Er seufzte. «Ich will keinen Streit anfangen, Tash. Ich will nur alles regeln. Du hast mich doch immer damit gepiesackt, dass ich organisierter sein soll.»

«Das ist mir bewusst. Aber ich bin müde. Ich habe einen wichtigen Tag vor mir. Wenn es dir also recht ist, würde ich die während der Ehe erworbenen Güter gern ein anderes Mal aufteilen.»

«In Ordnung. Aber ich kann dir gleich sagen, dass ich von nun an in London sein muss, und irgendwo muss ich wohnen. Und falls du keine brillante Alternative weißt, würde ich gern das Gästezimmer nehmen, bis wir uns geeinigt haben.»

Natasha erstarrte. «Du bleibst hier?»

«Ja.»

«Machst du Witze?»

Er verzog das Gesicht zu einem kleinen Lächeln. «Mit mir zusammenzuleben war wirklich schlimm, was?»

«Aber wir sind nicht mehr zusammen.»

«Nein. Trotzdem gehört mir die Hälfte dieses Hauses, und ich brauche ein Dach über dem Kopf.»

«Mac, das wird nicht klappen.»

«Ich kriege das hin, wenn du es hinkriegst. Es geht nur um ein paar Wochen, Tash. Tut mir leid, dass ich die harten Bandagen anlege, aber wenn es dir nicht passt, kannst du dir jederzeit etwas anderes mieten. Man kann es auch so sehen: Ich habe dir das Haus ein ganzes Jahr lang zur alleinigen Nutzung überlassen. Jetzt habe ich auch einen gewissen Anspruch darauf.» Er zuckte mit den Schultern. «Komm schon. Es ist ein großes Haus. Es wird nur dann zum Albtraum, wenn wir es dazu machen.»

Er wirkte irritierend entspannt. Beinahe zufrieden.

Sie wollte ihn beschimpfen.

Sie wollte ihn mit etwas bewerfen.

Sie wollte die Haustür hinter sich zuschmettern und in ein Hotel einchecken.

Aber oben schlief eine vierzehnjährige Fremde, für die sie gerade gemeinsam die Verantwortung übernommen hatten.

Sie fragte sich, wie schwierig es für einen Makler werden würde, ein Haus zu verkaufen, in dem der Kopf der Besitzerin explodiert war.

«Wie beim Menschen sind auch beim Pferde alle Krankheiten im Anfangsstadium leichter zu kurieren, als wenn sie schon chronisch geworden sind oder gar falsch behandelt wurden.»

Xenophon, Über die Reitkunst

Kapitel 6

Das Mädchen auf dem Foto strahlte seine Eltern an, die je eine seiner Hände hielten, als wollten sie es jeden Moment daran in die Luft emporschwingen. «Pflegeeltern», stand auf dem Poster, «machen den entscheidenden Unterschied.» Wahrscheinlich waren es drei Models, die dafür bezahlt worden waren, dass sie eine glückliche Familie spielten.

Das Lächeln des Kindes irritierte sie plötzlich, und Sarah rutschte auf ihrem Stuhl im Büro der Sozialarbeiterin herum. Vor dem Fenster konnte sie die Büsche und Bäume des Parks ausmachen. Sie musste unbedingt zur Sparepenny Lane. Zwar wusste sie, dass sich Cowboy John um Boo kümmern würde, falls sie heute Morgen nicht auftauchte, aber es war nicht dasselbe. Das Training durfte nicht unterbrochen werden.

Die Frau hatte aufgehört zu kritzeln. «Okay, Sarah, nun habe ich die meisten deiner Daten, und wir können einen Betreuungsplan für dich aufstellen. Wir werden übergangsweise ein Zuhause suchen, bis es deinem Großvater wieder besser geht. Klingt das für dich gut?»

Die Frau sprach mit ihr, als sei sie ungefähr so alt wie das Kind auf dem Plakat. Jeder Satz bog sich am Ende nach oben, als wäre er eine Frage. Dabei war klar, dass es in ihrer Rede keine Fragen gab.

«Ich arbeite für den Sozialen Dienst des Jugendamts», hatte sie sich vorgestellt. «Wollen wir mal sehen, ob wir die Dinge für dich in Ordnung bringen können, ja?»

«Wie geht es jetzt weiter?», fragte Mac neben ihr. «Gibt es Familien, die ... darauf spezialisiert sind, Kinder nur für eine kurze Zeit zu betreuen?»

«Wir haben viele Pflegefamilien in unserer Datei. Manche junge Menschen – unsere Klienten – sind nur für eine Nacht bei ihnen. Andere bleiben vielleicht mehrere Jahre. In deinem Fall, Sarah, hoffen wir, dass es sich nur um eine kurze Zeitspanne handelt.»

«Nur, bis es deinem Großvater besser geht», sagte Mac.

Mac und seine Frau hatten beim Frühstück nur mit ihr gesprochen, nicht miteinander. Sie fragte sich, ob sie Streit gehabt hatten und ob das an ihr lag. Sie konnte sich nicht daran erinnern, dass sich Papa und Nana je gestritten hatten. Nana witzelte immer, dass sie zwar mit Papa streiten konnte, er aber nicht zurückstritt. Wenn Papa wütend war, wurde er nur ganz ruhig, seine Miene versteinerte. «Es ist, als würde man sich mit einer Statue streiten», hatte Nana verschwörerisch zu Sarah gesagt.

Tränen brannten ihr in den Augen. Sie biss die Zähne zusammen und drängte sie zurück. Sie bereute bereits, mit Mac und Natasha mitgegangen zu sein. Gestern Nacht hatte sie Angst gehabt, aber nun musste sie zusehen, wie ihr Leben ihr aus der Hand genommen wurde. Von Leuten, die keine Ahnung davon hatten.

Die Frau hatte sich eine Akte angesehen. «Ich sehe hier, dass deine Großeltern das Aufenthaltsbestimmungsrecht für dich haben. Weißt du, wo deine Mutter ist, Sarah?»

Sie schüttelte den Kopf.

«Darf ich fragen, wann du sie zuletzt gesehen hast?»

Sarah warf einen Seitenblick auf Mac. Papa und sie sprachen niemals über ihre Mutter. Es fühlte sich seltsam an, vor Fremden die schmutzige Wäsche der Familie zu waschen. «Sie ist tot.» Vor Ärger, diese Information preisgeben zu müssen, verhaspelte sie sich. «Sie ist vor ein paar Jahren gestorben.»

Sie bemerkte das Mitleid auf den Gesichtern der beiden Erwachsenen, dabei hatte sie ihre Mutter nie vermisst, nicht, wie sie Nana vermisste. Ihre Mutter hatte für sie nie eine warme Umarmung bedeutet, in die sie sinken konnte. Sie war ein chaotischer, unberechenbarer Schatten über ihren ersten Lebensjahren. Sarah erinnerte sich nur an ein paar Bilder, wie sie in die Wohnungen verschiedener Leute mitgeschleppt wurde, um dort auf Sofas schlafen gelegt zu werden, an laute Musik und Streit, an ein unbehagliches Gefühl der Unbeständigkeit. Und dann, als sie zu Papa und Nana gekommen war, Ordnung, Routine. Liebe.

Die Frau kritzelte wieder. «Bist du sicher, dass es keine Freunde gibt, bei denen du wohnen kannst? Oder andere Familienmitglieder?» Aber Sarah musste zugeben, dass es keinen einzigen Menschen gab, der sie für mehrere Wochen bei sich zu Hause haben wollte. Sie war nicht beliebt. Ihre wenigen Freunde lebten in genauso kleinen Wohnungen wie sie. Sie kannte niemanden gut genug, um ihn zu fragen, selbst wenn sie gewollte hätte.

«Ich muss gehen», sagte sie leise zu Mac.

«Ich weiß», sagte er. «Keine Sorge, die Schule ist informiert, dass du später kommst. Es ist wichtiger, dass wir dich irgendwo unterbringen.»

«Und wo, sagtest du, befindet sich dein Großvater jetzt?» Die Frau lächelte sie an.

«Im St. Theresa. Sie sagen, sie wollen ihn verlegen, aber ich weiß nicht, wann.»

«Das können wir für dich herausfinden. Wir schicken eine Kontaktanordnung dorthin.»

«Werde ich ihn jeden Tag sehen können? Wie immer?»

«Das kann ich nicht sicher sagen. Es kommt darauf an, wo wir dich unterbringen können.»

«Was meinen Sie damit?», fragte Mac. «Wird sie nicht in der Nähe ihres Wohnorts untergebracht?»

Die Frau seufzte. «Ich fürchte, das System steht unter großem Druck. Wir können nicht immer garantieren, dass wir unsere Klienten in so großer Nähe zu ihrem Wohnort unterbringen, wie wir es gerne würden. Aber wir werden keine Mühen scheuen, um sicherzustellen, dass Sarah ihren Großvater regelmäßig sieht, bis er nach Hause kann.»

Sarah machte zwischen den Worten der Frau riesige Lücken aus, wo sich Überzeugung hätte befinden sollen. Sie sah sich schon im Kreis einer lächelnden Familie, meilenweit entfernt von Papa. Von Boo. Wie sollte sie sich um ihn kümmern, wenn sie Stunden brauchte, um hinzukommen? Das würde so nicht funktionieren.

«Wissen Sie, was?», sagte sie und sah Mac an. «Ich kann auf mich selbst aufpassen. Ehrlich gesagt, wenn mir irgendjemand nur ein bisschen helfen könnte, würde es mir zu Hause prima gehen.»

Die Frau lächelte. «Es tut mir leid, Sarah, aber der Gesetzgeber erlaubt uns nicht, dich dir selbst zu überlassen.»

«Aber ich komme klar. Bei mir wurde eingebrochen, das war das Problem. Ich muss in der Nähe von zu Hause bleiben.»

«Und wir werden alles tun, um das zu ermöglichen», sagte die Frau schnell. «Und jetzt bringen wir dich besser zur Schule. Eine Sozialarbeiterin wird hinterher auf dich warten und dich hoffentlich mit zu deinem Betreuungsplatz nehmen.»

«Ich kann nicht», sagte sie ruppig. «Ich muss nach der Schule woanders hin.»

«Wenn es ein Hort ist, können wir das mit der Schule klären. Ich bin sicher, es ist nicht schlimm, wenn du einen Nachmittag verpasst.»

Sarah versuchte, sich darüber klarzuwerden, wie viel sie ihnen sagen musste. Was würden sie tun, wenn sie ihnen von Boo erzählte?

«Okay, Sarah. Wenn wir die Religionsfrage geklärt haben, halte ich dich nicht länger auf. Kannst du mir sagen, zu welcher Glaubensgemeinschaft du gehörst?»

Doch Sarah nahm die Stimme der Frau kaum noch wahr, stattdessen starrte sie Mac an. Sie konnte sehen, wie unwohl er sich an diesem Ort fühlte. Er zappelte herum, als wäre er wesentlich lieber woanders. Dann wusste er jedenfalls, wie sie sich fühlte. Plötzlich hasste sie ihn, hasste ihn und seine Frau dafür, sie in dieses Schlamassel gestürzt zu haben. Wenn sie gestern nicht so geschockt gewesen wäre, hätte sie die Tür selbst geflickt. Cowboy John hätte ihr vielleicht geholfen. Und dann wäre sie noch zu Hause, könnte zweimal am Tag zu Boo gehen, durchhalten bis zu Papas Rückkehr.

«Sarah? Church of England? Katholisch? Hindu? Muslimisch? Andere?»

«Hindu», sagte sie rebellisch, und als sie sie ungläubig anblickten, wiederholte sie: «Hindu.» Beinahe hätte sie gelacht, als sie sah, wie die Frau es aufschrieb. Wenn sie sich so anstrengend wie möglich gab, würden sie sie vielleicht nach Hause gehen lassen. «Und ich bin strenge Vegetarierin», fügte sie hinzu. Macs Gesicht verriet, dass er sich an das Sandwich mit Speck erinnerte, das er ihr zum Frühstück gemacht hatte. Sollte er ihr doch widersprechen.

«Aaaha.» Die Frau schrieb weiter. «Beinahe fertig. Mr. Macauley, wenn Sie losmüssen, kann ich ab hier übernehmen.»

«Und ich habe Klaustrophobie. Ich kann nirgendwo wohnen, wo es einen Aufzug gibt.»

Dieses Mal wurde die Stimme der Frau spitz. «Gut», sagte sie kurz angebunden, «da muss ich mit deiner Schule und deinem Arzt Rücksprache halten. Falls es echte Anforderungen oder Probleme gibt, werden sie das zweifellos bestätigen.»

Mac schrieb etwas auf. «Alles klar?», fragte er Sarah leise.

«Alles bestens», sagte sie.

Er wirkte bekümmert. Er weiß, dass er mein Leben ruiniert hat, dachte sie. Mac reichte Sarah einen Zettel. «Meine Telefonnummer», sagte er. «Wenn es Probleme gibt, ruf mich an, okay? Ich helfe dir, wie immer ich kann. Das ist doch in Ordnung, oder?», fragte er die Frau.

Sie lächelte ihn an. Sarah war aufgefallen, dass Frauen Mac massenweise anlächelten. «Natürlich. Wir ermutigen unsere Klienten, ihre gewohnheitsmäßigen Abläufe, wenn möglich, beizubehalten.»

Mac stand auf und reichte Sarah die Mappe mit den persönlichen Unterlagen und Papieren, die er für sie aus ihrer Wohnung mitgenommen hatte. «Pass auf dich auf, Sarah», sagte er. Er zögerte, als wäre er sich nicht ganz sicher, ob er wirklich gehen sollte. «Ich hoffe, du kannst bald nach Hause.»

Sarah trat gegen ihr Stuhlbein und sagte nichts. Nichts zu

tun oder sagen, das entdeckte sie gerade, war das Letzte, was noch in ihrer Macht stand.

«Gott sei Dank. Ich dachte schon, wir müssten den Dilettanten anrufen.»

«Sorry. Bin aufgehalten worden.» Mac ließ seine Kamerataschen auf den Boden fallen. Er küsste Louisa, die Art-Direktorin, auf die Wange und wandte sich dann zu der jungen Frau um, die vor dem Spiegel saß, hektisch SMS schrieb und die Visagistin, die ihr das Haar auf große Keramikwickler aufdrehte, mit keinem Blick beachtete. «Hi, ich bin Mac», sagte er und hielt der Schauspielerin die Hand hin.

«Oh, hi», sagte sie. «Serena.»

«Du hättest vor einer Stunde hier sein sollen.» Maria, die Visagistin, tippte auf ihre Uhr. Ihre Jeans hing so tief auf ihren Hüften, dass es fast unanständig war. Darüber waren zwei Lagen eines fließenden dunklen Stoffs kunstvoll so drapiert, dass sie eine wohlgeformte Taille betonten.

«Ich dachte nur, ich gebe dir ein bisschen mehr Zeit, um deine Magie zu entfalten, Süße.» Er küsste ihre Wange und fuhr mit der Hand über ihren nackten Rücken. «Ich baue auf, okay? Louisa, möchtest du mit mir noch mal die Vorgaben durchgehen?»

Louisa umriss den Look und das Ambiente, das sie für die Fotos der jungen Schauspielerin anstrebte; die Stylistin nickte aufmerksam. Mac nickte ebenfalls, um den Eindruck zu erwecken, dass ihr seine ganze Aufmerksamkeit gehörte, aber er war mit seinen Gedanken in der Kindernothilfe. Vor vierzig Minuten war er in diesem tristen Gebäude die Treppen hinuntergesprintet und hatte sich weniger erleichtert gefühlt als erwartet. Sarah hatte völlig niedergeschmettert ausgesehen, wie sie da zusammengesunken in diesem Büro gesessen hatte und ihre neue Situation allmählich begriff.

Heute morgen hatte er halb erwogen, Tash zu fragen, ob das Mädchen bei ihnen bleiben konnte. Doch noch während er in Gedanken den Satz formulierte, als sie in aufgeladenem Schweigen zusammen Frühstück machten, leuchtete ihm ein, wie absurd die Idee war. Tash hatte deutlich gemacht, dass ihre berufliche Reputation durch Sarahs Aufenthalt bei ihnen gefährdet war, und sie hielt es ja schon kaum aus, dass er selbst in dem Haus wohnte. Es fühlte sich nicht mehr wie sein Zuhause an. Wie konnte er ihr da den Besuch einer Fremden aufdrängen?

«Viel rot. Sehr knallig. Wir wollen mit diesem Bild ein Statement abgeben, Mac. Sie ist nicht einfach ein weiteres junges Starlet, sondern eine ernsthafte Schauspielerin von morgen, eine junge Judi Dench, eine weniger politische Vanessa Redgrave.»

Mac beäugte Serena, die über eine SMS kicherte, und seufzte innerlich. Er konnte die außergewöhnlichen jungen Starlets, die er in den letzten zehn Jahren fotografiert hatte, nicht mehr zählen. Gerade mal zwei hatten es in eine Sitcom geschafft.

«Okay. Sie ist bereit für dich.» Maria kam mit einem dünnen Schminkpinsel zwischen den Zähnen auf ihn zu. «Ich wollte dich fragen, warum du so spät kommst», sagte sie mit ihrem starken slawischen Akzent, «aber dann wurde mir klar, dass es mir egal ist.»

Er hakte einen Finger in ihren Gürtel und zog sie zu sich heran. Ihr Haar roch nach Äpfeln, ihre Haut nach Make-up und Haarspray, den Grundlagen ihres Gewerbes. «Wenn ich es dir sage, glaubst du mir sowieso nicht.»

Sie nahm den Pinsel in die Hand. «Du hast da draußen Frauen aufgegabelt.»

«Vierzehnjährige Mädchen, genau genommen.»

Ihr Mund war nun so nah vor ihm, dass er die winzige Sommersprosse neben ihrer Oberlippe sehen konnte. «Das überrascht mich nicht. Du bist ein widerlicher Kerl.»

«Ich gebe mein Bestes.»

Sie küsste ihn und entzog sich dann. «Ich habe nachher noch einen anderen Job. In Soho. Wollen wir uns danach treffen?»

«Wenn wir zu dir nach Hause können.»

«Bist du im Haus deiner Exfrau?»

«Es ist auch mein Haus. Wie ich dir schon gesagt habe.»

«Und dieser Frau macht es nichts aus, dass du wieder einziehst?»

«Ich kann nicht behaupten, dass wir es unter dieser Prämisse diskutiert hätten.»

Ihr Augen wurden schmal. «Ich traue ihr nicht. Welche Frau mit Selbstachtung würde ihren Exmann so zurücknehmen? Als zu Hause in Krakau mein Exfreund versucht hat, in meine Wohnung zurückzukommen, habe ich ihm die Waffe von meinem Vater vor die Nase gehalten.»

Mac dachte darüber nach und lächelte. «Das ... ist auch eine Möglichkeit, nehme ich an.»

«Ich wollte gerade abschließen», sagte Cowboy John und hakte das Vorhängeschloss wieder aus, als er Sarah kommen sah. «Ich habe gestern den ganzen Tag auf dich gewartet. Ich dachte, dir sei etwas passiert. Wo bist du gewesen, Mädchen?» Er hustete keuchend.

«Sie haben mich nach Holloway verfrachtet.» Sie ließ ihre

Schultasche neben ihm auf die Pflastersteine fallen und rannte an ihm vorbei zu Boos Stallbox.

Er zog das Tor zu und folgte ihr auf steifen Beinen. Der kühle Herbst drang ihm in die Knochen. «Du warst im Gefängnis?»

«Nicht im Gefängnis», sagte sie und kämpfte mit dem Riegel an der Stalltür. «Jugendamt. Sie sagen, ich kann nicht mehr zu Hause wohnen, wenn Papa nicht da ist, und sie haben mich zu dieser blöden Familie in Holloway gebracht. Sie denken, ich bin gerade bei Papa – nur so konnte ich kommen.» Sie warf sich dem Pferd an den Hals. Die Anspannung des ganzen Tages schien sich zu lösen, und kleine Schluchzer ließen ihren Körper erbeben.

«Langsam, langsam.» Er knipste das Licht an. «Du musst zurückspulen. Was zum Teufel ist passiert?»

Sie wandte sich mit feuchten Augen zu ihm um und erzählte ihm von dem Einbruch, Natasha und Mac und der Familie in Holloway. «Ich habe mit dem Bus eineinviertel Stunden hierher gebraucht.»

«Weiß dein Großvater Bescheid?»

«Keine Ahnung. Vor morgen komme ich nicht zu ihm. Sie wissen nichts von Boo. Ich kann es ihnen nicht sagen, sonst bringen sie ihn auch noch irgendwo unter.»

Cowboy John schüttelte den Kopf. «Keine Sorge. Er geht nirgendwohin.»

«Ich habe nicht mal das Stallgeld für dich. Sie haben Papas Sparbücher, und ich habe nur das Geld fürs Mittagessen und den Bus.»

«Zerbrich dir nicht den Kopf. Ich kläre das mit der Miete mit deinem Papa, wenn er wieder auf den Beinen ist. Hast du Geld für Futter?»

Sie steckte die Hand in ihre Tasche, zählte die Münzen und reichte sie ihm. «Ich habe genug für vier Heuballen und ein paar Säcke Futter. Aber du musst ihn für mich füttern. Ich weiß nicht mal, ob ich zum Ausmisten kommen kann.»

«Okay, okay. Ich kann seine Box für dich sauber machen oder einen der Jungs dazu kriegen. Was ist mit dem Hufschmied? Er kommt doch Dienstag.»

«Ich weiß. Ich hab ein bisschen was gespart. Ich könnte ihn diesen Monat davon bezahlen. Aber für die Miete reicht es dann nicht mehr.»

«Hab dir doch schon gesagt, die strecke ich dir vor, bis der Captain wieder da ist.»

«Ich zahle sie dir zurück.»

«Das weiß ich.» Er deutete auf die anderen Ponys. «Von diesen Kanalisationsratten dürfte mir keiner die Miete schuldig bleiben, aber du und dein Papa … Also jetzt beruhige dich mal, kümmere du dich um dein Pferd, und wir nehmen jeden Tag, wie er kommt.»

Sie schien sich etwas zu entspannen, nahm die Bürste und begann, Boo zu striegeln, strich mit dem Arm methodisch, rhythmisch seine Flanke entlang, wie ihr Großvater es tat. Als könnten diese einfachen Bewegungen sie trösten.

«Sarah … ich würde dir anbieten, bei mir einzuziehen, aber die Wohnung ist ziemlich klein. Und ich wohne schon lange allein. Wenn ich ein größeres Haus hätte oder eine Frau … Ich bin nicht sicher, dass es bei mir die passende Umgebung für ein junges Mädchen ist.»

Sie sagte ihm, das sei schon in Ordnung.

Er stand eine Minute lang einfach da. «Ist es okay, wenn ich gehe und du abschließt?» Es war offensichtlich, dass sie nicht beabsichtigte, in nächster Zeit zu gehen. Er schob seinen Hut zurück, um ihr Gesicht besser sehen zu können. «Hör mal, Sarah. Soll ich morgen deinen Großvater besuchen, damit du stattdessen hierherkommen kannst?»

Sie richtete sich auf. «Würdest du das machen? Ich will nicht, dass er zwei Tage lang allein bleibt.»

«Kein Problem. Außerdem muss ich ihm etwas sagen. Und, Schätzchen, mit dir muss ich darüber auch reden.»

Auf einmal sah sie müde aus, wartete auf den nächsten Schlag.

«Ich denke darüber nach, an den Malteser Sal zu verkaufen.»

Ihre Augen weiteten sich. «Aber was …»

«Alles gut. Ich sage deinem Großvater, dass sich nichts ändern wird. Ich werde hier sein, bis mein Haus verkauft ist. Werde hier weiterhin jeden Tag aufschließen und mich ums laufende Geschäft kümmern.»

«Wohin gehst du?» Sie hatte die Arme um den Hals des Pferdes gelegt und hängte sich daran, als wäre das Tier ebenfalls kurz davor zu verschwinden.

«Aufs Land. Irgendwohin, wo es ein bisschen grün ist. Glaube, meine Jungs haben das verdient.» Er deutete mit dem Kinn auf seine Pferde. Zögerte. «Was deinem Großvater passiert ist, Sarah, das hat mich aufgerüttelt. Ich bin nicht mehr so jung, wie ich mal war, ich habe nur noch ein paar Jahre, und die will ich irgendwo verbringen, wo es friedlich zugeht.»

Sie sagte nichts, blickte ihn nur an.

«Der Malteser Sal hat mir versprochen, dass sich nichts ändert, Mädchen», sagte er. «Er weiß über den Captain Bescheid, er weiß, dass du es gerade nicht leicht hast. Er sagt, dass alles so bleibt, wie es ist.»

Sie musste nichts dazu sagen. Er konnte ihr die Antwort

vom Gesicht ablesen. Wenn man bedachte, wo sie soeben gelandet war, wie sollte sie ihm glauben?

«Danke, dass Sie so pünktlich hier sein konnten, Michael. Mrs. Persey kommt gleich, und ich wollte vorher mit Ihnen ein paar der Unterlagen durchgehen.» Sie hielt inne, als Ben mit einer Schachtel Papiertaschentücher und einer Flasche gekühltem Weißwein hereinkam. «Normalerweise geben wir den Leuten keine Gelegenheit, ausgiebig zu heulen», sagte sie, als Ben die Flasche vorsichtig auf ihrem Schreibtisch abstellte, «aber wenn man eine Mandantin dieses Kalibers hat …»

«… lässt man sie ein paar Tränen vergießen.»

Natasha lächelte. «Und dämpft den Schmerz mit einem Glas von ihrem Lieblings-Chablis.»

«Ich hatte gedacht, in diesem Stadtteil ginge es eher darum, die eine oder andere Dose Bier zu konfiszieren.» Obwohl er ein bekannter Scheidungsanwalt war, täuschte Michael Harringtons Charme und Witz über seinen messerscharfen Verstand hinweg.

«Okay.» Sie warf einen Blick auf die Uhr. «In aller Kürze: Zwölf Jahre verheiratet, zweite Ehefrau, Uneinigkeit darüber, wie schnell Mr. Persey und sie nach dem Auszug der ersten Frau zusammengekommen sind. Vor etwas über einem Jahr hat sie ihn in flagranti mit dem Au-pair erwischt. Zwei Probleme. Erstens, es gibt keine finanzielle Einigung, weil er die Vermögensverhältnisse nicht adäquat offengelegt hat. Zweitens, sie weigert sich, der Umgangsregelung zuzustimmen, weil er sie während der Ehe angeblich physisch und mental misshandelt hat und die elfjährige Tochter verbal.»

«Schmutzig.»

«Oh ja. Die Misshandlungen sind nie aktenkundig geworden.» Natasha blätterte durch ihre Unterlagen. «Sie behauptet, es mit allen Mitteln verheimlicht zu haben, weil sie seine geschäftliche Position nicht gefährden wollte. Und er droht, den angebotenen Unterhalt zurückzuziehen, wenn sie den Umgang mit der Tochter boykottiert.

Ich muss Ihnen wohl nicht sagen, dass dieser Fall Aufsehen erregt, er hat einen Ruf zu verlieren. Mrs. Persey scheint ... na ja, großen Wert darauf zu legen, ihre Version der Ereignisse publik zu machen. Ich konnte sie mit Mühe davon abhalten, die Zeitungsredaktionen abzuklappern.» Natasha hielt inne und presste ihre Fingerspitzen aneinander. «Sie werden feststellen, Michael, dass sie keine einfache Mandantin ist.»

Ben steckte seinen Kopf wieder durch die Tür. «Sie ist da.»

Natasha hatte in ihrer Zeit bei Davison Briscoe viele misshandelte Frauen erlebt. Sie hatte Kinder vertreten, deren Mütter schworen, dass ihr Mann keiner Fliege etwas zuleide tun würde, noch während die Naht an ihrer Schläfe heilte und die Blutergüsse unter ihren Augen violett leuchteten. Sie hatte Frauen gesehen, die durch jahrelangen Missbrauch so eingeschüchtert waren, dass sie kaum laut genug sprachen, um gehört zu werden. Sie war noch niemals jemandem wie Georgina Persey begegnet.

«Er bedroht mich wieder!» Sie umklammerte mit beiden Händen Natashas Arm und bohrte die grell lackierten Nägel in ihre Haut, noch bevor Ben die Tür wieder geschlossen hatte. «Gestern Abend hat er mich angerufen, um mir zu sagen, dass er für mich einen Unfall arrangiert, wenn er Lucy nicht bald sieht.»

Ihr Haar wippte in langen, sorgfältig geglätteten Wellen auf ihren Schultern. Ihre teure Kleidung hing an einem durch jahrelangen Verzicht und eisernes Training getrimmten Körper.

Aber ihr makellos geschminktes Gesicht war zu einer Maske ständiger Empörung erstarrt. Wenn sie sprach, schien alle Energie aus dem Raum gezogen zu werden.

«Bitte setzen Sie sich, Mrs. Persey.» Natasha führte sie zu einem Stuhl, goss ihr ein Glas Wein ein und reichte es ihr. «Darf ich Ihnen Michael Harrington vorstellen? Er wird Sie vor Gericht vertreten.»

Mrs. Persey schien sie nicht gehört zu haben. «Ich habe ihm gesagt, dass ich es auf Band aufgenommen habe. Seine Drohung. Alles. Habe ich natürlich nicht, aber ich hatte solche Angst. Und wissen Sie, was er gemacht hat? Er hat gelacht. Und ich konnte hören, wie diese Nutte hinter ihm auch gelacht hat.» Flehend sah sie Michael Harrington an. «Er hat meine Kreditkarten gesperrt. Wissen Sie, wie peinlich es ist, wenn Ihnen beim Shoppen eine ungültige Kreditkarte zurückgegeben wird? In der Schlange hinter mir standen Leute, die ich kannte.»

«Wir werden alles tun, um in ein paar Tagen eine Interimsregelung zu erwirken.»

«Ich will eine Schutzanordnung. Ich will, dass er nicht in die Nähe meines Hauses kommt.»

«Mrs. Persey», begann Natasha, «ich habe Ihnen ja schon erklärt, dass es sehr schwierig für uns ist, Ihnen zu helfen, wenn wir keine Beweise dafür haben, dass Ihnen oder Ihrer Tochter Gefahr droht.»

«Er will, dass ich den Kopf verliere, Mr. Harrington. Er übt immer mehr Druck auf mich aus, damit ich wie eine Verrückte wirke und der Richter mir meine Tochter wegnimmt.» Sie sprach nur noch mit Michael. Sie war eine dieser Frauen, die ihre Geschlechtsgenossinnen als unwichtig betrachteten, dachte Natasha.

«Mrs. Persey.» Michael Harrington setzte sich in den Stuhl neben sie. «Aus den Akten, die ich gelesen habe, geht hervor, dass für Sie ein weitaus höheres Risiko besteht, Ihre Tochter zu verlieren, weil Sie mehrfach richterlichen Anweisungen zuwidergehandelt haben. Der Vorwurf der psychischen Labilität ist da weit weniger gefährlich.»

«Ich werde ihm meine Tochter *niemals* überlassen», sagte sie nachdrücklich. Sie zog ihren Ärmel hoch und entblößte ihren nackten Arm. Eine lange weiße Narbe zog sich vom Handgelenk bis zum Ellenbogen. «Die stammt von dem Mal, als er mich die Treppe runtergestoßen hat. Denken Sie, das würde er mit Lucy nicht machen?»

Michael studierte seine Unterlagen. Natasha beugte sich vor. «Wir müssen Ihre Aussage über die Gefahr, der Lucy ausgesetzt ist, mit Beweisen untermauern. Sie haben mir gesagt, die Nanny hätte einmal beobachtet, wie Ihr Mann Sie schlug, aber darüber findet sich nichts in ihrer Aussage.»

«Es war die Nanny aus Guatemala, nicht die Polin.»

«Können wir von ihr eine Aussage bekommen?»

«Woher soll ich das wissen? Sie ist in Guatemala! Sie war nicht gut. Wir mussten sie entlassen.»

Michael Harrington schraubte seinen Füller zu. «Mrs. Persey, ist irgendjemand anderes Zeuge eines gewalttätigen Aktes gegenüber Ihnen oder Ihrer Tochter geworden?»

«Ich hab Ihnen doch gesagt, er hat immer alles hinter verschlossenen Türen gemacht.» Sie brach geräuschvoll in Tränen aus.

Natasha wechselte einen Blick mit Michael, griff nach der Schachtel mit Taschentüchern und hielt sie der Frau hin.

«Es ist so furchtbar», schluchzte die lauthals in ein Papiertaschentuch. «So furchtbar.»

«Nehmen Sie sich alle Zeit, die Sie brauchen, Mrs. Persey», sagte Michael. Natasha seufzte, es würde spät werden.

Natasha stand gerade in ihrem Schafzimmer, als sie hörte, wie die Haustür geöffnet wurde. Sie machte vor Schreck einen Satz. Es folgte ein kurzes Schweigen, dann hörte sie ihn aus dem Flur ein vorsichtiges «Hi» rufen.

Unwillentlich biss sie die Zähne zusammen – was war das? «Hi Schatz, ich bin wieder da», als wären sie wundersamerweise wieder eine glückliche Familie. Sie wartete einen Moment, rief dann: «Ich bin hier oben.» Sie hoffte, dass es nicht nach einer Einladung klang.

Frustrierenderweise kam er die Treppe herauf. Erst erschien sein Kopf im Türrahmen, dann füllte er ihn ganz aus. «Ich überlege, ob ich mir Essen bestelle. Möchtest du vielleicht auch etwas?»

«Nein», sagte sie. «Ich … ich gehe aus.»

«Du verreist», korrigierte er sie, denn er hatte die Reisetasche erblickt.

«Nur über das Wochenende.» Sie ging zu ihrer Kommode und nahm zwei Oberteile heraus.

«Irgendwohin, wo es nett ist?»

«Kent.» Ob sie ihm wohl von dem Cottage erzählen sollte, das sie seit seinem Auszug gemietet hatte? Aber sie befürchtete, er würde dann davon ausgehen, dass sie auch dauerhaft dort wohnen könnte. Dann würde er sich noch mehr im Recht fühlen, das Haus für sich zu fordern. Conor hatte sie davor gewarnt, Mac gegenüber irgendetwas preiszugeben, egal, wie freundlich er wirkte. *Am Ende fliegt es dir alles um die Ohren.* «Du hast das Haus am Wochenende also für dich allein», fügte sie hinzu. Sie legte die Kleider in die Tasche und ging in das angrenzende Bad, um ihre Creme und ihr Make-up zu holen.

Mac hatte die Hände tief in die Taschen seiner Jeans geschoben. Er sah sich betreten um, als sei das Gespenst ihrer gemeinsamen Zeit in diesem Raum auferstanden, um ihn zu erschrecken. Ihr fiel auf, dass sich seit seinem Auszug hier nichts verändert hatte. Das war vermutlich einer der Gründe, aus denen Conor hier nicht gern übernachtete.

«Dann kann ich hier also die ganze Nacht feiern», sagte er.

Sie fuhr herum.

«Nur ein Scherz. Du hast deine Haarbürste vergessen.» Er hielt sie ihr hin

Sie zögerte, nahm sie dann. Schließlich konnte sie ihm nicht sagen, dass sie eine weitere im Cottage liegen hatte.

Mac rieb sich über den Hinterkopf. «Ich gehe davon aus, dass du mit Conor wegfährst?»

Sie wandte ihm den Rücken zu und packte weiter.

«Ja.»

«Wie geht's ihm?»

«Gut.»

«Wenn ihr wegen mir fahrt, macht euch keine Umstände», sagte er. «Nur ein Wort, und ich bin den Abend über weg. Ich will niemandem auf die Füße treten. Bitte hab nicht das Gefühl, du müsstest gehen.»

«Habe ich nicht. Ich meine, machst du nicht», log sie. «Wir fahren die meisten Wochenenden weg.»

«Ich kann auch anderswo hin. Lass es mich einfach wissen.»

Sie packte weiter und fühlte sich in seiner Gegenwart befangen und eigenartig in ihrer Privatsphäre gestört. Das Schlafzimmer war ihr Zufluchtsort, der einzige Raum, den sie seit seiner Rückkehr noch als ihren eigenen empfunden hatte. Wie er da nun stand, erinnerte er sie schmerzlich an die Zeiten, in denen sie vergnügt ins Bett gefallen waren, an die Tage, an denen sie nur DVDs geschaut und verbrannten Toast gegessen hatten … an die Nächte, in denen sie zwanzig kalte Zentimeter von ihm entfernt gelegen hatte und sich wie der einsamste Mensch der Welt vorgekommen war. Turnschuhe, Stiefel, Jeans. Haarbürste. Sie kämpfte darum, Ordnung in ihre Gedanken zu bringen.

«Wohin genau fahrt ihr denn?»

«Ist das ein Verhör?» Die Worte waren aus ihrem Mund, bevor sie sie zensieren konnte.

«Ich versuche nur, freundlich zu sein, Tash. Wir sehen uns jeden Tag. Ich versuche, mich so zu verhalten, als könnten wir wenigstens eine höfliche Unterhaltung führen.» Er fuhr mit ruhiger Stimme fort: «Genau genommen stehe ich hier und winke meiner Frau …»

«Exfrau.»

«… Beinahe-Exfrau hinterher, die einen Wochenendtrip mit ihrem Liebhaber unternimmt. Ich finde das ziemlich zivilisiert, du nicht? Kannst du mir nicht auf halbem Weg entgegenkommen?»

Sie wollte ihm sagen, dass das schwierig für sie war, noch viel schwieriger, als sie vorhergesehen hatte. Doch selbst dieses kleine Eingeständnis kam ihr zu intim vor. «Nur …», sagte sie, «in ein kleines Dorf an der Grenze zu Sussex.»

Er verzog das Gesicht und trat von einem Fuß auf den anderen. «Na ja, ich sollte hier nicht mehr herumstehen. Der Makler hat angerufen, sie haben jetzt die letzten Details. Morgen ist es auf dem Markt.»

Wieder dieses atemlose Gefühl. Sie stand mit einem Paar Stiefeln in der Hand mitten im Zimmer.

«Wir waren uns einig, Tash», sagte er, als er ihren Gesichtsausdruck bemerkte.

«Nenn mich nicht so», sagte sie gereizt. «Mein Name ist Natasha.»

«Tut mir leid», sagte er. «Wenn ich genug Geld hätte, um es zu vermeiden, würde ich. Mir gefällt der Gedanke, das Haus zu verkaufen, auch nicht. Vergiss nicht, wie viel Arbeit ich hier reingesteckt habe.»

Sie hielt beide Stiefel umarmt.

«Aber vielleicht ist es auf längere Sicht das Beste.»

«Ich bezweifle es», sagte sie energisch. «Aber wenn es verkauft werden muss, lass es uns schnell über die Bühne bringen.» Sie zog den Reißverschluss der Reisetasche zu und ging mit einem kurzen Lächeln, das mit einem richtigen Lächeln nicht sehr viel Ähnlichkeit hatte, an ihrem Bald-Exmann vorbei und die Treppe hinunter.

«Eine Hilfe, jäh und unerwartet gegeben, bringt ein mutiges Pferd leicht in Verwirrung, wie ein unerwarteter Anblick, ein plötzlicher Lärm oder eine unvermutete Bewegung einen Menschen auch leicht erschrecken können.»

Xenophon, Über die Reitkunst

Kapitel 7

Sie hatten Papa erneut verlegt, und Sarah brauchte zwanzig Minuten, um ihn zu finden. Er lag jetzt wieder in der Neurologie. Letzte Woche hatte ihn eine Lungenentzündung zurück auf die Intensivstation gezwungen.

«Wir hatten gehofft, dass er inzwischen ein bisschen weiter sein würde», sagte die Krankenschwester, als sie Sarah zu ihm führte. «Aber wegen der Schluckstörung hat er sehr zu kämpfen, der arme alte Knabe.»

«Er ist kein Knabe», sagte Sarah schroff. «Er ist vierundsiebzig.»

Der Schritt der Krankenschwester wurde langsamer, als wollte sie etwas erwidern, aber dann ging sie einfach schneller, sodass Sarah fast laufen musste, um mit ihr mitzuhalten. Die Schwester blieb vor einem blau geblümten Vorhang stehen und hielt ihn zur Seite, um Sarah hineinzulassen.

Sarah zog sich einen Stuhl ans Bett. Das Rückenteil war hochgestellt, sodass er halb aufgerichtet saß. Der Anblick seines ergrauten Kinns, das auf seiner Brust ruhte, schmerzte Sarah. Sie hatte ihren Großvater nie mit mehr als ein paar über Nacht gewachsenen Bartstoppeln gesehen.

Leise öffnete sie den Nachttisch neben seinem Bett, um festzustellen, ob seine persönlichen Sachen mit ihm auf die Station gebracht worden waren. Oft musste sie den Krankenschwestern hinterherrennen, um herauszufinden, wo seine Dinge waren. Seit er sich im Krankenhaus befand, waren zwei Schlafanzüge, eine Seife und seine Tasche mit dem Rasierzeug verschwunden. Erleichtert entdeckte sie auf den Ablagebrettern die Kulturtasche, ein kleines Handtuch und das Bild von ihm und Nana. Sie stellte es oben auf den Nachttisch. Wenn sie es richtig platzierte, konnte er es sich den ganzen Tag ansehen.

Sie blickte auf die Uhr, um zu schauen, wie viel Zeit ihr blieb. Die Hewitts wollten, dass sie bis vier Uhr zu Hause war, obwohl sie ihnen gesagt hatte, wohin sie ging. Jetzt war es beinahe zwei und unmöglich, dass sie es noch rechtzeitig in die Sparepenny Lane schaffte, um mit Boo auszureiten.

Sie berührte die Hand ihres Großvaters. Irgendetwas in ihr zog sich zusammen, als sie seine trockene, papierne Haut spürte. Vier Wochen im Krankenhaus schienen seinen Kern mitsamt seiner Robustheit aus ihm herausgeschält zu haben. Ihre Rollen hatten sich verkehrt, und Sarah fühlte sich schwindelig, wurzellos, als würde nichts in ihrer Welt noch einen Sinn ergeben.

«Papa?»

Er öffnete ein Auge und starrte mit leerem Blick auf die Bettdecke. Sie fragte sich, ob er wohl wusste, wo er sich befand. Dann hob er langsam den Kopf.

«Papa?»

Sein Gesicht war ausdruckslos. Sie blickte zu dem Sortiment unterschiedlicher Medikamente auf dem Wagen neben ihm. Er würde nun sicherheitshalber einige Wochen lang Antibiotika bekommen, hatten ihr die Krankenschwestern gesagt. Sie setzte ihm die Brille auf. «Ich habe dir Joghurt mitgebracht.» Seit sie den Schlauch aus seinem Hals entfernt hatten, versuchte sie, ihm an den meisten Tagen etwas mitzubringen, das er leicht schlucken konnte. Sie wusste, dass er das Krankenhausessen verabscheute.

Sein Blick wurde weicher, sie konnte sehen, dass er sie nun erkannte. Sie legte ihre Hand erneut auf seine. «Kirsche. Den, den du so gern magst.» Seine Hand schloss sich unter der ihren. «Ich wollte dir nur erzählen, dass Boo schon sein Winterfell bekommt, aber es geht ihm wirklich gut. Wir sind gestern oft vom Schritt in den Galopp gewechselt, und er hat nicht ein Mal über die Stränge geschlagen. Ich gebe ihm ein bisschen mehr Futter, die Nächte werden kälter. Ich habe ihm eine zusätzliche Schaufel von den Zuckerrüben gegeben, ist das okay?»

Es war nur die leiseste Andeutung eines Nickens, aber es genügte. Nun war alles so, wie es sein sollte: Sie holte sich seine Zustimmung.

«Und die Familie, bei der ich wohne, ist nett. Viel Essen, aber nicht so gutes wie bei uns. Wenn du zurückkommst, koche ich uns einen riesigen Fischeintopf mit viel Knoblauch, wie du ihn magst.»

Seine Finger zuckten unter ihrer Hand. Es war seine schlechte Hand, die er nur mit Mühe heben konnte. Sie redete weiter, als könnte ihr alltägliches Geplauder wieder Normalität in sein und ihr Leben locken. «Willst du etwas trinken?», fragte sie schließlich. Sie griff nach dem Plastik-Trinkbecher.

«*Temps*», sagte er.

Sie sah ihn an.

«Brot. *Chapeau.*» Seine Augen schlossen sich frustriert.

«Soll ich die Krankenschwester rufen?»

Ein Stirnrunzeln.

«Warte, ich setze dich ein Stück weiter auf.» Sie fasste hinter ihn und stopfte die Kissen so um ihn, dass er weniger zusammengesunken dasaß. Mit geübten Händen verstellte sie das Bett, dann legte sie ihm seine Pyjamajacke so um die Schultern, dass er etwas würdevoller aussah. «Besser?»

Er nickte, ein gebrochener Mann.

«Okay. Reg dich nicht auf, Papa. Der Arzt sagt, das Sprechen kommt zurück. Er sagt, es kann das Letzte sein, was zurückkommt. Du wirst dich wieder erinnern. Und du hattest die Lungenentzündung, ich nehme an, die vielen Medikamente haben nicht gerade geholfen. Vielleicht haben sie dich ein bisschen durcheinandergebracht.»

Missbilligung umwölkte seine Augen. Er mochte es nicht, wenn sie ihn bevormundete. Und dann glitt sein Blick zum Nachttisch, in Richtung ihrer Tasche. «Der Joghurt. Möchtest du ein bisschen von dem Joghurt?»

Er seufzte, und Erleichterung breitete sich über sein Gesicht. «*Chapeau*», wiederholte er.

«Okay», sagte Sarah. «*Chapeau.*» Sie kramte den Teelöffel aus ihrer Tasche und zog den Joghurtdeckel ab.

Auch mit einem Jahr Abstand war es schwer auszumachen, was genau das Ende ihrer Ehe eingeläutet hatte. Vielleicht war es in solchen Situationen auch unmöglich, die eine Wahrheit zu finden, vielleicht konnte es immer nur zwei Wahrheiten geben. Wie bei Gericht, da gab es auch keine absolute Wahrheit, nur Standpunkte, und alles hing davon ab, wie gut man argumentierte. Nur hatte es geendet, lange bevor sie überhaupt die Möglichkeit gehabt hätten, alles auszudiskutieren.

In den ersten Tagen nach Macs Auszug hatte sich Natasha gesagt, dass es so am besten sei. Sie waren einfach zu unterschiedlich. Andauernd wütend zu sein, hatte sie alle Kraft gekostet, sie in jemanden verwandelt, den sie nicht mochte. Es war klar, dass im vergangenen Jahr keiner von ihnen glücklich gewesen war. Aber sie war nicht imstande gewesen, allein in dem Londoner Haus herumzusitzen. Immerhin war es, wie er oft gescherzt hatte, «das Haus, das Mac gebaut hat». Jeder Zentimeter war von ihm durchdrungen. Jeder Raum enthielt das Echo von etwas, das sie verloren hatte. Die Treppe, die er restauriert hatte, die Regale, die er zweimal anbringen musste, die Lücken, wo vorher seine Bücher, CDs, Klamotten gewesen waren. Das meiste, was er mitgenommen hatte, hatte er irgendwo eingelagert, und sogar das störte sie: Die Gegenstände, die sie geliebt und zusammen ausgesucht hatten, lagerten an irgendeinem unpersönlichen Ort, weil er sie lieber wegschloss, als in Kauf zu nehmen, dass ein Teil von ihm in ihrem Leben blieb.

«Ich hole den Rest in ein bis zwei Wochen ab», hatte er gesagt, während sie wie angewurzelt im Flur stand. Sie hatte nur genickt. Und dann, nachdem die Tür hinter ihm zugefallen war, hatte sie sich langsam an der Wand hinunter auf den kalten Boden gleiten lassen. Sie konnte nicht sagen, wie lange sie dort gesessen hatte, völlig gelähmt angesichts des Ausmaßes dessen, was geschehen war.

In den darauffolgenden Wochen setzte sie sich oft in ihr Auto und fuhr herum, an den Wochenenden, am frühen Morgen oder am späten Abend, zu Zeiten, in denen sie nicht im Büro sein und sich in Arbeit verlieren konnte. Sie fuhr und hörte Radio, hörte Talkshows, Politik-Sendungen, Dokumentationen und Serien. Sie hörte keine Musik – Musik war das akustische Äquivalent zu einem Spaziergang über ein Minenfeld. Gerade, wenn man das Gefühl hatte, es gehe einem gut, zerschmetterte einen ohne Vorwarnung ein bedeutungsvoller Song. Dazu haben wir getanzt, das haben wir beim Grillen gehört.

Ihr nur halb funktionstüchtiges Gehirn war mit den beiden Aufgaben, zuhören und fahren, völlig ausgelastet. Und dann strandete sie eines Samstagmorgens in Kent. Sie verspürte ein unerwartetes Krampfen in ihrem Magen und stellte überrascht fest, dass sie seit über achtzehn Stunden nichts mehr gegessen hatte. Ihr Blick fiel auf eine Teestube, die genauso aussah, wie englische Teestuben aussehen müssen. Nachdem sie ein halbes Brötchen mit Butter gegessen hatte (seit Wochen kämpfte sie darum, überhaupt etwas hinunterzubekommen), zahlte sie und ging hinaus. Sie wanderte in dem pastellfarbenen Herbstmorgen durch die Sträßchen des Dorfes und genoss den Geruch nach Rauch, faulenden Blättern und die scharfe, bittere Note der Schlehen aus den Hecken. Zu ihrer eigenen Überraschung ging es ihr etwas besser.

Als sie zu dem kleinen Haus mit dem «Zu vermieten»-Schild kam, das an einer Straße stand, die einzig und allein zu einem Bauernhof zu führen schien, machte sie sich nicht die Mühe, sich groß umzusehen. Sie rief den Makler an und hinterließ die Nachricht, dass sie das Haus mieten würde, wenn es noch zu haben wäre. Geld konnte kein Glück kaufen, dachte sie hinterher, aber es ermöglichte einem, sich wenigstens an einem schönen Ort elend zu fühlen.

Seither war Conor an den meisten Wochenenden mit ihr hierhergekommen, sofern er nicht die Jungs hatte. Er war nicht wie Mac praktisch veranlagt, aber er leistete ihr gern Gesellschaft. Er lag dann auf dem Sofa und las Zeitung, machte ein Feuer oder half ihr beim Kochen. Wenn das Wetter schön war, saß er meistens mit einem Bier draußen, während sie im Garten herumwerkelte. Sie wusste nur wenig über Pflanzen, entwickelte aber bald Freude am Unkrautjäten oder der Rasenpflege, Tätigkeiten, die weit entfernt schienen von all dem Elend, das sie täglich im Job zu sehen bekam.

Inzwischen mietete sie das Cottage seit beinahe einem Jahr, und die Arbeit, die sie in den Garten investiert hatte, zahlte sich diesen Sommer endlich aus. Stauden waren unüberwuchert aus gedüngten Böden auferstanden, Rosen waren aufgeblüht, Apfelbäume hatten Früchte getragen.

Das Haus in Kent hatte ihr ein wenig Seelenfrieden verschafft.

Und jetzt gab es einen guten Grund mehr, nicht in London zu bleiben.

Conor war kein besitzergreifender Typ. Im Gegenteil, im Laufe ihrer Beziehung hatte er immer wieder großen Wert darauf gelegt, ihr klarzumachen, dass er nicht in der Lage war, eine allzu enge Bindung einzugehen. Er spielte keine Spielchen mit ihr: Er war da, wenn er gesagt hatte, er würde da sein, er rief sie an, wenn er einen Anruf angekündigt hatte, aber gleichzeitig blieb die unsichtbare Wand um ihn herum unangetastet. Deshalb hatte sie wenig Grund anzunehmen, dass ihre neue Wohnsituation für ihn ein Problem darstellen würde. Bis sie ihm beim Ausladen des Wagens davon erzählte.

«Er ist schon die ganze Woche da?» Conor stellte seine Tasche ab.

«Seit Dienstag.»

«Und du hast nie daran gedacht, mir das zu sagen?»

«Ich habe dich die ganze Woche über kaum gesehen. Und ich flüstere dir doch nicht im Gerichtsgebäude im Vorbeigehen zu: ‹Schatz, mein Exmann ist wieder bei mir eingezogen.›»

«Du hättest anrufen können.»

«Ja. Aber das wollte ich nicht. Wie gesagt, es hätte sich komisch angefühlt.»

«Kann ich mir vorstellen.» Er schulterte seine Tasche, schnappte sich eine Einkaufstüte voll Lebensmittel und ging mit durchgedrücktem Rücken ins Haus.

Sie folgte ihm in die Küche. Bei ihrem letzten Besuch hatte sie neben dem Spülbecken Blumen stehen lassen, und nun waren sie verwelkt, braune Blätter kräuselten sich über den Rand der Vase. «Er hat keine Wohnung, und ihm gehört nun einmal die Hälfte des Hauses.»

Er drehte sich zu ihr um. «Wenn ich sterbenskrank, bankrott und hirnamputiert wäre, würden mich immer noch keine zehn Pferde in die Nähe meiner Ex und ihres Hauses bringen.»

«Wir haben noch nicht hinter uns, was ihr hinter euch habt.»

«Du meinst, ihr seid noch nicht geschieden. Oder kriege ich hier irgendwas nicht mit?»

«Du weißt, wir werden uns scheiden lassen, Conor. Wir stehen bloß noch am Anfang.»

«Am Anfang? Oder seid ihr euch nicht ganz sicher?» Er fing an, die Einkaufstüte mit unnötig viel Wucht auszupacken.

«Meinst du das ernst?»

«Du hast mir gerade mitgeteilt, dass dein Noch-nicht-ganz-Exmann wieder bei dir eingezogen ist. Wie soll ich das nicht ernst meinen?»

«Verdammt noch mal, Conor! Mein Leben ist kompliziert genug! Du bist der Letzte, von dem ich erwartet hätte, dass er den Eifersüchtigen spielt.»

«Was soll das denn heißen?»

«Du stellst mich nicht mal deinen Kindern vor.»

Er hob die Hände. «Ich wusste es. Ich wusste, dass du sie da reinziehen würdest.»

«Was glaubst du, wie ich mich fühle, wenn du so tust, als gäbe es mich gar nicht?»

«Ihr Leben ist völlig auf den Kopf gestellt worden. Es wäre wohl nicht hilfreich, sie in dieser Situation Mummy Nummer zwei vorzustellen, glaubst du nicht?»

«Warum sollte ich Mummy Nummer zwei sein? Kann ich nicht einfach deine Freundin sein?»

«Glaubst du, Kinder sind dumm? Sie kriegen verdammt schnell raus, was läuft.»

Nun schrie sie. «Na und? Wenn wir ein Paar sind, bin ich an irgendeinem Punkt ein fester Bestandteil ihres Lebens. Oder bin ich diejenige, die hier irgendwas nicht mitkriegt?»

«Natürlich nicht. Und ja, wir sind ein Paar. Aber was soll die Eile?» Dann wurde seine Stimme weicher. «Du verstehst Kinder nicht, Natasha. Das kann man nicht, bis man nicht selbst welche hat. Sie … Man muss sie an die erste Stelle setzen. Ich muss sie schützen.»

Sie starrte ihn an. «Und ich bin außerstande, das zu verstehen, Conor, ja? *Unfruchtbar*, wie ich bin …»

«Scheiße, Natasha, du verstehst das falsch …»

«Verpiss dich!», zischte sie, nahm auf dem Weg die Treppe hoch zwei Stufen auf einmal und schloss sich ins Badezimmer ein.

Die Nüstern des Pferdes waren so geweitet, dass sie hinter dem samtenen Schwarz fleischiges Rosa sehen konnte. Seine schlanken Beine tänzelten. Der Malteser Sal stieg von dem zweirädrigen Sulky, ging auf das Tier zu und fuhr mit der Hand seinen vor Schweiß glänzenden Hals entlang. «Was meinst du, Vicente? Bringt er mir Geld ein?» Er begann, den Sulky auf einer Seite auszuspannen, und bedeutete seinem Neffen, dasselbe auf der anderen Seite zu tun.

«Er kostet dich erstmal welches. Irgendwas an seinem Gang sieht komisch aus. Ich mag seine Beine nicht.»

«Dieses Pferd hat von fünfzehn Rennen vierzehn gewonnen. Er hat bessere Beine als du. Das hier ist das tierische Äquivalent zu einem Supermodel.»

«Wenn du das sagst.»

«Ich habe es im Gefühl. Ralph? Spülst du ihm die Beine ab?»

Ralph beugte sich nach vorn, um das Tier entgegenzunehmen.

Sarah schlüpfte durchs Tor. Cowboy John schien nicht da zu sein, und vor Sals Männern fühlte sie sich immer ein wenig gehemmt. Sie spürte ihre Blicke im Rücken, als sie zu Boos Stallbox ging. Boo wieherte leise, als er sie erkannte. Sein Kopf schob sich in Erwartung eines Leckerlis über die Tür seiner Box. Sie gab ihm eines und umarmte seinen Hals, atmete seinen süßen Duft ein. Sie ließ ihn mit der Nase ihre Taschen nach weiteren Leckerbissen absuchen.

Trotz Cowboy Johns Hilfe wurde es immer schwieriger, für Boo zu sorgen. Die Hewitts, deren makelloses Zuhause nie auch nur einen Goldfisch beherbergt hatte, waren zunehmend verärgert darüber, dass sie nicht rechtzeitig zu den vereinbarten Uhrzeiten nach Hause kam. Sie konnte es ihnen nicht erklären (zu oft hatte sie es schon auf verspätete Busse,

Nachsitzen oder einen Notfall geschoben, der einen Besuch bei ihrem Großvater notwendig machte, sie glaubten ihr nicht mehr). Sarah hatte daher damit begonnen, gelegentlich die Schule zu schwänzen, um Boo überhaupt sehen zu können. In der Schule schienen ihre Abwesenheiten noch nicht aufgefallen zu sein, aber sie wusste, dass es nur eine Frage der Zeit war. Nur, hatte sie eine Wahl?

Sie holte Boo heraus und führte ihn die Sparepenny Lane auf und ab. Er war ein Pferd, das gern arbeitete, das nicht nur die körperliche Anstrengung brauchte, sondern auch die mentale Übung. «Er ist klüger, als gut für ihn ist», sagte Cowboy John einmal, als Boo zum hundertsten Mal seine Boxentür entriegelt hatte.

«Klüger, als gut für *dich* ist», hatte Papa erwidert.

«Wie klug müssen sie fürs Zirkuszelt sein?»

Sarah hielt für einen Augenblick am Ende der Straße an, über die sich die Dämmerung senkte, und versuchte, nicht daran zu denken, wie zerbrechlich Papa heute ausgesehen hatte. Wie musste es sich anfühlen, wenn ein stählernes Inneres auf etwas Kraftloses, Hilfsbedürftiges reduziert wurde? Wenn sie ihn so sah, konnte sie sich nur schwer vorstellen, dass er in ihre Wohnung, in ihr altes Leben zurückkehren würde. Aber sie musste daran glauben.

Sie führte das Pferd noch einmal auf und ab und entschuldigte sich bei ihm für ihre knappe Zeit, als würde er verstehen. Er warf den Kopf nach hinten. Seine aufgerichteten Ohren und sein leichter Trab waren eine stumme Aufforderung, schneller und weiter zu gehen. Als sie sich wieder zum Tor wandte, ließ er wie vor Enttäuschung den Kopf sinken, und Schuldgefühle überwältigten sie. Der Malteser Sal und seine Freunde standen am anderen Ende des Hofes, rauchten und kloppten Sprüchen. Als sie das Tor aufstieß, sah sie Ralph am Rande der Gruppe. Er vergötterte Sal – wenn dieser ihm eine Zigarette zuwarf, wurde er vor Freude tatsächlich rot.

Als sie ihren Schuppen aufschloss, sank ihr Herz. Da lagen nur noch vier Büschel Heu, weniger als ein halber Ballen. Sie suchte in ihren Taschen nach etwas Kleingeld, mit dem sie Ralph ein bisschen Heu abkaufen konnte. Sechsundvierzig Pence und ihre Busfahrkarte.

Hinter sich vernahm sie ein Geräusch. Sal schloss seinen eigenen Schuppen auf. Er pfiff vor sich hin. Durch die Tür erblickte sie die ordentlich gestapelten Heuballen, die Säcke voll teurem Pferdefutter. Sie hatte noch nie so viel gutes Pferdefutter auf einmal gesehen. Als sie gerade hinstarrte, drehte er sich plötzlich um. Sie errötete.

Er spähte an ihr vorbei in ihren Schuppen. «Es wird knapp, was?»

Zunächst antwortete sie nicht, sondern fummelte an einem Heunetz herum, um es zu öffnen.

Er zog an seinen Zähnen. «Ganz schön leer in eurem Schuppen.»

«Uns geht's gut», sagte sie.

Der Malteser Sal ließ die Tür hinter sich zufallen und ging einen Schritt auf sie zu. Sein Hemd sah tadellos aus, als hätte er sich nicht mal in die Nähe eines Pferdes begeben, und sein Goldzahn glänzte, als er den Mund öffnete. «Hast du genügend Heu?»

«Ich habe genug.» Sie umfasste mit den Armen die vier Büschel, richtete sich auf und wollte an ihm vorbeigehen, doch er stand ihr im Weg. Er verstellte ihn nicht, aber ließ doch so wenig Platz, dass sie ihn bitten musste, sie durchzulassen.

«Du hast ein hübsches Pferd.»

«Ich weiß.»

«Du kannst so ein Pferd nicht mit dem Mist vom Boden füttern.» Er nahm die Zigarette aus dem Mund, zupfte ein paar Halme aus dem Heubüschel auf ihrem Arm und hielt das brennende Ende seiner Zigarette daran, bis sie verkokelt waren.

«Die kann man noch verbrennen. Sonst nichts. Dein Großvater ist immer noch krank, oder?»

Sie nickte. Ein Zug rumpelte über sie hinweg, aber sie ließ ihn nicht aus den Augen.

«Ich will nicht, dass du dein Pferd mit diesem Mist fütterst. Komm, leg das Zeug hin.» Er steckte sich die Zigarette wieder in den Mund, ging in seinen Schuppen und kam mit einem Heuballen wieder heraus. Er war noch grünlich und verströmte einen leichten Wiesenduft. Sal trug ihn mühelos an der Ballenschnur in ihren Schuppen und stellte ihn dort in die Ecke. Dann holte er einen großen Sack voll erstklassigem Pferdefutter und schwang ihn mit einem Grunzen durch ihre Tür. «Da», sagte er. «Das reicht für eine Weile.»

«Das geht nicht», flüsterte sie. «Ich habe kein Geld.»

Er schien direkt durch sie hindurchzublicken. «Du bezahlst, wenn du wieder Geld hast, okay? Wenn ich diesen Hof schon übernehme, will ich ein gutes Pferd nicht vor die Hunde gehen sehen, weil es mieses Futter kriegt.»

«Aber …»

«Von John nimmst du es an, oder?» Sein Blick ruhte auf ihr. Sie nickte widerwillig. «Dann nimm es auch von mir. Jetzt muss ich weiter.»

Er stolzierte hinaus auf den Hof.

Sarah beobachtete, wie er sich wieder zu seinen Männern gesellte, dann bückte sie sich, um den Duft des neuen Ballens einzuatmen. Vermutlich hätte Papa ihr nicht erlaubt, ihn anzunehmen, wäre er hier gewesen. Aber er war nicht hier, und das war das Problem.

Die Stille eines Londoner Hauses besaß eine eigenartige Schärfe, fand Natasha, als sie die Tür hinter sich schloss und ihr Ruf darin verklang. Die Stille, die hier von draußen in den Flur drang, machte das Haus wesentlich leerer als die, die auf dem Land in das Cottage wehte. Vielleicht lag es aber auch daran, dass seit kurzem jemand anderes hier sein könnte.

Natasha stieg über die nun allgegenwärtigen Kamerataschen und ging ins Wohnzimmer. Sie schnupperte, ob noch Zigarettenrauch oder Weindunst in der Luft hingen, was bedeutet hätte, dass er Besuch gehabt hatte, aber da war nichts. Die Sofakissen waren zerdrückt, was auf einen Abend vor dem Fernseher hindeutete. Sie nahm nacheinander jedes von ihnen hoch, schüttelte es auf und legte es wieder ordentlich hin. Dann ärgerte sie sich halb darüber, dass sie das getan hatte.

Sie ging zurück in den Flur, hob ihre Tasche auf und ging nach oben. Ihre Schritte hallten so, dass sie sich unbehaglich fühlte, wie eine Fremde in ihrem eigenen Haus.

Nach dem unschönen Anfang hatten Conor und sie sich übers Wochenende versöhnt. Sie waren jedoch beide von der Vehemenz ihres Streits schockiert, von dem plötzlich offenbarten Gefühlsspektrum, das sie bislang verleugnet hatten. Insgeheim freute sie sich darüber, dass es ihm etwas ausmachte, Mac hier zu wissen. Gleichzeitig empörte es sie. Er forderte mehr Mitspracherecht in ihrem Leben, ohne gleichzeitig in seinem mehr Platz für sie zu machen. «Du wirst die Kinder kennenlernen, Hotshot», hatte er gesagt, als er sie zu Hause absetzte, «das verspreche ich. Gib mir nur noch ein bisschen mehr Zeit, ja?» Er hatte nicht gefragt, ob er mit hineinkommen konnte.

Sie ließ die Tasche aufs Bett fallen. Sie würde die Waschmaschine anstellen und dann vor dem Fernseher ihre Blusen für die Arbeit bügeln. Später würde sie sich an den Schreibtisch setzen und den Papierkram für das Gericht morgen früh vorbereiten. Es war ihre Sonntagabendroutine, so vertraut wie ihre linke Hand.

Für mehrere Minuten blieb Natasha regungslos stehen, von der neuen Atmosphäre irgendwie gelähmt. Obwohl er nicht da war, fühlte sich Mac in dem Haus allgegenwärtig an, als hätte er es sich zurückerobert. Seine Anwesenheit, seine Aura brachte sie aus dem Tritt.

Ihr wurde klar, dass sie noch immer wütend auf ihn war. Wütend, weil er nicht da gewesen war, als sie ihn brauchte, wütend, weil er in dem Moment zurückkam und ihr Leben durcheinanderbrachte, in dem sie es sich gerade wieder aufgebaut hatte. Das war typisch Mac: hereinzuplatzen, ohne über die Auswirkungen nachzudenken. Sie gab ihm die Schuld an dem missglückten Wochenende, auch wenn ein rationaler Teil von ihr wusste, dass es ihm nicht vorzuwerfen war. Sie warf ihm vor, dass sie ihr Haus hatte verlassen müssen. Und zu allem Überfluss war er für sie überhaupt nicht zu durchschauen. Er spazierte mit seinem charmanten Lächeln und seiner Umgänglichkeit zur Tür herein wie früher, als könne nichts ihn verletzen. Als sei ihre Ehe auf seinem emotionalen Radar nur der allerkleinste Echoimpuls gewesen.

Ohne recht zu wissen, was sie tat, überquerte Natasha den Treppenabsatz zum Gästezimmer. Sie rief noch einmal, drückte dann vorsichtig die Tür auf, registrierte Macs zerwühltes Bett, die Haufen ungewaschener Wäsche in der Ecke neben dem Wäschekorb, den schwachen, süßlichen Geruch von Dope. Eine Sache hatte sich also zumindest nicht geändert.

Im Türrahmen zögerte sie, dann ertappte sie sich dabei, wie sie leise durch das Zimmer ins angrenzende Bad schlich. Das Durcheinander beruhigte sie absurderweise. Darin fand sie den Mann wieder, den sie kannte. Chaotisch. Unvollkommen. Das ist der Grund, aus dem wir uns scheiden lassen, sagte sie sich. Beinahe empfand sie etwas wie Zärtlichkeit für ihn angesichts dieser Erinnerung.

Gerade als sie sich zum Gehen wandte, erblickte sie auf der anderen Seite auf der Glasablage den in eine teure creme- und goldfarbene Schachtel verpackten Tiegel. Die Feuchtigkeitscreme einer Frau. Daneben lag eine Packung Abschminkpads.

Etwas in ihr wurde kühl und hart. Dann blinzelte Natasha, drehte sich um und verließ rasch das Badezimmer.

«Auf solchen Pferden werden selbst Götter und Heroen reitend gemalt, und die Männer, welche gut mit ihnen umzugehen wissen, sehen prächtig aus.»

Xenophon, Über die Reitkunst

Kapitel 8

Der Teppich im Büro des Rektors war von einem tiefen, satten Blau und so luxuriös und weich, dass kaum einer der hierherzitierten Schüler nicht dem Gedanken nachhing, wie es wohl wäre, die Schuhe und Socken auszuziehen und mit den nackten Zehen einzusinken.

Sarah wurde von dem Teppich nicht abgelenkt. Sie wurde von der Tatsache abgelenkt, dass sie es seit beinahe achtundvierzig Stunden nicht in den Stall geschafft hatte.

«Es ist das vierte Mal, dass du dieses Schuljahr in Englisch gefehlt hast, Sarah. Und Englisch war eines deiner besseren Fächer.» Mr. Phipps studierte die Papiere vor sich.

Sie wrang die Hände.

«Ich weiß, dass es zu Hause derzeit ein bisschen schwierig ist, aber deine Anwesenheitszeiten waren immer gut. Hast du Probleme, zur Schule zu kommen? Hilft dir deine Pflegefamilie nicht?»

Sie konnte ihm die Wahrheit nicht sagen – dass sie den Hewitts gegenüber behauptet hatte, sie habe ihre Busfahrkarte verloren, und dass das Geld, das sie ihr dafür gegeben hatten, in Boos Unterhalt gewandert war.

«Sie sind verpflichtet, dich dabei zu unterstützen, dass du zu den frühen Stunden rechtzeitig hier bist. Wenn sie das nicht tun, muss ich das wissen.»

«Sie unterstützen mich.»

«Warum hast du dann gefehlt?»

«Ich ... ich bekomme die verschiedenen Buslinien durcheinander. Ich habe den Bus verpasst.»

Boo begann, auf den Verlust seiner gewohnten Abläufe zu reagieren. An diesem Morgen war er ihr im Stall durchgegangen, war auf die Straße gestürmt und hatte eine Frau mit Kinderwagen erschreckt. Als sie mit ihm schließlich im Park war, hatte er gebuckelt, sich dann vehement ihren Anweisungen widersetzt. Sie war wütend geworden, aber hatte es hinterher bereut, als sie sich schwitzend und unglücklich auf den Rückweg machten.

«Ich glaube dir nicht, dass das alles ist.»

Sie starrte auf ihre Füße. Jemand mit einem so dicken Teppich konnte ein Leben wie das ihre nicht verstehen. «Ich habe meinen Großvater besucht», murmelte sie.

«Er ist noch immer im Krankenhaus, stimmt's?»

Sie nickte. Sogar Papa war ärgerlich gewesen, als sie am Freitagnachmittag bei ihm aufgetaucht war. Er hatte zu der Wanduhr hinaufgeblickt und geflüstert: «Falsch. *Après.*» Es war nicht schwer gewesen zu verstehen, was er meinte.

«Hat sich sein Gesundheitszustand gebessert?» Der Gesichtsausdruck des Rektors war milder geworden.

Wäre sie ein anderer Typ Mädchen gewesen, hätte sie geweint – jeder wusste, dass Rektor Phipps in Tränen aufgelöste Mädchen nicht ertrug. «Ein bisschen», sagte sie.

«Es ist eine aufwühlende Zeit für dich. Ich habe Verständnis dafür. Aber du solltest die Schule als Konstante in deinem Leben betrachten, als etwas, das dich stützt. Wenn du Probleme hast, Sarah, solltest du mit uns sprechen.» Er lehnte sich in seinem Stuhl zurück. «Bald beginnen für dich die Zwischenprüfungen, es ist eine entscheidende Phase in deiner Schullaufbahn. Es gibt ein paar Fächer, mit denen du dich schwertust, nicht? Umso wichtiger ist deine Anwesenheit. Was immer sonst in deinem Leben passiert, du sollst diese Schule mit einer soliden Ausbildung verlassen.»

Sie nickte und mied seinen Blick.

«Ich will Besserung sehen, Sarah. Eine wirkliche Besserung. Bist du dazu in der Lage?»

Letztes Mal war Cowboy John da gewesen. Er hatte Papa besucht, und das Erste, was er gesagt hatte, als er wieder auf den Hof kam, war, er würde ihr den Mietrückstand erlassen. Er würde es dem Malteser Sal mitteilen, und sie könne bei null anfangen, wenn Sal den Stall übernahm. Sie las in seinem Gesicht, dass er gedacht hatte, sie wäre nun erleichtert. Doch sie war blass geworden. Sie wusste, was das bedeutete: Er glaubte nicht mehr daran, dass Papa ihm das Geld jemals zurückzahlen könnte.

Er glaubte nicht mehr daran, dass Papa nach Hause kommen würde.

«Kein Schwänzen mehr, Sarah. In Ordnung?»

Sie hob das Gesicht. «In Ordnung», sagte sie und fragte sich, ob Mr. Phipps sie wohl durchschaute.

Natasha machte einen Satz rückwärts, als sie ihm schon Viertel vor sieben in der Küche begegnete. Früher war er selten vor zehn aus den Federn gekommen.

«Habe einen Job oben in Hertfordshire. Werbefotografie. Make-up, Haare, das ganze Programm.» Mac umgab ein dezenter Duft nach Shampoo und Rasierwasser. «Ich hoffe, es ist okay. Ich habe den letzten Teebeutel genommen.» Er winkte mit einer Scheibe Toast. Er las ihre Zeitung. «Ich kaufe nachher wieder welche. Du trinkst immer noch Kaffee, oder?»

Sie schloss die Tür des Küchenschranks. «Werde ich wohl müssen.»

«Oh. Und weißt du noch, dass ich dir gesagt habe, ich wäre ab Donnerstag ein paar Tage nicht da? Tja, der Job ist abgesagt, und ich werde nun wohl doch hier sein. Ist das in Ordnung für dich?»

«Ja.» Er hatte auf der Arbeitsfläche Milch verschüttet.

«Willst du die?» Er deutete auf die Zeitung. «Entschuldige, ich wollte sie dir nicht wegschnappen.»

Sie schüttelte den Kopf und überlegte, wohin sie sich setzen sollte. Wenn sie sich ihm gegenübersetzte, bestand das Risiko, dass sich ihre Füße berühren würden. Über Eck ans Tischende könnte so verstanden werden, dass sie seine Nähe suchte. Von dieser Wahlmöglichkeit überfordert, blieb Natasha mit ihrer Müslischüssel vor der Küchenarbeitsfläche stehen.

«Ich behalte den Sportteil. Du kriegst den Politikteil. Gibt es Neuigkeiten vom Makler? Das wollte ich schon gestern Abend fragen.»

«Am Wochenende kommen zwei Paare vorbei. Da fällt mir ein, es wäre mir recht, wenn du hier im Haus kein Dope rauchen würdest.»

«Das hat dir nie was ausgemacht.»

«Doch, hat es. Ich habe es nur nie gesagt. Aber darum geht es nicht. Wenn Leute kommen, um sich das Haus anzusehen, ist es wahrscheinlich nicht förderlich, wenn es hier riecht wie in einem Amsterdamer Coffeeshop.»

«Ist notiert.»

«Der Makler hat Schlüssel, du musst also nicht hier sein.»

Er rückte den Stuhl zur Seite, damit er sie besser sehen konnte. «*Ich* muss nicht hier sein? Du fährst also wieder weg?»

«Ja.»

«Du bist ja viele Wochenenden nicht da. Wohin fährst du dieses Mal?»

«Ist das wichtig?»

Er hob beide Hände. «Ich unterhalte mich lediglich höflich, Tash.»

«Ich fahre wieder nach Kent.»

«Schön. Offenbar gefällt es dir da. Conor hat ein Haus dort, oder?»

«So was in der Art.»

«Hierher kommt er nicht oft, was?»

«Woran das wohl liegt», murmelte sie und konzentrierte sich auf ihr Müsli.

«Du überraschst mich. Als wir noch zusammen waren, hatte er nicht solche Skrupel … Okay, okay», sagte er, als ihr Kopf hochschoss. «Schon klar. Das liegt in der Vergangenheit, wir reden nicht über das, was gewesen ist.»

Natasha schloss die Augen, atmete tief durch. Es war zu früh am Morgen für dieses Gespräch. «Natürlich können wir darüber reden, was gewesen ist, Mac. Ich glaube nur, wir machen uns das Leben leichter, wenn wir uns sarkastische Kommentare über das, was in unserer Ehe vor sich gegangen ist, ersparen. Und über das, was nicht vor sich gegangen ist», setzte sie bedeutungsvoll hinzu.

«Ich bin entspannt. Ich habe dir gesagt, wenn er hierherkommen will, mache ich mich rar. Wir können die Abende unter uns aufteilen, wenn du willst. Ich bleibe Dienstag weg, du Mittwoch, so in der Art.» Er studierte mit großer Konzentration die Zeitung und fügte hinzu: «Wir können ganz modern sein.»

Sie fasste nach ihrer Kaffeetasse. «Ich gehe davon aus, dass sich das alles erledigt hat, bevor wir Regeln für ‹Dateabende› einführen müssten.»

Dateabende. Sie spürte die Existenz der unsichtbaren Frau deutlich. Natasha wusste, dass sie an den Wochenenden, wenn sie nicht zu Hause war, hier war, auch wenn sie sich nicht mehr ins Gästezimmer schlich, um dafür eine Bestätigung zu finden. Manchmal argwöhnte sie, dass ihr Geruch noch in der Luft hing. Ein anderes Mal war es einfach Macs Verhalten. Er war gelöst, entspannt – wie er immer gewesen war, wenn sie einen Großteil des Tages im Bett verbracht hatten. Du hast das ganze Wochenende Sex in *unserem Haus* gehabt, dachte sie dann, um sich sofort dafür zu verfluchen.

Das Müsli wurde in ihrem Mund zu Klumpen. Sie schluckte und schob die Schüssel in Richtung Geschirrspüler.

«Alles klar?»

«Bestens.»

«Du findest das hier nicht zu schwierig?»

Manchmal hatte sie das Gefühl, als wollte er sie prüfen. Als wollte er sie sagen hören, dass sie es nicht aushielt und aufgab. Geh nicht, hatte Conor sie seinen eigenen Gefühlen zum Trotz gewarnt. In dem Moment, in dem sie das Haus verließ, würde sie verlieren. Mac hatte so viel Zeit und Mühe in dieses Haus investiert, vielleicht war er weniger erpicht darauf, es hinter sich zu lassen, als er vorgab.

«Er ist doch derjenige, der verkaufen will!», hatte sie protestiert.

«Das sollst du glauben», hatte Conor erwidert.

«Ich finde es kein bisschen schwierig», sagte sie fröhlich.

«Großartig.» Seine Stimme wurde sanfter. «Ich habe mir ein bisschen Sorgen darüber gemacht, wie es laufen würde.»

Sie war sich nicht sicher, ob sie das glauben sollte. Mac machte den Eindruck, als würde er sich überhaupt keine Gedanken machen. In der Hinsicht schien sich nichts geändert zu haben.

«Um mich musst du dir keine Sorgen machen», sagte sie betont unbeteiligt.

Er starrte sie an.

«Was?», sagte sie.

«Es hat sich nichts geändert, oder, Tash?»

«Was meinst du?»

Er betrachtete sie einen Moment lang mit abwesendem Lächeln. «Du gibst immer noch nichts preis.»

Ihre Blicke begegneten sich. Er sah als Erster weg und stürzte schnell einen Schluck Tee hinunter.

«Ach, übrigens, ich habe gestern eine Waschmaschine angeworfen, und da waren Sachen von dir im Wäschekorb, die habe ich mit reingesteckt.»

«Was für Sachen?»

«Äh ... blaues T-Shirt. Und hauptsächlich Unterwäsche.» Er trank den Tee aus. «Dessous, sollte ich wohl besser sagen.» Er blätterte eine Seite in der Zeitung um. «Da hast du ein bisschen upgegradet seit unserer Trennung, ist mir aufgefallen ...»

Hitze stieg Natasha ins Gesicht.

«Es ist okay. Ich habe eine niedrige Temperatur eingestellt. Damit kenne ich mich aus. Vielleicht habe ich sogar den Handwaschgang programmiert.»

«Hör auf», sagte sie. «Hör auf damit.» Sie fühlte sich entsetzlich entblößt.

«Wollte nur helfen.»

«Nein. Wolltest du nicht. Du … Du bist …» Sie nahm ihre Aktentasche und ging an ihm vorbei zur Tür, dann fuhr sie noch einmal herum. «Fass meine Unterwäsche nicht an, okay? Fass meine Kleider nicht an. Fass meine Sachen nicht an. Es ist schlimm genug, dass du hier bist, da musst du nicht auch noch meine Unterwäsche durchwühlen.»

«Okay, krieg dich wieder ein. Meinst du, es ist der größte Thrill für mich, deine Wäsche zu machen? Himmel, ich wollte nur helfen.»

«Dann tu es nicht, okay?»

Er knallte die Zeitung auf den Tisch. «Keine Sorge. In Zukunft halte ich mich von deinen Unterhosen fern. Wie ich es meistens getan habe, wenn ich mich recht erinnere.»

«Oh, wie nett», sagte sie. «Das ist wirklich, wirklich nett gewesen.»

«Sorry. Ich bin nur …» Er holte tief Luft.

Sie starrten beide zu Boden, bevor sie im gleichen Moment aufsahen und ihre Blicke sich trafen. Er hob die Augenbrauen. «Ich wasche meine Sachen in Zukunft separat, okay?»

Sarah saß tief über den Hals ihres Pferdes gebeugt, die Zehen in die Steigbügel geklemmt, und der Wind trieb ihr die Tränen übers Gesicht. Sie ritt nun so schnell, dass ihr ganzer Körper schmerzte. Sie stoppte ihn nicht. Seit Wochen lechzte er danach, und die Hackney Marshes waren flach und ausgedehnt genug, dass sie ihn laufen lassen konnte, bis er müde war.

«Lauf», flüsterte sie ihm zu, «lauf weiter.» Boo war in eine ganz private körperliche Welt abgetaucht, seine Instinkte befahlen ihm, die Freiheit auszunutzen, seine verspannten Muskeln zu strecken. Sie verstand ihn. Sie brauchte es auch.

Der Kick, den ihr das gab, drohte in Furcht umzuschlagen, als sie sich fragte, ob sie wohl in der Lage wäre anzuhalten. Sie war noch nie zuvor so weit mit ihm geritten, hatte ihn noch nie so schnell laufen lassen. Er machte einen Schlenker, um einem alten Fahrradrahmen in dem langen Gras auszuweichen, und warf sie dabei beinahe ab. Als sie um ihre Balance kämpfte, konnte sie spüren, wie die mächtigen Muskeln seiner Hinterhand sich unter ihr zusammenzogen und er noch schneller voranschnellte. Leicht zog sie an den Zügeln und bemerkte dabei, dass sie kaum Kraft übrig hatte, um ihn zurückzuzerren, falls er sich gegen sie sträuben sollte. Einem Teil von ihr war das beinahe egal. Wie viel leichter es für sie beide wäre, einfach immer weiterzulaufen. Nur sie und ihr Pferd, die durch das lange Gras in eine umkomplizierte Zukunft galoppierten.

Aber ein Teil von Boo war noch immer von Papa beeinflusst. Als er den wachsenden Zug der Zügel spürte, wurde er gehorsam langsamer, seine Ohren zuckten, als würde er überprüfen, ob er den Befehl korrekt verstanden hatte. Sarah ließ sich in den Sattel zurücksinken, langsam richtete sich ihr Körper wieder auf und bestätigte ihm, dass er tatsächlich das Tempo drosseln sollte. Dass er tun sollte, was sie von ihm verlangte. Dass er in ihre Welt zurückkehren sollte.

Ungefähr fünfzehn Meter vor der vierspurigen Straße, die die ehemalige Sumpflandschaft durchzog, fiel Boo schließlich in den Schritt. Sarah saß ganz still und blinzelte in die Weite zurück, die sie soeben durchquert hatten. Sie befand sich nicht mehr im Wind, aber die Tränen kamen trotzdem.

Die Sozialarbeiterin wartete am Schultor. Sarah suchte gerade in ihrer Schultasche nach losen Münzen, als sie sie entdeckte. Ruth hielt sich im Hintergrund, ihr sauberer kleiner roter Wagen parkte auf der anderen Straßenseite, als wolle sie nicht aufdringlich sein. Jedes einzelne Kind gaffte sie an, als sie alle aus dem Tor strömten. Widerwillig ging Sarah auf sie zu. Ruth wäre kaum mehr aufgefallen, wenn sie einen Überwurf mit dem Wort «Sozialarbeiterin» in Neonfarben getragen hätte. Man sah es ihnen einfach an, wie Polizisten in Zivil.

«Sarah?»

Ihr Herz machte einen Satz, als ihr bewusst wurde, was das plötzliche Auftauchen der Frau zu bedeuten haben könnte. Offenbar bemerkte Ruth das, als Sarah auf sie zulief, und sagte: «Mit deinem Großvater ist nichts passiert. Kein Grund zur Sorge.»

Erleichtert folgte Sarah ihr zum Wagen. Sie öffnete die Beifahrertür und stieg ein. Zwei schwarze Reisetaschen lagen auf dem Rücksitz. Aus einer blitzte oben ihre Trainingshose heraus. Fünf Wochen und zwei Umzüge hatten sie gelehrt, was diese Taschen bedeuteten.

«Sarah, es tut mir leid, aber die Hewitts haben genug.» Ruth startete den Motor. «Es liegt nicht an dir – sie finden, du bist ein reizendes Mädchen –, aber es ist einfach zu viel für sie, die Verantwortung für jemanden zu tragen, der ständig verschwindet. Dieselbe Geschichte wie bei den MacIvers. Alle haben Angst, dass dir etwas zustößt.»

«Mir wird nichts zustoßen», sagte Sarah mit verächtlicher Stimme. «Ich wollte nur meinen Großvater sehen.»

«Aber das allein ist es nicht, oder? Letzten Dienstag bin ich ins Krankenhaus gefahren, als die Schule mich anrief und mir sagte, du seist verschwunden. Ich wollte dich abholen, aber du warst den ganzen Tag nicht dort. Wo warst du?»

Sarah starrte auf ihre Hände, die von den Zügeln noch immer voller Blasen waren. Sie würden es herausfinden. Sie wusste, dass es nur eine Frage der Zeit war. Sie dachte an Boo, wie er sich unter ihr anfühlte, an das flüchtige Gefühl von Freiheit, als sie in eine andere Zukunft galoppiert waren.

«Du musst mir helfen, Sarah. Ich weiß nicht, was ich noch machen kann. Du hast in fünf Wochen zwei Pflegefamilien verschlissen. Es sind gute Menschen, nette Leute gewesen. Willst du im Heim enden? Ich kann dich in einem Wohnheim unterbringen, in dem sichergestellt wird, dass du im Haus bleibst. Wir können eine Ausgangssperre verhängen oder dir jemanden zur Seite stellen, der dich jeden Tag zur Schule und wieder nach Hause begleitet. Ist es das, was du willst, Sarah?»

Sarah fasste in ihre Tasche und zog einen Zettel heraus.

«Ich helfe dir, wie immer ich kann», hatte er beteuert. «Mac», sagte sie und hob das Gesicht. «Ich will wieder zurück zu Mac.»

Zehn Leute. Sechs Besichtigungstermine. Und nicht ein einziges Angebot. «Es liegt an den Zinsen», hatte der Makler gesagt. «Sie machen die Leute nervös. Sie brauchen doppelt so lange, um ein Angebot abzugeben.»

«Aber wir müssen dieses Haus verkaufen.» Natasha hatte sich selbst überrascht. Sie hatte nicht ausziehen wollen, aber das war vor Macs Einzug gewesen.

«Dann schlage ich vor, dass Sie mit dem Preis heruntergehen. Oh, und nehmen Sie mir meine Offenheit nicht übel, es könnte helfen, wenn Sie das Gästezimmer ein wenig aufräumen. Es ist nie besonders förderlich, wenn potenzielle Käufer über – äh – Männerunterwäsche steigen müssen, um ein Badezimmer zu besichtigen.»

Natasha lag in der Badewanne und dachte darüber nach, wie viel sie heruntergehen sollten, um verkaufen zu können. Als sie sich vorstellte, wieder in einer Wohnung zu wohnen, senkte sich eine düstere Wolke über sie. Wenn man die Mitte dreißig erreicht hatte, sollte das Fundament für das eigene Leben gelegt sein. Man sollte einen Partner gefunden haben, ein Haus, das man liebte, und eine Karriere aufgebaut haben. Vielleicht ein oder zwei Babys bekommen haben. Ihr entschieden flacher Bauch war unter der entspannenden Landschaft aus Schaum gerade noch erkennbar. Ein Ziel von vier erreicht. Kein besonders gutes Ergebnis.

«Natasha?»

Sie setzte sich in der Badewanne auf und überprüfte, ob sie die Tür abgeschlossen hatte. «Ich bin hier oben», rief sie. *Bitte lass ihn niemand mitgebracht haben.*

Sie hörte den dumpfen Aufprall von Sachen, die fallen gelassen wurden, seine Schritte auf der Treppe. Sein Equipment verteilte er ständig im gesamten Flur.

«Ich bin im Bad», rief sie erneut. Sie hörte, wie er draußen vor der Tür stehen blieb, und war seltsam verlegen. Sie sah ihn beinahe vor sich in Jeans und T-Shirt, wie er sich mit der Hand über den Kopf rieb.

«Ich war im Supermarkt», sagte er. «Habe ganz schön viel eingekauft. Ist in der Küche. Teebeutel und so.»

Ganz toll, dachte sie. Willst du eine Medaille?

«Und ich habe den Makler angerufen. Er sagt, das letzte

Paar macht vielleicht ein Angebot. Ihre Besichtigung ist erst zwei Tage her.»

«Machen sie nicht, Mac. Wenn einem ein Haus gefällt, bietet man sofort. Du weißt doch, wie das ist.»

Sie konnte hören, dass er eine SMS bekam. Als er ihr antwortete, klang er abgelenkt, als schreibe er zurück. Er war nie in der Lage gewesen, mehr als eine Sache auf einmal zu machen. Sie ließ sich tiefer ins Wasser sinken, bis der Schaum ihr Kinn berührte und Macs Stimme gedämpft klang. «Wie auch immer, vermutlich hat er dir auch gesagt, dass nächsten Mittwoch jemand kommt. Man weiß nie.»

Sie hatten sich das Haus zusammen angesehen. Mac war direkt von einem Auftrag gekommen, die Kamera hing noch um seinen Hals. Sie hatte ihm gesagt, dass das angeberisch aussah, aber er hatte Bilder von den einzelnen Zimmern gemacht, und später waren sie beide von dem Licht, dem Platz begeistert gewesen. Am nächsten Morgen hatten sie ihr Angebot abgegeben.

«Und ich habe noch einen Anruf bekommen.» Diesmal klang er vorsichtig.

Natasha wischte sich die Augen. «Was?» Sie rappelte sich auf.

«Vom Jugendamt. Es geht um das Mädchen, das bei uns übernachtet hat.»

«Was ist mit ihr?»

«Sie fragen, ob wir uns vorstellen können, sie für ein paar Wochen aufzunehmen. Offenbar funktioniert es mit ihrer derzeitigen Pflegefamilie nicht.» Er machte eine Pause. «Sie hat darum gebeten, zu uns kommen zu dürfen.»

Die misstrauischen Augen des Mädchens über ihrem Frühstücksteller. Ihr entsetztes Gesicht angesichts des Einbruchs.

«Aber wir kennen sie nicht.»

«Sie hat ihnen gesagt, wir seien Freunde der Familie. Ich wollte nicht widersprechen. Aber das ist auch nicht wichtig. Ich habe gesagt, dass ich es für keine Option halte.»

Natasha stieg aus der Wanne. «Warum?»

Er antwortete nicht gleich. Sie hörte, wie er einen Schritt auf die Tür zutrat.

«Ich war mir nicht sicher, ob du angesichts der Umstände jemanden im Haus haben willst, den du nicht kennst.»

«Wir wissen nichts über sie.»

«Stimmt.»

Sie wickelte sich in ein weiches Badetuch und setzte sich auf den Wannenrand. «Was denkst du?» Sie sprach an die Tür gerichtet.

«Mir würde es nichts ausmachen, wenn es ihr ein paar Wochen lang hilft. Nur, bis wir das Haus verkaufen. Sie machte einen ganz netten Eindruck.»

Sie hörte es an seiner Stimme. Er wäre ebenso erleichtert darüber wie sie. Jemanden, auf den sie ihre Aufmerksamkeit richten konnten. Eine erzwungene Unterbrechung ihrer angespannten Stimmung.

Und vielleicht brauchte Sarah bloß eine Chance.

«Tash?»

Womöglich würde sie dem Elternsein nie wieder so nahe kommen.

«Ein paar Wochen tun bestimmt nicht weh», sagte sie, «aber du müsstest deine Arbeit um sie herum organisieren. Ich habe einen großen Fall auf dem Tisch und kann mir nicht freinehmen.»

«Das kriege ich bestimmt hin.»

«Ich weiß trotzdem nicht recht … Es ist eine große Verantwortung, Mac. Der musst du auch gerecht werden. Das Rauchen bleiben lassen, weniger trinken. Du kannst dann nicht einfach kommen und gehen, wie es dir passt.»

«Ich rufe das Jugendamt an», sagte er, und seine Schritte entfernten sich bereits in Richtung Treppe, «und finde mal heraus, was wir als Nächstes tun müssen.»

«Man muß davon ausgehen, daß Hitze beim Pferd soviel bedeutet wie Zorn beim Menschen.»

Xenophon, Über die Reitkunst

Kapitel 9

Sie hörte Sarah die Treppe herunterkommen, bevor sie sie sah. Ihre Schritte waren trügerisch leicht, beinahe als wollte sie nicht gehört werden. Doch für Natasha waren sie laut genug, dass sie den Blick von ihren Akten hob. Sie arbeitete am Küchentisch (nachdem sie ihren Schreibtisch an Macs Schlaf-Arrangement verloren hatte) und lehnte sich nun in ihrem Stuhl zurück, um durch den Türrahmen sehen zu können. «Gehst du raus?»

Sarah fuhr herum, beinahe als habe sie nicht erwartet, gesehen zu werden. Sie trug eine dicke Jacke und einen gestreiften Wollschal. «Ich bin nicht lange weg», sagte sie.

«Und wohin geht's?» Natasha versuchte, ganz beiläufig zu klingen.

«Zu einer Freundin.»

Natasha stand auf. «Soll ich dich fahren?»

«Nein … danke.»

«Und soll ich dich vielleicht nachher abholen? Es wird abends jetzt schneller dunkel. Das wäre kein Problem.»

Sarah mühte sich ein Lächeln ab. Es sah nicht besonders überzeugend aus. «Nein danke», sagte sie. «Ich kann den Bus nehmen.» Und bevor Natasha ein weiteres Wort sagen konnte, war sie verschwunden.

Sarah war nun seit zehn Tagen bei ihnen. Nach den seltsamen ersten Tagen, in denen sie kaum gesprochen und sich in ihrem Zimmer versteckt hatte, wenn Natasha zu Hause war, hatten die drei inzwischen so etwas wie eine Routine entwickelt. Natasha machte Frühstück, denn sie stand normalerweise als Erste auf. Mac setzte Sarah vor der Schule ab, wie die Sozialarbeiterin es empfohlen hatte. Die ersten paar Stunden nach Schulschluss war er zuständig, und je nachdem, wie lange Natasha arbeitete, aßen sie dann in einer Art Familien-Nachbildung zusammen zu Abend. Zuerst war es unangenehm, zusammen mit Mac zu essen. Die Gespräche waren gezwungen und unverbindlich. Aber er unterhielt sich einfach mit Sarah, und auch wenn sie nicht viel erwiderte, fühlte sich das Ganze langsam zumindest etwas sicherer und gelegentlich sogar gesellig an. Sarahs Leben, ihre Bedürfnisse, selbst ihre Widerspenstigkeit gaben ihren Gesprächen ein Thema.

Zweimal hatte die Schule angerufen und mitgeteilt, sie habe Stunden geschwänzt. Sarah beharrte darauf, sie habe in ihrem Stundenplan etwas durcheinandergebracht. «Sie war öfter nicht da, wo sie hätte sein sollen», hatte die Sozialarbeiterin gesagt.

«Darum geht es doch schließlich, wenn man ein Teenager ist», hatte Mac fröhlich erwidert. «Ich war nie da, wo ich hätte sein sollen.»

«Ich denke, dass man ihr nicht zu viele Freiheiten lassen sollte», fuhr Ruth an Natasha gerichtet fort. «Allen Berichten zufolge war ihr Großvater recht streng. Sie scheint auf diesen Verlust von Stabilität zu reagieren, indem sie über die Stränge schlägt. Damit will ich nicht andeuten, dass Sie mit ihr Schwierigkeiten haben werden», fügte sie schnell hinzu. «Ich sage nur, dass sie ein Kind zu sein scheint, dem feste Abläufe besser bekommen.»

Immerhin hätten sie den Vorteil, hatte Ruth lächelnd gesagt, dass Sarah darum gebeten hatte, bei ihnen zu leben. «Wir haben die Erfahrung gemacht, dass junge Menschen in der von ihnen selbst gewählten Umgebung viel besser zurechtkommen. Ich bin sicher, dass das auch bei Sarah der Fall sein wird.»

Jetzt, wo Sarah eingezogen war, schien sie so wenig Zeit wie möglich mit Natasha verbringen zu wollen. Beim Abendessen blieb sie einsilbig, verzog sich, wenn Natasha zu Hause war, meistens auf ihr Zimmer.

Beim ersten Abendessen hatte Mac gesagt: «Okay. Wir haben noch nie jemanden in deinem Alter als Gast gehabt. Wie willst du das hier gestalten?» Er war so gut gelaunt und entspannt gewesen.

Natasha hatte am Herd gestanden und festgebrannte Pizza vom Backblech gekratzt.

«Normalerweise besuche ich nach der Schule meine Freunde», hatte Sarah vorsichtig geantwortet.

Mac zuckte mit den Schultern. «Gut. Sagen wir für den Anfang zweimal pro Woche. Ich denke, an den anderen Tagen solltest du direkt nach Hause kommen, und wir schauen zusammen deine Hausaufgaben durch.»

«Ich bin daran gewöhnt, alleine zu kommen und zu gehen.»

«Und wir sind nicht daran gewöhnt, jemand anderen hier zu haben. Du musst uns also etwas Zeit geben, Sarah. Ich bin sicher, dass wir dir bald eigene Schlüssel geben können, aber erstmal musst du mit uns zusammenarbeiten. Okay?»

Das Mädchen hatte mit den Schultern gezuckt. «Okay.»

Natasha hatte geglaubt, dass Mac Sarah vor allem hier haben wollte, um ihr Unbehagen miteinander durch die Anwesenheit einer dritten Person zu überdecken. Aber nun stürzte er sich förmlich in Sarahs Betreuung. Er hatte aufgehört zu rauchen und trank abends nie mehr als ein Glas Wein oder Bier. Er hatte die Kochbücher durchgeblättert, um ein Rezept parat zu haben, falls Natasha zum Abendessen nicht zu Hause war. Er schien instinktiv zu wissen, wie man mit Sarah sprechen musste, was sie vielleicht essen oder im Fernsehen anschauen wollte. Gelegentlich brachte er sie zum Lächeln. Wenn sie aus der Schule kam, erzählte sie ihm sogar manchmal ein paar Dinge, die den Tag über dort passiert waren.

Natasha hatte Schwierigkeiten, den richtigen Ton zu finden. Selbst in ihren eigenen Ohren klang sie oft so, als spräche sie mit einer Mandantin. «Brauchst du etwas? Was gibt es in der Schule denn so zum Mittagessen?» Sie klang befangen und so, als wolle sie Sarah ausfragen.

Sarah hatte ihr nicht dabei helfen wollen, das Gästezimmer persönlicher zu gestalten. Sie lächelte Natasha höflich an, als sie ihr die neue Tagesdecke zeigte, die sie gekauft, oder die Toilettenartikel, die sie in Sarahs Bad gestellt hatte. Sie hatte Natashas Vorschlag, am Wochenende loszuziehen und Poster oder Bilder zum Dekorieren zu kaufen, sanft abgelehnt. Eines Nachmittags, als Sarah in der Schule war, hatte sich Natasha in ihr Zimmer geschlichen, um einen Eindruck von ihren Bedürfnissen zu bekommen, von der Person, die Sarah war. Doch ihre wenigen Habseligkeiten hatten kaum etwas über sie verraten. Billige Klamotten von Bekleidungsketten, die sich durch nichts von dem unterschieden, was andere Teenager trugen, ein Foto von ihr mit zwei alten Leuten, vermutlich ihre Großeltern. Ein paar Bücher über Pferde und ihre Schuluniform. Obwohl ihr Zimmer so aufgeräumt war, bedeckte ihre Schuhe seltsamerweise oft eine dicke Schlammschicht. Ihre Jeans hatten Schmutzflecken und rochen streng nach etwas, das Natasha nicht benennen konnte. Als sie das eines Abends versucht hatte anzusprechen, war Sarah rot geworden und hatte gesagt, sie sei mit einer Freundin im Park gewesen und habe einen Hund spazieren geführt.

«Es ist schon in Ordnung. Wenn wir ihr Zeit lassen, wird sie sich öffnen», hatte Mac gesagt, nachdem Sarah in ihr Zimmer verschwunden war. «Stell dir vor, wie seltsam das für sie sein muss. Ihr ganzes Leben ist in den letzten Monaten auf den Kopf gestellt worden.»

Nicht nur ihres, hätte Natasha gern gesagt.

«… also fahre ich dieses Wochenende nicht nach Kent.»

Conor schien nicht glauben zu können, was er da hörte. «Du und Mac habt als Pflegeeltern ein Kind aufgenommen?», wiederholte er.

«Formulier es doch nicht so, Conor. Wie sind nicht im eigentlichen Sinn ihre Pflegeeltern. Ich bin ihr zufällig begegnet, und sie wohnt bei uns, bis ihr Großvater wieder auf den Beinen ist. Im Grunde macht es das Leben einfacher. Es ist nicht mehr alles so verkrampft.»

«Entgeht mir hier irgendwas, Hotshot?», hatte er gefragt und mit den Fingern seine Ledertasche entlanggestrichen. «Zuerst zieht er wieder bei dir ein. Jetzt habt ihr zusammen ein Kind in Pflege genommen. Und du kannst mit mir nicht zum Cottage fahren, weil ihr glückliche Familie spielen müsst.»

Sie war ganz ruhig geblieben. «Es ist ihr erstes Wochenende. Die Sozialarbeiterin kommt Freitagabend vorbei, um zu sehen, ob sie sich gut eingelebt hat. Ich kann nicht einfach abhauen, gleich nachdem sie eingezogen ist.»

«Also spielt ihr glückliche Familie.»

«Conor, so, wie es war, ging es nicht weiter. Ich glaube, Mac fand es genauso unerträglich. Wenn jemand Drittes bei uns wohnt, müssen wir uns nicht mehr auf dieselbe Weise auseinandersetzen.»

«Das klingt alles sehr schlüssig, aber ich finde es schwierig, es so zu sehen. Wenn man Kinder hat, dann …»

«Wir *haben* keine Kinder. Das ist ein Mädchen, das sein eigenes Leben lebt, seine eigenen Interessen hat. Die meiste Zeit ist Sarah überhaupt nicht da.»

«Worum geht es dann, wenn sie meistens überhaupt nicht da ist? Du hast gerade gesagt, wenn sie da ist, müsst ihr euch nicht mehr auseinandersetzen.»

Gott, sie hasste es, mit einem Anwalt zu diskutieren. «Es ist auch eine Chance, einem Teenager zu helfen, der Probleme hat.»

«Wie altruistisch von euch.»

Sie kam hinter ihrem Schreibtisch hervor und ging neben ihm in die Hocke, senkte die Stimme. «Wenn du einem netten Kind begegnen würdest, das für ein paar Wochen ein Zuhause braucht – ein Kind, dessen Leben du vielleicht zum Besseren wenden kannst –, würdest du da nicht ja sagen?»

Damit hatte sie ihn.

«Du bist Vater. Stell dir vor, es wären deine Kinder. Würdest du nicht hoffen, dass irgendwelche anständigen Leute sie aufnehmen?»

Sie versuchte, seinen Blick zu halten. «Bis wir das Haus

verkauft haben, ist sie wieder bei ihrem Großvater, und wir können alle drei unserer Wege gehen. Das ist für alle ein guter Plan.»

Sie fasste nach seiner Hand, doch er entzog sie ihr. «Sicher. Verstehe ich. Aber sag mir nur eins.» Er lehnte sich nach vorn. «Wie habt ihr der Behörde eure familiäre Situation erklärt?»

Sie holte tief Luft.

«Ich wusste es! Ich wusste es!»

«Nein, Conor, es ...»

«Ihr habt es ihnen nicht gesagt, oder? Sie glauben, ihr wärt noch zusammen. Im Grunde seid ihr ja noch ein Ehepaar.» Er klang bissig.

«Es hätte nichts gebracht, das Thema aufzubringen. Und du weißt sehr gut, dass ich aus beruflichen Gründen seinen Namen behalten habe.»

«Wie günstig.»

«Ich habe es einfach noch nicht geschafft, es publik zu machen», protestierte sie. «Und weiter nichts. Im Beruf kennt mich nun einmal jeder als Mrs. Macauley.»

«Und jetzt adoptieren Mr. und Mrs. Macauley ein kleines Mädchen. Tja, das ist doch eine saubere Lösung für dich, oder? Wieder eine echte Familie.»

«Wir adoptieren sie nicht. Komm schon, Conor. Such nicht nach Hinweisen auf etwas, das es nicht gibt.»

Doch er wandte sich nur von ihr ab, nicht in der Lage, ihr in die Augen zu sehen.

Es war wieder passiert. Drei frische Heuballen lehnten an ihrer Schuppenwand und verströmten einen leicht süßlichen Geruch, das Echo von Sommerwiesen. Davor lag ein ungeöffneter Sack Futter. Sarah hatte nichts davon bezahlt. Sie starrte mit dem Vorhängeschloss in der Hand auf die Gaben, wie sie in den letzten Wochen bereits zweimal auf sie gewartet hatten. Sie empfand eine unbehagliche Mischung aus Dankbarkeit dafür, dass Boo Futter bekommen würde, und Sorge über dessen Ursprung.

Der Herbst war in die Ställe gekrochen und hatte kalte Nächte und bei den Pferden anscheinend unstillbaren Hunger mitgebracht. Sarah lugte aus der Schuppentür zur Feuerschale hinüber, die Cowboy John mit mehreren Briefumschlägen fütterte, während er mit seinem Hund sprach. Er war dabei, den geziegelten Verschlag auszuräumen, in dem sich sein Büro befand, und verbrannte nun die ungeöffnete Behördenpost mehrerer Jahre. Sie hatte ihn um Heu gebeten, aber er hatte ihr entschuldigend geantwortet, dass er alles, was er nicht für seine eigenen Pferde brauchte, an Sal verkauft habe.

Sie füllte ein Heunetz und stapfte dann über den Hof zu Boos Box. Sie kippte Wasser in seinen Eimer und erneuerte seine Streu. Immer wieder unterbrach sie sich und wärmte ihre kalten Finger unter der Pferdedecke an seinem weichen, warmen Fell, horchte auf sein rhythmisches Kauen.

Sie hatte gedachte, dass alles leichter werden würde, wenn sie bei den Macauleys wohnte, und bis zu einem gewissen Grad stimmte das auch. Sie war näher bei der Schule und näher beim Stall. Aber Geld war ein Problem. Natasha bestand darauf, ihr Brote mitzugeben statt Geld für das Essen in der Pause, und sie hatten ihr die Monatskarte ersetzt, sodass sie nicht um Fahrgeld bitten konnte. Jedes Wochenende gaben sie ihr zwar Taschengeld, was keine der anderen Pflegefamilien getan hatte, aber das deckte nicht Boos Kosten.

Sie wollte gar nicht daran denken, wie viele Schulden sie mittlerweile hatte. Auch ohne das Heu.

Ihr fiel das Glas mit Münzen ein, das sie in Natashas Zimmer gesehen hatte. Darin mussten Hunderte von Münzen sein, darunter auch Silbergeld. Natasha Macauley unterschrieb Schecks, ohne auf den Betrag zu achten, der darauf stand. Sie hatte eine Kreditkartenabrechnung auf dem Küchentisch liegen lassen, die besagte, dass sie vorigen Monat beinahe zweitausend Pfund ausgegeben hatte. Allerdings hatte Sarah nicht den Mumm gehabt nachzusehen, wofür sie es ausgegeben hatte. Die Anwältin schien so viel Geld zu besitzen, dass sie die Münzen, die sie in das Glas warf, nicht kümmerten. Wahrscheinlich wollte sie nur nicht, dass das Geld die Taschen ihrer Business-Anzüge ausleierte.

Sarah wusste, was Papa über Mädchen sagen würde, die Geld nahmen, das ihnen nicht gehörte. Aber immer öfter entgegnete sie ihm in Gedanken: *Na und? Du bist nicht da. Wie soll ich unser Pferd sonst unterhalten, bis du wieder nach Hause kommst?*

«Sarah.»

Sie zuckte zusammen. Cowboy John war irgendwohin verschwunden, und Sheba hatte nicht gebellt, wie sie es normalerweise tun würde, wenn jemand den Hof betrat. «Du hast mich erschreckt.»

Der Malteser Sal stand hinter ihr, sein Gesicht war im Halbdunkel nur schwer auszumachen. «Ich bin vorbeigekommen und habe gesehen, dass das Tor offen stand», sagte er. «Ich wollte nur sichergehen, dass alles in Ordnung ist.»

«Alles ist gut», sagte sie, drehte sich um und holte den Schlüssel aus der Tasche. «Ich wollte gerade nach Hause.»

«Schließt du für John ab?»

«Ich hatte schon immer eigene Schlüssel», sagte sie. «Ich übernehme für ihn, wenn er früher gehen muss. Ich ... es macht mir nichts aus, das auch für dich zu tun, wenn du den Hof übernimmst.»

«Wenn ich übernehme?» Sein Goldzahn blitzte auf. «Schätzchen, dieser Hof gehört mir schon seit über einer Woche.» Er lehnte sich an den Türrahmen. «Aber klar, du kannst deine Schlüssel behalten. Könnte nützlich sein.»

Sarah wühlte auf dem Boden ihrer Schultasche herum. Sie war froh, dass Sal in dem schwachen Licht, das von den Straßenlaternen hereinfiel, nicht sehen konnte, wie sie errötete.

«Wohin gehst du?»

«Nach Hause», sagte sie.

«Ist dein Großvater wieder da?»

«Nein», sagte sie. «Ich … ich wohne woanders.»

«Es ist dunkel», gab er zurück. «Ein junges Mädchen sollte nachts nicht allein unterwegs sein.»

«Ich komme schon klar», sagte sie und schwang sich die Schultasche über die Schulter. «Wirklich.»

«Soll ich dich fahren? Ich habe massig Zeit.»

Noch immer konnte sie sein Gesicht nicht sehen. Er roch nach Tabak, nicht nach Zigaretten, sondern nach etwas Schwerem, Süßem.

«Nein, lieber nicht.»

Sie wollte an ihm vorbei, aber er bewegte sich nicht. Vermutlich war das ein Spiel für ihn, Leute zu verunsichern.

«Hast du das Heu bekommen?»

«Danke. Tut mir leid. Ich wollte mich eigentlich gleich bedanken.» Sie fasste in ihre Tasche und zog das Geld heraus, das sie am Morgen abgezählt hatte. «Das ist für die letzten beiden Male.» Sie reichte es ihm und zuckte leicht zurück, als ihre Finger seine Hand berührten.

Prüfend hob er das Geld ins Licht. Dann lachte er. «Schätzchen, wofür soll das sein?»

«Das Heu. Und das Futter.»

«Das reicht nicht mal für zwei Ballen. Das da drin ist gutes Zeug.»

«Zwei Pfund pro Ballen, das ist das, was ich John bezahle.»

«Das da ist viel besser als sein Heu. Fünf Pfund kostet jeder dieser Ballen. Ich habe dir gesagt, ich würde dein Pferd nur mit dem besten Heu füttern. Du schuldest mir dreimal so viel.»

Sie starrte ihn an. Er schien es ernst zu meinen. «So viel habe ich nicht», flüsterte sie. Sheba winselte an ihren Füßen.

«Das ist ein Problem.» Er nickte, als bestätige er es sich selbst. «Das ist ein Problem. Denn da ist auch noch die aufgelaufene Miete.»

«Die aufgelaufene Miete?»

«Cowboy Johns Buchführung zufolge hast du die letzten sechs Wochen nicht bezahlt.»

«Aber John hat gesagt, er würde uns den Mietausfall erlassen.»

Der Malteser Sal zündete sich eine Zigarette an. «Das war sein Versprechen, Schätzchen. Nicht meins. Was mich betrifft, habe ich ein laufendes Unternehmen übernommen, und den Büchern zufolge steht hinter deinem Namen eine dicke rote Zahl. Ich bin kein Wohlfahrtsverband. Ich brauche die Miete.»

«Ich spreche mit ihm. Ich …»

«Der Stall gehört ihm nicht mehr, Sarah. Ich bin derjenige, dem du Geld schuldest.»

Sarah begann auszurechnen, wie viel sechs Wochen Miete zuzüglich der Kosten für das Futter bedeuteten. Die Zahl ließ ihr den Kopf schwirren. «Ich … ich kann so viel Geld nicht aufbringen, jedenfalls nicht sofort.»

«Tja.» Der Malteser Sal trat zurück, um sie vorbeizulassen. Er ging auf das Tor zu. «Das ist erstmal in Ordnung. Ich gehe nirgendwohin, Sarah. Du kannst das klären und dann auf mich zukommen.»

Sie kam gerade aus dem Gerichtssaal, als Linda die Steintreppe heraufhetzte. Natasha wandte sich von dem Kollegen ab, mit dem sie sich unterhalten hatte, und Linda drückte ihr keuchend einen Zettel in die Hand. «Du musst diese Frau anrufen. Sie sagt, irgendein Mädchen namens Sarah ist nicht in der Schule aufgetaucht.»

«Was?» In Gedanken war sie noch im Gerichtssaal.

«Sie haben um kurz nach zehn angerufen. Ich wollte dich nicht unterbrechen.» Als Natasha nicht zu begreifen schien, fügte sie hinzu: «*Sarah ist heute Morgen nicht in die Schule gekommen.* Sie gingen davon aus, dass du weißt, was das bedeutet. Ist sie eine Mandantin? Ich habe überlegt, wen sie wohl meinen könnten.»

Natasha blickte auf ihre Armbanduhr. Es war Viertel vor zwölf. «Hast du Mac angerufen?»

«Mac?», fragte Linda. «Mac, deinen Ex? Warum sollte ich ihn anrufen?»

Natasha kramte nach ihrem Mobiltelefon. «Das erkläre ich dir ein anderes Mal.» Sie ging zügig den Flur hinunter, an Grüppchen von Anwälten und Mandanten vorbei, bis sie eine ruhige Ecke erreicht hatte.

«Natasha?» Er schien überrascht, von ihr zu hören. Im Hintergrund konnte sie Musik und Gelächter hören, als sei er auf einer Party.

«Die Schule hat angerufen. Sie ist wieder nicht dort.»

«Wer? Sarah?» Er unterbrach sich und ermahnte jemanden, still zu sein. «Aber ich habe sie um Viertel vor neun dort abgesetzt.»

«Hast du sie durchs Schultor gehen sehen?»

Eine Pause entstand. «Jetzt, wo du es erwähnst, nein. Sie hat mir gewunken, bis ich weg war. Meine Güte, ich bin nicht davon ausgegangen, dass wir sie an die Hand nehmen müssen.»

«Sie haben mich zweimal angerufen. Laut Gesetz sollten wir sie nach zwei Stunden als vermisst melden. Das musst du klären, Mac. Ich habe nur eine knappe Stunde, bevor ich wieder den ganzen Nachmittag über im Gerichtssaal festsitze. Vor vier komme ich da nicht raus.»

«Verdammt. Ich bin mitten in einem Shooting, und danach habe ich einen Auftrag im Süden der Stadt.» Sie konnte hören, wie er nachdachte. Er summte immer, wenn er sich etwas ausdachte. «Okay. Du rufst in der Schule an und findest raus, ob sie immer noch nicht da ist. Ich fahre nach Hause, vergewissere mich, dass sie dort nicht ist, und melde mich wieder.»

Sarah war weder zu Hause, noch in der Schule, und im Krankenhaus war sie ebenfalls nicht. Mac rief an, als Natasha gerade in ihrem Büro auf und ab tigerte und ein Sandwich verschlang. Er meinte, sie solle die Sozialarbeiterin nicht vor dem Abend anrufen. «Lass uns zuerst mit Sarah reden», sagte er.

«Und was ist, wenn ihr etwas passiert ist? Letztes Mal hat sie nur eine Stunde geschwänzt. Dieses Mal ist es schon beinahe der ganze Tag. Mac, wir müssen die Sozialarbeiterin anrufen.»

«Sie ist vierzehn. Wahrscheinlich haut sie nur auf den Putz, trinkt mit ihrer Clique Bier in irgendeinem Hauseingang, und das hat ihr das Hirn vernebelt.»

«Oh, das beruhigt mich.»

«Sie kommt zurück. Sie wird sich von ihrem Großvater nicht weit entfernen, oder?»

Seine Sicherheit vermochte Natasha nicht zu teilen. An diesem Nachmittag musste sie kämpfen, um mit ihren Gedanken bei der Verhandlung zu bleiben. Sie sah Sarahs ausdrucksloses kleines Gesicht vor ihrem inneren Auge, als sie versucht hatte, unbemerkt das Haus zu verlassen. Irgendetwas ging da vor sich, von dem sie nichts wussten, und es machte Natasha nervös. Sie schwankte zwischen der Sorge, das Kind könne ernsthaft mit etwas zu kämpfen haben, und der nagenden Furcht, dass sie sich einen ganzen Berg Ärger in ihr vormals geordnetes Leben geholt hatte.

«Ihre Notizen», flüsterte Ben, als sie neben ihn auf ihren Sitz glitt. «Sie haben sie draußen auf dem Stuhl liegen lassen.»

«Du meine Güte. Danke.»

Sie hätte sorgfältiger darüber nachdenken müssen, bevor sie Sarah bei sich aufgenommen hatten.

«Mrs. Macauley, haben Sie dem etwas hinzuzufügen?», fragte der Richter.

Sie hatte das hier nicht im Griff. Ihre übliche Konzentration ging flöten. «Nein, Euer Ehren. Es ist alles gesagt.»

«Ich dachte, Sie wollten den Bericht des Psychiaters anführen», flüsterte Ben.

Verdammt. Abrupt stand sie auf. «Entschuldigen Sie, Euer Ehren, es gibt in der Tat ein weiteres Schriftstück, auf das ich Ihre Aufmerksamkeit lenken möchte …»

Als sie nach Hause kam, saß Mac am Küchentisch. Sie warf ihre Tasche auf den Boden und wickelte sich aus ihrem Schal. «Immer noch nichts?», fragte sie.

«Nicht, seit du das Büro verlassen hast, nein.»

«Es wird dunkel. Wie lange, meinst du, sollten wir warten, bevor wir jemanden informieren?» Beim ersten Telefonanruf hatte sich ein harter kleiner Knoten aus Furcht in ihrem Bauch eingenistet, der mittlerweile zu einem übergroßen, schweren Kloß angewachsen war. Die Behörden würden sie für dumm oder, schlimmer noch, für achtlos halten. Das Einzige, worum sie sie gebeten hatten, war sicherzustellen, dass Sarah zur Schule ging. Die Sozialarbeiter würden sich die Mäuler zerreißen. Sie würden Natashas berufliche Fähigkeiten anzweifeln. Und zusätzlich zu dieser Sorge ertönte eine furchterregende Stimme in ihrem Hinterkopf, die Stimme, die sie mit Vernunft zu übertönen versuchte: *Und wenn dieses Mal wirklich etwas passiert ist? Ich habe keine Übung in so etwas. Richtige Eltern können sich jahrelang an dieses Ausmaß von Angst gewöhnen.*

«Wir geben ihr noch eine halbe Stunde», sagte Mac. «Dann ist es sechs Uhr, und sie hatte genügend Chancen.»

Sie setzte sich ihm gegenüber und nahm das Glas Wein entgegen, das er für sie eingeschenkt hatte. Er lächelte nicht. Seine Gelassenheit von vorhin war verschwunden und einer stillen Angespanntheit gewichen.

«Bist du rechtzeitig zu deinem anderen Job gekommen?», fragte sie.

Er schüttelte den Kopf. «Ich habe mir gedacht, ich sollte bei Schulschluss vielleicht besser vor dem Schultor warten. Falls sie dort auftaucht.» Er seufzte und nahm einen Schluck Wein. «Außerdem hätte ich nicht den Kopf dafür gehabt. Es ist okay. Ich konnte das Ganze auf morgen verschieben.»

Ihre Blicke begegneten sich kurz. *Wenn sie denn bis morgen aufgetaucht ist.*

«Ich war vor Gericht völlig unbrauchbar», entgegnete sie.

«Konnte mich überhaupt nicht konzentrieren. Ich hab mich über mich selbst gewundert.»

«Klingt nicht nach dir.»

«Nein», sagte sie. Sie hatte den Fall verloren. Bens Gesichtsausdruck beim Verlassen des Gerichtsgebäudes hatte ihr gesagt, dass es ihre Schuld war.

Sie zuckten beide zusammen, als es an der Tür klingelte. «Ich gehe», sagte Mac und schob seinen Stuhl zurück.

Sie saß da, nippte an ihrem Wein und hörte, wie er die Haustür öffnete. Er murmelte etwas, das sie nicht hören konnte, dann kehrten seine Schritte in den Flur zurück. Hinter ihm, das Gesicht halb von ihrem Schal verdeckt, stand Sarah.

«Willkommen zurück», sagte Mac und drehte sich zu ihr um. «Wir waren uns nicht sicher, ob du nicht in einem anderen Hotel eingecheckt hast.»

Ihre kaum sichtbaren Augen flogen zwischen ihnen hin und her, während sie abzuschätzen versuchte, wie viel Ärger sie erwartete.

«Würde es Umstände machen, uns zu sagen, wo du warst?» Macs Tonfall war leicht, aber Natasha hörte die Frustration in seiner Stimme.

Sarah zog ihren Schal ein Stück weit herunter. «War mit einer Freundin unterwegs.»

«Nicht heute Abend», sagte Mac. «Ich meine, den ganzen Tag über. Als du eigentlich in der Schule sein solltest.»

Sie trat nach etwas Unsichtbarem auf dem Boden. «Ich habe mich nicht so gut gefühlt.»

«Und?»

«Und da bin ich spazieren gegangen. Um meinen Kopf freizubekommen.»

Natasha hielt es nicht länger aus. «Neun Stunden lang? Du

bist neun Stunden lang spazieren gegangen, um deinen Kopf freizubekommen? Hast du auch nur eine Ahnung, wie viel Aufruhr du verursacht hast?»

«Natasha …»

«Nein!» Sie ging über Macs Warnung hinweg. «Ich habe heute einen Fall verloren, weil ich so beschäftigt damit war, mir Sorgen zu machen, wo du wohl steckst. Jede Stunde lag uns die Schule in den Ohren. Mac musste einen wichtigen Auftrag absagen. Das mindeste, was du tun kannst, ist, uns zu sagen, wo du warst.»

Der Schal wurde wieder nach oben gezogen. Sarah starrte zu Boden.

«Solange du hier bist, sind wir für dich verantwortlich, Sarah. Auch im rechtlichen Sinn. Wir müssen sicherstellen, dass du zur Schule gehst und wieder nach Hause kommst. Verstehst du das?»

Sie nickte.

«Also, wo warst du?»

Eine lange, ungemütliche Stille folgte. Schließlich zuckte das Mädchen mit den Schultern.

«Willst du in einem geschlossenen Heim enden? Das ist nämlich das vierte Mal in zehn Tagen, dass du einfach verschwunden bist. Wenn du das noch einmal machst und die Schule statt uns zuerst deine Sozialarbeiterin informiert, dann stecken sie dich in ein geschlossenes Heim. Weißt du, was das bedeutet?» Natashas Stimme war lauter geworden. «Das bedeutet, dass sie dich einsperren.»

«Tash …»

«Mac, sie werden entscheiden, dass wir nicht in der Lage sind, uns um sie zu kümmern. Und wenn sie glauben, dass ein Risiko besteht, sie könnte abhauen, werden sie sich um eine richterliche Einweisung in eine geschlossene Einrichtung bemühen.»

Die Augen des Mädchens weiteten sich über ihrem Schal.

«Ist es das, was du willst?»

Langsam schüttelte Sarah den Kopf.

«Kommt», sagte Mac, «beruhigen wir uns alle mal. Sarah, wir wollen nur, dass du dich an die Regeln hältst, okay? Wir müssen wissen, wo du dich aufhältst.»

«Ich bin vierzehn.» Ihre Stimme klang leise, aber trotzig.

«Und wir sind für dich verantwortlich», entgegnete Natasha. «Du hast darum gebeten, hierherkommen zu dürfen, Sarah. Du könntest dich wenigstens an unsere Regeln halten.»

«Es tut mir leid», sagte sie.

Sie sah nicht aus, als tue es ihr leid, dachte Natasha. «Morgen», sagte sie, «geht Mac vor Unterrichtsbeginn mit dir rein und übergibt dich deinem Lehrer. Und einer von uns wird am Schultor warten, wenn du wieder rauskommst. So lange, bis du uns bewiesen hast, dass wir uns auf deine Angaben verlassen können.»

Mac stand auf, ging zum Küchenschrank und zog ein Paket Nudeln heraus. «Okay, darauf lassen wir es beruhen und gehen davon aus, dass das nicht noch einmal passiert. Sarah, zieh deine Jacke aus und setz dich. Du hast bestimmt Hunger. Ich mache uns was zu essen.»

Doch Sarah drehte sich auf dem Absatz um und ging aus der Küche. Sie hörten ihre schweren Schritte auf der Treppe und wie sich ihre Zimmertür mit Nachdruck hinter ihr schloss.

Eine kurze Stille folgte.

«Das ist ja gut gelaufen.»

Mac seufzte. «Gib ihr eine Chance. Sie macht eine schwere Zeit durch.»

Natasha trank einen Schluck Wein, atmete tief aus und sah ihn dann an. «Heißt das, es ist auch nicht der richtige Zeitpunkt, dir zu sagen, dass aus dem Glas in meinem Zimmer Geld verschwunden ist?» Es war schwer abzuschätzen, ob er sie gehört hatte. «Ziemlich viel sogar. Mir ist aufgefallen, dass die Füllmenge abnahm. Und ich weiß genau, dass ich vorgestern Abend vier Pfundmünzen reingesteckt habe. Gestern waren sie nicht mehr da.»

Er schüttete wortlos Pasta auf die Waage.

«Oh … nein …», sagte sie.

«Ich wollte es nicht erwähnen», antwortete er, «aber vorgestern habe ich einen Fünfer aus meiner Hosentasche auf den Wohnzimmertisch gelegt. Am nächsten Morgen war er nicht mehr da.» Er ging zur Küchentür und schloss sie leise. «Meinst du Drogen?», fragte er.

«Ich weiß nicht. Sie sah nie high aus.»

«Nein. Sie wirkt nicht …»

«Klamotten sind es auch nicht», sagte sie. Es war eine der Eigenschaften, die Natasha beinahe liebenswert gefunden hatte. Sarah schien sich nicht für Mode und Klatschzeitschriften zu interessieren, verbrachte morgens keine zehn Minuten im Bad. «Soweit ich weiß, hat sie kein Handy. Und sie riecht nicht nach Zigaretten.»

«Irgendwas stimmt nicht.»

Natasha starrte in ihr Weinglas. «Mac», sagte sie, «ich muss dir was sagen. Als ich ihr begegnet bin, hat man sie wegen Ladendiebstahls festgehalten.»

Er erstarrte.

«Es ging nur um eine Packung Fischstäbchen. Ich habe sie in einem Supermarkt getroffen. Sie hat geschworen, dass sie dafür bezahlen wollte.» *Ich bin schon wieder zum Narren gehalten worden.* «Es tut mir wirklich leid», sagte sie. «Das hätte ich dir sagen müssen.»

Er schüttelte den Kopf. Dankbar begriff sie, dass er keine große Sache daraus machen würde. «Glaubst du», fragte sie vorsichtig, «wir haben …»

Doch Mac unterbrach sie. «Morgen schaffe ich es nicht», sagte er und warf die Pasta endlich in das kochende Wasser. «Aber gib mir ein oder zwei Tage. Ich kriege raus, was sie treibt. Wir gehen dem auf den Grund.»

«Es sprengt dann mit Anstand und Haltung … dahin … Alle Menschen, die es dann sehen, nennen ein solches Pferd edel und stolz und zugleich von angenehmem und imposantem Aussehen.»

Xenophon, Über die Reitkunst

Kapitel 10

Zwei Tage lang war Sarah der Inbegriff von Gehorsam. Sie ließ sich von Mac bis zum Klassenzimmer bringen, und wenn er wieder vorfuhr, um sie abzuholen, stand sie am Schultor und scharrte mit den Füßen. Aber das Schöne an Teenagern, dachte Mac, war doch, dass sie sich für schlauer hielten als alle anderen. Und Sarah war da keine Ausnahme.

Als er sie am dritten Tag vor der Schule absetzte, sagte er ihr, er habe keine Zeit, mit hineinzukommen, und ob es in Ordnung sei, wenn sie allein ginge? Er sah das kurze Aufblitzen in ihren Augen, das sie sofort unterdrückte, winkte ihr zu, beschleunigte beim Wegfahren so schnell, als sei er in Eile. Dann hielt er um die Ecke, zählte bis zwanzig und fuhr dann einmal um den Block zurück auf die Hauptstraße, die an der Schule vorbeiführte. Und tatsächlich, da war Sarah, halb ging und halb rannte sie in die entgegengesetzte Richtung zur Bushaltestelle.

Mac hoffte inständig, sie möge sich nicht umdrehen, aber sie war zu sehr auf ihr Vorhaben konzentriert. Verdammt, Sarah, schalt er sie stumm. Warum bist du so fest entschlossen, deine eigene Zukunft zu ruinieren? Er sah zu, wie sie in einen Bus sprang, und merkte sich dessen Nummernschild und Endhaltestelle. Es war nicht die richtige Richtung für einen Besuch im Krankenhaus, stellte er fest. Wohin wollte sie also?

Er fuhr hinter dem Bus her und konnte sie nicht mehr sehen, ging aber davon aus, dass er bemerken würde, wenn sie ausstieg. Er ließ zwei Autos vor sich einscheren, um weniger auffällig zu sein, aber der Berufsverkehr sorgte dafür, dass weder die Autos noch der Bus schnell von der Stelle kamen.

Bitte, lass es ein Junge sein, dachte er und fummelte an seinem Radio. Wenn es so war, konnten sie ihn einladen, mit beiden sprechen. Ein Junge, damit kämen sie klar. Mit Drogen nicht. Bitte, lass es keine Drogen sein.

Zwanzig Minuten lang kroch er dem Bus hinterher durch London. Er zog wilden Protest von Lieferwagenfahrern auf sich, weil er nicht zügiger fuhr, und obszöne Gesten gut gekleideter Frauen, die eigentlich besser hätten wissen sollen, wie man sich benahm. Wenn es zu schlimm wurde, fuhr er für ein paar Sekunden an den Fahrbahnrand und ließ die Leute vorbei. Er fragte sich, wie viele Strafzettel ihm wohl dafür ins Haus standen, dass er immer wieder auf die Busspur auswich. Er war nun so weit gekommen, dass er nicht riskieren konnte, sie aus den Augen zu verlieren. Als er durch die City fuhr, begann es zu regnen. Er strengte sich an, ihre dunkle Schuluniform unter all den Geschäftsleuten in ebenso dunklen Anzügen auszumachen, die mit Schirmen über dem Kopf aus Bussen sprangen und in andere einstiegen. Es wurde immer schwieriger, weil hier so viele Menschen unterwegs waren. Mehrmals fragte er sich, ob er sie wohl doch verloren hatte, ob seine Mühe fruchtlos war.

Als die Glastürme des Finanzdistrikts allmählich schäbigen Wohnblocks Platz machten, erhaschte er einen Blick auf Sarah. Sie hüpfte aus dem Bus, rannte hinten um ihn herum und sprang auf die Verkehrsinsel inmitten der Straße. Mac hielt den Atem an. Wenn sie sich nach rechts umschaute, würde sie ihn sehen. Aber ihre Aufmerksamkeit galt dem Verkehr auf der gegenüberliegenden Fahrbahn. Sie ließ das Geländer los und rannte hinüber. Bevor Mac klarwurde, dass er nun in die falsche Richtung fuhr, war sie in einer Seitenstraße verschwunden.

«Shit!», sagte er laut. «*Shit, shit, shit.*» Er wechselte hinter dem Bus auf die andere Spur, hob entschuldigend die Hand, als das Fahrzeug hinter ihm quietschend bremste, und schoss über eine gelb-rote Ampel an der nächsten Kreuzung, sodass eine Fußgängerin wütend gegen das Auto klopfte. «Sorry, sorry, sorry», murmelte er und beschleunigte, so schnell er konnte, in Richtung Verkehrskreisel. Er düste hindurch und bog in entgegengesetzter Richtung wieder auf die Hauptstraße ein. Mit zusammengekniffenen Augen hielt er nach der kleinen Seitenstraße Ausschau, in die sie verschwunden war. Als er den Blinker setzte, fiel ihm auf, dass es eine Einbahnstraße war. Falsche Richtung.

Mac zögerte nur einen Moment. Dann preschte er hindurch und betete, dass er die nächste Straße erreichen würde, bevor ihm ein anderer Wagen entgegenkam. «Ich weiß, ich weiß!», rief er dem Mopedfahrer zu, der ihm nur knapp ausweichen konnte.

Und dann, bei der Kreuzung – nichts. Er sah keine Autos und keine Menschen, nur eine Reihe grauer Häuserfronten, den Eingang zu einem Parkplatz, einen Wohnblock. Zu seiner Linken konnte er die Hauptstraße ausmachen, ein Café und ein indisches Take-away-Restaurant. Einem Impuls folgend, bog er rechts ab, fuhr langsam über Pflastersteine und spähte in jede Straße, an der er vorbeikam. Kein Mädchen in Schuluniform. Es war, als hätte Sarah sich in Luft aufgelöst.

Mac parkte den Wagen am Straßenrand. Einen Moment lang blieb er sitzen und verwünschte sich. Verwünschte sie. *Was zum Teufel tue ich hier? Ich verfolge ein Schulmädchen, das ich kaum kenne, durch ganz London, und wofür?* In wenigen Wochen würde sie ohnehin fort sein. Wenn sie ihr Leben mit bescheuerten Freunden und Drogen versauen wollte, war das wirklich sein Problem? Ihr Großvater würde sich erholen, er würde sie wieder ins Lot bringen, und alle würden ihre Leben weiterleben.

Sein Handy klingelte. Er beugte sich zum Fußraum des Beifahrersitzes hinunter, wo seine Habseligkeiten durch die wilde Fahrt verstreut lagen. Es läutete ein paarmal, bis er das Telefon gefunden hatte.

«Mac?»

Maria.

«Hey», sagte er.

«Du wolltest mich wegen Lunch anrufen.»

«Verdammt», sagte er. «Entschuldige. Ich bin aufgehalten worden. Ich werde es nicht schaffen.»

«Ein Job?»

«Eigentlich nicht.» Er lehnte sich in seinem Sitz zurück und fuhr sich mit der Hand über den Kopf.

«Also wieder deine Exfrau. Ihr beide habt die ganze Nacht wilden, leidenschaftlichen Sex, und du hast keine Zeit mehr für mich.» Sie begann zu lachen.

«Es hat nichts mit Natasha zu tun.»

«In Polen ist Natasha der häufigste Name für Huren. Wusstest du das?»

«Ich sag's ihr. Sie wird sich freuen, das zu hören.»

«Jetzt wirst du mich zwei Wochen nicht sehen. Selber schuld.»

«Zwei Wochen?» War das Sarah am anderen Ende der schmalen Straße? Er spähte aus dem Fenster, doch als die junge Frau sich umdrehte, schob sie einen Kinderwagen.

«Habe einen wichtig-wichtig Job in der Karibik. Habe ich dir gesagt.»

«Hast du.»

«Für die spanische *Elle*. Rate mal, wer fotografiert.»

«Maria, du weißt genau, dass ich einen Modefotografen nicht vom nächsten unterscheiden kann.»

«Sevi. Jeder kennt Sevi.»

Er würde Tash anrufen und ihr gestehen müssen, dass er Sarah verloren hatte.

«Er hat diesen Monat die Titelseite von *Marie Claire* geschossen.»

Vielleicht konnte er in der Schule anrufen und behaupten, Sarah habe einen Termin. Und dann würde er sie zwingen, ihm zu sagen, wohin sie gegangen war.

«*Marie Claire*», wiederholte sie nachdrücklich.

«Sie haben wohl mein Exemplar am Kiosk verlegt.»

«Du bist ein sehr trauriger Typ. Sehr viele schlechte Witze.»

Er hörte nicht mehr zu. Ein Stück die Straße hinunter tauchte ein großes braunes Pferd aus einem geöffneten Maschendraht-Tor auf. Es schrak vor einem Mülleimer zurück und kam dann die Kopfsteinpflasterstraße herauf auf ihn zu. Seine Hufe klapperten auf der harten Oberfläche. Mac kniff die Augen zusammen, als es näher kam; die Autoscheiben waren beschlagen. Aber an der Identität der Reiterin gab es keinen Zweifel.

«Maria, ich muss aufhören. Ruf mich von da an, wo immer du bist, und wir machen was aus.» Er steckte das Telefon ein. Als das Pferd an seinem Wagen vorbei war, öffnete er leise die Fahrertür und stieg aus. Sarah hatte ihre Haare zurückgebunden, ihr schlanker Körper berührte das riesige Tier nur leicht. Ihr Schulpullover war klar zu erkennen. Das Pferd machte wieder einen Satz seitwärts, doch sie schien sich nicht zu bewegen. Er sah, wie sie ihm den Hals tätschelte, als wollte sie das Tier beruhigen.

Mac schloss die Wagentür und ging hastig zum Kofferraum, um seine Leica zu holen, ohne das Mädchen auf dem Pferd aus den Augen zu lassen. Nachdem er den Wagen abgeschlossen hatte, ging er ihnen die Straße entlang hinterher. Er beobachtete, wie still Sarah saß, wie sie offenbar den Lärm und das Chaos der Stadt um sie herum überhaupt nicht wahrnahm. Als sie um die Ecke bogen, sah er, dass sie Richtung Park ritt.

Einen Moment lang dachte er nach, dann zog er sein Telefon aus der Tasche und wählte. Er trat in einen Torweg, damit seine Stimme nicht vom Wind weitergetragen wurde. «Spreche ich mit dem Schulbüro? Hallo … Ja. Hier spricht der Pflegevater von Sarah Lachapelle. Ich rufe an, um zu sagen, dass sie heute Morgen einen Arzttermin hat und nicht zur Schule kommt. Ja, es tut mir sehr leid. Ich weiß, ich hätte früher anrufen sollen.»

Bevor Papa erkrankt war, hatte Boos Ausbildung beinahe zur Hälfte ausschließlich vom Boden aus stattgefunden. Papa hatte ihn longiert, ihn ermutigt, den unterschiedlich starken Druck seiner Hand und der Longe als Hilfen zu verstehen. Er sollte an seiner Balance arbeiten, die Hinterbeine weiter unter den Körper ziehen, sich nach rechts oder links neigen. Auf diese Weise, hatte Papa ihr erklärt, konnte Boo lernen, ohne auf Sarah Rücksicht nehmen zu müssen. Er klang immer so, als sei sie eine Belastung, als mache ihre Anwesenheit Boo das Leben schwerer. Sie nahm es jedoch schon lange nicht mehr persönlich.

Papa hatte einmal ein Pferd namens Gerontius gehabt, das drei Jahre lang longiert worden war, bevor jemand auf ihm sitzen durfte. Longieren war kein Trainingsersatz, hatte er ihr erklärt. Es war die Grundlage für ein Training. Sämtliche «Schulen über der Erde», die *hauts d'école*, wurden durch solche Ausbildungsbausteine erreicht. Man konnte sie nicht überspringen.

Alles schön und gut, dachte Sarah jetzt, aber sie musste reiten. Sie saß auf Boo und gestattete ihm, sich etwas zu dehnen, und ermahnte ihn mit ihrer Stimme, wenn er vor Straßenlaternen und Gullydeckeln scheute, Hindernisse, die ihn vor sechs Wochen nicht einmal zum Blinzeln gebracht hätten. Die letzten zwei Tage hatte sie nicht zu ihm gekonnt. Zwei Tage, in denen er vielleicht gefüttert worden war und Wasser bekommen hatte, in denen er jedoch seine Box nicht hatte verlassen dürfen. Für ein intelligentes, fittes Pferd wie Boo bedeutete das Folter, und sie wusste, sie würde heute dafür bezahlen müssen.

Es hatte stärker zu regnen begonnen. Mit erhobenem Arm forderte Sarah die Fahrzeuge zum Halten auf, während sie die Straße überquerte. Boo hatte das Gras erblickt, und sie spürte, wie seine Energie unter ihr anschwoll. Der Regen würde dafür sorgen, dass sich der Park leerte, und ihr den Platz verschaffen, ohne Unterbrechung trainieren zu können. Doch das Pferd war aufgeregt, vermutlich zu sehr. Nach seiner Gefangenschaft würden seine Hufe auf den federnden Boden reagieren wie auf einen elektrischen Schock.

Hör auf mich, sagte sie ihm mit ihrem Sitz, ihren Beinen, ihren Händen. Aber es war auch etwas Beglückendes an dem Bewusstsein, dass so viel Kraft nur darauf wartete, entfesselt zu werden.

Levade, sagte eine leise Stimme in ihrem Kopf.

Papa hatte ihr verboten, es auszuprobieren, es sei eine zu ehrgeizige Bewegung. Die *Levade* erforderte, dass das Pferd sein Gewicht auf die gebeugten Hinterbeine verlagerte und seinen Rumpf in einem Winkel von fünfunddreißig Grad zum Boden hob. Es war eine Kraftprobe und ein Balanceakt, der Übergang zu den noch schwierigeren Herausforderungen der klassischen Dressur.

Aber Papa hatte es geschafft. Er hatte es vom Boden aus geschafft. Sie wusste, dass Boo dazu fähig war.

Sarah atmete die nasse Luft ein, wischte sich Feuchtigkeit vom Gesicht. Sie ließ Boo kleine Kreise trotten, anhalten, dann weitergehen, und zwang ihn so, sich auf sie zu konzentrieren. Zwischen den Mülleimern des Parks, den Pollern und dem Kinderspielplatz schuf sie eine unsichtbare Arena. Als sie davon ausging, dass er aufgewärmt war, begann sie zu traben. Sie versuchte, sich die Anweisungen ihres Großvaters ins Gedächtnis zu rufen: Sitz tief im Sattel, halt die Hände ruhig, Beine ein Stück nach hinten, mehr Kontakt am äußeren Zügel. Nach wenigen Minuten war sie völlig versunken, weit entfernt von den endlosen Frustrationen eines fremdbestimmten Lebens, von Geldsorgen, von Papas Anblick, unglücklich und entmutigt in diesem Krankenhausbett. Da waren nur noch Boo und sie. Sie arbeiteten im feinen Sprühregen, bis sie dampften. Sie ließ ihn wieder in den Schritt fallen und lockerte die Zügel, erlaubte ihm, sich zu dehnen. Er erschrak nicht mehr vor den Straßengeräuschen oder den drei Doppeldecker-Bussen. Die harte Arbeit hatte ihn entspannt, geerdet. Heute wäre Papa zufrieden mit ihm, dachte sie und fuhr mit der Hand seinen nassen Hals entlang.

Levade. Wäre es wirklich eine solche Sünde, ihn ein wenig auf die Probe zu stellen? Müsste Papa überhaupt davon wissen? Sie holte tief Luft, nahm die Zügel wieder auf und ließ ihn in einen langsamen Trab fallen, den sie dann allmählich zügelte, bis er in der *Piaffe* seine Hufe rhythmisch auf der Stelle hob. Sie machte ihren Rücken gerade und versuchte, sich an Papas Anweisungen zu erinnern. Die Hufe der Hinterbeine mussten sich unter dem Schwerpunkt des Pferdes befinden, die Sprunggelenke sollten fast den Boden berühren. Sie lehnte sich ein wenig zurück und spornte ihn mit ihren Beinen an, sagte ihm, dass seine Energie irgendwohin musste, und hielt ihn gleichzeitig mit dem leichtesten Druck über die Zügel zurück. Sie schnalzte mit der Zunge, gab eine Reihe von Hilfen, und er spannte sich an, seine Ohren zuckten. Ihr wurde klar, er konnte es nicht. Sie brauchte eine zweite Person, die es ihm vom Boden aus erklärte. Dann spürte sie, wie sich sein Hinterteil unter ihr senkte, und wurde einen Moment lang panisch, als würden sie damit beide aus der Balance geworfen. Doch plötzlich hob sich sein Rumpf vor ihr, und sie lehnte sich nach vorn, um ihm zu helfen, fühlte sein Zittern, als er versuchte, die Position zu halten. Dort schwankten sie, besiegten zusammen die Schwerkraft. Sarah blickte von einer neuen, erhöhten Perspektive aus auf den Park.

Dann war er wieder unten. Sarah prallte unvorbereitet auf seinen Hals, und er schoss nach vorn, buckelte einmal, zweimal vor Ausgelassenheit, sodass sie darum kämpfen musste, im Sattel zu bleiben.

Sarah drückte sich wieder hoch und lachte. Euphorie blubberte in ihr hoch, sie tätschelte dem Pferd den Hals, lobte es, versuchte, ihm zu vermitteln, wie herrlich es war. Dann legte sie ihm beide Arme um den Hals. «Kluges, kluges Pferd», sagte sie immer wieder und beobachtete Boos Ohrenspiel, während er ihrer Anerkennung lauschte.

«Beeindruckend», sagte eine Stimme hinter ihr. Sarah fuhr im Sattel herum. Panik stieg in ihr hoch.

Macs Jacke war schwarz vor Nässe. «Darf ich?», fragte er und trat dann vor, um Boos Hals zu streicheln. «Er ist heiß», stellte er fest, zog die Hand zurück und rieb seine Fingerspitzen aneinander.

Sie konnte nicht sprechen. Ihre Gedanken verflüchtigten sich, und Übelkeit und Angst durchfluteten sie.

«Seid ihr fertig? Sollen wir zurückgehen?» Mac deutete in Richtung Sparepenny Lane.

Sie nickte, ihre Finger schlossen sich um die Zügel. Ihre Gedanken rasten. Sie könnte einfach abhauen. Sie könnte Boo antreiben, und zu zweit würden sie durch den Park hinaus in die Marshes fliegen. Sie würden meilenweit kommen, bevor er sie einholte. Aber sie hatte nichts. Keinen Ort, an den sie fliehen konnte.

Langsam gingen sie zurück zum Hof. Boo ließ den Kopf hängen, ausgelaugt von der harten Arbeit.

Vor dem Tor blieben sie stehen. Cowboy John tauchte aus seinem Schuppen auf und öffnete ihnen. «Hast du geduscht, Zirkusmädchen? Du bist völlig durchweicht.»

Im Vorübergehen tätschelte er das Pferd, dann erblickte er Mac. «Kann ich Ihnen helfen, junger Mann? Interesse an frischen Eiern? Früchten? Habe heute prächtige Avocados reinbekommen. Ich gebe Ihnen eine ganze Schale für nur zwei Ihrer englischen Pfund.»

Mac starrte Cowboy John an, als habe er jemanden wie ihn noch nie gesehen. Vielleicht lag es daran, dass John seinen schäbigsten Cowboyhut aufhatte, ein rotes Halstuch und die Neonjacke trug, die einer der Straßenarbeiter letztes Jahr vergessen hatte. Vielleicht lag es aber auch an dem riesigen Joint, der zwischen seinen gelblichen Zähnen klemmte.

«Avocados?» Mac schien sich zu erholen. «Klingt gut.»

«Besser als gut, mein Junge. Die haben den exakt richtigen Reifegrad. Noch ein bisschen reifer, und sie würden ihre Schalen abwerfen und sich in Guacamole verwandeln. Wollen Sie mal fühlen? Herrgott, das ist das beste Angebot, das Sie heute kriegen werden.» Er gluckste dreckig.

Mac ging hinter Sarah her durch das Tor. «Dann zeigen Sie mal», sagte er zu John.

Sarah führte ihr Pferd in den Stall. Sie nahm ihm Sattel und Zaumzeug ab, wischte sie trocken und verstaute sie sorgfältig in ihrem Schuppen. Dann begann sie auszumisten. Am anderen Ende des Hofes sah sie Cowboy John, der Mac Früchte und Gemüse präsentierte. Mac nickte. Wiederholt blickte er sich im Hof um, als versuche er, alles aufzunehmen, und stellte anscheinend Fragen. Sie sah, wie John auf die verschiedenen Pferde zeigte, seine Hennen, die Feuerschale. Mac schien an allem interessiert. Als sie schließlich Boos Eimer mit sauberem Wasser füllte, schlenderten John und Mac unter dem Eisenbahnbogen hindurch auf den Stall zu. Es regnete jetzt noch stärker, kleine Rinnsale schlängelten sich zwischen den Pflastersteinen hindurch.

«Bist du hier fertig, Zirkusmädchen?»

Sie nickte, stellte sich dicht neben das Pferd.

«Hab dich zwei Tage nicht zu Gesicht bekommen. Hattest du Probleme herzukommen? Der alte Boo hier ist mir heute Morgen wieder fast ausgebrochen.»

Sie sah Mac an, dann zu Boden. «So was in der Art», sagte sie.

«Hast du deinen Großvater gesehen?»

Sie schüttelte den Kopf. Zu ihrem eigenen Entsetzen hatte sie das Gefühl, gleich loszuheulen.

«Da fahren wir jetzt hin», sagte Mac.

Ihr Kopf schnellte hoch.

«Willst du?», fragte er.

«Kennen Sie das Mädchen?» Cowboy John trat theatralisch zurück und wies auf Macs Karton voller Obst. «Sie kennen Sarah? Mann, das hätten Sie mir sagen sollen. Ich hätte Ihnen nie diesen Mist verkauft, wenn ich gewusst hätte, dass Sie ein Freund von Sarah sind.»

Mac hob eine Augenbraue.

«Das kann ich Ihnen nicht verkaufen», sagte John. «Kommen Sie mit, dann gebe ich Ihnen die gute Ware. Das da lasse ich nur für Passanten herumliegen. Sarah? Sag deinem alten Herrn einen Gruß von mir. Sag ihm, ich komme Samstag vorbei. Bring ihm die da mit.» Er warf ihr ein paar Bananen zu.

Als Mac John folgte, konnte sie ein leises Lächeln um seinen Mund ausmachen.

Ihre Klamotten waren noch nass, als sie ins Auto stieg. Mac hatte einen Strafzettel bekommen, den er von der Scheibe klaubte. Er lehnte sich zu ihr herein, um ihn ins Handschuhfach zu werfen, als er registrierte, dass sie zitterte.

«Brauchst du was Trockenes zum Anziehen?», fragte er.

«Auf dem Rücksitz liegt ein Ersatzpulli. Zieh ihn über deine Uniform.»

Sarah griff nach dem Pulli und zog ihn über.

Mac stieg ein, und während er den Wagen startete, überlegte er fieberhaft, was er sagen sollte. Als sie zur Ampel kamen, sagte er: «Daran liegt es also. Dein Schwänzen. Dein Verschwinden.» Das Geld erwähnte er nicht.

Sie nickte ganz leicht.

Er blinkte und bog links ab. «Tja ... du steckst jedenfalls voller Überraschungen.» Er war erleichtert. Sie war bloß ein Kind mit einem Pony. Wenn auch einem ziemlich großen.

«Was war das, was du da gemacht hast? Dieses In-die-Luft-Springen?»

Sie murmelte etwas, das er nicht verstand. «Eine *Levade*», wiederholte sie lauter.

«Und das ist?»

«Eine Lektion der *Haute École*. Gehört zur Dressur.»

«Dressur? Wenn sie so im Kreis reiten?»

Sie lächelte widerwillig. «So was in der Art.»

«Und das Pferd gehört dir?»

«Mir und Papa.»

«Es ist ziemlich schlau. Ich weiß nichts über Pferde, aber es sieht toll aus. Wie bist du an so ein Pferd gekommen?»

Sie musterte ihn einen Moment lang, als wolle sie abschätzen, was sie ihm anvertrauen konnte. «Papa hat ihn in Frankreich gekauft. Er ist ein Selle Français. Sie haben solche Pferde in der französischen Reitakademie, in der Papa früher trainiert hat.» Sie zögerte. «Er weiß alles, was man übers Reiten wissen kann.»

«Alles, was man wissen kann», wiederholte Mac. «Machst du das schon lange?»

«Solange ich denken kann», antwortete sie. Sarah versank völlig in seinem Pulli. Sie hatte ihn über die Knie gezogen, die Hände verschwanden in den Ärmeln. Das Mädchen sah aus wie ein defensives Wollknäuel. «Wir wollten dort eigentlich hin. Um sie zu sehen. Nach Frankreich. Bevor er krank wurde. Es sollte etwas Besonderes sein», sagte sie vorsichtig. «Für mich und ihn. Ein Urlaub. Ich war noch nie im Ausland.»

Sie fummelte an den Ärmeln des Pullis herum. «Ich wollte das nicht verpassen. Papa wollte das nicht verpassen.»

«Na ja ...», Mac warf einen Blick in den Rückspiegel, «viele Leute verschieben ihren Urlaub, wenn sie krank werden. Wenn du dem Reisebüro erklärst, was passiert ist, lassen sie euch bestimmt reisen, sobald es ihm besser geht.» Er sah, wie sie an ihren Nägeln kaute. «Wir können da nachher anrufen. Ich helfe dir, wenn du willst.»

Erneut lächelte sie ihn zaghaft an. Schon zum zweiten Mal heute, dachte er. Vielleicht können wir hier doch noch etwas Gutes ausrichten. Er streckte die Hand aus und stellte das Navigationsgerät ein. «Okay. Krankenhaus. Drehen wir die Heizung auf. Deinem Großvater kannst du ja nicht nass bis auf die Haut unter die Augen treten.»

Mit medizinischen Dingen kannte sich Mac beinahe genauso wenig aus wie mit Pferden, aber eines war klar: Mr. Lachapelle würde in nächster Zeit nicht in den Urlaub fahren – oder auch nur nach Hause kommen. Seine Haut war erschreckend gelb, er kauerte, von Kissen gestützt, halb aufrecht und wachte nicht auf, als sie sein Zimmer betraten. Erst als Sarah seine Hand nahm, öffnete er die Augen. Mac blieb linkisch bei der Tür stehen und fühlte sich wie ein Eindringling.

«Papa», sagte sie sanft.

Die Augen des alten Mannes hefteten sich sofort auf sie. Es war, als hebe sich ein Schleier, als ihm klarwurde, wen er vor sich hatte. Er lächelte schief.

«Entschuldige, dass ich die letzten beiden Tage nicht kommen konnte. Es war schwierig.»

Der alte Mann schüttelte den Kopf. Er drückte ihr kurz die Hand. Sein Blick glitt zu Mac hinüber. «Das ist Mac, Papa. Er ist einer von den Leuten, die auf mich aufpassen.»

Mac spürte, wie er unter die Lupe genommen wurde. Trotz der Gebrechlichkeit des alten Mannes lag etwas kühl Abschätzendes in seinem Blick.

«Er ist … sehr nett. Er und seine Frau», sagte sie, und Mac sah sie erröten, als hätte sie in ihrem Bemühen, den alten Mann zu beruhigen, zu viel von sich preisgegeben.

«Es freut mich, Sie kennenzulernen, Mr. Lachapelle.» Mac trat vor und ergriff seine Hand. «*Enchanté.*»

Ein weiteres kleines Lächeln. Ein breiteres von Sarah. «Du hast mir nie gesagt, dass du Französisch kannst.»

«Ich bin mir nicht sicher, ob dein Großvater der Ansicht wäre, dass ich es kann», entgegnete er und setzte sich auf den Stuhl auf der anderen Seite des Betts. Sarah machte sich am Nachttisch ihres Großvaters zu schaffen, überprüfte den Waschbeutel, rückte seine Fotos zurecht.

Mac, dem die Stille unbehaglich wurde, sprach erneut, allerdings erschien ihm seine Stimme ein kleines bisschen zu laut. «Ich habe Ihrer Enkelin beim Reiten zugesehen. Sie ist unglaublich talentiert.»

Der Blick des alten Mannes glitt zurück zu Sarah.

«Ich bin heute Morgen ausgeritten.»

«Gut», sagte er langsam. Seine Stimme knarzte wie eine lange nicht benutzte Tür.

Dieses Mal kam Sarahs Lächeln sofort und verwandelte ihre ganze Erscheinung. «Gut!», wiederholte sie, wie um seine Aussage zu bestätigen.

«Gut», sagte er wieder. Die beiden nickten einander zufrieden zu. Mac vermutete, dass dies in ihrer Unterhaltung einen Durchbruch darstellte.

«Er hat sich richtig angestrengt, Papa. Es hat geregnet, und du weißt ja, dass er sich bei Regen echt danebenbenehmen kann, aber er hat es geschafft, konzentriert zu bleiben. Sein Maul war ganz weich, und er hat auf mich gehört, wirklich gehört.»

Der alte Mann verschlang alles, was sie sagte, als würde er jedes Detail aufnehmen.

«Du wärst erfreut gewesen. Wirklich.»

«Ich habe noch nie etwas dergleichen gesehen», warf Mac ein. «Ich weiß überhaupt nichts über Pferde, Mr. Lachapelle, aber es hat mir den Atem verschlagen, als ich ihn da auf seinen Hinterbeinen herumhüpfen sah.»

Plötzlich trat Stille ein. Der alte Mann wandte sein Gesicht langsam seiner Enkelin zu. Er lächelte nicht mehr.

Mac geriet ins Stocken. «Es sah ... großartig aus ...»

Sarah, bemerkte er, war bis unter die Haarwurzeln errötet. Der alte Mann blickte sie unverwandt an.

«*Levade*», flüsterte sie mit schuldbewusster Stimme. «Es tut mir leid.»

Der alte Mann bewegte seinen Kopf hin und her.

«Er war einfach so voller Energie. Und ich musste ihm etwas Neues bieten, um seine Aufmerksamkeit zu halten. Er brauchte eine Herausforderung ...»

Je mehr sie ihre Unschuld beteuerte, desto heftiger schüttelte der alte Mann seinen Kopf in stummer Wut. «*Gourmand*», sagte er. «*Non gourmand*. Klein. Wieder.» Mac bemühte sich, den Sinn seiner Worte zu verstehen, bis er begriff, dass sie keinen Sinn ergaben. Er erinnerte sich, einmal gehört zu haben, dass Schlaganfallpatienten oft Wortfindungsschwierigkeiten hatten. «Das. *Avant*. Pferd. *Pferd*.» Der alte Mann biss frustriert die Zähne zusammen und wandte den Blick von Sarah ab.

Mac war beschämt, peinlich berührt. Sarah kaute auf ihren Fingernägeln herum. Das war allein seine Schuld, dachte er. Zunächst versuchte er, sich unsichtbar zu machen, doch dann hob er seine Kamera, die er immer noch um den Hals trug. «Ähm … Mr. Lachapelle? Ich habe ein paar Fotos von Sarah gemacht, als sie trainiert hat. Beim Traben und so. Ich dachte, vielleicht möchten Sie sie sehen?» Er lehnte sich über das Bett und klickte sich durch die Digitalbilder. Schließlich entschied er sich für eins, das den Zorn des Alten vermutlich nicht schüren würde, und vergrößerte es. Sarah setzte ihrem Großvater die Brille auf.

Als er es betrachtete, schien er sie für einen Moment zu vergessen. Dann wandte er sich an Sarah und schloss vor Konzentration die Augen. «Maul», sagte er schließlich. Seine Finger zuckten.

Sarah spähte auf das Foto. «Ja», stimmte sie zu. «Da hat er versucht, Widerstand zu leisten. Aber das hat er nur zu Anfang gemacht, Papa. Sobald ich seine Hinterhand aktiviert hatte, war er entspannt.»

Der alte Mann nickte, anscheinend befriedigt.

«Hast du noch mehr Bilder?», fragte Sarah.

Mac reichte Sarah die Kamera.

«Ehrlich gesagt, muss ich noch ein paar Anrufe machen», sagte er. «Ich lasse euch beide allein. Schau mal, Sarah, so blätterst du durch die Bilder. Mit diesem Knopf kannst du sie vergrößern, damit dein Großvater sie besser sehen kann. Wir treffen uns in einer halben Stunde unten.» Er ergriff die Hand des alten Mannes. «Monsieur Lachapelle, es hat mich gefreut.»

«Captain», korrigierte Sarah. «Jeder nennt ihn Captain.»

«Captain», sagte Mac, «ich hoffe, ich sehe Sie bald wieder. Bis dahin verspreche ich Ihnen, dass wir gut auf Ihre Enkelin aufpassen, bis Sie wieder nach Hause kommen.» Gott allein weiß, wann das sein wird, dachte er, als er den Raum verließ.

«Machst du Witze?»

«Nein. Willst du's sehen?» Er reichte ihr den Abzug, den er sofort gemacht hatte, als er nach Hause gekommen war. Natasha zog eine Brille aus ihrer Tasche und spähte hindurch. Früher hatte sie keine Brille gebraucht.

«Keine Drogen», sagte er, als sie schwieg.

Sie nickte. «Das stimmt wohl.» Sie nahm die Brille ab und blickte zu ihm auf. «Aber ein *Pferd*?» Sie gab ihm den Abzug zurück. «Was zum Teufel sollen wir mit einem Pferd anfangen?»

«Soweit ich das beurteilen kann, müssen wir gar nichts damit anfangen. Es gehört ihr, und sie kümmert sich darum.»

«Aber ... in der ganzen Zeit? Da hat sie also gesteckt?»

«Ich habe sie noch nicht auf das Geld angesprochen, aber ich gehe davon aus, dass sie es auch für das Pferd gebraucht hat.»

«Wie kommt ein solches Kind an ein Pferd?»

«Es ist unter einem Eisenbahnbogen untergebracht», fuhr Mac fort. Sein Kopf war noch voller Bilder von dem Stadthof. «Ihr Großvater ist eine Art Pferdegroßmeister. Und es ist kein Feld-Wald-Wiesen-Pony», sagte er. «Das Vieh sieht aus wie einem Gemälde von Stubbs entsprungen. Es ist ziemlich nervös. Sie macht mit ihm … solche Dressur-Sachen. Mit den Beinen in der Luft balancieren und so.»

«Oh Gott.» Natasha starrte vor sich hin. «Was, wenn es sie verletzt?»

«Soweit ich das sehen konnte, hatte sie es ziemlich gut unter Kontrolle.»

«Aber wir wissen nichts von Pferden. Die Sozialarbeiterin hat kein Wort davon gesagt.»

«Die Sozialarbeiterin weiß es nicht. Sie will nicht, dass sie es wissen. Sie glaubt, sonst nehmen sie es ihr weg. Hat sie recht?»

Natasha zuckte mit den Schultern. «Keine Ahnung. Vermutlich gibt es keinen Präzedenzfall.»

«Ich musste ihr versprechen», sagte Mac, «dass wir nichts verraten.»

Sie sah ihn ungläubig an. «Das können wir nicht versprechen!»

«Habe ich aber. Und sie hat versprochen, dass sie nicht mehr die Schule schwänzt. Ich fand das einen guten Deal.»

Zur Mittagszeit hatte er Sarah in der Schule abgesetzt und ihr hastig eine Entschuldigung geschrieben. Sie hatte ausgesehen, als könne sie es nicht glauben. «Das bleibt das einzige Mal», hatte er sie gewarnt. Ihm war bewusst, dass er zu nachgiebig war. «Wir sprechen darüber, wenn du nach Hause kommst. Okay?»

Sie hatte genickt. Sie hatte ihm nicht gedankt, hatte Mac mürrisch festgestellt, doch dann war er über sich selbst amüsiert davongefahren. Er dachte schon wie ein Vater. Wie oft hatte er Freunde über die Undankbarkeit ihrer Kinder lamentieren hören?

Natasha setzte sich. Sie hatte irgendetwas von einem

schwierigen Fall gemurmelt. Ein wenig schuldbewusst wurde ihm klar, dass er ihr jahrelang kaum zugehört hatte, wenn sie ihm von ihrer Arbeit erzählte.

«Das sind doch gute Neuigkeiten, Tash», sagte er. «Ich meine, sie nimmt keine Drogen. Es steckt kein zwielichtiger Typ dahinter. Sie ist bloß ein pferdebegeisterter Teenager. Damit kommen wir klar.»

«Das hört sich bei dir so einfach an, Mac.» Sie klang beinahe aufgebracht. «Aber das ist ein Problem. Sie kann sich nicht allein um das Pferd kümmern und schwänzt deswegen die Schule. Du hast mir gesagt, der Großvater hat den Hauptteil der Arbeit übernommen. Wer soll sich um das Pferd kümmern, wenn sie lernen muss? Du vielleicht?»

Er musste beinahe lachen. «Das kann ich nicht. Ich weiß nichts über Pferde.»

«Und ich noch weniger. Gibt es jemanden, der die Arbeit für sie übernehmen kann?»

Mac dachte an den alten Amerikaner mit seinen verdächtigen Zigaretten. «Ich glaube nicht. Aber ich sehe, was du meinst», gab er zu. «Das wird schwierig.»

Einige Zeit saßen sie schweigend da.

«Okay», sagte Natasha. Sie sah ihm nicht in die Augen. «Ich habe eine Idee.»

«Man muß … es zu den unterschiedlichsten Gegenständen und lärmendem Getöse hinzubringen, damit es sich daran gewöhnt. Wenn sich das Fohlen davor fürchtet, dann darf man es nicht mit harter, sondern mit sanfter Behandlung belehren, daß es sich nicht zu fürchten braucht.»

Xenophon, Über die Reitkunst

Kapitel 11

Es hätte ihr eigentlich von Anfang an klar sein müssen, dachte Natasha hinterher, dass die Idee mit Kent in einer Katastrophe enden würde. Sarah hatte sich mit Händen und Füßen dagegen gewehrt, ihr Pferd in einem anderen Stall unterzubringen.

«Nein. Er muss hierbleiben, wo ich nach ihm sehen kann», hatte sie gesagt.

«Auf der Howe Farm ist er sicher. Mrs. Carter weiß hervorragend über Pferde Bescheid.»

«Sie kennt ihn nicht. Er wird von Leuten umgeben sein, die ihn alle nicht kennen.»

«Ich bin sicher, Mrs. Carter weiß sogar mehr über Pferde als du.»

«Aber sie weiß nichts über *ihn*.»

Seltsam, dachte Natasha, dass dieses Mädchen, das tagelang kaum gesprochen hatte, seine Stimme nun mit solchem Nachdruck erhob. «Sarah, du hast nicht die Zeit, alles selber zu machen. Das hast du selbst gesagt. Und wenn du willst, dass wir unsere Seite der Vereinbarung einhalten und den Behörden nichts melden, dann musst du akzeptieren, dass wir andere Wege finden müssen, uns um ihn zu kümmern, während dein Papa nicht da ist. Auf der Howe Farm wird man sich die ganze Woche über um ihn kümmern. Am Wochenende fahren wir hin, und du verbringst den ganzen Tag mit ihm.»

«Nein.» Sarah hatte ihre Arme verschränkt, die Zähne zusammengebissen. «Ich lasse ihn nicht bei fremden Leuten.»

«Aber du wirst sie doch kennenlernen. Und es ist nur eine kurzfristige Maßnahme. Die Farm scheint mir ein angemessenerer Ort für ihn als der Stall, in dem er jetzt steht.»

Sarah spuckte ihr die Antwort förmlich entgegen. «Er ist glücklich da, wo er jetzt ist.» Sie funkelte Natasha an. «Du weißt gar nichts über ihn. Es geht ihm gut in der Sparepenny Lane.»

Natasha bemühte sich darum, ruhig zu bleiben. «Aber es klappt nicht, oder? Bis wir nicht wissen, wann dein Großvater wiederkommt, können wir so nicht weitermachen. Du kannst so nicht weitermachen.»

«Du nimmst ihn mir nicht weg.»

«Sei nicht so dramatisch, Sarah. Niemand nimmt ihn dir weg.»

«Denk es dir als kleinen Urlaub für ihn.» Mac rekelte sich auf dem Sofa und aß einen Apfel. Es war auch sein Haus, das musste sich Natasha immer wieder ins Gedächtnis rufen. «Er kann den ganzen Tag damit verbringen, auf der Wiese herumzuspringen, oder was immer Pferde so machen. Das ist bestimmt besser, als unter einem Eisenbahnbogen zu stehen, oder?»

Mit dem erfahrenen Blick einer Anwältin erkannte sie, dass

Mac damit einen wunden Punkt getroffen hatte. Einen Moment lang schien Sarah weich zu werden.

«Vermutlich hat er noch nicht viel Zeit damit verbracht, einfach auf ein offenes Feld hinauszustromern, oder?» Mac warf sein Kerngehäuse in Richtung Mülleimer. Er traf mit einem metallischen Klonk.

«Manchmal lasse ich ihn an der langen Leine grasen», verteidigte sie sich.

«Aber das ist nicht dasselbe, wie die Freiheit zu haben, nach Belieben herumzulaufen, oder?»

«Aber er war noch nie in einem Pferdeanhänger.»

«Dann wird er das eben kennenlernen.»

«Und er …»

«Ehrlich gesagt, Sarah, die Entscheidung steht fest», sagte Natasha. «Du hast nicht die Zeit, dich um ihn *und* um die Schule zu kümmern. Mac und ich wissen zu wenig über Pferde, um dir zu helfen. Wir bezahlen gern seinen Aufenthalt auf der Howe Farm, und wenn dein Großvater wieder auf den Beinen ist, bezahlen wir auch Boos Rücktransport nach London. Dann kannst du weitermachen wie zuvor. Und jetzt, entschuldigt mich, muss ich los zur Arbeit.»

Sie zögerte, bevor sie das Zimmer verließ. Mac hatte plötzlich so seltsam ausgesehen, als sie Sarahs Großvater erwähnt hatte, als wisse er etwas, das er nicht aussprach. Noch lange, nachdem sie gegangen war, spürte sie Sarahs zornigen Blick in ihrem Rücken.

Die Reise war traumatisch. Sie beauftragten eine professionelle Firma für Pferdetransporte damit, Boo am Samstag zu überführen. Der riesige Lastwagen hatte Mühe, durch die Sparepenny Lane zu kommen, erzählte Mac Natasha am Telefon. Der Fahrer hatte angesichts der Adresse verblüfft gewirkt und noch verblüffter, als er sah, was sich dahinter verbarg. «Er ist an Rennställe gewöhnt», sagte Mac. «Vornehme Orte.»

«Das überrascht mich in Anbetracht ihrer Rechnung nicht», erwiderte Natasha. Das Pferd, bereits verängstigt durch irgendwelche mikroskopischen Veränderungen in der Atmosphäre, hatte sich geweigert, den Lastwagen zu betreten. Sarah hatte gebettelt und gemahnt, alle angeschnauzt, Abstand zu halten, und wiederholt versucht, ihn die Rampe hinauf in das Innere zu führen. Aber Boo hatte gebuckelt, war zurückgescheut, hatte sich mehrmals vor Furcht aufgebäumt und eine kleine Gruppe Vorübergehender dazu veranlasst, einen Satz rückwärts zu machen, als er auf das Kopfsteinpflaster zurückpolterte. Je länger es ging, desto mehr Neugierige blieben stehen, und mit jedem Zuschauer mehr wurde Boo noch nervöser, berichtete Mac. Cowboy John stand in der Einfahrt, rauchte, schob sich den Hut aus der Stirn und schüttelte den Kopf, als gäben die Geschehnisse Anlass für leichte Missbilligung.

Zweimal schrie Sarah die Neugierigen an, ihnen ein bisschen Ruhe zu gönnen, bis der Fahrer und sein Helfer ihr mitteilten, dafür hätten sie nun keine Zeit mehr. Mit schierer Gewalt und einem langen Strick zwangen sie das Pferd in den Wagen. Von drinnen hörte man es wiehern, seine Hufe donnerten gegen die Wagenwände, auch dann noch, als sich der Laster langsam in Bewegung setzte.

Sarah bekam nicht die Erlaubnis mitzukommen («Aus Versicherungsgründen, tut uns leid.»). Als Mac das leichenblasse Mädchen in sein Auto gelotst hatte, bemerkte er, dass ihre Hände bluteten.

Die ganze Fahrt über weigerte sie sich, mit ihm zu sprechen.

Das alles berichtete Mac Natasha am Telefon während eines kurzen Halts an einer Autobahnraststätte. Sie war in ihrem Wagen vorausgefahren, um das Cottage herzurichten. Zumindest hatte sie ihnen erzählt, dass es das war, was sie vorhatte. Tatsächlich tilgte sie alle Spuren, die Conor dort hinterlassen hatte, und wichtiger noch, sie wappnete sich gegen die Invasion des einzigen verbleibenden Raums in ihrem Leben, der bislang ihr allein gehört hatte.

Das Cottage hatte nur zwei Schlafzimmer. Sarah würde das Gästezimmer bekommen und Mac auf dem Sofa schlafen. Allein der Gedanke an Macs und Sarahs Anwesenheit hier gab ihr das Gefühl, in der Falle zu sitzen. Sie hatte Angst davor, dass nach Macs Abreise auch dieses Haus kontaminiert sein könnte von ihrer gescheiterten Ehe. Bisher war der Raum frei von Erinnerungen an ihn, und nun würde sein unliebsames Echo auch hier widerhallen. Wie in Gottes Namen hatte es nur dazu kommen können? Wieso hatte sie ihre Unabhängigkeit, ihren Seelenfrieden und möglicherweise auch ihre Beziehung geopfert? Seit ihrem Streit war Conor ihr aus dem Weg gegangen. Er reagierte nicht auf ihre Anrufe und mied sie im Büro demonstrativ. Falls er versehentlich doch einmal den Hörer abnahm, wenn sie anrief, behauptete er, beschäftigt zu sein. Am Morgen hatte sie ihm erzürnt eine SMS geschickt:

Dass deine Frau dich mies behandelt hat, heißt nicht,
dass ich das auch tun werde.

Sie hatte sie abgeschickt, bevor ihre Vernunft sie daran hindern konnte.

Das habe ich nicht verdient, Conor.

Sie war in der stillen Küche sitzen geblieben und hatte ohne Zuversicht auf eine Antwort gewartet. Doch es war keine gekommen, und sie hatte sich noch schlechter gefühlt.

Natasha trat hinaus in den Garten. Die Härchen auf ihren Armen stellten sich auf und verrieten den sich ankündigenden Winter. Über den Beeten erhoben sich Reihen von Schönmalven, deren vertrocknete orangefarbene Köpfe in der grauen Herbstluft leuchteten. Die letzten Rosen blühten tapfer an schütteren Büschen. Wo einmal eine vernachlässigte Wildnis gewuchert hatte, gab es nun Schönheit.

Sie holte tief Luft, schlang die Arme um sich und sagte sich, dass sie wirklich keine andere Wahl gehabt hatte. Wenn sie Glück hatte, würde Mac nie wieder einen Anlass haben hierherzukommen. An den nächsten Wochenenden würde sie Sarah herfahren, und Conor musste nie erfahren, dass Mac hier gewesen war. Vielleicht würden Conor und Sarah sich eines Tages gut verstehen. Immerhin hatte er Ahnung von Kindern. Er wusste, wie man mit ihnen sprechen musste. Anders als sie.

Natasha ging langsam am Gartenzaun entlang, sah zu, wie ihre Schuhe vor Nässe dunkel wurden. Sie wünschte sich, dass Sarah sie nicht dermaßen aus der Bahn werfen würde. Jede Unterhaltung zwischen ihnen beiden war irgendwie verkrampft, sie fand nie den richtigen Ton. Mac dagegen behandelte das Mädchen mit der Ungezwungenheit eines großen Bruders. Wenn sie am Küchentisch über etwas kicherten oder über Sarahs Großvater sprachen, fühlte sich Natasha ausgeschlossen.

Sarah, dachte sie, mochte sie nicht. Sie reagierte auf jede Frage von ihr, als würde sie der Inquisition unterzogen, und beäugte Natasha mit kaum verhohlenem Misstrauen. Als Mac ihr am Telefon erzählt hatte, dass Sarah sich weigerte, mit ihm zu sprechen, hatte sie sich beinahe darüber gefreut. Es trifft nicht nur mich!, hätte sie am liebsten ausgerufen. Sie kann auch auf dich sauer sein!

Wenn Natasha ehrlich zu sich selbst war, musste sie sich eingestehen, dass Sarah wohl intuitiv spürte, dass sie ihr nicht vertraute. Ja, das Geld hatte sie vermutlich für das Pferd genommen. Ja, es gab keine Anzeichen für Drogen- oder Alkoholmissbrauch. Doch das Mädchen machte einen so verschlossenen Eindruck, als gäbe es noch mehr, was sie nicht erzählte.

Mit Mac konnte sie darüber nicht sprechen. Wie auch, wo sie selbst die Existenz des Hauses in Kent wochenlang vor ihm geheim gehalten hatte? Seine Standardantwort war ohnehin, dass Sarah so viel durchgemacht habe, dass sie natürlich vorsichtig sei. Sein Ton ließ den Vorwurf erkennen, dass Natasha zu wenig Verständnis dafür aufbrachte.

Phantastisch, hätte Natasha am liebsten gesagt. Jetzt beherberge ich meinen Exmann, einen Teenager, der mich nicht mag, und zahle zu alledem noch für ein verdammtes Pferd. Wie verständnisvoll soll ich denn noch sein?

Um Viertel vor eins rief er erneut an. «Kannst du zum Stall rüberkommen?», fragte er. «Du kennst diese Frau doch, oder?»

«Ich koche gerade», antwortete sie mit einem Blick auf den Topf Suppe, der auf dem Herd stand.

«Möchtest du das dem Pferd sagen? Es kam gerade aus dem Lastwagen geschossen und hat beinahe jemanden totgetrampelt», sagte Mac. «Oh Gott! Sarah schreit die Frau an. Muss auflegen.»

Natasha schnappte sich ihren Mantel und rannte die Straße hinunter. Als sie den Hof erreichte, war Mac gerade dabei, Mrs. Carter zu besänftigen, die einen grimmigen Ausdruck im Gesicht trug.

«Sie ist ein bisschen aufgeregt», sagte Mac. «Sie hat sich Sorgen um ihn gemacht. Sie hat das nicht so gemeint.»

«Jeder, der sein Pferd hier unterstellt», sagte Mrs. Carter, «muss sich an meine Regeln halten.»

«Ich will ihn nicht hier unterstellen», rief Sarah hinter der Stalltür hervor. Hin und wieder tauchte ein Pferdekopf neben ihr auf und verschwand rastlos wieder in der Dunkelheit.

Aus dem Stall hörte Sarah das Geräusch splitternder Bretter.

«Wenn er diese Wand durchbricht», sagte Mrs. Carter, «musst du sie bezahlen, fürchte ich.»

«Es ist nur, weil Sie ihm Angst machen.»

«Sarah, bitte!», sagte Mac. «Natürlich kommen wir für jeden Schaden auf.»

Wir?, dachte Natasha.

Zwei Männer warteten neben dem Pferdetransporter. «Bezahlt jetzt jemand die Rechnung?», fragte einer von ihnen. «Wir müssen weiter.»

Natasha ging zu ihnen hinüber und holte das Portemonnaie aus ihrer Tasche.

«Ganz schöner Teufelsbraten», bemerkte einer der beiden.

«Ich fürchte, ich habe keine Ahnung von Pferden», sagte sie.

«Ich meinte nicht das Pferd», antwortete er.

Sie wandte sich um, als Sarah aus dem Stall kam. Der Streit zwischen dem Mädchen und Mrs. Carter schien zu eskalieren.

«Ich halte seit vierzig Jahren Pferde, junge Dame, und ich dulde auf meinem Hof solches Verhalten nicht. Von jemandem wie dir schon gar nicht.»

«Sie haben ihm überhaupt keine Chance gegeben!», rief Sarah. «Er war noch nie woanders als auf seinem Hof! Er hatte Angst!»

«Dieses Pferd musste aus seiner Box, bevor es sich selbst verletzen konnte.»

«Das hätten Sie mir überlassen sollen!»

«Sarah», versuchte Mac, sie zum Schweigen zu bringen, «komm schon. Beruhigen wir uns. Wir kommen für jeden Schaden auf», wiederholte er.

«Ich will nicht, dass diese Frau ihn noch mal anfasst!», appellierte sie an Mac.

Mrs. Carter wandte sich an Natasha. «Sie sagten, das Pferd sei gut erzogen. Sie sagten, das Mädchen sei gut erzogen.»

Sarah öffnete den Mund, aber es war Mac, der das Wort ergriff. «In seinem anderen Stall war er ganz ruhig», sagte er. «Ich habe ihn gesehen. Er war die Ruhe selbst.»

«Ruhig?», wiederholte Mrs. Carter.

«Er ist sehr brav bei Menschen, die wissen, wie man mit Pferden umgeht.» Sarah stampfte auf den Boden.

«Junge Dame, ich muss dich leider wissen lassen, dass …»

«Eine Woche», fiel ihr Natasha ins Wort. «Bitte versorgen Sie ihn eine Woche lang. Wenn es wirklich nicht geht, kümmere ich mich darum, dass er zurückgebracht wird.» Sie sah Sarah an. «Und dann müssen wir alle wieder neu nachdenken.»

Der Lastwagen fuhr vom Hof. Natasha dachte an die Suppe, die vermutlich gerade geronn. «Bitte, Mrs. Carter, es war offenbar zu viel für Sarahs Nerven, genauso wie für das Pferd. Und wir können es heute nicht mehr mitnehmen. Das ist logistisch nicht möglich.»

Mrs. Carter seufzte. Sie schickte einen bösen Blick zu Sarah hinüber, die sich über die Stalltür lehnte und ihr Pferd zu beruhigen versuchte.

«Ich kann keinen täglichen Freigang garantieren.»

«Das ist okay», sagte Natasha. Sie hatte keine Ahnung, wovon die Frau sprach.

«Und sie muss ihn in dem Trakt um die Ecke unterbringen, getrennt von den anderen.» Sie drehte sich auf dem Absatz um und stürmte zu ihrem Büro.

«Toll. Das wäre also geklärt», sagte Mac betont fröhlich. «Ich sterbe vor Hunger. Komm, Sarah. Lassen wir ihn sich abregen und gehen wir was essen. Hinterher kannst du sofort wieder herkommen.»

Sarah aß ihre Suppe in Rekordzeit und verbrachte den ganzen Nachmittag im Stall. Mac fand, sie sollten sie lassen. Sie war ein nettes Mädchen, und Mrs. Carter würde das wahrscheinlich erkennen, wenn sie die beiden einander überließen. Beide liebten Pferde. Vermutlich würden sie schnell Gemeinsamkeiten entdecken.

Natasha wünschte, sie könnte so viel Zuversicht aufbringen wie er.

Nachdem Sarah gegangen war, saßen sie zusammen in der Küche. Mac hatte seinen Stuhl zurückgeschoben und betrachtete das Bild ihrer Eltern, das früher im Arbeitszimmer ihres Londoner Hauses gehangen hatte, das Geschirr, das sie mit hierhergenommen hatte.

«Das Haus gehört nicht Conor, oder?», sagte er, als sie den Tisch abräumte.

«Ich habe es nicht gekauft, falls du das wissen willst. Es ist gemietet.»

«Ich will gar nichts wissen. Ich bin nur …», er drehte sich auf seinem Stuhl um und betrachtete durch den Türrahmen hindurch das Wohnzimmer, «… ein bisschen überrascht.»

Sie wusste darauf nichts zu sagen, also schwieg sie.

«Und hier fährst du also jedes Wochenende hin.»

«An den meisten Wochenenden.» Sie fühlte sich plötzlich unsicher und befürchtete, die Teller könnten ihr aus der Hand gleiten.

«Ich dachte nie, dass du der Typ fürs Landleben bist.»

«Und ich dachte nie, dass ich der Typ für eine Scheidung bin. Aber hey, Dinge passieren.»

«Sarah und du, ihr steckt voller Überraschungen.»

«Dass du wieder auf meiner Türschwelle auftauchst, war auch eine ziemliche Überraschung.» Sie ließ Wasser ins Spülbecken laufen, dankbar dafür, etwas zu tun zu haben. Es fühlte sich so seltsam an, ihn hier zu haben, als habe er sich in jemanden verwandelt, den sie nicht kannte. Manchmal war nur schwer zu glauben, dass sie einmal ein Ehepaar gewesen waren. Er wirkte so verändert, so weit entfernt von ihr. In ihrem Leben dagegen, das war ihr bewusst, hatte sich nur wenig bewegt.

«Danke», sagte er in die Stille hinein.

Sie wappnete sich für einen sarkastischen Vergeltungsschlag.

«Danke wofür?»

«Dass wir herkommen durften. Ich kann sehen, dass es dir nicht leichtfällt.»

In seiner Stimme nahm sie kein Anzeichen von Sarkasmus wahr. Seine braunen Augen blickten ernst. Das machte ihr höllisch Angst. «Schon gut.»

«Wenn das so ist, dann ist jetzt vielleicht der richtige Moment, dir zu sagen, dass ich die ganze Zeit über eine Bude in Notting Hill hatte.» Sie fuhr herum, und er lachte. «Nur ein Spaß!», sagte er. «Tash, ich mache Witze!»

«Köstlich», sagte sie spitz und musste trotzdem unwillkürlich lächeln.

«Sie wird sich nach einer Weile abregen, weißt du», sagte er nach kurzem Schweigen.

Sie erstarrte. Also hatte er es auch begriffen.

Er stand auf und stellte sich neben sie ans Spülbecken. Sie blickte starr auf den Abwasch.

«Ich glaube ... außer ihrem Papa und dem Pferd bedeutet ihr nichts etwas. Wenn man bedenkt, was alles passiert ist, hat sie vermutlich panische Angst davor, ihn auch noch zu verlieren. Und deswegen reagiert sie über. Es ist nicht schwer zu verstehen.» Er reichte ihr einen Löffel, der herumlag.

Für dich vielleicht, dachte sie. Aber sie konnte das nicht laut zugeben.

«Ich habe ein paar Fotos vergrößert», sagte er und setzte sich wieder. «Sie sind in meinem Wagen. Wenn ich uns einen Tee koche, schaust du sie dir an?»

Es gab für sie nichts anderes zu tun. Sie versuchte, vor seinem Anblick nicht zurückzuschrecken, als er auf der Suche nach Bechern und Teelöffeln Schränke und Schubladen öffnete. Dass er an Conors Stelle Tee machte, fühlte sich an, als betrüge sie Conor. Die bittere Ironie entging ihr nicht.

Sie setzten sich ins Wohnzimmer, Mac in den Sessel, den Conor sonst bevorzugte, sie ließ sich auf dem Sofa gegenüber nieder. Mac durchsuchte eine Klarsichthülle mit Fotos. «Dieser Stall, in dem sie ihn untergebracht hat, kommt einem vor wie geradewegs aus viktorianischen Zeiten entsprungen – abgesehen von dem Auto und so. Dieser Alte da», er zeigte auf einen in die Jahre gekommenen Schwarzen mit abgewetztem Cowboyhut, «hat mir erzählt, dass es im East End noch ein paar von diesen kleinen Höfen gibt. Früher waren es mehr, aber die Stadtentwickler haben sie plattgemacht.»

Natasha betrachtete den zwischen größeren Gebäuden eingekeilten kleinen Hof, die glühende Feuerschale und die Hühner, die dort frei herumliefen, und versuchte, sich vorzustellen, dass sich all das im East End befand. Es war eine Mischung aus Lumpensammlerhauptquartier und dem versteckten, magischen Relikt einer versunkenen Zeit. Daher also stammte Sarah. Das war ihre Welt. Wie passte ein solcher Ort in die Gegenwart? Wie passte ein Mädchen wie Sarah hierher?

«Was denkst du?»

Als sie von den Fotos aufblickte, ruhte Macs Blick auf ihr.

«So was habe ich jedenfalls noch nie gesehen, das ist sicher.» Ihr Blick blieb an einem anderen Bild hängen, einem sich aufbäumenden Pferd, an dessen Rücken sich eine vertraute Gestalt klammerte. Eine Wolkenlücke tauchte den Kopf des Pferdes in Sonnenlicht, ein ätherischer Kontrast zu der schmutzigen Straße im Hintergrund. Ein Schauer durchfuhr sie, als sie begriff, dass sie dieses Bild schon einmal gesehen hatte. Von einem fahrenden Zug aus.

«Aber gefallen dir die Bilder?» Macs Stimme war lauter geworden. «Ich denke nämlich darüber nach, ein Fotoprojekt daraus zu machen. Ich wollte die Bilder dem Kurator der Galerie in der Nähe von Waterloo zeigen – erinnerst du dich?

Wo ich vor drei, vier Jahren mal ausgestellt habe? Ich habe ihm davon erzählt, und er will die Bilder sehen.» Er lehnte sich nach vorn und umfasste mit seinen breiten Händen das Bild, das sie gerade hielt. «Ich dachte, das hier könnte ich hier abschneiden, genau da. Was meinst du?»

Diese Serie habe er nur auf Film, er habe nicht digital fotografiert, fuhr er fort. Er hatte seine alte Leica benutzt. Diese Abzüge stellten nur ein Zehntel des Materials auf den Kontaktbögen dar. Es war unmöglich gewesen, an diesem Ort ein schlechtes Foto zu machen. In nicht allzu langer Zeit würde die Welt dieser Höfe verschwunden sein. Der Cowboy hatte es ihm gesagt. John kannte noch ungefähr fünf, die von den ursprünglich dreißig übrig waren. Vielleicht würde Mac losgehen und die anderen suchen. Vielleicht ließe sich eine Serie daraus machen. Er sprudelte vor Enthusiasmus. Sie hatte ihn seit Jahren nicht mehr so über seine Arbeit sprechen hören.

«Ich langweile dich», sagte er, lächelte entschuldigend und schob die Bilder zusammen.

«Nein», sagte sie und reichte ihm die Fotos von ihrem Schoß. «Überhaupt nicht. Sie sind wunderbar. Ich glaube, sie ... sie sind das Beste, was ich je von dir gesehen habe.»

Sein Kopf schnellte hoch.

«Wirklich», sagte sie. «Sie sind schön. Aber nicht, dass ich Ahnung von Fotografie hätte.»

Er grinst. «Schließlich bist du die Frau, die ...»

«... die einmal einen ganzen Film bei geschlossener Linse verknipst hat. Genau.» Sie lachten verlegen. In der Stille, die folgte, trommelte sie sich einen ganzen Trommelwirbel aufs Knie.

«Also», sagte er und stand auf, «sie hatte jetzt anderthalb

Stunden. Lass uns nachsehen gehen, welchen Ärger das kleine Mädchen mit dem großen Herzen gerade macht.»

Sie gingen die kleine Straße zur Howe Farm hinunter. Eingemummt vor der Kälte, fühlte sich Natasha in ihrem blauen Wollmantel unbehaglich und fehl am Platz. Beim Gehen berührten sich ihre Ellenbogen, und sie wich ein Stück zur Seite aus.

Sie hatte von Paaren gehört, die ihre Ex-Partner als ihre besten Freunde bezeichneten. Wie konnte das gehen? Wie konnte man so schnell von Leidenschaft – sei es Liebe oder Hass – zu unkomplizierter Vertrautheit übergehen, in der man Arm in Arm spazierte? Sie erinnerte sich an Augenblicke, in denen sie Mac so sehr gehasst hatte, dass sie ihn hätte umbringen können. Augenblicke, in denen sie ihn so begehrt hatte, dass sie glaubte, sterben zu müssen. Wie konnte sich all diese Energie in etwas so Neutrales, so *Beigefarbenes* wie Freundschaft verwandeln? Wie hatte er sich ohne eine einzige sichtbare Narbe von all dem lösen können? Sie wusste, dass bei ihr das Ende ihrer Ehe noch zu dicht unter der Oberfläche lag, sich in ihren Gesten zeigte, ihren unnatürlichen Reaktionen auf ihn, ihren allgegenwärtigen Wutausbrüchen. Er hingegen segelte dahin wie ein Schiff auf gleichmäßig stillen Wassern. Natasha senkte ihr Kinn in ihren Schal und ging ein wenig schneller.

Der Gegensatz zu dem engen Stadthof von Macs Fotos hätte nicht größer sein können. Auf einem hübschen rotgeziegelten Hof plauderten Frauen mittleren Alters und junge Mädchen in Reithosen zu den Klängen eines winzigen Transistorradios, während sie ihre Pferde striegelten und Ställe auskehrten. Gesprächsfetzen wehten zu ihnen herüber.

«Auf Sand fußt er nie ordentlich in der Spur der Vorderhufe. Es fühlt sich an, als wäre seine Hinterhand steif.»

«Ich bin eine Schlangenlinie in drei Bögen mit einem Galoppwechsel in der Mitte geritten.»

«Jennifer hatte ihn auf Gerstenstreu, bis er anfing zu husten. Die Boxeneinstreu kostet sie ein Vermögen.»

Geduldig standen Pferde neben Aufsitzblöcken oder steckten ihre Nüstern neugierig über die Stalltüren, kommunizierten still miteinander. Es war eine ganz eigene Welt mit eigener Sprache und eigenen Gepflogenheiten. Ihre Bewohner waren durch eine Leidenschaft verbunden, die Natasha völlig fremd war. Mac beobachtete alles voller Interesse.

Sarahs Pferd war nicht in seinem Stall. Die Stalltür stand weit offen. Mrs. Carter kam aus ihrem Büro. «Ich habe ihr wider besseres Wissen erlaubt, eine halbe Stunde die Schulbahn zu benutzen. Ich habe ihr gesagt, das Pferd müsse sich ausruhen, aber sie meinte, es würde schneller zur Ruhe kommen, wenn sie mit ihm arbeitet.» Ihre Meinung darüber war an ihrem zusammengebissenen Kiefer klar abzulesen. «Sie lässt sich nicht viel sagen, oder?»

«Ihr Großvater kennt sich ziemlich gut aus. Er bringt ihr das meiste bei.»

«Manieren hat er ihr jedenfalls nicht viele beigebracht.» Sie schnaubte. «Ich gehe besser und schaue mir das an. Damit sie mir nicht die Arena in Unordnung bringt.»

Natasha erhaschte Macs Blick, und ihr wurde klar, dass sie ein gefährliches Kichern unterdrückte.

Sie folgten dem leicht arthritischen Hinken von Mrs. Carter und bemühten sich, dabei nicht auf ihren Jack Russell zu treten.

Sarah stand mitten auf einem Sandplatz. Das Pferd trabte an

zwei langen Zügeln um sie herum, wechselte auf eine unsichtbare Anweisung hin die Richtung und wurde nun langsamer, bis es auf der Stelle zu traben schien. Sie stand dicht hinter ihm, beinahe an ihn gedrückt. Der einzige Ort, an dem man sicherlich nicht stehen sollte, war direkt hinter einem Pferd.

Natasha steckte die Hände tief in die Taschen und beobachtete alles schweigend. Das Pferd trabte nun so langsam, dass es zu schweben schien, seine Knie hoben sich, die Gangart wirkte federnd. Sie konnte die intensive Konzentration des Tieres spüren, in der sich Sarahs Ruhe und Konzentration spiegelte. Seine Flanken zitterten, sein Kopf neigte sich, als hebe und senke es seine Hufe zu seinem unhörbaren Rhythmus. Und dann auf einmal trabte es wieder los, in kleinen Kreisen um das Mädchen herum, das etwas murmelte.

«Das ist wie Pferdeballett», sagte Mac neben ihr. Er hatte seine Kamera vor dem Gesicht und verschoss eine Filmrolle. «Ich habe sie dieses Hoch-Runter schon mal mit ihm üben sehen. Weiß aber nicht mehr, wie das heißt.»

«*Piaffe*», sagte Mrs. Carter. Sie stand neben dem Tor und beobachtete die beiden gespannt. Sie war ungewohnt still geworden.

«Sie ist gut, oder?», sagte Mac und senkte die Kamera.

«Das ist ein talentiertes Pferd», gab Mrs. Carter zu.

«Sie will mit ihm … Dressur machen. So was wie Ballettübungen. Schulen … irgendwas.»

«Schulen über der Erde?»

«Ich glaube, so hat sie es genannt.»

Mrs. Carter schüttelte den Kopf. «Das müssen Sie wohl falsch verstanden haben. Sie trainiert bestimmt keine Schulen über der Erde. Nicht in ihrem Alter. Die sind eine Domäne der akademischen Reitkunst.»

Mac dachte einen Augenblick nach. «Sie hat definitiv Dressur gesagt.»

«Also, wenn sie damit beginnen will, muss sie zuerst ein paar Prüfungen machen, in den Klassen Anfänger, dann Einsteiger, dann Leicht … Wenn sie wirklich gut ist, kann sie sich unter anständiger Anleitung bis zu Mittelschwer hocharbeiten, aber sie wird nichts erreichen, wenn sie mit ihm nicht an Turnieren teilnimmt.»

Sie klang so überzeugt, dass Mitleid für Sarah in Natasha aufkam. Sie war sich nicht sicher, was sie da sah, aber das Mädchen war so tief versunken, so konzentriert auf jede Bewegung ihres Pferdes. Kein Anzeichen des reizbaren Teenagers war zu sehen, nur kompetente Ruhe, die Liebe zu dem, was sie da tat, und das Tier an ihrer Seite erwiderte all das willig. Das ist es, dachte sie. Deine große Leidenschaft.

«Sie haben sie noch nicht reiten sehen», sagte Mac wie zu Sarahs Verteidigung. «Sie ist phantastisch.»

«Jeder sieht auf einem halbwegs anständigen Pferd gut aus.»

«Aber sie sitzt da nur. Sogar wenn sie diese Übung macht, wo er sich aufbäumt.» Er imitierte, wie sich das Pferd auf seinen Hinterbeinen aufrichtete.

Mrs. Carters Augen weiteten sich. «Kein Pferd sollte dazu aufgefordert werden, sich aufzubäumen», sagte sie mit fester Stimme. Wenn es die Balance verliert und nach hinten fällt, könnte es sich verletzen, sogar tödlich. Oder den Reiter.»

Mac machte Anstalten, etwas zu sagen, dann entwich ihm ein langer Seufzer, und er schloss den Mund wieder.

Sie waren fertig. Sarah drehte sich um und führte Boo auf das Tor zu. Sein Kopf war gesenkt, und er schien entspannt. Er stupste sie mit der Nase in den Rücken, als sie näher kamen. «Es gefällt ihm hier», sagte sie und hatte im Moment offenbar alles vergessen. «Sein ganzes Verhalten hat sich geändert. Er findet den Boden elastisch.» Sie grinste. «Er war noch nie zuvor in einer Reitarena.»

«Ach nein? Und wo arbeitest du zu Hause mit ihm?» Mrs. Carter öffnete ihr das Tor. Natasha trat nervös ein paar Schritte zurück.

«Hauptsächlich im Park. Es gibt eigentlich keine andere Möglichkeit.»

«In einem Park?»

«Ich habe eine Zone neben dem Spielplatz markiert.»

«Du kannst doch nicht in einem Park arbeiten. Im Sommer ist der Boden zu hart, und im Winter schädigst du seine Sehnen, wenn es zu schlammig ist. Du wirst seine Beine kaputt machen, wenn du nicht vorsichtig bist.» In Mrs. Carters Stimme schwang eine Rüge mit, und Natasha sah, wie sich Widerstand in Sarah regte.

«Ich bin nicht dämlich», gab sie zurück. «Ich arbeite nur mit ihm, wenn der Boden dafür geeignet ist.»

Das breite, offene Lächeln war verschwunden. So ist das mit Kindern, dachte Natasha. Ein strenges Wort zur falschen Zeit, und sie fühlen sich angegriffen. Vermutlich würde Sarah Mrs. Carter nicht noch einmal anlächeln.

«Also, dann stell ihn in den Stall. Den hinter den anderen. Wie wir besprochen haben.»

Sarah hielt inne. «Aber er wird sich dort einsam fühlen. Er ist daran gewöhnt, mit anderen Pferden zusammen zu sein.»

«Er wird sie hören», sagte Mrs. Carter bestimmt. «Er ist zu groß für den anderen Stall. Außerdem muss ich erst Brian die Löcher flicken lassen, die dein Pferd in die Wand getreten hat.»

«Tu, was Mrs. Carter sagt», drängte Mac. «Los. Er sieht jetzt zufrieden aus.» Natasha beschlich bei seinen Worten ein seltsames Gefühl, bis ihr klarwurde, was sie in Sarahs Zügen gelesen hatte: Vertrauen. Das Mädchen führte das Pferd in den neuen Stall.

«Gut. Sie müssen mir noch ein paar Formulare ausfüllen», sagte Mrs. Carter und ging voran zu ihrem Büro. «Für die Kaution hätte ich gerne einen Scheck, und für die Reparaturen ebenfalls, wenn das für Sie in Ordnung ist.» Ihre Schritte beschleunigten sich, ihr Hund trottete hinter ihr her. Sie legte Mac die Hand auf den Arm – wenn sie die Gelegenheit dazu hatten, machten das alle Frauen. «Wissen Sie, er ist kein schlechtes Pferd. Wenn Sie ihm etwas Gutes tun wollen, Mr. Macauley», sagte sie leise, «finden Sie für ihn ein neues Zuhause. Eines, wo er sein Potenzial ausschöpfen kann.»

Es folgte ein kurzes Schweigen.

«Ich glaube», sagte Mac, «das finde ich lieber für seine Besitzerin.»

Als sie ins Cottage zurückgekehrt waren, verschwand Sarah in ihrem Zimmer. Natasha brachte einige Zeit damit zu, nach sauberen Handtüchern zu suchen und den Wäscheschrank auszuwischen. Erst als sie wieder nach unten ging, fiel ihr ein, dass sie einen Blick auf ihr Telefon werfen könnte, das auf dem Tisch lag.

Es zeigte eine SMS des Maklers:

Mr. und Mrs. Freedman haben Angebot für Ihr Haus abgegeben. Bitte baldmöglichst um Rückruf.

Mac war draußen und holte Scheite vom Holzhaufen. Natasha beobachtete, mit welcher Leichtigkeit er sich bückte und die trockenen Scheite zur Seite warf, dann ging sie zum Telefonieren in die Küche. Es war dem Makler zufolge ein «vernünftiges Angebot», nur wenige tausend unter dem Preis, den sie angesetzt hatten. Die Käufer waren flexibel und in der Lage, sehr bald einzuziehen. «Angesichts der Marktsituation würde ich empfehlen, dass Sie einschlagen», sagte er.

«Ich spreche zunächst mit meinem … Ich melde mich bei Ihnen», sagte sie und legte auf.

«Ich bin überrascht, dass du keine Muskeln hast wie Schwarzenegger, wenn du diese hier öfter herumwuchtest.» Mac taumelte zur Tür herein. Mit dem vollen Holzkorb im Arm wirkte er irgendwie zu groß für das kleine Haus. Mit einem Knall ließ er ihn neben dem Kamin fallen, und Holzsplitter und Staub wirbelten durch das Zimmer.

«Das liegt daran, dass ich meistens nur zwei oder drei Scheite auf einmal reinhole und nicht den ganzen Korb voll.»

Er klopfte sich die Hände an seiner Jeans ab. «Soll ich den Kamin anmachen? Ein prasselndes Feuer wird uns guttun. Man spürt hier draußen richtig, wie die Temperaturen fallen.»

Sie wunderte sich darüber, wie gelassen er in einem Haus, das sich für ihn wie das Haus eines anderen anfühlen musste, Feuer machte. Er schichtete über dem Kleinholz Scheite auf, ging in die Hocke und zündete das Zeitungspapier ganz unten an, blies, bis er sicher war, dass die ersten züngelnden Flammen das Holz erreicht hatten.

«Wir haben ein Angebot für das Haus», sagte sie und hielt ihm ihr Telefon mit der Textnachricht hin. «Zweitausend weniger, als wir haben wollen, aber die Interessenten haben keine anderen Kredite laufen. Der Makler findet, wir sollten annehmen.»

Er blickte ihr einen längeren Moment in die Augen, dann

wandte er sich wieder dem Feuer zu. «Klingt für mich gut», sagte er und legte ein weiteres Scheit auf. «Wenn du damit zufrieden bist.»

In einem Film, dachte sie später, wäre das der Moment gewesen, in dem sie etwas gesagt hätte. Der Augenblick, in dem alles wirklich endgültig wurde, in dem Gefühle und Handlungen eine Eigendynamik entwickelten. Aber wie sehr sie auch nachdachte, sie kam nicht darauf, was sie sagen wollte.

«Wir sollten es Sarah sagen», antwortete sie, «falls ... falls alles ganz schnell geht und wir sie irgendwo anders unterbringen müssen.»

«Kommt Zeit, kommt Rat.» Er blickte nicht vom Feuer auf.

«Dann rufe ich jetzt an», sagte sie und ging zurück in die Küche. Ihre Füße fühlten sich trotz der dicken Socken kalt auf dem harten Boden an.

Mac hatte gefragt, ob er kochen dürfte. Aus seinem Kofferraum förderte er eine Kiste voller Zutaten zutage, bedeckte sie mit einem Küchenhandtuch und verkündete, sie dürften keinen Blick darauf werfen, bevor das Essen nicht fertig wäre. Natasha war ein bisschen verblüfft über die neu erworbenen kulinarischen Fähigkeiten ihres Exmannes, und sie merkte, dass der Ausblick auf ein leckeres Abendessen sie weniger erfreute als verunsicherte. Warum musste er sich in Mister Perfect verwandeln, sobald sie sich getrennt hatten? Er sah besser aus, benahm sich besser, übernahm plötzlich Verantwortung. Und hatte dabei nichts von seinem Charme verloren. Ihr Leben hatte im Vergleich dazu stillgestanden. Sie hatte es gerade so geschafft, überhaupt weiterzumachen. Als Mac das Essen auf den Tisch stellte, war sie eigenartig beruhigt.

«Es ist ... äh ... mexikanisch», sagte er und klang dabei ein wenig entschuldigend. Natasha und Sarah betrachteten den bräunlichen, körnigen Haufen in der blauen Schüssel. Die Tacos befanden sich noch in der Verpackung. Undefinierbare Streifen unter einem schleimigen Ölfilm waren mit etwas Rotem vermischt. Ihre Blicke begegneten sich über dem Tisch, und sie brachen in spontanes Gekicher aus.

«Okay … das Timing habe ich noch nicht ganz im Griff», sagte Mac. «Sorry. Das Fleisch könnte ein bisschen trocken sein.»

«Was ist das?» Sarah zeigte auf den matschigen Haufen. Es sah aus, dachte Natasha, während sie um eine unbewegte Miene bemüht war, wie etwas, das Sarahs Pferd hinterlassen haben könnte.

«Das ist Bohnenmus», sagte Mac. «Hast du noch nie Bohnenmus gegessen?»

Sarah schüttelte leicht argwöhnisch den Kopf, als wolle er sie auf den Arm nehmen.

«Es schmeckt besser, als es aussieht. Ehrlich.»

Er wartete und blickte sie an.

«Okay», sagte er dann. «Lasst uns was bestellen.»

«Hier kann man nichts bestellen, Mac», entgegnete Natasha. «Wir sind hier auf dem Land. Aber», sie öffnete eine Packung Tacos, «wenn wir alles in Sour Cream und Käse ertränken, wird es prima schmecken. Das gehört sich doch bei mexikanischem Essen ohnehin so, oder?»

Nach dem Abendessen verschwand Sarah in der Badewanne und tauchte erst wieder auf, um mitzuteilen, dass sie, falls es ihnen recht sei, ins Bett gehen würde. Ein zerlesenes Taschenbuch klemmte unter ihrem Arm.

«Es ist doch erst halb zehn!», sagte Mac erstaunt. Er und

Natasha waren in das Wohnzimmer umgezogen, wo er seine Beine nun auf dem Korb mit den Holzscheiten abgelegt hatte. «Was für ein Teenager bist du denn?»

«Ein müder, denke ich», sagte Natasha. «Du hast ja einen langen Tag hinter dir.»

«Was ist das für ein Buch?»

Sarah zog es unter ihrem Arm hervor. Es war in rotes Papier eingeschlagen und wurde von Tesafilm zusammengehalten. «Es gehört meinem Großvater», sagte sie, und als sie sie erwartungsvoll ansahen, fügte sie hinzu: «Es ist von Xenophon.»

«Du liest die Klassiker?» Natasha vermochte ihre Überraschung nicht zu verbergen.

«Es geht um die Reitkunst. Papa hat immer darin gelesen, und deswegen dachte ich, es könnte helfen.»

«Die alten Griechen können einem was übers Reiten beibringen?»

Sarah reichte das Buch Mac, der das Cover betrachtete. «Nichts Großes ändert sich», sagte sie. «Habt ihr von den weißen Pferden aus Wien gehört?»

Sogar Natasha kannte die glänzenden weißen Zuchthengste. Sie hatte immer angenommen, dass es sich bei ihnen um eine rein dekorative Touristenattraktion handelte.

«Ihre Reiter arbeiten immer noch nach den Grundsätzen der Abhandlung von La Guérinière, und die wurde 1735 geschrieben. *Capriole, Croupade, Curvet.* Die Lektionen, das heißt die Bewegungen, haben sich nicht geändert, seit sie dem Sonnenkönig vorgeführt worden sind.»

«Viele Rechtsprinzipien stammen auch aus dieser Zeit», sagte Natasha. «Ich bin beeindruckt, dass du dich für klassische Texte interessierst. Hast du die *Ilias* gelesen? Ich habe oben eine Ausgabe. Vielleicht macht es dir Spaß ...»

Doch Sarah schüttelte bereits den Kopf. «Es ist nur für Boos Unterricht. Solange Papa nicht da ist.»

«Sarah, du musst mir mal etwas verraten.» Mac richtete sich auf. «Worum geht es eigentlich?»

«Was?»

«Dieser Feinschliff. Dieses Gewese darum, dass deine Füße am exakt richtigen Platz sind. Dass dein Pferd seine Beine exakt in diese oder jene Richtung bewegt. Dass es seinen Kopf genau *so* hält. Ich meine, ich verstehe, worum es beim Springreiten oder bei Pferderennen geht. Aber ich habe dich im Park beobachtet, wie du immer wieder dieselben Übungen wiederholt hast, noch mal und noch mal. Was soll das?»

Sie wirkte bestürzt, dachte Natasha, als sei das eine ketzerische Frage.

«Was das *soll*?», fragte Sarah.

«Ja, diese kleinen Bewegungen so obsessiv auszuführen. Es sieht schön aus, aber ich begreife nicht, was du damit anstrebst.»

Sie hatte ihre Haare gewaschen, und man konnte auf ihrem nassen Kopf noch die Furchen des Kamms sehen. Sie sah ihn unverwandt an. «Warum machst du dauernd Fotos?»

Er grinste, das Gespräch machte ihm Spaß. «Weil man immer noch ein besseres schießen kann.»

Sie zuckte mit den Schultern. «Und ich könnte es auch immer noch besser machen. *Wir* könnten es immer noch besser machen. Es geht darum, die perfekte Kommunikation herzustellen. Manchmal erreicht man das durch eine kleine Bewegung des Fingers am Zügel oder eine winzige Gewichtsverlagerung. Es ist jedes Mal anders, weil er irgendeine Laune hat oder ich vielleicht müde bin, oder der Untergrund ist weicher. Es ist nicht nur Technik, es geht um zwei Seelen, zwei Herzen

… die nach einer Balance suchen. Es geht darum, was zwischen uns passiert.»

Mac zog eine Augenbraue hoch und sah Natasha an. «Ich glaube, das können wir nachvollziehen», sagte er.

«Wenn Boo es kapiert», fuhr Sarah fort, «wenn wir es zusammen hinbekommen, ist das ein unvergleichliches Gefühl.» Ihre Augen glitten zur Seite, unbewusst umfassten ihre Hände unsichtbare Zügel. «Ein Pferd kann Schönes, Unglaubliches leisten, wenn man es schafft, es richtig dazu anzuleiten. Es geht darum, das zu erschließen, seine Fähigkeiten zu erschließen. Und noch mehr, ihn dazu zu kriegen, weil er selber das will. Weil diese Fähigkeiten das Beste aus ihm machen, zu dem er fähig ist.»

Es folgte ein kurzes Schweigen. Sie war nun ein wenig verlegen, als hätte sie zu viel preisgegeben.

«Jedenfalls», sagte sie, «wäre er lieber zu Hause.»

«Er darf ja bald zurück», sagte Mac aufgeräumt, «wenn sein kleiner Urlaub vorüber ist. Und wir werden nur noch eine böse Erinnerung sein. Eine Geschichte, die du deinen Freunden erzählen kannst.»

«Ich glaube nicht», fuhr Sarah fort, als habe sie ihn nicht gehört, «dass er sehr glücklich sein wird, wenn ich die Woche über nicht hier bin.»

Natasha spürte Ungeduld in sich aufwallen, die ihren Ton schärfer machte. «Das haben wir doch schon durchgesprochen. Selbst wenn er in London wäre, könntest du nicht zu ihm. Hier kannst du wenigstens sicher sein, dass sich jemand um ihn kümmert. Komm schon, Sarah …» Sie hatte nicht ärgerlich klingen wollen, aber sie war erschöpft.

Sarah machte Anstalten, den Raum zu verlassen, und drehte sich dann noch einmal um. «Verkauft ihr euer Haus?», fragte sie aus dem Türrahmen. «Ich habe euch sprechen hören, als ich im Bad war», fügte sie hinzu.

Dieses Haus war zu klein für Geheimnisse. Natasha sah Mac an, der tief Luft holte. «Ja», sagte er. «Tun wir.»

«Und wo zieht ihr hin?»

«Also, ich ziehe vermutlich nach Islington, und wo Natasha hingeht, weiß ich nicht, aber du musst dir keine Sorgen machen. Es wird noch nicht so schnell passieren, erst wenn du wieder bei deinem Großvater bist.»

Sie blieb in der Tür stehen. «Ihr seid nicht mehr zusammen, oder?» Es war mehr eine Beobachtung als eine Frage.

«Nein», antwortete Mac. «Wir raufen uns nur noch wegen der Kinder zusammen. Das bist übrigens du.» Er gab ihr das Buch zurück. «Hör mal, mach dir um uns keinen Kopf», sagte er, als er ihr Unbehagen bemerkte. «Wir sind gute Freunde, es ist okay für uns, zusammen hier zu sein, und wir werden alles regeln. Oder, Tash?»

«Ja.» Es geriet mehr zum Krächzen. Sarah blickte sie an, und sie spürte, dass das Mädchen sie durchschaute.

«Ich mache mir morgen selber Frühstück», sagte Sarah und klemmte sich ihr Buch wieder unter den Arm. «Ich würde gern so früh wie möglich zum Stall, wenn das okay ist.» Und dann war sie fort, die knarzende, enge Treppe hinauf ins Bett.

Die erste Nacht in ihrem Londoner Haus hatten Mac und Natasha auf einer Matratze auf dem staubigen Boden verbracht. Beim Umzug waren die Schrauben ihres Betts verschwunden. Erschöpft vom Kistenauspacken, hatten sie die Matratze einfach vor die Heizung im Wohnzimmer gelegt und sich zugedeckt. Sie erinnerte sich jetzt, wie sie unter dem noch gardinenlosen Fenster in seinen Armen gelegen und in die Nacht hinausgeblickt hatte; ein Flugzeug war über den dunklen Himmel gezogen. Sie waren von wackelig aufgestapelten Umzugskartons umgeben gewesen, die monatelang niemand auspacken würde, von den Tapeten fremder Leute und dem Gefühl, in einem Haus zu schlafen, das ihnen zwar gehörte, aber noch nicht ihres war. Ihr improvisiertes Nachtlager hatte zu dem Gefühl des Surrealen beigetragen. Ihr Herz hatte schneller geschlagen, und sie hatte den kleinen, vollkommenen Moment genossen, dieses Zusammentreffen von Glück und unendlichen Möglichkeiten. Vermutlich hatte sie schon damals geahnt, dass es nicht andauern würde.

Wie sie so seinen Arm auf ihrem Körper spürte und das riesige alte Haus um sich herum, war sie erfüllt gewesen von der Gewissheit, dass sie alles erreichen konnten. Als befänden sie sich einfach am Ausgangspunkt zu etwas so Unendlichem wie dem Himmel. Und sie hatte sich umgedreht und ihn angesehen, diesen schönen Mann, der sie liebte. Sie war mit ihren Fingern sanft über sein schlafendes Gesicht gefahren und hatte Küsse auf seine Haut regnen lassen, bis er langsam erwacht war und sie mit einem schläfrigen, freudig überraschten Murmeln an sich gezogen hatte.

Natasha goss sich ein großes Glas Wein ein. Sie starrte auf den Fernseher, ohne zu registrieren, was sie sich ansah. Sie fühlte sich seltsam entblößt und stellte zu ihrem Entsetzen fest, dass ihr die Tränen kamen. Sie wandte sich ein wenig von Mac ab, blinzelte heftig und nahm einen tiefen Schluck aus ihrem Glas.

«Hey», sagte Mac sanft.

Sie konnte sich nicht umdrehen. Sie hatte es noch nie geschafft, diskret zu weinen. Mittlerweile glühte ihre Nase vermutlich wie ein Leuchtturm. Sie hörte, wie er aufstand und durch das kleine Zimmer ging, um die Tür zu schließen. Sich dann setzte und den Fernseher ausschaltete. Sie verfluchte ihn leise.

«Alles okay?»

«Prima», sagte sie schnell.

«Du siehst aber nicht so aus.»

«Ist aber so.» Sie hob erneut ihr Glas.

«Hat dich das Gespräch mit ihr mitgenommen?»

Sie rappelte sich auf. «Nein ...» Das würde nicht reichen. «Ich glaube, ich finde diese ganze Pferde-Geschichte ein bisschen anstrengend. Offen gestanden, einen Teenager um sich zu haben ist alleine schon anstrengend.»

Er nickte.

«Es ist ... nicht gerade unkompliziert, was?»

Er grinste sie an.

Sei jetzt nicht nett, dachte sie. Tu mir das nicht an. Sie biss sich auf die Lippen.

«Ist es wegen des Hauses?»

Sie zwang sich zu einem nonchalanten Gesichtsausdruck, der nichts verriet. «Vermutlich hätte sich das immer ein bisschen seltsam angefühlt.»

«Für mich ist es auch nicht gerade einfach», sagte er. «Ich liebe dieses Haus.»

Schweigend saßen sie da und starrten ins Feuer. «All diese Jahre», sagte sie, «in denen wir geplant und geträumt und umgebaut haben. Es ist einfach ... hart zu wissen, dass all das verschwinden wird. Ich kann mir nicht helfen, ich muss immer daran denken, wie es war, als wir eingezogen sind, eine Ruine, aber mit so viel Potenzial.»

«Ich habe noch die Fotos davon», gab er zu. «Einen Abzug

von dir, wie du mit dem Vorschlaghammer durch diese hintere Wand brichst, von Kopf bis Fuß voller Staub …»

«Es fühlt sich einfach komisch an, dass jemand anderes dort wohnen soll. Sie werden nichts darüber wissen – wie wir das hölzerne Treppengeländer restauriert haben oder warum wir im Bad das runde Fenster eingebaut haben.»

Mac schwieg. Plötzlich schienen ihm die Worte zu fehlen.

«So viel Arbeit. Für nichts. Wir ziehen einfach weiter.» Ihr war bewusst, dass der Wein sie zu viel sagen ließ, aber irgendwie war sie nicht in der Lage aufzuhören. «Es fühlt sich an … als würde man ein Stück von sich selbst zurücklassen.»

Er suchte ihre Augen, und sie musste den Blick abwenden. Auf dem Kaminrost verrutschte ein Scheit, und Funken stoben den Kamin hinauf.

«Ich glaube nicht», sagte sie beinahe zu sich selbst, «dass ich in irgendetwas noch einmal so viel Arbeit stecken könnte.»

Über das dumpfe Prasseln des Feuers hinweg hörte sie Sarah oben eine Schublade öffnen und wieder schließen.

«Es tut mir leid, Tash.» Er zögerte, dann nahm er ihre Hand. Sie starrte auf ihre verschränkten Finger. Das seltsame und doch vertraute Gefühl seiner Haut auf ihrer ließ ihr den Atem stocken.

Sie zog ihre Hand zurück und errötete. «Das ist der Grund, warum ich nicht so oft trinke», sagte sie und stand auf. «Es war ein langer Tag. Und vermutlich fühlt sich jeder so, der etwas verkauft, wo er viel Zeit verbracht hat. Aber es ist nur ein Haus, stimmt's?»

Macs Gesicht verriet nicht, was er dachte. «Sicher», sagte er. «Es ist nur ein Haus.»

«Die Götter haben den Menschen verliehen, Menschen durch Worte zu lehren, was sie tun müssen. Daß man aber ein Pferd durch Worte nichts lehren kann, das ist einleuchtend.»

Xenophon, Über die Reitkunst

Kapitel 12

Trotz ihrer Erschöpfung schlief Natasha unruhig. Die Stille auf dem Land wirkte bedrückend auf sie, Mac und Sarah waren ihr in dem kleinen Cottage zu nah. Sie hörte unten das Sofa ächzen, wenn er sich darauf umdrehte, in den frühen Morgenstunden Sarahs nackte Füße auf dem Weg ins Bad. Sie glaubte sogar, sie atmen hören zu können, und fragte sich, ob das bedeutete, dass Mac auch jede ihrer Bewegungen mitbekam. Endlich erschien eine kalte orangefarbene Sonne über den Bäumen. Eine Art Frieden senkte sich auf sie, als hätten die Veränderungen der Natur ihren Verstand zum Stillstand gebracht. Sie lag da, starrte an die heller werdende Decke, bevor sie schließlich aufstand und einen Morgenmantel anzog.

Sie würde nicht an Mac denken. Es war dumm, sich über das Haus aufzuregen. Sich über die Berührung einer Hand den Kopf zu zerbrechen war ein sicherer Weg in den Wahnsinn. Sie war betrunken gewesen und unachtsam geworden. Was Conor wohl sagen würde, wenn er sie gesehen hätte?

Sie warf einen Blick auf die Uhr – Viertel nach sechs. Sie betrachtete ihre geschlossene Zimmertür, als könne sie durch sie hindurchblicken bis zu der schlafenden Sarah auf der anderen Seite des Flurs.

Ich war egoistisch, dachte sie. Sie ist nicht blöd, und sie spürt mein Unbehagen. Wie fühlt es sich wohl an, so viel verloren zu haben und so sehr von Fremden abhängig zu sein? Geld, ihr Alter, ihre Ausbildung gaben Natasha Wahlmöglichkeiten, die Sarah vielleicht nie haben würde. Sie nahm sich vor, in den nächsten Wochen freundlicher zu sein, ihre Reserviertheit und ihren Argwohn zu verbergen. Dieser kurze Aufenthalt bei ihnen sollte zu etwas nutze sein. Eine kleine Hilfestellung nur, aber sie sollte sich lohnen. Wenn sie sich mehr auf Sarah konzentrierte, würde Macs Anwesenheit sie vielleicht weniger durcheinanderbringen. Das würde sie vielleicht davon abhalten, noch einmal in eine Situation zu geraten wie gestern Abend.

Kaffee, entschied sie. Sie würde sich einen Kaffee kochen und eine Stunde Ruhe genießen.

So leise sie konnte, öffnete sie ihre Tür und trat hinaus. Die Tür zum Gästezimmer stand einen Spalt breit offen, und Natasha starrte sie einen Moment an, bevor sie einer Eingebung folgend einen Schritt auf sie zumachte und sanft dagegendrückte. So machten es Mütter, dachte sie. Überall auf der Welt öffneten Mütter Türen, um ihre schlafenden Kinder zu betrachten. Vielleicht würde sie ein bisschen von dem empfinden, was sie empfanden. Nur ein bisschen. Irgendwie war es leichter, etwas zu empfinden, zu versuchen, etwas zu empfinden, wenn das Mädchen schlief.

Sie wurde vom schrillen Läuten des Telefons unterbrochen. Anrufe morgens um diese Zeit bedeuteten immer schlechte

Nachrichten. *Nicht Mum oder Dad*, bat sie irgendeine unsichtbare Gottheit. *Oder meine Schwestern. Bitte.*

Aber die Stimme am anderen Ende der Leitung gehörte nicht zur Familie. «Mrs. Macauley?»

«Ja?»

«Hier spricht Mrs. Carter vom Gestüt. Es tut mir leid, dass ich so früh störe, aber wir haben ein Problem. Ihr Pferd scheint verschwunden zu sein.»

«Wie zum Teufel konnte er nur ausbrechen?»

Mac saß da und rieb sich die Augen. Er trug ein altes T-Shirt, das sie wiedererkannte. Über die Jahre war es vom vielen Tragen ganz weich geworden.

«Sie sagt, manchmal finden die Tiere raus, wie sie die Riegel verschieben können. Treten gegen die Tür, bis die Riegel nach oben springen oder so. Ich habe nicht so genau zugehört.»

Oh Gott, dachte sie. Was sollen wir nur Sarah sagen? Sie wird hysterisch werden. Sie wird uns vorhalten, dass wir sie gezwungen haben, ihn hierherzubringen.

«Was machen wir jetzt?»

«Mrs. Carters Mann ist mit einem Quad unterwegs und sucht die Felder ab. Sie macht sich mit dem Geländewagen auf den Weg. Sie hat darum gebeten, dass wir uns ein Halfter schnappen und auch mit dem Wagen losfahren. Sie befürchtet, dass er bis zur vierspurigen Straße laufen könnte. Es könnte sein, dass er schon die ganze Nacht über draußen ist.»

Natasha schlang zitternd die Arme um sich. «Mac, wir müssen sie wecken und es ihr sagen.»

Mac rieb sich erneut über das Gesicht. Sein Ausdruck verriet, dass er diese Aufgabe genauso fürchtete wie sie. «Lieber nicht», sagte er und zog sich einen Pullover über den Kopf.

«Lass uns zuerst versuchen, ihn zu finden. Es ist sinnlos, sie in Panik zu versetzen, wenn er bloß auf einem der Felder hier in der Nähe grast. Sie war gestern Abend so erschöpft. Hoffentlich finden wir ihn, bevor sie aufwacht.»

Der Boden war mit Frost überzogen, als sie die Straße hinauffuhren. Die Räder knirschten auf dem silbernen Asphalt. Sie fuhren langsam, mit geöffneten Fenstern, und hielten Ausschau nach einem großen braunen Pferd. Jeder Schatten im Gehölz, jede Spur auf dem eisigen Untergrund deutete darauf hin, dass hier vor kurzem etwas gewesen sein könnte.

«Das ist hoffnungslos», sagte Mac nicht zum ersten Mal. «Man kann ja kaum über die Hecken sehen, und das Motorengeräusch übertönt alles, was wir möglicherweise hören würden. Lass uns aussteigen.»

Sie parkten den Wagen oberhalb des Dorfes. Vom Platz vor der Kirche aus, fiel Natasha ein, konnten sie beinahe das gesamte Tal überblicken. Conors Fernglas behielt sie in der Tasche. Allerdings war sie sich nicht sicher, ob sie Sarahs Pferd von irgendeinem anderen auf der Weide würde unterscheiden können.

Inzwischen war es hell, aber die Luft war von der Nacht noch kalt, und Natasha fror. Sie griff nach ihrem Mantel, aber das T-Shirt, das sie darunter trug, bot nicht genügend Schutz vor Temperaturen um den Gefrierpunkt.

Mac stand auf einer kleinen Mauer und starrte mit gegen die niedrigstehende Sonne zusammengekniffenen Augen über den Friedhof. Als sie ihm das Fernglas reichte, sah er, wie sie die Arme um sich schlang. «Alles okay?»

«Bisschen kalt. Wir sind ziemlich eilig aufgebrochen.» Was, wenn Sarah aufgewacht ist?, dachte sie plötzlich. Was, wenn sie schon herausgefunden hat, dass er verschwunden ist?

«Da.» Er nahm seinen Schal ab und reichte ihn ihr.

«Aber dann ist dir kalt.»

«Kälte macht mir nichts aus, das weißt du doch.»

Sie nahm den Schal und legte ihn sich um. Er enthielt noch seine Wärme, und sein Geruch stieg ihr in die Nase, dass ihr kurz schwindelig wurde. Sie überspielte das, indem sie von ihm fort auf einen Zaunübertritt zuging. Sie kannte seinen Geruch so gut, diesen schwachen herben Zitrusduft. Warum quälte sie sich? Sie riss sich den Schal vom Hals, und als sie sicher war, dass er sie nicht beobachtete, stopfte sie ihn sich in die Tasche und schlug den Mantelkragen hoch.

«Ich kann ihn nirgends entdecken», sagte Mac und senkte das Fernglas. «Das bringt nichts. Er könnte überall sein. Er könnte einfach hinter der nächsten hohen Hecke stehen. In einem Waldstück. Er könnte schon halb in London sein – wir wissen einfach nicht, wie lange er schon verschwunden ist.»

«Wir sind schuld daran, oder?» Natasha wickelte sich in ihre Arme.

«Wir wollten nur helfen.»

«Damit sind wir bisher richtig weit gekommen.» Sie stampfte auf dem Boden auf und sah die Eiskristalle auf ihren Schuhen schmelzen.

Flink sprang er von dem Mäuerchen und legte ihr eine Hand auf den Oberarm. «Mach dir keine Vorwürfe. Wir bemühen uns doch nur, das Beste für sie zu tun, zumindest das, was wir dafür halten.»

Sie blickten sich an, seine Worte klangen nach.

«Gehen wir zurück.» Er ging an ihr vorbei auf das Auto zu. «Vielleicht hat Mrs. Carter ihn schon gefunden.»

Keiner von ihnen glaubte daran. Irgendetwas sagte Natasha, dass es in Sarahs Fall keine einfachen Happy Ends gab.

Schweigend legten sie die kurze Strecke zum Haus zurück. Falls Mac auffiel, dass sie seinen Schal nicht mehr trug, sagte er nichts dazu. Sie betraten das Cottage leise, froh über seine Wärme.

«Ich setze Wasser auf.» Natasha schälte sich aus ihrem Mantel, stellte sich neben den Herd und wärmte ihre roten Finger über seiner heißen Oberfläche.

«Was sollen wir ihr sagen?»

«Die Wahrheit. Ich meine, Mac, vielleicht hat sie den Riegel ja offen gelassen. Es könnte sogar ihre Schuld sein.»

«Auf mich machte sie einen ziemlich gründlichen Eindruck. Oh Gott.» Er fuhr sich mit der Hand über sein unrasiertes Kinn. «Das wird schlimm.»

Natasha holte zwei Tassen aus dem Schrank und machte Kaffee. Im Nebenzimmer ging Mac auf und ab. Dann trat er ans Fenster und zog die Vorhänge zurück.

Nach dem Kaffee würde sie Mrs. Carter anrufen. Und Sarah wecken.

«Tash.»

Sofort verkrampfte sich ihr Kiefer. Wann würde er endlich aufhören, sie so zu nennen?

«Tash.»

«Was?»

«Komm besser mal her.»

«Warum?»

«Schau mal aus dem Fenster. Diesem hier.»

Sie tapste zu ihm hinüber, reichte ihm seinen Becher und blickte hinaus in ihren Garten. Die ordentliche, rechteckige Rasenfläche war nur noch ein aufgewühlter, sumpfiger Morast. Die Schönmalven waren verschwunden, und die letzten tollkühnen Blumen waren abgebrochen und in den feuchten

Boden getrampelt worden. An der Grenze zu den Feldern hin war ihr sorgfältig errichteter Weidezaun umgeworfen worden. Es war ein Schlachtfeld, ein Tatort. Es sah aus, als habe jemand ihren schönen, sorgsam gepflegten Garten mit dem Bulldozer umgepflügt.

Mit angehaltenem Atem versuchte Natasha, das Ausmaß der Verwüstung zu begreifen.

Auf einer Gartenbank, gerade noch sichtbar links auf der Terrasse, lag Sarahs schlafende Gestalt. Sie war in ihren Wintermantel und die schlammigen Überreste dessen gehüllt, was einmal Natashas bestes Winterfederbett gewesen war.

Wenige Meter von ihrer ausgestreckten Hand entfernt stand mit kleinen Dampfwolken vor den Nüstern ein großes braunes Pferd. Es wirkte viel zu groß für den kleinen Garten, wie es da resolut nach den letzten Äpfeln an den kahlen Ästen des Baumes schnappte.

«Man muß [dem] Pferd bei den Wendungen ... so wenig als möglich mit den Zügeln eine schiefe Richtung geben und selbst auch so wenig als möglich eine schiefe Richtung einnehmen.»

Xenophon, Über die Reitkunst

Kapitel 13

Sarah saß auf dem Oberdeck des Busses und zählte zum vierten Mal das Geld in ihrer Tasche. Es reichte für zwei Wochen Miete, fünf Ballen Heu und einen Sack Futter – genug, um ihren Schuppen für die nächsten zwei Wochen zu füllen. Nicht genug, um den Malteser Sal zu vertrösten. Es war Viertel nach drei. Er kam selten vor halb fünf. Sie würde das Geld bei Cowboy John lassen oder mit einer Notiz unter der Bürotür durchschieben. Wenn sie Glück hatte, wäre sie schon weg, bevor sie erneut mit ihm ein Gespräch darüber führen musste. Seit Boo wieder hier stand, hatte Sal bereits zweimal ihren Zahlungsrückstand angesprochen. Beide Male hatte sie versprochen, das Geld aufzutreiben, allerdings hatte sie keine Ahnung, wie sie das anstellen sollte.

Sie war einfach nur erleichtert, wieder hier zu sein. Eine knappe Woche nach seiner Abreise war Boo wieder in die Sparepenny Lane zurückgekehrt. Mac und Natasha hatten keine große Wahl gehabt. Die Frau auf dem Gestüt war durchgedreht. Sie hatte Sarah als unverantwortlich und idiotisch bezeichnet und gesagt, sie wisse wohl nicht, dass es in dem Garten Eiben und Liguster und ein halbes Dutzend anderer Pflanzen gebe, die ihn hätten vergiften können. Nicht einmal Mac hatte für sie Partei ergriffen. Er und Natasha hatten sie wie eine Verbrecherin behandelt, nur weil sie ein bisschen Gras aufgewühlt hatten. Und sie hatte Mac noch nie zuvor so erlebt. Nicht wirklich wütend, aber er hatte sie mit diesem enttäuschten Blick angesehen, mit dem Leute einen bedenken, bevor sie einen tiefen Seufzer ausstoßen.

Er hatte diesen enttäuschten Blick gehabt, als er sie und Boo zum Gestüt zurückgebracht hatte. Mit tief in die Taschen geschobenen Händen hatte er gesagt, dass Natasha ihr kleiner Garten viel bedeutet habe, und nur weil sie nicht viele Gefühle zeige, bedeute das nicht, dass sie keine habe. Jeder habe etwas, für das er Leidenschaft aufbringe, etwas, was er schützen wolle. Sie müsse das doch eigentlich besser verstehen als die meisten anderen Menschen.

Sie hatte sich schlecht gefühlt, als sie Natasha im Flur weinen sah. Ihr war nicht klar gewesen, wie tollpatschig sich Boo in dem Garten verhalten würde. Sie hatte nur daran gedacht, dass es ein Ort war, an dem er sicher und beschützt wäre. Und bei ihr. Mac sagte nicht viel mehr, aber das, was er nicht sagte, verursachte ihr Unbehagen. Er schloss damit, dass es wohl besser wäre, wenn sie und Natasha einander eine Weile lang aus dem Weg gehen würden.

Niemand gab ihr die Gelegenheit zu sagen, was sie sagen wollte: dass sie ihr nicht an allem die Schuld geben konnten. Sie hatte ihnen Hunderte Male gesagt, dass sie sie nicht von Boo trennen durften. Sie mussten verstehen, dass sie ihn nicht an einem fremden Ort lassen konnte, von wo aus er über die Felder nach ihr wiehern würde. Der Witz war ja, dass sie nur so nah beim Haus geblieben war, damit sich Mac und Natasha keine Sorgen um sie machten.

Die schlechte Stimmung hatte nach ihrer Rückkehr nach London mehrere Tage angehalten. Sie spürte, dass Natasha noch immer aufgewühlt war. Manchmal hörte sie Mac und sie leise sprechen, zuvor schlossen sie sanft die Türen, als würde sie so nicht merken, dass sie über sie redeten. Mac war danach immer betont fröhlich, wenn er sie sah, nannte sie wie Cowboy John «Zirkusmädchen» und tat, als sei alles in Ordnung. Eine Weile hatte sie Angst gehabt, dass sie gehen müsste. Aber sie glitten wieder in eine Art Routine. Sarah stand nun früh auf und versorgte den Stall vor der Schule. Ein paar Tage lang war Mac sogar rechtzeitig aufgestanden, um sie hinzufahren. An diesen Morgen hatte er Fotos vom Hof gemacht, von Boo und von Cowboy John, aber dann musste er viel unterrichten und kam nicht mehr mit.

Am Abend zuvor hatte er sie in die Küche gerufen (Natasha war bei der Arbeit; sie war so ziemlich immer bei der Arbeit) und ihr einen Umschlag gegeben. «John hat mir gesagt, wie viel du brauchst», hatte er gemeint. «Wir bezahlen vorerst Boos Unterbringung, aber du machst die Arbeit. Und wenn wir herausfinden, dass du die Schule geschwänzt hast oder nicht da warst, wo du sein solltest, schicken wir ihn woanders hin. Ist das eine faire Abmachung?»

Sie hatte die Scheine durch den dünnen weißen Umschlag hindurch gefühlt und genickt. Als sie aufblickte, ruhte sein Blick auf ihr. «Also ... meinst du, dass das Kleingeld hier im Haus ... dann jetzt nicht mehr verschwindet?»

Sie war rot geworden. «Ja, vermutlich», hatte sie gemurmelt.

Von dem Geld, das sie Sal bereits schuldete, konnte sie ihm nicht erzählen, nicht jetzt, wo sie noch so verärgert mit ihr waren. Nicht, nachdem Mac sie mehr oder weniger des Diebstahls beschuldigt hatte.

Sie versuchte, das Positive zu sehen. Die beiden waren nicht so schlimm. Ihr Pferd war noch bei ihr. Das Leben lief so, wie es laufen sollte. Oder wenigstens annähernd, da Papa ja nicht zu Hause war. Wenn sie morgens im Bus saß, dachte sie trotzdem manchmal daran, wie Boo in dieser weichen Arena gewesen war, wie er beinahe so ausgesehen hatte, als schwebe er. Er hatte sich so darüber gefreut, an einem Ort zu sein, der es ihm ermöglichte, so gut zu sein, wie er konnte. Sie sah ihr Pferd vor sich, wie es weit entfernt von den Abgasen und dem Lärm und den rumpelnden Zügen immer wieder um eine grüne Weide herumgaloppierte, den Schwanz hoch erhoben wie eine Fahne und den edlen Kopf gereckt, als würde er den weiten Horizont in sich aufnehmen.

«Und, wie läuft es?»

Ruth Taylor nahm den Becher mit Tee entgegen und lehnte sich ein wenig in dem weichen beigen Sofa zurück. Wohnzimmer wie dieses bekam sie bei ihrer täglichen Arbeit eher selten zu sehen, dachte sie und bemerkte die Kunst an den Wänden, die abgezogenen Eichendielen. Und es war angenehm, einen Tee zu bekommen, bei dem sie sich nicht fragte, wo der Becher zuvor gewesen war.

«Alles gut?» Sie zog Sarah Lachapelles Akte aus ihrer Tasche und stellte wehmütig fest, dass sie an diesem Nachmittag noch vier weitere Hausbesuche vor sich hatte. Bei denen würden sie keine eleganten beigen Sofas erwarten. Das Paar blickte einander an. Etwas Unausgesprochenes ging zwischen ihnen vor, bevor der Mann das Wort ergriff.

«Ja», sagte er. «Alles prima.»

«Hat sie sich gut eingelebt? Wie lange ist sie jetzt hier – vier Wochen?»

«Vier Wochen und drei Tage», antwortete die Frau. Mrs. Macauley war kurz nach Ruth eingetroffen und saß nun auf der äußeren Stuhlkante, die Aktentasche zwischen den Füßen. Wiederholt blickte sie auf die Uhr, als warte sie nur auf die Erlaubnis, wieder davonstürzen zu dürfen.

«Und die Schule? Gab es Probleme mit ihren Anwesenheitszeiten?»

Ein erneuter Blickwechsel. «Am Anfang hatten wir ein paar Probleme», sagte Mr. Macauley, «aber ich glaube, das haben wir ganz gut hinbekommen. Anscheinend haben wir uns … geeinigt.»

«Sie haben ihr ein paar Grenzen gesetzt, so wie wir es empfohlen haben.»

«Ja», sagte er. «Ich glaube, wir verstehen einander alle ein bisschen besser.»

Meine Güte, war der süß. Genau ihr Typ, verwuschelte Haare und dieses Zwinkern. *Finger weg*, schalt sich Ruth. So darf man nicht über berufliche Kontakte nachdenken. Besonders nicht, wenn deren Ehefrauen danebensaßen.

«Sie ist gesund», fuhr er fort. «Isst gut. Macht ihre Hausaufgaben. Sie hat … eigene Interessen.» Er wandte sich an seine Frau. «Mir fällt sonst eigentlich nichts mehr ein.»

«Sarah macht sich gut», sagte Mrs. Macauley kurz angebunden.

«Keine Sorge. Ich bin nicht hier, um Sie zu bewerten oder Ihre Eignung als dauerhafte Pflegeeltern zu beurteilen.» Ruth lächelte sie an. «Das hier ist eine informelle Unterbringung – eine Verwandtenunterbringung nennen wir das –, wir werden uns also nicht zu sehr einmischen. Mit Sarah habe ich bereits gesprochen. Sie sagt, sie fühlt sich hier wohl. Aber ich dachte eben, da es ja in der Vergangenheit einige Probleme mit ihr gab, es wäre vielleicht eine gute Idee, vorbeizukommen und nachzufragen, wie es läuft.»

«Wie gesagt», antwortete Mr. Macauley, «es läuft wirklich prima. Keine zu laute Musik. Nur sechs bis sieben Freunde in der Zwischenzeit. Nicht allzu viele ernsthafte Drogen. Ein Witz», fügte er hinzu, als seine Frau ihn anfunkelte.

Ruth blickte auf ihre Akte hinab. «Gibt es Neuigkeiten über ihren Großvater? Es tut mir leid, ich weiß, ich hätte selbst anrufen sollen, aber unsere Abteilung ist ziemlich überlastet.»

«Es geht ihm langsam besser», sagte Mr. Macauley, «wobei ich nicht behaupten kann, Experte in solchen Dingen zu sein.»

Ruth wünschte, sie hätte nicht den braunen Rock an. Ihre Beine sahen darin so kurz aus. «Ach ja. Jetzt erinnere ich mich. Ein Schlaganfall, nicht? Hmmm. Erholt sich nicht ganz so schnell, wie sie es gern hätten. Sind Sie einverstanden damit, Sarah noch eine Weile bei sich zu behalten? Ich weiß, dass wir ursprünglich davon ausgegangen waren, es würde sich nur um ein paar Wochen handeln …»

Sie wechselten einen weiteren Blick.

«Genau genommen sollten wir eine Überprüfung vornehmen, sobald sechs Wochen überschritten sind. Unter Umständen könnten wir eine Vormundschaftsregelung in Erwägung ziehen, die Ihnen einige elterliche Rechte überträgt.»

«Es gibt möglicherweise eine Komplikation», entgegnete Mrs. Macauley. «Wir werden dieses Haus bald verkaufen. Genau genommen haben wir bereits ein Kaufangebot angenommen.»

«Und wird in Ihrer neuen Wohnung für Sarah genug Platz sein?»

Dieses Mal blickten sie einander nicht an. Der Mann sprach zuerst. «Ich weiß es noch nicht.»

«Wollen Sie die Verantwortung für das Kind dem Jugendamt zurückgeben?» Bitte, sagen Sie nicht ja, beschwor Ruth sie leise. Ich habe eine unendliche Liste von Pflegeanträgen. Und, glauben Sie mir, nicht viele Pflegefamilien für diese Kinder, bei denen es so aussieht wie hier.

«Wir suchen nach einer Lösung. Es ist nur so, wir haben noch nicht entschieden, wohin wir – äh, wohin wir ziehen, oder, Tash? Aber in den nächsten Wochen ist sie hier jedenfalls gut aufgehoben.»

Ein paar Wochen. In ein paar Wochen konnte alles Mögliche passieren. Ruth entspannte sich ein wenig. «Dann lassen Sie uns hoffen, dass sie bald wieder zu ihrem Großvater zurückkann.» Sie lächelte und blickte sich im Wohnzimmer um. «Es ist ein wunderschönes Haus. Bestimmt tut es Ihnen leid, hier auszuziehen.»

Niemand sagte etwas. Sie legte beide Hände auf ihre Akte und lehnte sich vor. «Und wie geht es Ihnen beiden? Wenn man nicht daran gewöhnt ist, mit jungen Menschen zusammenzuleben, kann das überraschend anstrengend sein.» Sie richtete ihren Kommentar an Mrs. Macauley, die bislang am wenigsten gesprochen hatte.

«Es ist schön», sagte Mr. Macauley.

«Mrs. Macauley?»

Die Frau dachte nach, bevor sie sprach. Ruth entnahm dem Dokument vor sich, dass sie Anwältin war. Das überraschte sie nicht. «Es war – aufreibender, als ich erwartet hatte», sagte sie vorsichtig. «Andererseits weiß ich gar nicht genau, was ich erwartet hatte.»

«Gab es besondere Probleme?»

Mrs. Macauley erwog die Frage. «Nein», sagte sie schließlich. «Ich denke … es geht vor allem darum … dass wir Dinge unterschiedlich betrachten.»

«Teenager sind ein ganz anderes Paar Schuhe.»

Mr. Macauley grinste. «Das können Sie laut sagen.»

«Sie stellen uns vor ganz eigene Herausforderungen. Aber die Schule sagt, sie sei viel ruhiger geworden.»

«Sie ist ein nettes Kind», fuhr er fort. «Voller Tatendrang.»

«Wenn Sie noch einmal in Erwägung ziehen sollten, ein Pflegekind aufzunehmen, wären Sie vielleicht mit einem jüngeren Kind glücklicher. Erwägen Sie, sich als Pflegeeltern registrieren zu lassen?» Hier wäre es sinnlos, auf die finanziellen Zuschüsse hinzuweisen, dachte Ruth. Diese beiden sahen nicht so aus, als sei Geld für sie ein Problem. «In diesem Stadtteil haben wir einen eklatanten Mangel», fügte sie hinzu. «Viele bedürftige Kinder.»

«Das ist mir bewusst», sagte Mrs. Macauley mit leiser Stimme.

Ruth sah, wie ihr Ehemann mit seinem Handrücken die Hand seiner Frau berührte. Eine zärtliche Geste. Unterstützend. Seltsamerweise errötete Mrs. Macauley.

«Wir denken darüber nach», sagte er. «Im Moment gehen wir einen Tag nach dem anderen an.»

Unter ihrer Schuppentür klemmte eine Nachricht. Sie kickte die Tür auf, hob den Zettel auf und entfaltete ihn. Die Schrift kannte sie nicht.

Howdy, Zirkusmädchen, sorry, dass ich es dir nicht persönlich sagen konnte, aber ich muss zurück in die Staaten. Meine Schwester Arlene ist krank geworden, und wie es aussieht, bin

ich ihre einzige Familie (das dumme Weibsstück hat drei Ehemänner vergrault), also muss ich mich um sie kümmern.
Der Malteser Sal hat meine Schlüssel und wird meine Tiere füttern, aber hab für mich ein Auge auf sie, okay?
Sag dem Captain, es tut mir sehr leid, dass ich dieses Wochenende nicht kommen kann, aber in ein oder zwei Wochen bin ich zurück. Bringe ihm auch eine Flasche Jimmy Beam mit, wenn ich sie an diesen Nazi-Krankenschwestern vorbeischmuggeln kann.
CJ

Sie faltete den Zettel sorgfältig zusammen und steckte ihn in ihre Tasche. Dass John nicht da war, nahm sie sonderbar mit. Sie hatte gewusst, dass er in Amerika eine Schwester hatte – er machte ständig Witze darüber, wie hässlich sie sei –, aber die paar Male, die er sie besucht hatte, hatte er immer Papa die Verantwortung übertragen. Ohne ihn und ohne John fühlte sich der Hof so wurzellos an. Aber es war ja nicht für lange, sagte sie sich. Alles würde sich bald regeln.

Es begann zu tröpfeln, und an der Stelle, wo jemand sein Heu und verschüttetes Futter nicht aufgekehrt hatte, wurden die Pflastersteine glitschig. Sie hängte ihren Mantel an den Haken und zog Papas alten Überzieher an, den er benutzte, um seine Kleidung zu schützen. Da sie instinktiv wusste, dass Beschäftigung ihre Furcht lindern würde, überprüfte sie Shebas Wasserschüssel und wandte sich dann den Pferden zu. Sie drehte ihre Wolldecken um, versicherte sich, dass die Stalltüren auch fest verschlossen waren. Sie mistete Boos Box aus, wechselte Heu und Wasser, überprüfte seine Beine, verscheuchte die Hühner und eine Ziege. Dann hielt sie ein kurzes Schwätzchen mit Ranjeet vom Raj Palace, der Eier kaufen wollte. Schließlich ging sie wieder zum Schuppen zurück, um ihre Sachen zu holen.

Als sie den Schlüssel im Vorhängeschloss drehte, fiel ihr das Geld in dem Umschlag ein. Sie fasste in ihre Tasche – und schrak zusammen, als eine Hand leicht auf ihrem Nacken landete. Sie fuhr mit dem Umschlag in der erhobenen Hand herum.

«Was ist los? Hast du etwa Angst vor mir?» Der Malteser Sal war höchst amüsiert. Der Goldzahn in seinem Mundwinkel glitzerte in der Dunkelheit des Schuppens, und er wedelte mit einem Finger vor ihrer Nase herum.

Sie zitterte, berührte mit der Hand ihren Nacken.

«Hast du mir einen Liebesbrief geschrieben, Zirkusmädchen?»

Er nahm ihr den Umschlag aus den Fingern. In seiner anderen Hand hielt er eine brennende Zigarette. Mit leicht gespreizten Beinen stand er fest auf dem Boden, wie um zu betonen, wem der Stall nun gehörte. «Weißt du, du kannst es mir auch persönlich sagen.»

«Geld», sagte sie und stellte verlegen fest, wie brüchig ihre Stimme klang. «Es ist dein Geld.»

«Aha.»

«Ich muss los», sagte sie und nahm ihre Tasche, aber er hob seine Hand.

Er öffnete den Umschlag und spähte hinein. Dann runzelte er die Stirn und hielt ihn ihr hin. «Und das ist?»

«Meine Miete. Zwei Wochen. Und das Geld für Heu und Futter.»

Draußen regnete es nun heftiger. Sheba glitt zu ihnen herein, in ihrem struppigen Fell glänzten die Tropfen wie Juwelen.

«Und?» Er sah sie erwartungsvoll an. Er lächelte, aber es war kein echtes Lächeln.

Sie schluckte. «Ich habe es nicht.»

«Die Schulden?»

«Noch nicht.»

Sal stieß durch die Zähne Luft aus und schüttelte den Kopf. «Weißt du, du kannst dich glücklich schätzen, dass ich dir deine Box freigehalten habe. Vor zwei Wochen kommt ihr hier einfach her, schnappt das Pferd, karrt es weg und sagt mir nicht mal vorher Bescheid. Hältst du das für höflich?»

«Es war nicht meine …»

«Ich habe dir die Box freigehalten, Sarah, obwohl ich ihn an zwanzig andere hätte vermieten können. Dann tauchst du hier einfach wieder mit ihm auf, als sei nichts passiert. Und nicht einmal ein Dankeschön.»

«Aber ich habe doch schon gesagt, es war nicht meine Schuld. Es war …»

«Schätzchen, es geht mir sonst wo vorbei, wessen Schuld es war. Was mich beschäftigt, ist, woher weiß ich, dass ihr nicht einfach wieder verschwindet? Mit dem ganzen Geld, das du mir noch schuldest? Du hast Schlüssel. Soweit ich weiß, könntest du mit deinem Pferd morgen schon halb nach Timbuktu geritten sein.» Er war einen Schritt auf sie zugetreten, sein Hemdkragen befand sich nun auf Höhe ihrer Augen.

Sie stellte fest, dass sie nicht schlucken konnte, ohne dabei ein verräterisches Geräusch zu produzieren. «Das würde ich nicht machen», sagte sie leise. «Ich bezahle meine Schulden immer. Papa bezahlt seine Schulden immer. John weiß das.» Wir hatten zuvor noch nie Schulden, dachte sie.

«Aber John ist nicht da. Dein Papa ist nicht da. Und dieser Hof gehört jetzt mir und nicht ihnen.»

Sie konnte ihm nicht antworten.

Ein Zug rumpelte über die Bögen, und das Licht aus den Waggons erleuchtete kurz den kleinen Hof. Tausende fuhren über ihren Köpfen hinweg nach Hause, in ihre sicheren, behaglichen Leben. Sal legte den Kopf zur Seite, als dächte er über etwas nach. Dann machte er einen weiteren Schritt auf sie zu. Er war jetzt ganz nah, zu nah. Sie hielt den Atem an.

Seine Stimme wurde ganz leise. «Dein Papa ist krank, Sarah.»

«Das weiß ich», flüsterte sie.

«Dein Papa ist schwer krank, nach dem zu urteilen, was John sagt. Also musst du mir jetzt was verraten. Wie willst du mir zurückzahlen, was du mir schuldest?» Seine Stimme klang sanft, melodisch, als würde er singen, als könne das die Drohung in seinen Worten verhüllen. Er stand so dicht vor ihr, dass sie die Wärme seines Atems auf ihrem Gesicht wahrnahm, den Moschusgeruch seines Aftershaves, seine Lederjacke, und darunter etwas Unbekanntes, Männliches.

Sie versuchte, den Blick nicht zu heben. Sie hatte über den Malteser Sal böse Gerüchte gehört. Dass man sich mit ihm besser nicht anlegte. Er war im Gefängnis gewesen, hatte üble Freunde und interessierte sich für Dinge, über die man besser keine Fragen stellte.

«Also?»

«Ich hab dir doch gesagt …»

«Du hast mir nichts gesagt. Ich habe angenommen, du seist einfach auf und davon. Jetzt muss ich sichergehen, dass ich mein Geld bekomme.» Sein Blick brannte sich in ihren. «Wir müssen uns etwas überlegen, Sarah.»

Sie blinzelte ihn an und bemühte sich, ihren Atem nicht zittern zu lassen.

«Wir müssen uns überlegen, wie du mir meine Investition vergelten kannst, Sarah.»

Kapierst du nicht, hätte sie ihm gern gesagt, dass ich nichts lieber täte? Diese Schulden lasteten auf ihr, verknoteten ihr den Magen zu einem ängstlichen Klumpen, immer wenn sie darüber nachdachte. Jede Fahrt zu ihrem Pferd wurde davon überschattet, sodass es ihr immer weniger Trost bot, mit ihm zusammen zu sein. Doch es gab niemanden, dem sie sich anvertrauen konnte. Niemand außer dem Malteser Sal konnte ihr diese Bürde abnehmen.

«Ich könnte für dich ausmisten», platzte sie heraus.

«Ich habe Jungs, die das machen, Sarah.»

«Dann könnte ich am Wochenende den Hof hüten», flüsterte sie.

«Das brauchst du aber nicht», sagte er. «Ich habe nichts davon, wenn du Eier verkaufst und hier durchfegst. Es hat keinen Wert für mich. Verstehst du das?»

Sarah nickte.

«Ich bin Geschäftsmann. Und trotzdem versuche ich, dir in deiner speziellen Situation entgegenzukommen. Ich habe Verständnis gezeigt. Jeder andere, Sarah ...» Er schüttelte den Kopf. «Ich habe schon sehr lange Geduld mit dir bewiesen.»

Er blickte sich um, das Wasser strömte mittlerweile in Sturzbächen zwischen den Pflastersteinen auf das Tor zu. Einen Augenblick lang dachte sie, er würde gehen. Dass es das gewesen sei. Aber er drehte sich wieder zu ihr um.

Er machte noch einen Schritt auf sie zu, sodass sie mit dem Rücken gegen ihre Tür gedrängt wurde. Dann hob er die Hand und pickte sanft einen Halm aus ihrem Haar, betrachtete ihn und schnipste ihn mit seinen kräftigen, schwieligen Fingern weg.

Sie blickte stur geradeaus und versuchte, nicht zurückzuzucken. Der Malteser Sal lächelte, ein langsames, breites Lächeln, seine Augen versicherten ihr, es sei okay, er verstehe sie. Dann, als sie versuchte zurückzulächeln, legte er seine Hand auf ihre rechte Brust, fuhr mit dem Daumen langsam über die Brustwarze. Er tat das so leichthin, so beiläufig, dass sie zwei Sekunden brauchte, um zu begreifen, was geschah.

«Es muss nicht um Geld gehen, Sarah», sagte er sanft. Dann zog er mit einem kleinen Lächeln seine Hand zurück, bevor sie die Möglichkeit hatte, ihre zu erheben.

Ihre Haut brannte von seiner Berührung. Ihre Wangen standen in Flammen.

«Du wirst schnell groß, Schätzchen», sagte er, steckte den Umschlag ein und schüttelte seine Hand aus, als habe er soeben etwas Heißes angefasst. «Für ein hübsches Mädchen gibt es immer einen Weg. Sag Sal einfach Bescheid.»

Und dann verschwand er pfeifend durch das Drahttor. Sie blieb wie festgefroren stehen, die Tasche baumelte schlaff in ihrer Hand.

«Ich bin heute Abend nicht da.» Endlich hatten sie die Haustür hinter der Sozialarbeiterin schließen können. Bei der Verabschiedung hatte sie Mac noch mit einem gewissen Lächeln bedacht – diesem etwas zu strahlenden Lächeln, mit dem Frauen Mac immer anlächelten –, und gegen ihren Willen hatte sich Natasha darüber geärgert. Gott sei Dank war sie heute Abend mit ihrer Schwester verabredet.

«Okay. Ich habe sowieso versprochen, Sarah nach der Schule ins Krankenhaus zu fahren. Aber ich bin dann morgen weg, okay?» Er erwähnte nicht, wo er sein würde.

«Okay.» Natasha machte einen Schritt vorwärts, aber er

ging nicht aus dem Weg. «Ich habe eine Besprechung, Mac, und ich bin jetzt schon zu spät dran», sagte sie. Ihr fiel auf, dass er die Jeans trug, die sie immer besonders an ihm gemocht hatte: butterweich und in tiefem Indigoblau. Unwillkürlich musste sie daran denken, wie sie sich während eines Wochenendtrips vor mehreren Jahren einmal an ihn gelehnt hatte, den Wind um die Ohren, und wie sie ihre Hände tief in seine Hintertaschen vergraben hatte.

«Ich habe dir was gekauft», sagte er jetzt. Er fasste hinter sich und hielt ihr eine große Tüte gemischter Blumenzwiebeln vor die Nase. «Ich weiß, das ist nur ein Anfang, aber ... du warst so traurig.»

Sie nahm das Blumennetz, und Erde krümelte daraus auf ihre Hände.

«Wenn du möchtest, helfe ich dir nächstes Wochenende. Ich könnte zumindest den Zaun wieder aufbauen.»

Sie schluckte. «Es wächst ja alles wieder nach. Irgendwann.» Sie hob den Blick und lächelte ihn an. «Aber danke.»

Plötzlich sah sie Mac lachend und plaudernd mit seiner Werkzeugtasche am Gürtel vor sich, und daneben sich selbst, wie sie liebevoll die zerstörten Pflanzen ersetzte. Ist das klug?, fragte sie sich. Haben wir unsere Leben nicht schon wieder zu sehr verwoben?

Sie standen beide gedankenverloren im Flur. Als Mac das Wort ergriff, wurde klar, dass ihre Gedanken in ganz unterschiedliche Richtungen gegangen waren. «Wir haben noch nie darüber gesprochen, Tash, aber was machen wir, wenn sich der alte Mann nicht mehr erholt?» Er lehnte sich gegen die Haustür und blockierte so ihren Weg nach draußen. «Es geht ihm nicht gut, weißt du. Ich glaube nicht, dass er bald wieder auf den Beinen ist.»

Natasha holte tief Luft. «Dann muss sie leider zum Problem von anderen werden.»

«Zum *Problem* von anderen?»

«Okay, dann müssen andere die Verantwortung für sie übernehmen.»

«Aber was machen wir mit dem Pferd?»

Sie rief sich das Bild des Tieres ins Gedächtnis, wie es über ihre Terrasse trampelte und eine Schneise der Zerstörung hinter sich herzog. Seit diesem Tag war es für sie kein anmutiges und schönes Wesen mehr.

«Mac, an dem Tag, an dem wir hier ausziehen, hören wir auf, eine Familie zu sein. Wir sind dann nicht mehr in der Lage, ihr ein Heim zu bieten, Pferd hin oder her. Dein Job erlaubt dir nicht, rund um die Uhr für ein Pflegekind da zu sein, und meiner, wie du weißt, ist dafür auch völlig ungeeignet. Wir kämpfen ja so schon jeden Tag darum, es hinzukriegen.»

«Also lassen wir sie im Stich.»

«Das System lässt sie im Stich. Es hat nicht die Ressourcen und nicht die Flexibilität, jemandem wie ihr gerecht zu werden.» Als sie seinen Gesichtsausdruck sah, versuchte sie, freundlicher zu klingen. «Na ja, vielleicht suchen sie für das Pferd übergangsweise einen Platz in einem Tierheim oder so, bis man für sie ein neues Zuhause gefunden hat. Vielleicht auf dem Land, wenn sie es unbedingt behalten will. Das würde vielleicht ohnehin besser passen.»

«Ich halte das nicht für sehr wahrscheinlich.»

Er bewegte sich noch immer nicht aus dem Türrahmen. Natashas Armbanduhr verriet ihr, dass sie zu spät zu ihrer Besprechung kommen würde.

«Willst du, dass sie auszieht?», fragte er.

«Das habe ich nie gesagt.»

«Aber … du scheinst sie nicht zu mögen.»

«Natürlich mag ich sie.»

«Du sagst nie etwas Nettes über sie.»

«Was soll ich denn, bitte schön, machen? Schieb mir hier nicht den Schwarzen Peter zu, Mac. Sie war eine Fremde. Ich habe sie in mein Haus aufgenommen – und, wenn ich das hinzufügen darf, dabei das Jugendamt über den Stand unserer Beziehung getäuscht. Ich habe Hunderte von Pfund bezahlt, um ihr Pferd nach Kent und wieder zurück bringen zu lassen. Ich habe meinen geliebten Garten geopfert …»

«Das habe ich nicht gemeint.»

«Was meinst du dann? Dass wir kichernd Make-up-Tipps austauschen sollen? Das habe ich versucht, okay? Ich wollte mit ihr shoppen gehen. Ich habe ihr vorgeschlagen, dass wir zusammen ihr Zimmer dekorieren. Ich habe versucht, mich mit ihr zu unterhalten. Hast du jemals die Möglichkeit erwogen, dass sie mich einfach nicht mag?»

«Sie ist ein *Kind.*»

«Na und? Deswegen kann sie nicht jemanden nicht mögen?»

«Nein. Ich meine, es ist die Aufgabe des Erwachsenen, sie für sich zu gewinnen.»

«Ach so, du bist jetzt also der Experte für Kindererziehung.»

«Nein. Nur ein bisschen mitfühlend.»

Sie starrten einander an.

Sie legte die Blumenzwiebeln auf den Flurtisch und hob mit hochrotem Gesicht ihre Aktentasche auf. «Es ist bestimmt toll, du zu sein, Mac. Alle lieben dich. Meine Güte, diese bescheuerte Sozialarbeiterin hätte sich am liebsten auf deinen Schoß gesetzt. Und aus welchem Grund auch immer hast du denselben Effekt auf Sarah, und das ist super für euch beide.»

Sie schnappte sich ihr Handy. «Aber greif mich nicht dafür an, dass ich diese Wirkung nicht habe, okay? Ich versuche mein Bestes. Ich gebe mein Haus auf. Meine Beziehung geht kaputt, einfach nur, weil ich euch beide hier wohnen lasse und glückliche Familie spiele. Ich kämpfe mich durch jeden Tag.»

«Tash …»

«Und hör auf, mich Tash zu nennen!»

Sie drängte sich an ihm vorbei, stieß die Haustür auf und rauschte die Stufen hinunter. Über das Klopfen ihres Herzens hinweg vernahm sie noch immer seine Stimme und fragte sich, warum ihr die Tränen in die Augen stiegen.

«Okay. Du bist offiziell verrückt geworden.» Jo pellte sich die Gummihandschuhe von den Händen und kam zum Küchentisch herüber, wo Natasha mit ihrem Glas Wein saß. «Mac? Dein Ex-Ehemann Mac?»

«Aber das ist ja genau der Punkt. Er ist noch nicht wirklich Ex, und deswegen hat er einen Anspruch auf das Haus.»

«Dann solltest du ausziehen. Das ist Irrsinn. Schau dich nur an. Du bist ein Wrack.»

Dottie, Jos Jüngste, kam in die Küche und kaute auf einem Hundeknochen aus Gummi. «Nein, Schätzchen. Davon kriegst du Würmer.» Ihre Schwester zog ihn dem Mädchen aus dem Mund und schob eine getrocknete Aprikose hinein, bevor Dottie protestieren konnte. «Wissen Mum und Dad davon?»

«Natürlich nicht. Es dauert ja nur noch ein paar Wochen.»

«Du musst da raus. Geh in ein Hotel. Du warst so am Boden, als du noch mit ihm zusammengelebt hast. Das hilft dir nicht gerade dabei, dein Leben wieder auf die Reihe zu bekommen, oder? Lieber Gott, Tash, es geht dir erst seit dem Sommer wieder einigermaßen gut! Ins Bett, ihr zwei!», brüllte sie in die gedämpften Kampfgeräusche aus dem vorderen Zimmer hinein. «Dottie muss auch schleunigst schlafen. Ist es okay, wenn ich dich eine Minute allein lasse und sie ins Bett bringe?»

«Klar», sagte Natasha. Insgeheim war sie erleichtert, dass die niedliche Dottie mit ihrem runden, marmeladenverschmierten Gesicht und ihrem Duft nach Talkumpuder aus dem Zimmer entfernt wurde. Die beiden älteren Kinder hatten genug von ihrem Babytum verloren, um wie Menschen zu wirken. Dottie aber war eine ständige, schmerzhafte Erinnerung an etwas, das sie hätte haben sollen. Eine Abwesenheit, mit der sie sich einfach nicht aussöhnen konnte.

«Sag Tante Tash gute Nacht.»

Natasha wappnete sich für den Kuss.

«Nein», sagte das Kind und vergrub seinen Kopf an Jos Bein.

«Dottie, das ist nicht nett. Sag jetzt Tante Tash gute ...»

«Das ist schon okay, wirklich.» Natasha hob die Hand. «Sie ist müde.» Ihr war klar, dass ihre Schwester dieses schnelle Abwinken als einen weiteren Beweis für ihren Mangel an mütterlichen Genen werten würde.

«Ich lese ihr noch eine Geschichte vor, gib mir fünf Minuten.»

Jo hat zugenommen, dachte Natasha, als sie zusah, wie ihre Schwester sich das Kind mit einer oft geübten, geschmeidigen Bewegung auf die Hüfte setzte. Dauernd beklagte sie sich darüber, wie wenig Zeit sie hatte, dass ihr die Kinder die Figur versaut hätten, und tunkte dabei Butterkekse in den stets bereitstehenden Teebecher. «Für den Blutzucker», sagte sie dazu. «Dann schreie ich beim Abendessen nicht so herum.»

Lange hatte Natasha das Haus ihrer Schwester gemieden. In der Zeit, in der sie die Fehlgeburten gehabt hatte – ihre

Familie wusste nur von einer –, hatte Jos lautes Zuhause mit den Gemälden aus Fingerfarben, den Plastikspielsachen und dem bröckelnden Putz sie zu sehr an die Babys erinnert, die sie verloren hatte. Sie hatte sich selbst dafür verabscheut, dass sie ihren Neid auf diese drei Kinder nicht besiegen konnte, aber es war schlicht einfacher gewesen, so zu tun, als sei sie zu beschäftigt. Seit sie sich für das Jurastudium eingeschrieben hatte, fand ihre Familie sie ohnehin obsessiv, hielt sie für einen Workaholic. Sie war von da an die Akademikerin, die Erfolgreiche. Wenn sie erklärte, es einfach nicht zum gemeinsamen Familienessen zu schaffen, weil sie einen Fall vorbereiten müsse, dann wusste sie, dass man sie zwar vermissen, aber die Entschuldigung mit einem nachsichtigen Kommentar akzeptieren würde. Ihre Mutter würde vielleicht mit einem Seufzen feststellen, wie schade es sei, dass Natasha offensichtlich nicht in der Lage war, sich auf die wirklich wichtigen Dinge im Leben zu konzentrieren.

Seit Macs Auszug hatte ihre Familie sich nicht getraut, sie auf ihr Privatleben anzusprechen. «Wenigstens hast du deine Arbeit», sagten sie die paar Male, die Natasha doch zu Familienfeiern gekommen war. Sie trösteten sich mit dem Glauben, dass die Arbeit ohnehin das war, was sie immer gewollt hatte.

Zehn Minuten später war Jo wieder da und schleuderte die Aprikose in die Spüle. Dann band sie sich die Haare zum Pferdeschwanz zusammen. «Ich muss unbedingt zum Friseur», sagte sie. «Letzte Woche hatte ich einen Termin, aber Theo hatte sich irgendwas eingefangen. Trotzdem musste ich fünfzig Prozent bezahlen – Unverschämtheit.»

Sie setzte sich und nahm genüsslich einen großen Schluck Wein. «Uff. Danke dafür. Ist köstlich. Okay. Ich muss die anderen beiden wohl noch ein bisschen länger aufbleiben lassen, sonst komme ich nie dazu, mit dir zu reden.»

«Und geht's dir gut?», fragte Natasha, da sie vermutete, dass ihre Schwester sie oft egozentrisch fand. Kinderlose Single-Frauen eines gewissen Alters dachten alle nur an sich selbst: Das bekam sie ständig zu hören.

«Oh, alles gut, nichts, was ein Schönheitschirurg und zwei Wochen auf den Seychellen nicht wieder richten könnten. Ach ja, und Sex. Erinnere mich kaum daran, wie das war.» Sie schnaubte. «Egal. Du. Du erzählst mir nie irgendwas. Also schieß los.»

Ihr Leben war diese eigenartig schillernde kleine Seifenblase geworden, dachte Natasha. Das hier war die Normalität. Ihr eigenes Leben war nicht im Geringsten normal. «Ich dachte, Mac würde nur für ein paar Wochen bleiben», sagte sie.

«Ich meine es ernst, Tash. Zieh aus. Ich würde dir ja ein Zimmer hier anbieten, aber wir würden dich in fünf Minuten in den Wahnsinn treiben.» Sie trank wieder einen Schluck Wein. «Du hast doch Geld. Buch dir ein hübsches Wellness-Hotel. Gönn dir jeden Abend nach der Arbeit eine Massage und eine Maniküre. Und rechne das auf seinen Anteil am Haus an. Immerhin hat er dich vertrieben. Der hat Nerven.»

«Das kann ich nicht.» Natasha spielte mit einem Stück Kinderkreide herum.

«Du kannst. Meine Güte, ich würde die Chance sofort ergreifen! Das ist doch der Himmel!»

«Nein, ich kann nicht.» Sie seufzte und wappnete sich. «Weil ich irgendwie für jemanden die Verantwortung übernommen habe. Ein Mädchen.»

Danach bereute Natasha, sich in den letzten Jahren so wenig mit ihrer Schwester getroffen zu haben, denn allen Erwartungen zum Trotz reagierte Jo ganz wunderbar. Zweimal ließ sie sich die Geschichte von Natasha erzählen, dann stand sie auf, ging um den Tisch herum und nahm ihre jüngere Schwester fest in den Arm. «Oh Gott, Tash. Das ist wunderbar. Wie großartig, dass du das gemacht hast. Wenn nur mehr Menschen so wie du wären. Ich finde das ganz toll.» Mit feuchten Augen setzte sich Jo wieder. «Wie ist sie?»

«Das ist das Problem. Es ist nicht so, wie ich dachte. Sie und ich … wir haben irgendwie keinen Draht zueinander.»

«Sie ist ein Teenager.»

«Ja. Aber mit Mac versteht sie sich.»

«Jeder versteht sich mit Mac. Er besteht zu siebenundneunzig Prozent aus Charme.»

«Ich habe es versucht, Jo. Wir erwischen einander ständig auf dem falschen Fuß. So habe ich mir das nicht vorgestellt …»

Jo beugte sich zur Tür, vielleicht um sicherzugehen, dass ihre Kinder außer Hörweite waren. «Lass mich offen sein. In dem Moment, als Katrin dreizehn geworden ist, hat sie sich in eine richtig blöde Kuh verwandelt. Es war, als sei mein süßes Baby verschwunden und durch ein hormonelles Monster ersetzt worden. Sie hat mich mit solchem … Ekel angesehen, als würde ich sie körperlich abstoßen. Alles, was ich sage, nervt sie.»

«*Katrin?*»

«Du hast sie in letzter Zeit kaum gesehen. Sie flucht wie ein Kesselflicker. Gibt freche Antworten. Klaut hier und da Kleingeld, auch wenn David so tut, als würde er nichts davon merken. Schwindelt ständig. Sie ist ein vollwertiges Mitglied im Club der frühreifen Zicken. Ich darf das sagen, weil ich ihre Mutter bin und sie vergöttere. Wenn ich nicht wüsste, dass die alte Katrin da noch irgendwo drinsteckt und sie vermutlich eines Tages wieder zum Vorschein kommt, dann hätte ich sie schon vor Monaten vor die Tür gesetzt.»

Natasha hatte ihre Schwester noch nie dermaßen unsentimental über ihre Kinder sprechen hören.

«Es liegt nicht an dir. Und nach allem, was du erzählst, hat sie ja einiges durchgemacht. Sei einfach für sie da.»

«Ich bin nicht wie du. Ich kann so was nicht.»

«Unsinn. Du bist doch phantastisch, diese ganze Arbeit, die du für benachteiligte Kids machst.»

«Aber das sind Mandanten. Das ist etwas anderes. Ich kämpfe da ganz schön ... Und da ist noch was. Ich bin von einem Jungen, den ich vertreten habe, übers Ohr gehauen worden. Er hat so getan, als hätte er diese schreckliche Odyssee hinter sich, und später habe ich rausgefunden, dass er gelogen hatte. Und jetzt weiß ich nicht mehr, ob ich die Wahrheit von einer Lüge unterscheiden kann.»

«Glaubst du, dass sie dich anlügt?»

«Ich habe zumindest das Gefühl, dass sie mir nicht die volle Wahrheit sagt.»

Jo schüttelte den Kopf. «Sie ist vierzehn. Vermutlich sagt sie dir alles Mögliche nicht, da könnte es um unerwiderte Liebe gehen, um Mobbing, Gewichtsprobleme oder irgendeine doofe kleine Zicke in der Schule, die auf einmal nicht mehr ihre Freundin sein will. So was erzählen sie uns nicht. Sie haben Angst davor, dass wir über sie urteilen, ihnen den Kopf waschen.» Sie lachte. «Oder noch schlimmer, dass wir versuchen, uns einzumischen und die Dinge für sie zu regeln.»

Natasha starrte ihre Schwester an. Woher wusste sie das alles?

«Ich bezweifle, dass sie dich in wichtigen Fragen anlügt. Wahrscheinlich versteckt sich in ihr eine verängstigte kleine

Seele, die froh wäre, sich jemandem öffnen zu können. Geh mit ihr essen, nur ihr beide. Nein, nicht essen.» Sie kaute auf einem Fingernagel. «Zu viel Druck. Macht einfach was zusammen. Etwas, das dir Spaß macht. Nichts zu Intensives. Dann merkst du vielleicht, dass sie sich ein bisschen entspannt.» Sie tätschelte Natashas Arm. «Versuch's mal. Wenigstens wird dich das davon ablenken, dass dieser Penner bei dir wohnt. Und denk dran, du tust allein dadurch etwas Wunderbares, dass du sie bei dir aufgenommen hast.»

«Das ist keine große Sache.»

«Und dadurch nicht weniger wunderbar. Okay. Jetzt bring ich wohl besser diese beiden Terroristen ins Bett.»

Und Mac?, wollte sie fragen. Was mache ich, damit ich mich wegen Mac besser fühle? Aber ihre Schwester war verschwunden.

Der alte Mann nahm mit seiner besseren Hand die Gabel und steckte sich mit stiller, großer Befriedigung langsam Mango-Stücke in den Mund. Mac hatte auf dem Weg eine Packung mundgerecht zubereiteter Stücke gekauft. Sarah spießte jeden kleinen Bissen auf und reichte ihrem Großvater dann die weiße Plastikgabel. So ließ sie ihm die Würde, selbst zu essen.

Mac wartete, bis sie fertig waren und der Captain sich mit einer Papierserviette den Mund abgewischt hatte, bevor er die Mappe aus seiner Tasche zog. «Ich habe was für Sie dabei, Captain», sagte er.

Der alte Mann wandte ihm sein Gesicht zu. Er schien heute wacher, dachte Mac, seine Reaktionen schneller, seine Sprache etwas weniger wirr. Er hatte zweimal recht deutlich nach Wasser verlangt und bei Sarahs Anblick «*Chérie*» gesagt.

Mac zog sich einen Stuhl ans Bett und öffnete die Mappe so,

dass ihr Inhalt für den Captain gut sichtbar war. «Wir haben beschlossen, Ihr Zimmer zu dekorieren.»

Bevor der Großvater sich darüber amüsieren konnte, zog Mac den ersten Abzug heraus, ein DIN-A4-großes Schwarz-Weiß-Foto von Sarah und ihrem Pferd, wie sie zusammen im Park diese trabartige Bewegung auf der Stelle ausführten, die sie *Piaffe* nannte. Der alte Mann sah es sich an und wandte sich dann an seine Enkelin. «Gut», sagte er.

«An dem Tag hat er gut mitgemacht», bestätigte sie. «Er hat wirklich auf mich gehört. Sich sehr bemüht. In jedem Moment …»

«Kleine Pose schön», sagte er sorgfältig. Offenbar überwältigt von diesem plötzlichen Ansturm von Sprache, kletterte Sarah auf sein Bett und glitt neben ihn. Sie legte ihren Kopf auf seine Schulter.

Mac versuchte, nicht hinzusehen, und suchte nach einem weiteren Foto. «Ich glaube, das war …»

«*Épaule en dedans*», sagte sie.

«*Je ne vois rien*», sagte der alte Mann. Er wartete geduldig ab, bis Sarah ihm seine Brille aufgesetzt hatte, und bedeutete Mac dann, ihm den Abzug näher vor die Augen zu halten. Mac hielt daneben noch einen zweiten hoch. Der Captain nickte zustimmend.

«Die sind alle für Ihr Zimmer», sagte Mac und suchte in seiner Tasche nach dem Tesafilm. Sorgfältig hängte er die Bilder um das Bett herum an der blassgrünen Wand auf, die zuvor nur mit einem Aquarelldruck aus den Achtzigern und einem Schild mit dem Hinweis «Bitte waschen Sie Ihre Hände» geschmückt gewesen war. Ein paar befestigte er auch am Fußende des Bettes.

Der Captain sah sich alle gründlich an, eines nach dem anderen, als sauge er noch das kleinste Detail in sich auf. Vermutlich würde er sie den ganzen Tag lang anstarren, dachte Mac.

Als er Sarah auf der Fahrt von seinem Plan erzählt hatte, hatte sie in stummem Erstaunen die Abzüge durchgeblättert. «Ist das okay?», hatte Mac, besorgt über ihre ausbleibende Antwort, gefragt. «Ich habe keine genommen, auf denen du Sachen machst, die du noch nicht machen sollst, wie dieses Auf-den-Hinterbeinen-Stehen und so.»

Sie lächelte ihn an, aber es war ein trauriges Lächeln. «Danke», sagte sie. Ihre Stimme verriet, dass sie noch nicht allzu viel Großzügigkeit gesehen hatte, geschweige denn erwartete.

«Und die besten habe ich mir bis zum Schluss aufgehoben.» Mac wickelte das Foto aus, das er hatte rahmen lassen. Es war kein teurer Rahmen, sondern einer aus leichtem Holz mit einem Passepartout aus Pappe, aber hinter Glas wirkte das Foto des Mädchens, das seine Wange an den Kopf seines Pferdes drückte, leuchtend und scharf. Der alte Mann würde jedes Detail ausmachen können. Es fing ihre Verletzlichkeit ein, diesen merkwürdigen Moment, in dem ein Gesicht sich noch nicht ganz entschieden hatte, ob es einmal schön sein würde. Das Mädchengesicht und der edle Hals des Pferdes verschmolzen beinahe zu einer Einheit, etwas ganz Eigenem. Die monochrome hohe Auflösung gab den beiden Gesichtern eine Würde, ein Geheimnis, das in Farbe nicht zu sehen wäre. Mac wusste, es war eine seiner besten Arbeiten. Als er den fertigen Abzug in Händen hielt, hatte sein Herz einen Moment ausgesetzt.

«Baucher», sagte der Captain und blickte unverwandt auf das Bild. «Sarah.» Er sprach den Namen französisch aus.

«Ich liebe dieses Bild», sagte Mac. «Das war an einem Morgen letzte Woche, bevor wir den Hof wieder verlassen haben. Sie hat gar nicht gemerkt, dass ich sie fotografierte. Wie sie beide die Augen halb geschlossen haben, als seien sie in Gedanken ganz woanders.»

Der Galeriebesitzer hatte das ebenso gesehen. Er wolle die Arbeiten ausstellen, hatte er Mac mitgeteilt. Er war begeistert. Er hatte für jedes Foto einen Preis vorgeschlagen, der Mac in Erstaunen versetzte.

«Die Bilder könnten im Frühjahr in einer Ausstellung gezeigt werden, wenn Sie damit einverstanden sind, aber diese Abzüge sind für Sie. Ich dachte, Sie würden sich vielleicht über etwas freuen, das Sie anschauen können.»

Ein langes Schweigen folgte. Unsicherheit war kein Gefühl, das Mac häufig hatte, aber jetzt spürte er sie kalt im Nacken. Es ist zu viel, dachte er. Ich erinnere ihn damit nur an das, was er verloren hat. Er macht sich Sorgen, dass ich aus ihr Kapital schlage. Wie kam er nur dazu, hier hereinzuschneien wie eine gute Fee und zu entscheiden, worauf er den ganzen Tag blicken sollte? Mac ging einen Schritt Richtung Wand. «Ich meine, wenn es Ihnen nicht recht ist, kann ich …»

Der alte Mann winkte ihn mit einer Geste zu sich heran. Als Mac sich zu ihm hinunterbeugte, nahm der Captain seine Hand zwischen seine beiden und drückte sie. Seine Augen waren feucht. «*Merci*», flüsterte er. «*Merci, Monsieur.*»

Mac schluckte. «Überhaupt keine Ursache», sagte er und zwang sich zu einem lockeren Lächeln. «Nächste Woche mache ich Ihnen noch ein paar mehr.»

Erst in diesem Augenblick bemerkte er Sarah. Untypischerweise hatte sie den ganzen Abend kaum gesprochen. Sie lag noch immer neben ihrem Großvater und hielt seinen Arm fest umklammert, als wolle sie ihn nicht wieder loslassen. Sie hielt ihre Augen fest geschlossen. Eine einzelne Träne, auf die ein Lichtstrahl fiel, rann ihre Wange hinunter. Ein bestürzendes Bild der Trauer.

Sie war ein so eigenständiges Mädchen, so pragmatisch und mit ihrem Pferd beschäftigt, dass Mac manchmal vergaß, wie verloren sie sich fühlen musste. Wie sehr sie ihren Großvater vermissen musste. Er fühlte sich erneut ganz unbeholfen und packte den Tesafilm in seine Tasche.

«So», sagte er, «ich warte unten auf dich, Sarah, in Ordnung? In einer Viertelstunde?»

Er legte das gerahmte Bild auf das Bett und ging aus dem Zimmer. Der Anblick des alten Mannes verfolgte ihn, wie er ratlos die zitternde Hand hob und über das Haar seiner Enkelin strich, während sie ihr Gesicht an seiner Schulter vergrub, um ihre Tränen zu verbergen.

«Man sollte aber das Pferd, das solche Übungen nicht gut beherrscht, doch nicht gleich verwerfen. Viele können es nicht, weil sie darin noch nicht geübt sind, aber nicht deshalb, weil sie vielleicht keine Kraft dazu hätten.»

Xenophon, Über die Reitkunst

Kapitel 14

Vor einigen Jahren, als Mac und Natasha hierhergezogen waren, wurde das Viertel optimistisch als eines beschrieben, das «im Kommen» sei. Wenn dem so war, hatte Natasha damals gedacht, dann lag noch ein ganzes Stück Weg vor ihm. Die meisten Häuser in ihrer Straße wirkten damals heruntergekommen, hatten seit fünf, vielleicht gar zehn Jahren keinen frischen Farbanstrich bekommen. Am Straßenrand standen kaputte Autos ohne Reifen auf Ziegeln.

Die Häuser mit ihren rissigen viktorianischen Stuckfassaden, von denen der Putz blätterte, besaßen zwar kleine Vorgärten, hinter einzelnen verirrten Ligusterhecken verbargen sich aber höchstens Motorräder unter Abdeckplanen oder ein paar Mülleimer mit schief hängenden Deckeln.

Oft hatte Natasha in den ersten Jahren angehalten für einen Plausch mit ihren Nachbarn, Mr. Tomkins, dem älteren Maler aus der Karibik, Mavis mit ihren Katzen, der Familie aus der Wohnungsgenossenschaft mit ihren acht zahnlückigen Kindern. Sie hatten das Wetter kommentiert und sich erkundigt, was Mac gerade am Haus instand setzte. Wenn es in irgendeiner Straße in London ein Gemeinschaftsgefühl gegeben hatte, dann in dieser.

Nun war Mr. Tomkins nicht mehr da, Mavis war lange unter der Erde, und die Wohnungsgenossenschaft hatte ihre Anteile verkauft, die Parteien waren in alle Winde verstreut. Inzwischen waren beinahe alle Häuser porzellanweiß gestrichen, die Risse im Putz sorgfältig gefüllt worden, die Haustüren leuchteten in geschmackvollen Farben der Firma Farrow and Ball. In Form geschnittene Buchsbäumchen oder Lorbeer flankierten die Eingänge, und die Hälfte der kleinen Gärtchen waren zu elegant gepflasterten Auffahrten geworden oder wurden von unfreundlichen schmiedeeisernen Geländern eingezäunt. Davor parkten überdimensionierte SUVs und glänzende Mercedes. Gestresste Karrieremenschen nickten einander flüchtig zu – die Höhe ihrer Hypothekenzinsen stellte sicher, dass für mehr keine Zeit blieb. Oasen des Mittelklasse-Ehrgeizes, umzingelt von abweisenden und bedrohlichen Hochhaus-Siedlungen, die bewohnt wurden von Menschen mit immer weniger Fluchtmöglichkeiten.

Die beiden Welten trafen nie zusammen, es sei denn durch Kriminalität (das kürzlich gestohlene Auto, der Einbruch, das im Mini-Mart geklaute Portemonnaie), den Arbeitsmarkt (jeder hatte natürlich eine Putzfrau oder Nanny) oder durch zivilgesellschaftliche Strukturen (Natasha, die einen Zwölfjährigen vertrat, dessen Alkoholiker-Eltern sich weigerten, ihn wieder mit nach Hause zu nehmen).

Die Kluft zwischen Arm und Reich wurde immer größer, dachte Natasha beklommen, als sie in die Sandown-Siedlung einbog und an ausgebrannten Autos und flackernden Straßenlaternen vorbeifuhr. Sarah saß still neben ihr und umklammerte ihre Schlüssel. Seit sie das Krankenhaus verlassen hatten, war sie so still gewesen, und Natasha, die selbst immer noch geschockt war von dem, was sie dort gesehen hatte, unternahm keinen Versuch, sie zum Sprechen zu bewegen.

«Es wird allmählich», hatte die Krankenschwester heiter gesagt. «Wir haben schon einiges geschafft, nicht wahr, Henry?»

«Henri», hatte Sarah geknurrt. «Man spricht es Henri aus. Er ist Franzose.»

Die Krankenschwester hatte an Natasha gewandt die Augenbrauen gehoben und war gegangen.

«Was – was denken Sie, wie lange er noch hier bleiben muss?» Natasha war der Frau hinterhergeeilt, während Sarah ihren Großvater begrüßte.

Die Krankenschwester hatte sie angesehen, als sei sie ein wenig zurückgeblieben. «Er hatte einen schweren Schlaganfall», erklärte sie, als sei damit alles gesagt.

«Aber Sie müssen doch eine ungefähre Vorstellung haben. Geht es um Tage? Wochen? Monate? Wir ... wir betreuen derzeit seine Enkelin, und es wäre gut, wenn wir eine Vorstellung von der Dauer hätten.»

Die Krankenschwester blickte über die Schulter. Sarah strich die Bettdecke ihres Großvaters glatt und sprach mit ihm, während er sie unverwandt ansah. «Sie müssen mit seinem behandelnden Arzt reden, aber ich kann Ihnen sagen, dass es sich sicher nicht um Tage handelt», sagte sie. «Und ich würde auch nicht von Wochen ausgehen. Er wird noch lange umfassende Pflege brauchen.»

«Könnte ein junger Mensch das schaffen? Sich um ihn zu kümmern?»

Die Krankenschwester verzog das Gesicht. «Jemand in ihrem Alter? Nein. Es wäre viel zu viel Verantwortung für ein Kind. Im Moment leidet Mr. Lachapelle noch unter einer Hemiparese – das ist eine einseitige Muskelschwäche. Er braucht Hilfe beim Waschen, beim Toilettengang. Wir hatten Probleme mit wundgelegenen Stellen, und er hat auch seine Sprache noch nicht zu hundert Prozent zurück. Er bekommt zweimal am Tag Physiotherapie. Immerhin kann er inzwischen selbständig essen.»

«Wird er hierbleiben?»

«Wir sind eine Station für Langzeitbehandlung. Ich finde nicht, dass es angemessen wäre, ihn bereits jetzt in ein Pflegeheim zu geben, solange er noch Fortschritte macht.» Sie blickte auf ihre Uhr. «Entschuldigen Sie, ich muss weiter. Aber es geht voran. Ich glaube, die Bilder haben lustigerweise geholfen. Haben ihm einen Fokus gegeben. Wir mögen sie alle.»

Wieder dieser andere Mac, der die Krankenschwestern becircte und den Kranken half, sogar noch in seiner Abwesenheit.

Sie fuhren durch die ausgedehnte Siedlung und bogen auf den Parkplatz vor Sarahs Wohnblock ein. Mittlerweile hatte es angefangen zu regnen.

«Was willst du noch mal holen?» Natasha stieg hinter Sarah das feuchtkalte Treppenhaus hinauf.

«Nur ein paar Bücher», sagte sie und fügte noch etwas hinzu, das Natasha nicht verstand.

Sie schlossen die Tür auf und drückten sie hinter sich schnell wieder zu. Natasha war dankbar für den Schutz, den Macs eiserner Riegel am Türrahmen bot. Die Wohnung war kalt. Zuletzt war Sarah vor einigen Wochen mit der Sozialarbeiterin hier gewesen. Nun verschwand sie in ihrem Zimmer, während Natasha im Flur wartete. Alles war sauber, besaß aber die abweisende Ausstrahlung einer lange leerstehenden Wohnung. Die meisten Fotografien waren abgehängt und entweder in Sarahs Zimmer bei ihnen oder ins Krankenhaus mitgenommen worden, und die Wände wirkten daher kahl und unfreundlich.

Sie hörte, wie Schubladen herausgezogen und wieder geschlossen wurden, den Reißverschluss einer Sporttasche. Sarah würde nicht in diese Wohnung zurückkehren, da war sich Natasha sicher. Selbst wenn sich der alte Mann wieder erholte, würde er die Treppen nicht mehr schaffen. Der Gedanke lastete schwer auf ihr. War Sarah das klar? Sie war ein intelligentes Mädchen. Was dachte sie, würde mit ihr passieren?

Ihr Blick blieb an einem Foto im Flur hängen, das nicht mitgenommen worden war. Es zeigte Sarah als Drei- oder Vierjährige auf dem Arm einer grauhaarigen Frau, die genauso breit lächelte wie Sarah. Sie wirkte wie jedes andere Kind: sicher, fest verankert im Schoß ihrer Familie, mit klaren Augen ohne Furcht oder Unsicherheit. Innerhalb kurzer Zeit war sie nun abhängig geworden von der Gnade fremder Menschen.

Natasha ließ das Gesicht in ihre Hände sinken. Das war die Schattenseite davon, Eltern zu sein, die völlige, vollkommene Verantwortung für das Glück eines anderen Menschen.

«Weißt du, was, lass uns was essen gehen», sagte Natasha, als sie wieder ins Auto stiegen und sich die Regentropfen von den Ärmeln klopften. «Hast du Lust auf Pizza?»

Sarah blickte sie von der Seite an, und Natasha begriff beschämt, dass sie von dieser Einladung überrascht war. In den letzten Tagen hatte Sarah selbst für ihre übliche Verschlossenheit sehr in sich gekehrt gewirkt. Zweimal hatte sie darum gebeten, allein in ihrem Zimmer essen zu dürfen, und kaum mit ihnen gesprochen, nicht einmal mit Mac, der sie zuvor gelegentlich zum Lachen gebracht hatte.

Natasha dachte an das, was ihre Schwester gesagt hatte. Es lag in ihrer Verantwortung, etwas zu tun, es wenigstens zu versuchen. «Komm schon. Ich habe keine Lust zu kochen, und es war ein langer Abend. Ich kenne ein nettes Restaurant am anderen Ende der High Street.» Sie versuchte, fröhlich und entspannt zu klingen. Gott, es wäre so nett, wenn Sarah wenigstens ein bisschen Begeisterung oder Freude an den Tag legen könnte. Wie oft war sie in ihrem Leben wohl zum Essen ausgeführt worden, um Himmels willen? «Die Pizzen da sind ziemlich gut», fügte sie hinzu.

Sarah hielt die Sporttasche auf ihrem Schoß umklammert. «Okay», sagte sie.

Das Restaurant war nur halb voll, und sie wurden zu einem Tisch in der Nähe des Fensters geführt. Natasha bestellte Knoblauchbaguette und zwei Colas, Sarah blickte hinaus auf die belebte Straße. Ihre Sporttasche hatte sie ordentlich unter ihrem Stuhl verstaut. Sie wählte aus der Speisekarte eine Pizza mit Schinken und Ananas und rührte sie dann kaum an, spießte die Stücke so langsam auf, dass sich Natasha fragte, ob sie vielleicht eine Essstörung entwickelte.

«Hast du dich eigentlich schon immer für Pferde interessiert?», fragte sie, als das Schweigen zwischen ihnen ungemütlich wurde.

Sarah nickte und schob ein Stück Pizza über ihren Teller.

«Kam das durch deinen Großvater?»

«Ja.»

Sarahs Augenbrauen hoben sich gerade weit genug, um Natasha zu verraten, wie dumm sie diese Frage fand.

«Aus welchem Teil von Frankreich stammt er?»

«Ursprünglich aus Toulon, dann hat er in Saumur gelebt. An der Akademie.»

Natasha ließ nicht nach. «Und was hat ihn hierhergebracht?»

«Er hat sich in meine Großmutter verliebt. Sie war Engländerin. Deswegen hat er auch mit dem Reiten aufgehört.»

«Wow.» Natasha stellte sich das Leben auf dem Land in Frankreich vor, dann den Umzug in eine Siedlung wie Sandown. «Und was hat er hier gemacht?»

«Er hat für die Eisenbahn gearbeitet.»

«Das muss schwer für ihn gewesen sein. Die Pferde zurückzulassen. Frankreich. Sein ganzes Leben.»

«Er hat sie geliebt.»

Der Satz klang in Natashas Ohren beinahe wie eine Zurechtweisung. War es wirklich so einfach? Wenn man jemanden so sehr liebte, war es unwichtig, wo man lebte? Waren alle Opfer, die man brachte, egal? Es war offensichtlich, dass Pferde die Leidenschaft des alten Mannes waren, eine Leidenschaft, die durch sein selbstgewähltes Exil nicht ausgelöscht worden war. Aber wie war er mit dem Verlust zurechtgekommen?

Sie erinnerte sich an das Bild von Sarahs Großmutter – eine Frau, die daran gewöhnt war, geliebt zu werden. In ihrem Gesicht spiegelte sich nichts als Zufriedenheit, trotz des Schicksals von Sarahs Mutter. Natasha dachte an die kleinlichen Streitereien, das unablässige Anwachsen bösen Bluts, das letztlich zum Ende ihrer Ehe mit Mac geführt hatte. War ihre Generation einfach nicht in der Lage, Liebe in solch epischem Ausmaß aufrechtzuerhalten?

«Wie hast du Mac kennengelernt?»

Natashas Gabel blieb auf dem Weg zum Mund in der Luft stehen. Sie legte sie wieder auf den Teller. «In einem Flugzeug.»

«Hast du ihn auf Anhieb gemocht?»

Natasha dachte einen Augenblick nach. «Ja», sagte sie. «Es ist leicht, ihn ... jemanden wie ihn zu mögen.»

Das schien Sarah nicht in Frage zu stellen.

Dich hat er auch um den Finger gewickelt, dachte Natasha ein bisschen wehmütig.

«Hast du ihn verlassen oder er dich?»

Natasha trank einen Schluck Cola. «Na ja, es war nicht ganz so einfach ...»

«Also hat er dich verlassen.»

«Wenn du danach fragst, wer ausgezogen ist, dann stimmt das. Aber zu dem Zeitpunkt waren wir uns beide einig, dass wir eine Pause voneinander brauchten.»

«Willst du ihn zurück?»

Natasha spürte, wie ihr die Röte ins Gesicht stieg. «Das steht nicht wirklich zur Debatte. Warum fragst du?»

Sarah brach ein kleines Stück vom Rand ihrer Pizza ab und steckte es in den Mund. Sie kaute, schluckte und sagte dann: «Meine Nana hat einmal zu mir gesagt, sie hoffe, dass Papa vor ihr sterben würde. Nicht, weil sie ihn nicht liebte, sondern weil sie sich Sorgen darüber machte, wie er ohne sie klarkommen würde. Sie dachte, sie würde allein besser zurechtkommen als er.»

«Aber du und er, ihr habt es zusammen hinbekommen.»

«Als sie noch gelebt hat, war er glücklicher. Meine Nana konnte ihn immer zum Lachen bringen.» Sie dachte darüber nach. «Ich kann ihn nicht zum Lachen bringen. Besonders da nicht. Er hasst es dort.»

«Im Krankenhaus?»

Sarah nickte.

«Es ist sicher schwierig für ihn», antwortete Natasha vorsichtig.

«Es ist schlimmer, als wenn er tot wäre.»

Natasha erstarrte, Messer und Gabel in ihren Händen. Sarahs Worte enthielten ein paar unverdauliche Wahrheiten. Für jemanden, der sein Leben draußen verbracht hatte, ständig in Bewegung gewesen war, musste es beinahe unerträglich sein, in einer solchen Existenz gefangen zu sein, gefüttert, gewickelt zu werden wie ein Baby.

Sie versuchte, mit ruhiger Stimme zu sprechen. «Es wird ihm wieder besser gehen», sagte sie sanft. «Die Krankenschwester hat gesagt, er macht Fortschritte.»

Vielleicht hatte Sarah ihr nicht zugehört, oder ihre Worte widersprachen dem, was sie für die Wahrheit hielt. Jedenfalls legte sie Messer und Gabel auf den Teller zum Zeichen, dass sie fertig war, obwohl von ihrer Pizza kaum etwas verschwunden war. «Denkst du, dass er Weihnachten zu Hause ist?», fragte sie.

Um Zeit zu schinden, griff Natasha nach ihrer Serviette, aber selbst dieses kurze Zögern musste Bände gesprochen haben. «Das kann ich nicht sagen. Ich bin kein Arzt.»

Sarah kaute auf ihrer Unterlippe und fixierte etwas draußen auf der Straße.

«Es tut mir leid, Sarah», sagte Natasha. Sie war so blass. Vielleicht hatte sie sogar abgenommen. Natasha überlegte, ob sie nach ihrer Hand greifen sollte. «Ich weiß, dass das sehr schwer für dich ist.»

«Ich brauche Geld.»

«Entschuldige bitte?»

«Ich muss ein paar Sachen für Papa kaufen. Weihnachtsgeschenke. Neue Schlafanzüge und so was», sagte Sarah sachlich.

Von dem Themenwechsel aus der Spur gebracht, steckte

sich Natasha ein weiteres Stück Pizza in den Mund und kaute.

«Was braucht er denn?», fragte sie, als sie geschluckt hatte. «Ich kann morgen auf dem Weg zur Arbeit etwas besorgen, wenn du möchtest.»

«Das kann ich selber machen, wenn du mir das Geld gibst.»

«Du hast die Zeit dafür nicht, Sarah. Du hast Schule, und danach willst du zu Boo.»

«Ich kann in der Mittagspause raus.»

«Du sollst das Schulgelände nicht verlassen. Und ich sehe nicht, wann du sonst dazu kommen könntest.»

«Es ist, weil ich das Kleingeld aus deinem Glas genommen habe, oder?»

«Nein. Ich will nur nicht, dass du noch mehr Stunden verpasst.»

«Es tut mir leid, okay? Das tut mir leid. Es war, weil ich euch nicht von Boo erzählen konnte. Ich zahle es dir zurück.»

«Das ist wirklich nicht nötig.»

«Dann lass mich ein paar Sachen für Papa kaufen. Ich will diejenige sein, die sie aussucht», beharrte sie. «Ich weiß, was er mag.» Ihre Stimme übertönte das Besteckgeklapper im Restaurant. «Dauernd stehlen sie sein Rasierzeug und seine Kleider, und ich kann selbst nichts kaufen, weil das Sozialamt seine Sparbücher hat. Ich würde nicht darum bitten, wenn ich nicht müsste.»

Natasha wischte sich den Mund mit der Serviette ab. «Dann lass uns Samstagvormittag zusammen losgehen. Wir kaufen, was du für notwendig hältst, und hinterher setze ich dich am Stall ab.»

Sarahs Augen verrieten, was sie von diesem Vorschlag hielt.

Warum wollte sie unbedingt alleine losgehen?, fragte sich

Natasha. Wollte sie keine Schlafanzüge kaufen, sondern das Geld für etwas anderes ausgeben? Oder ging es einfach darum, dass sie keine Zeit mit ihr verbringen wollte? Sarah starrte aus dem Fenster, genauso schwer zu verstehen und zu erreichen wie ganz zu Anfang.

«Willst du noch etwas anderes? Ein Eis?»

Sarah schüttelte den Kopf. Sie sah sie nicht einmal an.

«Dann zahle ich», sagte Natasha müde, «und wir gehen besser nach Hause. Ich habe Mac nichts davon gesagt, dass wir auswärts essen.»

Sie traute ihr nicht. Sarah verwünschte sich dafür, dass sie das Geld aus Natashas Münzglas genommen hatte. Hätte sie die Finger davon gelassen, könnte sie jetzt davon nehmen, wo es wirklich darauf ankam.

Sie setzte den Fuß auf die Reisetasche, um sicherzugehen, dass sie noch da war. Das Sozialamt hatte Papas Rente und seine Sparbücher an sich genommen, um die Miete zu bezahlen, aber sie wussten nichts von seinen Pfandbriefen. Wenn sie sie verkaufte und es schaffte, dem Malteser Sal noch ein bisschen länger aus dem Weg zu gehen, konnte sie die Schulden bei ihm vielleicht noch begleichen. Sie sah ihn wieder vor sich, spürte seine Hand auf ihrer Brust, hatte seine Worte im Ohr, und es drehte ihr den Magen um.

Sie brauchte dieses Geld. Sie dachte an die anderen Sachen, die sie mitgenommen hatte. Ein altes Zierglas, das sie sorgsam in einen Pulli gewickelt hatte und das sie vielleicht dem Mann im Trödelladen verkaufen konnte. Ihre CDs, die sie vielleicht in der Schule loswurde. Für ein bisschen Geld. Für irgendwelches Geld.

«Liebe Güte», sagte Natasha, «es ist Viertel nach zehn.

Ich hatte keine Ahnung, dass es schon so spät ist.» Sie zog ihr Portemonnaie heraus, um die Rechnung zu bezahlen. Sie steckte eine Karte in das Kartenlesegerät und plauderte mit dem Kellner, während sie ihre PIN-Nummer eingab.

2340. Einfach zu merken.

Sarah schloss die Augen und krümmte sich bei dem Gedanken daran, was Papa sagen würde, wenn er wüsste, was sie soeben gedacht hatte. Für Stehlen gab es keine Entschuldigung, sagte er ihr immer, wenn wieder einer der Jungs von unten in einem Polizeiwagen abgeholt wurde. Wer etwas stahl, hatte nichts gewonnen. Klauen machte einen in Wirklichkeit nur ärmer. Papa hielt nicht einmal etwas vom Schuldenmachen. Er hatte niemals etwas besessen, das er nicht bezahlen konnte.

Aber als sie dem harten Klacken von Natashas Absätzen über den nassen Gehweg zum Wagen folgte, nisteten sich die vier Zahlen in einer dunklen Ecke in ihrem Kopf ein.

Mac hatte versprochen, Maria nach Hause zu fahren, und bat sie nun, auf der Treppe zu warten, während er kurz hineinrannte, um seine Autoschlüssel zu holen. Er bemerkte, dass Sarahs Licht brannte. Natashas Wagen war nicht da. Sie hatte angekündigt, erst spät aus dem Büro zu kommen, aber es überraschte ihn doch, dass sie Sarah so lange allein ließ. Als er auf der Treppe stand und nach seinem Haustürschlüssel suchte, stand Maria plötzlich hinter ihm. Sie drückte sich an ihn, ihr langer, kurviger Körper umschlang seinen. «Lass uns reingehen.»

«Nein.»

«Du schuldest mir was. Das war der schlechteste Film, den ich je gesehen habe. Du schuldest mir anderthalb Stunden Leben.»

«Zugestanden. Aber nicht hier.»

Sie verzog das Gesicht. «Aber ich vermisse dich. Es ist über eine Woche her. Ich zeige dir meine weiße Haut», bot sie an und zog den Bund ihrer tief sitzenden Jeans noch weiter nach unten, um ihren gebräunten Bauch zu enthüllen. «Nicht sehr viel ist weiß geblieben», hauchte sie. «Du musst gut suchen.»

Maria war schön und unkompliziert, und sie wollte ihn. Er nahm an, dass sie ihn weder liebte noch brauchte, und er konnte nicht anders, als sie dafür zu mögen. Es gab ihm das beruhigende Gefühl, dass er sie, was immer er tat, nicht verletzen würde.

«Süße, ich kann nicht», sagte er.

«Du nimmst mich am Wochenende mit hierher. Warum nicht jetzt?»

Er blickte die Straße hinunter. «Weil meine Ex bald zurückkommt und es nicht fair wäre.»

Sie machte sich von ihm los. «Mir gegenüber ist es nicht fair! Grrr! Warum lässt du dein Leben von dieser trübseligen Frau bestimmen? Du sagst, sie hat einen Freund, oder?»

«Ja.»

«Hat sie Sex mit ihm?»

«Weiß ich nicht», brummte er unbehaglich. «Vermutlich.»

«Natürlich hat sie Sex.» Sie legte eine Hand auf seine Brust. «Jede Menge Sex mit diesem schrecklichen alten Mann. Zwei schreckliche, triste Leute. Und woher weißt du, dass sie im Moment nicht bei ihm ist?»

Er versuchte, sich zu erinnern, ob Natasha am Morgen gesagt hatte, dass sie heute Abend weg sein würde. Er hatte nur auf die Cricket-Ergebnisse im Radio geachtet und ihr nicht zugehört. «Ich weiß es nicht.»

Maria grinste. «Bestimmt hat sie widerwärtigen Sex mit

ihm. Schrecklichen Triste-Leute-Sex. Und dabei lachen sie über ihren Exmann, der sich nicht traut, in seinem eigenen Haus mit seiner schönen Freundin zu schlafen. Weil es sie wütend machen könnte.» Sie lächelte ihn süß an und genoss sein Unbehagen.

«Du bist eine schlimme Frau.»

«Oh, ich kann noch viel schlimmer sein.»

«Daran habe ich keinen Zweifel.»

«Dann komm. Du schmuggelst mich in dein Zimmer. Wir haben einen Quickie, und ich gehe. Es wird sich anfühlen, als ob wir wieder Teenager wären.» Sie schlang ihre Arme um seine Hüfte, steckte die Hände in seine Gesäßtaschen und zog ihn an sich.

Er blickte auf seine Uhr. Er konnte nicht sicher sein, dass Sarah schlief. «Ich sag dir was, lass uns zu dir gehen.»

«Meine beiden Cousinen wohnen gerade bei mir. Und mein Onkel Luca. Ist wie auf dem Piccadilly Circus. Mit *bigos*.»

«*Bigos?*»

«Das ist … geschmorter Kohl.»

«Oh, das turnt einen an.»

«Mac …», ihre Stimme senkte sich zu einem sinnlichen Murmeln, «Mac, ich mag dein Haus.» Sie zwirbelte mit ihren Fingern in seinen Haaren. «Ich mag dein Zimmer. Ich mag dein Bett …»

Er versuchte, entschlossen zu bleiben. «Bestimmt könnte ich mich an *bigos* gewöhnen.»

Ihre Augen verengten sich, und sie lächelte dieses katzenhafte Lächeln. «Weißt du, was das Wort bedeutet? Wenn man es übersetzt?»

«Ich habe mein Englisch-Polnisch-Wörterbuch gerade nicht zur Hand.»

«*Ärger*», flüsterte sie und knabberte an seinem Ohr. «Es bedeutet *Ärger.*»

Vermutlich schlief Sarah schon. Und selbst wenn nicht, wäre das wirklich so schlimm? Sie blieb abends meistens sowieso in ihrem Zimmer.

Maria lehnte sich ein Stück zurück. Sie blickte nach unten und hob dann den Blick zu ihm. «Du kannst nicht behaupten, dass du mich nicht vermisst hast.»

Natasha war vermutlich bei Conor, überlegte er, als er die kichernde Maria durch die Haustür zog. Und Maria war eine Frau mit sehr kurzer Aufmerksamkeitsspanne. Eine alte Weisheit kam ihm in den Sinn, während er die warnende Stimme in seinem Kopf verdrängte. Sie handelte von geschenkten Gäulen und Mäulern.

«Die Lichter sind an. Mac muss schon zu Hause sein», sagte Natasha, als fiele ihr nichts anderes ein, worüber sie reden konnte. Sarah bemerkte, dass sie ihren Mund zu einer schmalen Linie zusammengepresst hatte. Sie zog den Schlüssel aus der Zündung und griff im Fußraum hinter sich nach ihrer Tasche. Dabei streifte Sarah ein Hauch von ihrem teuren Parfüm. «Soll ich dir mit deiner Tasche helfen?»

Als wäre sie ein Kind. «Nein», sagte Sarah. «Danke.» Sie konnte die Sporttasche nicht loslassen. An diesem Abend hatte sie zeitweise das Gefühl gehabt, sich an ihr festzuhalten sei das Einzige, was sie aufrecht hielt.

«Morgen musst du den Bus nehmen», fuhr Natasha fort und schloss den Wagen hinter ihnen ab. «Mac hat mir vorhin eine SMS geschrieben, er hat morgen früh einen Job, und ich muss leider in eine Besprechung. Ist das okay für dich?»

«Ja.»

«Und wir sorgen dafür, dass dein Großvater ein paar schicke neue Sachen bekommt. Ich bezahle sie gern, Sarah.» Sie öffnete die Haustür.

Sie hatte ihr mitfühlendes Gesicht aufgesetzt, das sie wahrscheinlich auch für ihre Mandanten verwendete. Im Haus war es warm, und Sarah schälte sich aus ihrem Mantel.

«Es geht nicht um Vertrauen, Sarah. Wirklich. Wenn ich dir nicht vertrauen würde, dann würde ich dich nicht in meinem Haus wohnen lassen. Ich glaube nur, es ist besser, wenn wir uns am Samstag zusammen darum kümmern. Wir können in jeden Laden gehen, in den du möchtest. Wir können ein Taxi zu Selfridges nehmen, wenn du willst. Wie klingt das für dich?»

Sarah zuckte mit den Schultern. Ohne sie anzusehen, wusste sie, wie genervt Natasha war.

«Hör mal, es ist schon spät. Du gehst besser hoch, und wir reden morgen früh.»

Als sie das Klappern aus der Küche hörten, drehten sie sich beide um. Natasha nahm ihren Schal ab und ging auf die Tür zu. «Mac? Ich habe Sarah gerade gesagt, dass ...»

Sie erstarrte, als eine große blonde Frau, die nur mit einem Männer-T-Shirt und Slip bekleidet war, mit zwei Gläsern Wein in der Hand in den Flur trat. Sie hatte Haare, wie man sie in der Shampoo-Werbung sieht, unglaublich fein und glänzend, und endlose, gebräunte Beine. Ihre Zehennägel sahen aus wie rosa lackierte kleine Muscheln. «Du musst Natasha sein.» Sie lächelte, balancierte die Gläser mühsam mit der einen Hand und streckte die andere aus. «Ich bin Maria.» Ihr Lächeln war breit, aber nicht freundlich. Es sah ein wenig aus wie ein Feixen. Sarah stand fasziniert hinter Natasha und blickte auf die Hand, die ausgestreckt in der Luft hing.

Natasha schien ihre Fähigkeit zu sprechen eingebüßt zu haben.

«Mac hat mir so viel erzählt von dir», sagte die große Frau und zog ihre Hand ohne sichtliche Verärgerung zurück. «Ich wollte gerade Tee machen, aber du hast keine Sojamilch, oder? Kuhmilch ist *so* schlecht für die Haut.» Ihr Blick blieb einen Augenblick zu lang an Natashas Teint haften. «Entschuldigt mich. Ich muss wieder nach oben. Jemand wartet …» Grinsend ging sie an Natasha vorbei. Ihre bloßen Brüste wackelten unter dem T-Shirt, und ein leichter Moschusgeruch blieb hinter ihr in der Luft hängen.

Natasha rührte sich immer noch nicht.

Sarah beobachtete die Szene mit halb offenem Mund. Natasha war ziemlich blass, und ihre Knöchel am Griff ihrer Aktentasche waren weiß. Sie sah aus, wie Sarah sich fühlte, wenn ihr die Tränen kamen und sie nicht weinen wollte.

Nachdem ein paar Augenblicke verstrichen waren, machte Sarah einen vorsichtigen Schritt auf sie zu. «Soll ich dir eine Tasse Tee kochen?» Irgendjemand musste irgendwas unternehmen. Es war schrecklich, irgendwen so etwas durchmachen zu sehen. «*Ich* mag normale Milch», fügte sie einfallslos hinzu.

Aber es war, als hätte Natasha vergessen, dass sie da war. Sie blickte auf, ihre Augen wurden groß, und sie zwang sich zu einem Lächeln. «Das ist … lieb von dir. Aber nein danke, Sarah.» Sie schien nicht zu wissen, was sie tun sollte.

Sarah umarmte ihre Tasche. Am liebsten hätte sie sich in ihrem Zimmer versteckt, aber wenn sie hochging, sah das vielleicht so aus, als würde sie Partei ergreifen, und sie war sich noch nicht sicher, wie sie das, was eben passiert war, einschätzen sollte.

«Weißt du …» Natasha legte sich eine Hand an die Wange. Die Farbe war in ihr Gesicht zurückgekehrt, sie sah nun ziemlich pink aus. «Weißt du … Ich glaube, ich …»

Sie hörten, wie sich eine Tür öffnete, Gelächter. Dann stieg Mac die Treppe herunter, die Hand auf dem Geländer. Er trug Jeans, sein Oberkörper war nackt. «Tash.» Auf halbem Weg nach unten blieb er stehen. «Es tut mir leid. Ich dachte, du seist … Ich dachte, Sarah sei …»

Natasha starrte ihn an. Sie sah plötzlich sehr müde aus, dachte Sarah. «Stilvoll, Mac», sagte sie leise. Sie stand noch ein wenig länger da, nickte, wie um sich selbst etwas zu bestätigen, drehte sich dann auf dem Absatz um und ging zur Haustür hinaus, die sie fest hinter sich zuzog.

«Denn die Pferde gebrauchen die Schenkel nicht gelenkiger, wenn ihnen wehe getan wird. Gibt man ihm aber … die Zügel, dann rennt es aus Vergnügen.»

Xenophon, Über die Reitkunst

Kapitel 15

Sarah lag im Bett, hatte die Knie an die Brust gezogen und die Arme darum geschlungen. Das Federbett ruhte leicht auf ihrem zusammengerollten Körper und schuf ein warmes Nest. Sie stellte sich vor, wie es wäre, diesen Kokon nie verlassen zu müssen. Die Laken aus ägyptischer Baumwolle verströmten immer noch den köstlichen Duft nach Textil-Erfrischer, den die Putzfrau benutzte, wenn sie sie bügelte – ein zarter Geruch nach Lavendel und Rosmarin. Sanftes Licht fiel durch die Seidenvorhänge, die sie vor zu schnellem Erwachen schützten. Doch als das Zimmer mit seiner antiken Kommode und dem riesigen venezianischen Spiegel heller wurde, spürte sie, wie sie sich selbst verdunkelte.

Sie starrte an die Wand und konzentrierte sich auf ihren Atem. Wenn man nicht darauf achtete, strömte die Luft einfach in den Körper hinein und wieder hinaus. Es spielte keine Rolle, was man tat, ob man rannte, ritt, schlief, sie strömte einfach hinein und wieder hinaus und erfüllte ihre Aufgabe, sie hielt einen am Leben. Sobald man darüber nachdachte, wurde die Luft passiv. Wartete darauf, dass man selbst seine Lungen füllte. Blieb weg, wenn sich der Magen vor Furcht zusammenzog.

Nun konnte sie ihm nicht mehr aus dem Weg gehen. Er würde sich nicht mit dem abspeisen lassen, was sie bislang zusammengekratzt hatte. Sie schloss ihre Augen, verdrängte die Gedanken, atmete ein und wieder aus.

Papa war inzwischen sicher wach; er war immer ein Frühaufsteher gewesen. Starrte er an die Wand? Wartete darauf, dass das Tageslicht das Pferd sichtbar machte, die Enkelin, die er liebte? Stellte er sich vor, wie er auf einem der Pferde saß, die er in Frankreich zurückgelassen hatte? Stumm und hochkonzentriert, während sie durch eine riesige Arena tanzten? Oder befand er sich in einem medikamentösen Halbschlaf, sabbernd, und wurde brüsk von Aushilfskrankenschwestern versorgt, die mit ihm sprachen, als sei er nicht nur zu alt, um sie zu verstehen, sondern auch noch dumm? Sarah zog ihre Knie noch enger an sich, ein Schauer überlief sie.

Am Vorabend hatte Papa ihre Hand in seinen zitternden Fingern gehalten. Seine Haut hatte sich angefühlt wie Papier, sein eigener Geruch war von etwas Scharfem, Desinfizierendem verdrängt worden. Er war nicht mehr er selbst. Egal, ob die Leute im Krankenhaus von «Fortschritt» sprachen, jedes Mal, wenn sie ihn sah, war er ein Stück weiter entfernt. Es war, als entwichen mit jedem Atemzug kleine Teile von dem, was ihn zu Papa machte, zum Captain, zu Nanas geliebtem Ehemann. Manchmal glaubte sie, genau zu wissen, wie sich das anfühlte.

Drei Kilometer entfernt erwachte Natasha vom Duschgeräusch ihres Nachbarn und grübelte verschlafen über die

Rücksichtslosigkeit von Menschen, die es in Ordnung fanden, den Ton des Fernsehers morgens um Viertel nach sechs voll aufzudrehen.

Nachrichten. Halb sieben. Durch die papierdünne Wand hindurch hörte sie sogar die Zeitansage. Sie rappelte sich auf, spürte die ersten Stiche wuchtiger Kopfschmerzen und musste sich einen Moment anstrengen, um sich zu erinnern, wo sie war. Ein fremder Bettbezug. Ihre Handtasche über einem Stuhlrücken. Ein gemusterter beiger Teppich. Eine fast leere Flasche Rotwein.

Die vorangegangene Nacht flutete zurück in ihren Kopf, sie legte sich zurück auf das Hotelkissen und schloss die Augen. Wie diese Frau sie angesehen hatte, als sei sie ohne jede Bedeutung. Das Lachen in ihren Augen, das auf verratene Geheimnisse deutete, auf eine verspottete Vergangenheit. Wie hatte er das nur tun können? Sie wischte sich über die Augen. Andererseits, warum sollte er nicht? Er besiegelte nur, was sowieso feststand: ihre endgültige Trennung. Was konnte sie von ihm erwarten? So viele Bilder: Mac, als sie noch zusammen gewesen waren, inmitten von Frauen, die sie kaum als Hindernis betrachtet hatten. Wie er aussah: Ein Mann, nach dem Frauen sich umdrehten, immer eine Stufe höher als sie auf der Skala menschlicher Attraktivität, und die Frauen erkannten das. Sie hatten es sie spüren lassen. Zuerst hatte sie gedacht, es spiele keine Rolle, damals hatte die volle Strahlkraft seines Charmes noch ausschließlich ihr gegolten, sie hatte sich geliebt, gebraucht, begehrt gefühlt. Auf Partys hatte sie ihn scherzhaft aufgefordert, loszuziehen und zu flirten, und später seinen Blick erhascht, der ihr sagte, dass die anderen verglichen mit ihr nichts waren.

Und dann war mit jeder Fehlgeburt ihr Vertrauen in ihre

Weiblichkeit geschrumpft. Sie ertappte sich dabei, wie sie im Stillen die Fruchtbarkeit anderer Frauen abschätzte und sich mit ihnen zu ihren eigenen Ungunsten verglich. In ihren Augen wirkten sie alle fortpflanzungsfähig, jung. Sie hatte begonnen, sich alt zu fühlen, innerlich ausgetrocknet. Und da stand er, verzauberte sie, plante vielleicht schon eine neue Beziehung mit einer jüngeren, schöneren Frau. Einer, die ihm Kinder gebären würde. Wie konnte man von ihm erwarten, dass er bei ihr blieb? Er wurde wütend, wenn sie das aussprach. Am Schluss war es einfacher gewesen, nichts mehr dazu zu sagen. Conor war der erste Mann, der ihr das Gefühl gab, dass Mac mit ihr Glück gehabt hatte.

Mac gehörte nicht zu ihr. Es war durchaus möglich, dass er nie zu ihr gehört hatte. Das war nur wieder dadurch verschleiert worden, dass sie erneut zusammengewohnt hatten, durch die künstliche Nähe, die die Umstände ihnen aufgezwungen hatte.

Schwerfällig stieg Natasha aus dem Bett, ging ins Bad und drehte den Wasserhahn auf. Dann ging sie zurück ins Zimmer und schaltete den Fernseher an. Auf volle Lautstärke.

Sarahs Talent, sich unhörbar fortzubewegen, hätte einen indianischen Fährtenleser beschämt. In den letzten Wochen war es nichts Ungewöhnliches gewesen, dass sie ohne Ankündigung plötzlich hinter ihm auf der Treppe oder neben ihm in der Küche auftauchte. Es war, als hätte sie beschlossen, ihre Anwesenheit so unaufdringlich wie möglich zu gestalten, keinen Platz in Anspruch zu nehmen, das Haus mit keinem Geräusch zu stören. Normalerweise hätte das leise Knarzen der Schritte eines Teenagers auf dem Weg nach unten ihn nicht geweckt. Aber Mac lag seit Stunden wach.

Am Vorabend war Maria kurz vor elf gegangen, eine gute halbe Stunde, nachdem Natasha davongefahren war. Es wäre nutzlos gewesen, ihr zu folgen. Er hatte keine Ahnung, wohin sie gegangen war oder was er zu ihr sagen sollte, wenn er sie fände.

Maria hatte verächtlich geschnaubt, als er wieder nach oben gekommen und auf das Bett gesunken war, ohne das Glas anzunehmen, das sie ihm hinhielt. «Regt sie sich auf wegen dem Wein? Ich kaufe ihr eine neue Flasche. Ist sowieso nur Wein aus dem Supermarkt.» Sie nahm einen Schluck. «In Polen gilt es als unhöflich, wenn man so wenig gastfreundlich ist.»

Er wusste, Maria war sich im Klaren darüber, dass es nicht um den Wein ging, und einen Augenblick lang empfand er eine starke Abneigung gegen sie. Es war eine absichtliche Grausamkeit gewesen, und sie hatte sie genossen.

«Ich glaube, du gehst besser», hatte er gesagt.

«Was macht es dir überhaupt aus?», rief sie und zerrte beim Hineinschlüpfen demonstrativ an ihrer Jeans. «Du hast sie ein Jahr lang nicht gesehen. In ein paar Wochen bist du geschieden. Jedenfalls sagst du das.»

Er konnte ihr nicht antworten. Weil er Natashas Gefühle nicht verletzen wollte? Weil ein dummer, optimistischer Teil von ihm geglaubt hatte, sie könnten es irgendwie als Freunde beenden? Dass er nach der Scheidung diese witzige, sarkastische, brillante Frau noch in seinem Leben behalten könnte? Oder weil er ihr Gesicht gesehen hatte, blass vor Schock und Verletztheit? Der Vorwurf hinter der blitzenden Wut in ihren Augen verfolgte ihn bis in die frühen Morgenstunden hinein.

Er stand auf, bespritzte sein Gesicht mit kaltem Wasser, zog seine Jeans an und tapste nach unten. Sarah stand in ordentlich gebügelter Schuluniform in der Küche und machte sich ein Sandwich. «Entschuldige», sagte er verschlafen, «ich hätte dir deine Lunch-Box machen sollen.» Er rubbelte über die Bartstoppeln auf seinem Kinn und fragte sich, ob er noch Zeit für eine Rasur hatte.

«Normalerweise macht Natasha sie mir», sagte sie.

«Ich weiß. Ich schätze, ich habe gestern Abend nicht nachgedacht. Bist du auf dem Weg zum Stall?» Er blickte auf die Wanduhr. «Du hast nicht viel Zeit eingeplant.»

«Es wird schon klappen.»

«Ich würde dich ja fahren, aber ich habe ...»

«Musst du nicht», unterbrach sie ihn.

«Willst du für Boo einen Apfel mitnehmen?» Er fasste in die Obstschale und warf ihr einen zu in der Erwartung, dass sie die Hand ausstreckte und ihn auffing. Das war eine Art Ritual zwischen ihnen geworden. Doch sie trat einen Schritt zur Seite und ließ den Apfel auf den Steinfußboden prallen.

Er hob ihn auf und betrachtete ihren steifen, schlanken Rücken, die bewusst aufrechte Haltung. «Bist du wütend auf mich?»

«Geht mich nichts an», antwortete sie und packte das Sandwich sorgfältig in ihre Schultasche.

Mac nahm den Teekessel und füllte ihn. «Tut mir leid wegen gestern Abend.»

«Ich glaube nicht, dass ich diejenige bin, bei der du dich entschuldigen solltest.»

«Ich wusste nicht, dass sie noch nach Hause kommt», sagte er.

«Aber es ist immer noch ihr Haus.»

«*Unser* Haus.»

«Egal.» Sie zuckte mit den Schultern. «Ich habe ja schon gesagt, das geht mich nichts an.»

Er machte sich Kaffee und staunte insgeheim darüber, was für ein schlechtes Gewissen ein vierzehnjähriges Mädchen einem erwachsenen Mann machen konnte. Dass Natasha wütend sein würde, hatte er gewusst. Das hier hatte er nicht erwartet.

«Kann ich ein bisschen Geld haben?» Sie stand im Mantel hinter ihm.

«Klar», sagte er und war froh darüber, etwas tun zu können, das von seiner Schande ablenkte. «Wie viel brauchst du?» Er begann, seine Taschen zu durchwühlen.

«Fünfzig?», schlug sie vor.

Er sortierte die Münzen auf seiner Handfläche. «Hier», sagte er und hielt ihr eine Silbermünze hin.

«Fünfzig Pence?»

«Du wolltest fünfzig Pfund? Sehr witzig. Hör mal, ich habe heute Morgen einen Job. Ich ziehe mir heute Nachmittag Geld am Automaten. Du kannst einen Zehner haben. Gönn dir was. Geh später mit deinen Freunden einen Burger essen.»

Sie sah nicht so erfreut aus, wie er es erhofft hatte. Aber es wäre gut, wenn Sarah heute Abend nicht zu Hause wäre, denn er musste mit Natasha sprechen. Nur hatte er keine Ahnung, was zum Teufel er sagen würde.

Jede Akte, die an einen Anwalt geschickt wurde – im Gegensatz zu Behördenakten –, war mit einem rosa Bändchen verschnürt. Dieser Anachronismus hatte nicht nur mit säuberlicher Ordnung zu tun oder einer obskuren Ablageform. Das Bändchen hatte einen Zweck; es symbolisierte die Fähigkeit des Anwalts, sich von seinem Fall emotional zu distanzieren.

Der Anwalt bekam Informationen gerade wegen seiner Unabhängigkeit, seiner Objektivität. Wenn das Bändchen wieder zugebunden war, wurde die Akte zurückgeschickt. Der Anwalt ließ die Fakten des Falls hinter sich.

In einigen Fällen, dachte Natasha, als sie Michael Harrington gegenübersaß, fiel einem die Objektivität leichter als in anderen. Sie hatten sich in seinem Büro getroffen, um über den Scheidungsfall Persey zu sprechen, bald würde der Prozess beginnen. «Sie sehen müde aus, Natasha», bemerkte er und rief nach seiner Referendarin. «Ich hoffe, die Details dieser Akte halten Sie nachts nicht wach.»

«Nicht im Geringsten.»

«Ich denke, wir sollten morgen früh mit Mrs. Persey sprechen.»

Er starrte sie an, und sie war sich nicht sicher, wie lange sie schon auf die Papiere geblickt hatte.

«Natasha? Alles in Ordnung?»

«Alles gut.»

«Können Sie dabei sei?»

Der Tag war bereits grauenvoll eng getaktet. «Ich nehme mir die Zeit.»

«Gut. Okay. Das war es dann wohl für heute.» Er erhob sich, und sie raffte ihre Sachen zusammen. «Nein, nein, ich meinte nicht, dass Sie sofort gehen sollen. Haben Sie noch ein paar Minuten? Zeit für ein Getränk?»

Sie dachte an den Vorabend. «Ein Tee würde mir reichen», sagte sie und setzte sich wieder. «Danke.»

«Prima.»

Seine Referendarin steckte den Kopf durch die Tür.

«Beth, könnten Sie uns zwei Tassen Tee bringen? Zucker? Beide ohne Zucker. Danke.»

Unvermittelt wechselte er das Thema. Er sprach über seine erwachsenen Kinder, seine wiederentdeckte Leidenschaft fürs Segeln.

«Offen gestanden», fuhr er fort, «will ich schon seit einiger Zeit mit Ihnen sprechen. Wir bemühen uns seit einer Weile, hier einiges umzustrukturieren, eine Balance zwischen den Rechtsgebieten zu finden. Und wir werden wohl eine Stelle zu besetzen haben.»

Sie wartete.

«Ich verfolge Ihre Karriere schon lange. Besonders Ihre Arbeit im Fall Richmond gegen Turner hat mich beeindruckt. Und alle Kollegen, mit denen ich spreche, wissen nur Gutes über Sie zu berichten.»

«Vielen Dank.»

«Wenn hier eine Stelle zu besetzen sein sollte, hätten Sie daran Interesse?»

Natasha war verblüfft. Während ihrer Jura-Ausbildung hatte Harrington Levinson als der Inbegriff einer modernen, progressiven Kanzlei mit furchterregendem Ruf gegolten. Und jetzt sprach Michael Harrington, ihr Gründer, sie aktiv an. «Ich bin sehr geschmeichelt», sagte sie. Seine Referendarin kam mit dem Tee herein. Natasha wartete, bis sie die Tür wieder hinter sich geschlossen hatte. «Ich sollte Ihnen vielleicht sagen, dass im Raum steht, mich in meiner jetzigen Kanzlei zur Partnerin zu machen.»

«Ich weiß nicht, ob das für Sie der beste Schritt wäre. Sicher wissen Sie, dass viele Anwälte sich derzeit dafür entscheiden, nur noch vor Gericht zu plädieren?», sagte er. «Das Sprungbrett dazu biete ich Ihnen.»

Sie versuchte, das, was er sagte und dessen Implikationen, zu begreifen. Sie würde das tägliche Chaos ihres Jobs aufgeben und aus der distanzierteren Warte eines Gerichtsanwalts agieren. Sie würde nicht mehr in die Leben ihrer Mandanten hineingezogen werden wie jetzt. Früher war es ihr einmal wichtig gewesen, involviert zu sein, teilzuhaben an dem Schicksal ihrer Klienten. Seit Ali Ahmadi war sie sich da nicht mehr so sicher. «Michael, das wäre natürlich ein großer Schritt», sagte sie und dachte an Conor. «Ich muss gründlich darüber nachdenken.»

Er kritzelte etwas auf ein Stück Papier und reichte es ihr. «Meine Telefonnummern. Versuchen Sie nicht, mich über das Sekretariat zu erreichen – sie schotten mich ab wie Wachhunde. Aber rufen Sie an. Mit jeder Frage, die Sie mir zu dem Angebot stellen wollen – über Geld, Referendariate, Büros, alles.»

«Möchten Sie Referenzen?»

«Ich weiß alles über Sie, das ich wissen muss.» Er lächelte. «Wohin müssen Sie als Nächstes? Noch eine Besprechung?»

Sie starrte auf das rosa Bändchen und zwang sich dazu, sich ins Gedächtnis zu rufen, was es bedeuten sollte. «So was in der Art», sagte sie schließlich und setzte ihre Teetasse auf dem Schreibtisch ab. «Ich rufe Sie an, Michael. Vielen Dank. Ich werde über Ihr Angebot gut nachdenken.»

Wenig unterschied das Haus von den anderen modernen, schmucklosen Bauten aus hässlichen braunen Ziegeln. Die vielen Klingeln am Eingang waren der einzige Hinweis darauf, dass diese kleinen Behausungen in noch kleinere Wohnungen unterteilt waren. Doch das schmutzige, verdrehte Polizei-Absperrband, das unter der Ligusterhecke verloren im Wind flatterte, erzählte seine eigene Geschichte, gab einen Hinweis auf die Schwere der Vorgänge hinter dieser Tür.

Natasha stand auf dem Gehweg und blickte zu den nichtssagenden, gardinenverhangenen Fenstern hinauf. Wo wohl befand sich die *Verkäuferin, 26*, wie sie in der Zeitung bezeichnet worden war, jetzt? War sie da drin und spähte am Vorhang vorbei hinaus, oder lag sie noch im Krankenhaus? Hatte sie zu viel Angst, um nach Hause zurückzukehren? Hatte sie sich gefragt, welche Verkettung von Umständen den jungen Mann zu ihr geführt hatte?

Warum hatte sich Ali Ahmadi ausgerechnet diese Adresse ausgesucht? Wieso hatte seine Reise vom anderen Ende der Welt mit sechs Schritten ausgerechnet diese Stufen hinauf geendet? Wie hatte ein kleines Versäumnis ihrerseits oder von anderer Seite eine solch verheerende Wirkung haben können?

Natasha hatte einen Kloß in der Kehle. Vielleicht war sie gar nicht hier, um Hinweise zu finden. Vielleicht wollte sie nur stumm um Entschuldigung bitten. Ich hätte ihn überprüfen sollen, sagte sie sich im Stillen. Dann hätte ich dich davor bewahren können.

Sie wurde vom Klingeln ihres Telefons unterbrochen.

Ben. «Sie haben Ihren Termin um Viertel nach vier doch nicht vergessen?»

«Verschieben Sie ihn», sagte sie. Neben ihrem Auto blieb sie stehen und beobachtete zwei junge Mädchen, die auf der anderen Straßenseite Kinderwagen vorüberschoben. Beide sprachen in ihre Mobiltelefone und nahmen anscheinend weder die Babys noch einander wahr.

«Was?»

«Sagen Sie ihn ab. Ich komme heute nicht mehr ins Büro.»

Längeres Schweigen folgte.

«Was soll ich Linda sagen? Geht es Ihnen gut?»

«Ja. Ehrlich gesagt, nein, ich fühle mich nicht so gut. Ich gehe nach Hause. Richten Sie bitte aus, dass es mir sehr leidtut. Machen Sie für später diese Woche einen neuen Termin aus. Es ist Stephen Hart. Er wird Verständnis haben.»

Erst nachdem sie aufgelegt hatte, fiel ihr ein, dass nach Hause zu gehen keine Möglichkeit mehr für sie war.

Jessica Arnold hatte schon dreiundzwanzig Freunde gehabt, vierzehn aus ihrer Klassenstufe, vier aus dem Jahrgang darüber und den Rest von außerhalb der Schule, aus Sandown und den umliegenden Siedlungen. Zurzeit waren ihre Freunde bevorzugt ältere Männer, die in tiefer gelegten, getunten Autos vor dem Schultor auf sie warteten. Mit den meisten von ihnen hatte sie geschlafen. Sie gehörten nicht zu der Sorte Männer, die mit ausführlichen Knutschereien auf Parkbänken zufriedenzustellen waren.

Wenn sich Jessica am einen Ende des Spektrums sexueller Erfahrung der Klassenstufe zehn befand, dann stand Sarah am anderen Ende, zusammen mit Debbie Dermott mit ihrer dicken Brille und der Zahnspange und zusammen mit Saleema, die außerhalb des Schulgeländes eine Burka tragen musste und nie mit Jungen sprach, geschweige denn sie küsste. Es lag nicht daran, dass Sarah hässlich gewesen wäre, sie interessierte sich einfach nicht sehr für Jungs.

Die Jungen, die sie kannte, würden keinen Wert darauf legen, von Boos Fortschritten bei der *basse école* oder von den komplizierteren Anforderungen der *haute école* zu hören. Sollten sie je mit in den Stall kommen, würden sie blöde Bemerkungen darüber machen, dass es dort stank, sie würden laut herumtönen und die Pferde erschrecken und in der Nähe von Stroh rauchen. Sie würden Sarahs Leben nicht verstehen.

Sie hatte Papa nie davon erzählt, aber manchmal, in den wenigen schmerzhaften Momenten mitten in der Nacht, wenn sie sich überfordert fühlte und ihr Körper erfüllt war von dem Verlust von etwas, das sie nicht verstand, stellte sie sich vor, Mitglied des Cadre Noir zu sein. Sie wäre die beste Reiterin, die man dort je gesehen hatte. Und es gäbe dort einen gut aussehenden jungen Captain in einer gut sitzenden schwarzen Uniform mit goldenen Epauletten. Er wäre ein brillanter Reiter, und er würde sie verstehen. Er würde nicht in geklauten Wagen durch die Siedlung rasen und schlabbrige Küsse verteilen, die nach Kebab und Chilisoße schmeckten. Es war eine unschuldige, von Pferden bestimmte Phantasie, die so gar nichts gemein hatte mit Jessicas Liebschaften.

Aber Sarah war immer davon ausgegangen, dass so ihre und Boos Zukunft aussah. Aber jetzt besaß sie gerade einmal sieben Pfund und fünfzehn Pence aus dem Verkauf ihrer CDs und des Zierglases, fünfzig Pence von Mac und Pfandbriefe, die sie frühestens in drei Wochen zu Bargeld machen konnte, und das auch nur mit der Unterschrift ihres Großvaters.

Es sah so aus, als würde sich die Erfahrungslücke zu Jessica schneller schließen als gedacht.

«Ich muss mit dir reden.»

«Hast du mein Geld?»

«Darüber wollte ich mit dir sprechen.»

«Also leg los.»

Sie deutete mit dem Kinn quer über den Hof zu der Gruppe seiner Männer hinüber.

«Nicht, wenn die da stehen.»

Er packte gerade seine Pferdebürsten wieder ein, von denen jede so makellos glänzte, als sei sie noch nie mit einem staubigen Pferd in Berührung gekommen. Er steckte die letzte an ihren Platz und blickte dann zu ihr auf. «Was willst du, Zirkusmädchen?»

Sie senkte die Stimme und wickelte den Träger ihrer Schultasche um ihr linkes Handgelenk. «Ich wollte wissen», sagte sie leise, «wie viel … wie viel du mir erlassen würdest, wenn …»

Zuerst antwortete er nicht. Er lächelte nicht. Er zeigte keine Überraschung oder Freude. Er brach nicht, wie sie halb gehofft hatte, in lautes Gelächter aus oder sagte, er habe sich nur einen Spaß erlaubt und für welche Sorte Mann sie ihn denn halten würde.

Er nickte wie zur Bestätigung für sich selbst, sah sie dann an und drehte sich auf dem Absatz um. Er ging zu seinen Männern hinüber, die rauchend um die Feuerschale herumstanden. Er gestikulierte und murmelte etwas, das sie nicht verstand. Sie zuckten mit den Schultern, klopften ihre Taschen nach Schlüsseln und Zigaretten ab, schnippten Papiermüll ins Feuer. Ralph sah sie über den Hof hinweg an, als beurteile er sie neu. Vielleicht war es nur die Eifersucht darauf, dass sie Sals Aufmerksamkeit hatte, aber sie vermutete, dass sie in seinen Augen nun eine andere war. Nicht mehr die Enkelin des Captains, ein Kumpel, mit dem man das eine oder andere Abenteuer bestritt, sondern bloß jemand ohne Wert, ein Objekt. Als er den Hof verließ, sah er sie nicht an.

Sie ging zu Boos Stallbox und zupfte an seiner Pferdedecke herum, legte ihren Kopf auf der Suche nach etwas Trost an sein warmes Fell. Sein großer Kopf schwang herum, um zu erfahren, was sie vorhatte. Sie streichelte sein Gesicht, fuhr mit den Fingern die Knochen unter seiner weichen Haut nach.

Sie konnte Sal durch die Stalltür hindurch munter mit einer Zigarette zwischen den Fingern umhergehen sehen. Er salutierte und rief den aufbrechenden Männern etwas auf Maltesisch hinterher. Als der letzte Wagen davonfuhr, schloss er das Tor, befestigte die schwere Kette davor. Es war inzwischen dunkel, und Sheba stromerte rastlos auf und ab, vielleicht wartete sie darauf, dass Cowboy John zurückkehrte.

Und dann kam er auf Boos Stallbox zu, pfeifend wie jemand, der keine Sorgen kannte.

«Also», sagte sie, als er in der Tür stand, und bemühte sich, abgeklärt zu klingen. Sie versuchte die Mädchen aus Sandown zu imitieren, die immer den Jungs auf den Motorrädern hinterherkreischten. Hart zu klingen. Unbeteiligt. Als könne nichts sie verletzen. «Wie soll das funktionieren?»

Er tat, als habe er sie nicht gehört. Er nahm einen tiefen Zug von seiner Zigarette, betrat die Box und schloss die Tür. Boo hatte das Interesse an ihr verloren und widmete sich wieder seinem Heu. Nur noch das Licht der Straßenlaternen kroch von draußen herein. Es war schwer, sein Gesicht zu erkennen, doch sie sah, dass das Licht ihren eigenen Körper in ein geisterhaftes Orange tauchte.

«Zieh dein Oberteil aus.»

Er sagte es so beiläufig, als würde er sie darum bitten, das Tor abzuschließen.

«Was?»

«Zieh dein Oberteil aus. Ich will dich ansehen.» Er zog erneut an seiner Zigarette, ohne sie aus den Augen zu lassen.

Sie starrte ihn an. Nicht *jetzt*, dachte sie. *Jetzt* bin ich nicht bereit dafür. Ich wollte nur verstehen, was du vorschlägst. «Aber …»

«Wenn du keine Lösung finden willst …» Er tat, als wolle er

sich abwenden. «Du spielst nur kindische Spiele. Du hast mich glauben lassen, dass ich dich ernst nehmen kann.»

Er schnippte den Zigarettenstummel hinaus auf den Asphalt, wo er verglomm. Dann sah sie seinen kalten, harten Gesichtsausdruck, und ihre Gedanken überschlugen sich.

Ohne recht zu wissen, was sie tat, zog sie sich ihr Oberteil über den Kopf. Sie hatte ein Sweatshirt angehabt. Ohne sein Fleecefutter spürte sie die Kälte, fühlte, wie der Luftzug durch die Tür mit eisigen Fingern nach etwas griff, das zuvor warm und geschützt gewesen war.

Sie konnte seine Augen nicht sehen, aber sie spürte seinen Blick auf sich, wie er jedes Quäntchen an Wert aus ihr herauszog. Einen Wert, den sie offenbar nicht selbst zu bestimmen hatte. *Bald ist es vorbei*, sagte sie sich und zwang sich, gerade zu stehen, in einer beinahe trotzigen Positur. *Und dann schulde ich ihm nichts mehr. Alles wird wieder gut.*

«Und deinen BH.»

Er sprach langsam, aber es war ein Befehl. Die Stimme eines Mannes, der immer bekam, was er wollte.

Sie versuchte herauszufinden, ob sie ihn richtig verstanden hatte. «Aber was willst du?», protestierte sie. «Du hast mir noch nicht gesagt …»

«Sagst du mir jetzt, was ich machen darf? Diktierst du die Bedingungen?» Seine Stimme wurde schärfer.

Sie zitterte, auf ihren Armen bildete sich Gänsehaut.

Sie schloss die Augen. Ihr Herz wummerte so laut, dass sie ihn kaum hörte.

«Zieh ihn aus.»

Sie schluckte und griff dann hinter sich. Ihr Kiefer verkrampfte sich, um die Zähne vom Klappern abzuhalten. Ob sie es vor Kälte oder Furcht taten, hätte sie nicht sagen können. Ohne die Augen zu öffnen, zog sie den BH aus. Er war ein wenig zu groß. Papa hatte gleichzeitig Socken gekauft, und da sie schrecklich verlegen gewesen wäre, wenn er sie den BH hätte kaufen sehen, war sie zur Kasse gestürzt, ohne ihn anzuprobieren. Jetzt nahm Sal ihr den BH aus der Hand und ließ ihn neben ihr zu Boden fallen. Von der Taille aufwärts war sie nun nackt. Sie spürte die kalte Luft auf der Haut, ihre Brustwarzen protestierten dagegen und verhärteten sich. Sie hörte, wie er scharf die Luft einzog, die Schritte, mit denen er näher kam. Sie begriff, dass sie in einen Abgrund gestolpert war. Einen, dessen Existenz ihr nicht einmal bewusst gewesen war.

Sie konnte die Augen nicht öffnen, nicht atmen. Sie stand einfach da, ein Ding, ein Nichts, und entzog sich ihrem Körper, sodass nicht sie, Sarah, dort nackt im Stall stand, während Sals neues Pferd unter dem benachbarten Bogen wieherte und der Hund draußen bellte und jemand auf der Straße etwas sagte. Es war nicht sie, über deren kalte Haut nun die heiße, trockene Hand dieses Mannes glitt, deren Gesicht von seinem warmen Atem gestreift wurde, an deren Ohr seine verdorbenen Wörter drangen. Sie hatte einen seltsamen, unbekannten Geruch in der Nase, sein harter Gürtel drückte schmerzhaft gegen ihre Hüfte, als er sie nach hinten gegen die kalte Steinwand stieß. Die wirkliche Welt zog sich zurück, bis nur noch er da war und diese Worte und seine aufdringliche, unerbittliche Berührung, der sie nicht entkommen konnte. Das war nicht sie. Nicht sie. Die Sarah von früher war sowieso schon längst verschwunden, es war nicht mehr ihr Leben, das sie in den letzten Wochen geführt hatte, nicht ihre Familie, nicht ihre Zukunft. Sie hatte auf nichts mehr Einfluss. Welchen Unterschied machte es also, wenn dieser Mann nun mit heißem Atem Besitz von ihr ergriff, Zentimeter für Zentimeter, den er knetete, berührte? Sie war hypnotisiert, abwesend, ein Nichts.

Das war nicht sie, deren Hand er nun umschloss und von ihrem zitternden Körper zu sich herüberzog, während sie mit zusammengepressten Zähnen ihre Angst schluckte. *Es ist nur eine kleine Sache*, wiederholte sie in ihrem Kopf. *Eine kleine Sache, und dann ist es vorbei*. Sie hörte einen Reißverschluss, seinen schweren Atem, der nun an Intensität zunahm. Sie hörte die Worte und dachte – betäubt – *wirklich*? Ihre Fingerspitzen fühlten rauen Jeansstoff, dann etwas Weiches, Warmes und trotzdem Unnachgiebiges. Etwas, von dem ihr Instinkt ihr sagte, dass sie es nicht berühren sollte.

Und sie konnte nichts dagegen tun. Sie riss ihre Hand zurück, doch seine starken Finger hielten sie fest und zerrten sie beharrlich zurück auf das warme Fleisch. Seine Finger wollten nicht überzeugen. Sie befahlen. Aber das löste etwas in ihr, befreite sie. Ein Schrei entfuhr ihr, und sie stieß ihn weg, schlug auf ihn ein, schrie ihn an – *Hau ab! Lass mich los!* Boo schreckte zusammen und machte einen Satz zur Seite, Hufe krachten gegen die Stallwand. Und dann griff sie nach ihrer Tasche, ihrem Sweatshirt und war außerhalb seiner Reichweite, war weg, raus aus dem dunklen Verschlag, und rannte auf das Tor zu. Sie zerrte es auf, dann der Gehweg, auf die hellen Lichter der High Street zu, noch während sie sich das Sweatshirt über den Kopf zog.

«Ich habe mir gedacht, dass du vielleicht hier bist.» Conor stand mit einem Pint in der Hand vor ihr. «Richard wollte dich heute Nachmittag sprechen. Ich musste für dich Entschuldigungen erfinden.» Als sie nichts sagte, fügte er hinzu: «Und Linda macht sich Sorgen um dich.»

Sie lehnte sich in der Nische zurück. «Linda interessiert sich viel zu sehr für andere. Du siehst es ja selber – mir geht's gut.»

Conors Augen streiften über die leeren Gläser vor ihr. Er zog seinen Mantel aus und glitt ihr gegenüber an den Tisch. Der Arbeitstag war zu Ende, und der Pub füllte sich. Er nahm einen Schluck Bier. «Ich habe dich zu Hause angerufen. Aber dein – dein junger Hausgast war gerade nach Hause gekommen und wusste nicht, wo du bist.»

Sie trank einen weiteren Schluck. Wenn man genug Wein trank, schmeckte er wie säurehaltiger Traubensaft. «Ich wohne da nicht.»

Er starrte sie an. «Okay, Natasha, was ist los?»

«Ach, auf einmal interessierst du dich dafür?»

«Ich merke doch, dass irgendwas mit dir los ist. Du hast in fünf Jahren keinen Termin verpasst, und plötzlich nimmst du ohne ersichtlichen Grund einen Nachmittag frei.» Er ergänzte nicht: Und du bist betrunken. Das war nicht nötig.

«Brillant kombiniert, Holmes.» Ihre Stimme klang leise und bedächtig. Ihr wurde bewusst, dass sie Chardonnay im Grunde liebte, auch wenn er aus der Mode war. Warum hatte sie das nicht früher festgestellt? «Ich bin zu dem Haus der Frau gefahren, die von Ali Ahmadi angegriffen wurde.»

«Warum, zum Teufel, hast du das gemacht?»

«Ich weiß nicht.»

«Warum zerbrichst du dir darüber immer noch den Kopf?»

Sie blinzelte. «Weil es mich immer noch quält. Ich muss dauernd an sie denken. Ich denke dauernd an *ihn*.» Ein paar bittende braune Hände, um den Hals einer Frau.

«Das ist lächerlich, Natasha. Du … du verhältst dich irrational.»

«Das liegt vermutlich daran, dass ich betrunken bin.»

«Okay. Ich setze dich jetzt in ein Taxi nach Hause. Komm schon, Hotshot.» Er nahm ihre Hand, doch sie entzog sie ihm.

«Ich gehe nicht nach Hause.»

«Warum nicht?»

«Weil ich in einem Hotel wohne.»

Er betrachtete sie, wie man eine Bombe betrachtet, die noch nicht explodiert ist. «Du wohnst in einem Hotel?»

«Im Holiday Inn.»

«Darf ich fragen, warum?»

Nein, wollte sie ihn anschreien. Nein, weil du dich aus meinem Leben davongeschlichen hast, beim ersten Anzeichen von Schwierigkeiten. Nein, weil du mich wochenlang ignoriert und dafür gesorgt hast, dass ich mich wie ein Stück Dreck fühle. Nein, weil du dich verhalten hast, als wäre dir egal, ob ich glücklich bin. «Es war einfacher so.»

Sie vernahm in seinem Schweigen die Frage. Warum ging er nicht? «Es war einfacher, okay? Du hattest recht. Es wurde zu Hause zu kompliziert. Ich lag falsch, als ich dachte, ich käme damit klar. Zufrieden?»

Er sagte nichts. Sie schluckte gegen den Kloß in ihrem Hals an und starrte auf die Gläser vor sich, aber sie verschwammen immer wieder vor ihren Augen. Sie blickte sie finster an, bis sie sich gehorsam wieder in Reih und Glied stellten.

Schließlich gab sie auf und sah ihn an. Sein Blick war liebevoll, sein Gesichtsausdruck besorgt.

«Ach, Hotshot. Es tut mir leid.» Er stand auf, ging um den Tisch herum, setzte sich neben sie und seufzte. «Es tut mir leid», sagte er erneut.

«Keine Sorge. Es war lächerlich, das überhaupt auszuprobieren. Ich muss verrückt gewesen sein.»

«Na ja, das ist wohl ein Aspekt.» Er legte seinen Arm um

ihre Schultern und zog sie an sich. Ein bisschen widerwillig lehnte sie sich an ihn, steif in seinen Armen. «Es tut mir leid», sagte er in ihr Haar. «Ich bin ein eifersüchtiger Idiot. Ich wollte nie, dass du unglücklich bist.»

«Lügner.»

«Okay. Ich wollte nicht, dass du mit ihm glücklich bist. Aber das hier … wollte ich nicht.»

«Mir geht's gut.»

«Offensichtlich. Mir aber nicht. Und es ist alles meine Schuld.» Er beugte sich hinunter, nahm ihr Gesicht in seine Hände und drehte es zu sich. «Komm mit zu mir.»

«Was?»

«Du hast mich verstanden.»

Sie entwand sich seiner Umarmung. «Conor», sagte sie, «ich weiß nicht. Mein Leben ist ein einziges Chaos. Ich habe mich in eine Ecke manövriert und keine Ahnung, wie ich da wieder rauskomme.»

«Ich weiß, wie.» Er strich ihr die Haare aus der Stirn. «Komm mit zu mir.»

«Ich habe dir doch gesagt, ich …»

«Und bleib.» Er stockte. «Lass uns zusammenleben, wenn du willst.»

Sie rührte sich nicht, unsicher, ob sie ihn richtig verstanden hatte.

«Lass Mac sich um das Chaos kümmern», fuhr er fort. «Er hat dich da schließlich reingezogen. Und du … komm und zieh mit mir zusammen.»

«Das musst du nicht tun.»

«Ich weiß. Aber glaub mir, ich hab die letzten Wochen an nichts anderes gedacht. Mir vorgestellt, wie ihr beide zusammen zu Abend esst, plaudert und …», er rieb sich übers

Gesicht, «weiß Gott was noch tut. Sag mir übrigens nicht, wenn ihr es getan habt, ich will es nicht wissen. Aber es hat mich zum Nachdenken gebracht. Lass es uns einfach hinter uns bringen.»

«Hinter uns bringen», wiederholte sie. «Du alter Romantiker.»

Er hatte es gesagt. Er hatte ihr angeboten, wonach sie sich seit Monaten gesehnt hatte, auch wenn sie es nicht einmal sich selbst eingestanden hatte. Vielleicht lag es am Schock des Vorabends oder an den letzten Wochen, aber sie wusste nicht, was sie ihm antworten sollte. «Das ist ein großer Schritt, Conor. Wir beide …»

«… stecken in der Scheiße. Und passen deswegen gut zusammen.»

«Das klingt aus deinem Mund so einladend.»

«Ich meine es so, Natasha.» Er zögerte. «Ich liebe dich.»

Sie leerte ihr Glas. «Ich weiß nicht. Das kommt ein bisschen wie aus heiterem Himmel.»

«Du bleibst also lieber im Holiday Inn? Ich wusste immer, dass du diesen Kreisverkehr davor besonders ins Herz geschlossen hast.» Er sprach nun ein bisschen zu schnell, sein Lachen klang gekünstelt.

Plötzlich überkam sie Zärtlichkeit, und sie griff nach seiner Hand. «Ich komme heute Nacht mit», sagte sie. Sie lehnte sich an ihn und ließ sich von seinen Armen umfangen. Als er sein Kinn auf ihre Schulter legte, schloss sie selbstvergessen die Augen und bemerkte die Blicke von den Nebentischen nicht. «Aber lass uns einen Schritt nach dem anderen machen.»

«Wenn man nahe am Feind ist, [ist es] besser, das Pferd in seiner Gewalt zu behalten, denn so wird der Reiter wahrscheinlicherweise, indem er dem Feind schadet, von ihm am wenigsten Schaden erleiden können.»

Xenophon, Über die Reitkunst

Kapitel 16

Fünfzehn Mal hatte er zwischen Montagabend und heute versucht, sie anzurufen, und jedes Mal war er direkt auf der Mailbox gelandet. Ihr Büro behauptete, sie sei «bei Gericht». Die Tatsache, dass sie gar nicht mehr nach seinem Namen fragten, ließ ihn argwöhnen, dass sie ihnen aufgetragen hatte, ihn nicht durchzustellen. Inzwischen hatte er aufgehört, Nachrichten zu hinterlassen. Er hatte schon lange vergessen, was er eigentlich sagen wollte.

Er goss sich einen weiteren Kaffee ein und verfluchte Natashas Kanne, die immer zu kleckern schien, egal wie vorsichtig man sie kippte. Plötzlich fiel ihm die schöne italienische Kaffeemaschine ein, die sie als Hochzeitsgeschenk bekommen hatten, eine glänzende Gaggia. Sie befand sich in irgendeinem gemieteten Lager in West-London. Jetzt erschien es ihm dumm, dass er so entschlossen gewesen war mitzunehmen, was ihm zuzustehen schien, auch wenn das bedeutete, dass niemand es nutzen konnte. Er schwor sich, ihr die Kaffeemaschine zu lassen. Er hatte sie ein Jahr lang nicht benutzt.

Er würde sie bestimmt nicht vermissen. In den letzten Tagen hatte er einige solche Schwüre getan.

Oben schlief Sarah. Als sie Dienstagabend nach Hause kam, war sie direkt in ihr Zimmer gegangen, hatte Essen und Trinken abgelehnt und wollte nicht reden. Sie war ihm dermaßen entschieden ausgewichen und hatte ihn so konsequent nicht angeschaut, dass er davon ausging, von ihr noch bestraft zu werden. Wirklich seltsam, dass sie plötzlich Natasha gegenüber so loyal war. Er hätte am liebsten an ihre Tür geklopft und ihr den Kopf gewaschen, sie daran erinnert, dass *tatsächlich*, genau genommen, Natasha als Erste untreu gewesen war. Doch als er es erwog, wurde ihm klar, wie lächerlich es wäre, ein vierzehnjähriges Mädchen einer solchen Tirade auszusetzen, um sein eigenes Handeln zu rechtfertigen.

Um zwanzig nach sechs, ungefähr sechsunddreißig Stunden, nachdem sie gegangen war, hörte er einen Schlüssel in der Haustür. Natasha schloss sie leise hinter sich, schlüpfte auf der Fußmatte aus den Schuhen und ging auf Socken durch den Flur. Sie trug das Kostüm, in dem sie gegangen war, aber mit einem T-Shirt darunter. Vermutlich seinem T-Shirt, dachte Mac.

Sie starrten einander an.

«Ich habe einen wichtigen Fall», sagte sie. «Bin nur kurz hier, um ein paar Klamotten zu holen und mein Ladegerät.» Ihr Gesicht war blass und ungeschminkt, die Haare noch verfilzt vom Schlaf. Sie sah erschöpft aus.

«Ich habe versucht, dich anzurufen. Hundertmal.»

Sie schwenkte ihr Handy. «Tot. Wie gesagt, ich brauche mein Ladegerät.»

Sie begann, die Treppe hinaufzusteigen.

«Natasha, bitte, gib mir fünf Minuten. Wir müssen reden.»

«Heute habe ich keine Zeit. Ich muss in einer Stunde im Büro sein.»

«Aber wir müssen sprechen. Kommst du heute Abend nach Hause?»

Sie blieb auf halbem Weg nach oben stehen. «Es wird sicher spät heute im Büro, und dann muss ich noch Akten bearbeiten.»

«Bist du sauer auf mich? Wegen Maria?»

Sie schüttelte wenig überzeugend den Kopf.

Er nahm zwei Stufen auf einmal, drängte sich an ihr vorbei, sodass er über ihr stand und auf sie hinabblickte. «Komm schon», sagte er, «es ist doch nicht so, als hättest du keinen Freund.»

«Und es ist auch nicht so, dass ich ihn jemals mit hierhergebracht und dich damit gedemütigt hätte», erwiderte sie. «Ich will das jetzt nicht …»

«Nein. Du willst nie. Aber da wir dabei sind, wieso hat dich Marias Anwesenheit gedemütigt? Wir beide sind nicht mehr zusammen. Du bist immer ganz offen damit umgegangen, dass du einen Freund hast. Und alles, was du mir vorwerfen kannst, ist, dass du ihr begegnet bist. Sieh mal, ich behaupte nicht, dass es nicht ein bisschen undiplomatisch war, aber es war ein Versehen. Ich dachte, du wärst nicht da. Ich hätte sie nie hierher eingeladen, wenn ich gewusst hätte …»

Sie schien ihn nicht ansehen zu wollen.

«Tash?»

Als sie es schließlich tat, war ihr Blick kalt. Sie schien seltsam geschlagen. «Ich kann das nicht, Mac. Okay? Du hast gewonnen. Du kriegst das Haus, bis es verkauft ist. Lade ein, wen immer du willst. Mir ist es inzwischen egal.»

«Was ist dir egal?»

«Ich glaube nur, es ist für alle am besten, wenn wir diese Scharade jetzt beenden.»

Mac breitete seine Arme aus, sodass sie auf der Treppe nicht an ihm vorbeikonnte. «Du gehst einfach? Und wie soll das funktionieren? Was machen wir mit Sarah? Du weißt, dass ich mich nicht allein um sie kümmern kann.»

«Ich gehe, sobald wir für ihre nächste Unterbringung gesorgt haben. Sie hätte ohnehin in ein paar Wochen ausziehen müssen. Wir ziehen es nur vor.»

«Kannst du nicht noch ein bisschen aushalten? Ein paar Wochen?»

Sie sprach, als habe sie die Worte einstudiert: «Du weißt so gut wie ich, dass ihr Großvater sich nicht mehr erholen wird. Sie muss in ein stabiles Familienumfeld, wo man sich ordentlich um sie kümmert. Wo man sie nicht als eine Art Puffer zwischen zwei Erwachsenen missbraucht, die anscheinend nicht in der Lage sind, erwachsen miteinander umzugehen.»

«So siehst du uns also?»

«Willst du behaupten, es wäre anders?» Sie schob sich eine Stufe nach oben und zwang ihn, einen Schritt zurückzutreten. Nachdem sie ihren Vorteil offenbar erkannt hatte, erklomm sie eine weitere Stufe.

«Und das Pferd?»

«Du kannst mir glauben oder nicht, Mac, das Pferd steht im Moment auf meiner Prioritätenliste nicht ganz oben.»

«Also lässt du sie einfach im Stich?»

«Wage es nicht», sagte Natasha. «Wage es nicht, sie zu benutzen. Hier geht es um dich und mich. Egal, was wir ihr oder anderen gegenüber behauptet haben, es war immer klar, dass das alles nicht in einer glücklichen Familie enden würde, Mac, das weißt du.» Als sie das Treppengeländer ergriff, wurden ihre Knöchel weiß. «Ich habe in den letzten Tagen über nichts anderes nachgedacht. Wir hätten ihr nie ein Zuhause anbieten dürfen, das kein Zuhause ist. Es war unfair, ihr das Gegenteil vorzumachen.»

«Das findest du.»

«Nein, das weiß ich. Es wird Zeit, ehrlich zu sein – mit ihr und mit uns. Jetzt entschuldige mich bitte, aber ich muss mich umziehen.» Sie drängte sich an ihm vorbei die Treppe hinauf.

«Tash.»

Sie ignorierte ihn.

«*Tash* – beende es nicht so.» Er streckte die Hand aus. «Komm schon, ich habe einen Fehler gemacht.»

Sie drehte sich mit einem Gesichtsausdruck zu ihm um, der eine Mischung von Gefühlen ausdrückte – Ärger, Ablehnung, Schmerz. «Wie sollen wir es dann beenden, Mac?»

«Ich weiß nicht. Aber ich hasse das hier. Ich hasse es ... wenn du so bist. Ich habe gehofft, wir ...»

«Was? Dass wir uns alle zum Abschied freundlich zuwinken und in den Sonnenuntergang segeln?»

«Nein, ich ...»

«Eine Scheidung ist nie sauber, Mac. Weißt du, was? Manchmal werden dich Menschen einfach nicht mögen. Manchmal funktioniert der berühmte Mac-Charme nicht. Und ...»

«Tash ...»

Sie stieß einen langen, zitternden Seufzer aus. «Und ich ... ich kann nicht mehr da sein, wo du bist.»

Draußen parkte ein Wagen, dessen Radio für die frühe Uhrzeit unangemessen laut aufgedreht war. Sie standen nur Zentimeter voneinander entfernt auf der Treppe und waren unfähig, sich zu bewegen. Mac wusste, dass er nach unten gehen sollte, aber er konnte den Fuß nicht heben. Er roch einen Hauch von Parfüm, einen Duft, den er nicht mehr als den ihren erkannte. Er sah immer noch ihre Hand, die das Geländer als Stütze umklammerte, ohne die sie nicht zurechtkam.

«Weißt du, was das Schlimmste ist?»

Er wartete auf den nächsten verbalen Tiefschlag.

«Weißt du, was ich wirklich nicht aushalte?»

Er konnte nicht sprechen.

«Das ist so ... Es fühlt sich genauso schrecklich an, wie es war, bevor du ausgezogen bist.» Ihre Stimme brach. Dann ging sie mit schweren Schritten in ihr Zimmer.

Oben schreckte Sarah vom Geländer zurück und eilte in ihr Zimmer. Natashas Worte klangen in ihren Ohren nach. Alles fiel auseinander. Natasha ging, und sie würde ebenfalls gehen müssen. *Wir hätten ihr nie ein Zuhause anbieten dürfen.* Sie hatte nicht alles verstehen können, was sie sagten, aber so viel hatte sie gehört. Sie starrte ihr Bild im Spiegel an. Sie trug ihren größten, dicksten Pulli und Wollstrumpfhosen unter der Jeans. Trotzdem fror sie. Würde sie in der Schule auf Ruth treffen, die wieder schwarze Taschen mit Sarahs Sachen auf dem Rücksitz hatte und sie irgendwo anders hin verfrachten würde? Sie hatten noch nicht einmal den Mumm, mit ihr darüber zu sprechen.

Sarah setzte sich neben dem Bett auf den Boden und presste sich ihre Fäuste in die Augenhöhlen, um sich vom Weinen abzuhalten. Den ganzen Abend und die ganze Nacht hatte sie Sals Hände auf ihrer Haut gespürt, seine ekelhaften Worte im Ohr gehabt. Sie hatte sich mit Natashas teuren Gels und Lotions geschrubbt und versucht, seinen Geruch auszulöschen, die unsichtbare Spur seiner Lippen. Sie war bei dem Gedanken erschauert, wer wohl über ihren BH stolpern würde, der immer noch in Boos Stallbox lag. Aus irgendeinem Grund quälte sie der Gedanke, dass er dort im Stroh lag, mehr als alles andere.

Im Nebenzimmer konnte sie Natasha Schubladen öffnen und schließen hören, das leise Klicken der Türen ihres Einbauschranks.

Sie würde es Papa erzählen müssen. Sie würde heute die Schule schwänzen. Nachdem sie Boo versorgt hatte, würde sie ihm sagen müssen, dass sie ihn zu Hause brauchte – dass er nach Hause kommen *musste.* Sie würde sich um ihn kümmern, egal, was sie sagten. Es war die einzige Lösung. Wenn Sal von Papas Rückkehr erfuhr, würde er sie in Ruhe lassen.

Natasha klopfte an die Tür. «Sarah?»

Sie kletterte schnell auf ihr Bett und zwang sich zu einem nichtssagenden Gesichtsausdruck. «Hi», sagte sie.

Natashas Gesicht war fleckig, die Haut weiß vor Schlafmangel. «Ich wollte nur sagen, dass ich im Moment ein bisschen viel zu tun habe und heute Abend vermutlich spät nach Hause komme, aber vielleicht können wir uns dann mal unterhalten?»

Sie nickte. Unterhalten. *Nur ein paar Worte, mit denen ich dich in die Mülltonne zurückwerfe.*

Natasha musterte sie genau. «Alles okay?»

«Bestens», sagte Sarah.

«Gut. Okay, wie gesagt, heute Abend, wir alle drei.»

Als sie ging, hörte Sarah, wie etwas gegen die Haustür donnerte. Als sie zehn Minuten später nach unten schlich, fand sie davor Macs Schuh.

Sals Wagen stand vor dem Hof, ein glänzender Affront, bei seinem Anblick krampfte sich ihr Magen zusammen, und sie verschränkte abwehrend die Arme vor der Brust. Dann holte sie tief Luft, knöpfte ihren Mantel bis oben hin zu und öffnete das Drahttor.

Er stand am anderen Ende des Hofs und sprach mit Ralph und ein paar seiner anderen Kumpanen. Sie wärmten sich die Hände an der Feuerschale und tranken aus Styropor-Bechern Kaffee. Als Ralph sie erblickte, beschäftigte er sich umgehend damit, eines von Sals Pferden zu streicheln.

Sal sah nicht zu ihr herüber, obwohl er gehört haben musste, wie sie das Tor aufgestoßen hatte. Sie betete, dass er entweder nicht bemerkt hatte, dass sie es war, oder vielleicht beschlossen hatte, dass es besser wäre, so zu tun, als hätte es den gestrigen Abend nicht gegeben. Vielleicht war er sogar beschämt, obwohl etwas tief in ihr vermutete, dass Sal sich noch nie für irgendetwas geschämt hatte.

Sie schloss ihren Schuppen auf und tauschte ihre Schuhe gegen ihre Reitstiefel. Die gedämpfte Unterhaltung von der anderen Seite des Hofes war ihr überaus bewusst. *Bitte komm nicht hier rein.* Sie fummelte an ihren Mantelknöpfen, um umgezogen und wieder draußen zu sein, bevor er hereinkommen konnte. Sie mischte Boos Morgen-Futter in einem Eimer, füllte ein Heunetz, warf es sich über die Schulter und ging zügig und mit gesenktem Kopf zum Stall. Entschieden vermied sie die Blicke der anderen.

Sie brauchte einen Moment, um zu begreifen, dass seine Tür offen stand. Sie ließ das Heunetz fallen.

Boo war nicht da. Seine Streu war noch mit Pferdeäpfeln übersät. Sie blickte auf den Hof. Warum hatte man ihn in einen anderen Stall verlegt?

Sie ging über den Hof und blickte in die anderen Boxen. Unterschiedliche Köpfe wurden herausgesteckt, fuchsfarbene, gescheckte, kastanienbraune. Kein Boo. Etwas schnürte ihr die Kehle zu, Panik stieg in ihr auf. Halb ging, halb rannte sie auf die Männer zu. Angst besiegte jedes andere Gefühl. «Wo ist Boo?» Sie versuchte, mit ruhiger Stimme zu sprechen.

«Boo wer?» Sal wandte sich nicht einmal um.

«Buhuuu», murmelte einer seiner Männer und lachte unangenehm.

«Wo ist er? Habt ihr ihn verlegt?»

«Ist hier irgendwo eine Katze gefangen? Ich höre so ein komisches Geräusch.» Sal legte sich die Hand ans Ohr. «Wie ein Miauen.»

Sie ging um die Männer herum, sodass er gezwungen war, sie anzusehen. Ihr Atem ging schnell, kalter Schweiß brach ihr aus. «Wo ist er? Wo habt ihr ihn hingebracht? Sal, das ist nicht witzig.»

«Siehst du mich lachen?»

Sie griff nach seinem Ärmel. Er schüttelte sie ab. «Wo ist mein Pferd?», beharrte sie.

«Dein Pferd?»

«Ja, mein Pferd.»

«Ich habe *mein* Pferd verkauft, falls es das ist, was du meinst.»

«Wovon redest du?»

Er fasste in seine Tasche, zog ein kleines ledergebundenes Buch heraus, öffnete es und hielt ihr zwei Seiten vor die Nase. «Acht Wochen Miete, das hast du mir geschuldet. Acht Wochen. Plus Heu und Futter. Deine Vertragsbedingungen besagen, wenn du acht Wochen lang nicht bezahlst, geht dein

Pferd in meinen Besitz über. Ich habe ihn verkauft, um deine Rechnung zu bezahlen.»

Die Straßengeräusche von draußen wurden durch das Rauschen in ihren Ohren ersetzt. Der Boden vor ihr richtete sich gefährlich auf, wie ein Schiffsdeck auf hoher See. Sie wartete auf die Pointe, wartete darauf, dass er aussprach, worauf sein Gesicht nicht hindeutete.

«Ich habe dein Pferd verkauft, Sarah, falls du es wirklich nicht kapiert hast.»

«Du – du kannst ihn nicht verkaufen! Du hattest kein Recht dazu! Welcher Vertrag? Wovon redest du?»

Er legte seinen Kopf zur Seite. «Jeder hat eine Ausführung von den Geschäftsbedingungen. Deine befindet sich in eurem Schuppen. Ich handle auf der Grundlage meiner Rechte als Besitzer dieses Hofs.» Seine Augen waren von einem so kalten Schwarz wie stinkendes Brackwasser. Sie sahen durch sie hindurch, als sei sie nichts. Sie blickte zu Ralph, der gegen einen losen Pflasterstein trat. Es stimmte. Sie las es an dem Unbehagen in seinem Gesicht ab.

Ihre Gedanken überschlugen sich, als sie sich wieder zu Sal umdrehte. «Hör mal», sagte sie, «es tut mir leid mit dem Geld. Alles tut mir leid. Ich werde es auftreiben. Ich werde es morgen auftreiben. Gib ihn mir nur zurück. Ich mache … ich mache auch alles.» Es war ihr jetzt egal, ob sie zuhörten. Sie würde tun, was Sal forderte. Sie würde die Macauleys bestehlen. Alles.

«Begreifst du nicht?» Sals Ton wurde scharf. «Ich habe ihn verkauft, Sarah. Selbst wenn ich geneigt wäre, ihn zurückzuholen, könnte ich das nicht.»

«An wen? An wen hast du ihn verkauft? Wo ist er?» Sie griff nun mit beiden Händen nach ihm.

Er entriss sich ihren klammernden Fingern. «Ich schlage vor, dass du deinen finanziellen Verpflichtungen das nächste Mal nachkommst.» Er griff in seine Jacke. «Ach ja. Er hat keinen guten Preis erzielt. Aufbrausendes Temperament. Wie seine Besitzerin.» Er wandte sich an seine Männer und wartete auf das unvermeidliche Gelächter. «Hier ist das, was nach Abzug deiner Schulden übrig ist.» Sie stand fassungslos da, während er fünf Zwanzig-Pfund-Scheine abzählte und ihr reichte. «Jetzt sind wir quitt, Zirkusmädchen. Such dir ein anderes Pony für deine Kunststückchen.»

Sie konnte am Grinsen auf den Gesichtern der Männer ablesen, dass sie wussten, was sie selbst auch wusste: Er würde ihr niemals verraten, an wen er Boo verkauft hatte. Sie hatte sich ihm widersetzt, und er hatte Rache geübt.

Ihre Beine waren ganz weich. Sie stolperte in ihren Schuppen zurück und setzte sich auf einen Heuballen. Dort starrte sie auf ihre Hände, die zitterten, und ein leises Stöhnen entfuhr ihr. In der Ecke hinter der Tür leuchtete in dem Dämmerlicht unheilvoll ein Stück bedrucktes weißes Papier, vermutlich die Geschäftsbedingungen. Er hatte sie wohl gleich heute Morgen hier platziert.

Sie ließ den Kopf auf die Knie sinken und schlang die Arme darum. Sie stellte sich vor, wie Boo verängstigt in einen Anhänger verladen worden war. Vermutlich war er schon eine halbe Million Meilen entfernt. Ihre Zähne klapperten. Sie hob den Kopf und sah die Männer durch den Spalt in der Türe reden. «Bu-huuu», heulte einer hämisch. Jemand warf eine Zigarette zu Boden und trat sie mit dem Absatz aus. Ralphs Blick huschte zum Schuppen herüber, vielleicht sah er sie zusammengekauert hier im Schatten. Dann wandte auch er sich ab.

«Gute Arbeit», sagte Harrington, als sie den Gerichtssaal verließen. «Sie haben diese Zeugin beispielhaft auseinandergenommen. Wir haben einen guten Start hingelegt.»

Natasha reichte Ben ihre Unterlagen und nahm die Perücke ab. Sie hatte zu jucken begonnen, Natasha war vom Adrenalin noch ganz erhitzt. Sie steckte die Perücke in ihre Tasche. «Morgen wird es nicht so eindeutig», sagte sie.

Ben kämpfte mit den Akten und reichte ihr dann eine. «Das hier sind die Berichte des anderen Rechnungsprüfers, auf die wir gewartet haben. Ich glaube, es steht nicht viel Neues drin, aber man weiß nie.»

«Ich sehe sie mir heute Abend an.»

Conor tauchte im Flur auf. Er zwinkerte ihr zu, und sie wartete ab, bis Ben in eine Unterhaltung mit Harrington vertieft war, bevor sie zu ihm ging. «Wie ist es gelaufen?», fragte er und küsste sie auf die Wange.

«Oh, nicht schlecht. Harrington hat die andere Seite ganz schön auseinandergenommen.»

«Dafür wird er bezahlt. Willst du zuerst zurück ins Büro?»

Sie warf einen Blick auf Ben. «Nein, ich habe alle nötigen Papiere unten. Gehen wir.»

Er nahm ihren Arm, eine für ihn ungewöhnlich besitzergreifende Geste. «Steht heute Abend?»

Plötzlich hatte sie Macs Anblick auf der Treppe vor Augen. Du hast einen Freund, hatte er gesagt. Warum stört dich Maria? «Ich kann nicht übernachten», sagte sie. «Ich habe Sarah angekündigt, dass wir über ihre Zukunft sprechen. Aber ein langes Bad in deiner Wanne und ein Glas Wein sind genau das Richtige, bevor ich mich dem Gespräch stelle.»

Er blieb stehen. «Den Wein kannst du haben, aber das Bad musst du wohl verschieben.»

Sie war verblüfft.

«Ich habe die Jungs eingeladen. Ich fand, du solltest sie endlich kennenlernen.»

«Heute Abend?» Sie konnte ihre Bestürzung nicht verbergen.

«Wir haben damit lange genug gewartet. Ich habe es mit ihrer Mutter abgesprochen. Ich dachte, du würdest dich freuen.»

«Aber …», sie seufzte, «ich stecke mitten in einem großen Prozess, Conor. Ich hätte sie lieber zu einem Zeitpunkt getroffen, wenn ich weniger … abgelenkt bin.»

«Du musst überhaupt nichts machen, Hotshot, nur lächeln und wie immer reizend ganz du selbst sein. Es reicht, wenn du einfach da bist. Zum Teufel, nimm dein Bad. Wir werden nur im Wohnzimmer rumalbern. Wir behandeln dich wie ein Möbelstück.»

Sie brachte ein kleines Lächeln zustande.

«Wir lassen dir ein bisschen Zeit, bevor du auf allen vieren Pferd spielen musst.» Seine Worte machten ihr zu schaffen, aber er grinste in sich hinein und schien sich auf den Abend zu freuen. Sie dachte an Sarah, an die Unterhaltung, die sie mit ihr würde führen müssen und was das für sie bedeutete. Doch Conor lotste sie zur Tür. «Und ich koche für uns, du Glückspilz. Was sagst du zu Fischstäbchen auf Toast mit Ketchup?»

Sie konnte die Schrift vorne auf dem Bus nicht entziffern. Seit beinahe einer Stunde saß sie nun in der Bushaltestelle und starrte auf die roten Busse, die zischend anhielten und eine Ladung Fahrgäste nach der anderen auf den Gehweg spuckten, um die nächste in sich aufzunehmen. Sie sah nichts. Ihr Blick war verschwommen von Tränen, ihre Finger und Zehen taub vor Kälte. Sie fühlte sich gelähmt, nicht in der Lage zu entscheiden, welchen Bus sie nehmen sollte, auch nicht, wenn sie hätte erkennen können, wohin sie fuhren.

Es war alles verloren. Papa würde nicht mehr nach Hause kommen. Boo war fort. Sie hatte kein Zuhause, keine Familie. Sie saß auf der kalten Plastikbank, zog ihren Mantel um sich und ignorierte die gleichgültigen Blicke der Wartenden, die kurz darauf ihrer Wege gingen.

Er sagte ihren Namen zweimal, bevor sie ihn hörte. Sie war so in ihrem Schmerz versunken, so betäubt.

«Sarah?»

Ralph stand mit einer Zigarette im Mundwinkel vor ihr.

«Alles klar?»

Sie konnte nichts sagen. Sie wunderte sich darüber, dass er sie überhaupt ansprach. Er duckte sich in eine Ecke, sodass die Haltestelle und die Menschenschlange davor ihn verdeckten. «Es tut mir leid, okay? Ich hatte damit nichts zu tun.»

Noch immer konnte sie nicht sprechen. Sie war sich nicht sicher, ob sie ihren Mund jemals wieder öffnen würde.

«Er hat gesagt, du würdest ihm Unmengen von Geld schulden, Sarah. Ich hab's versucht, aber du weißt ja, wie er ist ... Irgendwas hast du getan, was ihn ganz schön wütend gemacht hat.»

Sie brachten Pferde auf den Kontinent, das hatte sie gehört, in Anhänger gepfercht, ohne Essen und Wasser. Manche waren danach so schwach, dass nur die Körper der anderen um sie herum sie aufrecht hielten. Eine einzelne Träne floss über ihre Wange.

«Na ja.» Er spuckte geräuschvoll auf den Gehweg und zog damit den bösen Blick einer Nigerianerin auf sich. «Wenn ich dir jetzt was verrate, musst du den Mund halten, okay?»

Sie blickte langsam auf.

«Denn wenn Sal erfährt, dass du es weißt, ist klar, dass du es nur von mir haben kannst, stimmt's? Deswegen rede ich auf dem Hof nicht mit dir oder auf der Straße oder sonst wo. Ich tu so, als würde ich dich nicht kennen, okay?»

Sie nickte. Etwas in ihr erwachte zum Leben.

Er blickte sie an, dann hinter sich, und nahm einen langen Zug von seiner Zigarette. «Er is' in Stepney. Hinter dem Parkplatz. Die Zigeuner haben ihn. Morgen lässt Sal die graue Stute gegen ihn laufen.»

«Aber Boo kann keinen Sulky ziehen. Er ist noch nie in seinem Leben vor einen Wagen gespannt worden.»

Ralph sah unbehaglich aus. «Jetzt schon. Sal hat ihn vor seinen zweirädrigen gespannt und ihn noch vor dem Frühstück hingebracht.» Er zuckte mit den Schultern. «Hat sich ganz gut angestellt. Nicht so schnell wie die graue Stute, aber hat nicht ausgetreten oder so was.»

All das Longieren, dachte Sarah abwesend. Er hatte offenbar Sals Befehle befolgt. «Wo findet das Rennen statt?»

«Wo's immer ist. Überführung. Vermutlich so gegen halb sieben.»

«Was kann ich machen?», fragte sie. «Wie kann ich ihn zurückkriegen?»

«Damit hab ich nichts zu tun, Sezza. Hab sowieso schon zu viel gesungen.»

Er machte Anstalten zu gehen, aber sie packte sein Handgelenk. «Ralph. Bitte, hilf mir.» Ihre Gedanken rasten. «Bitte.»

Er schüttelte den Kopf.

«Ich kann das nicht alleine schaffen», sagte sie, während sie weiter fieberhaft nachdachte. Ralph ignorierte ihre Finger um sein Handgelenk.

«Ich muss los», sagte er schließlich. «Muss noch wohin.»

«Bitte», sagte sie, «triff dich mit mir. Nicht in der Nähe des Rennens – nicht irgendwo, wo Sal dich sehen könnte. Triff mich hinter der Möbelfabrik. Mit Boos Sattel und Zaumzeug.» Sie zog die Hofschlüssel aus ihrer Tasche und drückte sie ihm in die Hand. «Hier. Du kannst die Sachen holen, bevor Sal dort auftaucht.»

«Wozu?»

«Damit ich auf ihm reiten kann.»

«Was? Du kommst einfach mit und wirfst ihm das Zeug über? Reitest weg?»

«Triff dich einfach mit mir, Ralph.»

«Was springt für mich dabei raus? Wenn Sal rauskriegt, dass ich was damit zu tun habe, macht er mich fertig.»

Sie ließ sein Handgelenk nicht los, sprach aber so leise, dass die anderen Wartenden sie nicht hörten. «Eine goldene Kreditkarte.»

Er lachte. «Sehr witzig.»

«Mit PIN-Nummer. Ich versprech's dir, Ralph, ich kann dir eine besorgen. Von jemandem, der Kohle hat. Du kannst ohne Ende Bargeld ziehen, bevor sie sie sperren. Vielleicht Tausende.»

Er sah ihr forschend ins Gesicht und entzog ihr dann seinen Arm. «Du erzählst mir besser keinen Mist.»

«Du musst mir versprechen, dass du kommst», sagte sie. «Kein Sattelzeug, kein Deal.»

Er blickte sich erneut um, spuckte sich dann in die Handfläche und hielt sie ihr hin. «Morgen früh hinter der Möbelfabrik. Wenn du bis sieben nicht aufkreuzt, bin ich weg.»

Liam stocherte mit der Gabel in seiner Pasta und rümpfte die Nase. «Sieht aus wie Popel», sagte er.

«Es sieht nicht aus wie Popel», sagte Conor gelassen. «Und Joseph, tritt nicht so gegen das Tischbein, Schatz. Du wirfst noch die Gläser um.»

«Und es schmeckt auch wie Popel», beharrte Liam. Er warf Natasha einen verstohlenen Blick zu.

«Es ist nur Pesto. Eure Mutter sagt, dass ihr das dauernd esst.»

«Aber dieses Pesto mag ich nicht», sagte Joseph und gab seinem Teller einen heftigen Schubs. Nur Natashas schnelles Eingreifen verhinderte, dass sein Saftglas über ihre eigenen Nudeln kippte.

Die Jungs hatten Daddys Fischstäbchen nicht essen wollen. Sie wollten in die Pizzeria. Nun waren sie seit beinahe einer Dreiviertelstunde hier, und sie und Conor hatten kaum ein Wort miteinander gewechselt.

«Joseph, kannst du dich bitte ordentlich hinsetzen? Ich weiß, dass du zu Hause auch nicht so lümmelst.»

«Aber wir sind hier nicht zu Hause.»

«Das hier ist ein Restaurant», antwortete Conor, «und deswegen ist es noch wichtiger, dass du dich richtig hinsetzt.»

«Aber ich mag die Stühle hier nicht. Sie machen meinen Po ganz rutschig.»

Natasha sah zu, wie Conor seinen jüngeren Sohn zum vierzehnten Mal aufrecht auf den Stuhl neben sich setzte, und wunderte sich über seinen resigniert geduldigen Gesichtsausdruck. Mit seinen Söhnen zu Abend zu essen, das war wie Fische zu hüten, während man mit den Machthabern zweier sich bekriegender Balkanvölker Verhandlungen führte. Sobald etwas geklärt war, begann sofort ein neuer Krieg, sei es über das Knoblauchbrot, die Servietten oder einen Stuhl, der offenbar für einen kleinen Hintern zu rutschig war. Alles zielte auf ihren Vater. Sie nahmen weder Natashas Anwesenheit zur Kenntnis, noch bemühten sie sich darum, sie in das Gespräch einzubeziehen.

Hatte die Mutter sie damit beauftragt? Hatte sie sie angespitzt, Informationen über Daddys Freundin zu sammeln? Hatten sie in Natasha ein Hassobjekt gesehen, bevor sie ihr überhaupt begegnet waren?

Sie spürte Liams Blick und zwang sich zu einem Lächeln. Sie versuchte, nicht daran zu denken, wie sie die Zeit hätte nutzen können, um die Akten für morgen vorzubereiten. «Sagt mal», begann sie und wischte sich den Mund mit der Serviette ab, «mögt ihr *Thomas, die kleine Lokomotive*? Mein Neffe liebt ihn.»

«Nein», sagte Liam verächtlich. «Das ist was für Babys.»

«Aber man kann wirklich tolle Züge kaufen, Erwachsenen-Züge, die aus Thomas-Figuren bestehen. Habe ich gesehen.»

Sie sahen sie ausdruckslos an.

«Was mögt ihr dann?», fragte sie mit dem Mut der Verzweiflung. «Was macht ihr gerne?»

«Ihr fahrt gern Fahrrad, oder, Jungs?», fiel Conor ein. «Und spielt gern Computerspiele.»

«Joseph hat meine Playstation kaputt gemacht», entgegnete Liam, «und Mummy sagt, wir haben nicht genug Geld, sie reparieren zu lassen.»

«Ich hab sie nicht kaputt gemacht», protestierte Joseph und fügte in einem düsteren Flüstern hinzu: «Blödian.»

«Mummy sagt, wir haben überhaupt kein Geld. Gar kein Geld für Sachen, die Spaß machen.»

«Also, das stimmt nicht», sagte Conor. «Eure Mutter bekommt von mir ziemlich viel Geld. Und wenn euch was fehlt, müsst ihr mir das sagen. Ihr wisst, ich tu immer, was ich kann.»

«Mummy sagt, du gibst uns bloß das Minimum.»

«Meine Nichten und Neffen dürfen keine Videospiele spielen», wagte sich Natasha vor. «Und sie haben trotzdem jede Menge Spaß.»

«Dann sind sie doof.»

Sie holte tief Luft und rollte ein paar Nudeln auf.

«Kommt, Jungs. Wir erzählen Natasha, was für lustige Sachen wir machen. Manchmal gehen wir mit den Fahrrädern in den Park, oder? Wir fahren gern Rad.»

«Nein», sagte Joseph. «Du hast mich angeschrien, weil ich nicht schnell genug gefahren bin.»

«Ich hab dich nicht angeschrien, Joe. Ich wollte nur, dass du in Sichtweite bleibst.»

«Aber du hast echt große Räder, und meine sind klein.»

«Und wir fahren gern Schlittschuh», fuhr Conor fort.

«Du hast gesagt, das ist Abzocke», sagte Liam.

«Ich fand es ein bisschen teuer, ja.» Conor warf ihr einen Blick zu. «Aber es hat trotzdem Spaß gemacht, oder?»

«Du und Mummy, ihr streitet dauernd über Geld», sagte Joseph trübselig.

Natasha war das bisschen Appetit, das ihr noch geblieben war, vergangen. Sie faltete ihre Serviette und legte sie neben ihren Teller. «Jungs», sagte sie und griff nach ihrer Jacke, «es war toll, euch kennenzulernen, aber ich fürchte, ich muss jetzt los.»

«Schon?» Conor legte ihr die Hand auf den Arm.

«Es ist fast acht, und du weißt ja, ich habe noch etwas Wichtiges vor.»

«Ich dachte», sagte er, «dass du uns heute Priorität einräumst. In Anbetracht des Anlasses und so weiter.»

«Conor …»

«In einer halben Stunde bringe ich sie nach Hause. In Gottes Namen, das ist nicht mehr lange.»

Sie senkte die Stimme. «Versetz dich doch mal in Sarah hinein. Sie ist ein Kind, und sie muss innerhalb von wenigen Monaten zum vierten Mal umziehen. In Zukunft werde ich immer da sein, um mit dir deine Kinder zu treffen.» Verstohlen berührte sie seine Hand und war sich dabei der Blicke der Jungs bewusst. «Vielleicht ist es sogar das Beste, wenn wir das erste Treffen kurz halten. Ich werde deine Söhne kennenlernen, Conor, aber ich muss mich zuerst um dieses Schlamassel kümmern. Ich habe sie bei mir aufgenommen. Ich kann nicht einfach weglaufen.»

«Klar», sagte er kurz angebunden. Als sie ihre Tasche von der Stuhllehne zerrte, wandte er sich wieder seinem Essen zu. Dann setzte er beiläufig nach: «Ist Mac auch dabei?»

«Ich habe keine Ahnung», sagte sie.

«Nein», sagte er. «Natürlich nicht.»

Lange bevor er Fotograf wurde, hatte Mac eine Strategie entwickelt, die seine Karriere vielleicht nicht ankündigte, aber zumindest ein gewisses Talent dafür nahelegte. Wenn ihm eine Situation unangenehm oder zu emotional wurde, wenn er sich nicht damit auseinandersetzen wollte, was vor seinen Augen geschah, dann stellte er in seinem Kopf den Ton leiser und besah sich die Szene aus einer gewissen Entfernung, als würde er ein Bild anordnen. Wilde Gefühle wurden durch seine Linse zu einer schönen Komposition gefiltert, zu einem außergewöhnlichen Zusammenspiel von Licht und Linien. Mit dreiundzwanzig hatte er auf diese Weise den Körper seines Vaters im Sarg betrachtet – das vertraute Gesicht zu still und kalt, als sei es schon lange zurückgelassen worden. Er hatte einen Rahmen darum gezogen und mit distanziertem Blick festgestellt, wie der Tod die Muskeln hatte schlaff werden lassen und die so lange sichtbare Anspannung zusammen mit einem ganzen Leben voller Gesichtsausdrücke weggewischt hatte. Er erinnerte sich daran, wie Natasha nach der zweiten Fehlgeburt im Bett gelegen hatte, unter der Decke zusammengerollt in einer unbewussten Nachahmung des Fötus, den sie verloren hatte. Da hatte sie sich schon von ihm abgewandt, sich verschlossen. Er hatte das Echo ihrer Leere in sich selbst gespürt, bis er es kaum noch ertragen konnte. Stattdessen hatte er sich darauf konzentriert, wie im Dunst des frühen Morgens Licht auf die Falten der Bettdecke fiel, wie fein ihre Haarsträhnen aussahen.

Und jetzt tat er es wieder. Er beobachtete die beiden Frauen, die vor ihm saßen, die ältere in ihrem Business-Kostüm manierlich auf dem Sofa. Sie erklärte der jüngeren, warum sie selbst morgen früh das Haus verlassen und nicht mehr wiederkommen würde und warum das Mädchen letzten Endes ebenfalls in ein anderes, angemesseneres Zuhause umziehen müsste.

Sarah schrie, bat und bettelte nicht, wie er befürchtet hatte. Sie sah Natasha nur beim Sprechen zu und nickte, ohne Fragen zu stellen. Vielleicht hatte sie bereits geahnt, was kommen würde. Vielleicht hatte nur er sich mit Hoffnungen darüber betrogen, dass sie es schaffen könnten.

Aber es war Natasha, die seinen Blick auf sich zog. Wie sie so mit geradem, durchgedrücktem Rücken an den blassen Sofakissen lehnte, sah sie aus, als sei ein Sturm über sie hinweggezogen und habe den Himmel, wenn nicht blau, so doch still zurückgelassen. Es war ein Himmel, unter dem man einen extrem weiten Blick hatte. Sie hat losgelassen, stellte er fest. Was immer ich vorgestern Abend getan habe, es hat sie befreit. Dieser Gedanke wurde von einem unerwarteten Schmerz begleitet, und ihm wurde klar, dass er von ihnen dreien der emotionalste war. Nur er blinzelte gegen Tränen an. «Wir finden eine Lösung, Sarah», hörte er sich sagen, als sich Stille im Zimmer ausbreitete. «Ich bezahle die Miete für dein Pferd. Wir lassen dich nicht einfach fallen.»

Schließlich erhob sich Natasha. «Gut», sagte sie und sah ihm zum ersten Mal direkt ins Gesicht. «Jeder weiß, was passiert. Ist es okay für euch beide, wenn ich jetzt packen gehe?» Eine unterdurchschnittlich große, fünfunddreißigjährige, kaum geschminkte Frau mit Haaren, die seit dem Morgen nicht mehr gebürstet worden waren. Kein Model, keine Stylistin, kein Inbegriff klassischer Schönheit. Mac sah, wie sie ging. Sarah fixierte diplomatisch Natashas Handtasche.

«Alles okay mit dir?», fragte er sie. Von oben hörten sie Natashas Absätze, als sie zum Wäscheschrank ging und sich wieder entfernte.

«Alles prima», sagte Sarah ruhig. «Ehrlich gesagt, habe ich ein bisschen Hunger.»

Er schlug sich gegen den Kopf und zwang sich zu einem Lächeln. «Abendessen. Ich wusste doch, da war noch was. Ich mache uns was. Hilfst du mir?»

«Bin in einer Minute da», sagte sie.

Als hätte sie erraten, dass er einen Moment für sich allein brauchte. Zumindest dachte er zu dem Zeitpunkt, dass sie es deshalb tat. Später stellte er fest, dass sie einen ganz anderen Grund gehabt hatte.

«Denn in Gefahren vertraut der Herr doch seinen Körper dem Pferde an.»

Xenophon, Über die Reitkunst

Kapitel 17

Sarah stand hinter dem geparkten Ford Transit, neunzig Meter von der Kreuzung mit den beiden Überführungen entfernt. Die kleinen Dampfwolken, die vor ihr in die feuchte Luft aufstiegen, bemerkte sie nicht. Sie war seit einer halben Stunde hier, lange genug, um ihre Zehen in der Morgenkälte gefühllos und ihre Jacke von dem ständigen Nieselregen nass werden zu lassen. Sie stand auf diesem gottverlassenen Stück Straße, wo die Marshes in die Stadt übergingen, unter einem Netz von Stromleitungen und -masten, die das unausweichliche Ausdehnen der Stadt ankündigten.

Als endlich die ersten Lastwagen eintrafen, hatte sie die Hoffnung schon beinahe verloren. Jetzt verlagerte sie ihr Gewicht, um die Last des Rucksacks auf ihren Schultern anders zu verteilen. Sie wandte den Blick nicht eine Sekunde ab, während die LKWs ihre Fahrer und Mitfahrer auf die Auffahrt zur Schnellstraße spuckten. Sogar von hier aus erkannte sie Sals Männer, wie sie in der Kälte in die Hände klatschten, lachten und Zigaretten austauschten, und die Zuschauer, die hinter ihnen aus den Wagen kletterten. Es war ein großes Rennen, viel größer als beim letzten Mal. Die Stimmung war trotz der frühen Uhrzeit und der trostlosen Umgebung gut, erwartungsvoll. Enden würde das Rennen hier, direkt vor ihr. Als sie auf all diese Männer und Fahrzeuge blickte, merkte sie, wie sie zitterte. Sie fasste in ihre Tasche und schloss die Finger um die beruhigenden Kanten der Plastikkarte.

Es war fünfundzwanzig Minuten vor sieben.

Probeweise bewegte sie die Zehen in ihren Stiefeln und fragte sich, ob man auf Füßen, die man nicht mehr spürte, rennen konnte. Konnte sie Ralph trauen? Konnte ihre Freundschaft wirklich über seine Bewunderung für den Malteser Sal siegen? War das nur eine Falle? Sie musste immer daran denken, wie Ralph sich im Hof von ihr abgewandt hatte. Er lebte nach seinen eigenen, eigennützigen Regeln. Unzuverlässig. Aber sie musste sich auf ihn verlassen, sie hatte keine Wahl.

Ihr Magen grummelte. Es war jetzt beinahe zwanzig vor sieben. Sie hätten schon lange hier sein müssen. Es musste eine Planänderung gegeben haben. Das hier war ein anderes Rennen. Boo würde nicht kommen, dachte sie, und ihr Mut sank. Sie hatte keinen Plan B. Alle Brücken hinter ihr waren in dem Moment abgebrannt, als sie das Haus der Macauleys verlassen hatte. Kurz dachte sie an Mac und Natasha, die mittlerweile vermutlich aufgewacht waren. Wie schnell würden sie erraten, was sie getan hatte?

Ein Auto kroch vorbei. Der Fahrer spähte neugierig durch die langsam eingestellten Scheibenwischer, und sie tat so, als suche sie in ihren Taschen nach etwas. Sie versuchte, wie ein normaler Mensch auszusehen, der in einen normalen Tag startete.

Es war neunzehn Minuten vor sieben.

Der Wind trug eine vertraute Stimme an ihr Ohr. «In den Marshes da drüben gibt es mehr Grün als in euren Taschen Scheine. Hört auf zu quatschen und setzt euer Geld.» Cowboy John schlenderte mitten auf der Straße die Reihe der Lastwagen entlang. Sein schäbiger Hut glänzte vor Nässe, und er begrüßte die anderen mit Handschlag. Von hier aus konnte sie die Glut seiner Zigarette gerade noch ausmachen.

«Kommst du direkt vom Flughafen? Der Jetlag vernebelt dir wohl den Verstand, Cowboy.»

«Mach dir keine Sorgen über meinen Verstand. Mach dir lieber Sorgen über die Beine von dem Pferd da. Ich habe dreibeinige Hunde mit schnellerem Antritt gesehen.» Gelächter brandete auf. «Haben sie schon angefangen? Sal hat mir eine SMS geschrieben. Dass ihr um halb sieben loslegt. Ich sollte eigentlich im Bett liegen, aber die Zeitumstellung macht mich hellwach.»

«Der Start ist vor der Old Axe. Sie sollten jeden Moment auf der Straße sein.»

Ihr Kopf schoss nach oben, als eine Hupe erklang, ein Ausruf.

Wie auf ein Stichwort hin kam der Verkehr zum Erliegen, keine Autos, kein dumpfes Dröhnen von Wagen auf der Überführung mehr. In der Atmosphäre entstand ein Vakuum. Die Männer liefen los, die nasse Auffahrt hinauf, um bessere Sicht auf das Geschehen zu haben. Zuerst erschien ein kleiner Punkt, dann ein klarer Umriss – da war er. Er trabte mit aller Macht über die Überführung, zwischen die Stangen eines hellblauen Sulkys gespannt. Sein Kopf hob sich vor Furcht, als der grauhaarige, stiernackige Mann auf dem Sitz des Sulkys hart an den Zügeln riss. Sals graue Stute trabte in geringer

Entfernung flott neben ihm, während sich Sal herüberlehnte und im Vorbeifahren eine Beleidigung rief.

Sie konnte die Augen nicht von ihrem Pferd wenden, dessen riesiger, muskulöser Körper zwischen den beiden Stangen eingeklemmt war. Seine Beine sahen bei der Geschwindigkeit auf dem harten Boden beinahe verschwommen aus, als er an ihr vorüberzog. Er trug Scheuklappen, was ihn blind und verletzlich wirken ließ, als wäre er eine Art Geisel. Sie verließen nun die zweispurige Schnellstraße über die Ausfahrt und wurden kurz von der Kreuzung verdeckt. Dann tauchten sie wieder auf und vollzogen die Kurve auf die kleine Menschenmenge zu, während über ihnen auf der Überführung der Verkehr wieder nach vorne drängte. Die Männer am Boden kamen die Auffahrt wieder herunter, ihnen entgegen. Sarah trat hinter den weißen Lieferwagen und hielt den Atem an. Sie beobachtete, wie die beiden Pferde die Ausfahrt heruntertrabten und neben den riesigen Betonpfeilern zum Stillstand kamen. Jubelrufe und Schreie ertönten, das Geräusch zuschlagender Wagentüren, eine protestierende Stimme. Boo kreiselte, unsicher, ob er still stehen sollte, und wurde roh zurückgerissen, was ihn beinahe dazu veranlasste, sich aufzubäumen.

Sie hörte Cowboy Johns Stimme. «Was, in Teufels Namen, hat *er* hier zu suchen?»

Was, wenn sie versagte? Was, wenn alles schiefging?

Ihr Atem verfing sich in ihrer Kehle und strömte dann mit einem tiefen Schaudern aus ihrer Lunge. *Denk nach. Schätz es richtig ein.* Sie hatte ihre schlaflose Nacht damit verbracht, Xenophons Ratschläge an Kavalleristen zu lesen, und ein Satz kam ihr nun ins Gedächtnis: «Den Wurfspieß auf die weiteste Entfernung, wo man den Feind noch treffen kann, zu schleudern, halten wir für richtig.»

Sie veränderte hinter dem weißen Wagen ihre Position und hielt den Blick auf ihr Pferd geheftet. *Ich bin hier, Boo*, sagte sie ihm und machte sich bereit.

Mac hörte, wie Natasha die Dusche anstellte, warf einen Blick auf den Wecker und stöhnte, als der ihm die unchristliche Zeit bestätigte. Er ließ sich für einen Moment zurückfallen. Dann bahnte sich mit einem Schlag die Bedeutung des Morgens ihren Weg in sein Bewusstsein. Sie ging. Das war es nun gewesen. Die Sache hatte ein Ende.

Er setzte sich auf. Auf der anderen Seite des Flurs lief immer noch die Dusche, untermalt von dem entfernten Jaulen des Belüftungssytems im Bad. Sie würde sich bemühen, beim Gehen so wenig Aufhebens wie möglich zu machen.

«Ich komme und kümmere mich rechtzeitig vor dem Umzug um das Haus», hatte sie ihm am Vorabend mitgeteilt, nachdem Sarah zu Bett gegangen war. «Umzugswagen. Gutachten. Was wir eben brauchen. Und ich kann mit der Sozialarbeiterin sprechen, falls du das nicht machen möchtest. Aber ab morgen wohne ich nicht mehr hier.» Sie hatte ihn beim Sprechen kaum angesehen, stattdessen einzelne Bücher aus dem Regal genommen und betrachtet.

«Du musst das nicht tun, Tash», hatte er leise gesagt.

Aber sie hatte seine Worte vom Tisch gefegt. «Ich sitze an einem großen Fall, Mac. Dem größten meiner bisherigen Karriere. Ich muss mich konzentrieren.» Da war kein Groll, keine Wut. Es war die Natasha, die er verabscheute: diese verschlossene, unerreichbare Version seiner Frau. Die, deren kühles, gespielt freundliches Verhalten ein stummer Vorwurf war, was er anscheinend in ihrer Ehe alles falsch gemacht hatte.

Er vernahm das Läuten an der Tür, schrill und aufdringlich. Postbote? Um diese Uhrzeit? Natasha hatte es unter dem Rauschen des Wassers bestimmt nicht gehört. Seufzend zog er sich ein T-Shirt über den Kopf und spurtete die Treppe hinunter.

Conor stand auf dem Absatz vor der Haustür. Mac bemerkte seinen eleganten Anzug, das glatt rasierte Kinn, und stellte nicht zum ersten Mal fest, wie wenig er diesen Mann mochte.

«Mac», sagte Conor ruhig.

«Conor.» Er würde ihnen das hier nicht leicht machen. Er blieb wartend stehen.

«Ich komme, um Natasha abzuholen.»

Um sie abzuholen. Als sei sie etwas, das er sich ausgeliehen hatte. Mac zögerte, trat dann einen Schritt zurück und ließ ihn in den Flur. Conor trat ein, als hätte er einen Anspruch auf das Haus, wandte sich nach links ins Wohnzimmer und setzte sich auf das Sofa, schlug eine Zeitung auf, als sei das ganz selbstverständlich.

Mac biss sich auf die Lippe. «Entschuldige, wenn ich nicht zum Plaudern bleibe», sagte er. «Ich sage meiner Frau, dass du hier bist.»

Er ging die Treppe hinauf und spürte eine schwelende Wut über das, was passierte. Der Mann saß auf dem Sofa, das Mac ausgewählt, für das er bezahlt hatte, und wartete darauf, seine Frau mitzunehmen. Doch als ihm dieses urzeitliche Aufbegehren bewusst wurde, beantwortete ein anderer Teil von ihm das Gefühl mit dem Bild von Maria, kaum bekleidet und mit zwei Gläsern in der Hand. Ihre verstohlene Freude über Natashas Schmerz.

Die Dusche lief nicht mehr. Er klopfte an ihre Zimmertür

und wartete. Als keine Antwort kam, klopfte er erneut, dann öffnete er die Tür vorsichtig. «Tash?»

Er sah ihr Spiegelbild, bevor er sie sah. Sie stand in ein Handtuch gewickelt vor dem Spiegel, aus ihrem nassen Haar liefen Wassertropfen über ihre nackten Schultern. Sie zuckte zusammen, als er eintrat, und unwillkürlich flog ihre Hand an ihre Kehle. Diese schützende Geste war eine weitere Zurückweisung.

«Ich habe geklopft.»

Überall im Zimmer standen halb gepackte Taschen herum.

«Entschuldigung. Ich war ganz in meiner eigenen Welt. Dieser Fall ...»

«Conor ist da.»

Ihre Augen weiteten sich. «Ich habe ihn nicht erwartet.»

«Tja, er sitzt unten und will dich abholen.» Es klang ein bisschen sarkastisch.

«Oh», machte sie. Sie nahm ihren Bademantel vom Bett und schlüpfte hinein. Dann bückte sie sich und rubbelte sich ihre Haare trocken. «Sag ihm ...», setzte sie an. «Weißt du, was, lass es.»

Er fuhr mit der Hand den Rand eines geöffneten Koffers entlang. Er erkannte nur wenige der Kleidungsstücke, die zusammengelegt darin lagen. «Das war es also», sagte er. «Du gehst einfach.»

«Genau, wie du es gemacht hast», sagte sie kurz angebunden und richtete sich auf, um ihr Haar zu kämmen. «Ist Sarah aufgestanden?»

«Habe nicht nachgesehen.»

«Bei allem, was gestern Abend los war, habe ich vergessen zu erwähnen, dass sie einen Zettel dabeihat, den wir unterschreiben müssen. Für irgendeinen Schulausflug.»

«Ich mache das.»

Sie legte ihren Hosenanzug aufs Bett und hielt erst eine, dann eine andere Bluse vor den dunkelblauen Blazer. Als sie verheiratet waren, hatte sie ihn immer nach seiner Meinung gefragt. Dann hatte sie sich oft für eine andere Kombination entschieden. In den ersten Jahren hatten sie noch darüber gelacht.

Er verschränkte die Arme. «Und … wohin soll ich die Post weiterleiten?»

«Musst du nicht. Ich komme alle paar Tage vorbei. Ruf mich einfach an, wenn es etwas zu besprechen gibt. Was machen wir mit der Sozialarbeiterin? Soll ich sie anrufen, wenn ich heute Nachmittag aus dem Gericht komme?»

«Nein», sagte er. «Ich spreche erst mit Sarah. Um rauszufinden, wann es für sie …» Er konnte nicht sagen ‹am besten ist›. Nichts würde für Sarah am besten sein. «Tash …»

Sie hatte ihm den Rücken zugedreht. «Was?»

«Ich hasse das alles», sagte er. «Ich weiß, es ist alles ein bisschen kompliziert geworden, aber ich verstehe nicht, warum es so enden muss.»

«Wir haben diese Unterhaltung schon geführt, Mac.»

«Nein, haben wir nicht. Wir haben hier fast zwei volle Monate lang zusammengewohnt, und wir hatten keine einzige echte Unterhaltung. Wir haben nicht darüber geredet, was zwischen uns gewesen ist, oder was verdammt noch mal …»

Er drehte sich ruckartig um. Conor stand in der Tür. Wer, zum Teufel, trug so früh am Morgen Aftershave?

«Sind es die Sachen hier auf dem Bett, Natasha?»

Sie wollte gerade antworten, doch Mac unterbrach sie. «Wenn es dir nichts ausmacht», sagte er und trat Conor entgegen, «würde ich es vorziehen, dass du unten wartest.»

Es folgte ein kurzes, aufgeladenes Schweigen.

«Ich wollte Natashas Gepäck holen.»

«Du befindest dich hier in meinem Schlafzimmer», sagte Mac langsam, «und ich bitte dich darum zu gehen.»

«Genau genommen glaube ich nicht, dass es …»

Mac wandte ihm den Rücken zu. «Hör zu», sagte er und vernahm die kaum unterdrückte Feindseligkeit in seiner Stimme, «dieses Haus gehört mir, jedenfalls die Hälfte davon. Ich bitte dich höflich darum, mein Schlafzimmer zu verlassen – unser Schlafzimmer – und unten zu warten. Ich möchte nämlich eine vertrauliche Unterhaltung mit der Frau, die zumindest theoretisch noch *meine* Frau ist, zu Ende führen. Falls das für dich in Ordnung ist?»

Natasha hatte aufgehört, sich das Haar zu kämmen. Sie blickte zwischen den beiden Männern hin und her und nickte dann Conor diskret zu.

«Dann gehe ich im Auto die Sitze umlegen», sagte Conor und schlenderte mit demonstrativ klappernden Schlüsseln hinaus.

Im Raum war es jetzt sehr still. Im Bad stellte sich die Belüftung ab.

Mac spürte, wie sich sein Herzschlag allmählich beruhigte. «Das war es dann also.» Er versuchte zu lächeln, aber das Lächeln missriet. Er kam sich vor wie ein Idiot.

Ihr Gesichtsausdruck war undurchdringlich. «Ja», sagte sie mit zusammengebissenen Zähnen. Sie wurde wieder geschäftig. «Ich muss weitermachen, Mac, tut mir leid. Aber ruf mich heute Abend an, wenn du mit Sarah gesprochen hast.»

Sie nahm ihren Hosenanzug und verschwand im Bad.

Laut Ralph hatte niemand erwartet, dass Boo das Rennen gewinnen könnte. Trotz seines imposanten Aussehens war viel Geld gegen ihn verwettet worden, und natürlich war er als Letzter ins Ziel gekommen.

Von ihrem Versteck hinter dem Lieferwagen aus beobachtete Sarah, wie der Jockey vom Sulky sprang, nach den Zügeln griff und Boo heftig gegen die Flanke trat. Boo tänzelte zur Seite, den Kopf vor Schmerz nach hinten geworfen. Ein Stöhnen entfuhr ihr, und ihre Füße hätten sich beinahe ohne ihr Zutun auf den Weg zu ihm gemacht. Doch dann riss sie sich zusammen, duckte sich, schloss fest die Augen und zwang sich zur Konzentration, damit sie nichts Überstürztes tat. In neunzig Metern Entfernung hielt einer von Sals Männern die verschwitzte Stute locker am Zügel. Mit der Hand schützte er die Flamme seines Feuerzeugs, das er sich an die Zigarette hielt.

«Ich schwör's dir, Sal, das sind schon seltsame Vitamine, die du diesem Pferd zu fressen gibst», sagte er und steckte das Feuerzeug wieder in die Tasche.

«Das war nicht mein Pferd, das da oben angesprungen ist.»

«Erschreckt vom Wind. Hier auf dieser Seite haben wir den voll abbekommen.»

«Ich hab's dir da oben schon gesagt, Terry Boy, dieses Rennen ist vorbei.»

Boo tänzelte nun, unglücklich über das Gewicht des Sulkys, voller Furcht vor einem weiteren Stiefeltritt. Der Mann band ihn grob an den Seitenspiegel seines Lastwagens und knurrte ihn an, hob im Gehen drohend die Hand. Sarah feuerte unsichtbare Kugeln auf seinen fetten Hinterkopf ab und stellte sich vor, ihn zu treten, wie er Boo getreten hatte. Noch nie war sie so wütend gewesen. Sie bemerkte Cowboy John, der nur wenig entfernt eine hitzige Unterhaltung mit Sal führte.

Kopfschüttelnd sah er Boo an, Regen tropfte von seinem Hut. Sal zuckte mit den Schultern und zündete sich eine neue Zigarette an. John legte ihm die Hand auf die Schulter, um ihn von der Menge wegzuführen, aber gerade als er sich umdrehte, wurde Sal von dem Kreis der Männer zurückgerufen, die das Geld zählten.

Sie war nun ganz ruhig. Sie lauerte mit der kühlen Aufmerksamkeit einer Jägerin, mit der strategischen Berechnung eines Xenophon. Währenddessen näherte sie sich im Schutz der geparkten Wagen und der Betonpfeiler der Überführung Stück für Stück. Nur noch wenige Schritte von Boo entfernt, sah sie den Schweiß auf seinem Hals, sein vom Regen dunkles Fell. Sie war nah genug, um festzustellen, wie viele Gurte ihn mit dem zweirädrigen Wagen verbanden. *Ruf nicht nach mir*, warnte sie ihn. Die Männer standen neben der grauen Stute und stritten. Sal beanspruchte lauthals, der Sieger und damit Boos Besitzer zu sein, ein anderer Mann bestritt das. Sals Pferd war zweimal, dreimal angesprungen, hatte den Trab unterbrochen, protestierte der andere. Er müsse disqualifiziert werden.

«Wir müssen jetzt abhauen», rief jemand mit irischem Akzent. «Geht nach Hause. Die Bullen sind gleich da.»

Sie war hinter Boo geglitten und sah, wie das Pferd den Hals reckte, um zu erspähen, wer da war. Doch er wurde von dem Geschirr und den Scheuklappen behindert. «Schhh», machte sie und strich ihm mit der Hand über die bebende Flanke, sah an seinem Ohrenspiel, dass er sie erkannt hatte. Sie blickte zu den Männern hinüber, öffnete mit gefühllosen Fingern die Schnallen und zog Stangen aus dem Geschirr.

Kurz verstummten die Stimmen, und sie duckte sich mit hämmerndem Herzen zurück hinter den Pfeiler. Dann erhoben sich die Stimmen wieder, stritten. Sie spähte hinüber und sah, wie unter Protest Geld aufgeteilt und in Handflächen geklatscht wurde. Sie wusste, das war ihre Chance. Sie würden nicht zur Seite sehen, solange sie Geld zählten.

Sie hatte nur noch wenige Sekunden. Ihre Finger zitterten, als sie mit den Gurten kämpfte. *Ich bringe dich hier weg, Boo.* Drei Gurte. Zwei Gurte. Nur noch einer. Sie flüsterte atemlos, *komm schon.*

Als sie mit den Fingern an dem nassen Leder des letzten Gurts abglitt, hörte sie ihn, den Ausruf, vor dem ihr gegraut hatte: «He! Was zum Teufel machst du da?»

Angesteckt von ihrer Furcht, tänzelte Boo zur Seite, und sie zischte ihn an, damit er stehen blieb. *Komm schon!*, beschwor sie den Gurt, während sich die anderen Männer umblickten, sich davon überzeugten, dass etwas nicht stimmte, dass dieses Mädchen nicht zu ihnen gehörte. Dann sah sie Johns Verwirrung, Sals Gesicht, sein plötzliches, schockiertes Erkennen. *Komm schon.*

Der Mann mit dem Stiernacken begann zu laufen. Die letzte Gurtschnalle gab einfach nicht nach. Sie zerrte daran, ihr Atem kam keuchend. Als der Mann nur noch Meter von ihr entfernt war, fielen die Stangen des Sulkys mit einem Klappern zu Boden. Boo war frei. Sie griff in seine Mähne, machte das Seil von seinem Gebissstück los und schwang sich auf seinen Rücken. «Lauf!», schrie sie und presste ihre Beine um seine Flanken, und das große Pferd machte einen Sprung nach vorn und stürmte die Nebenstraße hinunter, als sei dies der Moment, auf den es nur gewartet hatte. Seine Muskeln zogen sich unter ihr mit solcher Kraft zusammen, dass sie ihre Finger mit seiner Mähne verflechten musste, um nicht abgeworfen zu werden.

Chaos brach aus. Sie hörte Rufe, startende Motoren, duckte sich auf seinen Hals und rief panisch: «Los, schneller!» Ungeschickt zog sie am rechten Zügel, der zu langen Fahrleine, die schon auf der Höhe seiner Beine nach unten baumelte. Sie lenkte ihn in Richtung Auffahrt, auf die kleine Straße, die auf die Überführung führte. Mit drei, vier Sprüngen waren sie oben, sie hörte das Quietschen von Reifen, die Hupen, als sie quer über die beiden Fahrbahnen der zweispurigen Schnellstraße floh.

Als sie hoch über der Stadt auf der Überführung dahingaloppierte, war sie sich kaum der Autos bewusst, die ihr auswichen. Sie hörte nichts als das Rauschen ihres Bluts, wusste nichts, als dass sie ihr mit Sicherheit auf den Fersen waren. Sie wusste, wie sie reiten musste. Sie hatte die Nacht damit zugebracht, diesen Moment zu proben, ihren Fluchtweg wieder und wieder durchzuspielen. Und da war er schon, da kam er auf sie zu. Auf der linken Seite sah sie die von stillstehenden Fahrzeugen blockierte Ausfahrt ein paar hundert Meter vor sich. Sie wusste, wenn sie sie erreichte und nach links ins Industriegebiet abbog, würden sie ihr nicht mehr folgen können.

In diesem Moment zog der kleine blaue Kombi vor ihr scharf auf den Standstreifen. Der Fahrer hatte zu spät beschlossen, die Fahrbahn zu wechseln, und hatte das galoppierende Pferd hinter sich nicht gesehen. Sie keuchte auf und versuchte, Boos Geschwindigkeit zu drosseln. Mit dem Auto vor ihr und dem Stau auf beiden Fahrbahnen war sie blockiert. Sie blickte nach rechts über die vierspurige Straße. Sie konnte nicht über den Mittelstreifen springen, ohne direkt in den entgegenkommenden Verkehr zu reiten. Es gab keinen Ausweg. Über ihre Schulter sah sie, wie sich Sals roter Pick-up-Truck unter ständigem Hupen seinen Weg durch die

Fahrzeuge bahnte. Wenn sie auf der Überführung blieb, würde er sie einholen. Sie schluckte, der metallische Geschmack von Furcht.

Während sie auf ihn zuflog, ließ sie den blauen Wagen nicht aus den Augen, beschwor ihn, endlich auszuweichen. Sie hatte keine Wahl. *Verzeih mir, Papa*, sagte sie leise, griff in Boos Mähne und trieb ihn an, hielt auf die Motorhaube des Fahrzeugs zu.

Boo wusste nicht recht, was sie von ihm wollte, und zögerte. Als Antwort erhielt er den Druck ihrer Schenkel, ihren ermutigenden Zuspruch, und plötzlich war er in der Luft. Sein langer muskulöser Rücken streckte sich unter ihr, als er über den Wagen sprang. Und sie war Xenophon, hörte das Schlachtengetümmel um sich, während ihr ganzer Körper, ihr ganzes Ich dem Mut des Tieres unter ihr vertraute. Sie war allmächtig, geschützt, begabt. Sie bestand aus Wut und Ruhm und forderte nichts als das Überleben. Die Welt hielt inne. Sie sah nichts als den Himmel, die schlingernden Wagen vor ihr, unter ihr. Dann waren sie mit einem harten Aufprall wieder unten. Boo stolperte über den glitschigen Straßenbelag, sie rutschte beinahe von seinem Hals und hing seitlich an ihm. Verzweifelt klammerte sie sich an die zu langen Zügel, die Mähne, an alles, um oben zu bleiben.

Er galoppierte mit wirbelnden Beinen die Straße hinunter, und mit einem mächtigen Schrei streckte sie ihren linken Arm nach dem Geschirr aus und zog sich wieder hinauf auf seinen Rücken. Und dann waren sie fort, bogen in die Nebenstraße ein, die zum Kanal führte. Allmählich verklang hinter ihnen der Lärm des Verkehrs, das ungläubige Hupen.

«Wer ist dein erster Zeuge?»

Natasha tippte eilig eine weitere SMS an Ben, in der sie sich vergewisserte, dass er tatsächlich in dreißig Minuten vor dem Gerichtsgebäude auf sie warten würde.

«Die Kinderpsychologin. Eine von unseren. Wir werden den Ehemann mit der Andeutung aufscheuchen, dass wir die Missbrauchsvorwürfe untermauern können. Im Hintergrund bearbeiten Harrington und die Anwältin gleichzeitig Mrs. P., bis sie dem väterlichen Umgangsrecht zustimmt, wenn sie im Gegenzug finanziell bessergestellt wird.»

Ich bin nicht total verblödet, antwortete Ben.

Das beurteile wohl besser ich, nicht Sie, tippte sie.

«Die Ehefrau wird kriegen, was sie haben will», sagte Conor bitter. «Sie wird nie wieder auch nur den kleinen Finger rühren müssen, während der Name eines ganz normalen, guten Vaters durch den Dreck gezogen wird. Ich hätte nie gedacht, dass du zu solchen Mitteln greifst.»

Sie stieß ihn mit dem Ellenbogen in die Seite. «Nur so bleibt das Kind bei der Mutter. Komm schon, Conor, es ist eine Scheidung. Du würdest es an meiner Stelle genauso machen.» Sie blickte mit zusammengekniffenen Augen zum Wandspiegel auf der anderen Seite des Raums. «Sind meine Haare okay? Harrington geht davon aus, dass die Presse draußen wartet.»

«Deine Haare sehen gut aus.»

Sie konnte es sich nicht leisten, jetzt einen Fehler zu machen. Michael Harringtons Angebot schwebte irgendwo in ihrem Bewusstsein, allgegenwärtig, ihre kleine Flucht, wenn der Schlamassel ihres Privatlebens sie zu überwältigen drohte.

Wäre es so schlimm, die Seiten zu wechseln? Bestimmt wäre es von Vorteil, dem täglichen zermürbenden Umgang mit den Mandanten zu entkommen. Sie dachte an Ali Ahmadi. Wenn sie zu Harrington Levinson ging, würde sie einen solchen Fehler vermutlich nicht mehr machen.

Sie hatte das Angebot Conor gegenüber nicht erwähnt. Den Grund dafür mochte sie sich nicht gern eingestehen.

Er berührte ihren Fuß mit seinem. «Ich habe heute Morgen nicht viel vor. Wenn ich dich abgesetzt habe, bringe ich deine Sachen nach Hause.»

«Bist du dir sicher?»

«Ja. Aber ich habe nicht gesagt, dass ich auch für dich auspacke. Du darfst nicht erwarten, dass ich jetzt schon in die Rolle des Hausmanns verfalle.»

«Danke, Conor.»

«Kein Problem, Hotshot. Wie gesagt, ich habe in der nächsten Stunde nichts vor.»

«Ich meine dafür, dass du mich bei dir wohnen lässt.»

Er musterte seine Schuhe und blickte sie dann etwas seltsam an. «Wieso sagst du das? Du bist doch kein Gast.» Er runzelte die Stirn. «Willst du mir damit sagen, dass es nur übergangsweise ist? Bin ich ein Zwischenstopp?»

«Sei nicht albern. Aber ehrlich gesagt, weiß ich nicht, wie lange ich bleiben soll. Ich hatte noch keine Zeit, über all das nachzudenken. Ich weiß nicht, ob ich gleich …»

«… Pest gegen Cholera eintauschen sollte.»

«Das habe ich nicht gesagt. Aber du hast selbst darauf hingewiesen, dass wir beide in der Scheiße stecken. Deine schöne Formulierung.»

«Scheiße, die sich ergänzt. Frau Kollegin, bringen Sie Ordnung in Ihre Fakten.»

Natasha bemerkte, dass sie am Kopf der Schlange, die für Kaffee anstand, angekommen war. «Oh. Entschuldigung. Latte macchiato, halbfett, koffeinfrei, bitte.»

«Manche nennen es auch ‹braunes heißes Wasser›», sagte Conor. Das Mädchen hinter der Theke lächelte ihn matt an. Vermutlich hörte sie ähnliche Kommentare hundertmal am Tag. «Für mich eine Latte mit doppeltem Espresso.»

«Lass mich zuerst diesen Fall aus der Welt schaffen, Conor. Ich kann im Moment über nichts anderes nachdenken.»

Sie wartete darauf, dass er etwas erwiderte, und als er es nicht tat, griff sie betont heiter in ihre Handtasche. «Den Kaffee übernehme ich», sagte sie. «Das ist das mindeste, was ich tun kann, nachdem du für mich schon auf Frühstück verzichtet hast. Lust auf einen Muffin?» Dann blickte sie in ihr Portemonnaie.

Ralph war nirgends zu sehen. Sie galoppierten auf den Hof der Möbelfabrik und um die Ecke, wo die Lieferwagen den Parkplatz von Blicken abschotteten. Ihr Atem kam in raschen Stößen, Regen rann ihr über das Gesicht, sodass sie sich dauernd die Tropfen aus den Augen wischen musste, um klar zu sehen. Sie glitt von Boo hinunter. Er schwitzte, aufgewühlt von den Ereignissen der letzten beiden Tage, und jetzt kühlte der heftige Schauer ihn ab. Sie musste an den Zügeln ziehen, um ihn dazu zu bringen, hinter ihr herzugehen.

«Ralph?», rief sie.

Es kam keine Antwort. Die dunklen Fenster des Büroblocks blickten gleichgültig auf sie herab, ihre Stimme wurde vom Fauchen des herabströmenden Wassers erstickt. Die Rollläden an der Fabrik waren noch unten. Es würde noch eine halbe Stunde dauern, bis die Ersten zur Arbeit kamen.

Sie trat vor, spähte um einen geparkten Lieferwagen herum. «Ralph?»

Nichts.

Ihr Selbstvertrauen geriet ins Wanken, das Adrenalin der letzten halben Stunde ebbte ab. Ein Mädchen auf einem Parkplatz, auf das Schwierigkeiten zukamen, mehr war sie nicht.

Er würde nicht kommen. Natürlich nicht. Sie war naiv gewesen zu glauben, dass er kommen würde. In Wahrheit könnte er Sal sogar gesagt haben, wo sie mit ihm verabredet war. Eine Minute lang stand sie starr da, bekämpfte ihre steigende Panik und versuchte, strategisch zu denken. Konnte sie es ohne Sattel schaffen? Sollte sie es mit diesem bescheuerten Zaumzeug und den Scheuklappen versuchen? Die Antwort lag auf der Hand: Sie hatte kaum eine andere Wahl. Sie konnte es nicht riskieren, hier zu warten, bis irgendjemand sie fand. Sie machte Anstalten, sich wieder auf Boos Rücken zu schwingen.

«Du musst hier nicht rumbrüllen, Zirkusmädchen.» Ralph trat aus einem Eingang, schlenderte auf sie zu und zog sich die Kapuze über den Kopf. «Verdammt!», sagte er mit Blick auf das Pferd.

Sie rannte auf ihn zu und zerrte den widerspenstigen Boo hinter sich her. «Hast du ihn dabei?»

Er streckte die Hand aus. «Zuerst das Plastik.»

«Ich werde dich wohl kaum übers Ohr hauen, Ralph.» Sie griff in ihre Tasche und zog ein Bündel Geldscheine heraus.

«Wo ist die Karte?»

«Konnte sie nicht mitgehen lassen, aber hier sind zwanzig Pfund.»

«Verpiss dich. Hältst du mich für einen Vollidioten?»

«Fünfzig.»

«Ich könnte den Sattel für mehr als das verkaufen. Hundertfünfzig.»

«Hundert. Mehr habe ich nicht.»

Er hielt die Hand auf. Sie zählte ihm das Geld hinein. Sals Geld. Sie war froh, es loszuwerden.

«Wo ist der Sattel?»

Er deutete auf den Eingang, während er die Scheine nachzählte. Sie bat ihn, Boo zu halten, solange sie ihm den Sattel auflegte. Ihr Atem kam immer noch stoßweise, als sie den Gurt festzurrte. Dann nahm sie ihm das Zaumzeug mit den Scheuklappen ab, warf es über die Mauer in das Brachland dahinter und zog Boo sein eigenes über.

«Ich sag dir was, Mädchen.» Ralph stopfte sich das Geld in die Hosentasche. «Du hast echt Eier.»

Sie setzte ihren Fuß in den Steigbügel und federte auf den Rücken ihres Pferdes. Boo machte ein paar Schritte rückwärts, begierig darauf, wieder loszukommen.

«Wohin bringst du ihn? Sal wird hinter dir her sein, das weißt du. Total sinnlos, es auf Höfen in Stepney oder Whitechapel zu versuchen. Vielleicht findest du südlich vom Fluss was.»

«Nicht hier in der Nähe. Ralph, eins musst du noch für mich machen.»

«Oh nein.» Er schüttelte den Kopf. «Du hast von mir schon mehr als genug bekommen, Zirkusmädchen.»

«Geh ins St. Theresa-Krankenhaus. Sag meinem Großvater ... Sag ihm, Boo und ich machen unseren Urlaub. Er wird wissen, was gemeint ist. Sag ihm, ich rufe ihn an.»

«Warum sollte ich noch irgendwas für dich tun? Mann, ich bin für dich heute Morgen um Viertel nach sechs aufgestanden. Das ist praktisch illegal.»

«Bitte, Ralph. Es ist wirklich wichtig.»

Er klopfte sich auf die Tasche und schlenderte in Richtung Straße. «Vielleicht», sagte er. Seine Turnschuhe waren viel zu groß für den zwölfjährigen Jungen. «Aber ich bin ein vielbeschäftigter Mann ...»

«Ich kann gerade nicht sprechen, Natasha. Ich bin auf dem Weg aus der Tür.» Mac ließ seine Fototasche im Flur auf den Boden fallen.

«Meine Kreditkarte, Mac, ist sie auf dem Wohnzimmertisch, da, wo ich gestern Abend meine Tasche hingestellt habe?»

Mac schluckte die Antwort hinunter, die ihm auf der Zunge lag: dass sie ausgezogen war und von ihm nicht erwarten konnte, für sie im Haus nach vergessenen Sachen oder dem Inhalt ihrer Handtasche zu suchen. Er spähte um den Türrahmen herum. «Nein», sagte er. «Nichts auf dem Tisch.»

Es folgte eine kurze Pause. Im Hintergrund hörte er Stimmengewirr, das Geklapper von Tassen. «Verdammt», sagte sie.

Er hob eine Augenbraue. Natasha fluchte selten. «Was ist los?»

«Ist sie da?»

«Nein. Ich habe in ihr Zimmer geschaut. Sie muss vor uns gegangen sein.»

«Sie hat meine Kreditkarte mitgenommen.»

«Was?»

«Du hast gehört, was ich gesagt habe.»

Er verdrehte die Augen Richtung Decke. «Wahrscheinlich hast du die Karte irgendwo zwischengesteckt.»

«Nein, Mac. Ich habe eben mein Portemonnaie aufgemacht, und eine meiner Kreditkarten fehlt.»

«Und bist du sicher, dass sie es war?»

«Du wirst es ja kaum gewesen sein, oder? Ich sag's dir, Mac, sie hat meine verdammte Karte geklaut.»

«Aber sie weiß die PIN-Nummer nicht.»

Er hörte eine gedämpfte Unterhaltung, dann sprach Natasha wieder. «Mist. Ich muss ins Gericht. Ich darf auf keinen Fall zu spät kommen. Mac, kannst du …»

«Ich hole sie nachher von der Schule ab. Dann rede ich mit ihr.»

«Ich weiß nicht, ob ich sie sperren lassen soll.»

«Lass sie noch nicht sperren. Sie wird sie wohl kaum in der Schulmensa benutzen. Ich bin sicher, es gibt eine gute Erklärung dafür.»

«Eine gute Erklärung? Dafür, dass sie meine Karte geklaut hat?»

«Wir wissen überhaupt nicht sicher, dass sie das getan hat. Reden wir einfach erstmal mit ihr, okay? Hast du nicht gesagt, sie wolle für ihren Großvater ein paar Sachen kaufen?»

Es folgte eine lange Pause.

«Ja, wollte sie. Aber das entschuldigt keinen Diebstahl.»

Er begann erneut zu protestieren, aber sie unterbrach ihn: «Weißt du, was, Mac? Diese Kinder haben vielleicht kein leichtes Leben, aber sie sind auch nicht immer die Opfer.»

Er legte auf und blieb im Flur stehen. Zuerst hatte er sich über Natashas Kommentare geärgert. Hatte sie früher auch so zynisch über ihre Mandanten gesprochen? Sie wurde ihm dadurch nicht sympathischer.

Er wollte gerade seine Kameratasche aufheben, als ihm Sarahs seltsames Verhalten am Vorabend einfiel. Wie sie entschieden hatte, im Wohnzimmer zu bleiben, während er sich um das Abendessen kümmerte. Er hatte gedacht, sie sei rücksichtsvoll gewesen. Er glaubte das noch immer.

Einen Moment blieb er noch stehen, dann stieg er die Treppe hinauf und öffnete die Tür zu Sarahs Zimmer.

Es war unmöglich, das Zimmer einer Jugendlichen zu betreten, ohne sich wie ein schäbiger Eindringling vorzukommen. Mac wusste nicht genau, wonach er suchte, er wollte sich nur versichern, dass alles in Ordnung war. Vielleicht wollte er sich versichern, dass er dieses Mädchen inzwischen kannte. Als er den Kleiderschrank öffnete, seufzte er erleichtert auf. Da hingen ihre Kleider, ihre Jeans, da standen ihre Schuhe. Das Bett war ordentlich gemacht. Er wollte das Zimmer gerade verlassen, da drehte er sich noch einmal um.

Das gerahmte Bild ihres Großvaters war weg. Genauso das griechische Buch über die Reitkunst, in dem sie immer gelesen hatte. Er starrte auf den leeren Nachttisch, wo beides gelegen hatte, dann ging er ins Bad. Keine Zahnbürste. Keine Haarbürste. Keine Seife. Und da hing über der Heizung ihre Schuluniform. Sie besaß nur eine.

Mac rannte wieder nach unten und schnappte sich das Telefon. «Tash?», rief er und fluchte dann leise. «Ja, ich weiß, sie ist bei Gericht. Können Sie sie ans Telefon holen? Es ist dringend. Sagen Sie ... Sagen Sie ihr, wir haben ein Problem.»

«Ich glaube, wenn ich ein Reiter bin, dann werde ich zu einem Menschen mit Flügeln.»

Xenophon, Über die Reitkunst

Kapitel 18

Es hatte aufgehört zu regnen. Sarah trabte den endlosen Grünstreifen in Richtung City Airport auf die Royal Docks zu. Sie beobachtete, wie Boos Fell eine hellere Farbe bekam, während er trocknete. Er hatte sich durch ihr vertrautes Gewicht auf seinem Rücken beruhigt, durch ihre Stimme. Doch ihr eigenes Herz pochte noch immer unangenehm heftig in ihrer Brust, und ihr Hals schmerzte von dem vielen Umschauen.

Hier gab es mehr Platz, der Himmel über ihr war eine bleigraue Unendlichkeit, die nicht von aufragenden Gebäuden zerschnitten wurde. Sie und Boo kamen schneller voran, aber sie waren schutzlos. Das Bewusstsein, wie weithin sichtbar sie für alle waren, veranlasste sie, immer weiter zu reiten und auf dem Grünstreifen zu bleiben, wo sie leicht abdrehen und die Richtung wechseln konnte, wenn es nötig wurde. Sie prüfte den Verkehr und überquerte dann eine geteerte Straße. Die Rushhour neigte sich ihrem Ende zu, und der stete Strom von Fahrzeugen, der unbarmherzige Ansturm auf die City war nicht mehr so offensichtlich. Gelegentlich kam immer noch ein Auto an ihr vorbei. Aber man beachtete sie kaum. Sie hatte die Kapuze ihrer Windjacke auf, sodass ihr Gesicht teilweise verdeckt war. In dieser Gegend hielt man nicht ohne Notwendigkeit an.

Boo wurde müde. Sie ließ ihn in den Schritt fallen, um ihn Atem schöpfen zu lassen. Der graue Schimmer der Themse leuchtete als quecksilberhafter Streifen auf, wenn die Sonne durch die Wolken brach. Und dort, am Ende einer schlecht asphaltierten Straße, flankiert von Betongebäuden, der Fähranleger. Sie wurde langsamer, blickte sich um und lenkte ihr Pferd darauf zu.

«Mr. Elsworth, wären Sie so freundlich, dem Gericht Ihren vollen Namen zu sagen?»

«Ich bin Peter Graham Elsworth.»

«Vielen Dank. Bitte nennen Sie dem Gericht Ihren Beruf.»

«Ich habe eine Praxis für Psychotherapie und Beratung und bin auf die Behandlung von Kindern spezialisiert, insbesondere von Kindern, die Traumata erlitten haben.»

Natasha blickte auf ihre Notizen hinab. Hinter ihr wippte Mrs. Persey nervös mit ihrem anmutig beschuhten Fuß. Immer wieder stieß sie hörbar genervte und frustrierte Seufzer aus.

«Mr. Elsworth, würden Sie sagen, dass alle Kinder Traumata auf ähnliche Weise verarbeiten?»

«Nein. Sie verarbeiten Traumata auf so unterschiedliche Weisen wie Erwachsene auch.»

«Es gibt also keine standardmäßige Reaktion auf ein traumatisches Ereignis.»

«Das ist richtig.»

«Kann man also sagen, dass manche Kinder sehr offensichtlich auf ein traumatisches Ereignis reagieren – zum Beispiel, indem sie weinen und sich Freunden oder Erwachsenen anvertrauen – und andere, die dieselben aufwühlenden Erfahrungen gemacht haben, nach außen wenig zeigen?»

Elsworth dachte einen Augenblick nach. «Das hängt vom Entwicklungsstand des Kindes und seinen Beziehungen zu den Menschen ab, die es umgeben – und natürlich auch vom Wesen des traumatischen Ereignisses.»

«Wenn ein Kind beispielsweise den Eindruck hätte, dass es mit der Preisgabe von etwas Schlimmem, das ihm zugestoßen ist, einem Elternteil Schmerz zufügen würde, könnte es sich dann dafür entscheiden, das Ereignis für sich zu behalten?» Ihre Perücke begann zu jucken. Sie bekämpfte den Impuls, sich am Hinterkopf zu kratzen.

«Diese Erfahrung habe ich durchaus gemacht.»

Mr. Persey starrte sie an. Er war ein großer, breitschultriger Mann mit fleischigen Wangen und einer Hautfarbe, die von drei ordentlichen Urlauben im Jahr zeugte.

«Haben Sie auch die Erfahrung gemacht, dass in Fällen, wo Eltern im Konflikt miteinander lagen, Kinder Traumata verheimlicht haben, wenn sie befürchten mussten, dass sie andernfalls den Beziehungskonflikt weiter verschärfen würden?»

«Das ist ein bekanntes psychologisches Phänomen. Das Kind versucht, den Elternteil zu schützen.»

«Sogar, wenn der Elternteil der Täter war?»

«Einspruch.» Mr. Perseys Anwalt war aufgesprungen. «Euer Ehren, wir haben bereits festgestellt, es gibt keine Anhaltspunkte dafür, dass Mr. Persey sein Kind je misshandelt hätte.»

Natasha wandte sich an den Richter. «Euer Ehren, ich versuche nur nachzuweisen, dass auch ohne offenkundige Beweise oder gar das verbale Zeugnis des Kindes eine Traumatisierung stattgefunden haben kann.»

Mr. Perseys Anwalt, ein Schwergewicht mit quengeliger Stimme namens Simpson, schnaubte hörbar. «Genauso gut könnte man argumentieren, dass eine Frau, die ihren Partner des Missbrauchs bezichtigt, keine Verletzungen vorweisen muss. Nur dass in diesem Fall nicht einmal das Kind selbst behauptet, dass eine Misshandlung stattgefunden hat.»

«Euer Ehren, wenn Sie mir erlauben fortzufahren, werde ich versuchen aufzuzeigen, dass Kinder aus genau diesem Grund ein Sonderfall sind. Es gibt bei ihnen eine erhöhte Wahrscheinlichkeit, dass sie versuchen, ihr Trauma zu verbergen, um ihre Bezugspersonen zu schützen.»

Der Richter blickte nicht auf. «Fahren Sie fort, Mrs. Macauley.»

Sie hatte sich gerade wieder über ihre Notizen gebeugt, als Ben ihr über die Bank hinweg einen Zettel in die Hand drückte. *Dringend Mac anrufen*, stand darauf. Überrumpelt wandte sie sich um. «Was will er?», flüsterte sie.

«Weiß ich nicht. Er hat nur gesagt, es sei extrem wichtig, dass Sie ihn anrufen.»

Das konnte sie unmöglich jetzt tun.

«Mrs. Macauley? Würden Sie bitte fortfahren?»

«Ja, Euer Ehren.» Verstohlen winkte sie Ben gegenüber ab. «Mr. Elsworth, wäre es Ihrer Meinung nach also denkbar, dass ein Kind, das sich vor einem Elternteil fürchtet, dem anderen Elternteil gegenüber Probleme verheimlicht?»

«Euer Ehren …»

«Einspruch abgelehnt, Mr. Simpson. Mrs. Macauley, achten Sie darauf, dass Sie beim Thema bleiben.»

Elsworth sah den Richter an. «Das hängt natürlich vom Alter und den Umständen ab, aber ja, das ist denkbar.»

«Und in welchem Alter, würden Sie sagen, ist ein Kind in der Lage, seine Not zu verbergen … erfolgreich, ohne dass seine Umgebung es merkt?»

«Das hängt vom Kind ab. Ich habe aber schon Sechs- oder Siebenjährige gesehen, die überraschend erfolgreich Dinge verheimlicht haben, die ihnen zugestoßen sind.»

«Es ist also nicht auszuschließen, dass das auch einer Zehnjährigen gelingen könnte.»

«Das wäre nicht auszuschließen, nein.»

«Mr. Elsworth, haben Sie vom Elternentfremdungssyndrom gehört?»

«Das habe ich.»

«Es ist, ich zitiere, ‹eine Störung, bei der das Kind obsessiv einen Elternteil kritisiert oder herabsetzt. In anderen Worten, den Elternteil dauerhaft und zu Unrecht beleidigt.› Ist das in Ihren Augen eine zutreffende Definition?»

«Ich bin kein Experte, aber ja, das klingt nach einer zutreffenden Definition.»

«Mr. Elsworth, Sie sind ein von Kollegen geschätzter Fachmann, der seit vielen Jahren in führenden psychologischen Zeitschriften publiziert. Glauben Sie an die klinische Existenz des Elternentfremdungssyndroms?»

«Nein. Aber ich bin nicht sicher, ob es angemessen ist …»

«Gut, ich formuliere das anders. Können Sie mir sagen, wie viele Kinder Sie behandelt haben?»

«Grundsätzlich? In meiner Praxis? Das geht in die Tausende. Vielleicht über zweitausend.»

«Und hat einer Ihrer jungen Patienten jemals etwas gezeigt, das Sie als Elternentfremdungssyndrom bezeichnen würden?»

«Ich habe viele Kinder behandelt, die dahingehend beeinflusst wurden, dass sie über einen Elternteil schlecht gedacht haben, sogar viele, die einem Elternteil gegenüber eine Feindseligkeit entwickelt haben. Ich habe viele Kinder behandelt, die durch die Scheidung ihrer Eltern zutiefst verstört wurden. Aber ich kann nicht behaupten, dass ich solche psychischen Beeinträchtigungen für den Beweis eines Syndroms halte. Ich denke, das schießt über das Ziel hinaus.»

Sie ließ den Satz eine Weile ins Bewusstsein der Zuhörer dringen. «Mr. Elsworth, wissen Sie etwas über die Häufigkeit falscher Berichte über körperliche Misshandlungen oder sexuellen Missbrauch von Kindern bei Scheidungs- oder Sorgerechtsstreitigkeiten?»

«Meines Wissens gibt es eine Reihe aktueller Veröffentlichungen zu diesem Phänomen, ja. Ich glaube, erst kürzlich wurde nachgewiesen, dass in solchen Fällen sehr wenige Berichte falsch sind. Ich glaube, ein Querschnitt der Studien, die in den letzten Jahren durchgeführt wurden, hat ergeben, dass zwischen 1 und 7,6 Prozent der Anschuldigungen in Sorgerechtsfällen falsch sind.»

«Zwischen 1 und 7,6 Prozent.» Natasha nickte, als bestätige sie sich die Zahlen selbst. «Demnach wären über neunzig Prozent der Missbrauchsvorwürfe berechtigt. Untermauern die Erfahrungen aus Ihrer Praxis diese Zahl?»

Er zögerte. «Meiner Erfahrung nach, Mrs. Macauley, wird der Missbrauch von Kindern viel zu selten festgestellt, sei es innerhalb oder außerhalb von Scheidungs- und Sorgerechtsverfahren.»

Sie fing Michael Harringtons zufriedenes Grinsen auf und konnte ein Lächeln gerade noch unterdrücken. «Keine weiteren Fragen, Euer Ehren.»

Die Woolwich-Fähre Richtung Süden war leer. Als das Schiff anlegte, zögerte Sarah einen Moment, bevor sie Boo die lange Rampe hinunter zum Frachtdeck führte, wo man ihn von der Steuerkabine aus nicht sehen konnte. Boo schlitterte auf dem öligen Boden ein wenig, als die Motoren zu vibrieren begannen. Doch er schien von dem ungewöhnlichen Transport unbeeindruckt. Es waren keine Laster oder Autos an Bord, nur sie, Boo und das leere Deck. Sie drehte sich erneut um und beschwor die Fähre, endlich abzulegen, betete, nicht einen ihr vertrauten Pick-up-Truck erblicken zu müssen. Ihr Verstand sagte ihr, dass es nur eine sehr geringe Wahrscheinlichkeit gab, dass sie ihr hatten folgen können, aber die Angst hatte sich in ihren Knochen festgesetzt. Sie sah diesen Transporter überall, geisterhaft bog er um Ecken, parkte vor ihr. Die Angst war immer da.

Als sie mit Boos Zügeln straff in der Hand dort stand, kam der Kapitän aus der Steuerkabine. Der große, leicht gebückte Mann mit dem graubraunen Bart stand einen Moment ganz still, als wolle er sichergehen, dass er recht sah, dann kam er langsam auf sie zu. Sarahs Finger schlossen sich noch fester um Boos Zügel, und sie wappnete sich für einen Streit. Doch als er näher kam, lächelte der Mann. «Das ist das erste Pferd, das ich in dreißig Jahren hier sehe», sagte er. Wenige Meter vor Boo blieb er stehen und schüttelte den Kopf. «Mein Vater hat in den dreißiger und vierziger Jahren auch schon auf der Fähre gearbeitet. Damals wurden fast alle Fahrzeuge, die übersetzten, von Pferden gezogen. Darf ich ihn streicheln?»

Mit vor Erleichterung weichen Knien nickte Sarah stumm.

«Ein hübscher Junge bist du, was?» Der Kapitän fuhr mit der Hand Boos Hals entlang. «Er ist brav, oder? Benimmt sich?»

«Ja», sagte Sarah. «Er ist brav.»

«Wie heißt er?»

Sie zögerte. «Baucher», antwortete sie und fügte unnötigerweise hinzu: «Er ist nach einem berühmten französischen Reiter benannt.»

«Stattlicher Name, was?» Der Mann rieb über Boos Stirn. «Ein stattlicher Name für einen stattlichen Kerl.»

«Wie viel», brach es aus ihr heraus. «Für ihn, meine ich. Wie viel müssen wir bezahlen?»

Er sah überrascht aus. «Hier auf der Fähre musst du gar nichts bezahlen, Schätzchen. Oh nein. Hier hat für die Überfahrt seit 1889 keiner mehr was bezahlt.» Er gluckste. «Dann wollen wir mal.» Mit steifen Beinen ging er zurück zu seiner Kabine und verschwand darin.

Die Fähre vibrierte, löste sich dann sanft vom nördlichen Ufer der Themse und glitt hinaus in das bräunliche Wasser. Sie stand allein neben ihrem Pferd auf dem offenen Deck und blickte auf den Fluss, der sich trostlos unter den über ihm schwebenden Kränen hinzog, vorbei an den glänzenden Hauben des Sperrwerks Thames Barrier und den blauen und silbernen Produktionshallen der Tate Zuckerraffinerie. Sie atmete die feuchte Luft tief ein.

Sie hatte Hunger. In den letzten zwölf Stunden hatte ihr Magen nichts fühlen können als den Knoten aus Angst. Sie setzte ihren Rucksack ab, öffnete ihn und fand einen Keks. Eine Ecke brach sie ab und gab sie Boo, der mit seinen samtigen Lippen so beharrlich immer wieder gegen ihre Jacke stupste, bis sie ihm mehr gab.

Sie und ihr Pferd mitten auf einem Fluss. Es war ein seltsames Hinterland, eine Traumlandschaft, aus der sie noch nicht erwacht war. Aber vielleicht war es doch nicht so seltsam: nur ein Pferd in einer langen Reihe von Pferden, die seit über einem Jahrhundert über den Fluss setzten. Als der Abstand zum Ufer wuchs, beruhigte sich ihr Atem, ihr Kopf wurde wieder klar, als träte sie aus einem riesigen Schatten hervor. Der Pick-up-Truck blieb am Ufer zurück, zusammen mit all dem Schlamassel und der Furcht und der Angst, die sie in den letzten Monaten beinahe erstickt hatten. Jetzt fühlte sich alles leicht an. Sie spürte, wie sie lächelte und dabei Muskeln benutzte, die in den letzten paar Wochen anscheinend gelähmt gewesen waren.

«Da», sagte sie und gestand Boo noch ein Stück Keks zu. «Zeit für uns zu gehen.»

Ben reichte ihr noch einen Zettel. *Er hat Linda viermal angerufen.*

Natasha las ihn, während sie ihre Perücke zurechtrückte. «Rufen Sie ihn zurück», flüsterte sie und reichte ihm ihr ausgeschaltetes Mobiltelefon. «Seine Nummer ist im Adressbuch. Sagen Sie ihm, dass ich nicht sprechen kann, bis wir eine Sitzungspause machen.»

«Sie sagt, er klang panisch. Sagte irgendwas von … Sarah weg.»

Auf der anderen Seite des Raumes versuchte Simpson, Elsworths Aussage auseinanderzunehmen.

«Sagen Sie ihm, dass wir den genauen Termin für ihren Auszug festlegen, sobald er mit ihr über meine Kreditkarte gesprochen hat.»

Sie begann, sich Notizen zu machen, ihre Gedanken zu sammeln.

«Jetzt haben wir ihn, oder?» Mrs. Persey fasste über die Bank und umklammerte mit ihren dünnen Fingern Natashas Handgelenk. «Alles, was Sie gesagt haben, beweist, dass er sie misshandelt hat.»

Natasha fing den Blick des Richters auf, der ihren Austausch mit grimmigem Gesichtsausdruck verfolgte. «Das besprechen wir vor der Tür. Aber ja, es ist gut gelaufen», flüsterte sie und lehnte sich vor, um sich auf Simpson zu konzentrieren.

Minuten später war Ben zurück. *Nicht ausgezogen, verschwunden*, stand auf dem Zettel. *Verschwunden.*

Sie kritzelte: ??? *Wohin?*

Weiß er nicht. Ist Sarah jemand aus Ihrer Familie?

Natasha ließ ihren Kopf in die Hände sinken.

«Mrs. Macauley», ertönte die Stimme von vorne. «Ist mit Ihnen alles in Ordnung?»

Sie rückte ihre Perücke zurecht.

«Es geht mir gut, Euer Ehren.»

«Möchten Sie eine kurze Pause beantragen?»

Sie dachte rasch nach. «Wenn Euer Ehren es gestatten würden. Es ist eine dringende Angelegenheit aufgekommen, um die ich mich kümmern sollte.»

Der Richter wandte sich an Simpson, der sie mit kaum unterdrückter Wut anstarrte, als hätte sie das geplant. «Also gut. Wir machen zehn Minuten Pause.»

Er ging ans Telefon, bevor es überhaupt Zeit gehabt hatte zu klingeln.

«Sie ist weg», sagte er. «Abgehauen, mit der Hälfte von ihrem Zeug.»

«Hast du in der Schule angerufen?»

«Ich habe auf Zeit gespielt. Habe denen gesagt, sie sei krank. Ich dachte, falls sie dort doch aufgetaucht ist, kann ich immer noch so tun, als hätte ich einen Fehler gemacht.»

«Aber sie ist nicht aufgetaucht.»

«Sie ist weg, Tash. Fotos, Zahnbürste, alles.»

«Sie ist vermutlich im Stall. Oder bei ihrem Großvater.»

«Ich habe im Krankenhaus angerufen. Er hatte heute noch keine Besucher. Gerade bin ich auf dem Weg zum Stall.»

«Sie wird das Pferd nicht zurücklassen», sagte sie zuversichtlich. «Denk mal drüber nach, Mac. Und sie wird sich nicht sehr weit von ihrem Großvater entfernen. Er bedeutet ihr mehr als irgendwas sonst.»

«Hoffentlich hast du recht. Mir gefällt das alles nicht.» Mac klang ungewöhnlich nervös.

Plötzlich fiel ihr ein, wie seltsam still Sarah am Vorabend gewesen war, wie ruhig sie alles einfach hinzunehmen schien. Natasha hatte gewusst, dass irgendetwas nicht stimmte. Aber sie war dem Mädchen so dankbar gewesen, dass es keine Szene gemacht hatte. «Ich muss wieder in den Gerichtssaal. Ruf mich an, wenn du beim Stall angekommen bist. Denk dran, sie hat meine Karte. Vermutlich ist sie wirklich nur losgezogen, um ihrem Großvater von meinem Geld einen verdammten Pyjama zu kaufen.»

Der Cowboy lehnte an dem rostigen Wagen und sprach mit einem der Jungen. Mac kämpfte mit dem Tor und versuchte, den Schäferhund zu ignorieren, der warnend knurrte, als er auf den Hof trat. Er blickte zu dem Eisenbahnbogen hinüber: Der Stall von Boo stand offen. Es war eindeutig niemand darin.

«Äh … Mr. … Äh … John? Ich bin Mac, erinnern Sie sich an mich? Sarahs Freund.»

Der Cowboy steckte sich die Selbstgedrehte zwischen die Lippen und schüttelte Macs Hand. Er schürzte die Lippen. «Und ob ich mich an Sie erinnere», sagte er.

«Ich suche Sarah.»

«Sie und alle anderen auch», sagte der alte Mann. «Von hier bis zu den Docks von Tilbury. Ich will verdammt sein, wenn ich einen Schimmer habe, was hier passiert ist, während ich weg war.»

«Ist sie hier gewesen?», fragte Mac.

«Habe sie nur für eine Sekunde gesehen. Hat mir nie gesagt, was los ist. Schöne Scheiße jedenfalls, so viel ist sicher.» Cowboy John schüttelte betrübt den Kopf.

«Warten Sie – Sie *haben* sie gesehen? Heute?»

«Oh ja, ich hab sie gesehen. Um sieben heute Morgen. Das Letzte, was ich von ihr gesehen habe, war, wie sie über die Überführung davongezischt ist, als hätte das verdammte Zirkuspferd Flügel. Wie sie den Ritt überlebt hat, ist eine Sache zwischen ihr und dem Allmächtigen.»

«Sie ist ausgeritten?»

«Ausgeritten?» Cowboy John sah ihn an, als sei er schwer von Begriff. «Sie wissen von nichts?»

«Was sollte ich wissen?»

«Ich war den ganzen Morgen unterwegs und habe nach ihr gesucht. Sie ist weg. Sie hat das Pferd geklaut und ist verschwunden.»

«Wohin verschwunden?»

«Na, wenn ich das wüsste, wär sie jetzt hier!» Ärgerlich sog Cowboy John Luft ein.

Der Junge zündete sich eine Zigarette an.

Mac ging zu Sarahs Schuppen hinüber. «Haben Sie dafür einen Schlüssel?»

«Der Hof hier gehört mir nicht mehr. Ich habe ...»

«Ich habe einen», sagte der Junge. «Sie hat ihn mir gegeben, damit ich das Pferd füttern kann, wenn sie nicht hier ist», erklärte er.

«Und du bist …»

«Dean.»

«Ralph», sagte Cowboy John und gab dem Jungen mit seinen langen braunen Fingern einen Schubs. «Er heißt Ralph.»

Der Junge kramte in seiner Tasche und förderte einen überdimensional großen Schlüsselbund zutage. Sorgsam sortierte er die Schlüssel, bevor er schließlich einen herauszog, mit dem er das Schloss öffnete. Mac stieß die Tür auf. Der Schuppen war leer. Kein Sattel auf dem Gestell, kein Zaumzeug, nur ein spinnwebenverhangenes Halfter und ein paar Bürsten in einer Kiste.

«Sehen Sie, sie hat das verflixte Pferd genommen und hat mich hier mit einem großen Haufen Scheiße zurückgelassen. Hier gibt es Leute, die sind sehr, sehr sauer. Ich habe das Gefühl, dass hier alles Mögliche passiert ist, von dem ich nichts weiß.» Er beäugte Ralph unheilvoll. «Aber zuerst mal muss ich mir jetzt überlegen, wie ich dem Captain da im Krankenhaus beibringe, dass ich nicht die geringste Ahnung habe, wo sein kostbares kleines Mädchen steckt.»

Mac schloss eine Weile die Augen. Er seufzte tief. «Damit sind wir schon zwei», sagte er.

Die Sonne war nach oben gewandert und schien ihr nun ins Gesicht, sodass sie unter ihrem Helm die Augen zusammenkneifen musste. Sie versuchte vorauszuberechnen, wie weit sie vor Einbruch der Dunkelheit kommen würde. Bevor Boo zu müde war, um weiterzugehen.

Ein Distanzpferd konnte achtzig, neunzig Kilometer am Tag zurücklegen, darüber hatte sie gelesen. Aber die Tiere mussten langsam an eine solche Leistung herangeführt werden.

Boo hatte eine solche Vorbereitung nicht genossen. Sarah spürte, wie die Sprungkraft in seinen Schritten schwächer wurde, während sie in einem zügigen Trab durch die Vororte ritten, las an seinem Ohrenspiel und seiner ruhigeren Gangart die Hoffnung ab, dass sie ihn auffordern würde, langsamer zu werden. Noch nicht, sagte sie ihm stumm und mit einem sanften Druck ihrer Beine, einer leichten Vorwärtsverlagerung ihres Sitzes. Noch nicht.

Hier war es wieder belebter, und der Anblick eines Mädchens auf einem Pferd zog neugierige Blicke an, aber meistens kam sie an den Leuten vorbei, bevor sie überhaupt registrierten, was sie gesehen hatten.

Sie suchte eine ruhige Straße, bevor sie sich traute, einen Bankautomaten zu benutzen. Sie saß ab, führte Boo über den Gehweg, zog Natashas Karte aus der Tasche und tippte die Nummer ein, die sie auswendig kannte. Sie brannte dunkel auf ihrem Gewissen. Der Automat brummte und schien über ihren Auftrag unendlich lange nachzudenken. Ihr Herzschlag beschleunigte sich. Inzwischen könnten sie Bescheid wissen. Natasha hatte bestimmt entdeckt, was sie getan hatte, das ganze Ausmaß ihres Verrats begriffen. Eigentlich hatte sie ihnen eine Nachricht hinterlassen wollen, eine Erklärung, aber sie fand die Worte dafür nicht, ihr Kopf war so voll mit ihrer Furcht, dem Schock und dem Verlust. Und sie konnte nicht riskieren, dass jemand wusste, wohin sie unterwegs war.

Endlich leuchtete die Anzeige auf dem Bildschirm vor ihr auf. Wie viel wollte sie abheben? 10 Pfund, 20 Pfund, 50 Pfund, 100 Pfund, 250 Pfund? Nachdem sie sich wochenlang knauserig den Kopf über jede einzelne Pfundmünze zerbrochen hatte, machten die Zahlen sie schwindelig. Sie wollte nicht stehlen, andererseits wusste sie, dass die Macauleys die Karte sperren lassen würden. Danach würde es kein Geld mehr geben.

Das hier war vermutlich ihre einzige Chance.

Sarah holte tief Luft und legte ihre Finger auf das Eingabefeld.

Er wartete vor dem Gerichtssaal, als Natasha mittags herauskam. Er stand mit dem Rücken zu ihr und fuhr herum, als er ihre Stimme hörte. «Gibt es was Neues?»

«Sie hat das Pferd mitgenommen.»

Er sah zu, wie Natasha diese Information schrittweise aufnahm: Zuerst war da die schiere Unfähigkeit zu verdauen, was er gesagt hatte, dieselbe Ungläubigkeit, mit der er selbst reagiert hatte. Eine Art beklommenes Auflachen über das Lächerliche an dieser Vorstellung.

«Was soll das heißen, sie hat das Pferd mitgenommen?»

«Das soll heißen, sie ist zusammen mit dem Pferd durchgebrannt.»

«Aber wo soll sie mit einem Pferd hin?»

Ihr Blick glitt von seinem Gesicht auf Cowboy John, der summend auf sie zuschlenderte. Er hatte eine Weile gebraucht, um die Treppe heraufzukommen. «Ich weiß nicht, warum Sie nicht einfach ein Telefon benutzt haben», keuchte er und ließ eine Hand auf Macs Schulter fallen. Er roch nach Leder und nassem Hund.

«Natasha, das ist … Cowboy John. Ihm gehört der Stall, in dem Boo steht.»

«Gehörte. Zum Teufel! Wenn ich ihn behalten hätte, wäre uns dieses Chaos erspart geblieben.» Cowboy John schüttelte kurz ihre Hand, dann beugte er sich vor und hustete in ein Taschentuch.

Natashas Hand schwebte noch in der Luft, und sie zuckte zusammen. Eine kleine Gruppe von Menschen schielte verstohlen zu ihnen herüber.

«Also was machen wir?»

«Sie finden, das wär ein Anfang. Ich würde sagen, wir teilen uns auf und fangen an rumzufragen. So 'n Mädchen auf 'nem Pferd muss ja auffallen.»

«Aber Sie haben doch gesagt, Sie hätten den ganzen Morgen in den Marshes nach ihr gesucht und nichts rausbekommen. John hat sie heute Morgen dort in der Nähe gesehen», erklärte Mac.

John berührte den Rand seines Hutes und starrte mit rot geränderten Augen ins Nichts. «Sie wusste, was sie tat, so viel war klar. Hatte einen Rucksack auf und hat ein ganz schönes Tempo vorgelegt.»

«Sie hat es geplant. Wir sollten die Polizei einschalten, Tash.»

John schüttelte vehement den Kopf. «Wir brauchen keine Schnüffler. Solche Wichtigtuer haben sie überhaupt erst in diese Lage gebracht. Außerdem – die Polizei? Nein. Das Mädchen hat nichts Böses getan. Mist gebaut, okay, aber sie hat nichts wirklich Schlimmes getan.»

Mac suchte Natashas Blick. Keiner von ihnen sprach. Ihre Schweigsamkeit irritierte ihn, er wartete. Dann mahnte er: «Du warst diejenige, die gesagt hat, wir hätten eine rechtliche Verpflichtung, sie vermisst zu melden.»

Natasha blickte den Flur entlang und blinzelte heftig.

«Tash?»

Ihre nächste Äußerung ließ ihn den Kopf neigen, als hörte er schlecht.

«Ich will sie noch nicht melden, Mac. Letztes Mal ist sie

auch wieder aufgetaucht, oder?» Natasha wandte sich wieder an John. «Sie kennen sie. Wohin könnte sie gegangen sein?»

«Sie besucht immer nur ihren Großvater.»

«Dann fahren wir hin», sagte Mac. «Reden wir mit ihm. Mal sehen, ob er irgendwelche Ideen hat. Tash?» Sie starrte ihn nur an. «Was?»

«Ich kann nicht weg, Mac. Ich stecke mitten in einer Verhandlung.»

«Tash, Sarah ist *verschwunden.*»

«Das ist mir äußerst bewusst, aber das war sie schon einmal. Und ich kann nicht jedes Mal den Stift fallen lassen, wenn sie wieder beschließt, für ein paar Stunden zu verschwinden.»

«Da muss ich Ihnen aber sagen, ich glaub nicht, dass sie vorhat, in nächster Zeit zurückzukommen.» Cowboy John nahm seinen Hut ab und kratzte sich am Kopf.

«Ich kann den Fall nicht sich selbst überlassen. Das hier ist der wichtigste Fall meiner Karriere. Das weißt du.» Sie konnte seinem Blick nicht standhalten und errötete leicht. «Ich kann nicht einfach alles stehen lassen, Mac.»

«Dann tut es mir leid, dass ich dich belästigt habe», sagte er kurz angebunden. «Ich rufe dich bei Conor an, wenn sie auftaucht, in Ordnung?»

«Mac!», protestierte sie, aber er hatte sich bereits abgewandt.

«Eine breitere Brust ist in Bezug auf Schönheit und Kraft besser gebaut ... So wird der Hals vor dem Reiter gerade stehen, das Auge aber vor die Füße sehen.»

Sie konnte sich nicht daran erinnern, wie Papa sie in die Arme genommen hatte – nicht so, wie Nana sie in die Arme genommen hatte, als sei das für sie so natürlich, wie zu atmen.

Wenn sie von der Schule nach Hause kam, trat sie an Nanas Stuhl, und Nana nahm sie auf den Schoß und zog sie an ihr Hauskleid aus Nylon. Dieser warme, süße, pudrige Geruch stieg in Sarahs Nase, die weiche Brust war wie eine Daunendecke, in die man hineinsank, eine unerschöpfliche Quelle der Liebe und Sicherheit.

Nach Nanas Tod lehnte sich Sarah, wenn sie von Trauer überwältigt wurde, manchmal an Papa, und er legte den Arm um sie und tätschelte ihre Schulter. Aber diese Handlung war für ihn nicht natürlich, und sie hatte immer das Gefühl, dass er erleichtert war, wenn sie sich wieder zusammenriss. Sarah hatte die fehlende menschliche Berührung wie einen Schmerz gespürt, lange bevor sie verstand, was sie so vermisste.

Vor vielleicht einem Jahr hatte ihr Großvater wie an so vielen Abenden am Küchentisch gesessen und gelesen. Sie fragte ihn, was er las. Das Buch war ihr vertraut, so vertraut, dass es sie nie neugierig gemacht hatte. Und ihr Großvater hatte es vorsichtig auf dem Tisch abgelegt und ihr von einem Mann erzählt. Einem Mann mit den Fähigkeiten eines Dichters und dem Überblick über Schlachtfelder, wie ein General ihn hatte, einem Mann, der sich als einer der Ersten für die Partnerschaft mit einem Pferd ohne Grausamkeit oder Gewalt ausgesprochen hatte. Er las ihr ein paar Passagen vor. Die Worte, wenn man einmal von der etwas gespreizten Sprache absah, hätten auch aus einem modernen Handbuch für Reiter stammen können: «*Wenn man das Pferd in die Haltung bringt, die es selbst annimmt, wenn es sich das schönste Ansehen geben will, so erreicht man, daß das Pferd des Reitens froh und prächtig, stolz und sehenswert erscheint.*»

Sie war mit ihrem Stuhl ein Stück näher zu ihm gerückt.

«Deswegen sage ich dir immer, dass du mit einem Pferd

nie die Geduld verlieren darfst. Du musst es freundlich behandeln, mit Respekt. Es ist alles hier drin. Er ist der Vater der Reitkunst.» Er tippte auf das Buch.

«Er muss Pferde wirklich geliebt haben», sagte Sarah.

«Nein.» Papa hatte energisch den Kopf geschüttelt.

«Aber er sagt ...»

«Es geht nicht um Liebe», entgegnete er. «Liebe wird in dem ganzen Buch nicht ein einziges Mal erwähnt. Er ist nicht sentimental. Alles, was er tut, all seine *douceur* zeigt er, weil er versteht, dass er so aus einem Pferd das Beste herausholt. Auf diese Weise können Mensch und Pferd sich zusammen selbst übertreffen. Ohne diese Küsserei.» Er verzog das Gesicht, und Sarah musste lachen. «Ohne diese Gefühlsduselei. Er weiß, dass es für das Pferd und den Menschen am besten ist, wenn sie einander respektieren.»

«Ich glaube, das verstehe ich nicht.»

«Ein Pferd will kein Schoßhündchen sein, *chérie*. Es will nicht mit bunten Bändern geschmückt werden, oder dass man ihm vorsingt, wie diese albernen Mädchen im Stall es machen. Ein Pferd ist *dangereux*, mächtig. Aber es kann dir zu Willen sein. Du musst dem Pferd einen Grund geben, für dich eine Leistung zu erbringen, dich zu beschützen, indem du verstehst, was das Pferd selbst möchte. Dann erreichst du etwas sehr Schönes.»

Er beobachtete sie, wollte sich überzeugen, dass sie verstanden hatte. Aber sie war enttäuscht gewesen. Sie hatte glauben wollen, dass Boo sie liebte. Sie wollte, dass er ihr über den Hof folgte, nicht, weil sie vielleicht etwas zu fressen für ihn hatte, sondern weil er bei ihr sein wollte. Sie wollte ihn nicht als ein Mittel zu einem Zweck betrachten.

Er tätschelte ihre Hand. «Xenophon strebt nach etwas Besserem. Er strebt nach Respekt, nach Beständigkeit, Fairness, Freundlichkeit. Wäre das Pferd glücklicher, wenn er von Liebe sprechen würde? *Non.*»

Sie war so entschlossen gewesen, ihm nicht zuzustimmen.

«Aber du kannst doch auch sehen, dass er die Dinge aus Liebe tut», hatte er gesagt, und die Fältchen um seine Augen hatten sich vertieft. «Liebe steckt in dem, was er tut, was er … vorschlägt. Nur weil er sie nicht ausspricht, heißt das nicht, dass sie nicht mit jedem Wort mitschwingt. Sie ist da, Sarah. In jeder kleinsten Handlung.» Mit jedem Wort des letzten Satzes schlug er auf den Tisch.

Jetzt begriff sie es, auch wenn sie es damals nicht gekonnt hatte. Nie zuvor und nie danach hatte er ihr deutlicher gesagt, wie sehr er sie liebte.

Ein Stück außerhalb von Sittingbourne machten sie Pause. Sarah erlaubte Boo, am langen Zügel an den üppigen Feldrändern zu grasen. Endlich war auch sie selbst hungrig genug, um eines der Brötchen zu essen, die sie sich eingepackt hatte. Sie saß neben einer ruhigen Straße auf einer Plastiktüte, um sich vor dem nassen Gras zu schützen, und sah zu, wie ihr Pferd den Kopf hob, wenn es vom entfernten Schrei einer Krähe oder gelegentlich einem Reh vor einem Gehölz abgelenkt wurde.

Auf dem offenen Land war Sarah schnell geritten, war möglichst auf Reitwegen an frisch gemähten Feldern entlanggaloppiert, um Boos Beine zu schonen. Immer jedoch blieb sie in der Nähe der Autobahn, sodass sie aus der Entfernung das Brummen des Verkehrs hörte. Sie wusste, sie konnte sich nicht verirren, solange sie in Hörweite blieb. All das Grün hatte Boo neue Energie gegeben. Er hatte seinen Kopf vor

Aufregung hochgeworfen, den Schweif gehoben. Sie hatte gelacht und ihn angefeuert, obwohl er seine Kräfte eigentlich für die Stunden aufsparen musste, die vor ihnen lagen.

Wann war er je so frei gewesen? Wann war sie selbst je so frei gewesen? Ein paar herrliche Kilometer lang erlaubte sie sich zu vergessen, was sie zurückließ, und konzentrierte sich auf den Genuss, mit diesem wunderbaren Tier zu verschmelzen, sich über die überlegene Kraft zu freuen, die sich ihr willig unterwarf. Sie flogen an den Feldrändern entlang, sprangen über niedrige Hecken und Gräben voll Brackwasser. Boo, von ihrer guten Laune angesteckt, wurde immer schneller.

Ich glaube, wenn ich ein Reiter bin, dann werde ich zu einem Menschen mit Flügeln.

Sie besaß Flügel, wie Xenophon. Sie trieb ihn noch mehr an, verschluckte sich, lachte, Tränen sammelten sich in ihren Augenwinkeln und liefen ihr übers Gesicht. Boo streckte sich und rannte, wie Pferde seit Anbeginn der Zeit gerannt sind, aus Furcht, zum Vergnügen, für den Ruhm. Sie ließ ihn gewähren. Es war egal, in welche Richtung er galoppierte. Ihr Herz fühlte sich an, als wollte es platzen. Das war es, was Papa gemeint hatte, nicht die endlosen Stunden, in denen sie die Bewegung seiner Beine perfektionieren sollte, nicht die Kreise, die *passage*, die sorgfältigen Erwägungen, was erreichbar wäre. Ein Satz von Papa war in ihrem Kopf, rhythmisch hörte sie ihn im Takt des gedämpften Getrommels von Boos Hufen auf dem Boden.

«Damit wirst du dem hier entkommen», hatte Papa zu ihr gesagt.

Damit wirst du dem hier entkommen.

«Das ist schon der zweite Besuch heute Nachmittag. Da wird er sich aber freuen.» Die Krankenschwester trat gerade aus dem Zimmer des Captains, als sie ankamen. Sie zögerte. «Ich muss Ihnen sagen, es ging ihm in den letzten Tagen nicht so gut. Heute Nachmittag kommt der Facharzt, aber wir vermuten, dass er einen weiteren Schlaganfall hatte. Wahrscheinlich wird es Ihnen etwas schwerfallen, ihn zu verstehen.»

Mac sah die Betroffenheit in Johns Gesicht. Der Cowboy hatte bereits auf eine ausgiebige Zigarettenpause draußen auf dem Parkplatz bestanden, um die vor ihm liegende Prüfung zu überstehen.

«Der zweite Besuch?», hakte Mac nach. «Ist seine Enkelin hier gewesen?»

«Enkelin?», entgegnete die Krankenschwester aufgeräumt. «Nein, ein Junge. Er schien ihn zu kennen. Nettes Kind.»

Cowboy John schien die Information kaum zur Kenntnis zu nehmen. Er schüttelte einmal kurz den Kopf. Wie um sich zusammenzureißen, und sie betraten das Zimmer.

Der Kopf des Captains war ins Kissen zurückgesunken, sein Mund stand leicht auf. In nur wenigen Tagen schien er um weitere zehn Jahre gealtert zu sein.

Vorsichtig ließen sie sich rechts und links von ihm auf die Stühle nieder, um ihn nicht zu wecken. John blickte den alten Mann an, dann starrte er auf eins der Bilder von Sarah und Boo. «Ich mag diese Fotos», sagte er. «Ist gut für ihn, sie sehen zu können.»

Einige Zeit saßen sie so da, beide unwillig, den alten Mann zu wecken und ihm die Hiobsbotschaft zu überbringen, dass sie beide auf ganzer Linie versagt hatten. Mac brach das Schweigen. «Wir können es ihm nicht sagen, John», flüsterte er.

«Es wär nicht richtig, es ihm nicht zu sagen. Sie ist seine nächste Verwandte. Und jetzt, wo sie verschwunden ist, hat er das Recht, uns zu helfen, sie zu finden.»

Aber wie sollte er dazu in der Lage sein?, hätte Mac am liebsten gefragt. Wie kann dieses Wissen etwas anderes bewirken, als den Mann zu zerstören? Er stützte die Ellbogen auf die Knie und ließ den Kopf hängen. An jedem anderen Ort der Welt wäre er lieber gewesen als hier. Er wollte draußen sein, die Straßen durchkämmen, mit Leuten reden. Er wäre lieber auf einer Polizeiwache gewesen und hätte sein Versagen als Möchtegern-Vater eingestanden, hätte Sarahs Freunden auf den Zahn gefühlt. Ein Mädchen und ein Pferd konnten sich nicht in Luft auflösen. Irgendjemand musste sie gesehen haben.

«Hey ... Hey, Captain ...»

Mac blickte auf. Cowboy John lächelte. «Wie geht's dir, alter Faulenzer? Wird die Rumliegerei nicht langsam langweilig?»

Der Captain drehte ihm langsam den Kopf zu. Es schien ihn übermäßig viel Mühe zu kosten.

«Brauchst du was?» John lehnte sich vor. «Einen Schluck Wasser? Was Stärkeres? Hab ein bisschen Jimmy Beam in der Tasche.» Er grinste.

Der Captain blinzelte. Vielleicht tat er damit seine Belustigung kund. Oder er blinzelte einfach.

«Habe gehört, es ging dir nicht so gut.»

Der alte Mann blickte ihn unverwandt an.

Mac beobachtete, wie John unsicher wurde. Er sah Mac an, dann wieder den alten Mann.

«Captain, ich – ich muss dir was sagen.» Er schluckte. «Ich muss dir sagen, dass deine Sarah was ziemlich Verrücktes angestellt hat.»

Noch immer starrte der alte Mann ihn an, seine blassblauen Augen blinzelten nun nicht mehr.

«Sie ist mit eurem Pferd durchgebrannt. Und es könnte auch gut sein, dass ich hier losfahre und sie im Hof wieder auf uns wartet. Aber ich muss dir sagen, ich glaube, sie ist …» Er holte tief Luft. «Ich glaube, sie hat ihn mitgenommen und ist abgehauen.» Hinter ihm grinste Sarah in Schwarzweiß auf sie herab, lehnte sich an den Hals ihres Pferdes, der Wind wehte ihr eine Locke ins Gesicht.

«Wir wollten Sie nicht damit belasten», setzte Mac an. «Und ich kann Ihnen sagen, dass es ihr bei uns gut ging. Wirklich. Sie war glücklich – so glücklich sie ohne Sie sein kann – und hat uns jedenfalls nie wirklich Anlass zur Sorge gegeben. Aber heute Morgen kam ich in ihr Zimmer, und dieses Buch von Ihnen war verschwunden und ein Rucksack, und als ich im Bad nachgesehen habe …»

«Mac», unterbrach ihn John.

«… war ihre Zahnbürste weg. Ich frage mich, ob Sie vielleicht einen Ort kennen, wo sie …»

«Mac, halten Sie die Klappe, verdammt noch mal.»

Er verstummte.

Der Cowboy wies mit dem Kinn auf den alten Mann. «Er versucht, was zu sagen.» John lehnte sich weiter vor, nahm sogar den Hut ab, damit er das Ohr ganz nah vor den Mund des alten Mannes schieben konnte. «Heiß?», fragte er.

Mac lehnte sich nun von seiner Seite aus nach vorn und bemühte sich, über das Brummen der Maschinen und das Geplauder der Krankenschwestern vor der Tür hinweg das heisere Flüstern zu verstehen. Der Captain setzte sich auf. «Ich weiß», wiederholte er.

Langsam begriff Mac, dass der alte Mann von ihrer Enthüllung gänzlich unbeeindruckt war. Auf seinen Zügen zeichneten sich keine Anzeichen von Furcht ab. Mac sah John an. «Er sagt, er *weiß* es.»

«Ein ungehorsames Pferd ist aber nicht nur unnütz, sondern stiftet oft auch so viel Unheil an wie ein Verräter.»

Xenophon, Über die Reitkunst

Kapitel 19

Der Regen hatte am Nachmittag eingesetzt. Anfangs waren es nur ein paar wenige, probeweise Tropfen. Es war, als würde das Tageslicht in nur wenigen Minuten ersterben. Es gab kein langsames Herankriechen des Abends, keine sanften Abstufungen eines Sonnenuntergangs, nur im einen Moment Helligkeit und im nächsten Schwärze mit heftigem, strömendem Regen.

Der Fahrer vor ihr brachte sein Fahrzeug schlingernd zum Stehen. Sie riss Boo erschrocken zurück, aber der Mann steckte nur seinen Kopf aus dem Fenster und schrie: «Du Idiot! Du solltest Leuchtstreifen tragen! Ich hätte euch beinahe beide erwischt.»

Ihre Stimme, als sie sie endlich wieder fand, klang brüchig, ängstlich. «Es tut mir leid», sagte sie. «Ich … ich habe sie vergessen.»

«Dann scher dich auf die Hauptstraße», sagte er, und seine Bremslichter leuchteten auf. «Die ist beleuchtet, da kann man dich wenigstens sehen.»

Es war jetzt dunkel. Der Regen strömte seit beinahe einer Stunde gleichmäßig auf sie herab. Boos Begeisterung war verflogen, und er trottete träge vor sich hin, ließ den Kopf so tief hängen, wie sie es erlaubte. Seine Mähne klebte ihm am Hals. Sarah versuchte, ihn zu ermuntern, aber auch ihr Körper schmerzte. Der Rucksack voller Sachen, die sie für unverzichtbar gehalten hatte, zerrte an ihren Schultern, und seit zwölf Kilometern war ihr Po so wund, dass sie auf der vergeblichen Suche nach einer bequemeren Position ständig hin und her rutschte. Der Sattel war vom Wasser dunkel verfärbt, und trotz der Regenjacke war ihre Jeans durchnässt. Wenn sie noch lange weiterritt, würde der grobe, nasse Stoff ihre kalte Haut wund scheuern. Und noch immer konnte sie die Lichter der Stadt sehen. Bald würden sie sich ausruhen, tröstete sie ihn.

Als sie die vierspurige Straße erreichte, war der Verkehrslärm ohrenbetäubend. Sie hielt sich auf dem Grünstreifen und ignorierte die blendenden Scheinwerfer, die röhrenden Motoren, während sie sich ihren Weg vorbei an den Lastern suchte, die auf dem eigens verbreiterten Seitenstreifen parkten. Sie sah tschechische Laster, polnische Laster, Familienfotos und Poster mit nackten Frauen. Ein oder zwei Fahrer erblickten sie, als sie vorüberritt, einer rief etwas, das sie nicht verstand.

Boo war zu müde, um sich von irgendetwas irritieren zu lassen. Sein Gang fühlte sich allmählich ruckelig an, seine Beine kämpften mit der langen Strecke. Und dann war es plötzlich da, das große, die Fahrbahn überspannende Schild. Sie setzte sich ein wenig aufrechter, nahm die Zügel fester. Als sie den Hügelkamm überquerten, erblickte sie am Horizont die Fähren, die im Hafen lagen.

Noch zwei Kilometer. Sie fühlte das Aufglimmen von etwas wie Erregung in sich. Sie fuhr mit der Hand über den Hals ihres erschöpften Pferdes und beschwor es, noch ein Stück weiterzugehen. «Du schaffst das», flüsterte sie. «Bring uns nur da runter. Und ich verspreche, dass ich dich nie wieder allein lasse.»

«Würden Sie dem Gericht bitte Ihren Namen nennen?»

«Constance Devlin.»

«Geben Sie bitte Ihren Beruf an.»

«Ich bin Lehrerin an der Norbridge Schule. Ich bin verantwortlich für die vierten Klassen.» Sie unterbrach sich, um Wasser zu trinken.

«Miss Devlin, seit wann kennen Sie Lucy Persey?»

«Ich kenne sie seit ihrer Einschulung und habe sie das ganze letzte Jahr hindurch unterrichtet.»

«Könnten Sie etwas lauter sprechen?», sagte der Richter. «Ich habe Schwierigkeiten, Sie zu verstehen.»

Die Frau errötete. Natasha lächelte ihr beruhigend zu. Constance Devlin war nicht gerade glücklich darüber, in diese Sache hineingezogen zu werden, hatte sie Natasha mehrfach gesagt. Sie schien Natasha die Art Frau zu sein, die schon über die falsche Sorte Kekse im Lehrerzimmer in Tränen ausbrechen konnte.

«Würden Sie sagen, dass Sie Ihre Schüler gut kennen, Miss Devlin?» Natasha sprach mit ihrer sanftesten Stimme.

«Ja. Vermutlich besser als die meisten Lehrer.» Sie wrang nervös ein Taschentuch in den pummeligen Händen. «Wir haben sehr kleine Klassen.»

«Und welchen Eindruck hat Lucy Persey auf Sie gemacht, seit Sie sie kennen?»

Constance Devlin schwieg einen Moment. «Nun ja, bei der Einschulung wirkte sie ein wenig schüchtern. Aber im Grunde war sie immer ein fröhliches kleines Ding. Sie ist intelligent. Sie hat ein gutes Zahlenverständnis, und ihre Lese- und Schreibfähigkeit liegt deutlich über dem Durchschnitt.» Im Gedanken an das Kind lächelte sie ein wenig. Dann verblasste das Lächeln. «Obwohl sie letztes Jahr … ein wenig zurückgefallen ist.»

«Ein wenig zurückgefallen?»

«Ihre Noten wurden schlechter.»

«Hat sich ihre Persönlichkeit irgendwie verändert?»

«Meiner Meinung nach hat sie sich zunehmend zurückgezogen.»

Ben betrat den Gerichtssaal und setzte sich leise hinter sie. Halb erwartete sie einen neuen Zettel, aber er reichte ihr nur eine Mappe mit Schulberichten. Ihre Gedanken schweiften ab. Mac war jetzt wahrscheinlich im Krankenhaus. Wenn er Sarah dort angetroffen hatte, würde er sie anrufen?

«Hier steht, Miss Devlin, dass Lucy in der Schule sehr oft gefehlt hat.»

«Das kam mehrfach vor, ja.»

«Durchschnittlich fünfzehn Tage pro Trimester. Mit dem Wissen ihrer Eltern?»

«Davon … bin ich ausgegangen. Üblicherweise haben wir mit Mrs. Persey zu tun.»

«Üblicherweise haben Sie mit Mrs. Persey zu tun.» Natasha ließ den Satz wirken. «Und welche Gründe hat Mrs. Persey für das Fehlen ihrer Tochter an diesen Tagen angegeben?»

«Sie sagte, Lucy fühle sich nicht wohl. Manchmal hatte sie Kopfschmerzen. Ein paarmal hat sie keinen Grund angegeben.»

«Und hat die Schule sich über die Fehlzeiten Gedanken gemacht?»

«Wir waren etwas besorgt über die Häufung. Und ... die Verhaltensänderungen bei Lucy.»

Natasha lächelte ihr ermutigend zu. «Was folgern Sie mit Ihrer langjährigen Erfahrung daraus?»

«Einspruch.» Simpson erhob sich. «Sie fordern die Zeugin zu Mutmaßungen auf.»

«Formulieren Sie Ihre Frage anders, Mrs. Macauley.»

«Miss Devlin, deuten Ihrer Erfahrung nach solche Verhaltensänderungen auf familiäre Probleme hin?»

«Einspruch, Euer Ehren.»

«Setzen Sie sich, Mr. Simpson. Mrs. Macauley, ich hätte gern eine andere Wortwahl.»

«Miss Devlin, falls zu Hause etwas ernstlich nicht in Ordnung gewesen wäre, wenn Lucy etwas Schlimmeres zugestoßen wäre als das Trauma der Scheidung, glauben Sie, dass Sie das erkannt hätten?»

Es folgte ein langes Schweigen. Während Natasha darauf wartete, dass die Frau sich sammelte, kritzelte sie eine Nachricht für Ben: *Hat Mac angerufen?* Er schüttelte den Kopf.

«Miss Devlin», schaltete sich der Richter ein, «haben Sie die Frage verstanden?»

«Ja», sagte sie leise und präzise. «Ich habe sie verstanden, und die Antwort lautet, ich weiß es nicht.»

Verdammt, dachte Natasha.

Miss Devlin legte ihre Hände auf das Holz vor sich. «Ich weiß nur, wenn ein Kind so still wird, leidet es.» Sie holte tief Luft. «Aber woran Kinder, die sich so zurückziehen, leiden, das kann ich nicht mit Sicherheit sagen. Sie sagen es den Lehrern nicht, und sie sagen es den Eltern nicht. Sie erzählen es uns nicht, weil ihnen meistens sowieso keiner zuhört, Mrs. Macauley.»

Im Gerichtssaal war es sehr still. Miss Devlin sprach nun mit erhitzten Wangen direkt die Eltern an. «Ich habe das Woche für Woche, Jahr für Jahr immer wieder zu sehen bekommen, wissen Sie. Ich habe gesehen, wie die Welt dieser Kinder zerbrochen ist. Sie haben keine Macht darüber, wo sie wohnen, wer ihr neuer Vater oder ihre neue Mutter ist. Und von uns, den Lehrern, die wir Vorbilder sein sollen, wird erwartet, dass wir ihnen erzählen, das sei in Ordnung so, so sei eben das Leben.»

«Miss Devlin ...», setzte der Richter an.

Es war, als sei ein Damm gebrochen. «Aber das ist nicht in Ordnung. Es ist ein Verrat. Es ist Verrat, und wir alle sprechen nicht darüber, weil ... na ja, weil das Leben hart ist, und das müssen Kinder lernen, oder? Es ist eben das *Leben*. Aber wenn Sie sie mit meinen Augen sehen könnten, diese verlorenen Kinder. Offen gestanden macht es für mich keinen Unterschied, ob dieses Kind geschlagen wurde oder nicht.» Sie wischte sich mit dem Handrücken über das Gesicht.

«Oh ja, ich weiß, was Sie mich fragen, Mrs. Macauley. Und das war meine Antwort – dass es für mich keinen Unterschied macht.»

«Miss Devlin ...» Weiter kam Natasha nicht, denn die Frau hielt eine Hand in die Höhe.

«Nein», sagte sie fest. «Sie haben mich darum gebeten, heute hier auszusagen, also hören Sie mir zu: Ja, die Kinder werden überleben.» Sie nickte sarkastisch. «Aber sie hören auf zu vertrauen. Sie warten ihr ganzes Leben lang darauf, dass wieder alles um sie herum in Stücke bricht. Meiner Erfahrung nach haben die meisten Eltern weder die Zeit noch die Energie, ihrem Kind wirklich dabei zu helfen zu verarbeiten, was passiert. Vielleicht sind sie nur zu egoistisch. Was weiß ich? Ich habe keine Kinder. Ich bin nicht einmal verheiratet. Ich bin nur eine der Unglücklichen, die dafür bezahlt werden, dass sie die Scherben zusammenkehren.»

Sie verstummte. Im Gerichtssaal herrschte vollkommene Stille, alle warteten. Die Gerichtsschreiberin, die eilig getippt hatte, hielt erwartungsvoll inne. Doch Miss Devlin holte tief Luft. «Erlauben Sie mir bitte, den Raum zu verlassen? Ich würde jetzt gern gehen.»

Der Richter schien völlig sprachlos. Er sah zu Natasha herüber. Sie nickte stumm und nahm halb bewusst zur Kenntnis, dass Simpson dasselbe tat.

Miss Devlin nahm ihre Tasche und ging entschlossen in Richtung Tür. Als sie an der Bank vorbeikam, in der die Perseys saßen, hielt sie an. Sie sprach mit bebender Stimme. «Es wird für Lucy erstaunlich einfach werden, auf die schiefe Bahn zu geraten», sagte sie leise. «Sie müssen ihr einfach nur nicht zuhören.»

Starr stand Natasha da und sah zu, wie die kleine, adrett gekleidete Gestalt durch die schwere Holztür verschwand. Rechts von ihr hörte sie unzufriedenes Murmeln. Plötzlich sah sie die Szene mit den Augen eines anderen, vielleicht Macs: Da waren die Eltern, die ein einziges Mal wütender auf eine gemeinsame Feindin waren als aufeinander; ihr Anwalt, der beglückt über diese unerwartete Wendung vor sich hin grinste; der Richter, der mit der Gerichtsschreiberin flüsterte.

Natasha begann, die Nadeln ihrer Perücke zu lösen. «Euer Ehren», sagte sie, «ich beantrage eine Unterbrechung der Sitzung.»

«Du willst was?»

Sie stand am Ticketschalter für Fußgänger. Von ihrer Jacke tropfte es auf den Boden des überdimensionierten Containers. Sie spürte, wie sich die Blicke der anderen Passagiere in ihren Rücken brannten. «Ein Ticket», sagte sie leise. «Für eine Person und ein Pferd.»

«Machst du dich über mich lustig?» Der dicke Mann blickte an ihr vorbei die Menschen hinter ihr in der Schlange an, als suche er nach Bestätigung. Sehen Sie auch, was ich sehe?, fragte sein Gesichtsausdruck.

«Ich weiß, dass Sie Pferde mitnehmen. Sie werden andauernd über den Kanal hin- und hertransportiert.» Sie hielt Boos Ausweis in die Höhe. «Mein Pferd stammt sogar aus Frankreich. Ich habe Geld. Und wir beide haben unsere Ausweise. Ich muss nur …»

Aber er schüttelte nur den Kopf und winkte eine Kollegin herbei, die ein Stück von ihm entfernt saß und den gleichen livrierten Blazer trug. Sie musterte Sarahs tropfnasse Erscheinung und den Ausweis in ihrer Hand. «Du kannst ein Pferd nicht bei den Fußgängern einchecken», sagte die Frau, als der Mann ihr die Situation geschildert hatte.

«Das weiß ich.» Furcht machte Sarahs Stimme härter. «Ich bin ja nicht dumm. Ich will nur wissen, wie ich für ihn eine Überfahrt bekomme.»

«Er muss in einen Transporter. Da musst du dich an eine Spezialfirma wenden. Er braucht ein tierärztliches Attest. Das Ministerium hat Regeln für den Transport von Lebendvieh aufgestellt.»

«Er ist kein Lebendvieh. Er ist ein *Selle Français*. Könnten Sie mir helfen? Können Sie mir sagen, wo ich so eine Spezialfirma finde? Es ist wirklich dringend.»

Sie konnte Boo durch das Fenster sehen. Sie hatte ihn draußen an das weiße Geländer gebunden, und dort wartete er brav, obwohl sich eine kleine Menschenmenge um ihn versammelt hatte, Kinder vom Arm ihrer Eltern aus die Hände nach ihm ausstreckten.

«Ich muss heute Abend noch nach Frankreich», sagte sie, und ihre Stimme brach.

«Das ist völlig ausgeschlossen. Wir können ein Pferd nicht einfach auf einer Passagierfähre mitnehmen.»

Auf einmal war sie erschöpft, Tränen der Frustration stiegen ihr in die Augen. Es war sinnlos. Ohne ein weiteres Wort drehte sie sich um und ging zur Tür.

«Was hat sie sich denn gedacht? Dass sie an Bord reitet und drüben wieder runter?» Sie hörte sie lachen, als sie nach draußen trat.

Sie band Boo los. Ein Transporter? Tierärztliches Attest? Woher hätte sie das alles wissen sollen? Sie blickte hinüber zur Fähre. Die Rampe war unten, und Fahrzeuge rollten langsam über die Brücke zwischen Land und Schiff. Männer in neonfarbenen Jacken wiesen sie in die engen Reihen ein. Keine Chance, Boo an denen vorbeizuschmuggeln.

Ein Mann näherte sich ihr. Er musterte Boo mit dem freundlichen, abschätzenden Blick eines Pferdekenners. «Machst du bei einem Wohltätigkeits-Reiten mit?», fragte er.

«Nein. Ja, ein Sponsorenritt», sagte sie und wischte sich über die Augen. «Ich muss nach Frankreich.»

«Ich habe das da drin eben gehört. Was du brauchst, ist ein Zwischenstall», sagte er.

«Ein Zwischenstall?»

«So eine Art Hotel für Pferde. Es gibt einen ungefähr fünf Kilometer von hier. Da.» Er kritzelte auf eine Visitenkarte einen Namen und reichte sie ihr. «Du musst zurück zum Kreisel und die dritte Ausfahrt nehmen, dann stößt du in drei oder vier Kilometern darauf. Er ist ziemlich einfach gehalten, aber sauber und nicht zu teuer. Dein Pferd sieht ohnehin so aus, als könnte es eine Pause gebrauchen.»

Sie starrte auf die Karte. «Willett's Farm», hatte er geschrieben.

«Danke!», rief sie, aber er war schon gegangen.

Natasha lehnte sich in ihrem Stuhl zurück und ließ das silberne Pferd immer wieder von einer Hand in die andere wechseln. Es war ein bisschen angelaufen, und sie rieb daran. Das Grau färbte auf ihre Finger ab.

Richard, Senior Partner in ihrer Kanzlei, befand sich im Gespräch mit einem Mandanten. Sie konnte seine dröhnende Stimme im Nebenzimmer hören. Es war Viertel vor vier.

Die Akten vor ihr waren fein säuberlich gestapelt und etikettiert. Sorgfältig setzte sie das kleine Pferd obenauf. Sarah unterschied sich auf ihre Weise nicht von Ali Ahmadi. Sie hatte eine Gelegenheit gewittert und sie ergriffen. Es war ein Verhalten, das alle Kinder an den Tag legten, die auf sich allein gestellt waren. Ihr Verhalten war erklärbar, auch wenn es unberechenbar war.

Und obwohl Natasha wütend war, wusste sie, dass sie das Mädchen nicht verantwortlich machen durfte. Sie gab sich selbst die Schuld, weil sie gedacht hatte, sie könnte Sarah einfach so in ihr Leben aufnehmen, ohne dass die glatte Oberfläche ihrer penibel organisierten Existenz in Bewegung geriet. Und wie bei Ali Ahmadi musste sie bitter dafür bezahlen.

Sie hatte beinahe vierzig Minuten gebraucht, um Mrs. Persey davon zu überzeugen, dass Richard der Richtige dafür war, ihren Fall zu übernehmen.

«Aber ich will Sie», hatte sie protestiert. «Sie wissen, wie mein Mann ist. Sie haben gesagt, Sie würden da sein.»

«Es gibt gute Gründe, warum wir Michael Harrington hinzugezogen haben. Er ist der beste, härteste Anwalt auf diesem Gebiet. Glauben Sie mir, Mrs. Persey, durch meine Abwesenheit wird Ihnen nicht der geringste Nachteil entstehen. Mit etwas Glück bin ich in ein oder zwei Tagen zurück. In der Zwischenzeit ist Richard voll und ganz für Sie da.»

Sie waren wegen der «Unannehmlichkeiten» zu einem Zugeständnis beim Honorar gezwungen worden. Es würde von ihrem eigenen Anteil abgezogen werden, sagte Richard knapp.

Richards missbilligendes Brummen, als sie die Worte «familiärer Notfall» geäußert hatte, hatte bei ihr plötzliches Verständnis für Kollegen mit Kindern geweckt.

«Natasha? Soll das ein Witz sein?» Conor betrat ihr Büro, ohne anzuklopfen. Halb hatte sie ihn schon erwartet.

«Nein», sagte sie, stand auf und kramte in einer Schublade nach ihren Schlüsseln. «Ja, ich übergebe den Persey-Fall und ja, alle hier kommen sehr gut ein paar Tage lang ohne mich aus. Mit Glück bin ich sogar morgen schon wieder da.»

«Du kannst den verdammten Fall nicht einfach aus den Händen geben. Das ist ein Riesendeal, Natasha.»

«Nach dem heutigen Tag wäre ich sehr überrascht, wenn sie dem alleinigen Sorgerecht nicht zustimmen würden. Unsere mausgraue Miss Devlin könnte uns einen Gefallen getan haben.»

Conor stand auf der anderen Seite des Schreibtischs und stützte sich mit beiden Händen darauf ab.

«Ich muss keine weiteren Zeugen mehr vernehmen. Den Rest kann ich Harrington überlassen.»

Er begann, den Kopf zu schütteln, doch sie sprudelte weiter: «Conor, keiner von ihnen schert sich wirklich um Lucys

Wohlergehen – in diesem Fall geht es um Geld und darum, Rechnungen zu begleichen. Wie bei eigentlich allen Scheidungen.»

«Aber wohin gehst du?», fragte Conor.

«Weiß ich nicht genau.»

«Du weißt nicht genau?» Conor starrte sie an. «Das Mädchen. Ich dachte, ihr gebt die Verantwortung ans Jugendamt zurück. Sie sollte doch jetzt eigentlich das Problem von anderen Leuten sein.»

Ihr Blick brachte ihn zum Schweigen.

«Lass Mac sich darum kümmern.»

«Kann ich nicht. Mac weiß nicht, wo er anfangen soll», sagte sie. «Er kann das nicht alleine schaffen.»

«Und wie immer müssen wir für Mac alles stehen und liegen lassen.»

«So ist es nicht.»

«Dann überlass die Sache der Polizei. Es war Diebstahl.»

Natasha erwiderte nichts.

Conor biss die Zähne zusammen. «Natasha, ich muss dir sagen, wenn du den Fall an diesem Punkt hinwirfst, begehst du Karriere-Selbstmord.»

«Ich habe keine Wahl.»

«Sei nicht so dramatisch.»

«‹Karriere-Selbstmord›! Wer ist hier dramatisch?»

«Natasha. Vom Ausgang dieses Falles könnte abhängen, ob du Partnerin wirst oder nicht. Du kannst nicht einfach alles hinwerfen und irgendeinem zwielichtigen Gör hinterherjagen.»

Natasha stand auf und ging zum Fenster. «Conor, ich … Du kennst nicht die ganze Geschichte.»

«Warum wohl.»

«Okay. Was würdest du denn machen, wenn es eines deiner Kinder wäre?»

«Aber sie ist *nicht dein* Kind. Das ist doch genau der Punkt.»

«Ich habe die rechtliche Verantwortung für sie. Sie ist ein vierzehnjähriges Mädchen.»

«Ein Mädchen, das du heute Morgen noch verflucht hast, weil es deine Kreditkarte gestohlen hat.»

«Die Tatsache, dass sie eine Diebin ist, entbindet mich nicht von meiner Verantwortung.»

«Aber ist eine kleine Diebin es wert, dass man sich für sie die Karriere ruiniert? Lieber Gott, Natasha, vor ein paar Tagen noch hast du dir Sorgen gemacht, dass der Junge mit den falschen Streckenkilometern dir deine Karriere versaut. Und jetzt willst du sie für ein kleines Miststück hinwerfen, das du nicht mal vertrittst.»

Sie nahm seine Worte so wahr, wie eines dieser Kinder sie wahrnehmen würde: *Diebin*, *Miststück*, sie sah, wie er sie abschrieb. Sie griff nach ihrem Mantel.

«Warte», sagte er, «tut mir leid. So habe ich es nicht gemeint. Ich versuche nur, dich zu schützen.»

«Es geht dir nicht darum, mich zu schützen, Conor, oder? Es geht nicht darum, meine Karriere zu schützen.»

«Was soll das denn heißen?»

«Es geht um Mac. Du erträgst die Tatsache nicht, dass ich sie zusammen mit ihm bei uns aufgenommen habe.»

«Was für ein Blödsinn.»

«Worum geht es dann?»

«Ich bin Partner in dieser Kanzlei, Natasha. Wie schwierig wird es wohl, denkst du, einen nächsten großen Fall zu akquirieren, wenn die Klienten davon ausgehen müssen, dass wir sie auf halbem Weg sitzenlassen?»

«Wer muss denn davon erfahren? Vielleicht bin ich morgen zurück. Und ich erkläre es Harrington. Er wird es verstehen.»

«Aber ich verstehe es nicht. Du wirfst *alles* hin für ein Kind, das du nicht mal magst, und einen Exmann, der dir dein Leben zur Hölle gemacht hat. Na, dann viel Glück damit», sagte er mit eisiger Stimme. «Ich hoffe, das ist es wert.»

Das Gebäude hatte nie zu den solidesten gehört. Aber dieses Mal sorgte das Zuknallen der Tür dafür, dass mehrere Bücher aus den Regalen fielen.

Boo hörte das Geräusch als Erster. Den letzten Kilometer war er so erschöpft gewesen, dass sie bei jedem seiner Schritte vor lauter Schuldgefühl beinahe geweint hatte. Er zog die Hufe über den Boden, sein Kopf hing tief, und er bat sie mit jedem widerspenstigen Muskel, anhalten zu dürfen. Aber sie hatte keine Wahl: Unter Schmerzen und mit vor Müdigkeit tauben Knochen hatte sie ihn vorangetrieben. Als sie endlich das Schild erblickt hatte, auf dem stand, dass Willett's Farm einen knappen Kilometer weiter auf der rechten Seite lag, war sie abgestiegen und zu Fuß gegangen, um ihm wenigstens diese kleine Pause zu ermöglichen. Tränen der Erschöpfung vermischten sich mit dem Regen, der über ihr Gesicht rann.

Und dann hatten sie es gehört, der tosende Wind hatte es herangetragen: ein entferntes Krachen, ein Schnauben und ein Wiehern, erregte menschliche Stimmen. Als der Wind wieder die Richtung wechselte, verstummten die Geräusche.

Doch sie hatten eine elektrisierende Wirkung auf Boo. Sein Kopf schoss hoch, seine Erschöpfung schien vergessen, und er hielt an, sein ganzer Körper wandte sich in Richtung des unerwarteten Geräuschs. Pferde sind pessimistische Geschöpfe, hatte Papa ihr einmal gesagt. Sie rechnen immer mit dem Schlimmsten. Der mutige Boo begann zu zittern, und während sie sich anstrengte zu hören, was er hörte, musste sie selbst ein Zittern unterdrücken. Das Geräusch, so schwach es auch gewesen war, kündigte etwas Schreckliches an.

Sie gingen weiter, Boo mit den zögerlichen Schritten einer Kreatur, die sich halb davor fürchtete zu sehen, was dort war, und sich doch nicht vom Hinsehen abhalten konnte. Er war das tierische Äquivalent zu der Frau im Nachthemd in Horrorfilmen.

Sie standen in der Einfahrt und starrten auf die Szene vor ihnen. Ein riesiger Schwerlaster stand mitten auf dem Hof und wandte ihnen sein hell erleuchtetes Heck zu, die unerwarteten roten Rücklichter erschienen im Dunkeln zu grell. Eine Frau in einer Steppjacke stand am Ende der Rampe und hatte beide Händen vors Gesicht geschlagen, während im Wagen zwei Männer mit Mühe ein Pferd im Zaum hielten, das seltsam krumm aussah, weil sein Hinterteil zu Boden gedrückt wurde, während der vordere Teil nicht zu sehen war. Eine Trennwand schien teilweise auf das Tier gestürzt zu sein, und die beiden schreienden und gestikulierenden Männer wollten sie wohl von dem Tier heben.

Überall war Blut. Es bedeckte den Boden, war auf die metallisch glänzenden Wände des Lasters gespritzt. Mit dem feinen Nebel wurde es bis zu Sarah herübergetragen, die einen leichten Eisengeschmack auf ihren Lippen spürte. Boo schnaubte und schreckte furchtsam zurück.

«Ich kann es nicht aufhalten. Ich brauche eine neue Binde, Bob.» Einer der Männer kniete auf dem Hals des Pferdes und gab ihm eine Spritze. Dann warf er die Spritze beiseite. Seine Arme waren scharlachrot, und auch sein Gesicht war rot verschmiert. Die Beine des Pferdes schlugen krampfhaft aus.

«Der Tierarzt kommt», rief die Frau, «aber er braucht ein paar Minuten. Er ist drüben bei Jake.» Sie erklomm die Rampe in den Laster.

«Wir haben keine paar Minuten mehr.»

«Kann ich irgendwas tun?»

Die Frau wandte sich um, erblickte Boo, Sarahs Reiterhelm – Signale dafür, dass sie von Nutzen sein konnte. Die Frau wies mit dem Kinn auf eine Stallbox. «Bring ihn da rein, Schätzchen, und hilf mir, das hier hochzuheben.»

«Sie ist nicht versichert, Jackie», ächzte der ältere der Männer und kämpfte mit einem Schraubbolzen im Boden.

«Anders kriegen wir das Ding nicht von ihm runter», sagte der Mann hinter dem Pferd mit einem schweren irischen Akzent. «Lieber Gott, alter Knabe, wie hast du nur so ein Fiasko angerichtet?» Sein Kopf verschwand hinter der Trennwand. «Dieses Beruhigungsmittel zeigt überhaupt keine verdammte Wirkung. Hast du noch eine Spritze, Jackie?»

Sarah stieß Boo in den Stall und rannte zurück zu dem Transporter.

«In dem Büro da drüben ist ein Schränkchen», bellte die Frau sie an. «Es steht offen. Such eine Flasche, auf der – verdammt, wie heißt das – Romifidine steht, und bring eine Spritze mit, okay?»

Sarah flog über den Hof, das verzweifelte Dröhnen und Krachen aus dem Wagen gaben ihr wieder Energie. Sie durchwühlte das Schränkchen, bis sie eine kleine durchsichtige Flasche und eine eingeschweißte Nadel fand. Als sie zurückkam, streckte die Frau schon die Hand danach aus.

«Komm, hilf mir mal.» Jackie winkte Sarah heran. «Versuch, das hochzuhalten.»

Sarah kletterte hinten in den Wagen und griff nach dem

unteren Teil der übel verbogenen Trennwand. Ihre Hände, bereits rutschig vor Blut, glitten darauf aus. Sie starrte auf den Hof hinaus und versuchte, das Pferd neben sich nicht anzusehen.

Jackie zerriss die Plastikhülle der Spritze mit den Zähnen. Sie schraubte die Flasche auf, steckte die Nadel hinein und zog sie auf, bevor sie sie weiterreichte. Sarah sprang zurück, als ein Hinterbein nach ihr trat.

«Alles okay bei dir, Schätzchen?»

Sie nickte stumm.

«Ruhig, alter Knabe, ganz ruhig.» Der Ire besänftigte das Pferd. «Da. Seine Augen schließen sich, Jackie. Ich glaube, mit der zweiten Dosis haben wir es geschafft. Aber ich komme nicht an sein Bein ran, bevor wir die Trennwand raushaben.»

Sarahs blickte auf, als Scheinwerfer auf den Hof schwangen und sie blendeten. Dann hörte sie eine Wagentür zuschlagen, nasse Schritte. Ein rothaariger Mann mit bereits geöffnetem Koffer kam die Rampe heraufgerannt. «Oh, verdammt, das sieht nicht gut aus.»

«Wir denken, sein Bein könnte ab sein, Tim.»

«Das ist furchtbar viel Blut. Wie lange blutet er schon so?»

«Mehrere Minuten. Ich habe das rechte Vorderbein mit einem Druckverband verbunden, aber es ist bei dem Unfall mächtig aufgerissen.»

Die Beine des Pferdes waren nun abgesehen von einem gelegentlichen schwachen Tritt still. Sarah sah zu, wie der Tierarzt sich mit dem Rücken zu ihr hinkauerte und seine Untersuchung begann.

«Ich kann dir nicht sagen, wie er das angestellt hat. Er bekam Panik, als wir das einjährige Fohlen ausgeladen haben, ist gestiegen und hat irgendwie sein Vorderbein über die Oberkante bekommen. Als er wieder runterkam, hat er das ganze Ding mit sich gerissen.»

«Ich bin immer wieder überrascht davon, wie viel Schmerz Pferde sich selber einhandeln. Komm, holen wir dieses Ding raus, damit ich ihn mir besser ansehen kann. Jackie und du, Mädchen, ihr nehmt den hinteren Teil, und wir ziehen das Tier in unsere Richtung, damit wir den vorderen Teil freibekommen.»

Sarah wappnete sich, mittlerweile war sie völlig durchgeschwitzt. Und auch Jackies Gesicht neben ihr war puterrot vor Anstrengung. Sarah konnte den Geruch nach Blut und Zigaretten wahrnehmen, den ihre Jacke ausströmte. Endlich bekamen sie die riesige Trennwand los. Sie zogen sie vorsichtig aus dem Transporter und trugen sie die Rampe hinunter.

Jackie wischte sich die Hände an der Vorderseite ihrer Jeans ab, anscheinend waren ihr die Flecken egal. «Alles klar?»

Sarah nickte. Ihre eigenen Jeans waren dunkelrot.

«Komm weg hier», sagte die Frau. «Jetzt kannst du nichts mehr tun. Wir gehen ins Büro. Ich setze Tee auf. Willst du eine Tasse?»

Der Gedanke an heißen Tee war so verlockend, dass Sarah kurzzeitig nicht antworten konnte. Sie folgte Jackie in das kleine Büro und setzte sich auf einen Plastikstuhl. «Scheußliche Geschichte», sagte Jackie, während sie den Teekessel füllte. «Wir verlieren nur wenige, aber jedes Mal nimmt es mich wieder mit. Es ist nicht Thoms Schuld. Er ist einer von den Vorsichtigen.» Sie blickte sich um. «Zucker? Tut gut nach so einem Schock.»

«Ja, bitte.» Sarah zitterte. Ohne die Trennwand hatte sie einen Blick auf das Pferd erhascht. Es hatte ausgesehen wie Boo.

«Ich tu dir zwei rein. Mir auch. Verdammtes Pferd.»

Auf einer großen weißen Tafel an der Wand standen die Namen von vierzehn Pferden. Daneben waren mit Magneten Dokumente geheftet, Richtlinien des Ministeriums und eine Liste mit Notfallnummern. Die Visitenkarten diverser Fuhrunternehmen hingen an der Wand, und auch die ein oder andere Weihnachtskarte war auszumachen.

«Hier.»

Sarah nahm den Tee entgegen, dankbar für die Wärme der heißen Tasse in ihren kalten Händen.

«Glauben Sie, dass er überlebt?»

Jackie schüttelte den Kopf. «Ich bezweifle es. So etwas habe ich noch nicht erlebt. Er muss mit dem Bein fürchterlich aufgeschlagen sein, um die Trennwand so zu verbiegen. Und diese Vollblüter haben so dünne Beine …» Sie ließ sich schwer hinter den Schreibtisch sinken und blickte zur Uhr auf. Dann sah sie Sarah an, als sähe sie sie zum ersten Mal. «Du kommst ja spät angeritten. Bist nicht aus der Gegend, oder?»

«Ich … Man hat mir gesagt, ich soll zu Ihnen kommen. Ich brauche für heute Nacht einen Stall.»

Jackie musterte sie. «Bist du unterwegs?»

Sie nickte. Wenn sie in den letzten Monaten etwas gelernt hatte, dann so wenig zu sagen wie möglich.

«Du siehst sehr jung aus.»

Sarah begegnete ihrem Blick. «Das höre ich oft.» Sie zwang sich zu einem Lächeln.

Jackie öffnete ein großes Buch, das vor ihr lag. «Also, wir können dir ganz sicher einen Stallplatz geben. Sieht ja so aus, als hätten wir jetzt einen übrig. Wie heißt dein Pferd?»

«Baucher», sagte Sarah.

«Ausweis?»

Sarah griff in ihren Rucksack und reichte ihn ihr hinüber. «Seine Impfungen sind alle auf aktuellem Stand», sagte sie.

Jackie blätterte den Ausweis durch, schrieb eine Nummer ab und reichte ihn zurück. «Das macht fünfundzwanzig pro Nacht inklusive Heu und Futter. Festes Futter kostet extra. Sag mir, was er braucht, und ich kümmere mich darum.»

«Könnten wir ein paar Tage bleiben? Ich muss den nächsten Teil meiner Reise organisieren.»

Jackie drehte den Kugelschreiber zwischen den Fingern. «Bleib, solange du willst, Schätzchen, solange du bezahlst. Hinterlass mir nur eine Telefonnummer, damit wir dich erreichen können.»

«Kann ich nicht hierbleiben?»

«Nur, wenn dir ein Bett im Stroh zusagt», seufzte Jackie. «Hast du nichts gebucht?»

«Ich dachte, hier könnten auch Leute übernachten.»

«Für Leute sind wir nicht zuständig, Schätzchen. Lohnt sich nicht. Aber ich kann dir eine Telefonnummer geben, wenn du möchtest. Hier.» Sie zeigte auf eine Liste an der Wand. «Im The Crown gibt es normalerweise auch kurzfristig noch Zimmer. Vierzig Pfund pro Nacht mit eigenem Bad. Kath kümmert sich um dich. Bei ihr ist es um diese Jahreszeit ruhig. Ich rufe sie an.»

«Ist es weit weg?»

«Ungefähr fünf Kilometer die Straße entlang.»

Sarah ließ den Kopf sinken. Ein paar schweigende Minuten lang kämpfte sie darum, ihre Stimme unter Kontrolle zu bekommen. «Ich bin hierhergeritten», sagte sie schließlich. «Ich weiß nicht, wie ich da hinkommen soll.» Sie war so müde. Sie konnte nicht weiter. Sie würde diese Frau bitten, sie auf dem Fußboden im Büro schlafen zu lassen.

Ein gedämpfter Schuss erklang.

Sie blickten auf. Jackie holte eine Packung Zigaretten aus einer Schublade, zog mit einer einzigen Bewegung ihres Handgelenks eine heraus und klopfte damit auf die Schreibtischplatte. Sie wartete einen Moment, bevor sie wieder etwas sagte. «Hast du gerade gesagt, du bist hierhergeritten? Von wo?»

Dieser Schuss hallte immer noch in Sarah wider. «Es ist ... kompliziert.»

Jackie zündete ihre Zigarette an, lehnte sich zurück und nahm einen tiefen Zug. «Steckst du in Schwierigkeiten?» Ihr Ton war schärfer geworden.

Sarah war mit diesem Ton vertraut. So klang jemand, der das Schlimmste von einem annahm. «Nein.»

«Ist das Pferd deins?»

«Sie haben gerade seinen Ausweis gesehen.»

Die Frau starrte sie an.

«Es steht mein Name drin. Hören Sie, er kennt mich. Ich kann es Ihnen vorführen, wenn das hilft. Ich habe ihn, seit er vier ist.»

«Wir haben hinten ein Gästezimmer. Fünfundzwanzig Tacken, und ich spendiere noch ein Abendessen, nachdem du ja nun bei uns festsitzt. Ich habe Thom versprochen, heute Abend zu kochen, und ein Esser mehr am Tisch macht keinen großen Unterschied mehr. Aber», sie lehnte sich vor, «in meine Geschäftsbücher schreibe ich dich nicht. Irgendwas stimmt hier nicht. Ich gebe dir ein Dach über dem Kopf, aber ich will da nicht reingezogen werden.»

In diesem Moment öffnete sich die Tür. Die beiden Männer traten ein und füllten den kleinen Raum. Der Ire schüttelte den Kopf.

«Schande», murmelte Jackie. «Komm, setz dich, Thom, ich mache dir Tee. Und dir, Bob. Setz dich neben …»

«Sarah», sagte sie. Mit beiden Händen hielt sie die Tasse fest umschlossen, aus Furcht, ihre Übernachtungsmöglichkeit zu verlieren, wenn sie etwas Falsches sagte oder tat.

«Beinbruch und eine verletzte Arterie. Der arme Kerl hatte keine Chance.» Das Gesicht des Iren war blass vor Erschütterung und mit roten Streifen verschmiert. «Tim hatte nicht mal Zeit, die Papiere auszufüllen. Er hat eine fohlende Stute. Eins wird geboren, eins geht, was?»

«Ach, pfeif auf den Tee.» Jackie knallte den Deckel der Teekanne zu. «Das ruft nach was Stärkerem.» Sie griff nach der anderen Schreibtischschublade und zog eine Flasche mit bernsteinfarbenem Inhalt heraus. «Aber nicht für dich, Sarah.» Ihre Augen blitzten warnend auf.

Jackie hatte Sarahs Alter offenbar erraten. Sarah hielt den Blick gesenkt. «Tee ist mir eh lieber», sagte sie.

«Wenn ein Pferd vor etwas scheut und nicht darauf zugehen will, soll man es belehren, daß das Ding nicht zu fürchten ist.»

Xenophon, Über die Reitkunst

Kapitel 20

Trotz des Regens wartete sie draußen vor ihrem Büro und stöckelte in ihrem schicken Kostüm und den hohen Schuhen ungelenk auf dem Gehweg auf und ab. Sobald sie seinen Wagen sah, rannte sie darauf zu, Aktentasche und Handtasche unter den Arm geklemmt. Er war erleichtert. Es gab also immer noch einen Teil von Natasha, den er verstand. Er lehnte sich lächelnd hinüber und öffnete ihr die Beifahrertür. Sie kletterte in den Wagen und ignorierte das Hupen der Fahrzeuge hinter ihnen. «Ich dachte, du …»

«Sag nichts», unterbrach sie ihn mit finsterem Gesichtsausdruck, die Haare nass vom Regen. «Sobald wir sie gefunden haben, müssen du und ich nichts mehr miteinander zu tun haben, okay?»

Macs Lächeln erstarb auf seinen Lippen. «Wie wäre es mit ‹Danke, Mac, dass du durch die ganze Stadt gefahren bist, um mich einzusammeln›?»

«Ich soll mich bei dir bedanken? Okay. Danke, Mac. Ich kann dir nicht sagen, wie sehr ich mich auf diesen kleinen

Ausflug hier gefreut habe. Besser?» Ihr Gesicht war rot vor Ärger.

«Du musst nicht mitkommen. Das hast du ja selbst schon klargestellt.»

«Sie ist auch meine Verantwortung. Das hast *du* klargestellt.»

Macs Geduld ging bereits zur Neige. «Weißt du, was? Das hier ist schwer genug, ohne dass ich mir deinen Mist anhöre. Wenn du mitkommen willst, prima, aber wenn du so bist, setze ich dich zu Hause ab. Dann fahren wir in getrennten Wagen.»

«Dir meinen Mist anhören? Hast du eine Ahnung, was ich hier hinter mir lasse, um mitzukommen und sie zu suchen? Was das gerade für meinen Ruf bedeutet?»

«Schön, Sie wiederzusehen.» Natasha zuckte zusammen, als Cowboy Johns Hand sich durch die Lücke zwischen den Vordersitzen schob. «Dachte nur, ich erinnere euch beide mal daran, dass ihr Zuhörer habt.» Er zündete sich eine Zigarette an.

Sie drehte sich mit offenem Mund wieder zu Mac.

«Er kennt sich mit Pferden aus», erklärte dieser. «Und er kennt Sarah, seit sie ein Kind war.»

Als Natasha nicht antwortete, fügte er hinzu: «Kümmerst du dich um das Pferd, wenn wir sie gefunden haben, Tash?»

Sie wühlte in ihrer Handtasche. «Also, wo ist sie? Habt ihr etwas rausgefunden? Ich muss so schnell wie möglich wieder im Büro sein.»

«Klar», murmelte Mac und lenkte den Wagen auf die Fahrbahn. «Weil du schließlich die Einzige mit einem richtigen Job bist.»

«Ich stecke mitten in einem Riesenfall, Mac.»

«Ja. Hattest du erwähnt.»

Sie wirbelte in ihrem Sitz herum. «Soll heißen?»

«Soll heißen, dass du bisher ausschließlich darüber lamentiert hast, wie schwierig das alles für dich ist. Wie es dein Leben durcheinanderbringt. Wie *ich* dein Leben durcheinanderbringe.»

«Das ist nicht fair.»

«Aber zutreffend. Hast du je die Möglichkeit erwogen, dass du ein Teil der Ursache sein könntest?»

Cowboy John lehnte sich zurück und schob sich den Hut ins Gesicht. «Heilige Scheiße.»

«Ich, ich bin die Ursache?»

Der Verkehr war grauenvoll. Mac wechselte die Fahrbahn. «Ja, du», sagte er. Vielleicht lag es daran, dass er das Gefühl hatte, den ganzen Tag im Kreis gefahren zu sein. Vielleicht lag es an der Furcht davor, wo das Mädchen war. Vielleicht lag es an Natashas Anblick, die in ihrem Kostüm so überkorrekt aussah und ihn immer wie den Feind behandelte, den Schuldigen, den Prügelknaben. «Du bist diejenige, die abgehauen ist, Natasha. Du hast unterschrieben, dass du dich um sie kümmerst, und dann entschieden, dass dir das alles zu schwierig ist.» Er spürte die Empörung in ihrem Schweigen, pfiff aber darauf. «Glaubst du, du bist die Einzige, die hier Unannehmlichkeiten hat? Ich musste Jobs absagen, und John da hinten hat auch anderes zu tun.»

Das Auto um ihn herum schien zu schrumpfen. «Wenn du dageblieben wärst und Sarah den Vorzug vor deinem verletzten Stolz gegeben hättest, dann würden wir vielleicht überhaupt nicht in dieser Misere stecken.»

«Du gibst *mir* die Schuld an allem?»

«Ich sage nur, du hast deinen Anteil daran.»

Jetzt schrie sie ihn an. «Und wer hat seine Freundin mit nach Hause gebracht und sie Sarah in Unterwäsche vorgeführt?»

«Ich habe sie nicht vorgeführt!»

«Sie hatte so gut wie nichts an. Ich betrete mein Haus – unser Haus –, und da grinst mir dieses bescheuerte präpubertäre Glamour-Girl in Unterhosen entgegen!»

«Ihr Haus klingt toll», sagte John.

«Glaubst du, es war angenehm für Sarah, das zu sehen? Nachdem wir vor ihr die glückliche Familie gespielt haben?»

«Oh, jetzt tu nicht so, als hätte das etwas damit zu tun, dass sie verschwunden ist.»

«Es hat kaum für eine harmonische Atmosphäre gesorgt, oder?»

«Ich habe mich schon entschuldigt.» Mac schlug auf das Lenkrad. «Ich habe dir versichert, dass es nicht wieder vorkommen wird. Aber komm schon, es ist ja auch nicht so, als hättest du deinen Freund nie in unserem Haus zu Besuch. In meinem Schlafzimmer.»

«Es ist nicht *dein* Schlafzimmer.»

«Es war unser Schlafzimmer.»

«Wird immer besser», sagte John.

«Er hat nicht *einmal* dort übernachtet, solange du da warst. Also wage es nicht …»

«Nur, weil ihr woanders hingehen konntet.»

«Ach.» Sie lehnte sich in ihrem Sitz zurück und verschränkte die Arme. «Ich habe mich schon gefragt, wann du das Thema anschneidest.»

«Wann ich welches Thema anschneide?»

«Mein zweites Zuhause. Ich bin davor gewarnt worden.» Sie schüttelte den Kopf. «Ich hätte zuhören sollen.»

Er warf ihr einen Blick zu. «Was zum Teufel soll das jetzt heißen?»

«Dass du es gegen mich verwenden wirst, wenn wir die Details der Scheidung aushandeln.»

«Gott, du machst dich ja lächerlich. Glaubst du, dein beschissenes gemietetes Cottage ist mir wichtig? Und wenn du deine Wochenenden auf der verdammten *Queen Elizabeth* 2 verbringen würdest, wäre mir das so was von egal.»

«Ich unterbreche nur ungern.» John beugte sich vor. «Und glaubt mir, ich könnte euch noch Stunden zuhören. Aber verlieren wir nicht etwas den Faden?»

Macs Herz pochte unangenehm gegen seine Rippen.

Sie war so weit von ihm abgerückt, wie es in dem kleinen Wagen nur möglich war – als wäre er kontaminiert, als wäre sie überall auf der Welt lieber als hier.

«Könnt ihr beiden reizenden Menschen nicht einen Waffenstillstand ausrufen?», fragte John. «Nur, bis wir sie gefunden haben? Das wäre … nett.»

Sie saßen schweigend da, während Mac durch die City Richtung Osten steuerte. Er presste seine Zähne aufeinander.

«Einverstanden.» Ihre Stimme klang leise. Sie griff nach dem eselsohrigen Stadtatlas. «Wo fahren wir überhaupt hin?»

«Das wird ihr gefallen», kicherte John.

Mac blickte unbeirrt nach vorn. «Frankreich», sagte er und warf ihr ihren Pass in den Schoß. «Sarah ist unterwegs nach Frankreich.»

Es dauerte den ganzen verstopften Blackwell Tunnel lang, ihr zu erklären, was im Krankenhaus geschehen war. Sie hatte mehrfach gefragt, ob sie den alten Mann auch richtig verstanden hatten, ob er überhaupt bei Sinnen gewesen war, bis Cowboy John ärgerlich geworden war. «Er ist krank, aber er ist im Kopf genauso auf Zack wie Sie, Lady», grummelte er. Er mochte Natasha nicht, bemerkte Mac. Er beäugte sie wie die zischenden Gänse auf seinem Hof mit wachsamem Argwohn.

«Selbst wenn ihr richtig gehört habt, ich kann nur schwer glauben, dass Sarah selbst es für realistisch hält, die ganze Strecke nach … Wo ist das?»

«Schau auf die Karte.» Mac zeigte mit dem Finger darauf, ohne den Blick von der Straße abzuwenden. «Einmal halb durch Frankreich.»

Natasha kniff die Augen zusammen. «Aber sie wird es nicht bis dahin schaffen, oder?»

«Sie kommt nicht weiter als bis zur Küste. Außer der Gaul schwimmt über den Kanal.»

«John und ich gehen davon aus, dass sie nicht einmal bis Dover kommt.»

Sie fuhren hinaus aus dem Tunnel. Mac wurde bange, als er den ebenso dichten wie zäh fließenden Verkehr vor ihnen sah. Er blinkte rechts und nahm die Ausfahrt auf die doppelspurige Schnellstraße. «Er sagt, das Pferd muss sich schon viel früher ausruhen.»

Natasha hustete demonstrativ und kurbelte ihr Fenster hinunter, um den Rauch von Johns Zigarette, die er sich angesteckt hatte, nach draußen zu lassen. Sie schnüffelte und fuhr dann auf ihrem Sitz herum. Es folgte eine unheilschwangere Stille. «Ist das, was ich denke, das es ist?»

«Woher soll ich das wissen?», sagte John. «Ich kann nicht Gedanken lesen.»

«Ist das … Gras?»

Er zog sich die Selbstgedrehte zwischen den Lippen hervor und nahm sie sorgfältig in Augenschein. «Das will ich hoffen, bei dem Preis, den ich dafür gezahlt habe.»

«Das können Sie nicht hier in diesem Wagen rauchen. Mac. Sag's ihm.»

«Ich kann schlecht vor die Tür gehen, Lady, oder wie sehen Sie das?»

Natashas Kopf sank für kurze Zeit in ihre Hände. Mac begegnete Johns Blick im Rückspiegel, und für einen Moment blitzte Belustigung zwischen ihnen auf.

Natasha hob den Kopf wieder. Sie holte tief Luft. «Hören Sie, Mister Cowboy oder wie immer Sie heißen, ich würde es wirklich sehr begrüßen, wenn Sie hier im Auto keine Drogen rauchen würden. Wenigstens, solange wir im Stau stecken.» Sie sank in ihrem Sitz ein Stück tiefer und beäugte die Autos rechts und links von ihnen.

«Mit dem Zeug wird mir beim Fahren nicht schlecht. Und außerdem steigt mein Stresspegel, wenn ihr beiden streitet. Und das ist für uns alte Leute nicht gesund. Sie sehen ja, was es mit dem Captain gemacht hat.»

Natasha schluckte. Sie sah aus, als würde sie jeden Moment explodieren. «Lassen Sie mich das zusammenfassen. Wenn wir Sie in Macs Auto keine illegalen Substanzen konsumieren lassen, ist die Wahrscheinlichkeit hoch, dass Sie sich übergeben oder vor Stress sterben.»

«Das umreißt es ziemlich genau.»

Mac sah, wie sie versuchte, ihren Atem unter Kontrolle zu bekommen. Es schien einige Zeit in Anspruch zu nehmen. Zum ersten Mal seit Tagen wollte er lächeln.

Es hatte Cowboy John zufolge einmal eine Zeit gegeben, in der Londons Rushhour so lange dauerte, wie ihr Name besagte: eben eine Stunde. Jetzt verlangsamte sich der Verkehr und verlängerten sich die Autoschlangen bereits, sobald sich die Schultore schlossen, und die Rushhour dauerte vier Stunden an. Sie hätten sich keinen schlechteren Zeitpunkt für ihren Aufbruch aussuchen können, bemerkte John mit der Distanziertheit eines zufälligen Beobachters – oder vielleicht einer Person, die gerade gute fünf Gramm Dope geraucht hatte. Oh, und falls es ihnen nichts ausmache, er müsse pinkeln. Schon wieder.

Wie um die Anspannung noch zu erhöhen, hatte es heftig zu regnen begonnen. Macs Wagen saß nun in einer langen Schlange auf der A2 fest. Natasha hatte die letzte halbe Stunde geschwiegen, über ihr Telefon Nachrichten versandt, Akten durchgeblättert und sich Notizen gemacht. Sie hatte mit jemandem ein gedämpftes und hitziges Telefonat über ihren Gerichtsfall geführt und dann ein weiteres geflüstertes Gespräch mit jemandem, in dem er Conor vermutete. Als sie den Anruf beendete, war er insgeheim zufrieden. Zum fünfzehnten Mal fummelte er am Radio herum und suchte nach den aktuellen Verkehrsnachrichten.

«Ich weiß nicht, wozu du das dauernd machst», blaffte sie. «Es ist ja wohl offensichtlich, dass wir im Stau stehen.»

Mac ließ es ihr durchgehen. Er konnte sehen, dass die beiden Telefonate sie aufgewühlt hatten. Ihr zu sagen, dass er Nachrichten über Unfälle befürchtete, in die Pferde verwickelt waren, würde ihren Zustand nicht verbessern.

«Ich habe das Gefühl, dass sie mittlerweile nicht mehr in London ist», sagte er und tippte mit den Fingern auf das Lenkrad. «Ich würde sagen, wie fahren bei der nächsten Abfahrt von der A2 runter und vielleicht auf eine Bundesstraße. Vermutlich hat sie schon lange haltgemacht. Wenn wir Glück haben, überholen wir sie sogar.»

Er bedankte sich mit Handzeichen bei einem Fahrer, der ihn auf die Nebenspur einscheren ließ. «Ich schlage vor, dass wir so weit fahren, wie wir glauben, dass sie kommen konnte. Und wenn wir sie bis acht Uhr nicht gefunden haben, rufen wir die Polizei an.»

Auf dem Rücksitz war von John nur noch sein Hut zu sehen. Dieser nickte. «Klingt nach einem Plan», sagte der Hut. «Obwohl ich über die Polizei immer noch nicht glücklich bin.»

«Weil Sie dann Ihren Geheimvorrat aus dem Fenster werfen müssen?»

«Schätzchen, Sie werden diesen Geheimvorrat aus meinen totenstarren Händen brechen müssen.»

«Das lässt sich arrangieren», sagte sie liebenswürdig.

Mac blickte sie an. «Ich habe noch etwas anderes gedacht. Wenn wir deine Kreditkarte sperren lassen, hat sie kein Geld mehr. Sie wird umdrehen und zurückkommen müssen.»

Natasha überlegte. «Aber mittellos ist sie noch mehr in Gefahr.»

Cowboy John mischte sich ein. «Ich glaube nicht, dass es sie stoppen wird, wenn sie kein Geld hat. Sie ist ziemlich fest entschlossen.»

«Hängt davon ab, wie viel sie schon abgehoben hat», sagte Mac. «Aber wenn wir ihr erlauben, die Karte weiter zu nutzen, sind ihr keine Grenzen gesetzt. Wir sponsern ihr Ausreißen dann beinahe.»

«Sind Sie sich absolut sicher, dass sie Ihre Karte hat?», fragte John. «Ich sage Ihnen, ich kenne dieses Mädchen schon lange, und sie ist nicht der Typ, der klaut.»

Mac wartete auf Natashas Entgegnung, in der sie vielleicht Fischstäbchen in einem Supermarkt erwähnen würde oder Münzen, die in ihrem Haus verschwunden waren. Aber sie saß offenbar tief in Gedanken versunken neben ihm.

«Tash?»

«Wenn sie sie weiterhin benutzt», dachte sie laut, «kriegen wir raus, wo sie damit gewesen ist. Wir können die Bank anrufen und die Details der letzten Transaktionen erfragen.» Sie wandte sich zu ihm um, und ausnahmsweise sah sie nicht so aus, als würde sie ihm etwas vorwerfen. «Das ist unsere Chance, ihr zu folgen, ohne die Polizei einzuschalten. Und wenn sie in ein Hotel eingecheckt hat, großartig. Wir könnten auf direktem Weg hinfahren.» Sie gestattete sich ein kleines Lächeln. «Es ist sogar möglich, dass wir sie heute Nacht noch finden.»

Cowboy John stieß eine Rauchwolke aus. «Sie ist gar nicht so dumm, deine Göttergattin, Mac.»

«Ich bin nicht seine Gattin, jedenfalls nicht mehr lange», entgegnete Natasha munter und wählte eine Nummer. «Machen Sie Ihr Fenster auf, Cowboy. In diesem Auto stinkt es.»

«Dartford», verkündete sie fünfzehn Minuten später triumphierend. «Sie hat heute Vormittag in Dartford hundert Pfund abgehoben. Wir sind auf der richtigen Spur.»

Auf der Straßenkarte hatte es ganz einfach ausgesehen, dachte Natasha und fuhr mit ihrem Finger die dünne rote Linie entlang. Die A2 führte in einer relativ geraden Linie durch Sittingbourne und Gillingham weiter nach Canterbury. Aber als der Wagen die Strecke nun abfuhr und der Regen von außen und der Atem dreier Menschen die Scheiben von innen beschlug, gab es kein Anzeichen dafür, dass ein Mädchen und sein Pferd jemals existiert hatten, geschweige denn hier entlanggeritten waren.

Natasha saß schweigend da. Je weiter sie sich von London entfernten, desto schwerer wurde der Stein in ihrem Magen. Mit jedem Kilometer begriff sie das Ausmaß der Aufgabe besser, die vor ihnen lag. Innerhalb eines Achtzig-Kilometer-Radius konnte Sarah überall sein. Sie konnte von Dartford aus nach Osten geritten sein. Vielleicht hatte sie vorausgeahnt, dass ein Suchtrupp sofort in Dover ansetzen würde, und deswegen entschieden, von einem kleineren Hafen aus überzusetzen. Noch schlimmer, vielleicht lagen sie ganz falsch, und sie war gar nicht auf dem Weg nach Frankreich.

Als sie Canterbury erreichten, war Natasha überzeugt davon, dass sie zu weit gefahren waren. «Niemals kann sie bis hierhin gekommen sein», sagte sie zu den Männern. «Schaut euch das Wetter an.» Sie strengte ihre Augen an und machte im Dämmerlicht imaginäre Schatten aus, ließ sich von Passanten und beliebigen Fahrzeugen unter Straßenlaternen ablenken. «Ich finde, wir sollten umkehren», sagte sie.

Aber Mac beharrte darauf, dass Sarah auf dieser Route geritten sein musste. Und wenn sie hier nicht war, mussten sie weiterfahren. «Sie hat die Stadt heute Morgen um sieben verlassen», erinnerte er. «Sie kann inzwischen eine Wahnsinns-Strecke zurückgelegt haben.» Er hatte sich über das Lenkrad gebeugt und suchte mit den Augen den dunklen Horizont ab.

John schien unsicher. Das Pferd sei zwar stark und tue, was das Mädchen von ihm verlangte …

«Was?» Natasha drehte sich zu ihm um. «Was wollten Sie gerade sagen?»

Im Auto war es nun dunkel und Johns Gesicht nicht zu sehen. «Ich wollte sagen, gesetzt den Fall, dass sie keinen Unfall hatten.»

Um sieben Uhr wurde der Verkehr allmählich weniger, die Schilder, die Dover ankündigten, dagegen häufiger. Sie hielten viermal an, immer wenn John verkündete, er müsse sich erneut erleichtern, oder wenn auf Schildern Hotels oder Bed and Breakfasts in der Nähe angekündigt wurden. Doch wenn Natasha dann fragte, ob ein Mädchen mit einem Pferd eingecheckt habe, sahen die Rezeptionistinnen sie jedes Mal an, als sei sie plemplem. Sie machte ihnen keinen Vorwurf. Es klang auch in ihren eigenen Ohren verrückt.

Ben informierte sie treu über das Partner-Meeting, das derzeit ohne sie stattfand.

Linda sagt, machen Sie sich keine Sorgen

beendete er seine SMS, was ein deutliches Signal dafür war, dass sie sich Sorgen machen musste.

Irgendwann in der letzten halben Stunde hatten sie ihre Zuversicht verloren. Mac berechnete andauernd neu, wie weit ein Mädchen und ein Pferd mit einer angenommenen Geschwindigkeit von fünfundzwanzig Stundenkilometern gekommen sein konnten, wenn man die schlechten Wetterbedingungen und fehlende Nahrungszufuhr einkalkulierte. «Ich denke, sie sind irgendwo außerhalb von Canterbury», schloss er. «Oder vielleicht sollten wir auch nach Sittingbourne zurückfahren.»

«Sie sind auf jeden Fall pudelnass», sagte John betrübt und wischte mit dem Ärmel seine Scheibe frei.

«Ich finde, wir sollten irgendwo anhalten, alle Hotels anrufen und fragen, ob sie sie gesehen haben», schlug Natasha vor. «Aber ich brauche eins von euren Telefonen. Meins hat kaum mehr Akku.»

Mac zog sein Handy aus der Tasche und reichte es ihr. Als sie es nahm, fühlte sie sich an das letzte Jahr ihrer Ehe erinnert, in dem sie ihre Telefone voreinander versteckt hatten, weil sich verräterische Nachrichten in flirtendem Ton darauf befunden hatten, Symptome ihres Auseinanderdriftens. «Danke», sagte sie. Eigentlich wollte sie es doch nicht benutzen. Sie wollte nicht riskieren, dass sie aus Versehen Nachrichten von dieser Frau sah, verpasste Anrufe, die davon erzählten, was er gerade lieber tun würde.

«Ich muss pinkeln», sagte John einmal mehr.

«Und wir müssen tanken», sagte Mac. «Ich bin dafür, dass wir nach Dover fahren. Wenn sie dorthin unterwegs ist, macht es nichts, falls wir sie überholt haben.»

«Aber wenn sie in Canterbury angehalten hat, kommt sie nicht vor morgen in Dover an.»

«Ich weiß aber nicht, was wir sonst tun könnten», entgegnete Mac. «Wir sehen doch nichts mehr. Wir könnten die ganze Nacht über im Dunkeln herumfahren und trotzdem keinen Schritt weiterkommen. Lasst uns nach Dover fahren und es dann so machen, wie du vorgeschlagen hast, Tash, uns irgendwo ein Festnetz-Telefon suchen. Wir können herumtelefonieren und uns währenddessen was zu essen besorgen. Wir sind alle müde.»

«Und was dann?» Natasha legte Macs Handy vorsichtig auf dem Armaturenbrett ab.

«Tja ... dann beten wir, dass deine Kreditkarte uns verrät, wo sie steckt, schätze ich. Ansonsten hab ich nicht die geringste Idee.»

Das Hotel gehörte zu einer gesichtslosen, internationalen Kette im mittleren Preissegment. Natasha stand in der überdimensionierten Empfangshalle, fühlte sich in ihrem Kostüm zerknittert und verschwitzt und hatte plötzlich das dringende Bedürfnis, sich irgendwo ruhig hinzusetzen, etwas zu essen und zu trinken. Mac vor ihr plauderte mit der Rezeptionistin, die ihn anlächelte, mit einem eindeutig unprofessionellen Lächeln. Grimmig nahm Natasha es zur Kenntnis und wandte sich ab. Cowboy John saß mit gespreizten Beinen in einem Sessel und ließ den Kopf zwischen die knochigen Schultern hängen. Natasha bemerkte, wie die anderen Hotelgäste einen leichten Bogen um ihn machten, und für einen Moment tat er ihr leid. Als er dann den Kopf hob und einer jungen Frau lasziv zuzwinkerte, wurde ihr klar, dass sie ihr Mitgefühl vermutlich verschwendete.

«Okay», sagte Mac und steckte sich sein Portemonnaie wieder in die Hosentasche. «Wir haben ein Doppel- und ein Zweibettzimmer.»

«Aber wir brauchen ja wohl drei Zimmer.»

«Mehr haben sie nicht frei. Wenn du es woanders versuchen willst, nur zu, aber ich kann nicht mehr.»

Und in welchem Zimmer willst du schlafen?, wollte sie ihn fragen. Doch sein Gesicht sah angespannt aus, und sie folgte ihm stumm zu den Aufzügen.

Es war John, der die Frage klärte. «Ich brauche jetzt eine Dusche und was zwischen die Kiemen», sagte er, als sich im zweiten Stock die Aufzugtür öffnete, und nahm Mac einen Schlüssel aus der Hand. «Ruft mich an, sobald ihr wisst, was wir als Nächstes machen.» Er schlenderte in den Flur hinaus, sodass Mac und sie allein im Lift zurückblieben, auf einmal befangen.

Das Zimmer, wie jedes Hotelzimmer, in dem Natasha jemals genächtigt hatte, befand sich ganz am Ende des Gebäudes. Schweigend gingen sie den mit Teppich ausgelegten Korridor hinunter. Als sie vor der Tür ankamen, wollte sie gerade etwas sagen, aber Mac reichte ihr den Schlüssel. «Du hängst dich ans Telefon. Ich gehe runter zum Fährhafen und stelle sicher, dass sie da nicht ist.»

«Willst du nichts essen?»

«Ich hole mir unterwegs was.»

Als er mit unerwartet hängenden Schultern den Flur hinunterging, wurde ihr klar, mit welcher Wucht er die Verantwortung für Sarah empfand.

Das Bild der Verzweiflung, das er abgab, ließ sie schnell in ihr Zimmer flüchten, wo sie sich für einen Moment setzte. Sie versuchte, nicht daran zu denken, was in ihrer Abwesenheit mit ihrer Karriere geschah, wie ihr Exmann durch die verregneten Straßen von Dover ging oder an den schrecklichen, beschämenden Mangel anderer Gefühle für ihn als Ablehnung. Natasha Macauley tat, was sie immer getan hatte, wenn das echte Leben zu schwierig wurde. Sie setzte Teewasser auf, schnappte sich Stift und Notizbuch und machte sich an die Arbeit.

Es war beinahe halb elf, und Mac war immer noch nicht zurück. Sie hatte nicht nur alle Hotels in Dover und Umgebung, sondern alle Hotels und Bed and Breakfasts in einem Radius von zwanzig Kilometern angerufen. Niemand hatte je von Sarah Lachapelle gehört oder ein Mädchen mit einem Pferd gesehen. Sie hatte zwischendurch erwogen, Mac anzurufen, aber es wäre sinnlos gewesen. Wenn er auf etwas gestoßen wäre, hätte er sich gemeldet.

Cowboy John hatte ihr verkündet, wenn nichts mehr anläge, würde er jetzt ein paar Stunden die Augen zumachen. Sie betete, dass er dabei nicht sein Zimmer in Brand setzen würde. Erschöpft und mit steifem Nacken bestellte sie beim Zimmerservice eine Flasche Wein und ging dann einmal durchs Zimmer. Sie streckte gerade vor Müdigkeit die Arme über dem Kopf aus, als sie das Klopfen hörte.

Mac stand im Flur. Er sagte nichts, ging an ihr vorbei und ließ sich schwer auf eines der beiden Einzelbetten fallen.

«Nichts», sagte er. «Es ist, als hätten sie sich in Luft aufgelöst.»

Natasha schenkte ihm ein Glas Wein ein. Mac richtete sich auf und nahm es entgegen. Sein Kinn war grau von Bartstoppeln, und seine Kleider verströmten noch den Geruch kalter, salziger Seeluft. «Ich war in ganz Dover. Bin sogar die Strände abgegangen für den Fall, dass sie dort ist.»

«Warst du in den Fährbüros?»

«Ich habe die Jungs gefragt, die die Fahrzeuge einweisen. Dachte mir, die sehen bestimmt, wer vorbeikommt. Sie haben mir gesagt, dass auf den Fähren alle Tiere in Lastern transportiert werden. Sie kommt nicht weiter als bis hier, Tash. Es ist unmöglich.»

Sie saßen schweigend da und tranken Wein.

«Was, wenn sie in einem anderen Hafen ist? Ich dachte Dover ... aber was ist mit Harwich? Oder Sittingbourne?»

«Für Harwich war sie in die falsche Richtung unterwegs.»

«Wir wissen nichts», sagte er. «Ich finde, wir sollten die Polizei einschalten.»

«Du unterschätzt sie. Sie hat das geplant, Mac. Sie hat meine Kreditkarte. Sie ist irgendwo in Sicherheit.»

«Aber du hast bei allen Hotels angerufen.»

Sie zuckte mit den Schultern. «Dann ist sie vielleicht nicht so weit gekommen. Vielleicht übernachtet sie auf einem Bauernhof. Oder in einem Reitstall. Vielleicht hat sie Freunde in der Nähe. Es gibt eine Million Orte, wo sie sein könnte.»

«Und aus genau dem Grund sollten wir die Polizei einschalten.»

Natasha setzte sich auf das Fußende des anderen Betts und stöhnte frustriert auf. «Oh verdammt, Sarah, was für ein Spiel spielst du da?» Die Worte waren ausgesprochen, bevor ihr klarwurde, dass sie laut gedacht hatte.

«Ich glaube nicht, dass sie spielt, Tash.»

«Glaubst du, dass sie meine Kreditkarte durch Zufall geklaut hat?»

«Ich glaube, sie war verzweifelt.»

«Warum? Wir haben ihr alles gegeben, worum sie uns gebeten hat. Wir haben uns um ihr Pferd gekümmert. Ich wollte mit ihr einkaufen gehen, um für ihren Großvater alles zu besorgen, was sie für ihn braucht.» Sie schüttelte den Kopf. «Nein.» Furcht und Erschöpfung ließen sie unnachgiebig werden. «Sie mochte unsere Regeln und Abläufe nicht. Sie fand es doof, dass sie nicht jederzeit losfahren und ihr Pferd besuchen konnte. Wir haben sie gezwungen, zur Schule zu gehen, Mac, und ihr nicht erlaubt, zu kommen und zu gehen, wie es ihr gefiel. Und das ist ihre Art, es uns zu vergelten.»

«Es uns zu vergelten?»

«Du gehst davon aus, dass sie so denkt wie wir. Dass sie so *ist* wie wir. Aber du musst zugeben, dass sie für uns von Anfang an ein Buch mit sieben Siegeln war. Wir haben nicht die geringste Ahnung, wer Sarah Lachapelle wirklich ist.» Sie blickte auf und sah, dass Mac sie anstarrte.

«Was?», fragte sie, als es zu nervenzermürbend wurde.

«Mein Gott. Du bist hart geworden.»

Es traf sie wie ein Schlag.

«Ich bin hart geworden», wiederholte sie langsam. Ein Kloß entstand in ihrer Kehle. *Warum wohl, glaubst du?*, wollte sie zu ihm sagen. *Wer hat mich dazu gemacht?*

«Okay, Mac. Wieso nimmst du grundsätzlich an, dass Sarah immer das Opfer ist?»

«Weil sie vierzehn ist? Weil sie niemanden hat?»

Das Bild Ali Ahmadis stieg vor ihr auf. «Das macht sie nicht zu einem Engel.»

«Du siehst in ihr immer nur das Schlechteste.»

«Nein, ich sehe sie bloß nicht durch eine rosarote Brille.»

«Und warum bist du dann hier? Warum machst du dir die Mühe, sie zu suchen?»

«Dass ich sie so sehe, wie sie ist, heißt nicht, dass mir ihr Wohlergehen egal ist.»

«Geht es hier wirklich um ihr Wohlergehen? Oder willst du nur nicht dabei ertappt werden, dass du versagt hast?»

«Was zum Teufel soll das wieder heißen?»

«Sieht nicht so gut für dich aus, oder? Die Rechtsvertreterin verlorener Kinder ist nicht in der Lage, sich um das Mädchen zu kümmern, das sie bei sich aufgenommen hat. Vermutlich willst du deswegen auch nicht die Polizei einschalten.»

«Wie kannst du es wagen?» Sie bekämpfte den Impuls, ihm ihren Wein ins Gesicht zu schütten. «Ich sehe diese Kinder jeden Tag. Sie sitzen hilflos und jämmerlich auf der Gerichtsbank, und vierzig Minuten später muss ich mir ihre Flüche anhören, wenn ich sie rausgehauen oder eine Unterbringung für sie gefunden habe. Ich weiß, dass die Hälfte von ihnen sofort loszieht, um das nächste Auto zu knacken.»

Sie zog ihre Schuhe aus und pfefferte sie auf den Teppichboden. «In mancher Hinsicht ist Sarah ein anständiges Mädchen, aber sie ist nicht besser und nicht schlechter als die anderen. Dass ich das so sehen kann, macht mich nicht zu einem schlechteren Menschen, egal, was du von mir denken möchtest.»

Sie ging ins Bad, knallte die Tür zu und setzte sich auf den Toilettendeckel. Sie hob ihre Hände, stellte fest, dass sie zitterten, und schmiss dann in einem hilflosen Wutanfall eine Badematte und zwei Handtücher gegen die Tür.

Aus dem Schlafzimmer war kein Laut zu hören.

Die Minuten verstrichen, sie saß da und wartete darauf, dass Mac aufstand und das Zimmer verließ. Bestimmt legte er genauso wenig Wert darauf, die Nacht zusammen mit ihr zu verbringen, wie sie mit ihm. Sie würde ihm sagen, dass es wohl besser war, wenn er zu Cowboy John zog.

Aber das Schlimmste war, dass das, was er gesagt hatte, zum Teil der Wahrheit entsprach. Sie wollte der Polizei nicht die Umstände erklären, unter denen sie Sarah bei sich aufgenommen hatte. Sie wollte nicht eingestehen, wie sie auf ganzer Linie darin versagt hatte, sich um sie zu kümmern oder auch nur für ihre Sicherheit zu sorgen. Wenn sie sie nur fänden, könnte Sarah ohne Aufhebens zu jemandem ziehen, der fähiger war.

Sie stieß einen langen, zitternden Atemzug aus. Ach, es war so einfach für Mac, der Empörte zu sein, mal wieder den Guten zu spielen. Einfach, der Nette zu sein, wenn man nichts dafür aufgeben musste. Das war die Geschichte ihrer Ehe. Natasha ließ das Gesicht in ihre Hände sinken, nahm den Geruch von billigem Putzmittel wahr und wartete darauf, dass sie wieder einen klaren Kopf bekam. Sie wollte nicht, dass er sah, wie tief er sie getroffen hatte. Sie wollte von ihm überhaupt nicht gesehen werden.

Als sie mit gefasster Miene und vorbereiteten Argumenten heraustrat, kam sie in ein stilles Zimmer. Mac lag schlafend auf seinem Bett, ein Unterarm bedeckte sein Gesicht. Leise ging sie zu dem anderen Einzelbett und starrte ihn an, ihren Beinahe-Exmann. Seine Nähe und seine Abneigung für sie fühlten sich vernichtend an.

Sie stellte fest, dass sie nicht aufhören konnte, ihn anzusehen, und bemerkte, wie selten sie das in den letzten beiden Monaten getan hatte. Ihr Blick wurde von seinen Armen angezogen, seiner Brust unter dem ausgebleichten T-Shirt. Wie oft hatte sie sich in diese feste Umarmung geschmiegt? Und wie oft, rief sie sich in Erinnerung, hatte sie sich davor weggedreht und die Augen gegen geräuschlose Tränen zusammengekniffen? Wie konnte er sie so sehr verachten, nachdem er ihr so viel Liebe entgegengebracht hatte?

Natasha goss den restlichen Wein in ihr Glas und kippte ihn in einem langen Schluck hinunter. Dann nahm sie beinahe widerstrebend die gefaltete Decke am Fußende von Macs Bett und deckte ihn zu.

Sie schaltete das Licht aus. Ihr eigenes Bett rührte sie nicht an, sondern setzte sich ans Fenster und blickte hinaus über den windgepeitschten Parkplatz und das in der Entfernung tintenschwarze Meer.

Als sie mit steifem Nacken unbequem in den Sessel gekauert erwachte, war das Zimmer in das wässrige blaue Licht des Tagesanbruchs getaucht, und Mac war fort.

«Wenn man aber jedesmal, wenn das Pferd etwas tut, wie man es von ihm haben will, ihm einen Gefallen erweist ... so wird es am besten lernen, seine Schuldigkeit zu tun.»

Xenophon, Über die Reitkunst

Kapitel 21

Sarah machte gerade die letzte von Jackies Stallboxen fertig und zuckte zusammen, als sie Thoms Stimme hörte.

«Ich wollte dich nicht erschrecken», sagte er auf der anderen Seite der Stalltür.

«Ich ... ich hab Sie nur nicht kommen gehört.» Sie sprach in ihren Schal hinein.

«Ich wollte dich fragen, ob du Frühstück möchtest. Jackie macht welches. Sie freut sich wie eine Schneekönigin, dass du alle Pferde für sie versorgt hast.»

Sarah kniff in der tiefstehenden Sonne die Augen zusammen. «Ich war früh auf. Und sie hat meine Jeans gewaschen und alles ...»

«Aha, Manieren *und* Arbeitsethos. Deine Eltern haben irgendwas richtig gemacht.» Er grinste. Die letzte Stunde hatte er damit verbracht, den Schwertransporter zu putzen. Beim Abendessen am Tag zuvor war er noch niedergeschlagen gewesen, der Tod des Pferdes hatte ihm zugesetzt. Er hatte in seinem Essen gestochert und Jackies zahlreiche Aufheiterungsversuche an sich abprallen lassen. Sarah war vor lauter Erschöpfung ebenso wortkarg gewesen. Beinahe schweigend hatte sie ihren Teller leer gegessen und war dann dankbar in das Gästezimmer verschwunden.

Als sie kurz nach halb sieben aufgewacht war, hatte sie sich für einen Moment verwirrt umgesehen. Dann kam die Erinnerung an den letzten Tag zurück, und sie war reflexartig aus dem Bett gesprungen und noch im T-Shirt losgerannt, um Boo zu suchen.

Zitternd in der morgendlichen Kälte, schlüpfte sie in seine Box. Er stand unter seiner geliehenen Decke ruhig da und ließ sich die strapaziöse Reise vom Vortag kaum anmerken. Sie überprüfte seine Beine, hob seine Hufe an und drückte dann beruhigt ihr Gesicht an seinen Hals, bevor sie ins Haus zurückkehrte. Da sie ohnehin nicht mehr schlafen konnte, zog sie sich an und machte seinen Stall sauber.

Die anderen ebenfalls auszumisten war kein Akt der Nächstenliebe gewesen, auch wenn Thom das zu glauben schien. Solange sie keinen klaren Plan hatte, musste sie alles tun, um ihnen die Unterkunft für eine weitere Nacht zu sichern. Dieser Zwischenstall war Teil eines Systems, von dem sie nicht gewusst hatte, dass es existierte: Ponys auf der Durchreise, deren Besitzer-Familien auswanderten; Rennpferde oder Vielseitigkeitspferde, die für fünf- oder sechsstellige Beträge den Besitzer gewechselt hatten und auf dem Weg in ihr neues Zuhause waren. Alle blickten wie sie einem neuen Leben entgegen, über das sie noch nichts wussten. Die Pferde, die weniger wert waren, die Müden und Gebrechlichen, die in Viehwagen auf dem Weg auf den Kontinent waren, kamen nicht in den Genuss einer solchen Unterkunft. Sie blieben in ihren Fahrzeugen, bis sie vor dem Schlachthaus ausgeladen wurden.

«Gestern … das war für dich bestimmt nicht leicht mit anzusehen. Hoffentlich hattest du deswegen keine Albträume.» Thoms Augen lächelten entweder immer, oder er hatte mit ihnen zu lange in die Sonne geblinzelt. Man wusste, dass er Ire war, noch bevor er den Mund öffnete.

Sie lehnte sich auf die Mistgabel. «Glauben Sie, es hat sehr gelitten?»

«Nein. Sie verfallen in Schock. Wie Menschen. Und dann hat ihn der Tierarzt ziemlich schnell erlöst.»

«Sind Sie traurig?»

Er zuckte überrascht mit den Schultern. «Nein. Er hat nicht mir gehört. Ich besitze keine Pferde. Ich fahre sie nur von A nach B.»

«Wird sein Besitzer traurig sein?»

«Nimm es dir nicht zu Herzen, Kindchen, aber vermutlich nicht. Das Pferd hat wenig erfolgreich Querfeldeinrennen bestritten und hatte kaputte Beine. Der Besitzer hat ihn als Restposten an einen französischen Händler verkauft. Um ehrlich zu sein, als ich ihn heute Morgen angerufen habe, ging es ihm nur um seine Versicherungsansprüche.»

Sarah trat mit der Stiefelspitze etwas getrockneten Lehm vom Stallboden los. «Wie hat er geheißen?»

«Das Pferd? Liebe Güte, was du alles wissen willst …» Er blickte zum Himmel. Das gab Sarah die Gelegenheit, ihn genauer zu mustern. Sie stellte mit entsetztem Schaudern fest, dass seine linke Hand nicht echt war, sondern aus einer Art fleischfarbenem Gummi bestand.

«Diablo», sagte er und sah sie plötzlich wieder an. Sie errötete vor Verlegenheit, weil er sie beim Starren erwischt hatte.

«Nein, Diablo Blue. Das war es. Genau. Soll ich Jackie sagen, dass du gleich kommst? Ich muss nach Dover und die Trennwand reparieren lassen.»

Sie dachte nach. Vielleicht lag es daran, dass er am Abend zuvor so viel erschütterter gewesen war als Jackie und ihr Mann oder dass er den Pferden im Vorübergehen über die Nüstern gestrichen hatte, ohne sich dessen wirklich bewusst zu sein. Vielleicht lag es an dieser Hand. Aber irgendetwas an Thom sagte ihr, dass er keine Bedrohung darstellte.

«Kann ich mitfahren?», fragte sie und zog ihre Jacke an. «Ich muss zu einem Bankautomaten.»

Theoretisch lebte Thom Kenneally in Irland, aber er verbrachte den größten Teil der Woche damit, Pferde zwischen England, Irland und Frankreich hin und her zu transportieren. Früher war er mal Jockey gewesen, erzählte er ihr, bis er bei einem Reitunfall einen Teil seines Arms verloren hatte.

Nicht jeder war dafür geeignet, sagte er. Viele Pferde wollten nicht verladen werden. Man musste in der Lage sein, sie zu verstehen, noch bevor sie einen Fuß auf die Rampe setzten, wissen, ob sie zurückscheuen, austreten oder steigen würden – oft bevor sie es selbst wussten. Er beförderte alte Ponys, erfahrene Vielseitigkeitspferde, gelegentlich edle Rennpferde, deren Wert ihm den Schweiß auf die Stirn trieb.

«Der Job passt zu mir», sagte er. Sie hatten die Trennwand bei einem Schweißer abgeladen, der sie bis zum Mittag reparieren wollte. Thom würde mit seiner restlichen Fracht nach dem Mittagessen aufbrechen. «Ich mag Pferde. Außerdem ist meine Freundin eine eher Unabhängige. Sie hat gern ihre Freiheit.»

«Mag sie Pferde?»

Er grinste. «Nicht besonders. Ich glaube, ihr war klar, dass ich entweder das hier machen oder für irgendeine Rennbahn arbeiten würde. So hat sie wenigstens nicht jeden Morgen, Mittag und Abend mit den Tieren zu tun.»

«Ich würde das super finden», sagte Sarah und wurde rot.

«Da ist dein Bankautomat.»

Er bremste und hielt vor einem Mini-Markt. Sarah kletterte aus dem Laster und rannte über die Straße. Sie steckte die Karte in den Automaten und tippte die Nummer ein. Wieder war der Automat erstaunlich entgegenkommend. Sie hob weitere hundert Pfund ab, steckte sie ein und entschuldigte sich dabei stumm bei Papa, Mac und Natasha. Gerade als sie über die Straße zurückrennen wollte, bemerkte sie die Telefonzelle, eine der altmodischen Sorte, rot, mit einer Glastür. Thom schien Zeitung zu lesen, also schlüpfte sie hinein und rümpfte bei dem Geruch nach Urin, der ihr entgegenschlug, die Nase. Auch das Telefon akzeptierte die Kreditkarte, und sie wählte.

Es klingelte eine Weile. Als sie gerade aufgeben wollte, hörte sie ein Klicken. «St. Theresa. Neurologie.»

«Kann ich bitte mit Mr. Lachapelle sprechen?» Sie musste den Lärm eines vorüberfahrenden Lasters übertönen.

«Wen?»

«Mr. Lachapelle.» Sie hielt sich mit der Hand ein Ohr zu. «Hier ist Sarah, seine Enkelin. Können Sie mich zu ihm durchstellen? Er liegt in Zimmer vier.»

Es folgte ein kurzes Schweigen.

«Warten Sie.»

Thom erblickte sie von seinem Führerhaus aus und nickte ihr zu, wie um ihr zu sagen, sie solle sich Zeit lassen.

«Hallo?», ertönte eine andere Stimme.

«Oh. Ich wollte eigentlich mit Mr. Lachapelle sprechen. Hier ist Sarah.»

«Hallo, Sarah. Hier spricht Schwester Dawson. Ich nehme das Telefon mit rein. Allerdings solltest du wissen, dass er einen kleinen Rückfall hatte. Wenn es bei dir laut ist, könnte es sein, dass du ihn nicht so gut verstehen kannst.»

«Geht es ihm gut?»

Es folgte ein winziges Zögern, das Sarahs Mut sinken ließ.

«Wann kommst du? Ich kann ein Arztgespräch für dich und deine Pflegeeltern anberaumen.»

«Ich kann nicht», sagte sie. «Ich kann heute nicht kommen.»

«Okay. Also, er ... es geht ihm ganz gut. Aber seine Sprachfähigkeit ist im Moment etwas beeinträchtigt. Du musst laut und deutlich reden. Die Verbindung ist ziemlich schlecht. Ich gebe ihn dir.»

Das Geräusch von Schritten, eine quietschende Tür. Eine gedämpfte Stimme: «Mr. Lachapelle, hier ist Ihre Enkelin. Ich halte Ihnen das Telefon ans Ohr. In Ordnung?»

Sarah hielt den Atem an. «Papa?»

Nichts.

«Papa?»

Ein langes Schweigen. Vielleicht ein Geräusch. Es war bei dem Verkehrslärm um sie herum schwer zu sagen. Sie presste sich die Hand aufs andere Ohr. Die Krankenschwester mischte sich wieder ein. «Sarah, er *kann* dich hören. Es ist wahrscheinlich das Beste, wenn erstmal du ihm etwas erzählst. Erwarte keine Antwort.»

Sarah schluckte. «Papa?», sagte sie erneut. «Hier ist Sarah. Ich kann heute nicht kommen.»

Ein Geräusch, dann eine gedämpfte Ermutigung der Schwester. «Er hört dir zu, Sarah.»

«Papa, ich bin in Dover. Ich musste Boo mitnehmen. Wir hatten Schwierigkeiten. Aber ich rufe an, um dir zu sagen ...» Ihre Stimme brach. Sie kniff die Augen zusammen, zwang sich zur Beherrschung, damit er ihrer Stimme nicht anhörte, wie es in ihr aussah. «Wir gehen nach Saumur, Boo und ich. Ich konnte es dir nicht sagen, bevor wir aufgebrochen sind.»

Sie wartete und versuchte, etwas zu hören, seine Reaktion zu ermessen. Die Stille als Antwort war schmerzhaft beklemmend. Sie deutete eine Million Reaktionen in sie hinein, und als sie andauerte, spürte sie, wie ihre Entschlossenheit schwand.

«Es tut mir leid, Papa», rief sie in den Hörer, «aber ich hätte das nicht getan, wenn es nicht hätte sein müssen. Das weißt du. Das weißt du doch.» Sie hatte zu weinen begonnen. «Nur so konnte ich dafür sorgen, dass er in Sicherheit ist. Dass ich in Sicherheit bin. Sei bitte nicht wütend», flüsterte sie in dem Wissen, dass er es nicht hören würde.

Immer noch sagte er kein Wort.

Sarah weinte leise, bis die Krankenschwester wieder ans Telefon kam.

«Hast du alles gesagt, was du sagen wolltest?», fragte sie fröhlich.

Sarah wischte sich die Nase am Ärmel ab. Sie sah ihn so deutlich vor sich, wie er da lag, das Gesicht zu einer Maske der Furcht, der kaum unterdrückten Wut erstarrt. Auch jetzt, wo er meilenweit entfernt an sein Bett gefesselt war, spürte sie das volle Gewicht seiner Missbilligung. Wie sollte er auch verstehen?

«Sarah? Bist du noch da?»

Sie schniefte. «Ja», sagte sie mit künstlich hoher Stimme.

«Ja, ich konnte Sie nur kurz nicht hören. Ein Laster ist vorbeigefahren. Ich bin in einer Telefonzelle.»

«Also, ich weiß ja nicht, was du erzählt hast, aber er möchte dir sagen ...»

Sarahs Augen schlossen sich fest vor den darin schwimmenden Tränen.

«Er sagt: ‹Gut.›»

Eine kurze Pause. «Was?»

«Ja. Das ist es, ganz sicher. Er sagt: ‹Gut.› Und er nickt mir zu. In Ordnung? Bis bald.»

Er nahm ihr den Sponsorenritt nicht ab. Mit gleichmäßiger Stimme, klarem Blick und neutralem Gesichtsausdruck hatte sie ihm die Geschichte erzählt, die sie den ganzen Morgen in ihrem Kopf eingeübt hatte.

«Nach Frankreich», wiederholte er. «Du bist auf einem Sponsorenritt nach Frankreich. Um Geld für Schlaganfall-Patienten zu sammeln. Und du hast keine Transportpapiere.»

«Ich dachte, die könnte ich in Dover bekommen. Ich wollte Sie schon fragen, wie ich das anstelle.»

Sie saßen in einem Café an der Straße. Er hatte ihr eine Tasse Tee und einen Muffin spendiert, der nun feucht und fest in Zellophanpapier vor ihr auf dem Teller lag.

«Und du bist ganz allein unterwegs.»

«Ich bin sehr unabhängig.»

«Offensichtlich.»

«Also, können Sie mir helfen?»

Er lehnte sich in seinem Stuhl zurück und musterte sie eine Minute lang. Dann lächelte er. «Ich sag dir was, Sarah. Ich werde dein Sponsor. Gib mir dein Sponsorenformular.»

Ihre Augen weiteten sich, im nächsten Moment schlug sie die Augen nieder, aber er hatte es schon bemerkt.

«Ich glaube ... ich habe es in meiner Tasche gelassen.»

«Das ist ja was.»

«Aber können Sie mir zeigen, wie ich die richtigen Reisepapiere für Boo bekommen?»

Er machte Anstalten zu sprechen, unterbrach sich dann. Stattdessen starrte er aus dem Fenster auf die mit Dachboxen schwer beladenen Autos, die in einer Schlange zum Fährterminal hinunterkrochen.

«Ich habe eine Stieftochter, an die du mich ein bisschen erinnerst», sagte er dann leise. «In deinem Alter hat sie sich in alle möglichen Schwierigkeiten gebracht, meistens, weil sie mit allem hinter dem Berg gehalten und gedacht hat, sie könne jedes Problem alleine lösen. Nach und nach – und damit meine ich nach und nach», er lächelte in Erinnerung daran ein schiefes Lächeln, «konnten wir ihr klarmachen, dass nichts so schlimm ist, dass man es nicht irgendwem anvertrauen kann. Weißt du? Gar nichts.»

Aber er hatte unrecht, das wusste Sarah. Es war die Wahrheit, die sie überhaupt erst in Schwierigkeiten gebracht hatte. Wenn sie Natasha am ersten Abend nicht die Wahrheit über Papa erzählt hätte ...

«Sarah, steckst du in Schwierigkeiten?»

Sie hatte sich die vollkommen ausdruckslose Miene inzwischen perfekt antrainiert. Nun bedachte sie ihn damit und hatte das seltsame Gefühl, sich dafür bei ihm entschuldigen zu müssen. Du darfst es nicht persönlich nehmen, hätte sie ihm am liebsten gesagt, aber verstehst du, du könntest genauso sein wie alle anderen. Du meinst es gut, aber du hast keine Ahnung, welchen Schaden du anrichtest.

«Ich habe Ihnen doch gesagt», entgegnete sie monoton, «ich bin auf einem Sponsorenritt.»

Er spitzte die Lippen, weniger unfreundlich als leise resigniert. Dann trank er von seinem Kaffee. «Jackie hätte dich gestern Abend beinahe nicht bei sich übernachten lassen, weißt du. Sie hat einen guten Riecher für Ärger.»

«Ich habe ihr das bezahlt, was sie wollte.»

«Das hast du.»

«Ich bin nicht anders als irgendwer sonst.»

«Klar. Ein durchschnittlicher Teenager eben, der ohne Transport-Arrangement ein Pferd übers Wasser kriegen will.»

«Ich hab es Ihnen doch erklärt. Ich kann Ihnen auch Geld bezahlen, wenn Sie das möchten.»

«Das kannst du bestimmt.»

«Also dann.»

Sie wartete darauf, dass er von seinem Kaffee aufblickte, den er faszinierend zu finden schien.

«Willst du mir mal diese Kreditkarte geben?»

«Was?»

«Die Karte, mit der du gerade Geld abgehoben hast.»

«Ich bezahle Sie bar.» Sie spürte, wie sich ihr Magen zusammenkrampfte.

«Ich würde lieber die Kreditkarte nehmen, wenn ich dir schon helfen soll. Ist doch kein Problem, oder?» Ihre Blicke trafen sich. «Außer natürlich es ist gar nicht dein Name, der auf der Karte steht ...»

Sarah schob den Teller zurück und stand auf. «Wissen Sie, was? Ich habe bloß eine Mitfahrgelegenheit gebraucht. Sie müssen Ihre Nase nicht in meine Angelegenheiten stecken, bloß weil Sie mich zu einem Geldautomaten gefahren haben.

Und ich habe es nicht nötig, mich von Ihnen unter Druck setzen zu lassen, okay? Wenn Sie mir nicht helfen wollen, lassen Sie mich einfach in Ruhe.»

Mit diesen Worten war sie aus der Tür und ging in großen Schritten über den Parkplatz in Richtung Hauptstraße.

«Hey», rief er ihr hinterher. «*Hey!*»

Als sie sich nicht umdrehte, rief er: «Ohne Tierarzt kriegst du keine Transportpapiere. Es dauert Tage, vielleicht Wochen. Und du musst achtzehn sein, um sie unterschreiben zu dürfen. Ich bin mir ziemlich sicher, dass du keine achtzehn bist, Sarah. Und ich weiß nicht, ob Jackie dich noch lange bleiben lässt, egal wie viele Ställe du ausmistest. Du musst noch mal nachdenken.»

Sie blieb stehen und drehte sich zu ihm um.

«Ich glaube, du solltest mal darüber nachdenken, wieder nach Hause zu gehen.» Er sah freundlich aus. «Zusammen mit deinem Pferd.»

«Aber ich *kann* nicht. Ich kann einfach nicht.» Zu ihrem Entsetzen waren ihr Tränen in die Augen gestiegen, und sie blinzelte sie wütend weg. «Ich habe nichts Böses getan, okay? Ich bin kein schlechter Mensch. Aber ich kann nicht zurück.»

Thom starrte sie weiter an. Sie senkte den Blick, versuchte, ihm auszuweichen. Es war, als könne er alles sehen, ihre Unehrlichkeit, die Verletzlichkeit, aber nicht wie der Malteser Sal, der ihr dabei jeden Wert abgesprochen hatte, sondern mit einer Art Mitgefühl. Und das war noch *viel schlimmer.*

«Hören Sie, ich muss da wirklich rüber.» Die Autos schossen auf der schnellen Straße an ihnen vorbei. «Mehr kann ich Ihnen nicht sagen. Aber ich muss nach Frankreich.»

Sie hatte ihre Jacke in seinem Lastwagen gelassen. Jetzt

stand sie auf dem kalten Parkplatz, wo ihr der Seewind das Haar um die Ohren peitschte. Thom starrte sie noch einen Moment lang an und wandte sich dann ab. Doch er machte nur ein paar Schritte, bevor er erneut stehen blieb. Schließlich wandte er sich wieder zu ihr um. «Also ... und wenn ich dir nicht helfe, was machst du dann?»

«Dann finde ich jemand anderen, der mir hilft», sagte sie trotzig. «Ich weiß, irgendjemand wird mir helfen.»

«Das fürchte ich auch», murmelte er resigniert. Er dachte nach. «Okay», sagte er. «Vielleicht kann ich dich nach Frankreich bringen. Ja», sagte er, als sie ihm ins Wort fallen wollte, «dich und dein Pferd. Aber du musst mit mir reden. Das ist der Deal, Sarah. Ich helfe dir nur, wenn du mir sagst, was hier los ist.»

«Diablo Blue» weigerte sich, die Rampe hinaufzugehen. Er schnaubte, stemmte beide Vorderbeine in den Boden, verdrehte die Augen. Er strauchelte unbeholfen in den ungewohnten gepolsterten Bandagen, die Thom um seine Beine gewickelt hatte.

Doch der Ire ließ sich davon nicht beirren. Er stand ruhig daneben und sprach sanft auf das Tier ein, wenn es sich weigerte weiterzugehen. «Hey, er macht das gut. Guck nicht so besorgt. Wir lassen uns Zeit.»

«Jackie hat gesagt, um halb zwei ist sie wieder da.»

«Dann sind wir schon lange weg.» Thom setzte sich auf die Rampe und fasste nach oben, um dem Pferd die Nüstern zu streicheln. Er verhielt sich wie jemand, der alle Zeit der Welt hatte.

Sarah konnte seine Sorglosigkeit nicht teilen. Jackie würde Fragen stellen, Erklärungen fordern. Schlimmer noch, vielleicht würde sie Thom davon überzeugen, dass er einen Fehler machte. «Soll ich es nicht mal versuchen?»

«Nein», sagte Thom. «Du bist zu angespannt. Ehrlich gesagt, hilft es auch nicht sonderlich, dass du hier rumstehst. Geh und setz dich ins Führerhaus.»

«Ich kann …»

«Setz dich rein. Dann geht es schneller.»

Sein Ton ließ keine Diskussion zu. Die Pferde, die bereits im Transporter waren, wieherten ängstlich. Eins zog an einem Strohbündel und schob dann seinen kastanienbraunen Kopf über die Trennwand, um zu sehen, was draußen vor sich ging. Sarah blickte bang auf das große rotbraune Pferd am Ende von Thoms Seil. Dann tat sie wie geheißen.

Sie kletterte auf den Beifahrersitz und tastete in ihrer Tasche nach der Kreditkarte. «Wie viel bist du für eure Überfahrt bereit zu zahlen?», hatte Thom gefragt. Sie war furchtsam einen Schritt zurückgewichen. Vielleicht hatte sie ihn falsch eingeschätzt. «Gehen wir eine Minute zurück ins Café.»

Da hatte sie ihn verabscheut, ihn für einen weiteren Erpresser, Abzocker gehalten, bis er sein Handy aus der Tasche gezogen hatte. Sie hatten sich wieder an denselben Tisch gesetzt. Ihr Muffin in seiner Plastikverpackung war noch da gewesen.

«Clive? Hier ist Thom Kenneally. Wegen der Pferde.»

Sie hatte ihm still gegenübergesessen, während er dem fremden Mann – den er gut genug kannte, um sich nach seinen Kindern zu erkundigen – berichtete, dass er ein Problem mit seinem Transporter habe. «Hör mal, Alter, ich hab ein paar Probleme mit der Versicherung. Der Schweißer behauptet, in der Trennwand habe eine Schraube gefehlt, nichts, was ich bemerkt haben müsste, aber ein Hintertürchen für die

Versicherung. Verstehst du? Und wenn sie das durchkriegen, siehst du keinen Heller, und meine Prämie schießt durch die Decke. Genau ... Ja, oder? Also. Dieser Diablo Blue von dir. Seine Papiere verraten, dass er nicht in der höchsten Liga gespielt hat, wenn du verstehst, was ich meine.» Er lachte. «Hat er, oder? Ja, habe ich gleich gesehen. Ich habe mich gefragt, ob du mir einen kleinen Gefallen tun könntest. Lass uns das untereinander mit einer kleinen Entschädigung regeln und es aus den Büchern raushalten. Würde dir das nicht auch entgegenkommen? Weniger Scherereien?»

Er plauderte fünf Minuten lang weiter, versicherte dem unsichtbaren Clive, dass die Reparaturen tadellos ausgeführt wurden, und ja, er würde Freitag gern die beiden Pferde übernehmen. Er hoffe, sie hätten lange genug zusammen gearbeitet, um bla bla bla. Als er schließlich auflegte, dauerte es ein paar Sekunden, bis das zielstrebige Lächeln von seinem Gesicht verschwunden war. Er steckte sich das Handy wieder in die Tasche. «Okay, Kleine. Du schuldest Mr. Clive hier dreihundertfünfzig Dollar für sein totes Pferd. Wenn wir jetzt zum Automaten zurückfahren, spuckt er dir so viel aus?»

«Ich verstehe nicht ...»

«So viel kosten die neuen Papiere für dein Pferd», sagte er. «Ich will verdammt sein, dass ich mich da reinziehen lasse, aber das ist der Preis für dein Ticket.»

Es hatte weitere zehn Minuten gedauert, in denen sie ihre verbliebenen zwei Fingernägel bis auf die Nagelhaut abgekaut hatte, bevor das dumpfe Poltern von Hufen und ein Schlag ihr sagten, dass die Rampe endlich hochgeklappt worden war. Die Fahrertür öffnete sich, ein Stoß kalter Luft drang herein, und Thom schwang sich ins Führerhaus. «So blöd hat er sich gar nicht angestellt, oder? Die anderen beiden sind prima Reisepferde. Sie werden ihm helfen.» Er grinste. «Du kannst jetzt wieder atmen.»

Er startete den Motor. Der Transporter vibrierte, als der mächtige Motor zum Leben erweckt wurde. Sarah griff nach ihrem Gurt.

«Hast du Jackie die Nachricht hinterlassen?» Er rückte den Rückspiegel zurecht.

«Und das Geld. Ich habe geschrieben, ich hätte meine Route geändert und würde jetzt nach Deal reiten.»

«Braves Mädchen. Ach komm schon, Kleine. Guck nicht so verkrampft. Wir haben hier Luftfederung – alles superweich für die Pferde. Sie reisen bequemer als wir. Ich wette mit dir, dass er aus seinem Heunetz frisst, bevor wir auch nur um die Ecke sind.»

Sie konnte ihm nicht sagen, dass es nicht Diablo Blues Verhalten war, das sie ängstigte. Es war der Gedanke, dass Zollbeamte die Beschreibung des Pferdes zu genau durchlesen könnten. Es war der Gedanke daran, dass jemandem, der sich mit Pferden auskannte, auffallen könnte, dass Diablo Blue in den drei Wochen seit Ausstellung seiner Reisepapiere um gute fünf Zentimeter gewachsen war.

«Bist du dir sicher, dass du es auch willst?», fragte Thom. «Noch ist es nicht zu spät umzukehren. Wenn ich mit deiner Pflegefamilie spreche, finden wir garantiert eine Lösung.»

Gut, hatte Papa gesagt. *Gut*. Die Krankenschwester war sich sicher gewesen. «Ich will nur einfach los», sagte sie.

«Okay.» Thom schwang das riesige Lenkrad herum, und der Transporter hielt auf die Hauptstraße zu. «Dann auf mit dir, mir und Mister Diablo Blue zum großen dicken *bateau*.»

«Ein mutiges Pferd muß man also zurückhalten, daß es nicht in schnellsten Lauf gerät. Deshalb soll man von Wettrennen mit anderen Pferden auch ganz absehen, da die mutigsten Pferde meist auch die ehrgeizigsten sind.»

Xenophon, Über die Reitkunst

Kapitel 22

Cowboy John setzte sich mit dem vierten Teller voller Rührei, Speck und getoastetem Brot wieder auf seinen Platz und rieb sich die Hände. «Nicht schlecht», sagte er und steckte sich die Serviette in den Kragen, «gar nicht schlecht für ein Autobahnfrühstück.»

Mac trank noch einen Schluck Kaffee. «Keine Ahnung, wie es jemand schafft, vier Portionen Rührei mit Speck zu essen», sagte er und warf einen Blick auf das leer geräumte Frühstücksbuffet.

«Habe schließlich dafür bezahlt», sagte John. «Will doch was für mein Geld bekommen.»

Ehrlich gesagt, habe *ich* dafür bezahlt, korrigierte Mac im Stillen. Aber es war eine Erleichterung, einen gut gelaunten Begleiter zu haben, und so sagte er nichts. Das Frühstückszimmer des Tempest International brummte vor Reisenden. Gelegentlich erschien ein mondgesichtiges, osteuropäisches Mädchen und bot an, ihnen Kaffee nachzufüllen, worauf John jedes Mal antwortete: «Aber natürlich! Vielen Dank!»

Er schien heute Morgen geradezu verjüngt, sein Lächeln unter dem abgenutzten, braunen Hut noch bereitwilliger, sein Kragen und die Manschetten waren ordentlich gebügelt. Mac, dessen Kleider immer so aussahen, als hätte er die letzten Tage in ihnen verbracht, fühlte sich neben ihm seltsam derangiert. Er war vor Tagesanbruch aufgestanden und in Ermangelung anderer Dinge, die er tun konnte, erneut die verlassenen Strände abgegangen. Er hatte die frühmorgendlichen Fähren im anbrechenden Tageslicht ein- und auslaufen sehen, den verlorenen Rufen der Möwen über seinem Kopf gelauscht und sich mit entsetztem Grauen gefragt, wo in der Welt Sarah wohl stecken konnte.

Kurz nach acht Uhr war er zurückgekehrt, hatte das Zimmer aufgeschlossen und Natasha nicht in dem Sessel vor dem Fenster vorgefunden, wo sie gekauert hatte, als er gegangen war, sondern zusammengerollt auf dem anderen Einzelbett. Das Zimmer war abgesehen von dem gedämpften Stimmengemurmel aus dem Flur still. Sie hatte ihre Knie in einer seltsam kindlichen Haltung zum Kinn hochgezogen, ihre Haare bedeckten zur Hälfte ihr Gesicht, und sie runzelte noch im Schlaf die Stirn. Sogar zu dieser Tageszeit blinkte ihr Telefon auf dem Schreibtisch und zeigte neue Nachrichten an. Er erwog, sie zu lesen für den Fall, dass Sarah angerufen hatte, doch der Gedanke, sie könne aufwachen und ihn beim Verletzen ihrer Privatsphäre ertappen, hielt ihn davon ab. Stattdessen duschte er und versuchte, sich mit der Hotelseife, die nicht schäumte, frisch zu machen. Dann machte er sich auf den Weg nach unten zum Frühstücksraum, wo Cowboy John anscheinend bereits seit geraumer Zeit dem Buffet zusprach.

«Also, was ist der Plan für heute, Chef?» Cowboy John wischte sein Rührei mit einem Stück Toastbrot auf.

«Ich habe keine Ahnung.»

«Also … ich habe nachgedacht, und ich würde sonst was darauf verwetten, dass sie hier in der Nähe ist. Sie kann mit ihrem Klepper nicht nach Frankreich schwimmen. Ich seh es so: Entweder findet sie einen Platz für ihn, wo sie ihn lassen kann, und geht zu Fuß rüber. Für diesen Fall sollte einer von uns am Ticketschalter rumhängen. Oder sie kapiert recht schnell, dass sie festsitzt, und bleibt hier, bis sie weiß, was sie als Nächstes tun will.»

«Ich kann mir nicht vorstellen, dass sie das Pferd zurücklassen würde.» Mac erinnerte sich an ihren kurzen Aufenthalt in Kent.

John grinste. «Genau, was ich denke. Also wird sie irgendwo unterkommen müssen. Lass uns erstmal noch nicht die Polizei rufen. Wir müssen nur sichergehen, dass wir alle möglichen Bleiben aufspüren. Alle Ställe anrufen, in den Hotels darum bitten, dass sie nach Teenagern Ausschau halten, die beim Einchecken mit Natashas Kreditkarte zahlen.»

Mac ließ sich in seinen Stuhl zurücksinken. «Das klingt aus deinem Mund so einfach.»

«Das ist bei guten Plänen immer so, es sei denn, du hast eine andere Idee …»

Natasha erschien am Tisch. Ihr Haar war feucht, und sie wirkte unsicher, als könne sie gleich dafür kritisiert werden, die Letzte zu sein, die aufgestanden war.

«Bitte.» Mac zog ihr einen Stuhl hervor. «Willst du Kaffee?»

«Ich wollte nicht so lange schlafen. Du hättest mich wecken sollen.»

«Ich dachte, du könntest Erholung gebrauchen.» Irgendetwas zuckte über ihr Gesicht, das sie zu verbergen suchte.

Wie leicht jede unschuldige Bemerkung falsch gedeutet werden konnte, wenn alle Gespräche mit so viel Geschichte aufgeladen waren.

«Dein Telefon», sagte sie und reichte es ihm. «Du hast es im Zimmer liegen lassen. Deine Freundin hat angerufen.»

«Da geht's vermutlich um den Job, für den ich heute Morgen gebucht war …», setzte er an, doch sie hatte sich schon dem Buffet zugewandt.

John lehnte sich vor. «Ich hab noch was anderes gedacht.»

Mac hörte ihm kaum zu. Sie stand neben dem Brotkorb und schüttelte den Kopf, während sie hektisch in ihr Telefon sprach.

«Vielleicht machen wir uns zu viele Sorgen.»

Mac drehte sich wieder zum Tisch um.

«Ihr Großvater. Er hat dieses Pferd ziemlich gut ausgebildet, besser als jedes andere Pferd, das ich kenne, und ich hab schon lange mit Pferden zu tun.»

«Und?»

«Sie ist bei ihm in Sicherheit.»

«Bei wem ist sie in Sicherheit?» Natasha setzte sich mit einer Scheibe Toast zwischen den Zähnen zu ihnen.

«Bei dem Pferd, glaubt John.»

Natasha legte ihren Toast auf den Teller. «Wie bei Champion, dem Wunderpferd? Wird es angreifende Schlangen abwehren? Sie vor heranpirschenden Rothäuten warnen?»

Cowboy John schob sich den Hut aus der Stirn und funkelte sie an. Demonstrativ wandte er sich an Mac. «Ich meine damit, sie kann vor Situationen fliehen. Und viele Leute haben Angst vor Pferden. Sie werden sie in Ruhe lassen, ich meine Leute, die sich unter anderen Umständen freuen würden, einem jungen Mädchen allein da draußen auf die Pelle zu rücken.» Er leerte seine Kaffeetasse. «In meinen Augen ist sie auf diesem Pferd sicherer als ohne.»

Natasha trank etwas Saft. «Oder sie könnte von ihm abgeworfen werden. Oder ihm unter die Beine geraten. Oder von jemandem angegriffen werden, der es stehlen will.»

John sah sie entnervt an. «Meine Güte, Sie sind ja eine Stimmungskanone. Mir ist schon klar, warum Sie Anwältin geworden sind.»

Die junge Bedienung drückte sich um den Tisch herum. Mac lächelte und hielt ihr seine Tasse entgegen. Als sie wieder ging, fing er Natashas Blick auf. Er war nicht freundlich.

«Vermutlich wäre es Mac lieber gewesen, wenn ich Kellnerin geworden wäre.»

«Was soll das denn wieder heißen?»

«Es heißt», richtete sie ihre Antwort an Cowboy John, «dass er zu den Männern gehört, die zwar behaupten, dass sie kluge Frauen mögen. Bis ‹klug› auf einmal ‹kompliziert› bedeutet und ‹besserwisserisch›. An dem Punkt hat er dann beschlossen, zweiundzwanzigjährige Kellnerinnen und Models doch lieber zu mögen.» Sie errötete.

«Und was ist daran verkehrt?» Cowboy John gluckste.

Mac blickte in seine Kaffeetasse. «Vielleicht fiel es mir nur leichter, mich mit Leuten zu umgeben, die nicht andauernd wütend auf mich waren.» Er blickte auf.

Das hatte gesessen. Er sah es an ihrer Gesichtsfarbe und war seltsam beschämt.

John erhob sich steifbeinig. «Ihr beiden Turteltäubchen habt mich wieder daran erinnert, warum ich lieber Single bleibe. Vielleicht wollt ihr einen Schlachtplan austüfteln, solange ich mir die Zähne putze. Bin in fünf Minuten wieder unten.»

Sie sahen ihn durchs Restaurant schlendern. Natasha kaute

ihren Toast. «Tut mir leid», sagte sie zu ihrem Teller. «Ich hätte nicht …»

«Tash?»

Sie blickte zu ihm auf.

«Können wir einen Waffenstillstand ausrufen? Nur, bis wir sie gefunden haben? Ich finde das alles ein bisschen … anstrengend.»

Ein kurzes Aufblitzen von Ärger. Er hatte es schon in den Ohren, ihr unausgesprochenes «Anstrengend? Ist das etwa meine Schuld?».

«Du hast recht», sagte sie. «Wie gesagt, tut mir leid.»

Auf der anderen Seite des Frühstückszimmers zog Cowboy John vor der Kellnerin seinen Hut. Mac beobachtete, wie er sich galant verbeugte. «Also, was ist der Plan? Ich habe nämlich keinen.»

«Sie kann nicht weit kommen», sagte Natasha. «Ich bin dafür, dass wir ihr Zeit geben bis … um vier? Wenn wir sie bis dann nicht gefunden haben, rufen wir die Polizei.»

Natasha und Cowboy John saßen auf einer Bank vor dem Ticketschalter. Sie hatten die Köpfe eingezogen, um sich vor dem Wind zu schützen, die Möwen kreischten über ihnen. Sie hatten von ihren beiden Hotelzimmern aus schon einen Großteil von Südengland abtelefoniert. Dann hatte der Lagerkoller sie hinausgetrieben zu Mac. Die Zeit schlich dahin, und jede Stunde, in der sie Sarah nicht fanden, trug zu ihrer Unruhe bei. Sie saßen vor dem düsteren Container und beobachteten, wie ein steter Strom von Passagieren aus Bussen stieg und zum Ticketkauf herüberkam. In regelmäßigen Abständen rief Ben mit irgendwelchen Fragen an, oft von Richard, und sie rief gegen die Meeresbrise an ihre Antworten ins Telefon. Cowboy

John stand immer wieder auf, ging den geteerten Gehweg auf und ab und rauchte eine seiner Selbstgedrehten.

«Das gefällt mir nicht», sagte er und blickte aufs Meer hinaus. «Das sieht Sarah nicht ähnlich.»

Natasha hörte ihn kaum. Sie dachte über Lindas Antwort nach, als sie sie gefragt hatte, ob Conor ihr beim Partner-Meeting am Vorabend den Rücken gestärkt habe. «Er hat es versucht», hatte Linda in einem Ton gesagt, der nahegelegt hatte, dass er es nicht mit sehr viel Nachdruck getan hatte. «Lustigerweise war es Harrington, der wirklich für dich Partei ergriffen hat. Er sagte, deine Strategie sei … innovativ gewesen und dass dein Ausscheiden zu diesem Zeitpunkt für den Verlauf des Falles unerheblich war.» Sie hatte überrascht gewirkt, als Natasha auf diese Neuigkeiten nicht erfreuter reagiert hatte.

Der Morgen vor Gericht war gut gelaufen. Ben hatte berichtet, dass Harrington erwartete, am nächsten Tag einen Vergleich erzielen zu können. Natasha hatte sich begeistert gezeigt und versucht, die Neid- und Verlustgefühle zu ignorieren, die das in ihr auslöste.

Nun kam Mac auf sie zu. Er klatschte in die Hände, das Haar über seiner Stirn wurde vom Wind senkrecht aufgestellt. Sein Anblick rief ihr das eigene zerknitterte Kostüm ins Gedächtnis, den leicht miefigen Geruch ihrer Bluse.

«Kein Hinweis?», fragte er.

Natasha schüttelte den Kopf. «Niemand erinnert sich daran, ein Pferd gesehen zu haben. Aber sie sagen, dass gestern Abend andere Angestellte im Ticketbüro Dienst hatten. Und sie haben uns die Passagierlisten nicht gezeigt – aus Datenschutzgründen.»

Mac fluchte leise. «Und auch nichts von der Kreditkartenfirma?»

«Was noch nichts heißt. Manchmal dauert es ein paar Stunden, bis Abhebungen verbucht werden.»

Ihnen gingen die Ideen aus. Und ohne einen festen Plan verebbte die Dringlichkeit vom Vortag langsam und machte einer seltsamen Melancholie Platz.

Der Tag zog sich hin. Sie teilten sich auf und durchkämmten abwechselnd Dover. Die Besitzerin eines Süßwarenladens auf der Castle Street schwor, am Vorabend ein Mädchen auf einem Pferd gesehen zu haben, konnte mehr aber auch nicht sagen. Mac, zunehmend frustriert, sprach auf der Straße Leute an, Ladenbesitzer, Arbeiter von den Fähren. Cowboy John zog sich auf sein Zimmer zurück, rief die Hotels an, bei denen sie schon tags zuvor angerufen hatten, und nickte gelegentlich ein. Natasha nahm mehr Anrufe ihres Büros entgegen, brachte ihnen bei, dass sie heute Abend leider doch nicht zurück sein würde, und marschierte durch die feuchten Straßen von Dover, um die lauernde Verzweiflung abzuwenden.

Sie vereinbarten, sich um sechs in einem Pub an der Promenade zu treffen. Natasha hatte im Hotel essen wollen, aber John hatte entgegnet, wenn er noch eine weitere Minute in diesem sterilen Loch verbringen müsse, würde er durchdrehen. Der Pub, gänzlich unberührt von wechselnden Moden, war erfüllt vom Geruch nach Bier und kaltem Rauch. Als sie sich setzten, entspannte Cowboy John sich sichtlich. «Das ist schon was anderes», sagte er immer wieder und klopfte auf die abgeschabten Velourspolster, als habe er sein zweites Wohnzimmer gefunden.

Natasha wartete, bis die Männer zur Bar gegangen waren, um Getränke zu bestellen, bevor sie die Nummer wählte. Sie setzte sich und drückte sich die andere Hand aufs Ohr, um den Lärm des Fernsehers auszublenden, der über ihrem Kopf Sportergebnisse verkündete.

Er ließ es achtmal klingeln, bevor er abhob. Sie fragte sich, ob er wohl gesehen hatte, wer anrief, und sich nicht hatte entscheiden können, ob er den Anruf annehmen sollte oder nicht.

«Conor?»

«Ja.»

«Ich wollte nur wissen, wie's dir geht.»

«Habt ihr sie gefunden?»

«Nein.»

«Wo bist du?»

«Dover. Sie ist definitiv hierhergekommen, aber wir können sie nicht ausfindig machen.» Sobald sie den Satz ausgesprochen hatte, wünschte sie sich, das «wir» zurücknehmen zu können.

«Aha.»

Ein längeres Schweigen folgte. Natasha blickte sich um und sah Mac mit der Barfrau sprechen – vielleicht erklärte er, warum sie hier waren.

«Conor?»

«Ja.»

«Ich habe mich nur gefragt …» Sie fuhr sich mit den Fingern durchs Haar. «Ich wollte nur sichergehen, dass mit uns alles in Ordnung ist. Es war schrecklich für mich, nach unserem Gespräch einfach zu fahren.»

Er schwieg kurz, bevor er wiederholte: «Du wolltest sichergehen, dass mit uns alles in Ordnung ist?»

«Es tut mir leid, dass ich auf diese Weise gefahren bin, aber du musst verstehen, dass ich all das nicht Mac allein überlassen konnte.»

Sie hörte über die Geräusche des Fernsehers hinweg seinen Atem. «Du kapierst es einfach nicht, Hotshot, oder?»

«Ich habe dir doch erklärt, dass der Fall in guten Händen ist. Ben sagt, Harrington war heute vor Gericht großartig. Dass ich nicht da war …»

«Nein. Du kapierst es nicht.» Seine Stimme klang nun sanfter.

«Kapiere was nicht?»

«Nicht *einmal*, Natasha, hast du gefragt. Nicht ein einziges Mal, bevor du dein ganzes Leben für diese Sache über den Haufen geworfen hast, hast du daran gedacht, mich zu fragen, ob ich dir helfe.»

«Was?»

«Du hast nicht mal erwogen, mich zu fragen, oder? Was sagt das über uns aus?»

Mac lachte mit der Barfrau.

«Ich dachte nicht, dass du …», setzte sie an. «Angesichts der Tatsache, dass du …»

«Nein. Du hast nicht daran gedacht, mich überhaupt zu fragen. Ich weiß nicht, was zwischen dir und Mac vor sich geht, aber ich will mit keiner Frau zusammen sein, die nicht einmal sich selbst gegenüber ehrlich ist.»

«Das ist nicht fair. Ich …»

Doch er hatte bereits aufgelegt.

Sarah fuchtelte mit einem Stück Brot in der Luft herum. Sie bemerkte nicht, dass ihre hohe englische Stimme die Aufmerksamkeit der französischen Gäste an den umliegenden Tischen auf sich zog. «Sie sind so was wie eine Bruderschaft, weißt du. Die haben schwarze Hüte und schwarze Uniformen …»

«Aha. Wusste ich doch, dass es um Mode geht», neckte Thom.

Sarah beachtete ihn nicht. «… und sie bekommen Pferde dazu, absolut alles zu machen. Sie springen über einen Stuhl, der ungefähr dreißig Zentimeter breit ist. Weißt du, wie schwer es ist, über einen Stuhl zu springen?»

«Ich kann es mir vorstellen.»

«Papa hat immer gesagt, als er zum Cadre Noir kam, hat er sich zum ersten Mal in seinem Leben verstanden gefühlt. Als würden nur ganz wenige Menschen auf der Welt dieselbe Sprache sprechen wie er, und alle wären an diesem einen Ort versammelt.»

«Ich kenne das Gefühl.»

«Aber sie mussten hart arbeiten. Er hat um sechs Uhr morgens angefangen und manchmal den ganzen Tag über weitergemacht, hat mit verschiedenen Pferden unterschiedliche Übungen trainiert. Manche befanden sich im *basse école*-Stadium – das ist elementarer –, und andere trainierten die *haute école*. Die Pferde sind alle auf unterschiedliche Bewegungen spezialisiert. Sein Lieblingspferd hatte als Spezialisierung die *Capriole*. Weißt du, was das ist?»

«Nein.»

«Es ist eine der schwierigsten Übungen, die man einem Pferd beibringen kann. Sie geht auf ein Schlachtmanöver zurück und ist Tausende von Jahren alt. Das Pferd springt mit der Kraft seiner Hinterbeine in die Höhe, und wenn es sozusagen in der Luft schwebt, schlägt es nach hinten aus. Ich habe mir immer vorgestellt, wie es wohl ist, auf einem Schlachtfeld zu sein und gerade jemanden erstechen zu wollen, und auf einmal springt sein Pferd in die Luft und – bammm!» Mit einer Bewegung deutete sie das Austreten des Pferdes an.

«Ziemlich furchteinflößend.»

«Tja, es muss funktioniert haben, sonst hätten sie es nicht so lange gemacht.»

Sie hatte darauf bestanden zu bezahlen. Er hatte sich nicht ganz wohl damit gefühlt, dass sein Abendessen mit einer gestohlenen Kreditkarte finanziert wurde, aber sie hatte ihm versichert, dass sie jeden Penny zurückzahlen würde, sobald es ihrem Großvater besser ginge. Und die Sache mit Sarah war die, dass man nicht anders konnte, als ihr zu glauben.

Als sie in Frankreich angekommen waren und auf der *autoroute* fuhren, wurde sie immer lebhafter. Es war schwierig, das plaudernde, selbstbewusste Mädchen mit dem stillen, misstrauischen Kind vom Abend zuvor in Verbindung zu bringen.

«Die Pferde werden ganz langsam herangeführt, Stück für Stück. Dann können sie die Aufgabe ohne Widerstand erfüllen.» Sie nahm einen Löffel Mousse au Chocolat.

«Wie lange seid ihr denn schon zu zweit, dein Großpapa und du?»

«Vier Jahre.»

«Hattest du nie Kontakt mit deiner Mum?»

«Sie ist noch vor Nana gestorben.»

«Tut mir leid.»

«Mir nicht. Ich will nicht gemein klingen, aber ... Sie war ein Mensch, der nur Ärger verursacht hat. Ich war noch ganz klein, als sie mich verlassen hat. Aber ich vermisse meine Nana.» Sarah zog ihre Füße in den Schneidersitz und brach ein Stück Schokolade ab.

«Ich, meine Nana und Papa waren wirklich glücklich. Keiner glaubt mir, wenn ich sage, dass ich meine Mum nicht vermisse, aber das habe ich nie getan. Nicht einen Tag lang. Alles aus der Zeit, in der ich bei ihr war, fühlt sich schlecht an. Ich erinnere mich nicht an viel, aber ich weiß noch, dass ich Angst hatte. Sobald ich bei meinen Großeltern war, hatte ich keine Angst mehr. Eines Tages», sagte sie und deutete auf die französische Landschaft, «bringe ich Papa hierher. Weißt du, wir wollten im November herkommen. Er wollte das so gerne. Aber dann hatte er seinen Schlaganfall, und alles wurde …» Sie verstummte, dann schien sie sich gefangen zu haben. «Wenn er erfährt, dass ich da bin, glaube ich, hilft ihm das. Wenn er wieder gesund ist, kann er nachkommen. Er wird glücklich sein.»

«Du bist dir ja ziemlich sicher, dass du das alles so schaffen kannst.»

«Mein Großvater war einer der besten Reiter in Frankreich. Er konnte ein Pferd in der Luft schweben lassen, es Dinge vollbringen lassen, von denen es nicht wusste, dass es sie konnte.» Sie steckte sich die Schokolade in den Mund. «Ich habe ja nur vor, ein paar Meilen weit zu reiten.»

Thom sah sie an, dieses Kind mit dem blinden Passagier. Sie klang, als ergäbe das alles vollkommen Sinn.

Als Natasha den Anruf beendet hatte, fluchte sie laut. Es war dunkel, und sie fuhren zu dritt ziellos durch Dover. Gerade kehrten sie von einem Bankautomaten in einem Industriegebiet zurück. Der Kreditkartenfirma zufolge war dies der letzte Ort gewesen, an dem Geld abgehoben worden war. Ihr so dicht auf den Fersen zu sein und trotzdem keine Spur von ihr zu haben, erhöhte stetig die Anspannung in dem kleinen Wagen. Keiner erwähnte ihre morgendliche Abmachung, die Polizei einzuschalten: Sie *wussten*, Sarah musste ganz in der Nähe sein. Aber warum landeten ein Mädchen und ein Pferd an einem solchen Ort?

Natasha drehte sich in ihrem Sitz zu Cowboy John um.

«Sagen Sie mir mal was, John. Wie hat es Sarahs Großvater an diesen Ort verschlagen, wo sie gewohnt haben? Es war nicht … Na ja, es ist nicht gerade hübsch da, oder?»

«Glauben Sie, er hat es darauf angelegt, in so einem Viertel zu wohnen? Glauben Sie, das war es, was er im Leben erreichen wollte?»

Mac hob die Schultern. «Wir wissen nichts weiter über ihn, als dass er ein Kind großgezogen hat, das die Schwerkraft besiegen kann.»

John machte es sich mit beinahe greifbarer Befriedigung wieder in seinem Sitz bequem. «Okay. Ich erzähle euch von Henri. Er stammte aus ziemlich einfachen Verhältnissen, hatte es nicht leicht. Seine Leute waren Bauern, irgendwo im Süden. Es gab Probleme mit seinem Vater, Henri hat sich davongemacht, so schnell er konnte, und ist zum Militär gegangen.»

Sie hatte richtig vermutet, dass John ein Mann war, der es genoss, Geschichten zu erzählen, und sie hörte gern zu. Es hielt sie vom Denken ab.

«Da hat er was mit Pferden gemacht, bei der Kavallerie oder so, und in den fünfziger Jahren hat er sich hochgearbeitet, bis er im Cadre Noir aufgenommen wurde.» Er musterte die beiden vor sich. «Das ist eine ziemliche Leistung, müsst ihr wissen. Ist eine verdammte Eliteschule. Mann, er hat die Akademie geliebt. Wenn er darüber geredet hat, stand er auf einmal aufrechter – versteht ihr, was ich meine?»

«Und was zum Teufel hat ihn dann nach Sandown verschlagen?»

«Frauen.» John blickte Natasha düster an, als müsse sie irgendwie einen Teil der Verantwortung übernehmen. «Er hat sich verliebt.»

Le Cadre Noir befand sich in den 1960er Jahren auf einer

seiner ersten internationalen Tourneen, als Henri Lachapelle die kleine, dunkelhaarige Frau in der ersten Reihe auffiel. Sie war bei jeder der drei Aufführungen anwesend. Der große Witz war, dass sie Pferde nicht einmal besonders mochte. Sie war ursprünglich mit einer Freundin gekommen und hatte sich dann von dem jungen Mann mit dem steifen, schwarzen Kragen verzaubern lassen, der das Reiten wie Magie aussehen ließ.

Eines Abends nach der Vorstellung war er zu ihr gegangen. Später hatte er es John gegenüber so beschrieben, dass ihm sein gesamtes Leben bis zu diesem Augenblick vorgekommen war wie eine Vorübung.

«Ich glaube nicht, dass er in Sachen Liebe viel erlebt hatte, und es hat ihn wirklich schlimm erwischt», sagte John und zündete sich eine weitere Zigarette an. «Sie hatten noch drei Abende zusammen, und danach schrieben sie sich. Das Problem war», sagte er, «nicht bei ihr sein zu können, das machte ihm zu schaffen. Ihr wisst ja, wie junge Liebende sind, und Henri hat nie was nur halb gemacht. Zuerst war er nicht mehr besonders aufmerksam, dann hat seine Leistung gelitten. Er begann, Dinge zu hinterfragen, die sie ihm an der Akademie beibrachten. Am Ende haben sie ihn vor die Wahl gestellt, nach ihrer Nase zu tanzen oder zu gehen, und in einem Wutanfall ist er gegangen. Nach England, hat das Mädchen geheiratet und ...»

«... sie lebten glücklich und zufrieden bis ans Ende ihrer Tage», folgerte Natasha. Das Foto fiel ihr ein. Die Frau, die so geliebt aussah.

John blitzte sie an. «Wollen Sie mich auf den Arm nehmen?», fragte er. «Wer zur Hölle lebt schon glücklich und zufrieden bis ans Ende seiner Tage?»

«Ein ungehorsames Pferd ist aber nicht nur unnütz, sondern stiftet oft auch so viel Unheil an wie ein Verräter.»

Xenophon, Über die Reitkunst

Kapitel 23

Schon im Laufe des ersten Jahres begriff Henri Lachapelle, dass er einen Riesenfehler gemacht hatte. Es war nicht Florences Schuld: Sie liebte ihn, versuchte, ihm eine gute Ehefrau zu sein. Es war nicht ihre Schuld, dass ihre Sorge um sein Glück ihm Schuldgefühle verursachte und ihn das häufig reizbar machte.

Er hatte Florence am Abend von Le Carrousel gefragt, ob sie seine Frau werde wolle, atemlos, blutig und noch mit Sand bedeckt. Das Publikum in den Sitzen um sie herum war aufgestanden und hatte gejubelt. Stundenlang waren sie durch die Straßen von Saumur spaziert, Betrunkenen und Motorrädern ausgewichen und hatten ihre Zukunft geplant, ihre Leidenschaft gefestigt, und waren von ihren Träumen ganz schwindelig geworden. Am nächsten Morgen war er nicht zum Frühtraining erschienen, sondern hatte stattdessen seine wenigen Habseligkeiten in einen Seesack gepackt und um ein Gespräch mit Le Grand Dieu gebeten. Er hatte ihm mitgeteilt, dass er aus seiner Position entlassen werden wolle.

Le Grand Dieu hatte Henris blaues Auge gemustert, seine geschwollene Wange. Er legte seinen Stift auf dem Schreibtisch ab und schwieg eine Weile.

«Wissen Sie, warum wir unseren Pferden die hinteren Hufeisen abnehmen, Lachapelle?», fragte er.

Henri blinzelte, es schmerzte. «Damit sie die anderen Pferde nicht verletzen können?»

«Und auch, damit sie, wenn wir sie einreiten und sie dabei wild um sich treten und zappeln und ausschlagen, was sie unvermeidlicherweise tun, damit sie sich dann nicht aus Versehen selbst verletzen.» Er legte seine Hände flach auf den Tisch. «Henri, wenn Sie das tun, werden Sie sich selbst mehr verletzen, als Sie ermessen können.»

«Bei allem Respekt, Monsieur, ich glaube nicht, dass ich hier glücklich werden kann.»

«Glück? Sie glauben, wenn ich Sie gehen lasse, werden Sie Ihr Glück finden?»

«Jawohl.»

«Es existiert auf dieser Welt kein Glück außer dem, das man durch die Liebe zu seiner Hände Arbeit erreicht. Das hier ist Ihre Welt, Henri. Jeder Dummkopf kann das sehen. Man kann einen Menschen nicht aus seiner Welt herausschneiden und erwarten, dass er glücklich wird.»

«Bei allem Respekt, Monsieur, ich habe mich entschieden. Ich bitte um meine Entlassung.»

Es hatte sich gut angefühlt, so entschlossen zu sein, die Zukunft so klar vor sich zu sehen. Der einzige Moment, in dem er beinahe seine Meinung geändert hatte, war der, als er die gepflasterte Stallgasse hinuntergegangen war, um Gerontius ein letztes Mal zu sehen. Das wunderbare Pferd hatte gewiehert, als er sich näherte, seine Taschen abgesucht und ihm dann den Kopf auf die Schulter gelegt, als er ihm die Nüstern streichelte. Henri blinzelte Tränen zurück. Er hatte sich noch nie zuvor von jemandem verabschieden müssen, den er liebte; bis er Florence begegnet war, hatte er niemanden geliebt. Nur dieses prachtvolle, zärtliche Pferd.

Er schloss die Augen, atmete den vertrauten, warmen Duft des Tieres ein, spürte die samtene Weichheit seiner Nüstern, die ewige Dankbarkeit dafür, bei ihm sein zu dürfen. Dann biss er die Zähne zusammen, warf sich den Seesack über die Schulter, drehte sich um und ging auf das Tor der École de Cavalerie zu.

Die ersten Monate in England waren erträglich gewesen. Alle Prüfungen wurden durch die stille Zufriedenheit gemildert, die er als frischgebackener Ehemann verspürte. Florence begann, unter seiner Aufmerksamkeit zu leuchten. Eine Million Mal am Tag entdeckte er Kleinigkeiten an ihr, die es ihm erlaubten, seine Entscheidung zu rechtfertigen. Ihre Familie war dem Franzosen gegenüber, der das Herz ihrer Tochter im Sturm erobert hatte, zunächst ein wenig vorsichtig, behandelte ihn jedoch mit Höflichkeit. Keinesfalls so feindselig, wie sein eigener Vater gewesen wäre, egal, wen er nach Hause gebracht hätte. Klugerweise hatte Florence ihn gebeten, für ihre erste Begegnung seine Uniform zu tragen. Der Krieg war in ihrer Erinnerung noch so frisch, dass die Generation ihrer Eltern an einem Mann in Uniform kaum Schlechtes finden konnten. «Ihr denkt aber nicht darüber nach, euch in Frankreich niederzulassen, oder?», hatte ihr Vater sich mehrfach versichert. «Florence ist ein Familienmensch. Fern von zu Hause würde es ihr nicht gut gehen.»

«Meine Heimat ist hier», hatte Henri entgegnet und es

geglaubt. Und Florence, die neben ihm saß, war vor Freude errötet.

Nur wenige Wochen nach seiner Ankunft in England hatten sie im Marylebone Register Office geheiratet. So zügig, dass die Nachbarn in den darauffolgenden Wochen argwöhnische Blicke auf Florences Taille geworfen hatten, wenn sie vorübergingen. Henri machte sie daran, Arbeit zu finden. Ihm schwebte eine Anstellung als Reitlehrer vor, aber das Reiten zum bloßen Vergnügen war damals noch die Domäne der Reichen. Die wenigen Male, die er probeweise eingestellt wurde, machte er sich mit seinen schlechten Sprachkenntnissen, seinem schwer verständlichen Akzent und den sehr strengen Ansichten zum Thema Reiten keine Freunde. Umgekehrt fand er die Einstellung der Engländer zu Pferden kaum nachvollziehbar, ihre schlecht durchdachte, nachlässige, ungenaue und, schlimmer, wenig einfühlsame Herangehensweise an den Reitsport, die auf der Jagd basierte. Es schien ihnen wichtiger zu sein, das Pferd zu beherrschen, als mit ihm zu arbeiten oder es dazu zu ermuntern, sich bestmöglich zu präsentieren.

England enttäuschte ihn. Das Essen war schlechter als das, was er in der Kavallerie vorgesetzt bekommen hatte. Die Menschen schienen zufrieden damit, alles aus Dosen zu essen. Es gab nur wenige Märkte, auf denen man günstige, frische Nahrungsmittel kaufen konnte, das Brot schmeckte nach nichts, das Fleisch zerhackte man zu einem braunen Brei und verarbeitete es zu Gerichten, die eigenartige Namen trugen: Faggots, Rissoles, Sherperd's Pie. Gelegentlich brachte er frische Lebensmittel mit nach Hause und bereitete sie selbst zu: Tomatensalat, Fisch, den er mit den wenigen frischen Kräutern würzte, die aufzutreiben waren. Doch Florences Eltern rissen am Abendbrottisch entgeistert die Augen auf, als hätte er etwas Subversives getan. «Ein bisschen zu scharf für mich», kommentierte ihre Mutter dann, «aber vielen Dank, Henri. Es ist sehr nett von dir, es zu versuchen.»

«Nicht mein Fall, fürchte ich», sagte ihr Vater und schob seinen Teller in die Mitte des Tisches.

Er fühlte sich von dem abweisenden grauen Himmel erstickt und musste viel zu oft in das beengte Haus in Clerkenwell zurückkehren, um zu offenbaren, dass er erneut entlassen worden war, meist ohne jegliche Bezahlung. Es war unmöglich, sich in einer Sprache zu streiten, die er noch nicht verstand. Die Familienmahlzeiten vollzogen sich in angespannter Atmosphäre. Martin, Florences Vater, erkundigte sich, ob er schon eine neue Anstellung gefunden habe, und als er verneinte, fragte er, ob Henri nicht sein Englisch ein wenig verbessern wolle, damit er einen «richtigen» Job bekäme. Einen, der offenbar darin bestehen sollte, dass man hinter einem Schreibtisch saß.

Nachts träumte er von Gerontius. Er ritt in einem langsamen, wiegenden Trab auf den Place du Chardonnet hinaus und forderte sein tapferes altes Pferd zu einem Schrittwechsel auf, zu den verkürzten Tritten der *passage*. Er tanzte, drehte Pirouetten, erhob sich zu einer perfekten *Levade* auf die Hinterbeine, die Welt lag ihm zu Füßen. Und dann erwachte er unvermeidlich in Florences altem Kinderzimmer mit seinem trostlosen braunen Mobiliar und dem Blick auf die Hauptstraße. Seine Frau schnarchte mit auf Wickler gerollten Haaren sanft neben ihm.

Nach einem Jahr konnte er das Ausmaß seines Irrtums nicht mehr verleugnen. Die Engländer waren schlimmer als die Pariser, misstrauisch, sobald er den Mund öffnete. Ältere Männer murmelten verächtliche Kommentare über den

Krieg und gingen davon aus, dass er sie nicht verstand. Diejenigen, mit denen er näher zu tun hatte, waren nicht daran interessiert, zu lernen oder sich zu verbessern. Ihnen schien nur wichtig, dass sie das Geld verdienten, das sie dann freitagabends mit grimmiger Entschlossenheit versoffen. Oder sie schlossen sich auch bei schönstem Wetter in ihre Häuser ein, zogen die Vorhänge zu und ließen sich von ihren neuen Fernsehern hypnotisieren.

Florence bemerkte sein Unglück und versuchte, ihn dafür zu entschädigen, indem sie ihn noch mehr liebte, lobte und ihm versicherte, dass alles besser werden würde. Doch er sah nur die Verzweiflung in ihren Augen, spürte, wie ihre Bewunderung sich in Klammern verwandelte. Ihr Versuch, ihre Enttäuschung zu verbergen, befeuerte nur seine Schuldgefühle und seinen Groll.

Es war April – beinahe fünfzehn Monate nach seiner Ankunft in England –, als er endlich den Mut aufbrachte, an Varjus zu schreiben. Er war nicht redegewandt, und so fasste er sich kurz.

Mein lieber Freund,
würden sie mich wohl zurücknehmen? Es ist zu schwierig, nur in der Schwerkraft zu leben.

Er gab den Brief im Postamt ab und fühlte sich schrecklich schuldig, aber auch hoffnungsvoll. Florence würde ihn verstehen. Sie wünschte sich bestimmt keinen Ehemann, der nichts verdiente und ihr kein Heim bieten konnte. Sie würde sich allmählich an Frankreich gewöhnen. Und falls nicht – hier spürte er tief in sich die Scham –, wäre es so schlimm, wenn er niemals zurückkehrte? Sicher würde sie so, wie die Dinge lagen, nicht glücklich werden. Sicher würde sie verstehen, dass kein Mann so weit von dem entfernt leben konnte, was er liebte.

Er behielt das Wissen um diesen Brief ein weiteres zähes Abendessen lang für sich. Es gab Hühnchen. Mrs. Jacobs hatte es so lange gebraten, bis es eine ledrige Konsistenz angenommen hatte, und es mit einer Art Käsesoße bedeckt.

Henri saß stumm da und schob sich pflichtschuldig Gabeln davon in den Mund. Mr. Jacobs murmelte düster etwas von «dem Russenkerl», der ins All geschossen worden war. Er schien Herrn Gagarins Weltraumflug als persönlichen Affront aufzufassen.

«Ich finde das aufregend», wagte sich Florence vor.

Henri war überrascht. Sie äußerte selten Meinungen, die im Widerspruch zu denen ihres Vaters standen.

«Es ist romantisch», fügte sie hinzu und schnitt säuberlich ein Stück Hühnchen ab. «Ich mag den Gedanken, dass da oben inmitten all der funkelnden Sterne jemand ist und auf uns herabsieht.» Sie lächelte ihm zu, ein verschwörerisches Lächeln. Ihre Mutter, fiel ihm auf, lächelte sie beide an.

«Florence hat dir etwas zu sagen, Henri», tat sie kund, als sie seine Verwirrung bemerkte.

Florence wischte sich den Mund ab und legte sich die Serviette auf den Schoß. Sie errötete ein wenig.

«Was?», fragte er.

«Ich wollte es gern noch ein bisschen länger geheim halten, aber ich konnte nicht. Ich habe es Mutter erzählt. Wir werden in Zukunft einen weiteren Platz am Tisch decken müssen.»

«Warum?», fragte Mr. Jacob und riss sich von seiner Zeitung los. «Wer kommt zu Besuch?»

Florence und ihre Mutter brachen in Gelächter aus. «Niemand kommt zu Besuch, Vater. Ich bin … ich bin in anderen

Umständen ...» Sie fasste über den Tisch nach Henris Hand. «Wir bekommen ein Baby.»

In Frankreich benahm man sich offenbar doch recht anders, bemerkte Mrs. Jacbos später ihrem Mann gegenüber, nachdem sich das junge Paar auf sein Zimmer zurückgezogen hatte. Auch wenn alle immer darüber sprachen, dass die Franzosen so weltgewandt seien: Sie habe noch nie in ihrem Leben einen so schockierten Mann gesehen.

Henri verließ das Haus, als er draußen auf der Treppe den Postboten erblickte. Der treue Varjus hatte ihm innerhalb einer Woche geantwortet. Er riss den Umschlag auf und überflog die hastig hingeschriebenen Worte mit unbewegtem Gesicht.

Le Grand Dieu ist ein guter Mann, ein verständnisvoller Mann. Ich glaube, wenn du ihm mit Demut begegnest, wird er dir diesen einen Fehler zugestehen. Vor allem weiß er, dass du ein geborener Reiter bist. Ich freue mich auf deine Rückkehr, mein Freund.

«Gute Nachrichten?» Der Postbote schob eine zusammengerollte Illustrierte in den Briefkasten von Nummer siebenundvierzig.

Henri zerknüllte den Brief zu einer Kugel und schob ihn tief in seine Hosentasche. «Es tut mir leid. Ich spreche kein Englisch», sagte er.

«Zwei Wege», hatte der Grand Dieu gesagt. Warum hatte er ihn nicht davor gewarnt, wie schnell aus zwei Wegen einer werden konnte?

Er öffnete die Haustür und betrat den engen Flur. Der Geruch von zu lange gekochtem Kohl durchdrang die Räume, und er schloss kurz die Augen aus stiller Furcht vor dem Essen, das ihm am Abend vorgesetzt werden würde. Dann ließ ihn ein Geräusch innehalten. Durch die dünnen Wände konnte er hören, wie im Wohnzimmer jemand laut schluchzte.

Die Küchentür öffnete sich, und Florence erschien. Sie kam auf ihn zu und hob das Gesicht, um ihn zu küssen.

«Was ist?», fragte er und hoffte, dass sie den Alkohol in seinem Atem nicht roch.

«Ich habe ihnen gesagt, dass wir nach Frankreich ziehen, wenn das Baby geboren ist», sagte sie. Ihre Stimme war ganz ruhig, die Hände hielt sie vor dem Bauch gefaltet. Das Wort «Frankreich» löste eine neue Aufwallung von Schluchzern aus.

Henri blickte seine Frau verwirrt an.

Sie nahm seine Hände. «Ich denke schon seit Ewigkeiten darüber nach. Du hast mir alles gegeben – *alles*», sie blickte auf ihren Bauch hinunter, «aber ich weiß, dass du hier nicht glücklich bist, Henri. Und das kann ich auch nicht von dir erwarten, wo die Leute hier so borniert sind und die Sache mit den Pferden so anders läuft und alles. Also habe ich Mutter und Vater gesagt, dass du, sobald wir uns von der Geburt erholt haben, dort für mich sorgen wirst. Wie du vermutlich hörst, hat Mutter es nicht allzu gut aufgenommen.»

Sie blickte ihm forschend ins Gesicht. «Nimmt der Cadre Noir dich zurück, Liebling? Ich lerne Französisch. Ziehe das Baby dort groß, führe den Haushalt. Was meinst du?»

Verunsichert durch sein Schweigen, begann sie, an ihrem Ärmel herumzuzupfen. «Am liebsten hätte ich gesagt, wir ziehen sofort um. Aber ich war mir nicht sicher, wie ich die

Geburt meistern würde, wenn ich mit den Ärzten nicht sprechen kann ... und Mutter wäre außer sich gewesen, wenn sie mir dabei nicht zur Seite stehen könnte. Aber ich habe ihnen gesagt, wir gehen, nachdem das Baby da ist. Ich hoffe, ich habe das Richtige getan ... Henri?»

Diese mutige, schöne Engländerin. Henri fehlten vor Rührung die Worte. Er verdiente sie nicht. Sie hatte ja keine Ahnung, wie kurz davor er gewesen war ... Er trat einen Schritt vor und begrub sein Gesicht in ihren Haaren. «Danke», flüsterte er. «Du weißt nicht, was mir das bedeutet. Ich werde dafür sorgen, dass wir eine bessere Zukunft vor uns haben ... wir und unser Baby.»

«Ich weiß», sagte sie leise. «Ich will, dass du wieder fliegst, Henri.»

Er hörte das Baby schreien, bevor er das kleine Haus erreichte, ein dünnes Wimmern, das über die gesamte stille Straße hallte. Noch bevor er die Tür zu ihrem Zimmer öffnete, wusste er, was er vorfinden würde.

Sie stand über die Wiege gebeugt und stieß beruhigende Laute aus. Ihre Hand flatterte hilflos über dem Kind. Als Henri hereinkam, wandte sie sich um. Sie war blass, und ihre Augen verrieten lange, angstvolle Stunden.

«Wie lange schreit sie schon?»

«Nicht lange. Wirklich.» Sie richtete sich auf und trat zur Seite. «Erst, seitdem Mutter gegangen ist.»

«Warum ...?»

«Du weißt doch, dass ich Angst habe, sie hochzunehmen, wenn du nicht da bist. Meine Hände funktionieren doch nicht richtig. Heute Nachmittag habe ich eine Tasse fallen lassen.»

Er biss die Zähne zusammen. «Chérie, es ist alles in Ordnung mit deinen Händen. Der Arzt hat es bestätigt. Du brauchst nur Zutrauen.»

Er nahm Simone aus der Wiege, hielt das winzige Kind geschickt an seine Brust, und sofort wurde sie still. Ihr kleiner Mund öffnete und schloss sich an seinem Hemd und suchte nach Milch. Florence setzte sich in den Sessel und streckte den Arm aus, um sie entgegenzunehmen. Sie schloss die Arme erst um ihre Tochter, als sie ganz sicher war, sie fest halten zu können.

Während sie das Baby stillte, zog sich Henri die Stiefel aus und stellte sie ordentlich neben die Tür. Er schlüpfte aus seiner Jacke und stellte den Teekessel auf den Herd. Er hatte endlich eine Stelle bei der Eisenbahn gefunden. Es war nicht so schlimm, jetzt, wo er wusste, dass es nur für eine gewisse Zeit war. Keiner von ihnen sagte ein Wort. Die Stille im Raum wurde nur von dem gierigen Schmatzen des Babys unterbrochen und ab und zu von einem Auto, das vorüberfuhr.

«Warst du heute draußen?», fragte er irgendwann.

«Ich wollte … Aber ich habe dir ja gesagt, ich hatte Angst, sie zu tragen.»

«Deine Eltern haben uns einen Kinderwagen gekauft. Da hättest du sie reinlegen können.»

«Tut mir leid.»

«Sag nicht, dass es dir leidtut.»

«Es ist aber so … Henri …»

Es muss dir nicht leidtun. Wenn du es dir nur nicht so schwer machen würdest. Mach dir weniger Sorgen um das Kind, vergiss diese albernen Klagen über deine Hände, die dir angeblich nicht mehr gehorchen, und die eingebildeten Schwindel.

«Die Nerven», hatte der Arzt gesagt, als Florence wenige Wochen nach Simones Geburt begonnen hatte, sich darüber zu beklagen, dass ihr Körper nicht mehr so funktionierte, wie er sollte. Manchmal sei das bei jungen Müttern so, hatte der Arzt Henri und Florences Mutter im Vertrauen gesagt. Sie sähen Schrecken und Gefahren, die es nicht gab. Manchmal würden sie sogar halluzinieren.

«Immerhin ist sie eine Bindung an das Kind eingegangen», fuhr er fort. «Das Baby und sie sollten noch eine Weile bei der Großmutter wohnen. Bis sie sich mit der Mutterschaft ... angefreundet hat.»

Was konnte Henri dazu sagen? Er hatte zustimmend genickt, obwohl jedes Atom in seinem Körper sich nach dem Kanal ausstreckte.

Florence weinte wieder. Als er sah, wie sie die verräterischen Tropfen mit gesenktem Kopf von Simones Baumwollhemdchen wischte, senkte sich ein erstickendes Gewicht auf ihn. *Wie lange noch?*, wollte er sie anschreien. Er dachte an Gerontius, der vielleicht immer noch mit über die Stalltür geschobenem Kopf auf ihn wartete.

«Es tut mir leid. Ich weiß, du dachtest, Frankreich sei die Antwort für uns», sagte sie leise.

Und da war sie. Die Sache, die seit Wochen unausgesprochen zwischen ihnen stand. Sie kam nicht allein zurecht, und er konnte nicht riskieren, dass dem Kind etwas zustieß. Er konnte nicht zum Cadre Noir zurückkehren *und* sie unterstützen. Er hatte keine Familie, bei der er sie unterbringen konnte, kein Geld, um eine Pflegerin zu bezahlen.

Sie würden hier bei ihren Eltern bleiben müssen.

Er stand auf, ging zu ihr hinüber. «Ich schreibe Monsieur Varjus», sagte er.

Sie blickte auf. «Meinst du …»

«Wir bleiben noch ein bisschen länger in England.» Er zuckte mit den Schultern, biss die Zähne zusammen. «Es ist in Ordnung. Wirklich.»

Jemand anderes würde sein Pferd reiten.

Die Finger des Babys öffneten und schlossen sich auf ihrer bloßen Haut, fordernd, ekstatisch. «Vielleicht, wenn ich mich ein bisschen besser fühle …», sagte Florence leise.

Und nächstes Jahr würden neue Reiter kommen, écuyers, *die nur darauf warteten, seinen Platz einzunehmen.*

Als sie einen Arm um seinen Nacken legte und ihre Dankbarkeit an seine schmerzende Schulter schluchzte, stellte er beschämt fest, dass er nichts fühlte als Verzweiflung. Sein nächster Gedanke war noch schlimmer: Wie konnte sich eine Frau, die angeblich ihre Hände nicht benutzen konnte, so fest an ihn klammern?

«Ungefähr ein Jahr danach habe ich ihn kennengelernt. Er arbeitete an den Gleisen über meinem Hof. Bei mir sah er zum ersten Mal, seit er Frankreich verlassen hatte, Pferde, jedenfalls welche, die keinen Wagen zogen.» Cowboy John schob sich den Hut in den Nacken. «Eines Nachmittags sah ich nach oben, und er starrte meine Stute an, als sei sie das achte Weltwunder. Wir waren damals beide neu in der Gegend, beide Außenseiter. Ich winkte ihn zu mir runter, er aß sein Sandwich draußen vor dem Stall und streichelte mit einer Hand die ganze Zeit meiner alten Stute über die Nase.

Vielen kam er ein bisschen steif vor, aber ich mochte ihn. Wir kamen gut aus miteinander. Oft haben wir in meinem Büro gesessen, Tee getrunken und über das Leben auf dem Bauernhof geredet, den er eines Tages in Frankreich kaufen wollte. Über die Reitschule, die er eröffnen wollte, sobald er mehr Geld verdient hätte.»

«Wollte Florence das auch?», fragte Natasha. Sie hatte sich so in der Geschichte verloren, dass ihr zwischenzeitlich entfallen war, warum sie sich überhaupt in dem Wagen befanden.

«Oh, Florence hätte so ziemlich alles mitgemacht, worum dieser Mann sie gebeten hätte. Ich glaube, sie hat sich ganz schön schuldig gefühlt an dem Leben, das sie ihm beschert hat. Sie wusste genau wie er, dass sie in Frankreich nicht klarkommen würde, mit ihrer Krankheit und allem. Sie hat einen Großteil ihrer Energie darauf verwendet zu versuchen, es wiedergutzumachen.»

«Ich verstehe nicht. Krankheit?»

John sah sie beide stirnrunzelnd an. «Wusstet ihr nichts davon?»

«Wovon?»

«Hat Sarah es euch nicht erzählt? Ihre Nan hatte – wie heißt das noch mal – multiple Sklerose. Sie saß jahrelang im Rollstuhl. Sarah hat ihrem Großvater von klein auf geholfen, für die alte Dame zu sorgen.»

Sie erklärten die Suche in Dover für beendet und beschlossen, die Küstenstraße entlang nach Deal zu fahren. Natasha unterhielt sich noch immer mit John, ihre Phantasie war ganz gefangen genommen von Henri Lachapelles Schicksal.

«Wenn Sarah über ihre Großeltern gesprochen hat, klang das immer so, als seien sich die beiden sehr nah gewesen.»

John schnaubte. «Natürlich waren sie sich nah, aber das gesamte Leben dieses Mannes besteht aus Kummer.»

«Meinen Sie damit Sarahs Mutter?»

«Oh Mann, Simone war ein Desaster. Sie war ein Hitzkopf,

streitsüchtig – das Gegenteil von ihm. Alles, was er für sich behielt, trug sie nach außen. Florence konnte nicht mit ihr umgehen, ihr fehlte die Kraft, und er hat versucht, sie an der kurzen Leine zu halten, wie Sarah. Er war altmodisch und hat auf eiserne Disziplin Wert gelegt – in den Augen mancher hat er es dabei übertrieben. Er wollte nicht, dass sie sich mit den Jungs aus dem Viertel rumtrieb, lange wegblieb. Die Situation mit Florence ließ ihn vielleicht mehr zum Beschützer werden, als er es sonst gewesen wäre. Aber Simone machte nicht mit. Oh nein. Sie hat um jeden Millimeter gekämpft. Je mehr er in eine Richtung zog, desto mehr zerrte sie in die andere.»

Er zündete sich wieder eine Zigarette an. «Das Traurige ist, mittlerweile weiß er, dass er mit ihr ganz falsch umgegangen ist. Er hätte einen Gang runterschalten müssen. Sie waren sich im Grunde ähnlicher, als sie ahnten. Aber es ist schwierig. Wenn man fürchtet, etwas zu verlieren, handelt man nicht immer klug.»

Natasha blickte Mac an. Johns Geschichte schien ihn genauso gefangen zu nehmen wie sie.

«Als er herausgefunden hatte, was er falsch machte, hatte sie schon mit den Drogen angefangen, und er konnte sie nicht mehr zurückholen. Dann folgten vier, fünf Jahre in denen sie nach Paris abhaute und sie nichts mehr von ihr hörten. Außer sie brauchte mehr Geld, natürlich. Sie hat ihnen fast das Herz gebrochen. Ich weiß, dass er sich daran die Schuld gibt.

Und dann, eines Tages, vor zehn oder elf Jahren, steht Simone auf einmal mit diesem kleinen Kind vor ihrer Tür. Sagt, sie sei damit überfordert. Sie hatte in Frankreich ein Baby gekriegt. Ihnen nie ein Wort davon erzählt. Sie bekamen den Schreck ihres Lebens.

Und sie sagt, sie wolle ihr Leben hier in England wieder auf die Reihe kriegen und das Kind eine Weile bei ihnen lassen. Jedes Mal bleibt die Kleine länger und noch ein bisschen länger, und dann taucht sie nicht zum verabredeten Zeitpunkt auf, und schließlich beantragen sie das Sorgerecht und bekommen es auch. Simone ist nicht mal zur Anhörung gekommen. Zuerst war er wütend, aber in Wahrheit waren sie total glücklich, Sarah bei sich zu haben.»

Er grinste. «An dem Tag, als ihnen das Sorgerecht zugesprochen wurde, war es, als bekämen sie beide neuen Lebensmut. Der Alte dachte wieder mal an Pferde – und sie waren glücklich. Jedenfalls so glücklich, wie ich sie je zusammen gesehen habe. Es war ein Schlag, als sie erfuhren, dass Simone gestorben war, aber vermutlich war es auch eine Erleichterung. Er hatte sie jahrelang immer wieder gesucht, ihr Geld gegeben, sie aus Schwierigkeiten herausgehauen, versucht, dass sie clean blieb – davon weiß Sarah nichts, müsst ihr wissen. Er wollte das kleine Mädchen davor schützen ... manche Sachen, die er gesehen hat ...» John schauderte. «Kein Mädchen sollte so was über seine Mutter wissen. Jedenfalls ist Florence vor – tja, wann? Vielleicht vier, fünf Jahren gestorben. Nach ihrer Beerdigung hat die Stadt ihnen ein Angebot gemacht, irgendeinen finanziellen Anreiz, damit sie ihre Wohnung im Parterre aufgaben. Die sollte an behinderte Menschen vermietet werden. Na ja, er hat das Geld genommen, und sie sind in diese Wohnung in Sandown gezogen. Das Geld hat er dann für Baucher ausgegeben, diesen Rolls-Royce von einem Pferd. Und von da an wirkte er wieder wie er selbst. Alles drehte sich darum, Sarah da rauszuholen, ihr mehr zu bieten.»

«Er wollte, dass Sarah so wird wie er», sinnierte Natasha.

Cowboy John schüttelte den Kopf. «Wissen Sie, was, Frau Anwältin? Er wollte das genaue Gegenteil. Sie können über sie denken, was Sie wollen, aber Sarah», seine rot geränderten Augen blickten in die Ferne, «Sarah war das Einzige in seinem Leben, von dem er dachte, dass er es richtig gemacht hatte.»

Das Mädchen war eingeschlafen. Thom fuhr durch die Nacht und sah gelegentlich zu ihr hinüber, wie sie sich da auf dem Beifahrersitz zusammengerollt hatte, den Kopf ans Fenster gelehnt.

Er hatte Kate nicht erzählt, was er tat – er wusste, was sie dazu sagen würde. Sie würde ihn für verrückt erklären, für unverantwortlich, würde ihm vorwerfen, das Leben des Kindes zu gefährden. Er wusste, wenn seine Stieftochter Sabine auf diese Weise durchgebrannt, mit einem Fremden in ein anderes Land getrampt wäre, hätten sie vor Angst und Sorge beinahe den Verstand verloren.

Aber wie konnte er erklären, dass er dem Mädchen einfach helfen musste? Dass er sie, als sie die letzten Stunden über so munter geplappert hatte, sogar ein wenig beneidet hatte? Wie viele Menschen bekamen schon die Chance, einen Traum zu verwirklichen? Wie viele Menschen wussten überhaupt, was sie im Leben wollten? Wenn sie über ihre Reise sprach oder über ihre Liebe zu ihrem Pferd, das unkomplizierte Leben, das sie sich für sich und ihren Großvater vorstellte, dann begriff er, wie leicht man sich selbst einsperrte, wie leicht man unter seinen Routinen und banalen Alltagsdingen begraben wurde.

Das hielt ihn jedoch nicht davon ab, sich Sorgen zu machen. Er blickte hoch zum Überwachungsmonitor für den Anhänger. Ihr Pferd hob ein wenig den Kopf und blickte einen Moment lang direkt in die Kamera.

«Kümmere dich um sie, Alter», sagte Thom leise. «Gott weiß, sie wird jede Hilfe brauchen, die sie kriegen kann.»

Um Viertel nach acht hielten sie vor einem Fastfood-Restaurant, um die Toiletten zu benutzen. John bestellte einen großen schwarzen Kaffee mit zwei Stück Zucker, obwohl Natasha darauf hinwies, dass sie dadurch noch weitaus öfter Toilettenpausen würden einlegen müssen. Dann schlenderte er zum nächsten Telefon, um im Krankenhaus anzurufen. Routine, verkündete er gut gelaunt. Er schaue gern jeden Tag vorbei oder rufe an. Der alte Mann wolle bestimmt wissen, was vor sich ging.

«Und was werden Sie ihm sagen?», fragte Natasha.

«Die Wahrheit. Dass wir wissen, sie ist in der Nähe, aber noch nicht rausgefunden haben, wo genau sie steckt. Er ist allerdings ein sturer Hund. Wahrscheinlich hat er ihr gesagt, wohin sie gehen soll, damit wir sie nicht finden.» Der Gedanke ließ ihn auflachen, und sic sah ihn den ganzen Weg zum Telefon vor sich hin glucksen.

Sie ging zum Tisch und setzte das Plastiktablett vor Mac ab.

«So viel zum Thema ‹stille Wasser›.»

«Sie hat nie was gesagt.»

«Wir haben auch nie gefragt.»

«Aber sie hat nichts gesagt. Ich habe mit ihr über ihre Großeltern gesprochen, und alles, was sie erzählte, war, dass sie glücklich waren.»

«Vielleicht», sagte Mac und löffelte Kaffeeweißer in seinen Becher, «war das das Einzige, das sie für wichtig hielt.»

Als John wiederkam, sah er ernst aus. «Kinder, ich muss wieder zurück. Henri ist nicht auf dem Damm. Wenn Sarah nicht da ist … Also, irgendjemand sollte jetzt bei ihm sein.»

«Wie schlecht geht es ihm?»

«Sie haben mich nur gebeten zu kommen. Na ja, sie haben nach Sarah gefragt, aber ich habe gesagt, das sei gerade unmöglich.» Er kramte in seiner Hosentasche nach Geld und zählte durch, wie viel er bei sich hatte. Auf einmal sah er müde aus und ein wenig gebrechlich.

Natasha stand auf und griff in ihre Tasche. «Wir bringen Sie zum Bahnhof. Hier.» Sie gab ihm ein paar Scheine. «Für den Zug.»

«Ich brauche Ihr Geld nicht, Lady», sagte John gereizt.

«Das ist nicht für Sie, es ist für ihn. Damit er nicht allein sein muss. Meine Güte, nehmen Sie sich vom Bahnhof aus ein Taxi. Das haben Sie sich verdient.»

Er blickte auf die Scheine, die sie ihm hinhielt, und zum ersten Mal war der wissende, spöttische Gesichtsausdruck von seinem wettergegerbten Gesicht verschwunden. Er nahm das Geld und tippte sich an den Hut. «Na, dann vielen Dank», sagte er. «Ich rufe euch an, sobald ich weiß, wie es ihm geht.»

Erst als sie alle im Auto saßen und auf dem Weg zum Bahnhof waren, merkte sie, dass sein plötzlicher Humorverlust sie mehr aus der Bahn geworfen hatte als alles zuvor.

Als sie den Parkplatz vor dem kleinen Bahnhof erreichten, klingelte ihr Handy. Sie nahm den Anruf an. «Ja, das bin ich», sagte sie und beobachtete John, der aus dem Wagen stieg. «Entschuldigung – können Sie das noch einmal wiederholen?» Die Verbindung war schlecht. «Sind Sie sicher? Vielen Dank, dass Sie mich angerufen haben … Ja, ich melde mich.» Sie beendete das Gespräch.

«Alles in Ordnung?» John beugte sich noch mal in den Wagen.

«Was?», fragte Mac. «Sitz nicht nur so …»

«Das war die Kreditkartenfirma. Ihr werdet es nicht glauben», sagte sie. «Sie ist in Frankreich.»

«Alles, was das rechte Maß übersteigt, ist weder einem Pferde noch einem Menschen angenehm.»

Xenophon, Über die Reitkunst

Kapitel 24

Sarah hatte von Pferden, Blut und Autobahnen geträumt. Sie erwachte von einem kalten Windstoß und erblickte Thom, der durch die Fahrertür zu ihr hereinsah. Sie rappelte sich auf. Die Uhr am Armaturenbrett verriet ihr, dass es Viertel vor acht war. Sie kletterte aus dem Wagen.

«Morgen.» Er war angezogen und frisch rasiert, als sei er bereits seit einer Weile wach.

«Wo sind wir?»

Alles leuchtete seltsam, als sei die ganze Welt um ein paar Nuancen heller als in England. Der Transporter parkte neben einem makellosen Stallhof, honigfarben, mit einem niedrigen, rot geziegelten Dach, flankiert von dichten, flach geschnittenen Hecken. Große Kübel mit sorgfältig getrimmten Eiben standen an den Toren, und ein Mann mistete gerade einen Stall aus, schwang Mistgabeln voll schmutzigen Strohs ohne jede Mühe in eine Schubkarre.

«Außerhalb von Blois», sagte er. «Du hast die ganze Nacht geschlafen.»

«Wo ist Boo?» Wieder diese reflexartige Panik.

«Meinst du Mr. Diablo? Dem geht es gut.» Er deutete mit dem Daumen auf die Ställe. «Wir sind heute Nacht hier angekommen, aber du hast tief geschlummert, und ich fand es unfair, euch beide mitten in der Nacht rauszuschmeißen. Er ist in der dritten Stallbox auf der linken Seite. Als wir ankamen, hatte er ein bisschen Schaum vor dem Maul, war aber ganz brav.»

Sie blinzelte und entdeckte Boos Nase, zu einem Heunetz hinaufgestreckt.

«Die Nacht geht auf mich. Aber jetzt muss ich wieder zurück nach Calais, Miss Sarah. Es tut mir also leid, hier müssen wir beide uns trennen.»

Sarah versuchte, ihre Gedanken zu ordnen. Thom reichte ihre zwei Croissants, die er dem Besitzer des Zwischenstalls abgeschwatzt hatte. Er entfaltete eine kleine Karte, auf der er die beste Route für sie eingezeichnet hatte.

«Saumur liegt ungefähr hundert Kilometer von hier in Richtung Südwesten», sagte er und zeigte auf eine rot eingezeichnete Straße. «Ich würde dich fahren, wenn ich könnte, aber ich kann es mir nicht leisten, noch mal vier Stunden zu verlieren. Es ist schönstes Reitwetter, und diese Straßen hier sind nicht sehr befahren. Ich glaube nicht, dass du Schwierigkeiten haben wirst. Lass dir einfach Zeit, okay?»

Sie war schon ganz in der Nähe, durchfuhr es sie plötzlich. Da stand der Name auf der Karte. Gemessen an den Ausdehnungen von Frankreich, fehlten ihnen nur noch wenige Zentimeter.

«Hier gibt es noch einen Zwischenstall.» Er hatte mit Kugelschreiber ein Dorf umkringelt. «Da steht die Telefonnummer, für alle Fälle. Ich habe sie schon mal vorgewarnt, sie rechnen mit dir. Du kriegst da heute Abend was zu essen, aber an deiner Stelle würde ich mir sicherheitshalber schon vorher was besorgen, wer weiß. Und denk dran, sie erwarten ein Pferd namens …»

«Diablo Blue», sagte sie.

«Also, kriegst du das hin?» Er sah ernst aus, seine Miene sorgenvoll.

«Klar», sagte sie. Davon war sie ziemlich fest überzeugt. Immerhin hatte sie es über das Meer geschafft, oder? Sie ritt auf dem besten Pferd Frankreichs und mit Papas Segen.

«Hier ist meine Nummer. Tust du mir den Gefallen und rufst mich an, wenn du in Schwierigkeiten gerätst? Verdammt, ruf an, wenn du angekommen bist.» Er reichte ihr die gefaltete Karte. «Ruf einfach an. Ich freue mich, wenn ich weiß, dass du okay bist.»

Sie nickte und steckte sich das Papier tief in die Tasche.

«Und sprich mit keinem. Besonders nicht mit Leuten wie mir. Halt einfach den Blick gesenkt und reite, bis du da bist.»

Sie nickte erneut, diesmal mit einem kleinen Lächeln auf den Lippen.

«Hast du die Euros, die wir gewechselt haben?» Sie tastete in ihrem Rucksack nach dem Umschlag.

Thom seufzte. «Lieber Gott, steh mir bei. Du bist die eigenartigste Tramperin, der ich je begegnet bin. Aber viel Glück für dich und dein großes Pferd.» Er zögerte, als sei er sich immer noch unsicher, ob er das Richtige tat.

«Ich werde das gut hinkriegen, Thom», sagte sie beharrlich. Dass er sie verließ, versetzte ihr einen Stich – sie hatte sich bei ihm sicher gefühlt. Bei ihm konnte Boo und ihr nichts passieren. «Danke für alles.»

«Pah», sagte Thom. Er trat vor und streckte ihr seine heile

Hand hin. Sie nahm sie ein wenig verlegen. Sie grinsten beide.

«Es war mir ein Vergnügen, mit dir zu reisen, kleine Sarah. Und dein Großvater klingt wie ein toller Mann. Wenn er erfährt, dass du es hierher geschafft hast, wird er sich freuen wie ein Schneekönig, darauf wette ich.»

Die Felder in Frankreich waren größer als die, an denen sie auf dem Weg nach Dover vorbeigekommen war – flache, ausgedehnte Flächen mit keinen sichtbaren Begrenzungen. Die Erde dagegen wirkte genauso wie die in England: ein sattes, klebriges Braun, zu groben Klumpen gepflügt, die aussahen wie raue See. Boo schritt frisch erholt auf den grasbewachsenen Straßenrändern daher, die Ohren nach vorn gerichtet, offensichtlich glücklich darüber, festen Boden unter den Hufen zu haben. Sie bewegten sich durch ein fremdes Land, und doch auch nicht: Es war das Land aus Papas Geschichten, das Land einer Sprache, die sie von frühester Kindheit an gehört hatte. Als sie sie nun auf Plakaten und Schildern lesen konnte, hatte sie das Gefühl, das Land spräche zu ihr. Als erwarte es, dass sie es verstand.

Sie kam durch kleine Dörfer mit stillen, gepflegten Straßen, an denen kleine graue Steinhäuser säuberlich aufgereiht standen. Ein Mann mit zwei Baguettes und einer Zeitung unter dem Arm ging an ihr vorbei. Er nickte ihr zu, als sei ein Mädchen auf einem Pferd nichts Ungewöhnliches. «*Bonjour*», sagte er.

«*Bonjour*», erwiderte sie mit leiser Freude. Es war das erste französische Wort, das sie seit ihrer Ankunft hier sprach. Sie hielt an einer Tiertränke inmitten eines Platzes, von der Boo in großen Zügen mit komisch vor- und zurückzuckenden

Ohren soff. Sie stieg ab und machte dort eine halbe Stunde Pause, bespritzte sich das Gesicht mit dem kühlen Wasser und aß ihre Croissants. Sie erlaubte einer Mutter und ihren zwei kleinen Kindern, ihn zu streicheln. Die Frau bemerkte, wie schön Boo sei, und Sarah antwortete auf Französisch, dass die Rasse der *Selle Français* dafür berühmt sei. Sie war damit aufgewachsen, dass Papa Französisch gesprochen hatte, aber aus ihrem eigenen Mund klang es seltsam.

«Ah», sagte die Frau, «wie beim Cadre Noir.» Sie sprach den Namen aus, wie andere den örtlichen Sportplatz erwähnen würden oder Sarahs Wohnblock zu Hause. Dass jemand der Cadre Noir so geläufig war, spornte Sarah an.

Sie saß wieder auf, und sie ritten weiter zu einem Wegweiser, der in Richtung Tours deutete. Sie verließ das Dorf, kam an einer Windmühle vorbei und über eine Brücke und befand sich wenige Minuten später wieder auf offenem Land. Sarah, deren Laune sich von Kilometer zu Kilometer besserte, begann zu singen, ein Kinderlied, das ihr Papa vorgesungen hatte, als sie klein gewesen war. Sie schob ihren Schal vom Gesicht und spürte die wachsende Aufregung: «*Ah, ah, Monsieur Chocolat! Oh, oh, Monsieur Cacao …*» Ihre Stimme tönte über die leeren, frostbedeckten Felder. Boo kaute auf seinem Gebiss und warf den Kopf hoch, bat darum, schneller werden zu dürfen. Ihre Sinne waren geschärft, als nähme sie diese neue Landschaft mit jeder Faser in sich auf. Da waren nur sie und ihr Pferd, unbeobachtet, frei.

Ich bin in Frankreich, Papa, sagte sie ihm leise, und es ist schön. Sie stellte sich den alten Mann in seinem Bett vor, wie er die Straßen vor Augen hatte, auf denen sie gerade unterwegs war. Wie er voller Befriedigung daran dachte, was sie tun würde. Und vielleicht hörte sie seine Stimme in ihrem

Ohr, denn sie richtete sich ein wenig auf, korrigierte den Winkel ihres Unterschenkels, nahm die Zügel kürzer und begann zu traben.

Schon als Kind hatte Natasha lange Autofahrten gehasst. Sie erinnerte sich nie an die hübschen Campingplätze, die Wohnwagen am Meer, die Rummelplätze, das Eis am Stiel und die überglücklichen Verwandten, von denen ihre Geschwister danach schwärmten. Wenn sie gebeten wurde, von den Urlaubsreisen ihrer Kindheit zu erzählen, berichtete Natasha nur von endlosen Autobahnen. Ihr fiel das Gezänk ihrer Eltern auf den Vordersitzen ein, die Tritte und Kniffe ihrer Schwestern, die rechts und links von ihr auf den Rücksitz gepfercht saßen. Sie dachte an den schwachen Geruch von Erbrochenem, wenn jemandem, was jedes Mal passierte, schlecht geworden war.

Nun war sie beinahe dreißig Jahre älter, aber das Grauen war nie von Vorfreude auf ein Ziel oder vom Spaß daran, einfach unterwegs zu sein, abgelöst worden. Während ihrer Ehe hatte Mac Reisen mit dem Auto immer geliebt, angehalten, wo ihm danach gewesen war, war die ganze Nacht hindurch gefahren, wenn er Spaß daran gehabt hatte. Sie dagegen hatte sich insgeheim einen Plan gewünscht – keinen festen Mahlzeiten und keinem gebuchten Bett entgegensehen zu können, das brachte sie aus der Balance. Sie hatte immer das Gefühl gehabt, dass Mac das spießig fand, und das schlechte Gewissen hatte sie geplagt, weil sie ihm den Spaß verdarb. In den letzten paar Jahren hatten sie sich auf Pauschalurlaube geeinigt – was keinen von ihnen zufriedenstellte. Sie saß lesend am Pool und versuchte, die heimlich ins Gepäck geschmuggelten Akten zu verbergen, er war unruhig über den Hotelkomplex gestreift, wie jemand, der nicht wusste, wohin mit sich, und schließlich mit neuen Freunden an der Bar gelandet.

Natashas Kreditkarte war am Vorabend an einer französischen Autobahnraststätte benutzt worden. Das Problem war, hatte der Mitarbeiter der Kreditkartenfirma erklärt, dass die Transaktion nur unter dem Namen «la bonne route, Paris» verbucht worden war, und diese Bezeichnung passte auf sieben Raststätten in Nordfrankreich.

«Also, ich glaube, wir sollten zu diesem Pferdeort fahren», hatte Mac letzte Nacht auf der Fähre gesagt. Es war ihnen gelungen, einen Platz auf der letzten Überfahrt des Tages zu bekommen. Sie saßen beinahe schweigend da, starrten aus dem Fenster in das dunkle, aufgewühlte Wasser. Wie hatte Sarah den Kanal mit einem Pferd überqueren können? Wie hatte sie es nach Frankreich geschafft? Es ergab keinen Sinn.

«Und wenn es nicht sie ist?», fragte Natasha.

Mac reichte ihr eine Flasche Wasser. Er streckte seine Füße unter ihren Sitz aus, und sie rückte unwillkürlich ein Stück ab.

«Was meinst du damit?» Er schraubte von seiner Flasche den Verschluss ab und trank. «Gott, hatte ich Durst.» Er hatte sich nicht rasiert, und sein Kinn war stoppelig.

«Was, wenn sie die Karte verkauft hat oder sie ihr gestohlen wurde? Was, wenn wir die falsche Person verfolgen?»

«Das ist möglich, aber es wäre schon ein großer Zufall, wenn diese andere Person ebenfalls nach Frankreich gereist wäre. Außerdem haben wir keine andere Spur, oder?»

Natasha zeigte auf die Landkarte auf dem Tisch zwischen ihnen. «Schau dir mal die Distanzen an, Mac. John sagt, ein Pferd kann fünfzig bis siebzig Kilometer am Tag zurücklegen. Es war vermutlich schwer genug für sie, es in der kurzen Zeit nach Dover zu schaffen. Wie soll sie mit dem Pferd über den

Kanal gekommen und durch halb Frankreich geritten sein? Sieh mal, Saumur liegt über vierhundertfünfzig Kilometer von Calais entfernt. Sie hat keine Chance, so weit zu kommen.»

«Was willst du damit sagen?»

Sie lehnte sich in ihren Sitz zurück. «Wir sollten umkehren.» Ihre Stimme klang unsicher. «Oder vielleicht die Polizei einschalten.»

Mac schüttelte den Kopf. «Hör mal, wir haben uns auf einen Plan geeinigt. Ich denke, wir sollten nach Saumur fahren.»

«Aber was, wenn wir falschliegen?»

«Und wenn nicht? Es ergibt Sinn, dass sie dorthin will. Ihr Großvater geht davon aus, dass das ihr Ziel ist. Deine Kreditkarte genauso.»

Natasha blickte aus dem Fenster. «Ich denke ... ich denke, wir haben einen Fehler gemacht. Wir hätten gestern Morgen die Polizei einschalten sollen. Du hast recht, ich wollte sie nicht einbeziehen, weil ich Angst davor hatte, dass alles öffentlich wird. Ich gebe es zu. Aber jetzt geht es mir um mehr, Mac. Wir sind verantwortlich für ein vermisstes vierzehnjähriges Mädchen, das sich vermutlich im Ausland befindet. Ich würde sagen, sobald wir von der Fähre gehen, rufen wir die Polizei an. Das ist das einzig Richtige.»

«Nein.» Er blieb hartnäckig. «In dem Augenblick, in dem wir die Polizei einschalten, verliert sie ihr Pferd. Dann verliert sie alles. Nein. Nur wir vermissen sie bislang. Sie ist nicht verloren, sie weiß genau, wohin sie will. Ich bin bereit, darauf zu vertrauen, dass es ihr gut geht.»

«Das ist nicht deine alleinige Entscheidung.»

«Ich weiß. Aber ich übernehme die Verantwortung, falls es schiefgeht.»

«Ich bin als Pflegemutter registriert.» Wenn Mac ihr so direkt in die Augen sah, verwirrte sie das immer noch ein wenig.

«Weißt du, was? Wenn du wirklich die Polizei einschalten wolltest, hättest du es gestern getan. Im Grunde weißt du, dass keiner von uns die Polizei da mit reinziehen will, auch wenn wir dafür unterschiedliche Gründe haben mögen.»

Während ihrer Ehe war er nie so entschlussfreudig gewesen.

«Jedenfalls sind wir jetzt hier. Wir haben eine vage Ahnung, wohin sie unterwegs ist. Ich sage, wir fahren zu diesem Pferdeort und warten da auf sie.»

Verletztheit ließ Natashas Stimme härter klingen als beabsichtigt. «Und wenn du unrecht hast, wenn sie nicht in Sicherheit ist, wenn sie nicht da ist, wo wir sie vermuten, kannst du gut damit leben, ja?»

Seither hatten sie kaum ein Wort miteinander gesprochen. Mac fuhr den Wagen in Calais von der Fähre und weiter durch die Nacht. Er nahm nicht die *autoroute*, sondern kleinere Straßen, Straßen, die man mit einem Pferd wählen würde, und spähte beim Fahren in die Dunkelheit.

Sie döste und erwachte vom Klang seiner Stimme. Er sprach leise und nachdrücklich in sein Telefon. «Das ist es nicht», sagte er, und kurz danach, «nein, nein, Süße. Ich glaube, das ist keine gute Idee. Ich weiß. Ich weiß.» Natasha, der es unangenehm war zuzuhören, hielt ihr Gesicht abgewandt, die Augen geschlossen und atmete so gleichmäßig wie möglich, bis er auflegte. Sie wartete weitere zehn Minuten, bis sie ostentativ gähnte. Da schlug er vor, irgendwo anzuhalten und ein Nickerchen zu machen. Es war nach ein Uhr morgens, und die Chance, dass sie noch ein Hotel finden würden, war gering. «Wir schlafen nicht lang», sagte er. «Maximal ein paar Stunden. Dann fahren wir weiter.»

Nach der stummen Anspannung der letzten Stunde stimmte Natasha bereitwillig zu. Sie fuhren auf den Parkplatz einer Tankstelle. Es waren keine anderen Autos da, und jenseits einer niedrigen, wuchernden Hecke lagen in der Dunkelheit schwermütig die flachen Felder der Somme, getränkt von ihrer Geschichte.

Verlegen saßen sie nebeneinander wie in einer surrealen Parodie einer ersten Verabredung, wie bei einem Vorspiel zum ersten Kuss.

Mac, der das vielleicht ähnlich empfand, war distanziert und höflich. Er bot ihr den Rücksitz an, und mit einem ebenso höflichen Dankeschön kletterte sie nach hinten, rollte ihren Mantel zu einem Kissen und bettete ihren Kopf darauf. Ihr war bewusst, dass ihr Kostüm am Morgen noch zerknitterter aussehen würde als jetzt schon.

«Willst du meine Jacke ausleihen? Mir ist nicht kalt.»

«Nein, aber danke.»

Wie schon zu Zeiten ihrer Ehe schlief er ein wie jemand, der über den Rand einer Klippe tritt. Da er seine Rückenlehne nach hinten gekippt hatte, sah sie im Schummerlicht sein entspanntes Profil und den über die Stirn gelegten Arm. Sie hörte das leise, regelmäßige Geräusch seines Atems.

Natasha schlief nicht. Sie lag in einem fremden Auto in einem fremden Land, und ihre Gedanken rasten. Sie dachte an ihre verhunzte Karriere, einen Mann in London, der sie nicht mehr liebte, ein Mädchen, das in diesem Moment irgendwo da draußen war, unter demselben Himmel. Ein Netz aus Kummer und Einsamkeit, in dessen Mitte sie sich befand. Ihr wurde kalt, und sie bereute es, Macs Jacke nicht angenommen zu haben. Sie erinnerte sich an einen Jungen, den sie einmal vertreten hatte und der monatelang auf einem Parkplatz geschlafen hatte. Sie hatte seinen Fall gewonnen, aber sie konnte sich nicht daran erinnern, sich je gefragt zu haben, wie es wohl für ihn gewesen war.

Und in all der Zeit, all die endlosen Stunden der Nacht hindurch, rutschte und murmelte der Mann, mit dem sie einmal gehofft hatte, ihr ganzes Leben zu verbringen, auf seinem Sitz herum; der Mann, den sie geschworen hatte zu lieben, der Mann, mit dem sie in einem parallelen Universum im Ehebett hätte liegen und dem Schlaf ihrer Kinder lauschen sollen, so nah, aber eine Million Kilometer von ihr entfernt. Natasha lag im Dunkeln und begriff überrascht, dass Scheidung kein Schmerz war, der irgendwann vorbeiging.

«Linda. Natasha hier.»

«Wie geht's? Hast du deine ... familiären Probleme gelöst?»

Sie wussten es. Conor hatte ihnen alles gesagt. Natasha betrachtete ihren zerknitterten Rock und die Strumpfhose mit der Laufmasche, die im unerbittlichen Morgenlicht überdeutlich zu erkennen war. «Nein. Noch nicht.»

«Wo bist du? Wann kommst du zurück?»

Sie hatten mehrere Stunden geschlafen und waren kurz nach Sonnenaufgang aufgewacht. Mac hatte durch die Lücke zwischen den Vordersitzen gefasst und sie an der Schulter gerüttelt. Sie waren ein paar stille, verschwommene Stunden lang weitergefahren und hatten schließlich an einer Raststätte gehalten, um sich frischzumachen.

«Ich ... ich kann es nicht sagen. Es dauert länger, als wir dachten. Kann ich mit Ben sprechen?»

«Er ist unterwegs. Mit Richard.»

«Richard? Warum ist er mit Richard unterwegs?»

«Hat dich keiner angerufen?»

«Nein – wieso?»

«Die Perseys. Sie haben sich geeinigt. Die andere Seite hat uns heute Morgen kontaktiert und ein neues Angebot auf den Tisch gelegt. Mehr, als Mrs. Persey erwartet hat. Sie gestattet ihm dafür geregelte Besuchszeiten. Nur der Himmel weiß, ob sie sich daran halten wird, sagt Richard, aber für den Augenblick haben sie eine Einigung.»

«Gott sei Dank.»

«Er hat Mrs. Persey eingeladen, um es zu feiern. Michael Harrington und Ben hat er mitgenommen. Sie gehen zu einem Champagnerfrühstück ins Wolseley.»

Richard hatte sich nicht die Mühe gemacht, sie anzurufen. Man würde den Erfolg nicht ihr zusprechen, das wurde ihr klar. In Richards Augen hatte sie keinen Anteil mehr daran.

In diesem Moment wusste sie, dass man sie nicht zur Partnerin machen würde. Nicht dieses Jahr. Vielleicht noch ein paar Jahre nicht. «Lin?», sagte sie. «Ist …» Sie seufzte. «Ach, vergiss es.»

Ein dumpfer Schmerz pochte in ihrer Schläfe. Sie stand in zwei Tage alten Klamotten auf dem Parkplatz einer französischen Tankstelle und versuchte, diese Erkenntnis zu verdauen. Wie war sie nur hierhergeraten? Warum hatte sie nicht getan, wozu sie jedem Referendar riet? Die Mandanten nicht zu nah an sich heranzulassen? Wieso hatte sie nicht bemerkt, dass das Chaos im Leben dieser Kinder tatsächlich ansteckend war?

«Und, wie geht es dir?»

«Gut», log sie.

«Niemand hier kann sich wirklich einen Reim drauf machen», sagte Linda vorsichtig. «Du hast dir nicht in die Karten gucken lassen.»

«Und jetzt muss ich dafür bezahlen, stimmt's?»

«Es gibt Leute, die die Ansicht vertreten, du hättest die Dinge besser handhaben können.»

Natasha schloss die Augen. «Ich muss Schluss machen, Lin», sagte sie. «Ich rufe später noch einmal an.»

Mac kam quer über den Parkplatz zurück. Das war das Fegefeuer, dachte sie. Ihre Karriere ruiniert, ihr Privatleben in Scherben, sie und ihr Exmann für den Rest ihres Lebens streitend in einem kleinen Wagen zusammengepfercht, in dem unermüdlichen Versuch, ihre falschen Entscheidungen zu rechtfertigen.

«Oh, Natasha!» Linda hatte noch nicht aufgelegt. «Fast hätte ich vergessen, es dir zu sagen! Wir hatten heute Morgen ganz früh einen Besucher. Du errätst nie, wer das war.»

Mac war bei zwei älteren Damen stehen geblieben, die gerade aus einem Wagen gestiegen waren. Was immer er zu ihnen sagte, es brachte sie zum Lachen. Sein breites Lächeln, mit dem er sie schon lange bevor er ausgezogen war nicht mehr bedacht hatte. Etwas in ihr zog sich zusammen.

«Hm?»

«Ali Ahmadi.»

Natasha riss ihren Blick von ihm los. «Was hast du gerade gesagt?»

«Ha! Ich wusste, dass ich dich damit habe. Ali Ahmadi.»

«Das ist unmöglich! Er sitzt in Untersuchungshaft.»

Linda lachte. «Das ist ein *anderer* Ali Ahmadi. Wusstest du, dass Ahmadi im Iran einer der drei häufigsten Nachnamen ist? Angeblich ist er so was wie ein iranischer John Smith. Der, den du vertreten hast, kam jedenfalls vorbei, um dir zu erzählen, dass er im September auf dem Gymnasium anfängt. Reizender Junge. Er hat dir einen Blumenstrauß mitgebracht. Ich hab ihn in dein Büro gestellt.»

Natasha setzte sich auf ein Mäuerchen und hielt das Telefon ans Ohr gepresst. «Aber …»

«Ich weiß. Wir hätten es überprüfen sollen. Wer hätte gedacht, dass es zwei von ihnen gibt? Aber wie nett, oder? Gibt einem den Glauben an die Menschheit zurück. Ach, und ich habe ihm den kleinen Anhänger mit dem Pferd gegeben, den wir ihm schicken wollten. Ich hoffe, das macht dir nichts aus. Er hat ihn gern mitgenommen.»

«Aber … aber er hat mich über die Entfernung belogen, die er zu Fuß gegangen ist. Er hat mich trotzdem dazu gebracht, seinen Fall falsch auszulegen.»

«Genau das habe ich auch zu Ben gesagt. Als die Übersetzerin hier war, haben wir die Akte rausgeholt und sie gebeten, noch mal einen Blick auf die übersetzten Aussagen zu werfen. Und ihr ist etwas Interessantes aufgefallen.»

Natasha sagte nichts.

«Ali Ahmadi hat tatsächlich angegeben, in dreizehn Tagen eintausendvierhundertfünfzig Kilometer gereist zu sein, aber nicht, dass er die ganze Strecke *zu Fuß* gegangen ist. Das haben wir – einschließlich der Übersetzerin – nur angenommen. Bevor er gegangen ist, hat Ben ihn gefragt – du würdest nicht glauben, wie gut der Junge mittlerweile unsere Sprache spricht! Unglaublich! Jedenfalls hat Ben ihn gefragt, wie er es so weit geschafft hat. Ali erzählte daraufhin, dass er ein Stück gelaufen ist, dann von einem Laster mitgenommen wurde, und dann hat er dieses kleine Reittier gestohlen. Einen Teil des Weges ist er geritten. Esel oder so. Aber die Sache ist – er hat dich nie angelogen.»

Alles, was Linda danach noch sagte, rauschte an Natasha vorbei. Sie ließ den Kopf in ihre Hände sinken und dachte an einen Jungen, der diese Hände in einer tief empfundenen Geste des Dankes ergriffen hatte, einen Jungen, der in dreizehn Tagen eintausendvierhundertfünfzig Kilometer weit gereist war. Einen Jungen, der ihr immer nur die Wahrheit gesagt hatte.

Als sie aufblickte, stand Mac mit zwei Pappbechern voller Kaffee vor ihr. Er blickte ruckartig zur Seite, als hätte er sie eine ganze Weile lang angestarrt. Sie beendete das Telefonat und legte das Handy zur Seite.

«Okay», sagte sie und nahm ihm einen der Becher ab. «Du hast gewonnen. Auf nach Saumur.»

Sie hatte eine falsche Abzweigung genommen. Erneut starrte sie auf die kleine Karte, die vom vielen Falten schon ganz abgegriffen war. Sie erklärte ihr nicht, warum die Route, die sie an Tours vorbei zu dem gebuchten Zwischenstall hätte bringen sollen, sie in ein offenbar niemals endendes Industriegebiet geführt hatte. Einige Kilometer war sie an Eisenbahnschienen entlanggeritten, aber da auf Thoms Karte keine Eisenbahn eingezeichnet war, hatte sie keine Ahnung, ob sie auf dem richtigen Weg war oder nicht. Sie hatte sich auf ihr Bauchgefühl verlassen, darauf, dass jeden Moment ein Wegweiser nach Tours oder irgendein anderer Orientierungspunkt auftauchen würde. Aber es war keiner gekommen, und das grüne Land hatte sich allmählich in etwas verwandelt, das an den Stadtrand von London erinnerte. Eine Betonwüste mit riesigen, leer stehenden Gebäuden, Parkplätzen, überdimensionalen Werbetafeln, bei denen die Ecken der Plakate trostlos im Wind flatterten. Gelegentlich rauschte mit Getöse ein

Zug vorbei und ließ Boo zusammenzucken, dann herrschte wieder Stille.

Die Sonne war schon wieder am Sinken, die Temperatur fiel, und sie war sich überhaupt nicht mehr sicher, ob sie auch nur annähernd in die richtige Richtung unterwegs war. Sie stoppte, starrte erneut auf die Karte, dann in den Himmel, um herauszufinden, ob sie immer noch nach Südwesten ritt oder doch nach Südosten. Wolken hatten sich vor die Sonne geschoben, was es schwieriger machte, die Schatten zu deuten. Sie hatte Hunger und bereute, nicht auf einem der freundlich aussehenden Märkte eingekauft zu haben, an denen sie vorübergekommen war. Sie war so ungeduldig gewesen voranzukommen. Und so sicher, dass sie am Abend den Zwischenstall erreicht hätte.

Langsam wurde ihr die Umgebung unheimlich, die Gebäude mit ihren leeren Augen wurden offensichtlich seit einiger Zeit nicht mehr benutzt. Sie schien auf einen Abstellbahnhof zuzureiten. Aus dem einen Gleis waren mehrere geworden, und auf jedem standen geparkte Waggons, verriegelt und mit Graffiti besprüht. Über ihrem Kopf erstreckte sich ein Netz aus Masten und Kabeln. Sarah fühlte sich unwohl und beschloss, den Weg, den sie gekommen war, zurückzureiten. Sie seufzte ermattet auf und wendete Boo.

«*Que fais-tu ici?*»

Sie fuhr im Sattel herum und erblickte fünf Mopeds, zwei mit einem Soziussitz. Ein paar Helme, der Rest von ihnen mit unbedeckten Köpfen. Rauchend, harte Augen. Sie kannte diese jungen Männer, so wie sie die Jungs in ihrem Viertel gekannt hatte.

«*Eh? Que fais-tu ici?*»

Sie wollte nicht sprechen. Ihr Akzent würde sie als Engländerin verraten. Sie wandte sich von ihnen ab und ließ Boo im Schritt nach links ausweichen und weitergehen. Etwas sagte ihr, dass sie nicht durch die Gruppe hindurchreiten sollte. Sie hoffte, sie würden das Interesse verlieren und wegfahren.

«T'as perdu les vaches, cowboy?»

Unwillentlich schlossen sich ihre Beine fester um Boos Flanken. Ein gut trainiertes Pferd spürt sofort die geringste Anspannung seines Reiters, und ihre Bewegung, der leichte Druck auf den Zügel, ließ Boo aufmerksam werden.

«Hé!»

Einer röhrte an ihr vorbei. Die anderen konnte sie in ihrem Rücken hören, sie pfiffen, redeten durcheinander. Mit unbewegtem Gesicht ritt sie weiter. Dabei wurde ihr klar, dass sie keine Ahnung hatte, ob sie nicht auf eine Sackgasse zuhielt.

«Hé! Je te parle!»

Sie hörte, wie der Motor eines Mopeds hochdrehte, und ihr Herz klopfte.

«Je te parle, putain!»

«Sortez d'ici», sagte sie und versuchte, selbstbewusster zu klingen, als sie sich fühlte. *Geht weg.*

Sie lachten. *«Sortez d'ici»*, imitierte einer höhnisch ihre Stimme.

Sarah fiel in einen Trab. Sie saß sehr aufrecht und hörte die Motorräder hinter sich aufheulen. Vor ihr waren mehr Lichter. Wenn sie es zurück auf die Hauptstraße schaffte, mussten sie sie in Ruhe lassen.

«Putain! Pour qui te prends-tu?»

Eines der Mopeds war neben sie gefahren, fiel dann wieder zurück. Sie spürte, wie ihr Pferd unruhig wurde und auf einen Befehl wartete. Sie legte eine Hand auf seinen Hals, sammelte Zuversicht, versuchte, ihn davon abzuhalten, in Panik zu verfallen. Sie sind gleich weg, sagte sie ihm stumm. Ihnen wird langweilig werden, und dann lassen sie uns in Ruhe. Aber die Mopeds düsten vor sie. Boo hielt abrupt an, sein Kopf schoss hoch. Zwei weitere Mopeds schwangen um sie herum und stellten sich frontal vor sie. Sie hatte ihren Schal übers Gesicht hochgezogen, den Helm tief über die Augen gedrückt.

Jemand warf eine Zigarette zu Boden. Sie saß ganz ruhig, streichelte mit einer Hand Boos Schulter.

«*Putain! Tu ne sais pas qu'il est impoli d'ignorer quelqu'un?*»

Der Jugendliche sah aus wie ein Nordafrikaner. Er neigte seinen Kopf zur Seite.

«*Je ... je dois aller au Tours*», sagte sie und versuchte, das Zittern aus ihrer Stimme zu halten.

«*Tu veux aller au Tours ...*» Das Gelächter klang unfreundlich.

«*Je te prendrai au Tours. Monte à bord!*» Er klopfte auf den Sitz hinter sich, und alle lachten.

«*Il y a quoi dans ton sac?*»

Sie blickte von einem zum anderen. «*Rien*», sagte sie. Sie wollten ihren Rucksack.

«*Il est trop plein pour rien.*» Einer der Jungen, blass, den geschorenen Kopf unter einer Baseballkappe, war vom Moped gestiegen. Sie versuchte, gleichmäßig zu atmen. Sie sind bloß wie die Jungen zu Hause, sagte sie sich, geben voreinander an. Du musst ihnen nur zeigen, dass du keine Angst hast.

Der Junge ging langsam auf sie zu. Er trug eine schmutzige khakifarbene Jacke, in deren Brusttasche eine Packung Zigaretten steckte. Wenige Meter vor ihr blieb er stehen, musterte sie und machte dann ohne Vorwarnung einen Satz nach vorn. «Rah!»

Boo schnaubte und sprang rückwärts. Der Junge lachte.

«Ganz ruhig», murmelte sie und schloss erneut ihre Beine um ihn. «Ruhig.» Der Junge mit der Kappe zog an seiner Zigarette und bewegte sich auf sie zu. Sie würden jetzt nicht mehr aufhören. Sie hatten Witterung aufgenommen, hier war ein neues Spiel, eine neue Art, jemanden zu quälen. Unauffällig schätzte sie die Distanz ein, suchte den besten Weg durch sie hindurch, den Ausweg. Sie kannten die Gegend, machten vermutlich seit Stunden, was sie gerade machten, schlugen Zeit tot, hielten Ausschau nach Schwächeren, die sie aus Frust und Langeweile quälen konnten.

«Rah!» Dieses Mal war sie vorbereitet. Boo zuckte zurück, machte aber keinen Satz. Sie hatte ihn nun fest zwischen ihren Beinen und in den Händen, befahl ihm stumm, sich nicht zu bewegen, verweigerte ihm die Möglichkeit, sich zu fürchten. Doch er war verunsichert. Sie sah, wie seine Augen nach hinten rollten, sein gebogener Hals sich anspannte, sie spürte sein Maul am anderen Ende der Zügel, wie er ängstlich auf seinem Mundstück herumkaute. Und als die Mopeds erneut aufheulten, wusste sie, was sie tun musste.

«*S'il vous plaît*», sagte sie, «*laissez-moi en paix.*»

«*Donne le moi et je te laisse en paix.*» Er zeigte auf ihren Rucksack.

«*Hé! Putain! Tu me le donne ou je fais du pâté pour les chiens de ton cheval!*» Der nordafrikanische Junge hatte irgendetwas über Pferdefleisch gesagt, und mehr brauchte sie nicht. Sarah bereitete Boo vor, ihre Beine gaben ihm stumm Anweisungen. Ein paar Sekunden lang weigerte er sich zu reagieren, vor Angst gelähmt, dann siegte sein Training. Gehorsam begann er auf der Stelle zu traben, hob sorgfältig und rhythmisch die Beine, immer zwei zur gleichen Zeit in einer übertriebenen Version der *Piaffe*.

«Regardez! Un cheval qui danse!», johlten die Jungs, ließen ihre Mopeds aufheulen und kamen immer näher, kurzzeitig abgelenkt von dem, was sie tat. Sarah schluckte ihre Furcht hinunter und versuchte, den Lärm zu verdrängen, konzentrierte sich, baute Boos Schwung auf, ließ mitten in ihm ein Kraftzentrum entstehen. Sein Kopf senkte sich auf seine Brust, seine Beine hoben sich immer höher. Sie spürte seine Furcht, und ihr Herz zog sich angesichts seines Vertrauens zusammen. Er war bereit zu tun, was sie von ihm verlangte, obwohl er Angst hatte. Sie hörte, wie einer der Jungs ihr etwas zurief, aber seine Stimme ging in dem pochenden Blut in ihren Ohren unter.

«Alors, c'ést comme ça on se fait valser, hein?» Der Junge mit der Kappe kam wieder näher. Sein Grinsen war hart, grausam. Er erinnerte sie an den Malteser Sal. Sie steuerte Boo mit dem rechten Bein unauffällig von ihm weg. Boo, der nun im terre à terre federte, angefeuert von ihrem stärker werdenden Antrieb, nahm die gespannte Atmosphäre ebenfalls wahr. Bitte, sagte sie zu Boo. *Nur ein Mal. Das musst du für mich tun.*

«Faites-la descendre!», rief einer der Jungen. Sie spürte, wie eine Hand nach ihrem Bein griff. Das war ihr Stichwort. Ihre Fersen bohrten sich in Boos Flanken, mit ihrem Sitz befahl sie ihm zu steigen, höher zu steigen, dann rief sie «Hup!», und er sprang in die Luft, überragte die Jungen gewaltig und trat mit einem seismischen Stoß horizontal nach hinten aus. *Capriole!* Die Welt hielt an, stand still, und einen Augenblick lang sah sie, was die Männer in den Schlachten vor zweitausend Jahren gesehen haben mussten: die angstverzerrten Gesichter ihrer Gegner, wenn die großartigen Bestien die Schwerkraft besiegten, über ihnen aufstiegen und sich ihre Beine in luftgetragene Waffen verwandelten.

Unter ihr erklang ein Aufschrei der Furcht, der Empörung.

Zwei Mopeds stürzten um, und der Junge, der versucht hatte, Boo zu erschrecken, fiel auf seinen Hintern. Als Boos Vorderhufe wieder auf dem Boden aufkamen, warf sie sich nach vorne und stieß ihm die Fersen in die Flanken. «Los!», schrie sie. «Los!» Und das großartige Pferd preschte an den Mopeds vorbei, schleuderte um die Kurve und flog die asphaltierte Straße entlang den Weg zurück, den sie gekommen waren.

In einem abgedunkelten Krankenhauszimmer viele hundert Kilometer entfernt wachte Henri Lachapelle auf. Sein Kopf war immer noch zu der Seite geneigt, auf die ihn die Krankenschwester der Abendschicht gebettet hatte. Sein Blick heftete sich an das verschwommene Bild des Pferdes neben ihm, und er wartete darauf, dass seine Augen es schärfer stellten. Es schien irgendwie näher gekommen zu sein, während er geschlafen hatte, und nun blickte das Tier ihn mit seinen schimmernden Augen direkt an, sein Blick war sanft, und es lag etwas Beruhigendes darin, seine Geduld schien endlos. Henris trockene, entzündete Augen schlossen und öffneten sich mehrmals unsicher. Dann rief er erleichtert: *Gerontius!* Das Pferd blinzelte langsam, als würde es ihm zustimmen. Henri versuchte, sich ins Gedächtnis zu rufen, wie sie hier gelandet waren. Nur wenig war jetzt noch klar. Es war einfacher geworden, sich von diesen neuen Gezeiten tragen zu lassen, ohne Widerstand die Fürsorge, die Gesichter von Fremden über sich ergehen zu lassen.

Er spürte das steife Leder der Stiefel um seine Waden, den weichen, schwarzen Sergestoff seines Kragens am Hals, hörte das entfernte Gelächter seiner Kameraden, der *écuyers*, die sich vorbereiteten. Der Geruch von Holzkohlerauch, karamellisiertem Zucker und warmem Leder stieg ihm in die Nase, die sanften Brisen des Loire-Tals streichelten seine Haut. Und dann saß er oben, ritt durch den roten Vorhang. Seine behandschuhten Hände hielten die Zügel nur ganz leicht, sein Blick ruhte gelassen zwischen den aufgerichteten Ohren seines Pferdes. Er spürte, wie Gerontius seine langen, starken Beine unter ihm bewegte, die eleganten Schritte waren ihm so vertraut wie sein eigener Gang, und eine tiefe Freude, geradezu Euphorie, durchströmte ihn. Gerontius würde ihn nicht enttäuschen; dieses Mal würde er sich beweisen. Dieses Mal würde er *ein Mann mit Flügeln sein.*

Denn dieses Mal war etwas anders als sonst: Er musste dem Pferd seine Wünsche nicht übermitteln. Es herrschte so etwas wie Telepathie zwischen ihnen, ein Verständnis, warum hatte der Grand Dieu ihm das nie offenbart? Noch bevor seine Sporen gegen die Flanken des Pferdes flüstern konnten, bevor er sein Gewicht verlagerte oder ein Wort äußerte, ahnte Gerontius seinen Wunsch. Diese edle Kreatur, dachte Henri mit Verwunderung. Wie konnte ich ihn nur so lange im Stich lassen?

Das Pferd hob den Kopf und sammelte sich unter ihm, sein seidiges Fell glänzte im Licht, seine Hufe hoben sich. Sie beide befanden sich im Zentrum eines Wirbels von Erwartungen. Und dann stand Gerontius auf seinen Hinterbeinen, in schwindelerregender Höhe, er schwankte oder kämpfte nicht, sein stolzer Kopf ragte unbewegt und fest in die Höhe und blickte über das Publikum, als sei es sein angestammtes Recht, dass sie im Glanz seiner Leistung badeten. Und Henri war in gekippter Position hinter ihm, stand in den Steigbügeln, den Rücken in gerader Linie durchgedrückt. Ein frohlockendes Keuchen entfuhr ihm, als er begriff, dass das hier das Ziel war: Sie wurden von der Luft getragen, und er musste niemals wieder nach unten.

Und in diesem Moment sah er es: das Mädchen im gelben Kleid, das vor ihm auf seinem Sitz stand, die Hände über den Kopf erhoben. Sie klatschte, ihre Augen waren von Tränen des Stolzes erfüllt, und ein Lächeln erstrahlte auf ihrem Gesicht.

Florence!, rief er. *Florence!* Der aufbrausende Applaus in der Arena füllte seine Ohren, sein Herz, betäubte ihn, die Lichter explodierten um ihn herum – *Florence* –, wurden allumfassend, trugen ihn noch höher, überdröhnten das schrille Piepsen der Maschinen, die drängenden Stimmen, das plötzliche Aufspringen der Tür.

Mac klopfte. «Bist du fertig? Madame hat doch gesagt, Abendessen um acht.» Natasha hatte sich die schlecht geschnittene Hose und die dünne rote Baumwollbluse angezogen, die ihr als einzige Kleidungsstücke im örtlichen Kaufhaus gepasst hatten. Müde sagte sie: «Gib mir fünf Minuten. Wir treffen uns unten.»

Seine sich entfernenden Schritte wurden von der Holzvertäfelung der Flurwände zurückgeworfen, während sie in ihrer Tasche nach Mascara kramte, irgendetwas, das ihr blasses, erschöpftes Gesicht beleben würde.

Sie waren um kurz nach fünf in der Stadt angekommen. Zuerst hatten sie die École Nationale d'Équitation aufgesucht, den Sitz des Cadre Noir, doch die Tore waren verschlossen gewesen. Aus der Sprechanlage ertönte schließlich eine von Macs stetigem Klingeln offenbar verärgerte Stimme und teilte ihnen mit, dass die Akademie erst wieder zwei Wochen nach Weihnachten für die Öffentlichkeit zugänglich sei. Und auf Macs nächste Frage, nein, es sei kein englisches Mädchen auf einem Pferd eingetroffen. Weder Macs noch Natashas Französisch war besonders gut, aber es war auch keine Sprachgewandtheit nötig, um den süffisanten Unglauben in der Stimme des Mannes wahrzunehmen.

«Sie hätte sowieso unter keinen Umständen vor uns hier sein können», stellte Natasha fest. «Am besten suchen wir uns jetzt eine Unterkunft und sehen dann weiter.» Sie hatte erneut bei der Kreditkartenfirma nachgefragt, aber es gab keine neue Abbuchung. Seit dem Vorabend hatte Sarah kein Geld mehr abgehoben. Natasha wusste nicht, ob sie das beruhigend oder besorgniserregend finden sollte.

Das Château de Verrières lag im Zentrum des mittelalterlichen Ortes, Mauer an Mauer mit der École de cavalerie. Das Château selbst war riesig, opulent verziert, eine Schönheit – die Art Schlosshotel, die sie sich am Anfang ihrer Beziehung ausgesucht hätten, als sie einander noch etwas beweisen wollten, als Mac Aftershave benutzt und ihr Komplimente gemacht hatte. Als sie dieselben Verhaltensweisen noch lustig oder liebenswert gefunden hatte, über die sie sich zwei Jahre später beklagen würde.

«Warum sollten wir nicht wenigstens irgendwo unterkommen, wo es schön ist, statt in einem seelenlosen Businesshotel», hatte Mac gesagt. Er versuchte, guter Dinge zu sein, doch sie wusste, dass seine Ängste, genau wie ihre, seit ihrer Ankunft auf französischem Boden größer geworden waren. In den letzten Stunden waren sie vorsichtig miteinander umgegangen. Es war, als sei die Situation so übermächtig, so gewichtig geworden, dass sie keinen Raum für andere Gefühle ließ. Vielleicht lag es daran, dass nun keiner von ihnen mehr so sicher war, wie die Sache ausgehen würde.

Unten fand sie Mac vor einem knisternden Kaminfeuer sitzend. Er erklärte ihre Situation gerade der Hotelbesitzerin.

Die Französin hörte sich die Geschichte mit höflichem Unglauben an. «Sie glauben, das Kind ist von Calais hierhergeritten?», wiederholte sie.

«Wir wissen, dass sie zum Cadre Noir will», erläuterte Mac. «Wir müssen nur mit irgendjemandem dort sprechen – um herauszufinden, ob sie angekommen ist.»

«Monsieur, wenn ein vierzehnjähriges englisches Mädchen auf einem Pferd ohne Begleitung hier aufgetaucht wäre, wüsste die ganze Stadt davon. Sind Sie sich sicher, dass sie in der Lage ist, so weit zu reiten?»

«Wir wissen, dass sie gestern Abend kurz vor Paris Geld abgehoben hat.»

«Aber es sind über fünfhundert Kilometer …»

«Es ist möglich», sagte Natasha mit fester Stimme und dachte an Ali Ahmadi. «Wir wissen, dass es möglich ist.» Sie wechselte einen Blick mit Mac.

«Jetzt ist dort niemand», sagte die Frau. «Wenn Sie möchten, kann ich bei den *gendarmes* anrufen und mich erkundigen, ob etwas gemeldet worden ist.»

«Das wäre sehr hilfreich», sagte Mac. «Vielen Dank. Wir brauchen jede Hilfe, die wir bekommen können.» Als die Hotelbesitzerin sich entfernt hatte, um in der Küche nach dem Rechten zu sehen, fragte er:

«Alles okay?»

«Bestens.» Sie starrte aus dem Fenster und beschwor Sarah, hinter den Bäumen am Ende der Lorbeerhecke aufzutauchen. Sie hatte angefangen, sie überall zu sehen: hinter geparkten Autos, flüchtig am anderen Ende kleiner Straßen. *Sie wird kommen.* Doch wenn sie an Ali Ahmadi dachte, dann fiel ihr nicht sein Triumph des Willens ein oder der Blumenstrauß, der sie in ihrem Büro erwartete, sondern ihr eigenes Versagen. Mit Grauen spürte sie, dass sie einen kolossalen Fehler gemacht hatte.

Als sie Mac beim Abendessen im romantisch beleuchteten Speisesaal gegenübersaß, stellte sie fest, dass sie keinen Hunger hatte, und trank stattdessen. Ohne dass sie es bemerkte, waren drei, vier Gläser Wein geleert. In stiller Übereinkunft sprachen sie nicht über Sarah, aber ihr fiel auch nichts anderes ein, und sie wusste nicht, wohin sie ihre Blicke richten sollte. Sie sah auf Macs Hände, seine Haut, sein zerzaustes braunes Haar. Untypischerweise sagte er ebenfalls nicht viel, schlang nur sein Essen hinunter und gab gelegentlich anerkennende Laute von sich.

«Köstlich, oder?», sagte er, bevor er bemerkte, dass sie in ihrem Essen kaum gestochert hatte.

«Lecker», sagte sie. Er schien auf der Hut, als sei er sich nicht sicher, was er als Nächstes sagen sollte, und seine Verlegenheit vergrößerte ihre noch. Als er ein Dessert ablehnte und verkündete, er würde jetzt noch ein langes Bad nehmen, sackten sie beide vor Erleichterung etwas in sich zusammen.

«Vielleicht schaue ich mir noch ein wenig das Grundstück an», sagte sie.

«Sicher? Es ist ziemlich kalt da draußen.»

«Ich brauche frische Luft.» Sie versuchte zu lächeln, doch es misslang.

Die kalte Luft nahm Natasha beinahe den Atem, und sie zog ihren Mantel enger um sich. Es roch ganz leicht nach Rauch. Zu ihrer Rechten erkannte sie die riesige, klassizistische Fassade der Akademie, und nur wenig davon entfernt erstreckten sich die breiten, honigfarbenen Straßen von Saumur.

Sie ging auf einen Kastanienbaum zu, hielt darunter an und blickte durch die eleganten Äste hindurch in den Himmel, eine unendliche Weite, die nicht von den Lichtern der Stadt erhellt wurde, sondern durch eine Million winziger Lichtpunkte glitzerte. Sie dachte nicht mehr an ihren Job, den verlorenen Fall, die kaputte Beziehung. Sie wagte nicht, an Sarah zu denken oder daran, wo sie gerade war. Stattdessen dachte sie an Ali Ahmadi, der sie nicht belogen hatte. Sie schämte sich dafür, wie schnell, wie leicht sie ihre Meinung über ihn geändert hatte.

Sie war sich nicht sicher, wie lange sie draußen gestanden hatte, als sie Schritte auf dem Kiesweg hörte. Es war Mac, und ihr Herz machte einen Satz.

«Was ist? Ist das die Polizei?», fragte sie, als sie sah, dass er ein Telefon in der Hand hielt. «Haben sie sie gefunden?»

Sein Haar war trocken – er konnte nicht in der Badewanne gewesen sein. «Das war Cowboy John.» Sein Gesicht war ernst. «Es geht um Sarahs Großvater. Er ist heute Abend gestorben.»

Sie konnte nicht sprechen. Sie wartete darauf, dass er wieder Mac war, lachte und sich für seinen schlechten Witz entschuldigte, aber das tat er nicht. «Tash», sagte er schließlich, «was machen wir jetzt bloß?»

Sie hörte das leise Ächzen der Zweige und spürte mit herausragender Klarheit den kalten Wind auf ihrem Gesicht. «Wir finden sie», sagte sie, aber ihre eigene Stimme klang in ihren Ohren seltsam nasal. «Wir müssen sie finden. Ich weiß nicht, was wir sonst …»

Etwas stieg aus ihrer Brust auf, ein unbekanntes Erstickungsgefühl, das sie kurz in Panik versetzte. Sie hastete an ihm vorbei, rannte geradezu auf das Haus zu. Sie eilte durch die elegante, riesige Eingangshalle und die Mahagonitreppe hinauf in ihr Zimmer. Die Tränen kamen, noch bevor sie bäuchlings auf dem breiten Bett lag, die Arme über den Kopf geworfen. Die dicke Tagesdecke sog ihre Tränen auf. Natasha war sich nicht sicher, um wen sie weinte: um das Mädchen, das ganz allein in einem fremden Land unterwegs war und dessen letztes familiäres Band nun gekappt war, den verwaisten Jungen, dessen Leben sie falsch beurteilt hatte, oder vielleicht sogar um ihr eigenes Leben, aus dem sie ein solches Desaster gemacht hatte. Durch den Alkohol hemmungslos, befreit durch die Fremdheit ihrer Umgebung, das falsche Land, die Ausnahmesituation der letzten beiden Tage, wurde ihr Körper von Schluchzern geschüttelt, die von ganz tief innen zu kommen schienen. Sie weinte lautlos und wusste nicht, wie sie jemals wieder damit aufhören sollte.

Sie konnte die Mopeds hinter sich hören. Sie galoppierte nun mit aller Macht, atmete in kurzen Stößen, von Furcht erfasst. Boo rannte mit stocksteif nach vorn gerecktem Hals, seine Hufe schlugen Funken in die Dämmerung hinter ihm. Sie riss seinen Kopf nach rechts auf etwas zu, das wie eine Straße aussah, hörte hinter sich Reifen quietschen und einen erneuten drohenden Ausruf, «Putain!», und stellte dann fest, dass sie sich vor einem Supermarkt befand.

Sie galoppierte quer über den Parkplatz und war sich nur vage der schockierten Pärchen mit Einkaufswagen bewusst oder des Autofahrers, der beim Zurücksetzen auf die Bremse stieg. Sie versuchte, Boo zu zügeln – wenn sie nur nah genug am Supermarkt hielt, wären zu viele Leute um sie, als dass die Jungen ihr etwas tun könnten –, aber Boos Hals war starr, unbeweglich. Er war so verängstigt, dass er sich in einer ganz eigenen Welt befand.

Sie lehnte sich zurück, die Bodenmarkierungen flogen nur so unter ihr vorbei. «Boo! Whoa!», schrie sie, während sie entsetzt erkannte, dass sie ihn nicht würde stoppen können. Kaum hatte sie gedacht, dass es das Beste wäre, wenn sie einfach oben blieb, da sprangen sie über eine kleine Brüstung, ein Schlagloch, auf eine niedrige Mauer zu. Dann sah sie, dass das schwarze Nichts hinter der Mauer freies Feld war. Sie stellte sich in die Steigbügel und zog an einem Zügel, ein Trick, der ihn hätte dazu bringen müssen, langsamer zu werden.

Doch sie hatte falsch eingeschätzt, wie nah die Mauer schon war, wie unmöglich der Winkel, den sie für ihn vorgesehen hatte. Sie hatte genauso wenig wie das Pferd das Gefälle auf der anderen Seite der Mauer gesehen. Erst mit den Vorderbeinen in der Luft, als er blind vor Furcht bereits abgesprungen war, erkannten Pferd und Reiterin ihren Fehler.

Der Lärm der Mopeds verschwand. Sarah flog in den dunklen Himmel, nahm nur entfernt den Schrei war, der vielleicht von ihr selbst stammte. Und dann stolperte Boo, sein Kopf verschwand unter ihr, und Sarah fiel. Kurz blitzte eine erleuchtete Fahrbahn vor ihr auf, sie hörte ein schreckliches Krachen, und alles wurde schwarz.

Als er auf sein diskretes Klopfen keine Antwort bekam, drückte Mac die Türklinke herunter. Zwar befürchtete er, dass dadurch neue Feindseligkeit zwischen ihnen aufkommen könnte, aber er konnte nicht einfach in sein Zimmer gehen. Sie hatte so verloren ausgesehen, ihr Gesicht so bleich im Mondlicht, die gewohnte Selbstbeherrschung verschwunden.

«Tash?», fragte er sanft. Er sagte es nochmals, dann öffnete er die Tür.

Sie lag mit über dem Kopf verschränkten Armen auf dem

Baldachin-Bett. Einen Augenblick dachte er, dass sie vielleicht schlief. Und dann, als er gerade die Tür wieder schließen wollte, entdeckte er das Zucken ihrer Schultern, vernahm die erstickte Andeutung eines Schluchzens. Er blieb ganz still stehen. Natasha hatte seit Jahren nicht mehr vor ihm geweint. Er hatte ihren Gesichtsausdruck nicht vergessen können, als er auszog. Wie sie in der Tür gestanden hatte in ihrem Anwaltskostüm und ihm zusah, wie er seine Habseligkeiten ins Auto warf. Der verkrampfte Kiefer, das vollkommen beherrschte Gesicht.

Aber das war eine Ewigkeit her.

Vorsichtig ging Mac über den Holzfußboden. Sie zuckte zusammen, als er eine Hand auf ihre Schulter legte. «Tash?»

Sie lag da und reagierte nicht. Er war sich nicht sicher, ob sie nicht in der Lage war zu antworten oder einfach darauf wartete, dass er wegging.

«Was ist?», fragte er. «Was ist so schlimm?»

Als sie ihm ihr Gesicht zuwandte, war es blass und fleckig vor Tränen. Mascara rann ihr die Wangen hinunter, und er bekämpfte den Impuls, ihn abzuwischen.

«Was ist, wenn wir sie nicht finden?» Ihre Augen schwammen.

Die offensichtliche Tiefe ihres Schmerzes war schockierend und ließ sie ihm fremd erscheinen. Er konnte den Blick nicht von ihr abwenden.

«Wir finden sie.» Das war alles, was er sagen konnte. «Ich verstehe nicht, Tash …»

Sie richtete sich in eine sitzende Position auf, zog ihre Knie unter das Kinn und senkte ihre Stirn darauf. Er musste zweimal nachfragen, bevor er verstand, was sie sagte.

«Er hat uns vertraut.»

Er setzte sich neben sie auf das Bett. «Ja, aber …»

«Du hattest recht. Es ist alles meine Schuld.»

«Nein … nein», murmelte er. «Es war dumm von mir, das zu sagen. Es ist nicht deine Schuld.»

«Doch», beharrte sie mit tränenerstickter Stimme. «Ich habe ihn enttäuscht. Ich habe sie im Stich gelassen. Ich habe mich nie so um sie gekümmert, wie ich es hätte tun müssen. Aber es war zu …»

«Du hast es gut gemacht. Wie du gesagt hast, du hast dein Bestes gegeben. Wir haben beide unser Bestes gegeben. Wir konnten nicht wissen, dass das hier passieren würde.»

Er war erstaunt, dass eine Äußerung von ihm eine solche Wirkung bei ihr haben konnte. Natasha hatte so lange von allem, was er tat, unberührt gewirkt. «Komm schon, das waren nur Worte … ich war wütend …»

«Nein. Du hattest recht. Ich hätte nicht gehen dürfen. Wenn ich geblieben wäre … vielleicht hätte ich sie dazu bringen können, sich ein bisschen mehr zu öffnen. Aber ich konnte nicht da bleiben, wo du warst. Ich konnte nicht da bleiben, wo *sie* war.»

Er hätte gern die Hand nach ihr ausgestreckt, befürchtete aber, dass sie sich dann wieder vor ihm verschließen würde. «Du konntest nicht in Sarahs Nähe sein?» Seine Stimme war leise und vorsichtig.

Ihr Gesicht war nun ruhig, die Schluchzer versiegt. «Sie hat mir gezeigt, dass ich nie gut darin gewesen wäre. Sarahs Anwesenheit hat mir gezeigt … dass es vielleicht einen Grund dafür gibt, warum ich keine Kinder bekommen konnte.» Sie schluckte. «Und was ihr seither passiert ist, beweist, dass ich damit recht hatte.» Ihre Stimme brach, und sie schluchzte wieder, sank in sich zusammen und zitterte.

Mac war sprachlos angesichts ihrer plötzlichen Trauer um die Babys, die sie verloren hatten. «Nein, Tash», sagte er leise und fasste nun nach ihrer Hand. Ihre Finger waren nass vor Tränen. «Nein, Tash. Das ist es nicht … Komm schon», protestierte er, und seine eigene Stimme war belegt. Er zog sie an sich, legte die Arme um sie und wiegte sie, beinahe ohne zu wissen, was er tat. «Du meine Güte. Nein … Du wärst eine großartige Mutter gewesen, das weiß ich.»

Er legte seine Stirn auf ihren Kopf, atmete den vertrauten Duft ihres Haars ein und bemerkte, dass die Tränen, die seine Wange hinunterliefen, seine eigenen waren. Und er spürte, wie die Arme seiner Frau um seinen Körper krochen und ihn umschlangen. Sie klammerte sich an ihn, eine stumme Botschaft, dass sie ihn vielleicht doch gebraucht, gewollt hatte, dass er ihr etwas zu geben hatte. Umschlungen saßen sie im Dunkeln und trauerten zu spät gemeinsam um die Kinder, die sie verloren, das gemeinsame Leben, das sie aufgegeben hatten. «Tash», murmelte er. «Tash …»

Ihr Schluchzen wurde leiser, und an seiner Stelle stand auf einmal eine stumme Frage im Raum, stand auf die Stellen ihrer Haut geschrieben, wo sie einander berührten. Er hob mit seinen Händen ihr Gesicht an, versuchte, darin zu lesen, und sah etwas, das jeden Gedanken auslöschte.

Mac senkte sein Gesicht auf Natashas und küsste mit einem leisen Aufstöhnen ihre Unterlippe. Seine Hände folgten den Konturen ihres Gesichts, fremd und doch vertraut. Einen Augenblick spürte er, wie sie zögerte, und auch in ihm hielt etwas inne – *Was ist das? Hören wir besser auf?* –, doch dann schlossen sich ihre schlanken Finger um seine, und ein leises, fast animalisches Geräusch entfuhr ihr, als ihre Lippen seine suchten.

Und Mac drückte sie mit einem Seufzer der Erleichterung

und der Begierde zurück aufs Bett. Er küsste ihren Hals, ihr Haar, zerrte an den Knöpfen ihrer zerknitterten Bluse, roch den Moschusduft ihrer Haut und wurde vor Verlangen ganz unbeholfen. Er spürte, wie ihre Beine sich um seinen Rücken schlangen, und ein entfernter, noch denkender Teil von ihm bemerkte, dass sie früher so nicht gewesen war. Seit Jahren nicht mehr. Dass diese Natasha eine neue Frau war und dass seine Gefühle zu kompliziert waren, um sich ihnen zu stellen.

In dem schwachen Mondlicht, das durch das Fenster hereinfiel, sah er ihre verschmierte Wimperntusche, das ungewaschene Haar, den schwachen Puls in ihrer blassen Kehle, die sie ihm entgegenbog, und die Zärtlichkeit, die er eben noch verspürt hatte, wurde von etwas Dunklem und Männlichem verdrängt. Einem Nachhall von etwas, das er sich während ihrer Ehe nicht hatte eingestehen können. Hier ging es nicht darum, wieder vertrautes Terrain zu betreten. Das hier war etwas ganz Neues.

«Ich will dich.» Ihre Stimme klang in seinen Ohren, als sei sie selbst überrascht, heiser vor etwas in ihr, etwas Gierigem und Verzweifeltem. «Ich will dich», sagte sie wieder. Und als er sich das T-Shirt über den Kopf zog, begriff Mac, dass es, obwohl es keine Frage gewesen war, nur eine mögliche Antwort darauf gab.

«Wenn dem Pferde etwas begegnet, [gerät] der Reiter auch in Gefahr.»

Xenophon, Über die Reitkunst

Kapitel 25

Ein weißer Vogel kreiste über ihr. Er bewegte sich in großen, trägen Bahnen und stieß ein dumpfes Brummen aus, das lauter wurde und dann, gerade als es unerträglich zu werden drohte, wieder abschwoll. Sarah blinzelte, unfähig, den Vogel vor dem grellen Licht dahinter genau auszumachen, und bat ihn stumm, leise zu sein.

Sie lag ganz ruhig, während der Lärm wieder lauter wurde, und dieses Mal vibrierte sogar der Boden unter ihr. Sie verzog das Gesicht, der Schmerz in ihrem Kopf, in ihrer rechten Schulter wurde ihr bewusst. Bitte, dachte sie, es reicht. Es ist zu laut. Sie kniff ihre Augen gegen dieses brutale Eindringen in ihre Sinne zusammen. Schließlich, gerade als er wieder unerträglich geworden war, hörte der Lärm auf. Sie spürte eine unbestimmte Dankbarkeit, bevor er von einer anderen Sorte Lärm ersetzt wurde. Eine Tür schlug. Ein Ausruf ertönte.

Au, dachte sie. *Meine Schulter.* Dann: *Mir ist so kalt. Ich spüre meine Füße nicht.* Das Licht wurde gedimmt, und sie öffnete ihre Augen einen Spalt weit, um einen dunklen Schatten zu sehen, der sich über sie beugte.

«*Ça va?*»

Panik überwältigte sie, noch bevor der Teil von ihr, der bei Bewusstsein war, verstanden hatte, warum. Irgendetwas war falsch, ganz falsch. Sie blinzelte und vergaß ihren Schmerz, während sie versuchte, die Gestalt des Mannes zu erkennen, der auf sie herabblickte. Sie stellte fest, dass sie in einem Graben lag. Sie stemmte sich hoch, kroch rückwärts und stieß gegen einen Betonpfosten.

Männer. Mopeds. Angst.

Der Bauer stand mit besorgtem Gesicht wenige Meter vor ihr, seine riesige gelbe Feldmaschine mit geöffneter Tür nicht weit von ihm entfernt.

«*Tu vas bien? Qu'est-ce qu'il est passé?*», fragte er.

Sarahs Sicht war unscharf. Sie blickte sich um, machte das Ausmaß des gemähten Feldes aus, die Gebäude des Industriegebiets in der Entfernung. Das Industriegebiet. Ein Sprung in die Dunkelheit.

«Mein Pferd», sagte sie, sprang auf die Beine und stieß einen unwillentlichen Schmerzenslaut aus. «Wo ist mein Pferd?»

Der Farmer ging rückwärts und bedeutete ihr zu bleiben, wo sie war. «*Je téléphonerai aux gendarmes*», sagte er. «*D'accord?*»

Sie stolperte bereits vorwärts, die Straße entlang, versuchte, ihren Kopf freizubekommen, ihre Sicht. «Boo!», rief sie. «Boo!»

Sie sah nicht den Argwohn auf dem Gesicht des Bauern, als seine dicken, eckigen Finger zögernd über dem Mobiltelefon schwebten. Drogen?, fragte er sich. Psychische Krankheit? Eine Hälfte von ihr war komplett mit Schlamm bedeckt, sie hatte eine Wunde im Gesicht – deutete das auf Ärger hin?

«Je peux t'aider?», fragte er vorsichtig.

Sie hörte ihn nicht.

«Boo!», schrie sie, während sie, immer wieder aufstöhnend, auf den Betonpfosten kletterte. Ihr Körper schmerzte, es fiel ihr schwer, die Balance zu halten, ihre Sicht wurde einfach nicht klar. Doch sogar sie konnte sehen, dass die Felder, abgesehen von ein paar Krähen in der Ferne, abgesehen von ihrem aufsteigenden Atem, leer waren. Ihre Stimme verklang einfach in der stillen Morgenluft.

Sie wandte sich wieder an den Mann. *«Mon cheval. Un cheval brun. Un Selle Français.»* Sie zitterte, eine Mischung aus Kälte und Furcht. Das durfte nicht passiert sein. Nicht jetzt, nicht nach alldem. Er konnte nicht fort sein!

Der Bauer stand nun an der Tür seiner Landmaschine. *«Je peux t'aider?»*, fragte er wieder, dieses Mal irgendwie mit weniger Nachdruck, als habe er die Hoffnung, dass diese Fremde sagen würde, nein, ihr gehe es gut.

Tatsächlich hinkte Sarah bereits los, unsicher, wo sie zuerst suchen sollte. Sie war zu beschäftigt damit, den Namen ihres Pferdes zu rufen, um ihn zu hören. Die nackte Panik darüber, dass Boo verschwunden war, hatte Vorrang vor dem Schmerz in ihrer Schulter, dem Hämmern in ihrem Kopf.

Sie war beinahe das gesamte gemähte Feld entlanggegangen, als ihr auffiel, dass nicht nur ihr Pferd verschwunden war.

Beinahe fünfzig Kilometer entfernt erwachte auch Natasha. Noch bevor sie begriff, dass das Geräusch, das sie hörte, von Mac stammte, der ins Badezimmer verschwand, war ihr der Verlust seines Körpers neben ihrem bewusst gewesen. Sie spürte noch das Gewicht seines Armes über ihr, sein festes, langes, gegen sie gedrücktes Bein, seinen warmen Atem an ihrem Hals. Ohne ihn fühlte sie sich wie im Freiflug, als schwebe sie losgelöst im Raum, statt gemütlich in einem riesigen Doppelbett zu liegen.

Mac.

Sie hörte, wie er den Toilettensitz anhob, und erlaubte sich ein kleines Lächeln angesichts dieser Andeutung von Familienleben. Sie grub sich tiefer in die Decken, umfangen von dem Geruch, der von Stunden der Lust sprach, von empfangenem und erwidertem Verlangen. Sie dachte an ihn, an seine Lippen auf ihrer Haut, seine Hände, sein Gewicht, an die Intensität, mit der er sie betrachtet hatte, als seien all die vorausgegangenen Jahre zwar nicht einfach weggewaschen, aber irrelevant angesichts der Stärke ihrer Gefühle. Sie dachte daran, was sie selbst getan hatte, an ihre Hemmungslosigkeit, das Verlangen, dieses Gefühl, das so unerwartet da gewesen war. Als sei es getrennt von ihr, getrennt von der Person, für die sie sich gehalten hatte. Es war fast so, als hätten ihre Auseinandersetzungen in der Vergangenheit, die Grausamkeiten, die Dinge, die sie davon abgehalten hatten, miteinander sie selbst zu sein, wie ein Verstärker gewirkt. Sie hatte ihn überrascht, und sie hatte sich selbst überrascht. Wie lange war es her, dass sie sich in seinen Augen wie eine bessere Version ihrer selbst gespiegelt hatte?

Sie glitt hinüber auf seine Seite des Bettes und atmete den Geruch nach seiner Haut ein. Sie hörte das Geräusch fließenden Wassers, als er sich die Hände wusch. Wäre es falsch, sich noch einmal um ihn zu winden, bevor sie aufstanden und die Suche erneut begannen? Wäre es falsch, seine Lippen, seine Hände, seine Haut zu benutzen, um sich gegen den Tag zu wappnen? Wie würde es sich anfühlen, in dieser riesigen Badewanne mit den Löwenklauen zu liegen und seinen starken

Körper wieder in Besitz zu nehmen, Zentimeter für seifigen Zentimeter? Ich liebe ihn, dachte sie, und diese Erkenntnis war wie eine Erleichterung, als könne sie nun aufhören zu kämpfen, weil sie es sich eingestanden hatte.

Sie seufzte auf vor Befriedigung. Dann rieb sie sich die Augen, da ihr die verschmierte Wimperntusche der gestrigen Nacht einfiel, versuchte, ihr Haar zu glätten, das sich an ihrem Hinterkopf verfilzt anfühlte. Ihr Körper glühte, prickelte vor Vorfreude, und sie beschwor ihn, sich zu beeilen. Sie wollte ihn bei sich spüren, um sich, in sich. Sie verspürte einen Hunger nach seinem Körper, einen Hunger, von dem sie nicht geglaubt hatte, dass sie ihn noch besaß. Mit Conor hatte sie sich nie so gefühlt. Sie hatte körperliches Verlangen gespürt, ja, aber es war so gewesen, als befriedigten sie beide lediglich ihren Appetit. Es war nicht dieses schwindelig machende, tief sitzende Gefühl, eine Hälfte eines Ganzen zu sein, sogar eine kurzfristige Abwesenheit als Amputation zu empfinden.

Da hörte sie die Stimme. Zuerst hatte sie gedacht, es sei jemand draußen auf dem Flur, aber als sie so dalag und lauschte, wurde ihr klar, dass es Mac war, der sprach. Sie stieg aus dem Bett, wickelte das Laken um sich und tapste auf nackten Füßen zur Badezimmertür. Dort zögerte sie einen Moment, lehnte dann aber ihr Ohr gegen die alte Eichentäfelung.

«Süße, lass uns ein anderes Mal darüber reden. Du – du bist unmöglich.» Er lachte. «Nein, tu ich nicht … Maria, ich werde dieses Gespräch nicht jetzt führen. Ich sage dir doch, ich suche noch. Ja, wir sehen uns am fünfzehnten … Ich auch.» Er lachte wieder. «Ich muss Schluss machen, Maria. Ich rufe dich an, wenn ich wieder zu Hause bin.»

Natasha wich von der Tür zurück, ihr Lächeln war erloschen. Das Glühen in ihrem Blut wie durch Alchemie in Eis verwandelt. Sie hatte es gerade wieder bis ins Bett geschafft, als er aus dem Bad kam. Sie beruhigte ihren Atem, rieb sich über das Gesicht, unsicher, wie sie sich verhalten sollte.

«Du bist wach», stellte er fest. Sie spürte seinen Blick auf sich. Seine Stimme war rau vom Schlafmangel.

«Wie spät ist es?», fragte sie.

«Viertel nach acht.»

Ihr Herz schlug unangenehm in ihrem Brustkorb. «Dann sehen wir besser zu, dass wir loskommen», sagte sie und suchte den Boden nach ihren Kleidern ab. Sie blickte ihn nicht an.

«Du willst aufstehen?» Er klang überrascht.

«Ich halte das für eine gute Idee. Wir müssen doch mit der Polizei reden. Madame … wollte für uns anrufen.» Sie erblickte unter der großen Walnusskommode ihren Slip. Bei dem Gedanken daran, wie er dort gelandet war, errötete sie.

«Tash?»

«Was?» Sie zog den Slip mit dem Rücken zu ihm an. Das Laken verdeckte ihren nackten Körper.

«Alles okay?»

«Alles prima.» Sie wandte sich zu ihm um und blickte ihn offen, neutral an. Insgeheim wünschte sie ihm einen langsamen, schmerzhaften Tod. «Warum?»

Er sah ihr forschend ins Gesicht. Dann lächelte er, zuckte ein wenig unsicher mit den Schultern.

«Ich finde nur, wir sollten in die Gänge kommen», fuhr sie fort. «Wir sind ja aus einem Grund hier.» Und bevor er einen weiteren Satz sagen konnte, hatte sie ihre Sachen aufgesammelt und war auf dem Weg ins Bad.

Der Gendarm hatte mit den Verwaltungsangestellten des Cadre Noir gesprochen, bevor er zu ihnen gekommen war.

«Es gibt keine Meldungen über ein Mädchen und ein Pferd», sagte er, als sie im Salon zusammen bei dem Kaffee saßen, für den Madame gesorgt hatte, bevor sie sich diskret zurückgezogen hatte. «Aber sie haben mir versichert, dass sie es uns in jedem Fall wissen lassen, falls sie dort eintrifft. Bleiben Sie noch hier?»

Natasha und Mac blickten einander an.

«Ich vermute, ja», sagte Mac. «Dies ist der einzige Ort, an den Sarah höchstwahrscheinlich kommt. Wir bleiben, bis sie hier ist.»

Ihre Geschichte hatte dem Polizisten dieselbe Reaktion entlockt wie Madame. Leiser Unglaube, die stumme Frage, wie Möchtegern-Eltern die Vorstellung aushielten, dass sich ein Kind allein auf eine so weite Reise machte. «Darf ich fragen, weshalb Sie davon ausgehen, dass sie zum Cadre Noir will? Ist Ihnen bewusst, dass es sich um eine Elite-Akademie handelt?»

«Ihr Großvater. Er war vor langer Zeit dort Mitglied, oder wie immer das heißt. Er war es, der glaubte, dass sie versuchen würde hierherzukommen.»

Der Inspektor schien mit dieser Antwort zufrieden. Er kritzelte ein paar mehr Notizen auf seinen Block.

«Und sie hat meine Kreditkarte. Wir wissen, dass sie auf dem Weg nach Frankreich benutzt worden ist», fügte Natasha hinzu. «Alles deutet darauf hin, dass sie hierher unterwegs ist.»

Der Gesichtsausdruck des Polizisten gab nichts preis. «Wir werden die Beamten in einem Radius von achtzig Kilometern informieren. Falls jemand sie sieht, werden Sie informiert.» Er hob die Schultern. «Allerdings wird es nicht leicht, in dieser Gegend eine junge Frau auf einem Pferd von anderen jungen Frauen auf Pferden zu unterscheiden – Sie müssen wissen, dass hier in der Gegend viele Menschen reiten.»

Nachdem der Polizist sich verabschiedet hatte, blieben sie schweigend sitzen. Natasha blickte sich im Zimmer nach den schweren Vorhängen um, den ausgestopften Vögeln in Glaskästen.

«Wir könnten rumfahren», sagte er. «Ist vermutlich besser, als den ganzen Tag hier zu sitzen. Madame hat uns versprochen anzurufen, falls sich etwas tut.» Er machte Anstalten, ihren Arm zu berühren, doch Natasha wich ihm aus und beschäftigte sich mit ihrer Tasche.

«Ich glaube nicht, dass es Sinn ergibt, wenn wir beide unterwegs sind», sagte sie. Angesichts seiner verletzten Miene hätte sie ihn am liebsten ins Gesicht geschlagen. «Ich sehe mir mal die Akademie an. Du fährst.»

«Das ist lächerlich. Warum sollten wir uns jetzt aufteilen? Natasha, wir fahren zusammen.»

Es folgte eine kurze Pause. Sie sammelte ihre Sachen ein und weigerte sich, ihn dabei anzusehen. «Okay», sagte sie schließlich und verließ den Raum.

Am anderen Ende des gepflügten Feldes waren Hufabdrücke zu sehen. Sie hatte versucht, über das Feld zu rennen und sie sich genauer anzusehen, aber klebrige, schwere Lehmklumpen blieben an ihren Stiefeln hängen und ließen sie nur mühsam vorankommen. Endlich hatte sie das andere Ende erreicht, aber nach wenigen schmutzigen Klumpen auf dem Asphalt hatte sich Boos Spur aufgelöst.

Eine weitere Stunde lang ging sie kreuz und quer über die Felder, kroch in Gehölze, während ihre Stimme schon heiser vom Rufen war. Schließlich fand sie sich im nächsten Dorf wieder. Mittlerweile zitterte sie, ihr Körper fühlte sich kalt und hohl an. Ihre Schulter schmerzte, ihr Magen wurde von stechendem Hunger geplagt. Der Duft nach Brot aus der *boulangerie* war köstlich und tröstlich und vollkommen unerreichbar. Sie schob eine kalte Hand in ihre Tasche und förderte drei Münzen zutage. Euros. Sie erinnerte sich nicht, wie sie dorthin gekommen waren. Ihr ganzes Geld steckte eigentlich in einem Umschlag in ihrem nun verschwundenen Rucksack. Sie starrte auf die Münzen, auf die *boulangerie*. Alles war fort: ihr Pass, Boos Papiere, ihr Geld, Natashas Kreditkarte.

Es gab nur einen Menschen, der ihr helfen konnte. Sie suchte in ihrer Jackentasche nach Papas Foto. Es war zerknickt, und sie strich es mit den Daumen glatt.

Steif überquerte sie den Platz, betrat eine *bar tabac* und fragte nach einem Telefon. «*Tu est tombé?*», erkundigte sich die Frau hinter der Bar mitleidig.

Sarah nickte und wurde sich auf einmal ihrer Aufmachung bewusst, des Schlamms auf ihrer Kleidung. «*Pardonnez moi*», sagte sie und sah sich danach um, ob sie eine Schmutzspur hinterlassen hatte.

Die Frau starrte ihr besorgt ins Gesicht. «*Alors, asseids-toi, chérie. Tu veus boire quelque chose?*»

Sarah schüttelte den Kopf. «Englisch», sagte sie fast flüsternd. «Ich muss zu Hause anrufen.»

Die Frau blickte auf die drei Münzen in Sarahs Hand. Sie streckte die Hand aus und berührte ihr Gesicht. «*Mais tu as mal à la tête, eh? Gérard!*»

Wenige Sekunden darauf erschien ein schnurrbärtiger Mann hinter der Bar. Die Frau murmelte ihm etwas zu und zeigte auf Sarah.

«Telefon», sagte er. Er hob den Riegel vor der Bar an und führte sie durch einen dunklen Flur. Auf einer kleinen Kommode stand ein Telefon. «*Ici tu peux téléphoner*», sagte er. Als sie ihm ihre Münzen hinhielt, schüttelte er den Kopf. «*Ce n'est pas necessaire.*»

Sarah rief sich die Vorwahl für England ins Gedächtnis, dann wählte sie.

«St. Theresa. Neurologie.»

Der Klang der englischen Stimme hatte eine unerwartete Wirkung: Sie bekam plötzlich Heimweh. «Hier spricht Sarah Lachapelle», sagte sie mit belegter Stimme. «Ich muss mit meinem Großvater sprechen.»

Stille folgte. «Kannst du einen Moment am Apparat bleiben, Sarah?»

Sie hörte Gemurmel und warf einen ängstlichen Blick auf die Uhr. Sie wollte das französische Ehepaar nicht so viel Geld kosten. Durch die Tür hindurch sah sie die Frau Kaffee servieren und sich angeregt mit den Gästen unterhalten. Vermutlich sprachen sie über sie, das englische Mädchen, das vom Pferd gefallen war.

«Sarah?»

«John?» Sie war völlig verblüfft, seine Stimme zu hören.

«Wo steckst du, Mädchen?»

Sarah erstarrte. Sie wusste nicht, was sie ihm sagen sollte. Würde Papa es für richtig halten, John zu verraten, wo sie war? Oder wollte er, dass sie weiterreiste? Die Wahrheit zu sagen war oft ein Schlag ins Wasser.

«Ich muss mit Papa sprechen», sagte sie. «Kannst du ihn mir bitte geben?»

«Sarah, du musst mir sagen, wo du bist. Man sucht dich.»

«Nein», sagte sie fest. «Ich will nicht mit dir reden. Ich will mit Papa sprechen.»

«Sarah …»

«Es ist wichtig, John. Wirklich wichtig. Bitte, tu das für

mich. Bitte mach mir keine Schwierigkeiten …» Sie war kurz davor zu weinen.

«Das kann ich nicht, Schätzchen.»

«Du kannst. Ich habe vorgestern mit ihm gesprochen. Wenn du ihm das Telefon ans Ohr hältst, kann er immer noch hören, was ich …»

«Sarah, Mädchen, dein Großvater ist von uns gegangen.»

Sie starrte vor sich hin. Jemand hatte in der Bar den Fernseher angestellt, und sie hörte das entfernte Grölen und den aufgeregten Kommentar zu einem Fußballspiel. «Wohin gegangen?»

Eine lange Pause. «Sarah, Baby, er ist gestorben.»

Eine neue Kälte kroch in sie, flutete sie von den Füßen aufwärts.

Sie schüttelte den Kopf.

«Nein», sagte sie.

«Baby, du musst jetzt nach Hause kommen. Es ist Zeit zurückzukommen.»

«Du lügst», sagte sie. Ihre Zähne klapperten.

«Schätzchen. Es tut mir leid.»

Sie knallte den Hörer auf die Gabel. Ihr ganzer Körper zitterte. Sie sank ganz leise auf den Linoleum-Boden und saß dort, während das Zimmer sanft um sie kreiste.

«*Alors!*» Sie war sich nicht sicher, wie viele Minuten verstrichen waren, als sie bemerkte, wie die Frau nach ihrem Ehemann rief und zwei Paar Hände sie wieder auf die Füße stellten. Sie wurde in den Hauptraum der Bar geführt und vorsichtig auf eine der roten Lederbänke gesetzt, dann stellte die Frau eine dampfende Tasse Kakao vor sie auf den Tisch und packte Zuckerstückchen aus, die sie hineinrührte.

«*Regardez!*», sagte ein anderer Gast. «*Elle est si pâle!*»

Jemand sagte etwas über einen Schock. Sie hörte die Stimmen wie aus weiter Ferne. Weitere Gesichter wurden ihr bewusst, mitleidig lächelnd. Jemand nahm ihr den Reithelm ab, und sie schämte sich für ihr ungewaschenes Haar, den Dreck unter ihren Fingernägeln. Papa war fort. Boo war fort.

Die Frau streichelte ihr über die Hand, hielt sie fest, ermutigte sie, den Kakao zu trinken. Sie nahm höflich einen Schluck und fragte sich, ob sie sich wohl übergeben würde.

«*Tu as perdu ton cheval?*», fragte jemand. Ihr Hirn fühlte sich so seltsam an, dass sie mehrere Versuche unternehmen musste, um zu nicken.

«*De quel couleur est-il?*»

«*Brun*», sagte sie stumpfsinnig. Sie fühlte sich gewichtslos, hörte alles mit Verzögerung. Kurz fragte sie sich, ob sie, wenn die Frau aufhörte, ihre Hand zu halten, einfach ins All hinaufschweben und verschwinden würde. Warum auch nicht? Es war niemand mehr da, um sie auf der Erde zu verankern, niemand, der sie liebte. Es gab kein Ziel, keine Rückkehr. Boo lag vermutlich tot in einem Graben. Die Jungen konnten ihn meilenweit gejagt haben. Er konnte gestohlen worden, mit einem Auto zusammengeprallt sein, von diesem riesigen Land verschluckt worden sein, um nie mehr gesehen zu werden. Und Papa ... Papa war gestorben, als sie nicht da gewesen war. Nie wieder würde sie seine Hände, seinen alten Rücken beim Striegeln, Bücken und Bürsten sehen, sein vor Anstrengung verbissenes Gesicht. Nie wieder würden sie gemeinsam vor dem Fernseher sitzen und die Nachrichten kommentieren. Nichts ergab mehr Sinn.

Da war ein besorgtes Murmeln. Sie spürte, wie ihre Lider herabsanken, dann hielt ihr die Frau wieder den Becher an die Lippen.

«*C'est le secousse*», sagte jemand und hob tatsächlich ihre Augenlider an, um nachzusehen.

«Mir geht's gut», entgegnete sie und wunderte sich, dass man gleichzeitig etwas so offenkundig Richtiges und zugleich Falsches sagen konnte.

«Mademoiselle.» Ein dünner Mann mit einer Zigarette stand vor ihr. «*Le cheval est brun?*»

Sarah blickte zu ihm auf.

«*Il a quelle taille, le cheval? Comme ça?*» Er zeigte mit der Hand Schulterhöhe an.

Auf einmal konnte sie sich wieder konzentrieren. Sie nickte.

«Komm, komm», sagte er. «Bitte komm.» Sie spürte den stützenden Arm der Frau unter ihrem Ellenbogen und war plötzlich dankbar dafür. Ihre Beine schienen ihr nicht mehr zu gehorchen. Sie blinzelte, das helle Morgenlicht war zu grell nach der Düsterkeit in der Bar. Dann stieg die Frau mit ihr auf den Rücksitz eines Wagens, und der dünne Mann setzte sich hinters Steuer. Zwei oder drei Kilometer weiter bogen sie auf einen Bauernhof ein, fuhren eine Auffahrt voller rostiger Landmaschinen hinauf. Riesige Türme aus in schwarzes Plastik verpackten Heuballen. Eine Gans zischte sie beim Aussteigen wütend an, und der Mann scheuchte sie weg.

Als sie um die Ecke einer riesigen Scheune bogen, sah sie ihn: Er stand in einem Kuhstall, sein Sattel und Zaumzeug hingen ordentlich über dem Tor. «Boo?», sagte sie ungläubig. Der Schmerz in ihrer Schulter war vergessen.

«*Il est le vôtre?*», fragte der Mann.

Boo wieherte wie zur Antwort.

«*Le fermier l'a trouvé ce matin, dans le verger. Il tremblait comme une feuille, il disait.*»

Sie hörte ihn kaum. Sie entwand sich ihren Händen und stürzte auf ihr Pferd zu. Sie kletterte über das Tor und fiel beinahe in den Stall, warf ihm die Arme um den Hals, presste ihr tränenüberströmtes Gesicht in sein Fell.

Mac wartete, bis Natasha in den Wagen gestiegen war, bevor er den Zündschlüssel drehte. Sie hatte den ganzen Morgen über kaum mit ihm gesprochen. Jedes Mal, wenn er versuchte, etwas zu sagen, das anzusprechen, was geschehen war, setzte sie ihr ‹Ehe-Gesicht› auf, wie er es heimlich nannte, eine Miene voll aufgestauter Missbilligung und unausgesprochener Schuldzuweisungen. Es war nur schwer zu ertragen. Gestern Nacht hatte sie ihn gewollt – es war nicht so, als hätte er sich ihr aufgedrängt. Wieso zum Teufel behandelte sie ihn jetzt so?

Mac wusste, er hatte das Richtige getan, aber es war schwierig, die begierige, leidenschaftliche Kreatur von gestern Nacht mit der kalten, verschlossenen Frau neben ihm in Einklang zu bringen. Er war um sie geschlungen aufgewacht, seine Lippen im Schlaf auf ihren Nacken gedrückt, und sein erster Gedanke war eine Art Aufregung gewesen. Es gab Möglichkeiten: Etwas zwischen ihnen war aufgesprungen, hatte sich offenbart. Vielleicht war es nicht zu spät. Das lag nicht nur am Sex, obwohl der ihn offen gestanden überrascht hatte. Es war, als hätte sie eine Schicht von sich abgetragen, nur ihm erlaubt, etwas zu sehen, was sie so lange vor aller Augen verborgen hatte. Danach hatte sie erneut geweint, dieses Mal wie aus Befreiung. Er hatte sie festgehalten, ihr zugeflüstert und das Gefühl gehabt, ein Geschenk erhalten zu haben. Wie hatten sie nur so viel Zeit getrennt voneinander verschwenden können?

Ich will dich.

Wie also erklärte sich dieser Morgen? Mac wusste, dass er diese launische, komplizierte Frau liebte, aber er wusste nicht, ob er genügend Energie hatte, um immer wieder die Barrieren einzureißen, die sie mit so viel Entschlossenheit zwischen ihnen errichtete. Du hast recht, sagte er ihr stumm. Männer haben irgendwann genug von «komplizierten» Frauen, und das ist der Grund: Du nimmst eine wunderbare Situation und legst etwas Giftiges hinein.

«Hast du heute Morgen gehört, wie ich telefoniert habe?», fragte er plötzlich.

Sie war im Lügen nie gut gewesen. Ihre Wangen wurden rot. «Nein», sagte sie.

«Wir sind nicht zusammen, Maria und ich, falls das der Punkt ist. Wir sind Freunde. Wir waren heute zusammen auf einen Job gebucht. Ich musste absagen.»

Sie winkte ab. «Wir sind da.» Er hielt vor der École Nationale d'Equitation.

«Sie hat einen neuen Freund», sagte er, aber sie war bereits ausgestiegen.

Mac folgte ihr zu den Büros, wo ihnen eine junge Frau mit Pferdeschwanz und leuchtender Haut, die vom Leben an der frischen Luft zeugte, die Hand schüttelte. Sie entschuldigte sich für das Missverständnis vom Vortag. Sie hatten die Situation nicht ganz verstanden, erläuterte sie, oder ihre Verbindung zum Cadre Noir.

Während Natasha erzählte, nahm sich Mac einen Augenblick Zeit, um die sepiafarbenen Fotografien zu betrachten, die in der Luft schwebende Pferde zeigten. Männer mit Zweispitzen in dunklen Uniformen saßen ganz ruhig auf ihnen, als sei nichts dabei, ein Tier zu reiten, das in einem Winkel von fünfundvierzig Grad auf zwei Beinen stand. Darüber hing eine schwarze Ehrentafel: Alle *écuyers* des Cadre Noir seit dem 18. Jahrhundert waren darauf verzeichnet, ihre Namen – es waren nur ein oder zwei pro Jahr – in Gold. Einer sprang Mac entgegen: Lachapelle, 1956–60. Er dachte an den alten Mann, der vermutlich gar nicht gewusst hatte, dass an seine Zeit hier erinnert, er auf diese Weise geehrt wurde. Mac überkam Trauer angesichts der Tatsache, dass jemand, der sein Leben im Streben nach Schönheit und Exzellenz hätte verbringen können, solch trostlose letzte Jahre verlebt hatte. Er verstand nun ein wenig besser, warum der alte Mann Sarah mit solch glühender Leidenschaft unterrichtet hatte. Was konnte man sich für ein Kind Besseres wünschen als Exzellenz und Schönheit? Oder die Befriedigung, nach beidem zu streben?

«Hier», sagte er und zog eine Mappe mit Fotos heraus. «Das ist Sarah mit ihrem Pferd. Auf dem hier können Sie ihr Gesicht ein bisschen besser erkennen.»

Die Frau blickte prüfend darauf, nickte. «Sie reitet sehr gut.» Es war schwer zu sagen, ob sie nur höflich sein wollte.

«Der Name ihres Großvaters ist Lachapelle. Das da ist er.» Er zeigte auf die Tafel.

«Haben sie ihn mitgebracht? Wir veranstalten viele Ehemaligentreffen. Es gibt auch einen Newsletter, *Les Amis du Cadre N…*»

«Er ist gestern Abend gestorben», unterbrach sie Natasha.

«Ist sie deswegen weggelaufen?»

«Nein», sagte Natasha und sah Mac an. «Wir gehen davon aus, dass sie es noch nicht weiß.»

Die Frau reichte Mac die Fotos. «Es tut mir leid, dass wir keine größere Hilfe sein können, Madame, Monsieur, aber wenn wir etwas hören, lassen wir es Sie natürlich wissen. Würden Sie sich gern umsehen, wo Sie schon da sind?»

Ein junger Mann wurde dazu abgeordert, sie herumzuführen. Sie gingen hinaus zum *Carrière Honneur*, einem riesigen Außensandplatz, wo ein Mann mit schwarzer Kappe unter den Augen von einem Dutzend Pferden in einer makellosen Reihe von Stallboxen einen lebhaften Fuchs ritt.

Während sie weitergingen, erklärte der junge Mann, dass hier die Turnierpferde gehalten wurden, dort drüben die Dressurpferde und da die Springpferde. Zusammengenommen waren es ungefähr dreihundert. Es war eine Welt der Ordnung, der hohen Standards, die erreicht und gehalten werden mussten. Mac fand es seltsam beruhigend, dass es einen solchen Ort noch gab.

Auch wenn sie Sarah hier nicht gefunden hatten, bekamen sie zumindest ein besseres Verständnis davon, was sie anstrebte. Mehrere hundert Kilometer von zu Hause entfernt kamen sie ihr paradoxerweise näher als je zuvor.

Natasha nahm ihr Mobiltelefon zur Hand. «Ich rufe noch mal bei der Kreditkartenfirma an», sagte sie. «Es sind wieder ein paar Stunden vergangen.»

«Machen Sie hier Urlaub?», fragte ihr Führer mit schwerem Akzent, als Natasha sich entfernte.

«Nicht ganz», antwortete Mac.

«Fotograf», sagte der junge Mann und deutete auf Macs Tasche.

«Ja. Aber ich bin nicht zum Arbeiten hier.»

«Sie sollten Le Carrousel fotografieren. Es ist eine Vorführung, die das Ende eines Studienjahres markiert. Alle *écuyers* zeigen, was sie können.»

«Entschuldigen Sie mich.» Sein Telefon klingelte.

«Was ist?», unterbrach Natasha ihr eigenes Gespräch.

Er wandte sich von ihr ab und strich sich beim Zuhören mit

der Hand über den Kopf. «Oh Gott», sagte er, als er das Gespräch beendet hatte.

«Sie weiß es», riet Natasha. «Sie weiß, dass er tot ist.»

Mac nickte.

Ihre Hand flog zum Mund. «Dann weiß sie, dass sie nichts mehr zu verlieren hat.»

Sie starrten einander an.

«Monsieur?» Der junge Führer drückte einen Walkie-Talkie an sein Ohr. «Monsieur? Madame? *Attendez, s'il vous plaît.*» Er sagte etwas in schnellem Französisch. Dann: «Ein englisches Mädchen ist hier. Ein Mädchen mit einem Pferd. Mademoiselle Fournier sagt, sie sollen mit mir kommen.»

Sie war nicht so, wie Sarah sie sich vorgestellt hatte, ihre triumphale Ankunft. In den ersten beiden Tagen ihrer Reise hatte sie es sich öfter ausgemalt, ihr Hochgefühl, wenn sie den Ort erreichte, der sich bestimmt wie ein zweites Zuhause anfühlen würde. Er war ihr Schicksal. Es lag ihr im Blut, wie ihr Großvater gesagt hatte.

Aber die letzten zehn Kilometer hatte sich Sarah auf diese Worte gestützt wie auf eine Krücke, sie brauchte sie, um durchhalten zu können. Sie war durch Saumur getrottet und hatte die eleganten, breiten Straßen nicht wahrgenommen, die honigfarbenen Gebäude, die zeitlose Schönheit der Flusspromenade. Der erschöpfte Boo zog mit seinen Knien, die sie hatte bandagieren müssen, neugierige Blicke auf sich, gelegentlich wandten sich Passanten missbilligend ab, wie um ihr zu bedeuten, dass sie auf einem verletzten Tier nicht reiten durfte. Ihr war klar, dass sie selbst mit ihrem aufgeschürften Gesicht und den schlammigen Kleidern einen kaum weniger seltsamen Anblick bot. Zwölf Kilometer, acht Kilometer, vier

Kilometer … Sie hatte ihn angetrieben weiterzugehen, hatte schwer die Zähne zusammengebissen, um angesichts des Schmerzes in ihrer Schulter nicht in Tränen auszubrechen. Die Kopfschmerzen ließen ebenfalls nicht nach.

Beinahe hätte sie laut aufgeschluchzt, als sie die Schilder zur École de cavalerie erblickte und dann plötzlich vor der klassizistischen Fassade des hufeisenförmigen Gebäudes stand. Aber dort gab es keine Pferde. Die Männer, die über den Hof gingen, trugen kein Schwarz, sondern moderne Militäruniformen. «Le Cadre Noir?», hatte sie einen von ihnen gefragt, der die Place du Chardonnet überquerte.

«*Non.*» Er hatte sie angesehen, als sei sie verrückt. «*Le Cadre Noir n'est plus ici depuis 1984. Il se trouve à St. Hilaire de Fontaine.*» Er wies auf einen Kreisverkehr. «*Ce n'est pas loin d'ici … Environ cinq kilometres.*» Da hatte sie kurz geglaubt, nicht mehr weiterzukönnen. Doch dann hatte sie sich zusammengenommen und war der Wegbeschreibung des Soldaten gefolgt.

Und da war sie plötzlich, größer, als sie gedacht hatte, eine moderne Anlage. Das hier hatte nichts von der altmodischen Eleganz auf Papas Bildern, kein Hof voller uniformierter Menschen. Es gab Sicherheitstore, sechs Reitanlagen von olympischem Zuschnitt, Restaurants, Parkplätze, einen Andenkenladen. Sie ritt durch die geöffneten Tore, kaum jemand beachtete sie, vor Erschöpfung konnte sie sich fast nicht mehr auf dem Pferd halten. Da sah sie das Schild «Grand Manège des Écuyers» und wusste, dass ihre Reise hier ein Ende fand.

Sie lenkte Boo um die überdachte Arena herum am Vordereingang vorbei, wo die nächsten Vorführungen mit Ticketpreisen aufgelistet standen, sie ritt einmal um die Arena herum bis nach hinten, wo Hufabdrücke im Sägemehl und ein geteerter Weg von den Ställen her den Zugang für die Pferde markierten. Auf der anderen Seite der riesigen Holztür hörte sie eine Männerstimme. Sie richtete sich ein wenig auf, holte tief Luft, lehnte sich mit einem schmerzhaften Zusammenzucken vor und klopfte an. Drinnen herrschte kurz Schweigen, gefolgt von dem Befehl «*Hup!*». Sarah holte Luft und klopfte beharrlich nochmals mit der Faust gegen die Holztür.

Sie hörte, wie ein Riegel umgelegt wurde, und die Tür öffnete sich in ein höhlenartiges Inneres hinein: eine moderne Kathedrale mit Sandboden. In der Arena standen mehrere Pferde, alle mit Reitern auf dem Rücken, die die unverwechselbare schwarz-goldene Uniform trugen, die sie aus ihrer Kindheit kannte. Es wirkte, als seien sie mit einer Art Generalprobe beschäftigt. Es herrschte eine gedämpfte, andächtige Atmosphäre, jeder Reiter war auf die Bewegungen seines glänzenden, muskulösen Pferdes konzentriert.

Der junge Mann, der ihr geöffnet hatte, starrte sie an, dann schimpfte er mit heftigen Gesten auf Französisch los. Sie war so müde, dass sie kaum verstand, was er sagte, doch sie unterbrach ihn. «Ich muss mit Le Grand Dieu sprechen», sagte sie mit vor Erschöpfung brüchiger Stimme. «*Je dois parler au Grand Dieu.*»

Ein kurzes, verblüfftes Schweigen folgte, und sie nutzte die Überraschung des Mannes und ritt einfach an ihm vorbei. Boo stellte die Ohren auf.

«*Non! Non!*» Der Mann eilte hinter ihr her.

«*Que faisez-vous ici?*» Ein alter Mann mit Zweispitz kam ihnen von der anderen Seite der Arena entgegen. Sein Gesicht war tief gefurcht, sein Blick verschleiert. «*Désolé, Monsieur.*» Der junge Mann hatte Sarahs Zügel ergriffen und wollte Boo zum Ausgang ziehen. «*Je ne sais pas ce que …*»

«*Non!*» Sarah drängte Boo vorwärts und schlug dem Mann

auf die Hand. «Lassen Sie ihn los. Ich muss mit Le Grand Dieu sprechen.»

Der alte Mann schritt auf sie zu. Er blickte Boos bandagierte Knie an, dann Sarah. *«Je suis le Grand Dieu.»*

Sie setzte sich ein wenig aufrechter.

«Mademoiselle», fuhr er mit tiefer und ernster Stimme fort, *«vous ne pouvez pas entrer ici. C'est Le Cadre Noir. C'est pas pour …»*

«Ich muss für Sie reiten», unterbrach sie ihn. *«Je – je dois aller à cheval pour vous.»* Ihr war bewusst, dass die anderen Reiter bei ihren Tätigkeiten innehielten, dass sie zum Zentrum der Aufmerksamkeit geworden war. «Ich kann nicht zurück. Sie müssen mich reiten lassen.»

Er hob die Hand, um sie nach draußen zu winken. «Mademoiselle, es tut mir leid, dies ist kein Ort für Sie. Sie und Ihr Pferd sind nicht in der Verfassung …»

Sie erblickte nun einen anderen Mann mit Walkie-Talkie, der vielleicht Sicherheitspersonal anforderte. Panisch tastete sie ihre Jacke ab und zog das Foto von Papa heraus. *«Monsieur! Regardez! C'est Henri Lachapelle.* Sie kennen ihn. Er war hier.» Sie hielt ihm das Bild mit ausgestrecktem Arm und zitternden Fingern vor die Nase. «Sie kennen ihn.»

Er hielt inne, nahm es entgegen. «Henri Lachapelle?», fragte er und betrachtete es genau.

«Mon grandpère.» In ihrer Kehle hatte sich ein Kloß gebildet. «Bitte. Bitte. Er hat mich geschickt. Bitte lassen Sie mich für Sie reiten.»

Der alte Mann blickte sich nach den anderen Reitern um, dann wieder auf das Foto. Während er darauf starrte, durchschritt der Mann mit dem Walkie-Talkie zügig die Arena. Er flüsterte dem Grand Dieu etwas ins Ohr.

Beide Männer blickten zu ihr auf.

Der alte Mann nahm mit den Augen Maß. «Sind Sie ... Sie sind aus England hierhergeritten?», fragte er langsam.

Sie nickte, wagte kaum zu atmen.

Er schüttelte leicht den Kopf, als fände er das schwer zu begreifen. «Henri Lachapelle», murmelte er. Dann entfernte er sich langsam, seine glänzenden Stiefel wirbelten dabei Sandwolken auf. Sarah saß ganz still auf ihrem Pferd und war sich nicht sicher, was zu tun war. Sagte er ihr auf diese Weise, dass sie gehen sollte? Dann sah sie, dass er den anderen Reitern bedeutete, Platz zu machen, sie anwies, sich an den Seiten der Reitanlage aufzureihen.

Der Grand Dieu stand am Ausgang der riesigen Arena. Er betrachtete sie lange Zeit, dann nickte er. «*Commencez-vous.*»

Es gab etwas Verwirrung hinsichtlich der Tatsache, wo das Mädchen war: Der Mann, der Mac und Natasha herumführte, hatte es zunächst falsch verstanden und sie zu einem der Außengelände gelotst, bevor ein dringlicher Wortwechsel sie umkehren ließ. Natasha eilte hinter Mac her und versuchte, sich nicht von Euphorie überwältigen zu lassen. «Vielleicht ist sie es gar nicht», hatte sie zu ihm gesagt und sich bemüht, unaufgeregt zu wirken.

Er hob eine Augenbraue. «Was meinst du, wie viele englische Mädchen auf Pferden bekommen sie hier zu sehen?»

Ihr Begleiter gestikulierte ihnen zu. Sie eilten über Vorplätze und durch Stallgassen, bis sie vor einem großen weißen Gebäude die Frau mit dem Pferdeschwanz erkannten, die sie in Empfang genommen hatte.

«*Ici, Madame.*» Sie winkte ihnen zu. «Sie ist in der Grand Manège des Écuyers. Unserem Schauplatz.»

Die Arena war riesig, ein Denkmal für die Reitkunst, der hallende Innenraum schwarz getupft von Männern in Uniformen auf ihren Pferden. Natasha stockte der Atem. Es war, als wären sie fünfhundert Jahre in die Vergangenheit versetzt worden. Die Frau mit dem Pferdeschwanz bedeutete Mac und Natasha leise, ihr zu den Besuchersitzen weiter unten zu folgen.

Sie spürte, wie Mac sie am Ärmel zupfte. «Tash, schau», sagte er leise.

Natasha blickte in die Richtung, in die er deutete.

Sarah ritt ganz langsam auf die Mitte zu. Ihr Pferd, das ungestüme, glänzende Tier, das in Kent von solch robuster Gesundheit gewesen war, sah zerkratzt und schmutzig aus. Zwei improvisierte Bandagen lagen um seine Knie, und in seinem Schweif hafteten Kletten. Seine Augen war hohl vor Erschöpfung. Aber Natasha hatte nur Augen für Sarah: Das Kind war so blass, dass es geisterhaft, ätherisch wirkte. Eine große Wunde hatte eines ihrer Augen beinahe zuschwellen lassen, an ihrem Rücken und ihrem rechten Bein klebten Berge von Schlamm. Sie sah zu klein aus für das große Pferd, ihre knochigen Hände waren rot vor Kälte. Doch Sarah selbst schien das alles nicht zu bemerken: Sie war völlig absorbiert von dem, was sie tat.

Nicht weit entfernt stand unnatürlich aufrecht ein alter Mann in einer schwarzen Jacke und Reithosen. Er beobachtete Sarah, als sie Boo zum Trab aufforderte, zum verkürzten Galopp, als sie kleine, elegante Kreise um die Männer beschrieb, die bewegungslos auf ihren eigenen Pferden saßen und ihr zusahen. Natasha konnte den Blick nicht von ihr abwenden. Sarah sah aus wie jemand anderes, zerbrechlich und älter, als sie war. Das Pferd wurde wieder langsamer, fiel in einen Trab und durchmaß diagonal die riesige Fläche, wobei es seine Hufe in ballettartigen Bewegungen nach vorn warf und kurzzeitig in der Luft schweben ließ. Und dann streckte es sich, wurde unwahrscheinlicherweise noch langsamer und tat dasselbe auf der Stelle.

Sarahs Gesicht war zu einer Maske der Konzentration erstarrt. Natasha beobachtete die klitzekleinen Bewegungen ihrer Fersen, die winzigen Botschaften, die sie über die Zügel aussandte. Sie sah, wie das Pferd horchte, ihre Botschaften annahm, ihnen trotz seiner Ermüdung Folge leistete. Und obwohl sie nichts von Pferden verstand, begriff sie die Schönheit dessen, was sie da sah. Es war etwas, das nur durch jahrelange, unerbittliche Disziplin und endlose Arbeit erreicht werden konnte. Sie blickte Mac neben sich an und wusste, dass er es ebenfalls sehen konnte. Er hatte sich nach vorn gebeugt, seine Augen hingen an dem Mädchen, als wolle er es beschwören, es gut zu machen.

Die Beine des Pferdes bewegten sich in einem rhythmischen Tanz auf und ab, sein großartiger Kopf senkte sich gehorsam vor seiner Aufgabe. Nur die Schaumfetzen vor seinem Mund verrieten, wie viel Anstrengung ihn diese Bewegung kostete. Und dann drehte er sich im Kreis, tanzte um seine eigene Hinterachse, eine so kontrollierte, fließende Bewegung voller Eleganz und Unwahrscheinlichkeit, dass Natasha am liebsten applaudiert hätte. Sarah flüsterte Boo etwas zu, eine kleine Hand wurde ausgestreckt, um ihm zu danken, eine winzige Geste, die Natasha die Tränen in die Augen trieb. Als sich das Pferd plötzlich staksig auf seinen Hinterbeinen aufrichtete, ganz versunken in dem Bemühen, die Schwerkraft zu besiegen, weinte sie. Tränen strömten ihr über das Gesicht, als sie sah, wie das verlorene Kind und das verletzte Pferd ihr Letztes gaben. Es fühlte sich an, stellte sie fest, als würde Sarah zu ihr gehören.

Sie spürte, wie sich Macs Hand um ihre legte, und sie erwiderte den Druck, dankbar für seine Wärme und Kraft, plötzlich ängstlich, er könne sie wieder loslassen. Und dann galoppierte Sarah in einem schönen, langsamen, kontrollierten Tempo um die riesige Arena, beinahe zu langsam für die Bewegung. Das Mädchen saß so regungslos, als sei es aus Holz geschnitzt. Und als Natasha zu dem alten Mann hinüberblickte, sah sie, dass die anderen Reiter ihre Kappen abgenommen hatten und sie sich in einer förmlichen Geste vor die Brust hielten. Einer nach dem anderen setzte sich hinter Sarah in Bewegung, folgte ihr mit gesenktem Kopf, wie um ihrer Vorführung die Ehre zu erweisen.

Mac ließ ihre Hand los, griff nach seiner Kamera und schoss ein Feuerwerk von Fotos. Natasha kramte nach einem Papiertaschentuch. Sie bemerkte, dass sie glücklich war. Was Sarah vollbracht hatte, war überwältigend. Jemand musste es für sie dokumentieren.

Das Pferd fiel in einen Trab, dann in den Schritt. Die Männer setzten ihre Kappen wieder auf, blickten einander an, als seien sie selbst überrascht von ihrer Reaktion. Als das Mädchen durch die Mitte des Platzes auf den alten Mann zuritt, scherten sie wieder zu den Seiten aus, um zuzusehen. Sarah, das Gesicht grau vor Anstrengung, brachte ihr Pferd direkt vor ihm zum Stehen. Alle vier Beine befanden sich perfekt ausgerichtet unter Boos Körper, seine Schultern waren nass vor Schweiß, Mühe und Erschöpfung.

«Sie hat es geschafft», flüsterte Mac. «Sarah, wunderbare Sarah, du hast es geschafft.»

Das Mädchen senkte schwer atmend den Kopf und salutierte dem alten Mann wie eine Kriegerin, die aus der Schlacht zurückkehrt. Der alte Mann nahm seine Kappe ab und nickte ihr zur Antwort zu. Von ihrem Platz aus konnte Natasha sehen, wie eindringlich ihn das Mädchen anblickte, wie jede Faser ihres Körpers sich seinem Urteil entgegensehnte. Sie hielt den Atem an und griff erneut nach Macs Hand.

Der Grand Dieu trat vor. Er blickte Sarah an, als versuche er, etwas in ihr zu erkennen, das er zuvor nicht gesehen hatte. Sein Gesicht war ernst, die Augen freundlich.

«*Non*», sagte er. «Es tut mir leid, junge Dame, aber *non.*» Er streckte die Hand aus und streichelte den Hals des Pferdes.

Sarahs Augen weiteten sich, als könne sie nicht ganz glauben, was sie da hörte. Sie klammerte sich in Boos Mähne und blickte dann zu den Zuschauerplätzen hinüber, bemerkte vielleicht erst jetzt Natasha und Mac. Dann stieß sie unmerklich die Luft aus und glitt ohnmächtig von ihrem Pferd.

«Überfluss des Leids um die Toten ist Wahnsinn; denn er verletzt die Lebenden, und die Toten erfahren nicht davon.»

Xenophon

Kapitel 26

Auf der kurzen Fahrt zum Château war sie still und akzeptierte ohne Widerstand, dass Natasha ihre Hand hielt, vielleicht zur Beruhigung, vielleicht aus Furcht, sie könne wieder verschwinden. Sie drängten sie nicht zum Sprechen; es war klar, dass jetzt nicht der richtige Moment für Fragen war.

Als sie im Hotel angekommen waren, nahm Natasha Sarah mit hoch in ihr Zimmer, zog sie aus, als sei sie ein kleines Kind, und legte sie auf das große Bett. Sobald sie die Decke über die dünnen Schultern hochgezogen hatte, schloss Sarah die Augen und schlief ein. Natasha saß neben ihr, eine Hand auf ihren schlafenden Körper gelegt, als könne diese kleine menschliche Berührung Trost spenden. Jetzt, wo sie sich erlaubte, das Ausmaß dessen, was Sarah durchgemacht hatte, zu begreifen, war sie tief erschüttert.

Wenige Augenblicke, nachdem Le Grand Dieu sein Urteil verkündet hatte, war Chaos ausgebrochen. Als Sarah auf dem Sand aufschlug, rannten Mac und sie in die Arena. Mac hob den scheinbar leblosen Körper hoch, während Le Grand Dieu das Pferd hielt. Natasha nahm nur halb wahr, wie Rufe durch die Arena hallten, wie Mademoiselle Fourniers die Hände vors Gesicht schlug, als Mac an ihr vorbeiging. Wie mühelos er Sarah hochhob, als wiege sie überhaupt nichts. Es berührte sie, wie sanft er sie an sich gedrückt hielt. Als Sarah Minuten später in einem nahegelegenen Büro wieder zu sich gekommen war, hatten sie rechts und links von ihr gekniet, und Natasha hatte Sarahs Kopf gestreichelt.

Und dann hatte Sarah zu Mac aufgeblickt, verständnislos, und ihre Augen gleich wieder geschlossen, als sei das, was sie sah, zu viel für sie.

«Es ist alles gut, Sarah», hörte Natasha sich sagen und strich ihr über das verschwitzte, verfilzte Haar. «Du bist nicht allein. Du bist nicht mehr allein.» Aber das Mädchen schien sie nicht zu hören.

Der herbeigerufene Arzt hatte ein gebrochenes Schlüsselbein und ernsthafte Prellungen diagnostiziert, aber darauf hingewiesen, dass das Kind nun Ruhe mehr als alles andere brauche. Tee wurde gebracht. Orangina. Kekse. Eindringliche Stimmen auf Französisch. Natasha hörte sie kaum. Sie stützte das Mädchen, das sich kaum selbst aufrecht halten konnte, und wünschte sich für sie Stärke und Mut. Sie versuchte wiedergutzumachen, dass sie sie auf vielerlei Arten im Stich gelassen hatte.

C'est incroyable! Die Geschichte hatte sich wie ein Lauffeuer in der École herumgesprochen, und es erschienen massenweise Leute, manche in Reiterhosen und Kappen, um einen bewundernden Blick auf das kleine englische Mädchen zu werfen, das durch halb Frankreich geritten war.

C'est incroyable! Natasha hörte das Geflüster, als Mac Sarah zum Auto trug. Ihr fiel auf, dass die Blicke, die ihnen beiden galten, etwas weniger bewundernd ausfielen. Als hätte Sarahs Triumph nur durch ein Versäumnis ihrerseits möglich werden können. Sie ärgerte sich nicht darüber, denn im Grunde hatten sie damit recht.

Ein Tierarzt versorgte Boos Wunden, das Pferd sollte die Nacht im Stall der École verbringen. Es war, wie Le Grand Dieu ausführte, das Geringste, was sie für ein solches Tier tun konnten. Mac erzählte ihr später, dass der alte Mann einige Zeit vor Boos Stallbox gestanden und ihn über die Tür hinweg betrachtet hatte, als sich Boo gefüttert und frisch bandagiert auf das dicke Stroh gelegt und zufrieden in dem tiefen goldenen Bett herumgewälzt hatte.

«*Alors*», hatte der alte Mann gesagt, ohne Mac dabei anzusehen. «Jedes Mal, wenn ich glaube, alles über Pferde zu wissen, lerne ich wieder etwas Neues, das mich überrascht.»

«So geht es mir mit Menschen», sagte Mac.

Le Grand Dieu legte ihm eine Hand auf die Schulter. «Wir unterhalten uns morgen», sagte er. «Kommen Sie um zehn zu mir. Sie hat eine Erklärung verdient.»

Und nun schlief Sarah endlich, von Natasha bewacht. Der späte Nachmittag ging in den Abend über, der Himmel wurde schwarz. Natasha hatte einen Schokoriegel gegessen, eine Flasche Wasser aus der Minibar getrunken und ein paar Seiten in einem Buch gelesen, das ein früherer Gast dagelassen hatte. Sarah rührte sich nicht. Dann und wann schlich Natasha, alarmiert von ihrer Bewegungslosigkeit, hinüber und prüfte, ob sie noch atmete, dann ging sie zurück zu ihrem Sessel.

Als sie kurz nach acht auf den Flur hinaustrat, wartete Mac auf sie. Er sah aus, als habe er dort schon seit einiger Zeit gestanden. In seinem Gesicht waren neue Linien zu erkennen, die Anspannung der letzten Tage war auch an ihm nicht spurlos vorbeigegangen. Leise schloss sie die Tür hinter sich. «Es geht ihr gut», sagte sie, «aber sie schläft tief. Willst du sehen ...»

Er schüttelte den Kopf. Dann stieß er die Luft aus und versuchte ein Lächeln. «Wir haben sie gefunden», sagte er.

«Ja.» Sie fragte sich, warum keinem von ihnen nach Jubeln zumute war.

«Ich muss immer daran denken ...» Er unterbrach sich. «Wie sie aussah ... was alles hätte passieren können.»

«Ich weiß.»

Sie standen voreinander und rührten sich nicht. Der Flur war erfüllt vom Geruch nach Möbelpolitur, die alten Teppiche erstickten jedes Geräusch. Sie konnte den Blick nicht von ihm abwenden.

Er trat einen Schritt näher und deutete auf sein Zimmer. «Willst du bei mir schlafen?», fragte er. «Ich meine, wenn sie in deinem Bett liegt, hast du ja kein ...»

Es würde immer irgendeine Maria geben.

Als sie sprach, klang ihre Stimme sachlich. «Ich ... ich glaube, wir sollten sie nicht allein lassen. Ich schlafe in dem Sessel. Es fühlt sich nicht ...»

«Du hast wahrscheinlich recht.»

«Glaube ich auch.»

«Ich bin nebenan, falls du mich brauchst.» Er versuchte, mit traurigem, allzu wissendem Gesicht zu lächeln, als habe Sarahs Rückkehr auch ihm gezeigt, wie nahe sich Triumph und Katastrophe waren. Und nur einen Augenblick lang konnte sie sich nicht beherrschen: Sie berührte mit ihren Fingern die Linien unter seinen Augen. «Du musst dich auch ausruhen», sagte sie sanft.

Wie er sie ansah, ließ sie begreifen, dass sie verloren war.

So viel Verletzlichkeit, so viel Liebe … eine Stahltür hatte sich geöffnet und offenbarte etwas, das sie schon lange verschwunden geglaubt hatte.

Und dann war es weg. Er starrte auf seine Füße. Fummelte in seinen Taschen herum. «Mir geht's gut», sagte er und mied ihren Blick. «Schlaft gut, ihr beiden. Ruf mich morgen früh an, wenn ihr wach seid.»

Sarah hatte so tief geschlafen, dass sie nach dem Aufwachen mehrere Minuten brauchte, um zu begreifen, wo sie war. Sie hob den Kopf vom Kissen und blickte mit Schlaf in den Augen durch bodentiefe Fenster auf die Blätter eines Kastanienbaums. Das Geräusch eines vorbeifahrenden Autos weckte sie endgültig.

Sie richtete sich auf und bemerkte Natasha. Sie hatte sich in einem Sessel zusammengerollt und eine Decke bis zum Kinn hochgezogen. Darunter lugten ihre nackten Füße hervor.

Sarah erinnerte sich vage daran, wie Natashas Hände ihr über das Haar gestrichen hatten, an die überraschende Mischung aus Furcht und Erleichterung, die in Natashas Stimme lag, als sie ihren Namen ausgesprochen hatte. Und dann fiel ihr die Arena ein, der kummervolle Ausdruck in Le Grand Dieus Augen, als er *non* gesagt hatte.

Etwas in ihrer Brust schmerzte. Sie ließ sich in die weichen, weißen Kissen zurücksinken und starrte an die hohe, hohe Decke hinauf, die einzige sichtbare Schranke zwischen ihr und einer riesigen, leeren Welt.

Non, hatte er gesagt.

Non.

«Wenn sie nicht reden will, sollten wir sie nicht dazu drängen.»

Natasha stand in der großen Halle, Mac bezahlte gerade die Rechnung.

Sie blickte durch die geöffnete Eingangstür zur Auffahrt, wo Sarah auf dem Rücksitz des Autos saß und die Schläfe gegen das Fenster lehnte. Sie schien ins Nichts zu starren.

«Sie will nicht nur über ihren Großvater nicht sprechen, Mac. Es scheint so, als wolle sie überhaupt nicht mehr sprechen.»

Die Polizei hatte ihren Pass zusammen mit dem leeren Portemonnaie und ein paar Habseligkeiten an der Straße nach Blois gefunden. Nicht einmal die Rückgabe der wertvollen, eselsohrigen Xenophon-Ausgabe hatte sie aus ihrer Starre wecken können.

Mac nahm seine Kreditkarte entgegen und dankte Madame, die darauf bestanden hatte, Sarah ein kleines Lunch-Paket mitzugeben. Jeder drängte Sarah zum Essen, dachte Natasha, als könne sie mit Nahrungsmitteln die riesigen, schwarzen Löcher füllen, die ihr Leben verschluckt hatten.

«Sie ist erschöpft», sagte Mac. «Die ganze letzte Zeit hat dieser Traum vom Cadre Noir sie beflügelt, für wer weiß wie lange schon, und nun hat man ihr gesagt, dass er nicht Wirklichkeit wird. Ihr Großvater ist gestorben. Sie ist achthundert Kilometer oder mehr geritten. Sie ist verstört, müde und enttäuscht. Und sie ist ein Teenager. Ich glaube, da steht im Bedienungshandbuch, dass es völlig normal ist, wenn sie über längere Strecken nicht mit einem reden.»

Natasha schlang ihre Arme um sich. «Vermutlich hast du recht.»

Mademoiselle wartete vor dem Hauptstall auf sie. «Wie fühlst du dich heute, Sarah?», fragte sie. «Du hattest den Schlaf bestimmt nötig.»

«Gut», murmelte sie.

«Möchtest du dein Pferd sehen, solange wir auf Monsieur Varjus warten? Baucher hatte eine sehr angenehme Nacht. Er ist ein zäher Bursche. Er steht gleich hier drüben …»

«Nein», sagte Sarah.

Es folgte ein kurzes, unbehagliches Schweigen.

«Ich will nicht. Nicht jetzt.»

Macs Stimme klang entschuldigend. «Ich denke, Sarah wartet vermutlich darauf, mit dem Grand Dieu zu sprechen.»

Mademoiselle Fourniers Lächeln wurde nicht schwächer. «Natürlich. Das hätte ich mir denken können. Wenn Sie mir folgen würden?»

Das Büro hing voller Fotos, Urkunden und Medaillen. Natasha beobachtete, wie Mac jede genau ansah.

Monsieur Varjus betrat den Raum, als käme er gerade von einem anderen, wichtigeren Termin. Er brachte noch einen anderen Mann mit, den er als Monsieur Guinot vorstellte und der etwas mit der Kursverwaltung zu tun hatte. Sarah saß zwischen Natasha und Mac. Sie schien in sich zusammengesunken zu sein, als habe sie beschlossen, möglichst wenig Platz in der Welt zu beanspruchen. Natashas Hand schob sich ein Stück in ihre Richtung, aber nicht weiter. Seit sie am Morgen erwacht war, hatte Sarah die Mauer um sich wieder aufgerichtet. Die Verletzlichkeit von gestern war verschwunden.

Der Grand Dieu trug seine schwarze Uniform, seine Stiefel waren auf Hochglanz poliert, und seine flachgedrückten Haare verrieten, dass er schon Stunden auf dem Pferd verbracht hatte. Er setzte sich an seinen Schreibtisch und betrachtete Sarah einen Moment lang, als sei er erneut überrascht darüber, dass dieses Kind für das verantwortlich sein sollte, was er gestern gesehen hatte. Er erklärte mit schwerem Akzent auf Englisch, dass der Cadre Noir jedes Jahr nicht mehr als fünf neue Mitglieder aufnahm, meistens nur ein oder zwei. Es gab dafür eine Prüfung, die von den erfahrensten Reitern des Landes beaufsichtigt wurde, für die man mindestens achtzehn Jahre alt sein musste. Um Mitglied zu werden, würde sie diese nicht nur bestehen müssen, sondern auch französische Staatsbürgerin sein.

«Das bist du, Sarah, wenn du in Frankreich geboren wurdest», bemerkte Natasha.

Sarah sagte nichts.

«Abgesehen davon, Mademoiselle, möchte ich Ihnen sagen, dass das, was Sie da gestern gezeigt haben, hervorragend war. Von Ihnen und Ihrem Pferd. ‹Ein gutes Pferd lässt die Meilen schrumpfen.› Wissen Sie, wer das gesagt hat? Ihre George Eliot.» Der alte Mann beugte sich über den Tisch. «Wenn Sie die Voraussetzungen erfüllen, gibt es keinen Grund, warum Sie und Ihr Pferd in ein paar Jahren nicht hierher zurückkehren sollten. Sie haben sowohl das Talent als auch den Mut. In Ihrem Alter zu erreichen, was Sie schon erreicht haben, ist …», er schüttelte den Kopf, «für mich immer noch schwer zu begreifen.»

Er blickte auf seine Hände. «Ich möchte Ihnen auch sagen, dass Ihr Großvater ein ausgezeichneter Reiter war. Es hat mir immer sehr leidgetan, dass er uns verlassen hat. Ich glaube, er hätte ein *maître écuyer* werden sollen. Er wäre sehr stolz auf das, was Sie erreicht haben.»

«Aber Sie nehmen mich nicht.»

«Mademoiselle, ich kann hier unmöglich ein vierzehnjähriges Mädchen aufnehmen. Das müssen Sie verstehen.»

Sarah blickte weg, biss sich auf die Lippen.

Mac ergriff das Wort. «Sarah, du hast gehört, was Monsieur Le Grand Dieu gesagt hat. Er hält dich für sehr talentiert. Vielleicht finden wir einen Weg, wie ihr beide weiterhin trainieren könnt, und dann bist du möglicherweise eines Tages wieder hier. Tash und ich wollen dir helfen.»

Sarah starrte auf ihre schneeweißen Turnschuhe, die Mac am Morgen zusammen mit Wechselkleidung gekauft hatte. Doch sie sagte kein Wort.

Draußen hörte Natasha Hufgetrappel und ein entferntes Wiehern. *Sarah, bitte sag etwas.*

Sarah blickte zum Grand Dieu auf. «Nehmen Sie mein Pferd?», fragte sie.

«Pardon?» Der alte Mann blinzelte.

«Können Sie mein Pferd aufnehmen? Baucher?»

Natasha blickte Mac verwirrt an. «Sarah, du willst doch Boo nicht weggeben.»

«Ich spreche nicht mit dir», sagte sie nachdrücklich. «Ich spreche mit ihm. Wollen Sie ihn?»

Der Blick des alten Mannes huschte zu Natasha. «Ich weiß nicht, ob es der richtige Zeitpunkt ist …»

«Halten Sie ihn für talentiert? *Est-ce que vous pensez qu'il est talenté?*»

«*Mais oui. Il a du courage aussi, c'est bien.*»

«Dann schenke ich ihn Ihnen. Ich will ihn nicht mehr.»

Der Raum versank in Schweigen. Der Mann von der Verwaltung flüsterte Le Grand Dieu etwas ins Ohr.

Natasha beugte sich vor. «Meine Herren, ich denke, Sarah ist noch immer sehr müde. Ich glaube nicht, dass sie …»

«Hör auf, mir zu sagen, was ich meine!» Sarahs Stimme erfüllte das kleine Zimmer. «Ich sage euch doch, ich will ihn nicht mehr. Monsieur kann ihn haben. Nehmen Sie ihn?», fragte sie hartnäckig, herrisch.

Vorsichtig blickte der Grand Dieu Sarah an, als wolle er abschätzen, wie ernst es ihr war. Er runzelte die Stirn. «Das ist es, was Sie wirklich wollen? Ihn dem Cadre Noir überlassen?»

«Ja.»

«Dann nehme ich dankend an, Mademoiselle. Es ist offensichtlich, dass er ein sehr begabtes Pferd ist.»

Ein Teil von Sarah schien sich zu entspannen. Sie biss die Zähne so stark aufeinander, dass Natasha einen Muskel in ihrer Wange hervortreten sah. Sarah nahm ihre Schultern zurück und wandte sich an sie. «Gut. Können wir dann gehen?»

Es war, als seien sie alle gelähmt. Macs Mund stand offen. Natasha drehte sich der Magen um. «Sarah ... das ist eine große Entscheidung. Du liebst dieses Pferd. Sogar ich weiß das. Bitte nimm dir etwas Zeit, darüber nachzudenken. Du hast eine schreckliche ...»

«Nein. Ich brauche keine Zeit. Ich will nur, dass mir ein einziges Mal jemand zuhört. Boo bleibt hier. Also, falls wir zurückfahren, möchte ich jetzt aufbrechen. *Jetzt*», wiederholte sie, als niemand sich rührte. «Oder ich gehe eben allein.»

Mehr als diese Aufforderung brauchten sie nicht. Sie erhoben sich alle gleichzeitig, und Mac warf dem alten Mann einen Blick zu, während er Sarah in den Sonnenschein hinaus folgte.

«Madame», sagte Le Grand Dieu, als Sarah sie nicht mehr hören konnte. Er nahm ihre beiden Hände in seine. «Wenn sie ihn besuchen möchte oder auch wenn sie ihre Meinung ändert, ist das in Ordnung. Sie ist jung. Vieles ist passiert ...»

«Vielen Dank», sagte Natasha. Sie hätte gern mehr gesagt, aber irgendetwas hatte sich in ihrer Kehle festgesetzt.

Er blickte aus dem Fenster zu Sarah hinaus, die mit verschränkten Armen in der Sonne stand und gegen einen Stein trat. «Sie ist genau wie ihr Großvater», sagte er.

Kurz nachdem sie Saumur hinter sich gelassen hatten, begann es, unablässig wie aus Eimern zu schütten. Sturmwolken ballten sich furchteinflößend am Horizont. Sie fuhren schweigend. Da Macs Wagen sich durch heftiges Aquaplaning kämpfte, gehörte seine ganze Aufmerksamkeit der Straße.

Natasha beneidete ihn beinahe. Die Stille in dem kleinen Auto war beklemmend geworden, die Zeit, ihren eigenen Gedanken nachzuhängen, unwillkommen. Gelegentlich blickte sie in den Spiegel ihrer Sonnenblende und sah die dünne Gestalt auf dem Rücksitz in die vorbeiziehende Landschaft hinausblicken. Sarahs Gesicht gab nichts preis, aber das Elend, das sie umgab, war so überwältigend, dass es den gesamten Wagen erfüllte. Zweimal hatte Natasha versucht, ihr zu sagen, dass es nicht zu spät sei, dass sie umkehren und das Pferd mitnehmen konnten, aber das erste Mal hatte Sarah sie ignoriert, und das zweite Mal hatte sie sich die Ohren zugehalten. Natasha war davon so verstört gewesen, dass ihr die Stimme versagt hatte.

Gib ihr Zeit, sagte sie sich immer wieder. Denk dich in sie hinein. Sie hat ihren Großvater verloren, ihr Zuhause. Doch es ergab für sie keinen Sinn: Warum gab ein Mädchen, das so hartnäckig um ihr Pferd gekämpft hatte, das Einzige, was ihr in der Welt blieb, ihre Verbindung mit der Vergangenheit und vielleicht der Zukunft, warum gab sie das so einfach auf?

Sie dachte an die letzten Momente ihres Besuchs beim Cadre Noir. Le Grand Dieu hatte sie zu den Ställen begleitet. «Ich möchte, dass Sie Ihr Pferd sehen, bevor Sie fahren, Sarah», hatte er gesagt. «Sie sollten sichergehen, dass Sie seine Unterbringung für angemessen halten.»

Natasha hatte sein Motiv erraten: Er glaubte, dass sie ihre Meinung ändern würde, wenn sie Boo sah. Es würde sie zwingen, sich dem Ausmaß ihrer Entscheidung zu stellen.

Doch sie war beinahe widerwillig in den Stall gegangen und einige Schritte vor seiner Box stehen geblieben, zu weit entfernt, um wirklich über die hohe Tür blicken zu können. «Bitte», drängte der Grand Dieu sie, «schauen Sie, wie viel besser er heute Morgen schon aussieht. Sehen Sie, was unser Tierarzt bei den Verletzungen bewirkt hat.»

Geh, Sarah, hatte Natasha sie stumm beschworen. Wach auf. Sieh dir an, was du im Begriff stehst zu tun. Die Aussicht, für Boo verantwortlich zu sein, machte ihr nichts mehr aus. An diesem Punkt hätte sie alles getan, alles, um das Leid des Mädchens zu lindern. Aber Sarah warf nur einen kurzen Blick auf die Arbeit des Tierarzts. Sogar als das Pferd seinen Kopf über die Tür streckte und einen besitzergreifenden Gruß wieherte, einen, der tief aus seinem Bauch zu kommen schien, bewegte sie sich nicht auf ihn zu. Ihre Schultern versteiften sich, sie vergrub die Hände noch etwas tiefer in ihren Taschen, und dann drehte sie sich mit einem Nicken in Richtung des Grand Dieu auf dem Absatz um und ging zum Wagen. Das Pferd blickte ihr mit aufgestellten Ohren nach.

Doch nicht nur Sarah und alles, was sie verloren hatte, beschäftigte Natasha. Während auf dem Weg nach Calais der Regen herunterprasselte und die Straße beinahe unsichtbar machte, ertappte sie sich dabei, wie sie immer wieder Macs Hände ansah. Wenn sie in England aus diesem Wagen stiegen, würde auch für sie alles zu Ende sein. Sie mussten noch regeln, wer in den letzten Wochen im Haus wohnen durfte, die letzten finanziellen Angelegenheiten klären, und dann wäre er fort, und sie bliebe allein zurück, um die Scherben ihres Lebens aufzusammeln. Sie hatte nichts mehr. Sie hatte ihr geliebtes Zuhause verloren, ihre Karriere aufs Spiel gesetzt, eine potenzielle Beziehung zerstört. Sie hatte den Mann verloren, den sie liebte. Es war schrecklich, feststellen zu müssen, dass man das Leben, das vor einem lag, nicht wollte.

Sie schloss die Augen. Als sie sie wieder öffnete, erhaschte sie in dem Städtchen unterhalb der Schnellstraße einen flüchtigen Blick auf ein Mädchen auf einem Fahrrad, das über den Lenker gebeugt die Straße entlangfuhr und mit ihrer Anmut das Wetter Lügen strafte. Plötzlich fiel ihr die Zugfahrt von vor mehreren Monaten ein, als sie in einer Londoner Seitenstraße ein Mädchen auf dem Rücken eines steigenden Pferdes erblickt hatte. Es war nicht das Unwahrscheinliche daran, warum ihr dieses Bild so im Gedächtnis haften geblieben war, sondern die Gelassenheit des Mädchens, der perfekte Einklang mit dem Pferd. Sogar in diesem einen Sekundenbruchteil hatte sie das begriffen.

Und dann hörte sie plötzlich eine Stimme in ihrem Kopf, die hohe, aufgeregte Stimme ihrer Zeugin Constance Devlin: *Es wird für Lucy erstaunlich einfach werden, auf die schiefe Bahn zu geraten. Sie müssen ihr einfach nur nicht zuhören.*

«Mac, halt an», sagte sie plötzlich.

«Was?», fragte Mac.

«Halt an.» Sie wusste nur, sie durfte nicht zulassen, dass diese Reise fortgesetzt wurde. Mac fuhr an den Straßenrand, und unter seinem verwirrten Blick stieg sie aus und öffnete die hintere Tür. «Komm», sagte sie zu Sarah. «Du und ich müssen uns unterhalten.»

Das Mädchen schreckte vor ihr zurück, als sei sie verrückt geworden.

«Nein», sagte Natasha und war sich nicht einmal sicher, wo die Worte herkamen. «Wir fahren nicht weiter, Sarah, bevor du und ich uns nicht unterhalten haben. Komm mit mir mit.»

Sie ergriff ihre Hand, zog sie aus dem Wagen durch den Regen, bis sie die Markise vor dem Café auf der anderen Straßenseite erreicht hatten. Sie hörte Macs Protest und ihre eigene Entschlossenheit, als sie ihn aufforderte, sie machen zu lassen.

«Gut.» Natasha zog sich einen Stuhl heran und setzte sich. Es gab keine anderen Gäste – sie war nicht einmal sicher, ob das Café überhaupt geöffnet war. Jetzt, wo sie Sarah vor sich hatte, fehlte ihr eine klare Idee davon, was sie zu ihr sagen wollte. Sie wusste nur, dass sie nicht, ohne *irgendetwas* zu unternehmen, in diesem Wagen weiterfahren konnte, in dem sie von Wellen des Schmerzes umgeben war, von stillem Leid.

Sarah warf ihr einen zutiefst misstrauischen Blick zu und setzte sich neben sie.

«Okay, Sarah. Ich bin Anwältin. Ich verbringe mein Leben damit vorauszuahnen, welches Spiel die Leute spielen. Ich kann Menschen ziemlich gut einschätzen. Normalerweise kriege ich heraus, was einen Menschen antreibt, aber jetzt habe ich damit ein Problem.»

Sarah starrte auf den Tisch.

«Ich kriege nicht raus, warum ein Mädchen lügt, stiehlt und betrügt, um ihr Pferd zu behalten, weil sie im Leben nur ein Ziel hat, und das hat mit ihrem Pferd zu tun. Ich weiß nicht, warum so ein Mädchen so was tut und dann alles wegwirft.»

Sarah sagte nichts. Sie wandte sich ab, ihre Hände lagen auf ihren Knien.

«Ist das eine Art Wutanfall? Glaubst du, wenn du alles hinwirfst, kommt jemand angelaufen und ändert für dich die Regeln? Wenn es nämlich das ist, kann ich dir sagen, dass sie deinetwegen nichts ändern werden. Diese Männer arbeiten nach Prinzipien, die seit dreihundert Jahren gelten. Sie werden sie für dich nicht brechen.»

«Ich habe sie nie darum gebeten, etwas zu verändern», blaffte sie.

«Also, okay. Glaubst du nicht, dass sie die Wahrheit sagen, wenn sie dir versichern, dass du eines Tages gut genug sein wirst? Keine Ahnung, vielleicht ist es dir zu mühsam, es zu versuchen?»

Sie antwortete nicht.

«Geht es um deinen Großvater? Hast du Angst, dass du dich ohne seine Hilfe nicht um das Pferd kümmern kannst? Da können wir dir nämlich helfen, Sarah. Ich weiß, du und ich hatten nicht den besten Start, aber das – das war, weil wir nicht ehrlich miteinander gewesen sind. Ich glaube, das können wir verbessern.»

Natasha wartete. Sie war sich bewusst, dass sie so geklungen hatte, als spräche sie mit einer Mandantin. Doch sie konnte es nicht ändern. Das ist meine Stimme, sagte sie sich. Besser kann ich es nicht.

Aber Sarah saß bloß da. «Können wir jetzt nach Hause fahren?», fragte sie.

Natasha kniff ihre Augen zusammen. «Was? Das war's? Du willst nichts dazu sagen?»

«Ich will nur los.»

Natasha spürte altbekannten Ärger in sich aufwallen. Warum musst du das hier so schwierig machen, Sarah?, hätte sie am liebsten geschrien. Warum bist du so entschlossen, dir selbst weh zu tun? Doch stattdessen holte sie tief Luft und sagte ruhig: «Nein. Das geht nicht.»

«Was?»

«Ich weiß, wenn mich jemand anlügt, und ich weiß, dass du mich anlügst. Und deswegen, nein, bringe ich dich nirgendwohin, bevor du mir nicht sagst, was hier vor sich geht.»

«Du willst die Wahrheit.»

«Ja.»

«*Du* willst über die Wahrheit reden.» Sarah lachte bitter.

«Ja.»

«Weil du ja *immer* die Wahrheit sagst.» Ihr Ton war nun höhnisch.

«Was meinst du damit?»

«Hm ... dass du immer noch in Mac verliebt bist, es ihm aber nicht sagst?» Sie deutete mit dem Kinn Richtung Auto, wo sich Mac hinter den regenüberfluteten Scheiben über eine Straßenkarte beugte. «Es ist so offensichtlich, es ist erbärmlich. Nicht mal im Auto weißt du, was du in seiner Gegenwart mit dir anstellen sollst. Ich sehe, wie du ihm dauernd heimlich Blicke zuwirfst. Wie ihr euch die ganze Zeit aus Versehen berührt. Aber du sagst es ihm nicht.»

Natasha schluckte. «Es ist kompliziert.»

«Ja, es ist kompliziert. Alles ist kompliziert. Weil du genauso gut wie ich weißt ...» Ihre Stimme versagte. «Weil du genauso gut wie ich weißt, dass manchmal alles nur schlimmer wird, wenn man die Wahrheit sagt, nicht besser.»

Natasha starrte über die Straße zu Mac hinüber. «Du hast recht», sagte sie schließlich. «Okay? Du hast recht. Aber wie auch immer meine Gefühle für Mac aussehen, ich kann damit leben. Wenn ich dich ansehe, Sarah, dann sehe ich jemanden, der eine Lebensader kappt. Ich sehe jemanden, der sich selbst

Schmerz zufügt.» Sie beugte sich nach vorn. «Warum, Sarah? Warum willst du dir das antun?»

«Weil ich es tun musste.»

«Nein, musstest du nicht. Dieser Mann dachte, dass du in ein paar Jahren gut genug ...»

«In ein paar Jahren.»

«Ja, in ein paar Jahren. Ich weiß, das klingt nach einer langen Zeit, wenn man jung ist, aber diese Zeit wird wie im Flug vergehen.»

«Warum kannst du es nicht einfach dabei belassen? Warum kannst du mir nicht vertrauen, dass ich die richtige Entscheidung fälle?»

«Weil es nicht die richtige Entscheidung ist. Du zerstörst deine Zukunft.»

«Das verstehst du nicht.»

«Ich verstehe, dass du nicht alle aus deinem Leben drängen musst, nur weil du leidest.»

«Du verstehst das nicht.»

«Oh, glaub mir, ich verstehe das.»

«Ich musste ihn loslassen.»

«Nein, ich sage dir doch, das musstest du nicht. Herrgott! Was hat sich dein Großvater mehr als alles andere für dich gewünscht? Was würde er sagen, wenn er wüsste, was du getan hast?»

Sarah fuhr herum. Sie sah fuchsteufelswild aus und schrie: «Er würde es verstehen!»

«Ich bin nicht sicher, dass er ...»

«Ich *musste* ihn loslassen! Nur so konnte ich ihn beschützen!»

Plötzlich trat Schweigen ein. Natasha saß ganz still da. «Ihn beschützen?»

Das Mädchen schluckte. Da sah Natasha es: ein Glitzern in ihrem Augenwinkel, ein Zittern ihrer weißen Knöchel. Als sie erneut sprach, war ihre Stimme ganz sanft. «Sarah, was ist passiert?»

Plötzlich, unvermittelt, begann sie zu weinen, ein schreckliches Geräusch voller Gram. Sie weinte, wie Natasha vor sechsunddreißig Stunden geweint hatte, in erstickten Schluchzern, völlig verloren, völlig verzweifelt.

Natasha zögerte nur einen winzigen Moment, dann zog sie das Mädchen an sich, hielt es fest, flüsterte ihm Trostworte zu. «Es ist okay, Sarah», sagte sie. «Es ist okay.» Doch als die Schluchzer schließlich zu Schluckauf verklangen und Sarah ihre Geschichte zu flüstern begann, eine Geschichte von Einsamkeit, Geheimnissen, Schulden, Furcht und beinahe eingeschlagenen dunklen Abwegen, da füllten sich Natashas eigene Augen mit Tränen.

Durch die verschwommene Windschutzscheibe sah Mac, wie Natasha Sarah so fest umarmte, dass beinahe Wildheit darin lag. Sie sagte nun etwas, nickte, und was immer sie sagte, das Mädchen stimmte ihr zu. Er wusste nicht, was er tun sollte. Es war ziemlich eindeutig gewesen, dass Natasha einen Plan verfolgte. Er wollte sie nicht unterbrechen, falls es ihr gelang, damit eine Erklärung für die letzten drei Tage aus dem Mädchen herauszubekommen.

Also blieb er im Wagen sitzen, sah zu, wartete, hoffte, dass sie einen Weg gefunden hatte, alles besser zu machen. Denn er selbst hatte keine Ahnung, wie das zu bewerkstelligen wäre.

Eine Frau trat an den Tisch, vermutlich die Kellnerin. Natasha bestellte etwas, und während er zusah, drehte sie sich zu ihm um. Ihre Blicke begegneten sich, ihrer war plötzlich ganz klar, und sie bedeutete ihm, zu ihnen herüberzukommen.

Er stieg aus dem Wagen, schloss ab und ging zu ihnen unter die Markise. Sie lächelten beide scheu, als seien sie verlegen, weil man sah, wie nah sie einander waren. Seine Frau, beinahe Exfrau, wie er schmerzlich dachte, sah schön aus. Fast triumphal.

«Mac», sagte sie, «es gibt eine Planänderung.»

Er sah Sarah an, die begonnen hatte, sich aus dem Brotkorb auf dem Tisch zu bedienen. «Beinhaltet diese Planänderung vielleicht ein Pferd?», fragte er und zog sich einen Stuhl zurück.

«Auf jeden Fall.»

Mac setzte sich. Hinter ihnen klarte der Himmel auf. «Gott sei Dank.»

Den ganzen Weg zurück nach England saß Natasha zusammen mit Sarah hinten. Ihre Stimmen waren ein leises Murmeln, das ab und zu lauter wurde, um Mac in die Unterhaltung einzubeziehen. Sie würden heute nicht mehr nach Saumur zurückkehren. Sarah kannte einen Mann, erzählte sie ihnen, den einzigen Mann, dem sie zutraute, Boo für sie zurückzuholen. Sie riefen beim Cadre Noir an, wo man zu Sarahs sichtlicher Erleichterung ihren Anruf erwartet zu haben schien. Dem Pferd gehe es gut. Er sei dort in Sicherheit, bis jemand komme, um es abzuholen. Nein, sagte Natasha, sie glaube nicht, dass Sarah persönlich kommen könne. «Ich fürchte, wir müssen uns um eine Beerdigung kümmern», sagte sie leise.

Gelegentlich blickte sich Mac nach den beiden Köpfen um, die nun in perfekter Harmonie zusammengesteckt wurden, um zu organisieren, zu reden. Sarah würde bei Natasha bleiben. Sie gingen alle Optionen durch: Internate – Natasha rief ihre Schwester an, die sagte, sie habe gehört, es gebe eins, das auch Pferde aufnahm – oder Mietställe, die in einem ganz anderen Teil von London lagen. Natasha versicherte ihr, dass es mit Sal keine Probleme mehr geben würde. Ohne Sarahs Unterschrift auf den Geschäftsbedingungen war sein Anspruch auf das Pferd nichtig. Sie würde ihm einen Brief schreiben, in dem sie das darlegte, und ihn davor warnen, sich ihnen zu nähern. Und Boo wäre in Sicherheit. Sie würden ein neues Leben für ihn finden. Einen Ort, wo er über grüne Felder galoppieren konnte.

Natasha, dachte Mac, tat, was sie am besten konnte: organisieren. Dann und wann, wenn Henri Lachapelle erwähnt wurde, verzog sich Sarahs Gesicht ein wenig, und Natashas Hand fasste nach ihrer und drückte sie, oder sie tätschelte ihr die Schulter. Kleine liebevolle Gesten, die ihr sagten, dass sie nicht allein war.

Mac sah all das im Rückspiegel, doch seine Dankbarkeit dafür wurde durch das Gefühl geschmälert, ausgeschlossen zu sein. Er wusste, dass Natasha ihn nicht absichtlich außen vor ließ, dass auch er, was immer zwischen ihm und Natasha vorgefallen war, Sarah in seinem Leben behalten würde. Vielleicht war das Natashas freundliche Art, ihm zu zeigen, dass ihre gemeinsame Nacht ein Fehler gewesen war, der aufgeladenen Atmosphäre während der Suche geschuldet, und dass sie jetzt, nachdem alles vorbei war, in ein stabileres Leben mit Conor zurückzukehren gedachte. Was war das hier am Ende gewesen? Eine Art Schwanengesang? Ein Abschluss? Er wagte nicht zu fragen. Handlungen sagten manchmal mehr als Worte, und diesbezüglich war ziemlich klar, was sie ihm sagte.

Als sie Calais erreichten, rief Sarah schließlich den Mann

an, von dem sie überzeugt war, er könne das Pferd zurück nach England bringen. Sie nahm Natashas Telefon und entfernte sich ein Stück die Straße hinunter, als wolle sie die Unterhaltung ganz privat führen.

«Du bist so still», bemerkte Natasha, während Sarah mit dem Handy am Ohr zwischen den vor der Fähre wartenden Fahrzeugen auf und ab ging.

«Vermutlich habe ich nichts Wichtiges zu sagen», entgegnete er. «Ihr beide scheint ja alles zu regeln.» Da warf sie ihm einen seltsamen Blick zu, vielleicht hatte sie den leichten Vorwurf in seiner Stimme gehört.

«Hier», sagte Sarah, die zurück war, bevor einer von ihnen noch etwas sagen konnte, «Thom will mit dir reden.»

Mac beobachtete, wie Natasha sprach, komplizierte Gedanken jagten einander in seinem Kopf, sodass er dem Gespräch nicht genug Aufmerksamkeit schenken konnte. Etwas an ihr hatte sich verändert, ihr Gesicht war weicher, heller. Die Mutterschaft war ihr verwehrt geblieben, aber nun schien es, als habe sie eine neue Aufgabe gefunden. Er wandte sich ab, weil er plötzlich seine Gefühle nicht verbergen konnte.

«Nein, das ist wirklich nicht … Sind Sie sicher?», fragte sie, und dann, nach einer kurzen Pause: «Ja. Ja, ich weiß.»

Sie blickte Sarah an, nachdem sie den Anruf beendet hatte. «Er will kein Geld nehmen», sagte sie. «Er möchte nichts davon wissen. Er sagt, er kommt Mitte der Woche sowieso in die Gegend, und dann nimmt er Boo mit.»

Sarahs Lächeln blitzte kurz und überrascht auf, als sei sie von dieser Großzügigkeit genauso erstaunt wie Natasha.

«Aber es gibt eine Bedingung», fuhr Natasha fort. «Er sagt, als Gegenleistung musst du ihn zu deiner ersten Vorführung einladen.»

Das Schöne an jungen Menschen war, dachte Mac später, dass man ihre Hoffnung immer wieder neu entfachen konnte. Manchmal waren nur ein paar vertrauensvolle Worte nötig, um ihren Glauben daran wieder aufflammen zu lassen, dass die Zukunft herrlich werden konnte und nicht nur eine gnadenlose Abfolge von Hindernissen und Enttäuschungen.

«Klingt wie ein fairer Deal», sagte Natasha.

Sarah nickte.

Wenn nur, dachte Mac, als sie alle wieder ins Auto stiegen, dasselbe auch für Erwachsene gelten würde.

Natasha öffnete die Haustür und schaltete die Lichter im dunklen Flur an. Es war kurz nach ein Uhr morgens, und Sarah betrat vollkommen verschlafen das Haus und stieg auf Autopilot die Treppe hinauf, ganz als sei sie hier wirklich zu Hause. Natasha folgte ihr, strich ihr Bett glatt, gab ihr ein Handtuch und kam schließlich, als sie sicher war, dass das Mädchen einschlafen würde, langsam die Treppe wieder herunter.

Zum ersten Mal seit achtundvierzig Stunden war sie sich sicher, dass Sarah nicht erneut verschwinden würde. Etwas hatte sich verändert. Zwischen ihnen hatte sich der Boden wie nach einem Erdbeben verschoben. Ihr wurde bewusst, dass sie tief in sich eine Art von Aufregung verspürte, wie sie sie seit Jahren nicht mehr kannte, trotz der Verantwortung, die sie übernommen hatte, obwohl sie wusste, dass sie sich soeben für mehrere Jahre eine finanzielle Verpflichtung und emotionale Achterbahn ins Haus geholt hatte.

Mac saß auf dem Sofa im Wohnzimmer, die Beine auf dem leinenbezogenen Hocker ausgestreckt, den Autoschlüssel noch in der Hand. Da er die Augen geschlossen hatte, gestattete sie sich einen ausgiebigen Blick auf ihn, nahm die zerknitterten Kleidung zur Kenntnis, seine unbestritten männliche Präsenz. Dann zwang sie sich wegzuschauen. Es war eine Art Masochismus, ihn anzusehen.

Er gähnte, richtete sich auf, und Natasha tat, als sei sie beschäftigt, weil sie fürchtete, er habe ihren Blick bemerkt. Erst jetzt fiel ihr auf, dass der Dielenboden Reihe um Reihe mit einem papiernen Teppich aus fünfundzwanzig mal dreißig Zentimeter großen Fotos bedeckt war. Mac musste sie dort vor Tagen liegen gelassen haben, als Sarah durchgebrannt war. Als Natasha nun ihren Blick über die Reihen der Schwarz-Weiß-Fotos wandern ließ, über die mitten in der Bewegung eingefangenen Pferde, die leuchtenden Abstufungen von Cowboy Johns gerissenem alten Gesicht, all die Fotos, die von Macs wiederentdeckter Lust auf das kündeten, was er am besten konnte – da blieb ihr Blick an einem Bild besonders hängen.

Die Frau war am Telefon. Sie war sich der Kamera nicht bewusst und lächelte inmitten der kahlen Äste eines Gartens, das sanfte Licht in ihrem Rücken stand tief. Sie war so schön. Die Wintersonne lag auf ihrer Haut, ihre Augen war weich und erfüllt von einer unbekannten Freude. Der Blick der Kamera war keine kühle Wiedergabe irgendeines abgeschlossenen Moments: Er war intim, fing eine heimliche Begegnung mit dem Motiv ein.

Sie starrte das Foto mehrere Sekunden lang an, bevor ihr klarwurde, dass die Frau sie selbst war. Es sah wie eine idealisierte Version ihrer selbst aus, wie eine Person, die sie so nicht mehr kannte, die sie schon lange unter der Verbitterung der Scheidung begraben geglaubt hatte. Sie spürte, wie sich etwas in ihr zusammenzog und riss. «Wann hast du das gemacht?»

Er öffnete die Augen. «Vor ein paar Wochen. In Kent.»

Sie konnte sich nicht davon losreißen. «Mac?», fragte sie. «Siehst du mich so?»

Endlich wagte sie, ihn anzusehen. Das Gesicht des Mannes vor ihr wies neue, traurige Linien auf. Seine Haut war grau vor Müdigkeit, seine Lippen gespitzt, als nähme er schon eine Enttäuschung vorweg. Er nickte.

Ihr Herz hatte zu klopfen begonnen. Sie dachte an Henri, an Florence, an Sarah, die mutig die Wahrheit in den Regen hinausposaunt hatte. «Mac», sagte sie, und ihr Blick ruhte noch immer auf dem Foto, «ich muss dir etwas sagen. Ich muss es dir sagen, auch wenn es vielleicht die dümmste, demütigendste Sache wird, die ich je getan habe.» Sie holte tief Luft. «Ich liebe dich. Ich habe dich immer geliebt, und auch wenn es vielleicht zu spät für uns ist, musst du wissen, dass es mir leidtut. Du musst wissen, es wird immer der größte Fehler meines Lebens bleiben, dass ich dich habe gehen lassen.»

Mit zitternden Fingern hob sie das Foto auf. «Jetzt weißt du's also. Und wenn du mich nicht liebst, ist das in Ordnung. Weil ich die Wahrheit gesagt habe. Weil ich weiß, dass ich alles getan habe, was ich konnte, und wenn du mich nicht liebst, konnte ich daran eben absolut nichts ändern», endete sie Hals über Kopf.

«Ehrlich gesagt, es wäre nicht in Ordnung», fügte sie hinzu. «Vermutlich wird es mich sogar ein bisschen umbringen. Aber ich musste es dir trotzdem sagen.»

Sein entspannter Charme war wie weggeblasen. «Und was ist mit Conor?», fragte er beinahe bissig.

«Es ist vorbei. Es war nie …»

«Verflucht», sagte er und stand auf. «Verflucht.»

«Warum bist du …?» Sie erhob sich ebenfalls, schockiert

von seinem Ausbruch, dem untypischen Fluchen. «Was willst du …»

«Tash», sagte er und ging mit großen Schritten mitten über die Fotos, die nach allen Richtungen über den glatten Boden schlitterten. Er stand nur Zentimeter vor ihr. Sie hielt den Atem an. *Sag nicht nein*, beschwor sie ihn. *Mach keinen blöden Witz und erfinde dann einen diplomatischen Grund, warum du jetzt gehen musst. Ein zweites Mal kann ich das nicht machen.*

«Tash.» Er nahm ihr Gesicht in seine Hände. Seine Stimme war leise, gebrochen. «Ehefrau.»

«Meinst du …»

«Verschließ dich nie wieder vor mir.» Seine Worte klangen beinahe wütend. «Verschließ dich nicht.» Sie begann, sich zu entschuldigen, aber ihre Worte verloren sich in Küssen, Tränen. Er hob sie hoch, und sie schlang sich um ihn, ihre Beine, Haut an Haut, das Gesicht an seinem Hals vergraben.

«Das wird ein langer Weg zurück», sagte sie wesentlich später, als sie die Treppe zu ihrem Schlafzimmer hinaufstiegen. «Glaubst du wirklich, wir können …»

«Ein Schritt nach dem anderen, Tash.» Er deutete mit dem Kinn in Richtung des schlafenden Mädchens über ihren Köpfen. «Aber wenigstens wissen wir, dass es möglich ist.»

«Ein Pferd ... [ist] etwas so Schönes ... Daher wird keiner müde, es anzuschauen, solange es sich in seiner Pracht zeigt.»

Xenophon, Über die Reitkunst

Epilog

Die Fahrt von «dem Haus, das Mac gebaut hat» in die kleine Seitenstraße hinter der Gray's Inn Road nahm fünfundvierzig Minuten in Anspruch und eine zusätzliche halbe Stunde, wenn man sie zur Rushhour unternahm. Natasha blickte auf die Uhr und rechnete sich aus, dass sie nur noch wenige Minuten hatte, um ihre Arbeit abzuschließen, bevor sie losmusste.

«Und, schaffst du es, bevor der Feierabendverkehr losgeht?» Linda kam mit einem Stapel von Rechtshilfe-Unterlagen, die unterschrieben werden mussten.

«Wahrscheinlich nicht», sagte Natasha. «Nicht an einem Freitag.»

«Dann hab trotzdem ein schönes Wochenende. Und vergiss nicht, dass Montag um neun der Neue kommt. Der Spezialist für Einwanderung.»

Natasha stand auf und packte ihre Tasche. «Habe ich nicht vergessen. Bleib nicht mehr zu lange, okay?»

«Nur noch ein bisschen. Ich will endlich die Ablage fertig

machen. Diese Aushilfe letzte Woche hat mein ganzes System durcheinandergebracht.»

Macauley und Partner hatte einen schwierigen Start gehabt, aber nach beinahe achtzehn Monaten hatte Natasha allmählich das Gefühl, dass es die richtige Entscheidung gewesen war, sich selbständig zu machen. Es hatte wenig Sinn ergeben, bei Davison Briscoe zu bleiben. Nicht nur hatte Conor ihre Neuigkeit ziemlich schlecht aufgenommen – vielleicht nahm er an, dass sie und Mac lange vor ihrer offiziellen Versöhnung schon wieder zusammen gewesen waren. Auch die Konsequenzen aus dem Persey-Fall waren dahingehend offensichtlich gewesen, dass Richard sie nicht mehr wie eine zukünftige Partnerin behandelt hatte. Vielmehr schien er sie vom Tag ihrer Rückkehr an nicht mehr als vollwertiges Mitglied der Firma zu betrachten. Als sie feststellte, dass er Ben öfter zum Mittagessen ausführte, als dass er mit ihr sprach, hatte sie gewusst, dass es Zeit für eine Veränderung war.

Dem Himmel sei Dank für Linda. Ihre langjährige Vertraute und Assistentin war mit ihr gewechselt und hielt ihr Büro am Laufen, nicht nur beruflich, sondern auch emotional. Natasha vermutete, dass Linda Blyth-Smith bei Davison Briscoe mehr vermisst wurde als sie.

«Ich wünsche dir ein schönes Wochenende, Lin.» Sie warf sich den Mantel über den Arm.

«Ich dir auch. Ich hoffe, es geht alles gut.»

Auf der Gray's Inn Road wurde der Verkehr bereits dichter, die Schlangen schoben sich in Richtung West End. Es dauerte ein paar Minuten, bis sie ihn erspähte. Er hielt auf der anderen Seite der Straße am Bordstein. Sie blickte sich um und rannte dann zwischen den stehenden Fahrzeugen hindurch hinüber. Ihr Bündel Papiere hielt sie an die Brust gedrückt.

«Auf die Minute pünktlich», sagte Mac, als sie sich hinüberlehnte, um ihn zu küssen. «Was sagst du zu dem Service?»

«Du bist ein Juwel.» Sie ließ die Papiere in den Fußraum fallen. «Und du», sagte sie und blickte an ihm vorbei zu dem Baby, das sie von hinten aus seinem Autositz heraus anstrahlte, «hast Banane auf Daddys Jackett verschmiert.»

«Du machst Witze», sagte Mac und blickte sich um. «Wie konntest du nur, Kumpel?»

«Sie wird so stolz auf uns sein.» Natasha gluckste, schnallte sich an und blickte sich in dem mobilen Mülleimer um, der Macs Auto war.

Natashas und Macs Auftritte bei solchen Ereignissen waren zu einem Running Gag geworden. Sie kamen in Macs zunehmend verbeultem Auto an und trugen unweigerlich Schulterklappen aus kindlichem Erbrochenem oder dufteten vage nach der Windel, die unterwegs explodiert war. Zwischen den glänzenden, allradgetriebenen, riesigen Mercedes der anderen Eltern kamen sie sich vor wie unartige Schulkinder. An dem Tag, als sie Cowboy John zu einem Besuch mitgebracht hatten (kein Dope, musste er ihnen versprechen, nicht den kleinsten Krümel), war es Mac eine besondere Freude gewesen, ihn der Ehefrau des Rektors von Sarahs Schule als «Sarahs früheren Lehrer» vorzustellen.

«Bringen Sie den Kids hier viele Zirkustricks bei?», hatte sich Cowboy John unschuldig erkundigt. Und dann, als ihn die Frau ausdruckslos anstarrte, hinzugefügt: «Lady, haben Sie Interesse an ein paar Körben voll echt guter Avocados?»

John wohnte etwa eine Stunde von Sarahs Schule entfernt, in einem weißen Cottage. Seine beiden betagten Pferde standen auf einem Feld in der Nähe. Er verkaufte weiterhin Produkte unbestimmter Herkunft an Passanten. Nach Sarahs

Rückkehr hatte er sich untypisch unbeholfen bei ihr entschuldigt und eingestanden, dass er sie im Stich gelassen hatte. Dass er den Captain enttäuscht hatte. Er kam immer noch nicht damit klar, was für ein doppeltes Spiel Sam Hill Sal gespielt hatte; John hatte nämlich längst die Schulden des Captains bezahlt, und Sal hatte das natürlich gewusst, als er Sarah bedrängt hatte. Sarah hatte Natasha angesehen. «Ich hätte mit dir reden sollen», sagte sie leise. «Ich hätte es jemandem sagen müssen.» In stiller Übereinkunft hatten sie den Stallhof in der Sparepenny Lane nie wieder erwähnt.

«Also, was steht noch mal genau an?», fragte Mac. Der Verkehr floss gemächlich über den Westway und fütterte die grünen Vororte und das Hinterland mit Fahrzeugen.

«Es ist ein …», Natasha kramte nach dem Brief, «… Fest zum Schuljahresende für die begabten und talentierten Schüler. Wir dürfen Kindern zuhören, die Instrumente spielen, es gibt eine Gedichtlesung», Mac stöhnte auf, «und Sarah singt. Natürlich nicht», sagte sie, als er seinen Kopf zu ihr wandte. «Sarah …»

«Sarah tut, was Sarah tut. Ihr wird nicht auffallen, wie wir aussehen», sagte Mac und fädelte sich in eine Autoschlange ein. «Sobald Boo in der Nähe ist, ist das Mädchen mit dem Kopf irgendwo in den Wolken.»

Jeder hatte den alten Refrain arbeitender Mütter über die Unmöglichkeit, Kinder und Job zu vereinbaren, schon gehört, dachte Natasha, als sie sich langsam durch die City schoben. Aber es war unmöglich, die schiere, jedes Hirn überfordernde Unbarmherzigkeit dieses Balanceaktes wirklich zu begreifen, solange er einem selbst nicht abverlangt wurde. Was Natasha betraf, so hatte sie innerhalb von neun Monaten zwei Kinder und ein Pferd bekommen. Die Ironie war, dass sie nach all den Jahren, in denen man ihr nahegelegt hatte, ihren Stresslevel zu senken, weniger zu trinken, positiv zu denken und zu den richtigen Zeiten Sex zu haben, in den nervenaufreibendsten, betrunkensten drei Tagen ihres Lebens schwanger geworden war.

Aber wenn sie neben dem Kleinen lagen und seine dicken Beine, die Pausbäckchen, den Haarschopf betrachteten, der an Macs erinnerte, stimmten sie darin überein, dass genau das das Schönste daran war. Er war gekommen, weil es so bestimmt gewesen war.

Das Haus in Kent gab es schon lange nicht mehr. Es war von einem neuen gemieteten Cottage ersetzt worden, das Haus in London hatten sie wieder vom Markt genommen. Mac, Natasha und das Baby wohnten dort unter der Woche, während Sarah auf einem sorgsam ausgewählten Internat nordwestlich von London war. Es handelte sich um eine der wenigen Schulen in England, die nicht nur Pferde aufnahmen, sondern auch ein Schulgeld forderten, das sie gerade noch so bezahlen konnten. Die Kosten lasteten, trotz Sarahs Stipendiums, schwer auf ihren Schultern. «Aber hey», sagte Mac, wenn dreimal im Jahr die Rechnung eintraf und sie am Küchentisch etwas in sich zusammensackten, «niemand hat je behauptet, es sei billig, eine Familie zu haben.»

Um das Geld tat es ihnen nicht leid. Sarah war aufgeblüht und unterschied sich nicht von den anderen Teenagern, deren Familien aus den unterschiedlichsten Gründen nicht für sie da waren. Und obwohl sie akademisch nie herausragen würde, lernte sie fleißig, hatte Freunde gewonnen und, was das Wichtigste war, erweckte zunehmend den Eindruck, glücklich zu sein.

Am Wochenende fuhren sie zu ihrem Cottage, das sechs Kilometer von der Schule entfernt lag, und Sarah kam zu ihnen. Dann erzählte sie nicht mehr nur von Boos Verhalten in der Arena, seinen vielfältigen Leistungen oder ihren kleineren Enttäuschungen mit ihm, sondern zunehmend auch von ihren Schulfreunden. Sie würde nie das geselligste Mädchen werden, aber sie brachte ein paar ihrer Freunde mit und stellte sie ihnen vor. Es waren nette Teenager, höflich, zielstrebig, das Leben nach der Schule schon fest im Blick.

Sie würde auch nie zu den offenherzigsten Menschen gehören. Sie besaß eine natürliche Zurückhaltung, und wenn sie unglücklich oder unsicher war, errichtete sie immer noch schnell eine Mauer um sich. Wenn sie sich aber zusammen mit ihnen in dem kleinen Haus wohlfühlte, plauderte sie über David und Helen und Sophie und das Pferd von Soundso. Dann wechselten Natasha und Mac über den Tisch hinweg zufriedene Blicke. Sie waren weit gekommen. Jeder von ihnen.

Die Parkplätze bei den Sportanlagen waren voller Autos, deren schimmernde Lackierungen eine Seite des Cricket-Felds in einen glänzenden Flickenteppich verwandelten. Eltern strebten über den Rasen, die Frauen in ihren hochhackigen Schuhen lachten und klammerten sich an ihre Ehemänner, wenn sie einsanken. Sarah erblickte sie, noch bevor der Ordner sie in ihren Parkplatz eingewiesen hatte. Sie rannte in ihren makellosen Reithosen und der strahlend weißen Bluse auf sie zu. «Ihr habt es geschafft!», sagte sie, als Natasha ausstieg und feststellte, dass ihr Rock ihr an den Oberschenkeln klebte.

«Das würden wir um nichts in der Welt verpassen wollen»,

sagte Mac und küsste sie auf die Wange. «Wie geht's dir, Süße?»

Doch Sarah riss bereits die hintere Tür des Wagens auf. «Hallo, Henry, kleiner Soldat! Sieh dich nur an!» Sie kämpfte mit seinem Gurt, doch dann hatte sie Henry herausgenommen, hielt ihn vor sich in die Höhe und grinste, als er nach ihren Haaren griff. «Er ist schon wieder gewachsen!»

«Du kriegst noch Banane auf die Bluse. Hallo, meine Liebe.» Natasha küsste sie und bemerkte, dass nicht nur das Baby gewachsen war. Mit jeder neuen Woche verwandelte sich Sarah ein Stück mehr in eine Frau. Wenig war von dem mageren Kind übrig, das sie in einem Supermarkt getroffen hatte. Sie war mittlerweile größer als Natasha und so robust und strahlend wie ihr Pferd. «Und, bist du bereit?»

«Ja. Boo macht super mit. Oh, ich habe euch vermisst. Ja, das hab ich. Jawohl, das hab ich.» Sarah knuddelte Henry und erntete dieselbe begeisterte Reaktion, die sie ihm immer entlockte.

Henry hatte ihre neue Familie gefestigt, dachte Natasha wie so oft. Als sie ihre guten Neuigkeiten einige Wochen nachdem sie aus Frankreich zurück waren, öffentlich gemacht hatten, war die Sozialarbeiterin besorgt gewesen, dass sich Sarah durch das Baby an den Rand gedrängt fühlen und noch instabiler werden könnte. Doch Natasha und Mac hatten das Gegenteil erwartet, und sie hatten recht behalten. Es war so viel einfacher für Sarah geworden, seit dieser kleine Mensch angekommen war, den sie bedingungslos lieben konnte.

Sie gingen zur Arena, wo sich die Plätze bereits füllten. Ein Junge in Uniform reichte ihnen ein Programm. Sarahs Auslegung von Le Carrousel stand darin an erster Stelle, bemerkte Natasha stolz.

«Soll ich am Wochenende babysitten?», fragte Sarah und löste Henrys Finger geschickt aus ihren Haaren. «Es macht mir nichts aus. Ich habe keine Pläne.»

«Ich dachte, du wärst auf einer Party.» Natasha kramte in ihrer Tasche nach einem Feuchttuch. Verräterische Bananenspuren verliefen bereits über Sarahs Bluse. «Wolltest du nicht mit diesen Mädchen aus der Oberstufe irgendwohin?»

Es war nur ein vorüberhuschender Gesichtsausdruck, aber sie hatte ihn bemerkt. «Oho. Was ist da im Busche?»

«Was? Kann ich nicht einfach anbieten babyzusitten?»

Macs Ton war gespielt streng. «Was hast du vor, junge Dame?»

«Ich habe euch richtig gute Plätze reserviert. Für Henry hab ich zwar keinen mehr bekommen, aber ich dachte, ihr nehmt ihn ohnehin auf den Schoß. Von hier aus seht ihr alles.»

Mac hielt inne. «Los, komm schon. Was ist?» Er hatte sie immer besser einschätzen können als Natasha.

Sarah bemühte sich, verlegen auszusehen, aber sie strahlte. «Ich bin zu dem Kurs zugelassen worden.»

«Welchem Kurs?»

«In Saumur. Zur Sommerakademie. Sechs Wochen mit Monsieur Varjus. Ich habe heute Morgen den Brief bekommen.»

«Sarah, das ist ja toll!» Natasha umarmte sie. «Was für eine Leistung! Und du dachtest, du hättest keine Chance.»

«Die Lehrer hier haben ein Video von Boo und mir hingeschickt und mir eine Empfehlung geschrieben. Monsieur Varjus hat geantwortet, er könne definitiv Anzeichen für Fortschritte sehen. Er hat mir tatsächlich persönlich geschrieben.»

«Das ist wunderbar.»

«Ich weiß.» Sie zögerte. «Aber es ist echt teuer.» Sie flüsterte den Betrag.

Mac pfiff durch die Zähne. «Da musst du aber viel babysitten.»

«Aber ich muss hin. Wenn ich mich da nicht dumm anstelle, wird es mir helfen, wenn ich mich bewerbe. Bitte! Ich mache alles dafür.»

Natasha rief sich den Kombi vor Augen, den sie und Mac sich letzte Woche in einem Autohaus angesehen hatten, und ließ das Bild verpuffen. «Wir kratzen das schon zusammen. Keine Sorge. Vielleicht ist von deinem Papa noch Geld übrig.»

«Wirklich? *Echt?*»

Jemand rief über die Menge hinweg nach ihr. Sie blickte sich um, dann auf ihre Armbanduhr und fluchte leise.

«Du flitzt besser los.»

Sarah gab Henry Natasha in die Arme, haspelte eine Entschuldigung und rannte zum Stall. «Danke!», rief sie und winkte ihnen über die Köpfe des Publikums hinweg zu. «Vielen, vielen Dank! Ich zahle es euch eines Tages zurück. Wirklich!»

Natasha hielt ihren Sohn an sich gedrückt und blickte ihr nach. «Das hast du schon», sagte sie leise.

Sarah zog den Sattelgurt fester und richtete sich auf, wobei sie mit der Hand leicht über die kleinen Zöpfe fuhr, die sie den gesamten Morgen über in Boos Mähne geflochten hatte. Von ihrem Standpunkt hinter dem provisorisch errichteten Sichtschutz aus konnte sie verfolgen, wie die Menge allmählich zur Ruhe kam. Sie sah, wie Natasha Henry an Mac weitergab und in ihrer Tasche nach etwas kramte. Eine Kamera. Mac nahm sie ihr aus der Hand und schüttelte gutmütig den Kopf.

Sie liebte Macs Fotos, ihr Zimmer war mit ihnen tapeziert. Nachdem Papa gestorben war, hatte Mac all die alten Fotos aus der Wohnung in Sandown eingesammelt, Bilder von ihr und Nana, alte, sepiafarbene Fotos von Papa auf Gerontius. Er hatte sie kopiert und digital irgendetwas Schlaues mit ihnen angestellt, sodass die Bilder schärfer und größer wurden, Papas Gesicht deutlicher zu sehen war. Am Tag der Beerdigung hatten Natasha und er ein paar von ihnen gerahmt und sie in ihrem Zimmer aufgestellt, sodass sie sie dort vorfand, als sie ins Haus zurückgekehrt waren. «Wir wissen, dass wir nicht deine ursprüngliche Familie sind», hatten sie ihr an dem Abend gesagt, «aber wir wären gern deine zweite Familie.»

Sie hatte nie gefragt, warum sie das Baby Henry genannt hatten, aber sie glaubte, die Antwort zu kennen. Er verband die beiden Teile ihres Lebens. Manchmal bildete sie sich sogar ein, etwas von Papa in ihm zu erkennen. Auch wenn das keinen Sinn ergab. Sie spürte Papa immer noch überall – in den Lektionen, die Boo erlernte; sie hatte seine Stimme im Kopf, wann immer sie auf dem Pferd saß. *Sieh mir jetzt zu, Papa*, sagte sie ihm stumm.

Die Abendluft war erfüllt vom Duft frisch gemähten Grases, durchzogen von einer Spur Erdbeeren aus dem Essenszelt, das hinter der Arena errichtet worden war. Auf ein kurzes Zischeln hin setzte das Orchester ein und spielte die Geigenmusik, zu der sie wochenlang geübt hatten. Sie sah, wie sich Boos Ohren aufrichteten, als er die Klänge erkannte, spürte, wie er unter ihr sein Gewicht verlagerte und sich auf die vor ihm liegende Aufgabe konzentrierte.

Heute Abend würden sie vermutlich in dem kleinen Cottage auf der anderen Seite des Dorfes zusammensitzen und zu Abend essen. Mac würde sie wegen irgendwelcher Jungs aufziehen, und Natasha würde fragen, ob sie helfen wolle, Henry zu baden. Sie fragte immer so, als würde ihr Sarah damit einen riesigen Gefallen tun, obwohl sie beide wussten, dass sie das Baden liebte. In zwei Monaten wäre sie in Frankreich.

Plötzlich hatte sie ein Gefühl, als sei sie … wenn vielleicht auch nicht das, was sie zu sein bestimmt war, doch zumindest an dem Platz, an den sie gehörte. Mehr konnte niemand verlangen.

Sie blickte ihren Reitlehrer Mr. Warburton an, der leise den Takt angab, während er Boo am Zügel hielt.

«Bist du bereit?», fragte er und blickte zu ihr auf. «Denk an das, was ich dir gesagt habe. Ruhig, vorwärts, gerade und leicht.»

Sarah setzte sich ein wenig aufrechter, schloss die Beine um ihr Pferd und ritt hinaus.

Danksagung

Dieses Buch wäre ohne die Hilfe und Unterstützung vieler Menschen nicht möglich gewesen. Besonders danken möchte ich dem Anwalt John Bloch. Jeder rechtliche Fehler ist mir allein zuzuschreiben – hier und da habe ich die Fakten etwas gebogen, um dem Plot Rechnung zu tragen.

Auch Yolaine und Thierry Auger vom Château de Verrières in Saumur danke ich, den Fotografen Mark Molloy und Andrew Buurman und wie immer Sheila Crowley von Curtis Brown. In Deutschland danke ich dem gesamten Team des Rowohlt Verlags, stellvertretend Katharina Dornhöfer, Grusche Juncker, Barbara Laugwitz, Marcus Gärtner und Leonie Krey, sowie Anoukh Foerg.

Mein Dank gilt außerdem Annabel Robinson von FMCM, Hazel Orme und Francesca Best. Cathy Runciman danke ich für die Übersetzungen ins Französische, den Wein und die fortwährende Freundschaft und Hannah Mays, Chris Luckley und Sonya Penney für eine präzise Ausbildung während der ersten Reise zum Cadre Noir.

Mein Dank geht des Weiteren an Drew Hazell, Cathy Scotland und Jeannie Brice sowie Barbara Ralph.

An zahlreiche Mitglieder von Writersblock – ihr wisst, dass ihr gemeint seid.

Ich danke meiner Familie, Lizzie und Brian Sanders und Jim Moyes, und vor allem Charles, Saskia, Harry und Lockie. Reiten ist Recherche. Ehrlich.

1 Dieses Zitat und alle weiteren werden zitiert nach: Xenophon. *Über die Reitkunst. Der Reiteroberst.* In die deutsche Sprache übertragen und mit einer Einführung versehen von Dr. Richard Keller. Erich Hoffmann Verlag: Heidenheim, 1962.

Weitere Titel von Jojo Moyes

Die Tage in Paris

Ein Bild von dir

Eine Handvoll Worte

Ein ganzes halbes Jahr

Ein ganz neues Leben

Im Schatten das Licht

Nachts an der Seine

Über uns der Himmel, unter uns das Meer

Weit weg und ganz nah

Jojo Moyes
Ein ganzes halbes Jahr

Louisa Clark weiß, dass nicht viele in ihrer Heimatstadt ihren etwas schrägen Modegeschmack teilen. Sie weiß, dass sie gerne in dem kleinen Café arbeitet und dass sie ihren Freund Patrick eigentlich nicht liebt. Sie weiß nicht, dass sie schon bald ihren Job verlieren wird – und wie tief das Loch ist, in das sie dann fällt.
Will Traynor weiß, dass es nie wieder so sein wird wie vor dem Unfall. Und er weiß, dass er dieses neue Leben nicht führen will. Er weiß nicht, dass er schon bald Lou begegnen wird.
Eine Liebesgeschichte, anders als alle anderen.

544 Seiten

«Ein großartiges Buch über Liebe, Hoffnungen und Erwartungen, die nicht immer erfüllt werden.»

Freundin

Das für dieses Buch verwendete Papier ist FSC®-zertifiziert.